啊，索伦河谷的枪声

刘兆林 著

作家出版社

目 录

自 序   1

爱情线   1
啊，索伦河谷的枪声   33
黄豆生北国   88
风雪撩人   124
因为无雪   145
船的陆地   210
黑土地   255
三角形太阳   295
向北，向北   331
我的大学   348
妻子请来的客人   392
荡 客   414

自　序

　　亲爱的读者朋友，首先我想诚恳地告诉您，我并没有那么高的思想境界，即所谓全心全意为读者服务云云。我只能按着我的人生体验来表达我的思想情怀。我的思想情怀就不是别人的思想情怀，因而不可能和别人的完全一样。大致相同者是会有的，那些大致相同者就成了知音和共鸣者。如果我不是真诚地表达了自己的思想情怀，而是从迎合和讨好读者的目的出发，靠揣摩读者的心理去编构作品，即使赢得不少读者的共鸣那也不是知音，就如谈情说爱中用假话骗取了爱情。骗取的东西都是不牢靠的，并且欺骗读者是一个作家最不道德的行径。何谓欺骗呢？己所不欲勿施于人是先人传至今日的美德。如果把自己并不信奉并不赞成的东西通过作品施与了别人，这就同欺骗没有多少距离了。我没有丝毫权利强求读者什么，但却有个寻求知音的愿望。"知音少，弦断有谁听？"那滋味是很孤寂而苦痛的，偌大人世，不可能寻不到一个知音。即使暂时寻不到，也不弄假去骗求。执着地抒写自己的真情，一旦觅到了一个真正的知音，那该是多么的幸福。宁可苦痛，也去追求那个莫大的幸福。

　　我敢保证不欺骗读者，却不想保证对读者毫无隐瞒。谁都有点隐私。隐私就该隐瞒着点。这种隐瞒与欺骗没有联系。把有些丑写得含蓄，把有些美写得朦胧，不全写实写露，也是与欺骗没有联系的隐瞒。正如高尚的人应该说真话，但并不是所有真话都非得说出来。这种不说，既有对读者的尊重，也有对自己的尊重。试想，一个人，不管男人或女人，他（她）赤裸裸一丝不挂地到谁家去做客或到谁的办公室去办事，或走在大街上或上剧院看演出，这能是对别人的尊重吗？还是对自己的尊重？他（她）可是毫无隐瞒的啊！

以前自己不成熟，想要表达什么就血气方刚地快速表达出来了。这种表达是热情的，肤浅的，功力深者觉得幼稚，年纪少者认为老成。不管幼稚还是老成，那时就是这么一心地写。只要写，读者就有机会见到你。而后来，尤其是现在，对社会、对人生熟悉得越来越多，越来越深，因而想表达的也越来越多，也越想表达得深些好些时，却越来越不敢轻易下笔了，总想酝酿得熟透了再一朝分娩，又担心读者会暂时遗忘了自己，又怀疑这会不会是自己懒惰的自欺欺人的托词。这矛盾心情至今笼罩着我，使我犹豫不决，整日用其他的忙碌来自我安慰。

写到此时，我再一次扪心自问。结果还是信了自己的真诚。上帝可以作证，我酝酿着要写的那部力作一定会献给读者，并且会让读者记住的。愿上帝保佑，也愿读者给我以祝福。

说了以上这些自白，我不能不再补充几句感谢作家出版社的话。目前出版发行工作如此艰难，他们还能为我这样无甚利可图的作家出作品选集，这实在叫我感激而惭愧，也想趁此对自己的创作清理和总结一下。这对我并不很难，因我作品数量并不太大，不需费许多力气去筛选。尤其一九九二年以来因转换生活和工作环境，有个调整心态、理顺自己的过程，因而小说作品少了，只好把工作之余的细碎时间用来写散文、杂文什么的，作家出版社能为我出版小说、散文作品选，这无疑是对我最大的鼓励和支持，我不能不由衷地道一声谢。

自白和道谢之后，我还想借机说几句我和文学的关系，以谢能读到我这几本拙作的读者朋友。我总觉得人活着都很不易，都需要关爱与温暖。钱多钱少名气大小地位高低身体好坏的男女老少，谁能没有苦恼和不幸呢。钱多的兴许没爱情，名气大的兴许身体不好，身体好的兴许一辈子打光棍，地位高的兴许没朋友……这样注定了文学不灭的定律。只要有人在，文学就没法儿死灭。文学是人学，是人类精神的家园，无论是强人还是弱者，"都需要在文学家园中得到被理解，被呼唤，被宣泄，被抚慰的关爱"。而作家们往往是那些受文学关爱较深的大不幸者，尤其童年和青少年时期的不幸和被关爱更为重要。所以我把一位伟人说过的话——不幸是一所最好的大学——篡改成"不幸是一所最好的文学院"。还有一句"美丽出自痛苦"也和这有点关系。许多写出美丽著作的文学大师其实都是这座文学院培养的。有点文化又很贫困或其他某个方面很不幸，连个像样的工作也找不到的人怎么去实现自己完善自己呢？文学就成了他较为能够得逞的选择。我这样说绝不否认幸运的人也能成为好作家，只不过为了安慰那些不幸者别把不幸当成太坏的东西。既然不幸了，有什么办法？就把它利用起来就是了。

　　想想我的文学之初，最应感谢的就是苦难和不幸了。怎么个苦难和不幸法儿，我在《父亲祭》和《绿色青春期》里写到过一些。我至今相信，那是两篇不错的东西，尤其那篇洋洋三万言的《父亲祭》，我还没看到哪篇写父亲的文章能与它相比。可惜没多少人读过。我愿意年轻的朋友们读到它。读了才会相信我关于文学如何如何的话不是信口雌黄了。回想起来，我的大多作品都是不幸赐给的。

　　我不相信哪位作家的文学之初会与他的故乡没有重要关系。谁钻牛角尖说我就与故乡没关系的话，大概是他在城市长大，与"乡"没有"故"的关系，那么对他就改为故城是了。其实我以为那"乡"里已包括他的城了，通常故乡的含义就是指童年和少年生活的地方，甚至那地方还埋有他亲人的遗骨和自己童年不朽的梦。这当然也适合我自己。但我曾说过我还有个第二故乡，那是指我刚刚取得公民资格就投身其中的军营。这一投身不要紧，我生命的最宝贵时期都投给她了，竟有二十六年之久，所以我才十分动情地说军营是我的第二故乡。记得那时还没谁把军营称为第二故乡，这说法是由衷地从我的心里跳出来的，以后竟被广泛使用开来。偶一闲下来时我还暗自想，我是第一个把军营喻为第二故乡的人吧？多了不起。实际上我的文学之初和两个故乡都有很重要关系。

我第一故乡不是人杰地灵出大人物的地方。有一首著名抗日救亡歌曲《我的家在东北松花江上》我挺爱唱，因为我的故乡就是以松花江和她的支流为界的。我故乡盛产的大豆高粱我认为是这首歌儿唱出知名度的，"……那里有森林煤矿，还有那漫山遍野的大豆高粱……"这句词是用非常忧伤和悲痛的曲调谱成，很合我的口味。森林煤矿指的是全东北，我故乡那儿并没有，大豆高粱的确漫山遍野。要不是抗日，就没有这首歌儿了，尤其不可能有我们东北最有名的女作家萧红了（她也是不幸的，日寇奴役下民族命运和个人生活双重的不幸），她写的名著《生死场》就是描写我家乡那一带日寇统治时期生活的。绝不是想沾萧红的光抬高自己身价，实在因为敬佩她的文采才说到她。她的故乡呼兰和我故乡巴彦相挨，我出生那地方和她们是只隔着一条和她笔下的呼兰河差不多大小的少陵河（其实原来两县是一个县，后来划开的），我对文学的好感与这也有点儿关系。能把自己家乡写到全国去，让鲁迅先生（鲁迅先生幸运吗？家境败落，民族危亡，贫病交加……）看了都叫好的女子真了不起。那么男人呢？这种事应该是男儿干的，当时我读过的名著似乎都是男人写的，而我家河那边竟出过一个写书的女子！那时我还没听说我家乡那一带出过其他更大的人物，比如将军、大学者、大官。我父亲是个教书人，他也没结交过其他行当的朋友，所以故乡出生的女作家无意中就作为一颗文学种子悄然落入我心田。虽然那时她写的书我还没读过，但是因此开始如饥似渴读别的"大书"了。我们小孩都把厚厚的长篇小说叫大书，连环画册叫小人书。开鲜货店子的伯父有不少大书，教语文的父亲也有一些，自己偶尔也买一本，只能说买一本，多了无论如何也买不成。我家日子很贫困，小孩手里从来没有一角闲钱。有回拉肚子拉得不行了，母亲给一两角钱叫买药去，走半道我却买了香瓜吃，结果拉得更厉害也不敢吱声，哪能有钱买书呢。只有借。侠义小说我一点都不感兴趣，一本没借过，那都是些扯什么淡的书啊。《小城春秋》《三家巷》《风云初记》《红楼梦》类的书有情有义，挺迷人。读了这些大书心里就多事儿了，总怅怅惘惘地向往外面的世界（后来离家当兵与这也有关）。

后来又听说我家镇上回来个诗人（他更是不幸的）。他是在哈尔滨念大学时成了"右派"分子的，极右，蹲过监狱，服完刑被送回家乡劳改。那时小，不懂政治是什么意思，对他的"右派"帽子和蹲监狱没太考虑，对诗人一说却格外惊讶。我家小镇也能出诗人？听说他写的诗是用他所在生产大队党支部书记名字发表。书记也喜欢写诗，但因水平问题发表不了，两人合二为一问题就迎刃而解了。当然我佩服的是真能写诗的他。那时我已到县城读高中，每周六才回次家。有回我与比我高两年级的一位大同学一块返校。进县城他把一封剪掉个角没贴邮票的信投进邮筒。我问他这是干什么，他说这叫投稿，是那位诗人托他代投的（我家的镇离县城三十华里，直接带到县里邮快）。不久我真在报纸上读到了那诗。我既惊讶又自豪，以后一见到我家镇上这诗人写的稿子就剪贴下来（这无疑又是一颗文学种子落入心田），慢慢地外边不认识的人的诗文也往下剪。我是班级的图书委员，班级订的几份报纸归我管，我还管全班同学向图书馆借书的事，我觉得班委里这个委员最好，借书看报优先，过月的报纸我还可以剪。剪来剪去的也试着写，但没敢往报社或杂志社投过，我胆小，认为这么重大的举动我怎么能行呢！我只能试着写了自己看，至于投，那肯定是很遥远的事。我们班长却往县报投过，而且投中了，写的是表扬一位老师的事。自然他就是全校的名人了。教我们俄语的男老师也常在报刊上发表诗歌。有回他同我闲聊提起我家镇上那位我还没见过的诗人。教外语能写诗的老师都提到他，可见他不是凡人。那年寒假我终于有幸见到了这位不凡的人。但是这有幸也很不幸，我立即相见恨早了！我难过了好长时间，以至文学的美好形象在我眼里都起了变化。那天我到伯父的鲜货店子玩，肯定不光是玩，还有想让伯父给我点甜枣和苹果吃吃的念头。正当我看着伯父的苹果而没得口时，忽然看见不远处来了个卖糖葫芦的。糖葫芦插在一个大草靶上像一大束紫红的鲜花，美丽至极，可卖主却穿一身老农那样的破棉袄棉裤，长相甚至比不上老农，还是个罗圈腿。那印象今天想来还不是滋味。可伯父说他就是那位诗人。那么美好的诗竟是这样人的写的？就如那么漂亮的糖葫芦竟是他卖的一样，我再吃糖葫芦再读诗时心里总免不了不是滋味。后来又读到一些他的诗，再后来听说他要上钱（赌博）了，时常在高粱地里被派出所的人撵得狗一样逃。再后来又听说他吃了一瓶安眠药自杀，也不知为什么。要不我怎么说不少作家都是不幸这所文学院培养的呢。

不久，卖糖葫芦而又要自杀的诗人形象连同我心中埋有文学种子的土壤一股脑儿被"文化大革命"风暴吹枯干了。我们俄语老师的诗作被批得体无完肤。大学，不管是文科大学还是理科大学都停止了招生。教语文的父亲是个怪人，他从没和我谈过心，什么事都是指令性的。送我们一伙红卫兵徒步串联上路时他还嘱咐我准备考大学，但他说不能考文科，要考理科。为什么考理科却没做丝毫解释。我心里并没赞成他的话，却也没机会反对他了，因为全国只剩一所毛泽东思想大学校还在招生。

我也没同父母和其他家人商量，私自决定当兵去了。入伍通知书揣了好几天才让家人知道，当然没让他们知道我是费了多大劲才得到入伍通知书的，我是哭着作了同父亲划清界限的保证才得到的。我就一腔热血，抛下父母，扔掉写了许多大字报的笔从戎了，走进我所说的第二故乡。

现在看来那是不幸的时代。但不幸这所文学院在那个时期里一下子培养了多少作家呀，好像比任何时候都多。那年代从戎也没法儿投笔。军事训练不怎么搞，实事不怎么干，能写写画画的红卫兵们主要是完成那些突出政治方面的任务。那时政治工作威力十分强大，什么不幸、什么悲痛、什么创作都可以速效医治而使你心肠变得铁石一般坚硬。成天斗私批修，树立公心，不怕苦不怕死，越苦心越坚，为公共事业不要私情，大义灭亲，狠斗私字一闪念不过夜，等等。第二故乡的最初生活就是这样度过的。没有一点时间想个人的事，怎么苦怎么累都挺得住。我写了许多跟文学不沾边的材料，还有支工支农，做了不少值得回忆的傻事。其实这也为后来的文学积累下材料，就像盖楼房得先备下足够的建筑材料一样。等到后来真正学会建筑技术，这些建材自然就会变成楼房了。

先盖的房子或小里小气或徒有其表，不结实，好材料没用，用了的也取其不很结实的那部分，而把真正好的几截浪费掉了，以至那些房子后来连自己也不愿看一眼。

我的处女作《第一组照片》发表在《吉林日报》和《解放军报》上（那时没有稿酬可以一稿多投）。看到《解放军报》登我这篇作品那天，我正随部队在内蒙古科尔沁草原野营拉练的途中，报纸的第一版还登有一篇很重要的《人民日报》评论员文章，叫《大力发展社会主义文艺创作》。那篇现在看来可笑至极的散文竟被好几家报刊转载（当时报刊极少），还被选入省的中学语文课本和向国外发行的《中国文学》。处女作发表不久，被停刊几年的《解放军文艺》准备复刊，总政要求各大军区办创作学习班抓复刊用的稿子。我们军区文化部顺藤摸瓜查到我单位，通知我参加军区创作学习班。我正在拉练途中为团长写拉练经验电报。团长当然认为小说散文没有电报重要，既耽误他眼前的工作又耽误我以后的前途，就不想让我去。关键时候一位在我们团任职锻炼的老大学生一句话竟决定了我一生的命运。他所在的连是先进连，我是常到他们连写报道和他熟悉的。我那时没能上成大学，能结识他这样新参加工作的大学生朋友也算幸运了。他说，能到大军区学文学创作，机会难得，将来肯定要发展文学事业的。一篇可笑的处女作和他的话的影响，我就像当初争取参军一样向团长、政委据理力争，参加成了创作学习班。班上写成一篇散文《乌兰哈达》，被刚复刊的《解放军文艺》刊用。从此我的心便真的被文学拐走了，成了这条道上的人，后来又调到大军区创作室成为专业作家。不管幸与不幸，也不管调动了多少地方，最令我动情的是文学，最让我珍视的是作家这一职业，所以最后我选择了转业到作家协会当作家，后又支持独生儿子西元考取了解放军的文科大学，毕业后又考取北京大学中文系并获博士学位，最后成为部队专业作家。他还算是能吃苦有志气的，我只好把自己未竟的事业目标留给他了。

2023年4月12日于海南天涯居

爱情线

一

在那儿！那不就是长着几棵小草儿的新坟吗？坟前有株小枫树，坟后有个小水坑，一点不错，就是这儿。

灰衣男人忘记了钻心的腿疼，悄悄地走到坟前，慢慢蹲下来。他从提兜里掏出一个苹果、一把枣儿、一包糖，还有盒饼干，放在坟前，四周看了看，见没人，又拿出一沓黄纸。他明知上坟烧纸钱是迷信，但还是划着了火柴。黄纸一张一张化成了青烟，他的心好像稍微踏实了些。慢慢地，青烟中化出了两双眼睛：妻子的眼睛，像两汪清泉朝他流溢着欢笑；战士黄红的眼睛，闪闪烁烁地注视着他，眼光里有怨恨，有嘲讽，是不是还有已经暗下定了的决心？他思索着朝脚下的山镇望去。正是做晚饭的时候。家家的烟囱都陆续冒烟了，那一柱柱映着深秋晚霞的炊烟，多么诱人啊！哪一柱是她点燃的？她做的什么饭？

忽然，远处传来了火车笛声，灰衣男人浑身一震，慌忙从提兜里掏出一套军装换上了：新帽徽、新领章、新皮鞋；平头、窄脸、瘦矮个，皮肤粗糙，没有一丝胖肉。如果人也像酒、糖、醋、盐那样，经过提炼和浓缩就可以叫"精"的话，他便可以称为"人精"——小眼睛一睁一闭，细胳膊腿一举一动都流露出过人的精力，好像用一种什么液体加以稀释，就可以膨变成许多人。

他干吞了两片止痛药，急急朝火车站奔跑起来，还没进站，火车又鸣起了汽笛。已来不及买票，已来不及通过站口，顺着铁路飞跑过去。车轮转动了，他像百米赛跑那样朝尾车来了个冲刺，抓住了车门把手，一咬牙跃上了车，然后像火车似的呼哧呼哧喘着，做好了挨剋的准备。

果然，乘警怒冲冲上前训斥道："穿四个兜还想不花钱坐车，哪个部队的？"

他上气不接下气："……××××部队……通信连的……连长。"

"干巴拉瞎，猴头巴相，还敢冒充连长！叫什么名，加倍罚款！"乘警那自信的神气，活像世界上最灵敏的测谎器就在他手中。

"……叫……丁……要武……"

第二天，当丁要武匆匆忙忙走下火车时，正巧在候车的人群中看见了他最担心的那双眼睛——浓眉大眼、机灵漂亮但有点流气的通信员黄红的眼睛。这双眼睛也看见了丁要武，想躲开已经来不及了，眼珠一转迎上前："连长，我来接你！"

"你怎么知道我回来？"

"能掐会算……不，'第六感'呗！"黄红说时一只手迅速插进裤兜，马上又抽出来。

丁要武已看出他在说谎，但没揭穿，而说起了自己的事："营长怀疑对了，没啥说的，回去写检讨，路费自己掏！"

黄红眼神惶惑地递给连长一支好烟："施工保障车在后勤装东西，快搭车回去吧！"

丁要武猜黄红兜里准揣着一张回家的火车票，为了别白白损失他这笔路费，同时也给他个体面下台的机会，便故意说："你在这儿等一会儿，我到街里办点急事！"

丁要武也真有件事要办：到邮局给爱人拍了封"我病危，速来队"的假电报。等他回到车站时，黄红真已悄悄把火车票退了，而且像压根儿就什么事也没发生似的说："连长，你信不信'第六感'？我算信了，这是科学。我昨晚一夜没合眼，总觉着你今天能回来，真就回来了，能说不科学？"

丁要武装出很信的样子说："我信，我昨天也老觉着你能到车站来，真来了！"

二

"第六感"大概是很科学的，因为常有非常熟悉、非常要好、非常知心的人能在同一时间的不同地点不约而同地想到同一问题。但丁要武和黄红在车站的相遇绝不符合"第六感"。他俩虽然同屋睡觉、同桌吃饭，但既不熟悉，又不要好，也不知心，更谈不上"非常"了。黄红是"T80型"的——一九八〇年入伍的城市新兵。这批兵啊，建军史上没见过！"文化大革命"开始时他才小学二年级，斗"走资派"没份。他们拿红缨枪站语录岗，过路人不会背语录不让过。有个二流子不会背，顺嘴胡编一编就混过去了，有个老实姑娘不会又不知道瞎编，被罚了半天站。事后二流子常来帮他们站岗，实际是借机调戏过路女人。黄红因此受了污染，十几岁就和不三不四的人来往。初中毕业后在家待业，交了两三个女朋友。父母怕他发展下去变成流氓，就走后门送他当兵了。因为长得机灵漂亮，被营长留下当通信员，干了好几个月惹了好几次事，营长就把他放到二连，在二连捅了几次娄子又被退回营部。营长真想把他中途退役，师里没批准，最后（也就是前十天）才放到丁要武他们一连试试。一连哪个排也不愿要。当时丁要武正带架线排在山里执行任务，他就把黄红带在身边暂时当通信员了。

而丁要武是"T68型"的——史无前例的一九六八年入伍（那批兵建军史上也没见过）。入伍前他叫丁学文，当过红卫兵文宣队长，因厌恶文宣队那套说假话、造派性谣言的勾当，摔耙子不干了，改名要武。他认为当时只有解放军干正事，其余都是闲扯，便一心当兵。

刚入伍时在师部当电影放映员。有一次机关晚点名,参谋长批评了几名科长不注意军容风纪,并号召干部战士都勇于批评不注意军容风纪的现象。事隔几天,丁要武却见副参谋长在街上一手插兜走路。晚上演电影,他就用扩音器向上千名干部战士念了一篇批评副参谋长的广播稿。新兵点名批评首长这在全军不算新奇,但在他们师却史无前例,顿时全场哗然,科长连忙把他撤下去写检讨书。号召批评,批评了为什么又让检讨?他不理解,不服气。正拿着笔一个字也写不出,副参谋长来了,表扬他敢于大胆批评不良现象的精神,同时跟他讲,部队不能像红卫兵那样用大字报和广播擅自点名批评人,应该注意方式、方法、组织原则,不是越胆大越革命,还要注意调查研究(原来副参谋长手砸伤缠着纱布才放在兜里的)。丁要武受了有生以来最大的感动,副参谋长成了他心目中最具体、最有威信的榜样,他也成了副参谋长格外喜欢的兵。研究他提干时,副参谋长曾对看不起他的人说过:"人不可貌相,拿破仑也就他这么高嘛!"后来他真成了全营首屈一指的连长。

营长把黄红拨给丁要武时,架线任务正处在关键时候,师里指示国庆节务必交付使用。而离国庆节只有五六天了,全连却忽然来了十一封电报,光架线排就五封,几乎全是新兵的,而且电文不是"父病重"就是"母病危"。来电报的都吵着要请假,其中黄红吵得最凶:"连首长可看清楚了,'母病危',如果死了见不着面,就得好好说道说道!"其实他母亲好好的,是他让一个女朋友拍的假电报。丁要武分析了情况:来电报的这些新兵差不多全是沈阳的。国庆节前后,沈阳正是不冷不热、瓜果齐全的好时候,国庆节各行各业都放假,是亲友们结伙野游的最佳日子。因此他判定,大部分电报是假的,于是当众宣布:"不是不相信新兵,老兵都知道,每到年节电报多,事实证明,其中不少是假的。所以不管谁,必须以当地武装部拍的为准,属实的也需'十一'后酌情给假!"

偏偏就在他亲口把这些话宣布完的当天,他自己也接到妻子病危的电报。"八一"前他妻子曾拍过一次电报了,说孩子病重。当时孩子刚满一岁，他以为妻子拍假电报催他回去给孩子庆生日连过团圆节。"八一"节连长怎么能请假呢，他只寄回点药拉倒了。哪想到，不几天孩子竟死了。这回突然又接到爱人病危的电报，他吓坏了，连忙拿起电话跟营长请假。营长说："'每逢佳节倍思亲'，你当连长的还能不懂吗？现在全营收到五十封电报了，你们连最多，真假都有，你也不是不清楚。你爱人是国庆节的生日，别人也不是不知道。你带头要走，好吗？再说任务，只有六天了，能完成？"

丁要武当即跟营长火了："孩子死了，还想让老婆也死吗？不给假我就直接找参谋长！"

营长知道丁要武和参谋长的关系，只好给假了，但是说："走时不要声张，就说到省军区开会得了，回去也跟老婆说说，别太拖后腿！"

偏偏这些话又让黄红听见了，他用看透一切的眼光瞅着丁要武说："我就不信真有舍己为人的干部！"

没有比既让领导怀疑又被群众不信任更窝火的事了。他从来也没那样哀求他人似的哀求黄红说："求求你，替我保密，一切等回来再解释！"

黄红哼哼哈哈答应了，但那闪闪烁烁的眼光真难叫人相信。要不是丁要武只在家里待了一天，黄红已经乘上开往家乡的列车了。

三

"连长，你把左手伸出来，我给你看看手相！"黄红在山坡的人堆里连推带挤钻到丁要武跟前。丁要武左手正捡着一片枫叶在变戏法，他把枫叶朝黄红一挥："去你的吧，纯粹慈禧太后不认电灯——闲（悬）扯淡！"

"连长你看你不信，看手相最唯物了，跟'第六感'一样唯物！"说着已把丁要武的左手扳过去了。

劳动休息的场合也没法认真，丁要武只好依了。他是左撇子，左手掌上的细纹让茧子盖住了，只剩三道粗纹。黄红卖着关子说："连长你看，左边这条是生命线，又粗又长。你是哪年生的？四九年，嗯，不敢瞎吹，也就活到二〇二九年——八十三岁吧。中间这条是事业线，哎呀，事业线粗是挺粗，伸不长就拐到右边去了。看来……连长要改行，改到哪一行不好说。我看有两种可能，一是转业，因为这条线拐到右边快和'爱情线'连上了；二是……如果爱人能随军，那就可能提到营里……当……副营长吧！嘿呀连长，我真不是骗你，你的爱情线非常不一般，越往下越粗。爱人啥样咱不敢瞎说，我敢肯定，你们的爱情相当不浅。谁不信可以过来比比，哪个有连长这么粗？这么长？"

爱情对小伙子无疑是有诱惑力的词，好几个战士看了看自己的"爱情线"。于是黄红又格外多说了几句："说到爱情线大家也别脸红。马克思给他夫人写过上百首情诗、情书，毛主席也写过，咱们提提爱情算啥呀？小菜！咱连长这方面够马克思主义者——爱人一封假电报赶紧就跑回去一趟，别人谁对亲人有这么深厚的无产阶级感情？"

黄红是想捉弄捉弄连长，同时达到也能回趟家的目的。丁要武当然不会听不出这番胡诌的用意，但也非常奇怪，堂堂一个连长怎么被新兵一张油嘴说得心里直痒痒呢？不是痒痒生命线长短，也不是痒痒事业线拐了弯，竟是被黄红称为爱情线的手纹在心里越变越粗，越变越长，发出了亮光，变成了铁路线——

爱人大前天就能接到电报了，现在应该在火车上或刚刚走出站台。这回一定留她多住些日子，她也够辛苦啦……

闪光的铁路线又变成了一条河，家乡的一条无名河。河里流着黑幽幽的秋水，河边，一个漂亮的姑娘在听他说话："……我们村数我家穷，真的。我六年级还拣姐姐的花布衫穿，鞋底掉了用麻绳绑，没穿过新的。本来有过一个人，她妈到我家相亲，一看那破房就吹了——小伙子一蹦就能蹿上去，窗户连块玻璃都没有。人家连屋都没敢进就走了,以后只回了个话,'我家姑娘先不忙出门子!'"

"说这些干啥,我又不是嫌贫爱富的势利眼,再说现在你是军官了,还说什么穷!"

"还是慎重些好,啥时觉着不合适就提出来。"

"别说这话!"

该分手了。他叫她回去,她非要过河不可。河水很凉,她挽起裤腿先蹚过去了。她在河边的小草地坐下来,从包里掏出十多个大黄梨。他很少吃过这样的好梨,每年春节能多吃几个黑冻梨就乐坏了。他只拿起一个黄梨,用刀切成两半。她夺下他手中的半块梨,一下扔进河里:"梨是不能分的,懂吗?"她挑了个最大的,削了皮,递给他:"梨不能分开吃,分开就是'分离'了!"她又伸出手:"握握手吧,祝我们白头到老,永不分离!"他慌张地伸出手,只握了一下就抽回来……

电话铃声。黄红回身抓过听筒,听是营长找连长说话,便递给丁要武。

"马上把汽车派回去?拉啥?缓一天不行吗?再有一会儿就全部完工了,我们一定今天赶回去,明天好和全连一块过节!什么?干一天活再叫走一二十里路,要命啊!不是我要命,三十多人……命令?不是除了司令部的命令谁的也不好使吗?通信科副科长要拉柴就等于司令部命令?等于不了。明天吧。你命令?……"他额头的三道杠又增加了一道,三道杠的时候就是怒不可遏了,嘭地撂了电话。他对黄红说:"通信员,到北村把水桶还给老乡!"又把手朝大家一招:"开干,加把劲,今晚一定赶回去,明天全连会餐!"

四

太阳落了,黄红还没回来。三十多人劳累一天不能都陪着挨饿,丁要武便叫排长带车先走,他自己留下来等。他想借这机会和黄红谈

7

谈心，黄红跟他这半个月，第一次遇到这么个好机会。

天黑了黄红才回来，他被老乡留下吃了顿好饭，却谎说帮老乡干了一大气活。他一看汽车走了，不禁暗生一股邪火，忽然恶作剧捂肚子一蹲："哎哟，肚子疼，像虫子咬似的疼！"他想叫连长背。

丁要武看黄红直抓土，脸都憋红了，不禁暗暗叫苦：自打春天进山就腿疼，因为任务紧才坚持着没去医院，疼了贴贴风湿膏，吃点止痛片，再不就针灸几下，自己走路都困难。要是别个战士，丁要武会解释一下情况鼓励他同自己慢慢走，对黄红却不行。黄红前几天还冷笑着对他说"我就不信真有舍己为人的干部"哪！但丁要武确实没法背黄红，只好做了亏心事似的说："歇会儿吧，我这儿有止痛药！"他从裤带上解下烫腿的热水壶连同常备的止痛片递给黄红。

黄红反而产生了胜利者的心情：怎么样，黑灯瞎火谁也看不见，连长能背我这个新兵？他竟乘胜继续恶作剧起来："哎哟，浑身发冷，像掉进冰窟窿了！"

丁要武又吞了两片止痛药，一咬牙蹲下了："来，我背你！"

黄红趴在连长背上不好意思叫了。丁要武忍痛往上托了托黄红："通信员，当兵在外不容易，交个朋友吧？"

黄红故意嘶呵了几下说："朋友太多了真挠头，快够一个排了！"不软不硬封了口。

"多个朋友多条路，少个冤家少堵墙嘛！"

"连长，说实话，真要交朋友你不够条件！"

"什么条件我不够？"

"有福同享，有难同当，有事相帮。我现在一是需要探家，二是钱不够花，你肯帮忙？"

"探家得党支部研究；钱可以给你，干什么用？"

"算了吧，说出干什么用就该批评了，我没见干部给兵钱的！"

丁要武用一只手把衣兜里的三十元钱全摸出来，塞给了黄红。黄红觉得自己被动了，马上把钱退回去："这是我出的一道考试题。如果再能一连回答我十次'你是谁'，每答不超过十秒，答得好就够朋友！"

这是日本一本《青年心理学》中测试性格优劣的方法，黄红肯定没看过那本书，不知是跟哪个女朋友学来的。丁要武却看过那本书，懂得这种测试的意义，暗自好笑说："考吧！"

黑暗中，谁也看不见谁的面孔，只听一粗一细的声音在问答。

"你是谁？"细声。

"我是军人！"粗而且迅速。

"二——"

"我是男人！"

"三——"

"我是生命线很长的人！"

"四——"

"我是事业线很长的人！"

"五——"

"我是爱情线很重的人！"

"六——"

"我是相信'第六感'的人！"

"七——"

"我是和你大哥同岁的人！"

"八——"

"我是对朋友忠诚的人！"

"九——"

"我是愿为朋友两肋插刀的人！"

"十——"

"我是愿做黄红朋友的人！"

丁要武每答都在五秒之内就完成了，然后马上反问："及格吗？"

这些回答黄红都能够接受，而且答得如此干脆、迅速，黄红不禁暗暗佩服，但他没回答是否及格，又拿出一张王牌故意说："我爱谈女人！"

丁要武稍一思索："我现在就和你谈！"

9

黄红索性赤裸裸说："我喜欢女人！"

"我也喜欢，但不是所有！"

"那当然，我就光喜欢年轻漂亮的！"

丁要武已经满腔怒火了，但强压着，不露声色说："这很抽象，具体谈谈！"

"……真由美、冷眉、刘晓庆……我都喜欢！"

"这些人漂亮有才能，而且有贡献，不仅你，一般人都喜欢她们，这是正常的。但是，动物性的喜欢就降低人格啦！"

黄红改用双关语问道："连长，你一定很喜欢你爱人吧？"心里话却是："你对爱人是不是动物性的喜欢呢？"

"她年轻，也漂亮，工作很能干，我当然喜欢了，也可以像你看手相时说的那样，很爱她！"好像对妻子的爱被黄红亵渎了似的，丁要武特别说："但绝不是降低人格的爱……"

漆黑的脚下响起流水声，是一条河横在眼前。意外的情况使谈话中止了。丁要武放下黄红。俩人解下腰带和鞋带接成一条绳。丁要武叫黄红在岸上拉着绳的一头，他自己扯着另一头慢慢走下河。河水扎骨，他打了个哆嗦腿就麻了。哟，冷水一冰比针灸都管用，不疼了。大着步子往前探，最深的地方只到胯骨，他连忙叫黄红往上拉。

丁要武又背起黄红过河。黄红趴在连长背上，听河水在夜色中神秘地流动，为连长和他攀朋友而骄傲了。

过了河，丁要武一声没吱背着黄红又走。黄红感到了连长吃力的呼吸声和嘎嘎吱吱的咬牙声，后来又感到连长鼻子在发抖。他忽然觉得连长有点可怜：当个连长有什么用，自己有老婆不能领着逛逛公园，却背着个捉弄他的兵走黑道；我要是他老婆，背一百里也值得，我是个不领情的兵啊！既是为了酬谢连长，又是为了抒发自己的感情，黄红轻轻哼起歌儿来：

在那遥远的地方，
有位好姑娘。

人们走过她的帐房，
都要回头留恋地张望。
我愿做一只小羊，
跟在她身旁。
每天看着她粉红的笑脸，
和那美丽金边的衣裳……

此时此地，丁要武没有反对唱这支以往他认为软绵绵的歌儿。他边听边想着自己的妻子，竟忘记了腿疼，一步步走得快了。他觉得爱人已到了连队，带来不少家乡特产在等他。饺子包好了，在锅里煮着……要叫上黄红一块吃。洗脚水也端上来了，还有黄红一盆……

黄红肉长的心被连长紧促的呼吸声震动了。他推说解手，下地蹲了一会儿说肚子不疼了。

五

俩人回到连队已是深夜。连部的灯还亮着。准是爱人来了，丁要武悄悄拉开连部的门，他想给爱人造成一个戏剧性效果。可是眼前出现的不是爱人而是营长。

和丁要武同年入伍、当红卫兵司令时就颇有大将风度的营长拿着个硬纸卷，好像是张奖状。

"营长还没休息？"丁要武疑惑地问。

营长毫无表情地嗯了一声："架线排很辛苦，我已代表营里对他们进行了表扬，还准备给他们报功。你也很辛苦，就不准备表扬了，写份检讨，过节后交给我。"

"检讨没执行你的派车命令吗？"

"还有耍个人英雄主义、向领导示威，以及……"

"你派车给私人办事违背司令部指示，我不应该服从。"丁要武尽量心平气和地说,"营长,你说的向领导示威是……"

营长掏出烟说:"既然不把车派回来,你为什么还要步行?"嚓地划着了火,"想让战士们看看你是英雄,敢为大家顶撞领导,又不怕苦!"

丁要武半晌才憋出几个字来,语气很轻,但脸已涨红了:"检讨,我没时间写。"

营长不屑再用语言说话,他拿出一封信(列车上训斥丁要武那个乘警写的)。丁要武看完信轻蔑一笑,又还给营长:"小人之心!"

营长以为丁要武骂他,一时按捺不住火起,有失大将风度地将手中纸卷扔给丁要武。他本来想好好和丁要武长谈一番,虚荣心破坏了既定方针,他自己也没想到竟用解恨的口气冒出一句不该这样说的话:"该检讨的事多了,这就是你要个人英雄主义的好处!"

丁要武刚打开纸卷手就发抖了。一分钟前他还盼着妻子来队,现在手中竟然是一张寄自家乡法院的离婚起诉书。他一口气看完起诉书,不禁胸中怒火蹿遍全身,双手一甩,起诉书变成两半,紧接着像火山爆发一样,全身怒火一喷而出:"离婚?白日做梦!当初是谁起誓赌咒永不分离、白头到老?一封一封信还在,白纸黑字是我逼她写的吗?我根本不知'罗密欧'是干啥吃的,她硬要当'朱丽叶'。现在我一没贪污,二没盗窃,三没搞破鞋,四没虐待她,凭什么她要离婚?让中国人民解放军堂堂的连长上法庭听她起诉,等她守二年活寡再说吧!"

营长要连长检讨的消息,第二天早晨就被黄红传遍全连。一些人想罢操为连长鸣不平。

丁要武站在队列前,两眼充血问道:"真有要罢操的吗?站到前面来!"

黄红挺身站出来,他认为连长够朋友了,为朋友要敢于两肋插刀。

"罢操,违反军令,我宣布,关黄红一星期禁闭,立即执行!"丁要武几乎是吼完,当即命令两个班长将黄红关了禁闭。

"军人只有服从军令的职责,没有罢操、罢课的权利!"丁要武声音震耳,目光逼人,"谁想不通,请主动找指导员上上政治课。为了惩罚一些人想罢操的行为,今天早操改为拔正步。有意见没有?"

"没有!"

"正步——走——!"口令一出,丁要武忍着腿疼啪地踢出腿。

咔、咔、咔、咔……甩臂、踢腿,踢腿、甩臂。一圈,一圈,一圈,一圈。战士们没怎么着,丁要武自己却淌汗了,一颗颗汗珠冒着白气从额头、鬓角往下滚……

"'慈爱要超过严格。严格中要有慈爱,否则严格便会变成残暴……'我没有违背苏沃洛夫的带兵格言!"丁要武这样想着看看表。

六

一辆吉普车快速开进师直通信营大院,在营部门前戛然而止。车门开了,却没有人下来。一个红脸上有块柳叶形伤疤的头探出来冲屋里喊:"叫营长!"

营长正主持营党委会讨论对丁要武的处分问题,听见喊声连忙跑出来,咔地一个标准军礼:"报告参谋长,我们正在开会,请指示!"

师参谋长在车上还礼:"上车,跟我去医院看看丁要武!"

营长看师参谋长异常严肃,忙解释:"丁要武因老婆离婚闹了点情绪,跑医院待几天就好了!"

"上车!"参谋长像没听见营长的话。

营长不知参谋长是何用意,坐在车里犯开了寻思:"莫非丁要武向参谋长告了我的状?"在营长眼里,参谋长是丁要武的后台。

吉普车开到陆军医院,拉上丁要武后一刻也没停又开走了。

丁要武和营长并肩坐在后排,他也被弄得莫名其妙:"参谋长,我们上哪儿去?"

参谋长坐在前面,脸色仍然异常严肃:"去铁路医院检查你的病!"

丁要武纳闷:难道参谋长听了营长的汇报,怀疑我闹情绪泡病号?

营长也在猜度：丁要武，让你耍个人英雄主义吧！连后台也惹火了，要是没病，有你好瞧的！

吉普车开进了铁路职工医院。参谋长叫营长和丁要武在车里等着，他提了文件包亲自去找医生。

营长和丁要武谁也不吱声，谁也不看谁。营长想抽烟，掏出来刚想自己点上，忽然又停住了。烟酒不分家世界通行，他不得不把烟盒递给丁要武："自己拿！"

"戒了！"丁要武连看也没看，他一气之下真的戒了。他自己也奇怪：别人都是心事越多烟越抽得厉害，我怎么就戒了呢？反常！

"老丁啊，个人英雄主义有什么好处？群众告状，老婆离婚，首长不信任，何苦呢？放下架子，检讨一下就完了！"

咔嚓一声，丁要武打开车门出去了，他锁着眉，咬牙在院子里来回走。

参谋长引着满头银发的老医生出来了，看丁要武在来回走，忙上前拦住向老医生介绍说："就是他！"

老医生从头到脚打量着丁要武，他要看看这位患尤文氏肉瘤已近晚期、骨腔腐烂成鱼肉状、只有薄薄一层骨表连着的人：矮个、精瘦、平凡得不能再平凡了，五天前竟背着战士走路、过河，还拔了半小时正步。简直不可想象！

"不能再叫他自己走路了！"老医生扶着丁要武的左臂，又叫营长扶住右臂，好像不扶着马上就有骨折的危险。

参谋长将起丁要武的裤子，轻轻摸了摸那条瘦腿。他了解丁要武，因而格外相信老医生的话。头疼脑热不吱声，肠炎痢疾不住院，一旦自己说出个疼字来，那就是疼得不行了。参谋长既心疼又气恨丁要武不早点到医院检查，他希望老医生是个神医："老先生，他这腿能治吧？"

"你们三位大概都是共产党员，我不能跟你们说假话，这条腿得截掉！"老医生半点开玩笑的意思也没有。

丁要武忽然像被推了一下，冷丁打了个趔趄："截掉？"

"看得出你毅力超人,但我不能不如实告诉你,不截掉不行!"

"为什么?"丁要武的口气好像这绝不应该,也绝不可能。

"看看我的头发你就不必问为什么了。对此事,知道为什么反而不好!"老医生银光闪闪的头发下那双眼睛不容置疑。

丁要武不再问了,他摆开扶着他的手,绝望地捋起裤腿,痴痴地盯着:这条从小就缺少营养的细腿真要截掉吗?

他不知营长和参谋长怎样把他扶进了吉普车。司机也难过地把车速减慢了,慢得像逆流中的木船。

"看来连长要改行,改到哪一行不好说,我看有两种可能,一是转业,因为事业线拐到右边快和爱情线连上了……"丁要武天旋地转间忽然想到了黄红的话。难道手相真准!扯淡!他还胡诌爱情线又粗又长呢?"天有不测风云,人有旦夕祸福",这话他却信了。离婚、截肢,截肢、离婚,这是上帝对不信仰上帝的人的惩罚吗?他仿佛被上帝攫走了灵魂,脸和眼都失去了光彩,木偶似的看着参谋长:"没有老婆的人可以当兵,没有腿的人还能当兵吗?完了,参谋长!"他又精神失常地看看营长:"今后还能听到我和你吵嘴的声音吗?快向后转了,营长同志!"

营长像被押上军事法庭似的低下头:"老丁,我求求你,截肢前回营参加一次党委会,听听我的检讨!"

丁要武无力地摇摇头:"这对于我,没什么意义啦!"他长叹一声,两眼谁也不瞅,像在对地府里的人说话:"'脚是决定胜利的基本条件',这是俄国大军事家苏沃洛夫的话!'全部战术都凭靠一只脚',这是俄国另一个大军事家的话!'当兵少条腿,等于乒乓球',这是我的话!"

参谋长照样那么严肃,一句同情和安慰的话也没有说。他认为说那种话此时对丁要武不但无用,反而有害。他仍然像来时那样头也不回地抽着烟,俨如一个鹤发童颜的将军想在大敌当前用镇静来鼓舞军心:"小丁,你今年三十了吧?"

丁要武头也不抬,又一声哀叹:"三十而倒!"

"你好像是念到高中二年'文化大革命'才开始？"

"不堪回首！"声音里带着哭腔。

"那么你应该听说过孙膑这个名字？"语调仍如冰如铁。

"没有双膝的古代军事家，跟将要截掉一条腿的小连长毫不相干！"

"'孙子膑脚，《兵法》修列'，这是大史学家司马迁的话，你不一定知道吧？"

"听说过，批林批孔时小道消息传的，这对我没有意义！"

"孙膑两条腿都不能动了，还乘木轮车带兵打仗。你即或截去一条腿，难道就不能骑摩托车指挥通信连吗？你认为大军事家不能和小连长同日而语，我可以替你找一本《无脚飞行员》看看。如果你觉得空军和陆军相差天地的话，我还可以给你找份独脚步兵连指导员的材料。"参谋长激动起来，"'世上无难事，只要肯登攀'，这是中国共产党的大军事家毛泽东的话！'精神支柱不倒，截掉一条腿照样三十而立'，这是我的话！"他摸了摸脸上由于激动而涨紫了的柳叶形伤疤，"年轻人遇到一点点挫折，别拿哀腔哭调去换取没有价值的同情和怜悯吧，那对共产党员军人是耻辱！"

丁要武像在大敌当前吓破了胆，而受沉着勇敢的统帅感染又突然振作起来的士兵，被攫走的灵魂又回来了，但还有些惊魂未定："参谋长，截了腿部队还要我吗？"

"我保证！"

"参谋长，我还有个要求——截肢前，给我几天假，我再用这条腿各处走走！"

参谋长这才回过头来看了一眼丁要武："给几天假可以，再走太危险了！"

"让通信员陪我行吗？他在禁闭室蹲着，是我把他关进去的。让他跟着我还省得在连队闹事！"

参谋长问："他犯了什么错误？"

"想罢操。"

"为什么要罢操？"

丁要武看了看营长："抗议营长对我的态度。"

营长说："我应该受到抗议！"

参谋长说："通信员也应该受到惩治！但条令上没有禁闭室这一条，以后不许搞禁闭了。回去马上把他放出来照顾连长。"

"是！"营长遵命。

参谋长又问丁要武："你请假都准备上哪儿走？"

"先上照相馆照张全身像，再上公园看看动物……如果允许，还想回趟家，打打离婚官司！"

一股冷风把参谋长吐出的烟圈扯成细绳投到丁要武肩上："这都可以。不过，我建议你先到荣军疗养院去一趟，看看我的战友于荣敏！"

七

丁要武被黄红搀扶进了荣军院大门口。正是残疾军人到自办的小工厂上早班的时候。盲人手持长竹竿，敲敲打打，拨拨拉拉，像工兵在探雷。一个三四岁的小姑娘趴在盲爸爸的背上，用各种口令指挥着爸爸前进。一车辆手摇车拐弯抹角鱼贯而行，有几辆上还坐着上幼儿园的小孩儿。当手摇车从步行的孩子身边一掠而过时，车上的孩子竟自豪地唱起了歌："……啊，摇篮，马背上的摇篮……"那手摇车并不像摇篮，而像船。上坡了，一辆手摇车便像遇了顶风的船，慢下来。有个肩挎双枪的小男孩在爸爸的车上瞅见了丁要武，他用木枪瞄着丁要武头上的红星唱起了"红星闪闪，放光彩……"啊，荣军院的早晨，一束束松针柏叶在朝阳里蓬勃地闪着光亮。

丁要武和黄红在肃静的像实验室的小屋里找到了于荣敏，一个头发灰白，眼睛明亮，身材极普通的小老太婆。丁要武接连打了两声招呼，她连头也没抬，照样打着算盘。他走到跟前大声说了两句，她才抬起头。她说话声音很大，好像生气了。

他客气地说："我们找于荣敏！"

"我听不见!"她指指自己的耳朵,"你们大概觉着这屋很静,我耳朵里可有三四种声响——飞机在屋里飞,呜隆呜隆的;海潮在屋里滚,哗啦哗啦的;还有'秋凉'在屋里叫,吱儿吱儿的——你们得大点声说!"

原来她耳朵里有那么多种声音!他大声说:"我找于荣敏!"声音太大,像打架。

"找我啊。"她很平常地指指椅子叫他坐下,看来常有军人找她。看完参谋长的亲笔介绍信,她平淡地说:"我的事不值得一讲,如果你需要,说说也没关系。你想了解哪方面的?"

"于师傅,您耳朵怎么会有三四种声音?"

"抗美援朝那年我在前线当广播员,天天用英语对美国鬼子喊话……"

他打断她的话:"您那时候就会英语?"

"我是外语学院毕业生。朝鲜战争爆发那年,我已经有个两岁的女儿了,她爸爸比我参军早,也上了朝鲜。因为需要,我后去的,女儿扔给了母亲……"

"您爱人呢?"

"我先说腿,完了再说他。"她稍微回忆了一下,"我们的广播站隐蔽在山洞里,许多山头都有喇叭。敌人光听见喇叭响,不知我们人在哪里。他们白天把喇叭炸掉,我们晚间又安上新的。有一回夜间我们又去安喇叭,踩上了敌人埋的地雷,我被崩起老高,腿炸断了,当时就摔成了脑震荡。这耳鸣是脑震荡留下的后遗症!"

他见老于拨拉了几下算盘,连忙往下追问:"后来呢?"

"受伤后我被送回国住进了医院。因为没了双腿,脑袋也不好使了,活着不能工作还得拖累孩子和爱人,我就想服毒自杀,药眼瞅都要吃下去了,被护士长发现。她夺下药对我说:'你这种举动在一本书里写过。'她借给我一本《钢铁是怎样炼成的》,我才知道保尔·柯察金也想自杀过。那本书使我坚强起来,但是想到爱人才二十六岁,孩子才两岁,能拖累他们一辈子吗?这个问题想了足有两个月,后来我给法院写了一封信，很长，要求离婚。法院很受感动，支持了我，我就办了离婚手续，到荣军院来了，一直到今天，现在我们自己办了小工厂，我在工厂里当会计，业余时间还看了不少小说，自己也想写写……"

"你爱人当时就同意离？"他问。

"当时他还在朝鲜，我背着他和组织说我已丧失了生育能力，组织考虑当时的部队情况，没征得他同意就给办了手续。虽然离了婚，他也常来看我。一过节，他爱人就来给我送东西……"

"他还在部队？"他问。

于荣敏点点头。

"部队在哪儿？"

"你这封信就是他写的。"

"参谋长？！"他惊讶地瞪大了眼睛。

……

丁要武和于荣敏谈完话，简直就像在玉皇大帝的圣水池中洗浴了一番，轻松、自在，灵魂中的悲观和消沉统统被洗去了，浑身上下好像插了许多翅膀。这些翅膀都张开着，跃跃欲飞，只要他大脑任意往哪儿一想，它们便会振翅朝那里翱翔。是啊，右腿截掉了，安条假腿嘛，现代科学发展到了断臂都能再植，一条腿算什么呀！

八

云山。

雾海。

树影。

花溪。

……

他像一缕轻飘飘的云絮，被来去不定的风推拥着悠忽不定地游移。

啊，那是什么山？他在山上走，赤脚，高高挽着裤管，身背小山似的一捆柴，一滴滴汗水越过脑门掉在长满尖刺的荆棵上。双腿划出条条血印，家织布裤子和腰间的布鞋都好好的。腿脚扎破了可以长好，裤子和鞋磨破了妈妈用什么做呀？

啊，那是什么河？黑沉沉的流水大概很深，同志们等一等，我下去试试。哟，好凉啊，扎骨头，但是不深。都挽挽裤腿下水吧！前面又是一条河，一样深吗？不一定，还得试试……

怎么前边还有河？不是河，叮咚潺潺，是小溪。谁在溪边捧水喝？呃，黄红。"不能喝，你不肚子疼吗？我壶里有暖腿的开水！喝吧，探家的事，支部研究研究再说。"

法庭？有生以来第一次走上了法庭。怎么腿有点抖？软骨头，别抖！抖得更厉害了。没做亏心事，抖什么？不抖了，一点也不抖了。法官同志，我签字，保证永不反悔。我老婆，不，她，她说的属实……

云山呢？

雾海呢？

树影呢？

花溪呢？

法庭呢？

右腿呢？

丁要武从麻醉中醒了，发觉自己躺在手术床上。啊，右腿截掉了，像一只山路上飞奔的摩托车的车轮，突然甩离开车体，坠落到深山峡谷里去了。还能让我看一看吗？我的腿？亲爱的腿呀，你跟我没得过一天消闲，让我再向你致一次歉意吧。别难过，离开我你就不会再受累啦！别看我流泪，这不是哭，是为你从此不再受累而高兴的啊！

丁要武听到了哭声。谁在哭？就在身边，他欠身一看，黄红在哭！真是的，给我看手相时你不是说我的生命线又粗又长吗？哭啥！

四轮车床轻轻地转着，黄红扶着床沿跟进病房。医生护士们散去了，丁要武望着黄红说："小黄，找点纸来，帮我写封信！"

黄红擦擦眼睛，说："连长，我没好好念书，写不好。"

"我说，你记，不会的字问我！"

俩人一个说，一个记，两三个小时才写完一封信。丁要武拿过去一看，字太不像样了，本想自己重抄一遍，但看上面点点滴滴洒着黄红的泪水，便没忍心挫伤他的自尊心，叫原样邮走了。

信是这么写的——

月辉同志：

法院寄给我的起诉书已经收到。

这一阵实在太忙（你知道我们总是忙），抽不出时间和你告别了，好在前几天我已回去看过你，见你没病，我不能不只住一天就走了。回到部队我就给你拍了封电报，那是假的，我一点病没有，也是想骗你到部队来过节，多住些日子，就算休探亲假了。结果回音是一份离婚起诉书。

现在我一点都不感意外了。当初我们的结合就没有基础。本来你有你情投意合的对象，我有我志同道合的朋友；他是你"师范"时的同志，我是她中学时的同桌；毕业后我们各自都互定终身了。但在那左得出奇的年代自由恋爱是耻辱，组织和父母包办才名正言顺。你当科长的爸爸嫌你那同学的父母都是臭知识分子，政治条件不理想，硬用棍子把你们打散了，你头上的伤疤至今还印在我心头；我那朋友的母亲嫌我家太穷，连屋都没让进就把女儿拽走了，我的脑海至今还留着羞辱的影子。抛弃了理想的爱情，你受父母之命违心地嫁给了党员军官的我。尽管你立过海誓山盟，违心的理智毕竟代替不了感情。我们太不一致了，所以很难建立起越来越深厚的情谊。不但在别人眼里，就连我自己也觉得不般配，相貌、性格、衣、食、住、行，甚至买件衣服也要因为颜色发生分歧。结婚三年来，你没吃一顿我做的饭，没穿一件我买的衣，就连你给我织的毛裤也被送了人。你爱新鲜漂亮的时兴衣饰，这是无可非议的。可我不但没给你买过，而且在你兴高采烈穿上的时候跟你争吵，使你难过。你有权利按着自己的爱好去衣、食、住、行。但江山易改，人的禀性难移啊！三十年养成的习性难以改变了。有人以为我故意做苦行僧，你也认为我是为了个人进步。其实不是，我真的没有觉得苦，从小苦惯了，所以现在无论衣、食、住、行我都觉得比那时候甜。尤其粉碎"四人帮"后，国家为部队基层干部增加了工资，更使我多了甜感。人都觉得最苦的夫妻两地生活，我当然也希望夫妻能在一起，但暂时办不到哇！说我为了进步吗？也许，人哪有不想进步的。但我倒没太看重这个，因而留部队的同学差不多数我进步最慢了。我做事往往是受感情驱使的。那些家在穷乡僻壤的战士一发生经济危机，我的感情就不理智地驱使我把钱分给他们些，加上父母要钱也多，你常常每月得不到我分文。每次来部队，我几乎没领你逛逛公园或手牵手看个戏，反而不是叫你给战士们拆被子，就是让你给干部们补衣服。我呢，每次探家也总是提前归队。你在我心中的位置太小了，所以你无法从我这儿得到足够的爱情和温暖。今年夏天你来部队，走时孩子快满一岁了，你叫我"八一"和孩子一块过个生日，我没能回去。"八一"前又来电报说孩子病重，我也没回去，结果孩子死了。这都怨我心狠，我已穿便衣到他坟前烧纸钱赎过罪了。

　　我没买过家具，盖的三间房都是你和你父亲的功劳，家里的一切财产我都没权处理，你自便吧。我有几本书在你那里，如果肯帮忙的话麻烦给我寄来，没时间就算了。

　　你是共产党员，我也是。我们不必向上帝赌咒起誓，我凭良心保证，给你的温暖太少绝不是因为以前另有所爱，我也绝不会怀疑你生活作风有问题。

不必回信。

家里欠的二百元债款我马上寄还。

法院的起诉书我已签字,马上寄出。

丁要武没有想到,黄红认为这封信不该这样写,因此邮的时候他偷着加了几句话。

九

一声鸡鸣,像军号,丁要武被叫醒了。睁开眼,漆黑一片,是房东老大娘的鸡在叫还是妈妈的鸡在叫?又叫了,鸡喉那么响亮:"咯——咯——喽——!"哟,就在床下。

他想起来了,这鸡是昨晚九点多钟时一个退伍要走的老兵送来的,叫黄红杀了给他煨汤吃。差点忘了,那老兵说早上五点钟退伍兵上火车。得送送他们,现在不去送,恐怕今生再没机会见到他们了,听说这腿是不治之症。他划根火柴看表,三点整,现在就得走了。

他打开灯想叫醒护理他的黄红,黄红睡得正死,叫两声也没听见。十八九的战士睡觉比吃精粉饺子都香,算了,自己去吧。

丁要武穿好衣服,轻轻摸过双拐,走到黄红床前掖了掖被子,关了灯。他怕出门被护士拦住,便想从窗子爬出去。夜黑,又刚换棉衣不久,笨手笨脚一下踩着痰盂,连人带拐扑倒在脸盆上,哐啷啷一阵响把黄红惊醒了。

黄红扶起丁要武,坚决不让去。

丁要武拄着拐问黄红:"平常总说'为朋友两肋插刀',现在他们要走,为什么不让我去?"

"这帮老兵都不是玩意儿,哪班的也不愿要我,朋友个屁!"

"他们跟我还是朋友嘛,都是好几年的老朋友了,这一走恐怕再没见面的可能了,不送送,能说得过去吗?"

"跟他们说得过去，跟我就说不过去！"

"跟你咱们完了再说，跟他们这是最后一次了！"

"我知道你跟我不是真心交朋友，你自己去吧，我不陪！"

"不用陪，帮我爬出窗子就行，再到门卫给我做个证明。"

黄红不情愿地把丁要武送出大门就又睡了。

丁要武截肢才十三天，用双拐走路还不熟练，本应走一会就歇一气，但怕一坐下就站不起来，所以走三四里路也没敢歇。离连队还有二里多路的时候，终于摔倒了，疼得浑身冒汗，爬了好几次也没站起来。

天还黑着，对于行人来说，太早了。退伍老兵五点钟就上火车，对于丁要武，是有点太晚了。爬吧，爬回去能见上他们一面也好，他一手抓着一只拐爬起来。

爬着，爬着，听后面有人跑过来，差点没从他身边跑过去，他连忙发出求援的呼喊，那人才发现他，他一看，是黄红。

"我想你会来的，背我一程吧，谢谢你！"

丁要武本来体重就轻，截去一条腿就更轻了，黄红很容易就背动了他，但却要往医院去。

丁要武急眼了，真想扇黄红一个耳光："我是连长，我命令你背我回连队！"

"你违反了医院纪律，无权命令我！"黄红照样往回走着。这时候，你就是上帝也命令不了他。

"黄红，我求求你，站住！"丁要武发抖的哀求声使黄红站住了。

"看那天我背你回连的面子，我求你今天也把我背回连去！"对于黄红，哀求比命令好使。

黄红掉转了方向，但并没改嘴："从明天开始，你仍然只是我的连长。朋友二字，不要再提了！"

"我只求你五点之前把我背回连队！"

一双腿由两颗矛盾的心指挥着，别别扭扭走到了连队。

"口令！"黑暗中传出哨兵的喝问。

"我是丁要武！"

一束手电光在丁要武和黄红身上转了两圈，停在那条空荡荡随风摆动的棉裤腿上，接着便一晃一晃地跑上来。黑影中，响起大头鞋跟重重的一碰声，一只右手举向帽檐："连长，你……谢谢黄红，我来背！"

丁要武从黄红背上下来了，笑着和哨兵握握手："归哨吧，马上就要走了，把最后一班岗站好！"他叫黄红："走，到暖房去看看，肯定有人！"

暖房的灯果然亮着，四个老兵坐在黄瓜架下喝酒，一条条两三寸长的黄瓜就在他们眼前的瓜秧上悬着。

他们看见丁要武马上都站起来。外号叫"馋猫"的小老兵递过一只碗说："连长，一块干干咱们连的龙泉酒吧！"

丁要武接过碗一看，碗里是凉水冲的干辣椒末。他们刚给暖房所有的菜浇了一遍水，出于激动，便以凉水冲辣椒末当酒空嘴喝起来。丁要武看着眼前一条条嫩绿的小黄瓜，不免一阵激动，外号"馋猫"的小老兵就是因为夜间站岗偷过黄瓜而得的名啊！丁要武真想伸手摘下一捧让他们吃吃，但有黄红在，他没摘。他接过水碗刚送到嘴边，又被小老兵拦住了："连长，我忘了你上厕所不方便，这是生水！"

丁要武懂得这些老兵，为了表达几年来凝聚的深重感情，别说拉一回肚子，从身上割下块肉下酒也肯的。这种表达感情的方式虽然近于原始，也有违于科学，但对于他们却比科学管用。丁要武咕嘟嘟把一碗辣椒水喝了。

几个老兵见黄红用嘲讽的眼光看他们这种举动，便也递一碗凉水给他："你小子非喝了不行，要走的人了，揍你没辙！"说着要灌。

丁要武夺过碗："他有肠炎，要他命吗？"他又咕嘟嘟几口代黄红喝了。

几个老兵还是不饶黄红："连碗水都不肯喝，他能为连长流汗？偷奸耍滑惯了，非喝不可！"

丁要武怒道："是黄红把我背回来看你们的，不像话！走，不喝！"

黄红在家是挨过揍的，他也知道要走的老兵一急眼，什么都敢干，忙跟着丁要武走了。

他俩来到炊事班。全班都没睡，退伍的炊事员刚好给一个新兵理完发。丁要武点了点新兵的头："老同志要走了，也不叫歇会儿，谁也别剪了！"

炊事员看着丁要武的空裤腿，眼角有点湿："连长，我给你理一次吧，往后就理不着啦！"

"还短，歇会儿吧！"丁要武拉过黄红，"不愿歇就给通信员理理！"

黄红的头发比别人都长，鬓角也大，炊事员看了看说："大鬓角我可不会理，要理就是平头。"

黄红没让理，跟着丁要武往连部去了。

穿山风卷着雪沫把一阵骂声送进他俩的耳朵："老子当兵三年，一脚踢出去拉倒哇？现在最后通牒，不给填张党表坚决不走！给你们白干哪？"

丁要武忍不住了，一拐撞开连部的门，一声不吱立在门口，威严地盯着破口大骂的李大虎。

大虎看见了连长，还坐着不肯罢休的样子，但骂声已经住了。丁要武继续威严地站着，不进屋，也不关门，风把他的空裤腿吹得前后直摆。

大虎受不住双拐支撑着的连长的电似的目光，慢慢站起来。一时屋里静得只剩风往里面钻的声音。

丁要武慢慢地、轻轻地，却十分威严地说道："大虎，你想和大伙一块走，还是想蹲几天禁闭，等我腿好了回来给你个处分再走？"

大虎蔫蔫地躲开了丁要武的目光。

集合号响了。

"大虎，到底想怎么走？"丁要武用左拐指着大虎。

"我……我一块走……"

送站的大卡车开进了院子。全连迅速集合完毕，退伍的在前排，留部队的在后排。

值周排长跑步到指导员面前，立定，敬礼："报告指导员，整队完毕，请指示！"

指导员走到队前，敬礼："同志们，连长偷着跑回来送大家，请他讲话！"

指导员扶着丁要武走到队前，丁要武把左拐倚在胸前，站定后又把左手慢慢伸向帽檐："再见了，各位战友，原谅我不能用右手给你们敬礼！"

随着丁要武的话，全体退伍兵唰地立正。看着连长半晌也没放下的左手，有人低声抽了抽鼻子。

丁要武把手慢慢放下，身子稍向前倾，使脚和双拐成三角形站稳，眼光从排头一直扫到排尾：三班副把风纪扣扣上……王小元帽子没戴正……请稍息！

"我不打算说什么难分难舍的话，也不想嘱咐你们回去后常来信了。信，有时间就写，没时间就算了。我想说的是，按照中华人民共和国的法律，你们完成了服兵役的义务，今天就要离开连队了。在服兵役期间，有的同志立了功，受过奖，有的还入了党，入了团，这说明任务完成得比较好。任务完成得好是光荣的，但无疑也是应该的，绝不是退伍后闹工作、闹照顾的理由。谁要拿这个去闹，那就证明他还不够是一个好战士，还不懂得服兵役是履行一个公民义务的起码行为。我们自己不要把几年的当兵生活看得过于神圣和高尚，请注意，我说的是'过于'。自己看得'过于'了，并且总流于言谈举止，在人民的心目中，你的人格就会降低。

"至于没有立功受奖的，也不能说任务完成得不好。尽了三年义务，也是光荣的，但不要说什么'三年兵白当了，连个党票也不给'，那他就是自己在丑化自己。兵役法上光写着服兵役是每个青年公民的义务，并没有保证发给党票这一条。党章上也没有当三年兵就应该发展入党这一条！

"这些丑话不应该这时说，可是我说了，请大家原谅。

"我代表留队的同志们谢谢大家。有的同志刚从哨位上下来，有的刚给菜浇完水,有的刚才还给新兵理发,饲养员根本就没睡,给猪抓了一夜虱子。这些事,留下的同志是不会忘记的。

"我也忘不了你们跟我个人的友谊。有一次下雨,我们的烟叶都潮了,拿到乒乓球台上晒。我只剩两片烟叶了,晚上往回拿时,却变得比谁都多,你们会抽烟的都偷着给我放了一把。对此,我不用多说了。对新兵,我还想说一句,我们对他们爱护得还不够。比如,黄红来咱们连后进步很大,今早是他背我回来送大家的,有的同志对他却不够友好……"

丁要武脸上滚出的汗珠冒着热气,一颗一颗落在被风吹动的空裤腿上。

黄红鼻子酸了,湿着眼圈对老兵们说:"连长要回来……看你们,我却睡觉,不来送他,他自己在地上……爬……"

队列里不知谁抽泣起来。丁要武也说不下去了。抽泣声连成一片。

十

志愿兵王江结婚,请丁要武回去参加婚礼,丁要武怕挂个大拐冲了喜兴,光让黄红去了。他独自待在病房里,望着暮色中纷飞的大雪拉开了床头柜的抽屉。抽屉上绷着七根粗细不等的细钢丝,这是他自制的"抽屉琴"。他一边望雪一边弹琴,心也在随着雪片跳跃。雪这么大,暖棚和猪圈盖严了没有?还有菜窖。炉子也应该多烧一会儿,不然理光头的战士会冻感冒的,明天得回连去一趟……听说黄红家里又来了电报,跟指导员说说,让他回去看看……

黄红领着王江夫妇来给连长送新婚喜糖了。丁要武收起琴向新婚夫妇祝贺。

王江的母亲是个后娘,家里不管他的婚事,从找对象到举行婚礼,里里外外都是丁要武给张罗的。新娘感激地向丁要武敬礼,又要划火给点烟。丁要武自己拿了一块喜糖:"烟戒了,吃块喜糖吧,祝你们生活甜蜜，永远幸福！"

黄红非让新娘把在婚礼上给大家唱的歌再给连长唱一遍，新娘真唱了，她唱的是《我们的生活充满阳光》。歌声引来了不少人。大家说着笑着给新婚夫妇祝福。

有个年轻女人在屋外徘徊，她带着东西想看看丁要武，看到屋里的情景，犹豫了好一会儿也没敢进去。

丁要武忽然觉得身热口渴，黄红忙给他打开一瓶梨罐头。他身边的方桌、圆凳和床下摆满了战士们送的罐头，有二三百瓶：橘子的、苹果的、山楂的、葡萄的、西瓜的……五颜六色，像几簇山花开在他身边，他却哪样也不想吃，说有个冻梨就好了。他最爱吃冻梨，可惜没有。

走廊里的年轻女人听见了丁要武的话，她把带的东西往走廊一丢，急忙朝街里跑。她熟悉市里的街道，她一家一家水果店跑着。凛冽的寒风卷着雪花，冻疼了她的脸，却买不到冻梨。

她想起了电影院门前的小摊。花生、瓜子都有，大概会有冻梨。她跑到最大的电影院一看，什么都有，就是没有冻梨。她又跑到火车站，各式各样的小摊多的是，她像市场管理员一样挨个查着小摊的货，查遍了，还是没有冻梨。

忽然她看见一个小伙子推着的小车上有十几个冻梨。她气喘吁吁跑过去，对比她还小的小伙子说："师傅，这几个冻梨卖给我吧！"像走后门时巴结人的样子。

卖不出去梨的小伙子喜出望外，看着乞求他的女人，说："两元一斤，买不买？"

她看他一眼，一咬嘴唇："快点称吧！"

梨一共是二斤七两，她把五元钱一扔，用头巾包着梨就走，小伙子叫住她："还缺四毛钱哪？"

她兜里没有零钱："你卖得也太贵了，少点就少点呗！"

"嘿，嫌贵呀？跟我到家玩一会儿一分钱不要！"

就在这节骨眼上，黄红从自行车跳下来，冲卖梨小伙子怒喝道：

29

"老实点，不老实送你上公安局！"又对女人说："还不快走！"

女人拿起梨说声谢谢，黄红又把她叫住了。

"冻梨，卖给我吧！"

"我有急用！"

"我加倍给你钱！"

女人非常为难："解放军同志，我确实急用！"

"那少卖我几个！"

黄红拿了几个梨，丢下两元钱也骑车走了。

年轻女人跑回病房门口，轻轻敲门。不知是敲得太轻还是屋里唠得正热闹，门没开。她鼓足勇气又使劲敲了几下。

黄红出来开门。俩人互相都愣住了："你……"黄红如坠雾中。

"我找丁要武！"像要饭的口气，她就是丁要武的妻子李月辉。

屋里的人谁也没搭话，都不知该怎么称呼好。丁要武支撑着从床上坐起来："月辉？！"

李月辉手里的冻梨噼里啪啦掉在地上，滚着。

"大家帮个忙，快把梨捡起来洗洗，给她搬个凳子！"丁要武着慌地说。

没人动。丁要武叫黄红："通信员，你扶我一下，我自己捡！"

黄红没想到连长的妻子比他猜想的要漂亮十倍，和连长太不般配了，怪不得要离婚。他没让连长下床，连忙搬凳、捡梨，忙开了。

李月辉坐下，丁要武又叫黄红给她倒水，完全是待客的那种热情。

倒完水，黄红把大家都打发走了，他偷偷多瞅了几眼李月辉也出去了，他知道这时候俩人有不便别人听的话要说。李月辉的到来，就是因为黄红在丁要武的信中说了截腿的事。

屋里只剩丁要武和李月辉。李月辉看着丁要武的腿。丁要武看着李月辉的脸。什么声音也没有。泪水从李月辉眼里流出来，她想抚摸一下丁要武的断腿，但又不敢。她不知自己是否还有这个权利了。"要武，我已把起诉书要回来了，我不知道你的腿……"

"你不该这样，不该把这事和我的腿联系上。我们之间，除了我这条腿，其他都没有变化，你不承认这是怜悯吗？怜悯不能使我们走完比以前艰难十倍的路！"

"要武，不是怜悯人，人是可以变的！"她乞求地望着他。

"人确实可以变，变得太快，不久还会变的。"他嘴里硬得像铁，心里却在叮咛自己：坚强些，千万不能因一时激动再继续酿造双方的痛苦，腿上长了癌已确实无疑，今后更没有精力去排解多余的痛苦了。"即使你今后不再变化，我也不同意，理由很简单，我不爱你！"他尽量控制自己别流露出一点藕断丝连的感情。

"你说的不是实话！"她深情地望着他。

"完全是实话。"他冷冰冰地答。

她陷入痛苦的漩涡不能自拔的样子："我真的一点值得你爱的地方也没有了吗？"

"'假如你认为我应该属于你个人，那么，我将是你的坏丈夫。我应该首先属于战士，然后才属于你。'这是我过去跟你说过的话，现在，我已经一条腿了，更无法首先属于你了！"

"从今以后，你怎么办我都同意。"

"我现在希望你把起诉书再送上去，如果你不送，我也要送！"

她不再说什么，咬住嘴唇把几个冻梨擦净，放在他身边。他掏出小刀把梨切成两半。俩人望着两半冻梨，谁也没吃。

"如果不需要我，明天一早我就回去了。"她泪水一滴一滴掉着说。

他点点头："什么也不需要，我该休息了。"

她帮他整理完了床铺、桌子和床头柜，真的走了，当嚓嚓的脚步声在门外消逝的时候，丁要武一头扑在枕上。

黄红一直在走廊等着，李月辉刚走，他马上就回到病房，见连长满眼泪水，一时蒙了。

丁要武没有擦泪，也没说话，拉开抽屉，找出理发推子要给黄红理发，黄红的头发太长了。

黄红第一次看见连长哭了，不知怎样安慰安慰才好，等丁要武开始给他剪头了才怯怯地问："……她呢？"

"走了。"

理发推子咔嚓咔嚓地响着。

"连长,你不该这样对待她,她花两元钱一斤给你买梨!"

丁要武吐掉流进嘴角的泪水,也不回答黄红的话,而是问:"听说你家又来电报了?我已经能自理了,明天我跟指导员商量一下,给你几天假回去看看母……"

黄红连忙把吸进的一口烟吐出来,他想插句话,可烟刚一吐出来,丁要武就呛得咳嗽着说:"把烟……戒了吧,有啥用。我这些日子……戒了烟,感觉好多……"一阵剧烈咳嗽,他停下推子,躺到床上平息了一会儿。

黄红掐灭了烟,坐在那儿说:"连长,你批评吧,电报是假的!"

好半天也没听连长回答。黄红回头一看,丁要武像躺在罐头的花丛中睡着了,右手握着推子,左手平放着,手心朝上,三条蒙着硬茧的手纹——爱情线、事业线、生命线又粗又长,又粗又长,又粗又长。

黄红上前叫了两声,又推了推,一动不动,摸摸脉搏,已经不跳。他突然扑到床上哭喊起来:"连长——"

1982年5月初稿于沈阳
1982年12月改毕于沈阳
1983年1月号《解放军文艺》

啊，索伦河谷的枪声

一

一登上山岗，豪迈的大野秋风便迎上来，用长长的手指梳擦他汗湿的头发，掀弄他湿透的军衣，抚摸他发烫的脸颊和胸膛，他身上的背包被风用另一只手托起，后来整个身体都像被风用双臂热情地抱起来了。这么亲切，是老排长派来的吧？冼文弓恍若飘飘欲仙了。他迎风向三连方向眺去。

漫山遍野像燃着了五颜六色的火：独立的山杏树像支支鲜红的炬火，一丛一簇的柞树像片片殷红的野火，金黄耀眼的白桦和青苍翠绿的松树混杂着像裹着浓烟的烈火⋯⋯火焰在风的挑拨下，又像千军万马在厮杀。

山下一片大谷。清亮亮的索伦河流经谷底，钻进远山。河畔烧过的草地，黑乎乎的，像国画先生泼洒了成吨成吨的墨汁。啊，河边的索伦寨。啊，寨旁的三连——红的是营房，灰的是炮库，绿光闪闪的是火箭炮。成吉思汗边墙呢？草遮树掩，搜寻了好几遍才隐约捕捉到卧蟒似的墙迹。他激动了，想吟一首古边塞诗。诗情涌动了一阵，挤出喉咙的却是一首流行的现代词：

一代天骄

成吉思汗

只识弯弓射大雕

俱往矣

数风流人物……

二

"枪毙！甩！抠啦！"

"罚酒，干！不干，洗十套军装！"

这阵哄吵声像被另一股恶意的风故意送来的，把他的诗情扫断了。他的心又被拽到现实中来。吵声来自左前方山脚，肯定是三连的"集群导弹"趁星期天蹽到山上饮酒取乐无疑。这时候打扰了他们，双方无疑都会尴尬。正犹豫，一阵箫声又从正前方山脚飘上来，曲子是《苏武牧羊》，变成词就是："苏武……苦忍十九年……牧羊北海边……白发娘，望儿归，红妆守空帷……"箫声太哀婉，宛如柔曼的化学灭火雾，和那雨似的哄吵声一混合，冼文弓的热情顿时被浇灭了。他判断，这是个性格内向、心思很重的兵在吹，这种兵一般怨而不怒，反抗也只是消极的，比那些外向型性格、情感爆发速度快的"集群导弹"好对付，于是朝箫声走去了。

吹箫的是个老兵，头发该理没理，胡子该刮没刮，目光滞郁，面无表情，披大衣坐一块石头上，脚前一个贴有"高粱白酒"商标的瓶子，瓶下一张报纸，上面摊摆着一副扑克，是按算卦的方法摆的。旁边一堆残火，一截湿柳枝穿条小鱼插在火中，已经烤熟。最奇怪的是，一只狍子在他跟前站着，像被箫声吸引来的。

冼文弓在老兵眼前站半分钟了，老兵只抬眼瞅了瞅，仍眼盯扑克吹箫，倒是狍子礼貌地来舔他的衣角。这狍子，黄褐色油亮的腰身上带有浅浅淡淡隐隐约约的白斑纹，像初冬的山坡上第一次飘落的零星小雪。短短的兔子似的尾巴。鹿一样的长脖子，鹿一样的小脑袋，鹿一样的两只角，鹿一样的四条腿。它像鹿那样落落大方地用聪明、热情而带有疑问的眼睛望着冼文弓。

只在动物园见过真狍子真鹿的冼文弓暗想，难道是只鹿？他问："上三连怎么走？"这是明知故问。

"往前走。"长发老兵毫无表情地答完又吹。

"是三连的吗？"冼文弓放下背包、网兜。

长发老兵只点点头，继续吹。

"卦算得不好哇！"冼文弓看看卦牌，往背包上一坐，"是三连放鹿的？"

老兵略略摇头。

"那么你是病号？"为了博得好感，冼文弓递上一支烟。

"我还不知你是哪个单位的，同志。"老兵以问为答。

"我是三连新任指导员。"冼文弓要给老兵点烟。老兵一点欢迎的表示也没有，竖起手掌挡住："不会。"拿过酒瓶喝了一点，擦擦嘴："想来一口吗？"

"不，我不会！"

"那我就自己来了。"老兵探身抓过火中的小鱼嚼着。

冼文弓有点尴尬，硬着头皮问："连里什么时候养的鹿？"

"是春天养的。如果指导员指狍为鹿的话，也可以，它是鹿的一种。"

"唔，狍子养成家畜，奇迹。你养的？"

"闲极无聊而已。"老兵又拿起箫。

根据对方简短的对话和不把干部放在眼里的漠然情态，冼文弓判断：这老兵经历过重大挫折，并且跟干部有直接关系，气质类型属于黏液质，情感爆发慢，有事好憋在心里，短时间很难从他嘴里知道什么。"指狍为鹿""闲极无聊而已"，说明他好像还爱读古诗文。冼文弓忽然想到一首古边塞诗，联系眼前情景改头换面说："你这是'高

35

梁白酒玻璃杯，欲饮洞箫马上吹'①哟！"

"醉坐边疆君莫笑。"老兵不以为然地和了一句。

冼文弓一惊："下半句是'古来征战几人回'吗？"

老兵不置可否，站起来，穿衣、熄火、敛好扑克，履行公事似的说："我在连里没具体工作，喂猪打杂的。老兵嘴馋，赶星期天出来抓几条鱼改善改善。"他到河边拎回一串小鱼，"我往回走了，愿意同路的话，我的狍子可以帮你驮驮行李。"见冼文弓点头，便把行李网兜搭在狍背上。

冼文弓发现长发老兵坐的是块石碑，上刻隶书"英灵"二字。"这碑会不会和成吉思汗边墙有联系？"冼文弓又以此为媒介和老兵搭话。

"日本教科书把'侵略'改成'进入'了，这是他们'进入'的纪念品——关东军少将的战马死了，少将亲笔题字立碑。"老兵脸上终于有了点表情，但说不清是喜是怒，也说不清是冲冼文弓把日本马碑安到成吉思汗边墙上的讹误而来的，还是冲日本关东军少将去的，末了又不无讽刺地补充："又是搞教育的好材料了。"

冼文弓总算从他脸上捕捉到一点确切的表情——嘲讽。"这嘲讽显然是对我。他跟我既不认不识，又无怨无仇，为什么要嘲讽？凭感觉，这嘲讽针对的是'指导员'或'干部'，因为我的情况他只知道这两点。"

长发老兵牵起狍子走了，冼文弓琢磨着跟上。

成吉思汗边墙已被岁月磨平，沟上沟下长满了与山体吻合的小草。顺边墙走了一阵，两人一狍来到甩扑克那一伙跟前。

"围住！扔下扑克！别打！快！"

"从谁那儿跑掉罚半斤酒！"

六七个光头战士围成的圈儿，在喊声中急剧移动，变化。一会儿变成三角形，一会儿变成长方形，最后变成圆形不动了。发现来了生

---

① 古诗原文是："葡萄美酒夜光杯，欲饮琵琶马上催。醉卧沙场君莫笑，古来征战几人回。"系唐代王翰的《凉州词》。

人，并且一副书生相，脑袋最亮的一个兵冲长发老兵招呼道："到咱'鸡毛连'体验生活的吗？"

"新任指导员。"

亮脑袋兵抓抓自己闪亮的光头，似乎是因失礼而表示抱歉。其他几个光头也都怔了怔，谁也没动。

亮脑袋："欢迎，新指导员太……革命……化了。真对不起，现在我们谁也不能动，一动这家伙会蹽！"

冼文弓脑中刚一闪出"胆汁质"的判断，亮脑袋忽然说："对了，欢迎指导员发挥一点……政治工作的威力，帮我们把蛇……抓住。"

蛇？！冼文弓仅仅听了个"蛇"字，毛发就直竖起来，心理学那套术语瞬息灰飞烟灭，脑子变成真空。小时候他在山上打柴，一盘青蛇碰着了他的手。凉冰冰、软乎乎的蛇立起前半截身子，嘴吐红芯子，眼射青光，和他惊呆、瞪圆的眼睛对视了好几分钟。当他发觉冰凉的汗珠顺着脊梁往下流时，突然拔腿狂逃，但还是被咬了一口，腿肿得像根透明的玉石柱子……因此"蛇"字对他形成了可怕的条件反射。

"指导员，快点，发挥一下！"亮脑袋挤挤眼，"蛇要跑，共产党员同志，考验我们的时候到了，别后退！"

有人想跑，但又没敢动。冼文弓脑子恢复了常态，看这几个光头都不可能是党员，"共产党员同志们"，分明是对新任指导员的挑衅。《战士心理学》已经写到一半的冼文弓，完全猜得到"集群导弹"此时的心理。他的白脸红了，刹那间脚下歪倒的酒瓶成了救命稻草，他抓起来，咕噜噜把没洒净的一大口白酒饮干。一股热流核反应似的冲击着他，他一捋袖子上去了。一盘褐色花蛇逼真真映进眼里，他鼻梁沁出一层油汗，故作镇静道："别动，你不动它就不动！"回身取下炮背上的脸盆，轻轻绕到蛇背后，迅雷不及掩耳地扣下去，同时用胸脯压住脸盆。只半分钟之隔，他一点也不害怕了，还好像体验到黄继光堵枪眼时的壮烈感觉。他自己也不知为什么竟笑着让光头们坐下，看他怎样把蛇捉出来。他掏出小刀，在盆沿边挖了条刚能容蛇钻出的沟，又叫一个光头把鞋带系成套圈扣放在沟口。他慢慢将脸盆推向沟

37

口,对亮脑袋说:"抬起脚,如果我没拴住蛇,你马上踩它的头。"

一群光头在冼文弓的左右弓着腰看,活像一帮和尚在向师父鞠躬。

捉蛇成功了。冼文弓抡鞭子那样把蛇抡了十来圈,然后朝远处使劲一甩。不用问,此时他在光头们眼里成了勇士。他也勇士般泰然坐下,把一盒"恒大"过滤嘴撕开往散乱的扑克上一扔:"不强迫,有瘾的随便!"

光头们绕他围成半个圈,开始搞一盒烟的共产主义。吹箫老兵往墙沟边一躺,望天晒太阳。冼文弓只字没再提蛇,他知道这帮兵此时一定是这样的心理:新指导员胆大无比,蛇在他眼里不屑一提。等一个兵佩服地想跟他谈蛇的时候,他已经谈起了别的:"这沟是干什么的?"他指的是眼前的成吉思汗边墙。

"炊事员都知道,成吉思汗边墙呗!"小个子光头说。

"干什么的?"冼文弓唯恐自己被动。

"成吉思汗修的,为了防御侵略者呗!"

"成吉思汗是干什么的?"

"皇帝……清朝的。"

"扯!"亮脑袋抢过去,"元朝皇帝。这条壕沟是别人防御他的!"

小个子不服:"连长说成吉思汗修的,防外族入侵!"

"连长瞎扯!"亮脑袋看着冼文弓,"指导员问得也有毛病。历史书和辞海都提到一条'金界壕',是金朝防御蒙古的。东北从内蒙古莫力达瓦起头,西南沿兴安岭经过咱们住的索伦地区,再沿着阴山往西,到黄河后套,一共三千里长。我向历史老师打听过,没有成吉思汗边墙这一说。我们这儿只有一条古边墙遗址,正该是'金界壕'。金界壕是一一九八年修成的,铁木真是一二〇六年建立蒙古汗国才叫成吉思汗的。连长说成吉思汗修了这道墙防别人,那不是瞎扯吗?"

亮脑袋这一番论证不但把其他光头弄蒙了,连冼文弓也呆了。自己还是个大学生,尽管念的哲学系,毕竟说错了历史名词,被战士当众指出真够难堪。他只是入伍时听连里都这么叫,便也跟着叫了,当时还盲目地产生过神圣的历史责任感呢！现在，一口白酒的威力已过，他不得不虚心地问那傲气的亮脑袋："你……想考历史系吧？"

"T80，尖酸，骄傲自满，哪能有那么伟大的理想，只不过想把山沟兵当明白点，少受'二百五'们瞎唬罢了！"

这个亮脑袋T80啊，既可怕又可爱，句句话使人感到具有充实的、坚硬的强者气质。精通心理学的冼文弓也自惭形秽，自觉难于掌握他的心理了："那……你是什么兵？"口气既有疑惧又有喜悦。

"指导员怎么啦，火箭炮三连——鸡毛连，还能有坦克兵不成？炮兵呗，搬炮弹的炮兵！"

"你哪年入……入团？"冼文弓慌乱中把入伍问成入团了。

"入团？和党支书靠得不近，人家没法吸收我入团！"

冼文弓捉蛇的胜利被亮脑袋论述成吉思汗边墙的胜利压倒了，他怕再待下去会陷入更尴尬的处境，提起行李要走："你叫什么名？"

"张久光！"亮脑袋拍拍自己的头，"党、团都不是，溜光！"也站起来，"指导员，您的名字可以问问吗？"

"冼文弓，文化的文，弓箭的弓。"

"指导员'文攻'，连长'自卫'，张久光——长久光喽！"张久光要帮冼文弓背行李，"早点靠近党支部——书记，入不了团争取入党！"

吹箫的老兵还要把冼文弓的行李驮在狍子背上，张久光取笑他："你的狍子又不想入党，把靠近党支部的机会让给我算了！"

冼文弓被狍子、长发老兵、光头战士和好几种意味的笑声带到了连部。

三

连部也在玩扑克，参加者是连长、副指导员、司务长和一个五官端正、脸皮白净、长相很帅的兵。

冼文弓进屋就伸出了双手，和他一般高的连长王自委只用左手同他握了握，右手扔掐着扑克，说："政治处就会耍嘴皮，能派得起活人就派不起车？"放开手，"副指导员给倒缸子水来，把你的好茶叶放点，我这儿有烟。指导员是咱们连出去的，用不着客气，坐下，一块研究'54号文件'！"递给冼文弓一支烟就坐下了。

冼文弓："我应该到各班看看。"

王自委："星期天法定休息，你一去战士们还怎么玩？新官上任应该带头遵纪守法嘛！"

冼文弓只好坐下。但五个人没法玩，王自委看看那个帅气的兵："郭云河，我们四个连干研究，你先委屈一下，回班去玩一会儿。"

郭云河口气好像营里领导一样："那不行，你这盒烟还没共产完哪，司务长下，跟老炊们研究去！"

王自委竟听从这个帅兵的指挥，对司务长说："那你下，你手下有兵。"

司务长真走了。王自委和郭云河对冼文弓和副指导员，用帅兵郭云河的话说是"军事对政治"。军事那伙总不消停："连长你这牌出的，臭，太臭！"

冼文弓暗暗琢磨这几个人。连长王自委是全团最老的连长，冼文弓入伍时就是排长了。离开三连七年又回来当指导员，他连扑克都没停，与其说不用客气，倒不如说是没放在眼里。副指导员不认识，看来很随和，但太没魄力了。这个叫郭云河的帅兵真特殊，竟敢到连部的牌桌上盛气凌人，是高干子弟？看派头，有点不像。他跟连长关系非同一般，看那眼神，不时溜你一下，貌似什么都无所谓，大概比张久光那样的兵心眼要多。

"指导员咋老帮我们出牌？不是军政一把手搞团结的时候，当心军事打败政治。败了要拿战争赔歉——请客！"这帅兵显然想在冼文弓面前卖弄几句，却错把赔"款"说成赔"歉"，露了不学无术的底。

狍子又进屋来凑热闹，郭云河把半盒水果罐头给它吃。这时通信员给他送来一张汇款单："你爸邮钱来了，请不请客？"

"当然请，这回不是为你，是为欢迎指导员！"郭云河问王自委：

"连长,我出钱,你派车吧?"

冼文弓连忙制止。王自委说:"又不是咱们敲他竹杠,他爸是老党员,高兴儿子搞'共产主义'。派车不好,通信员骑自行车往军马场辛苦一趟!"

郭云河花十五元钱买了酒和罐头,就算为指导员接风了。冼文弓不会喝酒,无奈也喝了一口,在他自己看来已经够多了。王自委却认为他不够意思,不高兴地和郭云河喝起来。

晚上团电影组来演《李二嫂改嫁》,没等连队集合,场中间已被老乡占满了。王自委醉意蒙眬,冲老乡喊道:"电影是给部队演的,中间都让出来!"

老乡没人动。王自委火了,向部队下口令:"正步——走——!"部队也没动。他大怒:"后退三步——走——!"

队伍后退三步,王自委又下达正步走的口令,硬把老乡冲开了。连队坐下后,老乡重又拢来。吹箫的长发老兵坐在队尾,他刚要把小凳让给一个抱小孩的年轻妇女,就被王自委点住了:"《李二嫂改嫁》还没开演,你忙活什么?"

年轻女人羞走了。

冼文弓心里像团乱麻,脑袋像只铅桶,身子像一捆要散的秋秆,哪有心思看电影。回到连部,见行李已被通信员铺好了。按常规,连长、指导员该同屋住,通信员却给他铺到副指导员那屋。通信员说连长叫这么安排的,并告诉说三连一直是军政干部分住。

当夜冼文弓做开了噩梦,黑色的、红色的、绿色的、褐色的……五彩缤纷的蛇在他周围飞来爬去。深夜时他被吓醒了,腰凉冰冰的,再也睡不着,干脆穿衣到外面去转。

黑魆魆的山谷低吼着林涛,清冷的残月斜挂山头。边塞的夜好凉啊,狍子听见动静起来和他做伴,舔他的手,拱他的脚,使他感到一丝丝暖意。

他在岗楼又遇见了亮脑袋兵张久光。张久光拎着双铃马蹄表问他:"指导员,你的表几点?"

"一点。"

"可你看看这表,六点!才半夜就拨快五小时,我已经是第八班岗了。在这个王八蛋连队当兵倒邪霉了!"

冼文弓一阵打抖:刚入伍那阵,大伙是抢着多站岗的。如果下班岗误了,上班岗宁可多站一夜,也不会擅离岗位自己去叫人接岗。如今,装备换成新式火箭炮的三连,却成了站岗都要拨闹钟的"王八蛋"连啦!他忽然感到,来前自己想得太浪漫了。

四

冼文弓是军政治部机关精简整编的重要成果之一。说重要成果,因为他在被减人员的比例数中,占全处的百分之百,占全部的百分之十。能为精简整编工作做出如此重大贡献,当然应该高兴。但他不明白,为啥这大的功劳偏给了他。他自认能力并不差,热情更不低,经常提点意见或建议不假,不服从命令的事却没干一件。处长跟他谈话说是为了加强基层政治工作力量。哄小孩的话,他一个研究心理学的副营职干事会听不出来吗?他后悔自己只顾埋头写《战士心理学》,而忽视了研究研究"领导心理学"。那一阵子,《战士心理学》丢下不写了,很少玩扑克的他天天玩扑克,玩够扑克就躺在床上望棚板,回想自己的路,看是否有走错的地方。

他并非家在穷乡僻壤,只有通过当兵才能找好出路那类军人,也并非不熬个团职、师职便不罢休那类干部。他的家在一个江畔小市,水土、气候、环境都适合过美满的小市民日子。只因中学时跟语文老师背会一首外国诗,便认定了祖国和事业应该重于自己——

　　有些人的灵魂无影无踪
　　消逝在远方
　　正像白雪那样

从大地飞向苍穹
我也在想
惭愧得很——
喂，我究竟干了些什么
在过眼烟云的一生中
我爱什么，胜过自己的生命？
永世长存，我办不到
但我有一个希望：
只要祖国存在
就意味着，我也存在

  那时他只知道祖国，还不清楚什么是自己的事业。中学毕业那年，大学已被"革命"接管，正巧接兵的来了，听说是火箭炮兵。当时按一个中学生的理解，投笔从戎就是使祖国永存的最神圣事业了。他来到边疆要塞当炮兵，自豪、荣耀、伟大都被他拿来歌颂自己的岗位。工作之余经常给部队报纸写稿，因为投中过一篇，所以全团唯一一个省大学哲学系招生名额给了他。那时候，大学校徽并不是闪光的招牌，但是他去了，因为毕业后哪来哪去，他想回来就能给火箭炮安上哲学的翅膀了。谁知道，哲学系的课本净是报上的文章。偶然的机会，他从老师家里得到几种心理学书，熟读之后又要了一本，爱不释手地带到军政治部。那几年政治工作者的名声如何，谁都知道。他很痛心，政治是灵魂啊！伟大军队的灵魂工作者一时名声不好，是政治本身的错误所造成。政治工作也是学问很深的事业；好的政治工作者也是很难造就的人才！就在许多政工干部纷纷想要改行的气氛中，他确定了自己的事业目标——做一个合格的政治工作者，为人民军队灵魂建设而呕心沥血。他多次下部队，搞了大量调查研究之后，一面向领导建议改进政治机关工作作风，一面着手写《战士心理学》供基层政工干部参考。书稿只写了一半，机关精简工作已经完了。

他没吵没闹,也没到处求爷爷告奶奶,只是发疯地玩了些日子,又冷峻地沉默了些日子,最后憋着一口气悄悄回老部队了。老团队热情欢迎他,但因也在精简整编,一时没有副营职空位安排,叫他在政治处帮忙待命。有一天他听人议论,他当兵的三连,原任指导员调师干部科后四五个月还没配上新的。从本连提拔怕资历太浅和老连长搭配不上,从别连调一时又找不出合适的。他一打听,三连的工作目前在全团竟是倒数第一。

是三连给他戴上军徽,是三连培养他入党,是三连送他上大学,三连,他的第二个母亲啊!他被精简,母亲连队被冷落,耻辱,双重的耻辱!耻辱的刺激使他憋着的那口气膨胀了,胀得他睡不着觉,一激动竟连夜找政委交了份申请书,相当简单:

我请求到三连当指导员,职务薪金能按原来副营发放更好,如认为不妥,甘愿享受正连待遇。按劳取酬是社会主义分配原则,本人是共产党员,保证无怨,如不称职,另行分配也可。

政委以为他在闹情绪,可是两次长谈之后被感动了。政委细读了半部五万字的《战士心理学》草稿,不胜震惊:"小冼,你是我们团不可多得的人才!我支持你去三连,边工作,边实验,先以工作为主,待连队抓上去后专门给你时间写完这本书。不过,三连的问题很多,目前还是'鸡毛连'!"

政委还要给他谈谈三连的具体问题和解决设想,他谢绝了:"政委,有色眼镜对我没好处,我自己去感受,去摸索,去干!"他不愿把母亲连队想象得那么坏,他认为老排长会举双手热烈欢迎他,所以急忙就要上任。政委要用小车亲自把他送到三连,帮他来段开场白,他也没同意。他只要求通知时别透露原来是副营职,然后就多少带点浪漫色彩地选择了星期天,徒步来了。

五

冼文弓半夜查哨发现闹钟被拨,以及喝酒捉蛇的事,经几个兵加工渲染,很快不翼而飞,全连都知道了。他自己也莫名其妙竟成了传奇人物。说不清什么原因,王自委听了这事有些怏怏不快,决定在训练开始前讲几句话。

值周排长叫齐队列,噔噔噔几步跑到王自委面前,一磕脚跟的同时啪地一个军礼:"连长同志,全连集合完毕,请指示!"

王自委比往日正规地跨步向前,面向队列成等腰三角形站定:"同志们!"见有人没立正,用眼光扫视了几遍,直到完全立正后才下达稍息的口令,"训练前讲几个事!"早晨战士廖佑苟向他报告说昨晚站岗丢了枪通条,他想从这件事讲起,因此叫道:"二地主!"

这是廖佑苟的外号,因在新兵连花钱最多而得名,他对连长当众叫他外号不满,所以没有喊到。王自委觉得失了面子,又严厉地叫了一声:"廖——佑——苟!"

"干啥?"廖佑苟知道连长要的是迅速、干脆的一声"到",因此偏说"干啥"。

王自委火了:"廖——佑——苟!"

廖佑苟慢腾腾应了一声:"到。"

"廖佑苟站岗马马虎虎,丢了枪通条还态度不好,我以支……连长的名义宣布,给廖佑苟警告处分,晚上交检讨书。昨晚站岗拨钟的,都交份检讨,党员交给党支部,团员交给团支部,党团都不是的交给我,有想法不愿写的,找指导员谈谈。"连长看都没看一眼冼文弓继续说,"指导员已经上任了。连队很忙,训练前我多说几句就不专门开欢迎会了。"他这才朝队尾的冼文弓看了一眼:"听说昨天有人不尊重指导员。这不像话。别以为指导员在我的排里当过兵,但现在他是指导员了。政治上,他是党支部书记,我是副的。大家都要尊重他。他在我们连当过副班长，又念过三年大学——虽然是工农兵大学生，文化水平也比我们都高，身体又好，工作可能要抓得多。新官上任都有三把火，历来这样，烧到谁头上也别想不通。想进步就好好干，调皮捣蛋钻空子不行。过去的事，定了的就定了，没定的我们一块研究。希望大家自觉维护指导员的威信，维护支部的团结。"停了一会儿，"下面请指导员讲话。稍息。"

冼文弓一点准备没有，往队前一站竟有点慌。在机关时他敢跟主任、政委辩论，甚至军区司令员来了，有需要的事他也敢去找。此时往全连面前一站，六七十人唰一声立正，他却慌得一时想不出第一句该说什么。战士们盯着他，开始调皮地用眼光交换第一印象了。他懂得，此刻时间就是威信，就是水平，时间到了，第一句话还说不出去就会降低威信。他忘了敬礼，也忘了下达稍息口令，第一句竟说得语无伦次："原谅我，请大家，我又是三连的人。"他觉得自己说得很糟，也觉得战士们在心里发笑，索性停下镇静了一会儿："我感到，三连是个好连队，好就好在有人才，仅半天我就遇上三个老师！"

有人在心里嘀咕："喊，鸡毛连还谈什么人才，又耍嘴皮子顺毛摩挲我们了！"

"第一个老师我还不知道他的名，但他教我认识了一个真理，心诚出奇迹——野生狍子养成家畜，而且和他建立了感情，这难道不是奇迹吗？这位奇迹的创造者还教我认识了一块石碑，我以为那块碑和'成吉思汗边墙'有联系，原来是日本关东军的马碑。"

对着他的一束束眼光开始变得惊疑。

"第二个老师叫张久光，他给我上了一堂历史课，同时也是政治课。以前我一直把山脚那条古壕沟叫成吉思汗边墙，张久光引证大量资料说明应该叫'金界壕'。他研究这个既不为考历史系，也不是从兴趣出发，而是为了把兵当得明白一点，这说明他是有知识、有历史责任感的当代军人。而我呢，还是上过大学的指导员……"

一束束惊疑的眼光里透出喜悦。

"第三个老师是连长。一进连部他就提醒我要带头遵纪守法，不许侵占战士法定的休息时间，不能干扰战士们休息时间玩扑克——以上是感受。决心是一句话——"他放慢了节奏，"和全连一道把扑克玩出新水平！"

全连一愣，继而交头接耳以为听错了。他一点也不慌了，反正连长说不专门开欢迎会了，索性多说几句：

"为什么要把扑克玩出新水平呢？因为全连几乎都对扑克有浓厚兴趣！"

"有人说我们连落后，我不相信。我看完全可以先在玩扑克方面压倒其他连，夺个冠军。"

太阳从西边出来啦！指导员说这种话，新鲜。

"要夺冠军就得打好基础。扑克的基础知识我不知大家知不知道。

"扑克牌是历法的缩影。五十四张牌中，有五十二张是正牌，表示一年有五十二个周期；两张是副牌，大王代表太阳，小王代表月亮；一年四季春、夏、秋、冬，用桃、心、梅、方来表示，其中红心、方块代表白昼，黑桃、梅花代表黑夜。

"每一季是十三个星期，扑克中每一花色正好是十三张牌；第一季节是九十一天，十三张牌的点数相加正好是九十一。四种花点的点数加起来，再加上小王的一点，是三百六十五。如果再加上大王的一点，那就正好是闰年的天数。

"扑克中的J、Q、K共有十二张牌，既表示一年有十二个月，又表示太阳在一年中经过的十二个星座。

"扑克牌中的四种花色，还有不同寓意：黑桃象征橄榄叶，表示和平；红桃是心形，表示智慧；梅花是黑色三叶，源于三叶草；方块表示钻石，意味着财富。这四种花色，是对人们在一年中美好的祝愿。"

他为什么要说这些呢？知识就是力量。从心理学角度看，在一般情况下，谁能讲些别人没听过，又听得懂而且用得着的知识，谁就有吸引力。他想用自己的吸引力激起大家对知识、对进步追求的渴念。

"我也用扑克这四种花色向大家表示美好祝愿！完了。"他向队列敬礼。

响起了掌声。像小河要掀大浪而浪又没法大起来那样,六七十人的队列猛鼓了一阵掌。狍子好像从没听过掌声,也跑来听。

掌声使每个人心里都掀起了浪花,但滋味是不一样的。海的浪花是咸的,湖的浪花是淡的,受污染的河流的浪花则可能是酸、涩、苦……

六

掌声在王自委心中搅起的浪花,有点像食醋加工厂的废水河泛起了泡沫,多少带点酸溜溜的醋味。

十四年了,几多变幻的长风阵雨中,三连这块铁打的营盘唯独王自委像棵生了根的树,土生土长,不动不摇,从最新的士兵变成独一无二的连长。其余,全在他眼前流水一样涌进又涌退,或流回发源地,或暂时流进另一块铁打营盘,反正最终都得流入地方之大海——铁打的营盘流水的兵,水流千遭归大海——他领悟了这个从军哲理。他也有过农民种地、拼命想挣万斤粮那样狂热的进取心,一旦成为一连之长,在僻远的铁打营盘里尝惯至高无上的滋味,并深悟了官兵皆如流水的道理后,进取心便被平平度日、尽职熬时代替了。再有一年半,老婆可以随军,农村户口改成吃商品粮,他就宽心了。按新规定,他任连职早已超龄,就能力、热情和愿望而言,又不能再晋升,所以他担心的只有一条:一年之内转业。

尽管连队是最落后的,他也自足。在家乡,他是全村最有出息的一个。村里出了难解的事,总会有人说:"给老王家自委写封信,人家当火箭炮连长!"驻地村里管点事的人跟小伙子摆资格时也说:"你有什么可摆的?我跟三连王连长喝过酒!"

他也有不满。指导员凭什么进干部科?"鸡毛连",没他的责任怎么的?不就跟干部科长是老乡吗?因此,为保证家属随军前不至于转业，他攀了个老乡——团长的爷爷在他们村住过几年。从多条路比多堵墙好的观点出发，他还和连里唯一的高干子弟郭云河心照不宣地交上了朋友。

但是，他也有很强的自尊心。如果谁在他的王国里表现了对他不尊，他也绝不会睁一只眼闭一只眼的。前任指导员的调离跟这也不无关系。

"你年轻，比我有才能，努努力就可以闹个副营。"王自委连训练都没参加，大睁着眼和冼文弓谈心，"我跟你不同了，顶多再干一年。我什么都不怕你知道，我心里怕什么，你也应该知道。我相信咱俩会'谅解、支援和友谊'的。"

冼文弓给王自委茶缸里添水："老排长有什么话只管说，我不会见外。"

"那我也就不见外了。"王自委从抽屉里拿出花名册，"刘明天——你拜的第一位'老师'——刑事犯，蹲一年监狱，刑满释放才半年！"

冼文弓一惊，一口茶吐回杯里："什么罪？"

"原来是司机班长，开车轧死了人，死人扔下的寡妇长得不错，俩人黏黏糊糊，群众舆论很大。他本人精神不振，还好阴阳怪气的，影响一帮后进战士。

"张久光，你拜的第二位老师，导（捣）弹一枚！原来在侦察班，依仗文化水平不低，军事技术学得快，专门和连里——和我对立。侦察班叫他搞成独立王国了，不得不把他拨拉到炮班，搬炮弹累累刚有点见好，你又……

"这两个脑袋，一个溜光、一个不理发，明里没来往，暗中是一伙。指导员走时给郭云河填了入党表，我也同意了，他俩在下边搞小动作，弄得战士不团结，连蔫了吧唧的廖佑苟也学着想跟我顶顶嘴。

"郭云河，这个高干子弟跟别的不同，没架子，工作也不算落后，就因为填了党表遭几个兵嫉妒。

"你不了解情况，说话稍不注意就可能被钻空子，影响班子团结。"王自委说的都是心里话，反倒使冼文弓为难了。这种谈心简直就

49

是谈判,冼文弓不得不也说说心里话:"连长提醒得好。这一段我尽量少说多问,看到什么想到什么一定及时跟你商量。老排长会理解我,我不出风头,也不想升官,但是人总得争口气吧?我莫名其妙被减下来了,心里不好受才回老连队和你做搭档,是想得到老排长帮助,做出点成绩来为自己、为母亲连队争口气!

"但是政工干部这些年名声不好谁都知道,不像军事干部,粗点细点错点战士都能谅解,我必须十二分努力才行!"

"政工干部名声不好就因为假正经。调走的指导员就不是吗?!"

"那……我一定真正经!"

"哼,真正经,从上到下有几个真正经的?你就是真正经别人也未必信!"

"那我就只有假正经了?"

"干吗非要正经?在下边就得来实的,不来实的,真正经假正经都没人买你的账!"

"那好,我就跟大家多来实的!"冼文弓这样说完,心里又寻思,怎么才叫来实的呢?

军政一把手的初次谈心真别扭,取得一致的就三个字:"来实的。"而这个"实"的实质一样吗?

七

冼文弓和王自委同桌吃完午饭,刚要起身离开饭堂,张久光就拎着饭碗走过来,单冲冼文弓说:"指导员,我想跟你讨论讨论扑克。"

"什么时候?"

"现在。"

"现在……中午会不会影响别人休息?"

"到树林子里去!"

王自委插嘴:"不行。指导员昨晚没睡好,中午需要休息!"

"指导员不愿去，那……也只好算了。"张久光敲着饭碗走了。

饭堂里几十号人都看见这情景，冼文弓急速地想，张久光当连长和大家的面邀请我，既是给连长看，又是考验我。他代表着一大群战士，驳了面子，会伤战士们的感情，可连长这一答……"张久光，等等！"冼文弓又问王自委："我去吧?"

"你看吧！"王自委不高兴地走了。

冼文弓跟张久光绕过饲养室后面引山泉蓄成的猪浴池，顺溪水走进背风向阳的山沟。在有两块大石头的溪边，张久光自己先坐下了，然后从挎包掏出个厚本："指导员，你坐下！"既像老师对学生，又像上级对下级。冼文弓坐下后，他又像老兵吩咐新兵似的，"你把扑克牌那些奥妙说一遍，我记下来！"

冼文弓做好了准备，决心老老实实听这个喜欢指挥人的战士摆布一个中午："好吧，我说一句你记一句，记完就吭一声。"

张久光"吭"的速度之快简直像捉弄人。冼文弓因作了任他摆布的准备，所以随着他"吭"的节奏说下去。四百多字两分钟就记完了。他问："指导员，你能猜出我找你来的用意吗?"

"考验我?"

"对了。我最佩服有才能又言行一致的人。你讲扑克的含义，我觉得你知识面宽。你当全连讲我是你的老师，我疑惑。我想试试你究竟谦虚还是虚伪，所以当众以老师的口吻邀请你，学生没有不应老师之邀的道理。你真来了，现在我认为你是既有知识又言行一致的人。往后你可以任意指挥我了。"

"我可从没任意指挥过别人！"

"在三连我佩服的人不多，但我只要佩服谁，他就可以任意指挥我，哪怕新兵。当然有水平的人是不会任意指挥人的。不过我认为你具备了任意指挥我的资格。就这些，我没事了。"

"那么三连你最佩服谁呢?"

"刘明天。"

"听说他蹲过监狱。"

"监狱把他锻炼得更善良,更有才能了。"

"你佩服他什么才能?"

"抽空你到他住的饲养室看看就知道了。"

"连里也有你最不佩服的人吗?"

"有,但是最……我想想。"皱皱眉头,"连长军龄最长,权力最大,学问和才能应该最高,可是他不,就喜欢平庸的人,谁会的东西多并且能讲,他就认为骄傲、狂妄,甚至还要加上个自满,这跟自满根本没联系嘛,他那才叫自满。郭云河是高干子弟,各方面条件都优越,应该懂得更多,一般高干子弟都懂得多点,可他就花钱有两下子。他私下说过不相信共产主义能实现,但又要求入党。宪法允许信仰自由,他可以不信共产主义,可是他别使手腕入党啊!我看党章应该修改一下,每人每月交十元党费,治治那些不信共产主义却削尖脑袋往党里钻、光图自己捞好处的人!"

"他使手腕入党?"

"表现顶多能算一般,贡献谈不上,不使手腕就轮上他入党?连长却喜欢他,所以对他俩我说不清最不佩服谁。"

生活在庸人堆里又感到很舒坦,那他一定是个平庸的人,反之,越不满越可能是人才;后进单位里的刺头或牢骚大王很可能就是被压抑的积极因素,张久光对不正之风的切齿痛恨说明他是个好战士。冼文弓这样想着,随手要过张久光的厚本。原来方才张久光是用速记符号记的,不是捉弄人。

"这东西很难,跟谁学的?"

"刘明天。刘明天进监狱后,李罗兰给他邮了本奥地利作家茨威格的《象棋的故事》。那篇小说写一个犯人因为得到一本棋谱,不仅战胜了苦闷,而且成为世界象棋冠军。刘明天受了启发,就跟另一个犯人学会了速记。"

"李罗兰是谁?"

"就是被刘明天轧死丈夫的女教师。如果把范围再扩大一点,在这个山沟我最佩服的是她!"

"为什么？"

"她高尚啊！刘明天要判刑时，她好几次找连队求情说：'死了一个再判一个，你们这是图的啥呀？'刘明天判刑后她往监狱写信、邮书、寄吃的。这样的女人，要不是当兵有纪律，我就爱她，别看年岁大几岁，燕妮就比马克思大四岁。可连长动不动就含沙射影，说刘明天他俩黏黏糊糊，简直是在亵渎人类精神文明！"

"他俩有别的意思吗？"

"指导员，这事你应该问他们自己。不过我相信他们也不会跟你谈。调走的指导员在大伙心目中的形象，怎么说呢，专门就是抓这种事的。你和他不一样，出于对你——党支部书记的信任，我建议，你应帮助他们解除痛苦。如果你能保证绝对保密，我可以提供线索。"

洗文弓重重地点头。他认为动作比语言更庄重。张久光四周看了看："狍子的耳朵是他们的信箱，不信注意看，狍子每星期必定去一次学校。不过我认为，这样的信和邮局的信一样，也应该受法律保护！"

洗文弓又激动了，尽管连长存在不少令人痛心的现象，战士的思想水平比他当兵那时毕竟大大提高了。那时候指导员偷拆战士未婚妻的信都是"合情合理"的，现在的兵已懂得不尊重战士的感情和尊严是亵渎人类精神文明！不管张久光的话是否有水分，洗文弓深深地为一个生疏的战士向他敞开心灵的秘密仓库而高兴。每个人心底都有个秘密仓库，这个仓库只能向知心而信赖的人打开。洗文弓又有点后怕，如果稍一端架子，这些情况也许一年以后，甚至张久光复员了他都不会知道。一个指导员屈尊让他的下属指导一下，他的获得是多么丰厚哇！失去了什么？一点也没有。他想乘机再深问些事，又放弃了。最秘密的东西都告诉了你，你不向人家讲讲自己而再问下去，那就等于向别人索取的太多而不平等了。尽管你有再问下去的权力，可是光有权力能得到这许多吗？还是少用些权力，多来些友情吧。他主动说：

"我是机关精简下来的，可是我不甘无所作为，我喜欢心理学，我立志写出一本《战士心理学》。我喜欢和好学的人交朋友，我把友谊和事业看得同等重要。有一首诗我特别喜欢——

> 只有唯一的一种宗教——友谊
> 只有唯一的一种教堂——前线
> 这种教堂永远不会毁灭
> 至今温暖着战士们的心田
> 他们像冻僵的鸟儿朝教堂飞去
> 忧烦的心在那儿得到温暖。"

一向被认为高傲自大的张久光被诗句感动了，心里热得不能自已："指导员，我的爱好、志向、座右铭在扉页上写着，你看吧！"

冼文弓接过本子并没看："在我的字典里，友谊是这样解释的——祖国的儿子，事业的弟弟，男人之间的'爱情'；不受地位左右，不容铜臭亵渎，不准许虚伪接近。"

张久光珍视友谊、寻求友谊，但从未把友谊的定义提炼得这样精辟。只如此短暂的一会儿，他感情的天平就倾斜了，最佩服的人已不在饲养室而坐在眼前："我懂了，指导员，你看吧！"

冼文弓这才翻开扉页——"自我问答"：

> 你心中出现次数最多的名言是什么？
> ——炮兵是战争之神，
> 因为我是炮兵；
> 你最崇拜的历史人物是谁？
> ——拿破仑，
> 因为他是最重视炮兵的元帅；
> 你题给自己的座右铭是什么？
> ——药量大的炮弹射程远，
> 因为我要做一颗远程炮弹；
> 你的具体志愿是什么？

——当炮兵指挥员,

因为我已经是炮兵战士。

里面摘抄、剪贴了许多格言、知识性的资料,其中关于炮兵的较多。如火炮的发明者;《水浒》中的炮兵将领——轰天雷凌振;红军神炮手——赵章成;海岸炮英雄——安业民;朝鲜战争炮战故事;珍宝岛反击战炮兵火力情况;对越自卫还击战炮兵传闻;拿破仑指挥的土伦炮战故事;拿破仑命名的"无畏勇士的炮组"——波拿巴下令说:"把它命名为'无畏勇士的炮组'!"个人荣誉感和民族荣誉感,奔放的法国人性格中最敏锐的感情,为之打动了。从那以后,那个阵地的炮手前仆后继,始终保持了满员状态……

不知是知识的力量还是友谊的力量,一股抑制不住的激情把冼文弓打动了:"从侦察班调到炮班,你没意见吗?"

"这有利于全面掌握炮兵知识。"

"炮兵指挥员一律由院校分配,你不知道吗?"

"退伍后我立即报考高级炮校!"

冼文弓激动得忽然同张久光谈起和处长都不屑一谈的话来:"俄国有个跟拿破仑齐名的天才军事统帅苏沃洛夫,他说,一个好的军人:'……喜功而不自炫;自重而不自傲;豪爽而不欺人;刚强而不执拗;谦虚而不装假;认真而不迂腐;活泼而不轻浮;学识完备而无糟粕成分;对人客气而不口蜜腹剑;明达而不狡黠;直爽而不幼稚;为人效劳而不贪图私利;反对嫉妒心理,反对私仇观念;以伟人德行为立身模范。'我作为立身模范的伟人是文武双全的陈毅元帅,他在一首示儿诗中说:'汝要学马列,政治多用功。汝要学技术,专业应精通。……身体要健壮,品德重谦恭……祖国如有难,汝应作前锋。'"

"指导员,你记忆力惊人!"

"因为特别喜欢,所以用心记了。你喜欢速记,我倒喜欢慢记、记死。"

"指导员,往后咱们竞赛,看谁记得牢!"

八

真是千里马常在而伯乐不常有。冼文弓听张久光的话,去了几趟刘明天的饲养室。每去都有新的发现。刘明天不仅会制作洞箫、横笛,还会安电灯、装土电话、嫁接果树,他常给人理发、修鞋,连站岗的闹表拨坏了针也找他修,他像个没有感情的机器人,谁下指令他都工作,速度都是那样不紧不慢,态度都是那样不冷不热。谁说他学雷锋,他矢口否认,说是为了学手艺。谁要和他闹着玩说"刘老兵劳改改出瘾头了",他也不怒,不咸不淡说:"犯了罪不赎会问心有愧的。""愧"字很轻,但却拉得那么长,其中明显含有针对他人意味。他针对的是谁?那人因何有愧?

尤其令冼文弓深思的是窗台一颗孤独的黄豆——种在瓦盆里,已经一尺多高了。瓦盆靠着的窗壁上竖画一条刻度线,从下往上,第一个刻度上标着种子入土和发芽出土的时间,一直到跟豆秧平齐的刻点上都标有时间。问他,他说种着玩的。最不爱玩的人把自己认真做的事说成玩,这是什么心理呢?肯定是未遇知音,不屑一谈。他变得对人这样冷漠难道仅仅是监狱的磨难吗?养狍子、种豆,做那么多对于他人有益的事情,说明他是酷爱生活的。酷爱生活的人却紧闭自己的心扉,一定是因为曾经最信任过的人失信于他,因而对其他人都失去了信任。那么他曾最信任的是谁?

谈起刘明天的情况,王自委又很同情:"也够倒霉的,一个车祸把志愿兵、党票和对象全丢了,两个哥哥只说上一个媳妇,家里也没人帮他的忙。马上就要复员了,支部书记抬抬贵手,再给他张党表算了。他精神虽然不振,好事还做了一些,群众不会有意见。"

冼文弓也闪过这样的念头,王自委先提出来,他很意外:"那么谁当介绍人?"

"我当！"王自委很高兴，"上次就是我介绍的。早填早研究，复员前就批了！"

没等研究，刘明天已经知道了。晚上冼文弓上饲养室让刘明天理发，刘明天问："连长要介绍我入党？"

"你有什么想法？"

"我不填。"

"为什么？"

"我暂时没有入党的要求。"

"你想什么时候要求？"

"离开三连再说。"

"到哪儿都是一个党章！"

"不是一个党支部。现在的党员，一个支部一个标准。"

"三连是什么标准？"

"说不清。反正我不够这儿的标准。"

是不是一心学技术，对入党失去了兴趣？冼文弓又试探道："你会这么多技术，没想过当志愿兵吗？"

"在三连，不是党员当不了志愿兵。"

"谁能当呢？"

"今年填党表的就一个。"

"郭云河？干部子弟一般不愿当志愿兵啊。"

"天知道他这个干部子弟是怎么回事？"

冼文弓犯愁了。心理学呀心理学，学你容易用你难哪。

九

六天了。冼文弓一有空就玩扑克，"吹牛""拱猪""抓娘娘""打百分""算卦"，样样都玩。每次都把郭云河找上，他想观察观察，连长和张久光的评价哪个正确。

"小郭，咱俩对家怎么样？"

"就得咱俩对家，别人水平不行！"

两人配合挺默契，总是赢。

"小郭，你爸爸扑克玩得怎么样？"

"他呀，'一本正'，啥也不会玩！"

"他干什么工作？"

"这个嘛，军事秘密！我姑父扑克玩得绝，咱们三连谁也不行！"

"你姑父在哪儿工作？"

"一般单位，军区情报部！"

"情报部还一般单位？"

"重要是挺重要，找他们走个后门什么的没门，老百姓谁需要军事情报？"

"这位姑父是什么职务？"

"今年不退休的话就该当正部长了。"

"那么是副部长了？叫什么名？我有个同学毕业分配在情报部。"

郭云河忽然出错了一张牌，脸一红："指导员老打岔，不集中精力要输！"

"输什么，光了。你姑父叫什么名，我给我同学写封信，你给你姑父写封信，请你姑父帮我买台小录音机，情报部录音机好买。"

"不，不行。我姑父说情报部任何事都属于绝密，他不让我向外人透露姓名！"

……郭云河上连部拿报纸，冼文弓又叫住他："小郭，来，我给你算算卦，看你姑父能不能当部长。"

"也是个'一本正'，当不当也借不上他的光！"

"那也是当上好，来算算！"冼文弓拿出扑克让郭云河洗了几遍，然后摆巴一阵："三遍都通了，肯定能当上，我给我同学写封信，叫他跟你姑父走个后门，我特别想买台小录音机！"

"别，别，别，你一写信我非得挨他一顿剋，想买录音机还不如求我爸爸，我跟我爸爸说！"

"好，那就拜托你了。小郭你坐会儿！"冼文弓又跟郭云河唠起连长的情况，"咱们连这帮兵有没有值得你佩服的？"

郭云河翻翻眼睛："有哇，张久光我就很佩服，他有才，我光有财！"

"刘明天怎么样？"

"他是好人！"

冼文弓奇怪了，连长不是说他们不团结吗？连王自委也被弄得丈二和尚摸不着头脑了？

第六天中午饭时，郭云河忽然在饭堂向全连念了份倡议书兼检讨书。他倡议成立一个扑克研究小组，首先通过玩扑克锻炼记忆力和智力，然后过渡为学文化小组，并且指名聘请张久光当辅导员，同时征求参加者。他还顺便做了个检讨，承认廖佑苟的枪通条是他藏的，目的是捉弄人。他检讨了以干部子弟自居的思想，公开向廖佑苟道歉。

冼文弓心里犹如一池水投了三块石头，一圈圈涟漪重叠、交错，混乱了。他对郭云河的倡议和检讨都赞成，甚至暗暗佩服郭云河竟能和他想到一块，因此一时弄不清张久光反映的情况是否带有偏见了。他没有表态。

王自委沉不住气了："你已经来了六天，葫芦里到底装的什么药也该倒一倒了。全连都在传抄你说的那通'扑克经'，郭云河又出风头成立小组，不及早表态，你拉一帮、他拽一伙的，会闹出事来！"

"容我再看一天，星期一你主持会，我正式向全连讲讲话。"

"那就定死了？"

"定死了，就星期一！"

冼文弓立即用蜡纸刻印一张考卷发给全连。考题只有一个：这个星期你最关心的是什么？题的前面有一段话：此卷请在五分钟内答好不记名投入信箱，两小时内保证当众烧毁。相信同志们会如实作答。

只一小时，好几十张卷子就阅完了。多数写的是一两句话，归纳起来大致这几类：最关心指导员赞成什么，反对什么；最关心指导员将要采取什么措施；最关心指导员和连长的关系；最关心指导员的一切情况；什么也不关心……总之，绝大多数关心的是冼文弓上任后会怎么干。

一个半小时后，冼文弓当众把答卷全部烧毁，又发给每人一张白纸，说："我对大家的关心表示感谢。我个人的情况是：二十八岁，未婚，恋爱过，黄了，父亲是工人，家庭条件一般，爱好心理学，喜欢和比自己年龄小的人交朋友。关于工作，我决不辜负大家的期望。但是我对情况不熟，我不知怎么做好。我有个请求，请大家务必在星期天晚上九点以前，把'要求我'或'不准我'——请注意，只是我——怎么做的意见写在纸上，投入箱内。署不署名请自便。但是，有能提出重大建议而不署名的，采不采纳我都以个人名义赠送价值五元的纪念品作为酬答。愿意要什么可以同时写上。我把信箱挂在厕所。"他从兜里掏出一把对号锁。"这把锁只有我知道号码，我自己开箱看完后仍当众烧毁。我将综合归纳大家提出的意见，凡属我职权范围内又不违背条令条例的，都用毛笔写出来贴在饭堂，请大家监督执行。"

十

信箱像在冼文弓心上挂着。为了摆脱等待的折磨，他索性到饲养室找狍子去玩。

狍子卧着在给炕上的主人舔手。刘明天病了，额上敷块毛巾在小炕上躺着。冼文弓摸摸他的头，烫手。情绪不好的人容易生病，这个能干的老兵心思太重啦。冼文弓连忙回连部拿了壶开水和一包药。他把药片放到刘明天手里，又把开水端到他嘴边："中午就别去食堂吃饭了，我告诉炊事班把病号饭送来。"

刘明天欠欠身子，冼文弓把他按下了。冼文弓伺候刘明天吃下药，又到菜地找了几个霜打红的小柿子和一个青萝卜，洗净放在刘明天枕边："你先躺着，我一会儿再来看你。"

"指导员,叫张久光来帮我喂喂猪吧。"

冼文弓当战士时也病过,班长给买的罐头后来曾使他多少次想到班长啊,一个人在病中不由得想到的人才是亲人!他为张久光此时被想到而欣喜,也因自己没被想到而内疚。他鼻子酸酸的,没有去叫张久光,亲自喂完了猪,又给窗台上的黄豆浇了水才走,他想到村里供销社买两瓶水果罐头。

狍子也跟出来了。路过小学校时,正好传出女教师领着小学生读书的声音:

> 秋天过去了,
> 像卷起一幅幅图画。
> 冬天来临了,
> 像铺开一张张白纸。
> 春天紧跟着又来画画,
> 画绿了草,画绿了树,
> 画绿了田野和高山……

狍子被好听的读书声吸引,溜溜达达拐进院,刚到窗前,教室的门就开了。年轻的女教师急忙迎住狍子,拍拍它的脑门便去掏耳朵。空的。她忽然抬头张望,眼光正好和站在矮墙外的冼文弓相撞,像偷东西被人抓住似的,脸倏地红了,进也不是,退也不是,手足无措愣住了。

这是一张青春焕发的秀脸,端正的鼻梁,圆圆的眼,浓浓的黑眉,厚厚的乌发,谁看也不会联想到寡妇二字。一身灰白色的衣服素雅、整洁,衬着羞红的脸,分明像个姑娘。冼文弓忙打破僵局:"随便转转,没事。"

"哦,冼指导员,进来参观一下我们山村小学吧!"

冼文弓进了院:"我刚来你就知道姓冼?"

"听刘明天……嗯!"

61

"刘明天他常……你们……"

"不，不常……看看我们学校吧！"

李罗兰领冼文弓看了花池、树墙、学生的写字和图画展览、墙上的小红花园地，还让孩子们给他唱了几支歌儿。一个两岁的小女孩从后边跑出来抱住他的腿："新来的叔叔给我讲故事！"她抱起孩子告诉冼文弓："这是我的女儿，不懂事！"

冼文弓亲昵地看看她的女儿，心里无端地生出一丝疚痛。他在衣兜里掏了半天，什么可玩的东西也没有，便把一张好看的年历卡片放在孩子手里，才向李罗兰告辞说："刘明天病了，我去买点东西，以后一定来给他们讲故事。"狍子留下跟孩子们玩。冼文弓找到供销社时，李罗兰也来了。她买了两瓶海棠罐头交给冼文弓："麻烦你捎给刘明天，孩子们等我上课呢！"她急忙忙先走了。那身影不禁像春风在冼文弓心里掀起了浪花。他相信这浪花是纯洁的，并且想起了张久光的话："她高尚啊。要不是当兵有纪律，我就爱她！"

冼文弓用勺把海棠果送到刘明天嘴边。刘明天嘴唇微微抖着张开了，同时掉下一滴眼泪。

"吃吧，这是李罗兰买的！"

刘明天一怔，泪水突然止了，他疑惑地望着冼文弓。

"我告诉她的，她托我捎给你。"

刘明天疑惑的眼光在冼文弓友善的脸上停了好一会儿，眼泪忽然又流出来，像急速的小溪止也止不住。冼文弓放下小勺，默默走到外面，让自己的泪水也流出来。被高尚的感情催下泪水是幸福的享受，纯洁的泪，尽情地流吧！

狍子回来了。大概是心灵的感应作用，冼文弓神差鬼使摸了摸它的耳朵，果然摸出一张折叠的小纸条，上面用速记符号写了几句话。冼文弓不认得，想放回去又恐刘明天不知狍子去过学校而弄丢了。想请张久光看看，也觉得不妥，犹豫了一会儿干脆直接交给刘明天了："李罗兰还给你捎来张条。"

刘明天看完条："她跟你说什么了吗？"

"没有。"

"指导员想让我念念这条吗？"

"不，私人的通信受法律保护。"

刘明天的泪水又涌了。

十一

八点六十分——九点，终于到了。冼文弓把手表戴回腕上，走出连部，来到厕所，摘太阳般庄重地取下仿佛在心头挂了一年的信箱。他几乎一夜未睡，本想和连长商量一下，但已看出战士们提的好些要求是针对连长和前任指导员的，考虑情面便无法打开局面，何况只是要求他怎么做，可以不同连长商量。第二天他起大早跑到团部。团部在离三连二十多里的小火车站附近，他在站前百货店和团服务社买了些东西，立即返回连队。下午，全连军人大会在连长主持下准时召开。

王自委、冼文弓早晨都刮了胡子，一胖一瘦、一方一圆的脸上，情绪都挺好。俩人个头差不多，不细看好像一样年轻了。王自委指挥全连唱完《三大纪律八项注意》，宣布："欢迎指导员讲话，鼓掌！"

王自委带头鼓掌。战士们盼魔术快开演似的等着冼文弓开口，掌声并不大。

"向全体参加提意见的同志致谢！"冼文弓说完第一句话，紧接着敬礼。

"向提了意见并署名的同志赠纪念品！"冼文弓从挎包里掏出个装有本芯的黑色拉链皮夹：

"请廖佑苟到前面领本！"

廖佑苟脸和脖子都涨成公鸡的红冠子，结结巴巴说："我……是说着玩的。"

"说着玩的也给！"冼文弓亲自把黑皮夹送到廖佑苟手中，"廖佑苟要求我'不准训斥战士，尤其不准随便训斥普通家庭出身的战士'，这一条我保证做到！"

没用王自委号召，掌声自动响了。

"再请郭云河到前边领纪念品！"

郭云河站起来声明已经注明不要东西了。冼文弓还是亲自把一条人参烟送到他手里。"郭云河要求我，'要敢于严格要求干部子弟'，'不准在安排战士请假、探家、进教导队和选司机等事情上收礼受贿'。郭云河自己是干部子弟，却敢提出这两点，很好，我也保证做到！"

掌声。

"张久光——"冼文弓格外多说了几句，"张久光本人也注明不要纪念品，但他提的建议最多，而且都是连队建设的重大问题。比如，'发展党员要经过群众评议'；再比如，'不准光为自己的后路着想，也要替战士的出路着想，要在完成训练任务的基础上，帮助战士根据自己的条件学点退伍后用得着的知识和技术，努力为战士成材创造条件'。后一个问题，他专门以刘明天为例写了篇论文，有理有据，很有见识。因为这两个问题都很重要，需经支部研究才能决定实行与否，我个人只能先表示赞成，所以我格外多赠送他一件纪念品！"他把和廖佑苟一样的黑皮夹和一支英雄牌钢笔送到张久光手中。

议论纷纷。张久光得到的经常是批评，现在，指导员亲自把英雄牌钢笔插在他胸兜上啦，他成英雄啦！每个人心里都发生了地震。

冼文弓把经他归纳、筛选，用毛笔抄在大红纸上的"指导员'二十不准'"用图钉按在墙上。

"不准卖狗皮膏药，向战士灌输的大道理首先自己要真信。

"不准改变党章规定的发展党员标准，不准开后门发展不合格党员。

"不准打击报复敢提意见的战士。

"不准明哲保身，安于现状，在工作没有成绩的情况下走后门调走或提升。

"不准在星期天玩扑克玩饿了的时候到炊事班吃细粮。

"……"

念完这些"不准"，冼文弓说："哪条我没认真照办，任何人都有权批评，往营里、团里反映都可以。大家记着，今后，全连，不论哪个战士，不管他以前表现怎样，犯过错误的也好，做出很大成绩的也好，在我眼里，一律看他的现实表现。表现好的，有才能的一定奖励，表现差的也一定酌情惩处。

"我是政治指导员。我很珍惜这个名称。我认为，一个国家应该有国魂，一个军队应该有军魂，一个民族应该有民族魂。一个连队，也应该有个魂！

"指导员的责任就是给这个'魂'喂水喂饭的，不让她因为饥饿、干渴而病弱不堪，甚至灵魂出窍。

"'魂'是什么东西呢。用毛主席的话说，'政治是……灵魂'；外国大诗人歌德也说，'感情是活着和行动着的人的灵魂'。一个人没有丰富的、高尚的感情，他就没有健康的灵魂，如果连一般的感情，比如喜、怒、哀、乐、同情、友谊、志向、进取心等都没有了，对什么都麻木不仁，漠不关心，得过且过，那他就没有灵魂了。古人有句话，'哀莫大于心死'，心死就没有感情，没有感情就是没有灵魂，没有灵魂就是一个活死人。我相信，大家谁也不愿意当活死人！

"在咱们连，我的工作成绩就在于大家的灵魂是否强健，而大家的灵魂强健与否又和我本人有没有强健的灵魂有直接关系。

"我的灵魂还不很强健，这表现在从机关精简下来时曾经痛苦过一阵子。但是一回到三连，看到大家，尤其看见刘明天判过刑还那样热爱生活，热爱连队，我患的灵魂感冒病很快就好了。这说明大家的灵魂中有我取之不尽用之不竭的营养。我的责任就是吸收这些营养的精华，协助连长培育、塑造连队集体的灵魂——三连魂！

"我们三连——火箭炮三连，驻守的是一块饱经忧患但又豪迈的土地，上有金界壕遗址，下有日寇的马碑。当看一眼自己使用的火箭炮时，我们难道没感到一个中华民族当代军人的历史责任感吗？

"我反对成吉思汗的马队黄水一样地漫向别国的土地，我也为日寇的马碑刻着'英灵'二字立在我们的秀山丽水间而感到耻辱。为我们的国土不再成为别人的立碑之地而勇于自我牺牲的精神，加上使这精神得以开花结果的才能，这就应该是我们三连全体军人最高尚的情感——三连魂！"

重重的、动魄牵魂的"魂"字像一阵疾风掠过池水，哗地引起一阵波浪汹腾似的掌声。

"我之所以要强调一下才能，因为它也是战斗力！没有哪一个优秀的军人是没有才能的，品质、才能和贡献决定一个人生存的价值。当然，我说的才能是各种各样的，我赞成大家各有千秋，并且尽可能使同志们人尽其才。

"为了使我们的三连魂形象化、具体化，看得见，摸得着，我准备向支部建议，在普通战士中树立三名标兵。这三个，既是标兵又是党员发展对象，而产生的办法，最好是无记名投票选举！"

又一阵狂风掠过池水声。这表明，听众大脑中支配双手那根神经又被拨颤了。

十二

王自委大脑中被拨颤的却是支配胸腔产生气体的那根神经。他怒气满腔又无处放，任谁从哪个地方轻轻触一下都有喷发的可能。冼文弓这小子背信弃义，把我卖了！没等散会他就心里骂着离开会场，而且再没进来。

冼文弓回连部时，王自委正背对门口抽烟，他明知是指导员进来了，却头也不回道："谁这么放肆，进连部不喊报告？"

"我。"冼文弓关上门，"连长，今天是星期一，我已经按你的要求准时把我要讲的话讲完了。我想应该接着再开个支委扩大会。"

"你是党支部第一把手，你想开会那就开好了。"

"好几个事需要研究，不知你还有什么考虑？"

"你考虑就行了。"

门外有人喊报告，王自委没好气地喊："进来！"

郭云河拿着那条人参烟进来了，一看指导员也在，有点尴尬地说："指导员，我都声明了，不要纪念品！"又转对连长，"既然非得要，那就共产了，不共白不共，给你一半，连长！"他把烟放在桌上。

王自委正好找到了导火索："郭云河你开什么玩笑？你以为我买不起烟怎么着？我在三连十三年半了，好像以前就没抽过好烟。痛快给我拿走，别叫人舆论受干部子弟的贿。拿走，拿走！"他抬手过猛，把半条烟碰到地上了。

郭云河也把半条烟一摔："我干吗要贿赂你个连长？"一拉门走了。

空气中像充满了汽油，冼文弓极力冷静，控制自己别冒出火星："连长，你要没什么考虑，我就马上通知，下午开？"

"随便。"王自委起身，"下午我到团卫生队治治病，关节炎犯了，顺便找团首长谈谈心。"

"要不要我陪你去？"

"我不是小孩，谢谢。"

"那支委会就等你回来再开？"

"十天半月不见得能好，不用等。"

"几个事都很重要，你最好留下意见再走。比如通过郭云河党表问题，树立标兵和确定党员发展对象问题……"

"我是郭云河的入党介绍人，意见在党表上写着，不变。其他，没意见！"

"那就等你十天。十天后我们再开不迟。"

第十天，冼文弓给王自委打电话问能不能回来，王自委仍是那几句话。

王自委在卫生队住了半月还没回连。他在等冼文弓亲自来请他，他认为冼文弓应该来，也一定能来。

第十六天，冼文弓果然来到卫生队。他进病房，把两包点心和两瓶罐头放到床上，自己拽了把椅子坐下，见王自委没吱声，自己又倒了碗水喝着。他觉得自己没错，因此，不打算赔罪似的向一个坚持错误者先吱声。王自委看看床上的东西，想开口又放不下架子，但毕竟是没病泡了半月病号，人家带东西来看你，连声都不肯先吱，未免太小孩子气了，终于说："买东西干啥，又不是小孩。"

"多少是点意思。我代表全连来看看你，顺便汇报一下工作。"

王自委仍端着架子："又开玩笑，哪有支书向副支书汇报工作的道理。"

"已经汇报完了，向政治处主任。"冼文弓确实汇报了。

王自委尴尬而难堪地一怔，如鲠在喉，憋住了。

"等你十一天，没法再等了。支委扩大会已经开完，这是最后表决通过的结果。"冼文弓把支委会决议放在床上。

王自委脸上的肉不由自主抽搐了几下，想不看，但又经不住诱惑，还是忍怒傲然拿起来了。

  主持人：支部书记冼文弓。
  参加者：除副书记王自委因病未参加外，党员全体。
  讨论内容及结果：郭云河的党表未予通过。原因，表现一般，并且说假话，对党缺乏正确认识，不够标准。张久光、刘明天、廖佑苟分别被群众无记名投票选为军事训练及文化学习标兵、多面手标兵、热爱本职工作标兵，同时列为党员发展对象。

冼文弓又补充说："最近又有人提议，缺编的侦察班长用自荐公议的方法选拔，我认为可行，也想提交支委会讨论，你看……"

"失陪了！"王自委脸气得煞白，放下那张自认为是嘲弄他的决议下床了，从牙缝里挤出一句话，"团长在家等我下棋！"他想拿团长来压冼文弓。

冼文弓收起决议在王自委之前迈出门槛："那就自便吧，我去找政委打扑克！"

冼文弓在政委家门前绕了几圈并没进。"我来找政委干什么？怕人家告状先找个保险杠？出了事好有人为你承担责任？政委比指导员有更多的苦衷，我再向他去诉苦，让他表态，把本来应该自己承担的责任推给他，这涉及一个政治干部的品质问题。"他走开了。

团长没有特意约王自委去下棋，每次见面都热情叫他到家去玩是真的。

此时团长在家看电视，正为着是看中央台的京剧《草船借箭》还是看省台的故事片《青春的旋律》和女儿争执。他最爱看《三国演义》了，已看过四遍，如果让他当干部部长选干部，大概首先要看读没读过这本书了。《草船借箭》刚看了头，女儿便忍不住调了台："破京剧，难听死了！"

团长刚要发火，王自委来了。"算了，看不成京剧来盘军棋。"他跟王自委一样初中没毕业，对象棋或其他深奥点的东西都不感兴趣。简单的军棋就成了俩人共同喜好的游戏。

"在三连没法干啦！"刚走两步王自委就憋不住说出来意，"我要求换个地方！"

"部队正面临精简整编，哪有地方给你换。新指导员不听你的是不是？"

"在我手下出去的兵，被精简回来了，还想甩开我另搞一套！"

"大机关待过，减下来也怪窝火，想干出点成绩争口气也可以理解。你们连，外边都叫'鸡毛连'，新官上任抓一抓也应该。有什么不一致的好好谈谈，政委说他是个人才呢！"

"没法谈！"王自委赌气向老乡首长诉开苦了，"卡郭云河党表，树刑满释放分子和刺头大王当标兵，投票选党员，拿东西收买人心，我在团里治病他就擅自做决议，还想搞'自荐公议'选拔班长，这不都是冲着我来的吗？这么搞，连队不要得出事？"

团长一听也不高兴了，推了棋，心里暗骂大机关待了几年不知天

69

高地厚，到职不满一月就乱提这么多重大口号，火箭炮连出点事就是要命的。大机关也真能干缺德事，不把这号人直接处理转业，往下边甩包袱。副军长来了非得给他们提一条。他对王自委说："副军长马上要来看地形，少不了要上你们那儿溜溜成吉思汗边墙。你明天和我回连看看，别弄个一塌糊涂挨首长剋！"

十三

小兴安岭深秋少有的暖天气。热情的太阳尽最大的努力替战士们抵御着逼近的冬天。

刘明天的饲养室里传出的不再是箫声，优美的竹笛吹得长角狍子也不像以往那样总在身边为苦闷的主人担忧。它开始有闲心跑到院当中看热闹——一群战士正排号让一个地方小伙子照相。当兵很少有机会出山沟，津贴费没地方花去，有人上门照相谁不想照几张。司机、炊事员都换了新军装，有的在拉衣褶，有的在捏帽檐，还有的对着小镜剪胡须。心理学大概要数自负盈亏的想赚钱的人学得最好了：木制的手枪、假望远镜、军干服、时髦的便服任意选用。干部们都在连部开会研究自荐公议选拔侦察班长的事，战士们便自由地用各种英姿照着。

"第十七号报个名！"照相小伙拿本招呼。

在连部开会的洗文弓把窗子开大，注意往这边看：第十七号是郭云河，他正拽着看热闹的狍子，嚷着要骑上狍子照一张。

正在这时，一辆吉普车开进来。车上下来连长，又下来团长。王自委见他亲自指挥修起的营墙里进来了照相的时髦青年，脸立刻拉下来："谁叫进来的？"照相工作立即停止，有的往后缩，有的想躲，有的抓耳挠腮不知所措。照相小伙赶紧赔笑："指导员同意了！"郭云河高兴地迎上前："团长，我爸来信叫给您带好，咱们合个影寄给他看看！"不等答应，他拽着狍子已站到团长身边了，又拉上连长。团长反感他这样不考虑影响，又不好当众驳了一个战士，尤其是这个特殊战士的面子，便又拉上几个战士说："大家合个影，钱我出！"又吩咐照相小伙："照张半尺的！"

冼文弓对团长的一切情况都不了解，只知和连长有老乡关系，见连长和团长一块回连，料想不会有喜，便提前做好了思想准备，待团长一进连部，他立即起身下达口令："起立！"然后报告："团长同志，三连支委在开会，请指示！"

团长："让那照相的快走！哪儿都照，就不怕泄密？"

冼文弓："战士们都想往家寄照片，完了还准备请照相的讲讲摄影常识。"

"不开照相馆，讲摄影常识干什么？"

"听听有好处。另外我还和他有点事。"

"给他在营房外面指定个地方！"

"是！"冼文弓对文书说，"去传达团长的指示，在营房外面指定个位置。"

团长坐下，脸色很严肃："研究什么问题？"

支委们很紧张。冼文弓说："侦察班长缺编，我们研究想搞'自荐公议，支部考核'。"

团长不满："谁的指示？"

冼文弓并不害怕："群众提的建议，我们在讨论是否可行。团长，这样做有三个好处：一可以发现人才，二可以调动群众积极性，三可以促进战士们自学成才……"

"这么多好处，中央军委为什么没规定都这么选？"

冼文弓："中央军委的事我们不知道，军委首长讲话可是鼓励破除保守思想，开创新局面！"

"赶时髦！毛遂自荐，军队能跟生产队一样吗？连长不在，擅自决定重大问题，不妥嘛！"

"团长，是这样，我三次征求连长意见，他都说没意见，等了他十天，他还不回来，支委扩大会便集体决定了！"

"决定的内容细说说。"

冼文弓不慌不忙把决定内容和前后经过原原本本细说了一遍。团长听完仍十分生气，但好像和先前气得不一样了："现在讨论的问题怎么个结果？"

"还没表决。"

"表决吧，我听听，王自委也参加。"

冼文弓："我仍然坚持认为，自荐公议有三点好处。还有要发言的没有？"特意瞅瞅连长，王自委没吱声。

冼文弓自己先举起了手："没有，就开始表决！"

在团长的逼视下有一人临时改变意见弃权，只王自委一票反对，通过了。冼文弓说："团长，按原计划，如果支委会表决通过，马上就召开军人大会。请您指示。"

团长板着脸："按原计划办，我也参加！"

军人大会比以往的会严肃、紧张十倍。全体坐好了，团长还绷着脸站在前面看墙上贴的"指导员二十不准"，看完才面对大家坐下，眼光不停地扫来扫去。

冼文弓请连长主持，王自委推辞，冼文弓便不客气宣布会议开始。第一项，毛遂自荐。有的兵对这成语还不懂，冼文弓只好先把典故讲一遍才往下进行。

十分钟没人吭气。静得紧张，谁喘声粗气、翻弄一下本子都听得清楚，连别针落地也听见了。

"我！"十五分钟后郭云河站起来了。他党表被卡后，只打算找团长再给恢复过来就不错了，没敢想自荐当班长。团长的到来使他临时改变了主意。

冼文弓一边思索一边在黑板上写郭云河名字时，张久光也站起来："还有我！"

再没人报名。如果不是团长在场，肯定就是张久光一人了。

公议开始。团长在场的会，三连从未有过。不要说战士，干部也不敢轻易发言，尤其都知道郭云河和团长的关系，更难发言了。谁也不吭气，冼文弓急出了汗，除了团长，他可以判断出全屋人的心理，战士们紧张，干部们害怕，连长看笑话，张久光着急，郭云河得意，团长呢？不管他，越考虑他在场会越糟。冼文弓稳住神，自己发言了："我提个小问题，请郭云河、张久光回答。方才大家在外面照相，谁知道相机用的是120胶卷还是135胶卷？"

张久光："我没去照，没看见相机。"

郭云河："不知道。"

冼文弓："他用的是120胶卷。再请问，120胶卷一共可以拍多少镜头？"

郭云河答不出。

张久光："有十二张的，也有十六张的。"

冼文弓："郭云河你是第几号照的？"

"十七号。"

"那么再请回答，一个胶卷最多只能拍十六个镜头，而到郭云河时已拍了十七个镜头仍没换胶卷，这说明什么？"

郭云河听不懂。冼文弓纳闷，一个干部子弟怎么对摄影常识一点不懂？张久光答："说明相机里没装胶卷。"

全连，包括团长都大吃一惊。冼文弓："我认为也是这样。现在我把照相的小伙子请来，让他解释解释。"

照相的小伙子虽然打扮成时髦青年样，但走路举止都像个兵，来到会场还蛮带劲地向团长、连长敬军礼。他已向冼文弓承认确实没装胶卷。他拿出一张证明信说："首长和大家同志，我不是骗子！"他把印有生产大队公章的证明信让大家看完，抱歉地说："我是退伍兵。生产队实行承包了，人多地少，我不想和大家争嘴才出来照相。我们生产队很穷，拿不出钱买一整套照相设备，实在没法我才租了台相机，打算空照一个半月，收上一千块钱马上买齐设备，然后再回头一一补照。首长和大家的姓名、地址、照片尺寸和交的钱数都在本上记着，证明信我们大队还留有一份，就是预备被发现后做证的，不信可以发电报问问。首长和战友们，实在没办法呀，这等于到部队求战友们帮个忙。我在部队学过照相,要是连队需要的话,我可以帮你们办个学习班,就算道歉吧?!"

冼文弓听后非常感慨,给小伙子倒碗水,叫他坐下休息,接着说:"这件事不知大家怎么想,我却受到很大启发:多学一手就多条出路;知识也是战斗力。《三国演义》里的诸葛亮,他并不会使枪弄棒,但他帮刘备打了多少胜仗?因为他知识丰富!郭云河不懂照相知识,所以别人提醒他还不明白。侦察班长,虽然是炮兵的,这么简单的假象都看不破……"郭云河哆嗦了一下,脊背流汗了。冼文弓继续说:"请大家继续考问吧,活跃点,谁都可以发言。"

还是没人敢问。

冼文弓自己又问:"我讲过54张扑克牌的含义,你们能记住多少?"

"我能背下来。"张久光说。

"背背看。"

张久光一字不漏背完。

郭云河额头、鼻尖都是汗,他从没这样紧张过,已经害怕了:"大王代表太阳,小王代表月亮,梅花……代表三叶草,红桃……指导员,我对这东西不感兴趣。"

冼文弓:"对新鲜知识不感兴趣,知识面肯定要窄。

"不爱记数学性很强的知识,抽象记忆力就不可能得到很好锻炼。再请你们俩分析一下,斯大林说'班长是军中之父',拿破仑说'军士(也是班长)是军中之母',这两句话是什么意思?"

张久光皱皱眉:"我认为这两句话的意思都是强调班长的重要性,没有班长就没有军队。"

郭云河看团长和冼文弓的眉头都动了一下,团长是舒展的,指导员是皱起的,猜想张久光说错了,另琢磨一番说:"前一句意思是班长要像父亲那样严格要求战士,后一句意思是班长要像母亲那样热情爱护战士。"

冼文弓:"我也不知道斯大林和拿破仑的本意是什么,但我认为张久光说得有道理,没有班长就没有军队,说明班长很重要。请你们俩谈谈对当班长的见解！"

郭云河慌张地把党员六条标准背了一遍，又补充说："再加上积极领会上级意图，带头服从指挥！"

张久光："郭云河说的很重要，但我认为，最重要的是高明的军事技术和指挥能力。不具备当排长的指挥能力就不能当班长，因为在单独执行任务的情况下不光是服从指挥，而更多的是你自己怎样当机立断指挥全班。除军事技术外还要取得战士信任，必须信任到把未婚妻、钱财以至生命交给你都不用担心的程度，这样才能指哪儿打哪儿！"

团长一脚踩灭烟头，忽然站起来对王自委、冼文弓说："我有事需要马上回去！"他脸阴沉着，不知心想什么。临上车仍是那个脸色对冼文弓和王自委指示道："副军长明天下午到，你们把其他事先停下来，抓紧搞搞卫生，黑板报也换换！"

王自委见团长已经上车，直用眼神问团长。团长什么表示也没有便咔嚓关上车门。心情截然相反的连队军政一把手，一同坠入五里雾中。

十四

不知好歹的电话铃声把正眯不着午觉的连长吓了一跳，他没好气地骂了一声"妈的"，同时抓起听筒："找谁？"

听筒传出团长的声音："娘的，就找你！"团长显然听见了王自委那一声"妈的"。"你们无能，叫我怎么说话？让郭云河老老实实干几天，入个党算了。你，想老婆随军也老实等着算了。工作能力，你不如那个冼文弓。同他争你要出笑话的，会叫战士们看不起。我打电话就是跟你说这意思。"团长是双重性格的人。没能耐又不听他话的，他一定不饶。但是敢顶他并且真有才干的，他也喜欢。王自委属于才能一般但顺从他、亲近他那一种。对冼文弓，他一时还说不上喜欢，但已暗暗承认是全团、全师恐怕也找不出几个的人物。尤其冼文弓在大会上专门提到《三国演义》里的诸葛亮，更加深了他的印象。

"还有件小事！"团长说，"首长就要来了，还没搞到一点野味。大老远到边疆来，一口野味没有不像话。你们那只狍子没啥用，听说城里人把狍子肉当治癌的好东西，团里给你们一头猪，明早以前一定把狍子肉送来。好了，有话当面再说。"

王自委窝火透了，不是因为团长窝的。他气的是风头大王冼文弓，还有他妈的窝囊废郭云河。高干子弟精精神神什么也不是，爹妈白让他花了那么多钱。入不入党老子也不管了，团长有话就叫团长负责吧。他喊道："通信员！"

通信员在隔壁指导员那屋复写连队"自学成才"规划，王自委叫他去通知炊事班长找人来杀狍子。

"杀狍子？！"通信员叫起来。

"跟刘明天说，是团长的命令！"

冼文弓闻声过来："连长，是不是跟团里商量商量，这会伤害战士感情！"

"团长已经跟我商量过了，用一头猪换！"

"一头猪……还是再商量一下好。"

"我服从团长命令，要商量别人商量吧！"

冼文弓拿起电话要到团长："我们连那只狍子，和战士感情很深，打死它有困难……"

"做做思想工作嘛，你还是有本事的。"

"感情通不过。"

"感情用事！团里多咱跟三连要过东西？这等于买狍子用猪价钱，你们占了便宜！"

"团长，我们连不缺猪。"

"啰嗦，明天早饭前把肉送来！"

"有困难！"

"有困难你们自己解决！我以团长的身份，已经向连长下达了命令，请你协助他解决好了！"

冼文弓还想申辩,电话撂了。他让总机给找政委,不在。他气得险些摔了听筒,又同王自委商量:"打死狍子容易,一枪就妥了。伤了战士的感情,那伤口怎么治?"

"我不懂什么感情伤口。我首先应该懂得执行上级命令,战士也首先应该懂得执行我的命令!"

"连长,这是特殊情况,真要伤了战士的感情,他就可能不懂执行你的命令了!"

"你这样替他们说话,他们就更不懂了!"

冼文弓十分难受:"那好,我保留意见,谁同意谁去执行吧!"

"得罪人的事我去。"

王自委带炊事班长提枪到饲养室时,通信员已先跑去告诉了刘明天。刘明天把狍子圈进屋,自己坐在门槛上背对来人面向狍子吹笛。他已下了决心,就是军长亲自来也不让打。监狱已经蹲过了,还能枪毙不成?他沉着地吹起《马儿哟,你慢些走》,比原曲动情得多。

提枪的王自委踌躇了,一种负罪感在心头一动,良心上的一道伤口疼了一下。丢了党籍,蹲了监狱,没有父母,对一个寡妇单相思,委屈和不幸都能忍受,太可怜了。再打死他寄托感情的狍子,欺侮老实人有罪呀!哎,他老实,老实得过分了。团长叫打的,谁叫他自己太老实呢?

刘明天早就感到王自委已站在背后,故意入神地吹着,就是不回头。

"刘明天你真能发明创造哇,'对牛弹琴'让你改啦——对狍子吹笛!"

刘明天不搭话,吹得更动听了,他想打动连长改变主意。可连长就是连长,他一旦觉得自己尊严受了怠慢便会发怒:"刘明天当标兵了,不理人了,你跟我装聋作哑!"

"我在为狍子奏乐!"

"团长用一头猪换你的狍子,连里已经同意了。"

"干啥用?"

"一头猪比一只狍子贵，钱归你自己，合算。"

"我问干啥。"

"副军长千里迢迢来看咱们，咱们总得表表心意。"

"我没这份心意。"

"刘明天你好好想想，支部树你当标兵、培养你入党，让你干这点事还不听？"

"让我再去蹲监狱也行，要我命也行，吃我狍子肉不行！"

"你……刘明天，这样对待我！"

"连长，你要想想，我当兵四年可没做过一点亏心事！"

王自委良心的伤口又被触了一下，他明白刘明天的意思，狠狠心还是说："你当兵四年应该懂得服从命令！"

"连长，你当兵十三年了，也应该懂得问心无愧这个词！"

王自委被捅心窝似的激怒了："你……我没打过死人老婆的主意！"

"你……你……你是……"发抖的刘明天把到嘴边的话又咽回去，"我看哪个混蛋敢动狍子一根毫毛！"他喊起来了，老实人发怒太可怕。

王自委害怕地把枪背向身后，手也哆嗦了，正进退不得，冼文弓赶来把他拉回连部："硬打会激出事来，交给我去执行吧！"王自委找不到别的台阶下，气呼呼地默许了。冼文弓用挎包装了把杀猪刀和其他一些东西，又带了两支半自动枪来找刘明天："我首先保证，绝不打你的狍子。跟我去执行一趟任务，狍子要领着，不然他们会趁你不在把它打死！"

刘明天狐疑："啥任务？"

"跟我走就是了，保证不伤你的狍子。"

狍子根本不知发生了什么事，悠然跟主人进山逛风景，一会撒欢，一会傻瞅，好像回到老家。他们走了好远，来到一个寂静无人的山谷，冼文弓这才说明了任务：打些别的野味顶替狍子。刘明天也猜着是这么回事，考虑指导员的难处才来的。他也想了，首长老远来，弄点野味吃也是应该的，家来远客还要杀鸡宰鹅嘛，可是连长办事太昧良心……

"明天，你有什么招儿全拿出来，兔子、野鸡、沙鸡都行，就当救狍子的命了！"

刘明天想了想："你枪打得咋样？"

"一般化。"

"那你就别用枪了，把鞋带解下来，找找兔子洞，有就在洞口下个套，千万别放枪，放一枪满山的动物都毛了，枪由我来打。"

俩人分头行动。冼文弓寻了好半天才遇着两个洞，也说不准是不是兔子的，就按刘明天的说法下了套，又开始寻别的。秋天山里好吃的东西真不少，冼文弓恐怕野鸡、兔子都打不着，见着什么都捡，核桃、榛子、松子、木耳、干巴蘑菇……哎呀，他忽然发现了五六个猴头蘑，这可是纯牌的山珍，比狍子肉……他乐坏了，打不着别的也可以交代了。太阳还有一会儿才能落山，他起了贪心，想找上一书包猴头，所以大脑全被猴头占据了，眼睛看什么都像猴头，这是心理作用。咦，那个猴头这么大，黑的，活了，在眨眼，啊？是熊的头！他毛发直竖，帽兜里的猴头全撒了。

那熊坐在树后吃东西，没看见冼文弓。他手抖着摘下枪，没敢打，想悄悄退走，叫刘明天来打。他怕熊一旦发觉追上来，想打开枪保险。可是手抖得厉害，开保险时啪的一声，被熊听见了。熊发现了他，忽然站起来。

砰砰砰……八发子弹一气射出。

刘明天听见枪声奔过来，见冼文弓躺在熊身旁喘气，腿被熊划了一掌，裤子撕开了。枪刺深深插在熊嘴里，熊已死了。冼文弓冲刘明天傻笑："你摸摸我的胆，大概吓破了，方才要是录像，狼狈相肯定够世界之最！"刘明天撕了背心帮他包好腿，要背他往回走。

山谷已经昏黑，开始阴冷了。冼文弓摸出挎包里的罐头、馒头和一小瓶白酒。自从那次喝酒捉蛇成功，他对酒有了一定感情，竟认为一旦下了决心而又胆量不足的时候就应该借借酒力。他涌起武松打虎那种豪劲仰头先嘬了一口有生以来的第三口酒："明天同志，为你的狍子长寿干一杯！"

刘明天先起开罐头，用手抓出一块猪肉给冼文弓。狍子被熊吓得不敢近前，冼文弓扔给它一个馒头："熊大哥替你牺牲了，还不过来看看它？"然后和刘明天对饮。

在拉关系走后门的酒桌上，就是茅台酒刘明天也不会喝一口。在纯净得空气里没有一丝灰尘的大山中，指导员敬的一口普通白酒下肚，善良的心又想事了："指导员，不知你有对象了没有？要是有，这些猴头就给她邮去吧！"

"要不被减下来，快结婚了。"冼文弓又抿了一小口酒，"做梦也没想到在大山里谈起她。哎，一帆风顺的人对生活理解得浅啊。你判过刑，对生活理解得比我深。要是别人问起她，我就不谈啦！

"她是个小姐。我所以说她是小姐，因为以前我认为她不是，其实她是。在我们机关门诊部当护士，长得不错，别人给牵的线，我们就谈上了。她的关心使我多次感动过。现在细想，那是关心她自己的前途哇。

"我有腰疼病，她给我买暖水袋，买电褥子，我不怕你笑话，我们都接过吻了。可是，哎，我到这儿来了，她却……连一步……都没送。"

沉默了半晌，他从地上拿起一个猴头，"听说你在监狱时李罗兰给你邮东西，还去看过你。人哪，像她这样的就很难得啦！"他掉下了一滴泪，"这猴头，你就给她吧。"

刘明天也掉泪了："指导员你别误会她，她从没跟我说过别的，她把我当弟弟对待，怕我承受不了那些打击。可是她越这样，我越想别的，想得不行啊！

"你不是问过我种那棵豆子吗？说出来让你笑话。我劳改时听过一个故事，说自己的心愿不知能不能实现时，就随便捡一粒豆子种上。一粒孤豆如果能开花、结果，你的心愿就有希望实现了，结果越多希望越大。想这事都想迷信了，有时候我自己都觉得没出息，所以不好意思要求入党了。指导员，你说我这是不是没出息？"

"别说了，明天。我没这样想过。帮不上你的忙，我心里很难过。"

"不，我不是让你帮忙，只要你不认为我没出息就行。"

"我不认为。"

"我想……今年底就退伍了，回老家后再调到这村里来落户，既能帮她，还能帮连队做点事。"

"谢谢你，明天，你太善良了！"

刘明天又掉泪："要是连长能这么说一句，我也会把狍子给他的，可是他，良心……"他觉得背后说连长坏话不好，忍住了。冼文弓也没追问，向战士打听同级的坏话不道德。他说："老实人不应该是弱者，善良也不意味着容忍丑恶，善良的人还要坚强、勇敢。如果光是老实和善良，不正之风就会畅刮无阻。你不能因为判过刑就什么也不敢说了。今天的行为我就赞成！"他把剩下的酒收起来，"在一起的时间长着呢，天都黑了，情况明摆着，我的腿没法跟你一块走。为了按时把东西送回去，你必须一个人先走，叫连长派辆车来接我。你把四个熊掌大点砍着，再砍块好肉一块背上，猴头先放在这儿，子弹、馒头、酒留给我，狍子也留下跟我做伴。"

"这儿危险，我们慢慢走吧，首长晚吃一天野味也得不了病！"

"我是下级指挥员，对上级有意见是另一回事，必须把交给的任务准时完成，你要替我着想。"

"不行，出了事我有责任！"

"出不了事的，有枪、有酒、有馒头，还有狍子、火柴。明早连里就能来车接我，何况咱俩都在这里，要出事一样出事。"冼文弓已摸出刀开始砍熊掌，"我是指导员，跟你不能比，我还要在部队干，还想进步，不完成任务反倒把我坑了。"

刘明天同意了。冼文弓又说："夜里腰又要疼，把你的衬衣也留下吧。回去跟连长说说，叫郭云河跟车来接我。这两天他情绪反常，是不是我对他太过分了，得和他谈谈。"

刘明天弄了些干草堆在冼文弓身旁，又拍拍狍肚子："指导员，你可以靠着它这儿暖腰！"

月亮上来了，夜风把深深的蒿草吹得一起一伏，整个山谷低低地滚动着涛声。

十五

王自委立即打电话向团长报告弄到熊掌的喜讯。团长在电话里连连夸奖："行啊，你居然弄到了熊掌。这方面冼文弓可不如你！"

王自委的心像被什么东西刺了，隐隐地疼。冼文弓受了伤还在山上啊，我受表扬他却受批评，忙说："团长，是冼文弓打的，为了保住狍子。""啊？这个冼文弓！"团长再没说什么，这无疑等于说："王自委呀，这方面你怎么也不如冼文弓！"王自委决定亲自带车去接冼文弓。刘明天告诉他叫郭云河去，他把张久光、郭云河全带上了。他觉得带上张久光就算是自己向冼文弓做个道歉的表示。

一辆炮车顶着月光出发了。驾驶楼里只能坐一个人，当然应该是王自委。但他心里格外不安，一再让刘明天坐，刘明天冷冷地拒绝了，这使王自委更加不安，一丝丝疚痛不由自主地从心头往外流淌。

夜空浩远深邃，神秘莫测。星星那么亮，像苍天眨动的窥视人心灵的眼睛；月亮那么明亮，像上帝高悬的探照人灵魂的明镜。明亮的星月冰清玉洁，即使满心杂念的人看了，也不能不产生一点净化感吧？人们啊，做了于心有愧的事儿时，夜里少睡些觉，多望一望明净的星月吧！

也是这辆车，也是这样的夜，王自委也是这样坐在驾驶楼里，不同的，司机是刘明天。车灯坏了，刹车有毛病，刘明天向王自委提过了，王自委说出了事由他负责。汽车加足马力越过山岗，一辆牛车出现了。刹车失灵，牛车翻倒。李罗兰的丈夫离开了人世。王自委却再没提过出了事由他负责的话。刘明天去劳改了，他心里一直隐藏着那句话……

也是这辆车，也是这样的夜，郭云河也是这样站在车厢上。他是去别连出公差卸煤，那个连队一个高干子弟却带着行李去步兵学校报到。他凭什么可以轻而易举地从炮兵连队跑到步兵学校？我，就该卸煤——倒霉吗？他不平，他气愤，他要报复，他做起了亏心事……

刘明天也在问自己。刘明天呀刘明天，因为你舍不得一只狍子，指导员才挨了熊掌，腿伤了，腰疼，他在山上冻坏了吧，惹事的狍子呀，你给没给指导员暖腰……

对不起呀指导员，张久光不该恶作剧让你捉蛇。这会儿你躺在山上，千万别遇见蛇哟……

我是不是搞得过分了？对连长太不留情面了吧？在山沟里和战士同吃同住十三年，没功劳还有苦劳哇。刘明天太老实太善良了，不能让这样的战士吃亏。郭云河一般不在乎批评，现在情绪反常，光是因为党表没通过吗？好像还有别的。张久光……也要提醒他点，可别好高骛远……他们几个是不同"兵种"的领袖，都可以挑头带起一个"自学成才"小组来，充分发挥他们的竞争力，连队很快就会生龙活虎……"指——导——员——！"冼文弓听清了，是张久光的喊声。怎么没有郭云河的喊声呢？他恨我而没来吗？

"指——导——员——！"郭云河喊的！他来了！

"指——导——员——！"啊，连长喊的，他亲自来接我！

"喂！我——在——这——里！"冼文弓激动地将双手卷成喇叭放在嘴上，放声呼喊。

夜啊，把一切丑的东西都遮住了，只尽情地传送着这一声声呼喊。

王自委他们循声奔跑过来。

冼文弓像在战场上见到久别的战友，一把攥住王自委的手。

王自委给冼文弓披上大衣。

"小郭你好！久光、明天你们好！"冼文弓不愿让这激动的时刻消逝得太早，把他们几个都拉坐下了，"难得在这儿聚会！拢堆火多坐一会儿，谁要没在黑夜的大山里坐过，简直是终生遗憾。要是有灯，在这儿玩把扑克更妙了！"没人跟他说扑克。"那么烤熊肉，我这儿有酒！"

篝火暖得一圈人心里痒痒的，熊肉在火上滋滋流油。

群山大野的夜啊，无私、豪爽、壮丽。

熊肉熟了。喷香的野味随着酒充进肚里。对于野游的人，这是多美的夜餐啊，可是这几人吃得并不都香，有苦、有辣、有涩。

冼文弓举酒说："让我连累你们了，连长、明天、小郭、久光，谢谢！我毛病太多，主观、急躁、猜疑，不容人。刚才我还以为小郭不能来，也没想到连长能亲自来接我！"

郭云河心中太多的苦辣，再也憋不住了："连长、指导员，憋在心里太痛苦，让我在这儿坦白吧，要不天一亮又没勇气了！"

火苗被风吹弯，变成个问号，一圈人的眼睛里都映着这问号。

"我……我把自己折磨得好苦，我……骗了全连！"这个松花江畔农民的儿子噢，因为对不正之风不满而又出于私心，便不择手段冒充了高干子弟。他想以此图"进步"，现在终于发觉此路不通。痛苦和不安折磨着他，总觉得指导员的眼睛已经看穿了他。

长时间沉默。低缓的风涛在远处起伏。

冼文弓没想到自己的心理学失灵到这种程度，倒是郭云河抓住了人们普遍对高干子女特殊看待的心理而行了骗啊！人心真复杂。看来光靠心理学发现不了所有心灵的漏洞，郭云河是被正确的思想政治工作堵回来的！他感慨万端。

"好样的，小郭，你很勇敢，你自由了！"冼文弓拍拍郭云河的腿，"谁都会犯错误，就看谁勇于改正。青年时期是各种欲念疯狂萌动的阶段，稍不坚强就有犯错误的危险。我们还算青年，都需要依靠团结和友谊的力量培养高尚的情操，才能度过危险期，达到三十而立。喝了酒，说点醉话吧，我也犯过错误，我曾因为被精简，闹过了好长时间情绪，我还跟一个自私鬼热恋过，并且接了吻……这些都不可怕，可怕的是丢了勇气，丢了信念！"

沉默。

王自委心中装了好久的涩汁终于被酒挤出来了："我昧过良心。刘明天那一年刑应该我去服，可是我，三十岁的人还做亏心事！今年三十一了，往后再做这样的事对不住儿女啦！"

沉默。

明月在，篝火在，酒在，谁能沉默得住哇？

刘明天说："我曾暗自发过誓，要是战场上，敌人正用刺刀扎连长，我也不救。这……太坏了，连长！"

张久光觉得气氛有点沉闷，所以语调比别人亢奋："我的罪过是太尖酸，认为谁不好，就恨不能一下子用难听的话把人呛死。我才二十一岁，我不想教徒似的忏悔，我愿像指导员说的那样，依靠团结和友谊的力量培养高尚的情操，度过'危险期'。

"让我借刘明天的名字祝酒——为了三连的明天，连长、指导员的明天，郭云河、我自己和刘明天本人的明天。干杯！"

半小瓶酒轮一圈，光了。

十六

冼文弓做了一夜雪地露营的梦，早早醒来一看，果然满山满谷都是壮丽的白雪。小兴安岭的第一场雪比往年早，比往年大，在十月中旬的夜里就突然来了，因而索伦河谷的初冬比以往奇寒。他揉揉被熊抓伤的腿，捶捶着凉而作痛的腰——他将在漫长冬天里艰苦地同腰疼作战——不禁想起那位小姐的暖水袋和电褥子，还有那吻。

因还不到起床时间，他摸起枕下的《战士心理学》草稿翻起来，"战士的气质""战士的性格""战士的情操"……翻纸的响声很大，他怕惊动副指导员，便悄悄穿衣、戴了皮帽到屋外去运动取暖。饲养室的烟囱在冒烟，他忽然想到刘明天的小火炕。冬季取暖煤还没开始烧，全连只有刘明天那屋是暖的，他每天要烧三遍火煮猪食。

刘明天比冼文弓起得还早，起来就把狍子领到他屋里。狍子冻得打抖，他又把它抱到小火炕上卧着，用手抚摸它的角，它的头，它油光发亮的皮毛……狍子感激地直舔他的手。他把皮大衣给狍子盖上，又给它打开一瓶水果罐头，还冲了一瓢白糖水。等狍子吃饱喝足暖和了身子,他亲亲它的脑门、眼睛和耳朵,才把它领出屋。

冼文弓来到饲养室时,刘明天不在。被子叠好了,那盆绿秧黄豆放在炕头上,已经开花了,一朵、两朵……十五朵,白白的,如一片片雪。

暖烘烘的火炕真诱人!冼文弓躺在炕上烙起了腰和腿。暖气透过棉袄棉裤,钻进腰脊骨、腿伤口,他舒服得闭上了眼睛……

漫山遍野的雪里长满了绿茵茵的黄豆,洁白的豆花像雪片。可爱的狍子在豆花丛中飞跑,李罗兰领着一群孩子在豆花丛中唱诗:

> 秋天过去了,
> 像卷起一幅幅图画。
> 冬天来临了,
> 像铺开一张张白纸。
> 春天紧跟着又来画画,
> 画绿了草,画绿了树,
> 画绿了田野和高山……

漫山遍野的黄豆,和如云如雪的豆花。绿色的、威武的、成群的火箭炮列阵在豆秧的海洋。炮兵"元帅"张久光一挥手:"放——"首发炮弹被一束火焰闪电般推出炮管,振聋发聩的一声呼啸,接着炸响了。瞬息,长长一列二十四管火箭炮齐声发射。雪变成热的,融化为春水。郭云河在春水滋润的土地上种豆子。王自委的妻子随军了,她背来一麻袋豆种。刘明天呢?他怎么在割豆子……

砰——!一声真实的脆响,是枪声,从索伦河边传来。

冼文弓翻身下炕:"出事了!"他瘸着跑到屋外。

王自委也起来了,正抱着扫帚扫雪:"枪声?!"

俩人一前一后跑出营房,跑向索伦河边。

刘明天持枪、低头、迎风呆呆地站着,双脚插在半尺多厚的雪里。黄褐色油光发亮的狍子倒在枪口下,鹿一样美丽的双角和身躯嵌在雪里。血把雪润出了一朵红花。

"干什么，刘明天?!"王自委像在梦中。

"怎么了，明天?!"冼文弓一条伤腿还没站定。

刘明天抬起头，两行泪水流进嘴角，他艰难地笑笑"我……要扒一张狍皮，给你……"

冼文弓心头一震，啊，狍皮，茫茫小兴安岭最宝贵的隔寒褥子哟！腰疼时怎么就没想到战士情而只想到那位小姐的暖水袋、电褥子和吻呢？他感动而愧疚地弯下腰，默默搬起身后那块马碑，放到狍子身边。两大滴泪落到碑上，溅湿了两个字的隶体的碑文——英灵。

群山大野一片壮丽的洁白。

索伦河在雪下面呜咽。

1983年3月25日午夜，初稿于北京南口
1983年4月15日午夜，改毕于北京南口
1983年8月号《解放军文艺》
1984年1月号《小说选刊》
获全国1983—1984年优秀中篇小说奖
改编成同名电影获全国优秀故事片奖

黄豆生北国
——《啊，索伦河谷的枪声》续篇

一

从西山岗爬过的小风淘气猴子似的溜进索伦河谷，顺路戏谑地扬一扬冰凉的雪粉，嘲弄地推一推发抖的炊烟，滑稽地摸一摸冻僵的柳条，随手再抓一抓行人冰麻的脸，又扬长奔东山岗一小片鲜艳的草绿色而去。这顽皮的风，又摸弄着绿丛中一架黑色望远镜爱不释手了。

望远镜正被指导员冼文弓用双手举着向白茫茫的河谷观察。冼文弓不时地把冻得猫咬一样的手连同望远镜一块放进皮大衣里焐一会。他的栽绒鼻罩始终戴着，不然鼻子很快就要冻硬。

"第一号方位物，正前方，远方位，山脚石壁偏右一指幅，狍子墓。"连长王自委左手举望远镜，右手向前平伸着下达口令，"第二号方位物，狍子墓偏左三指幅，绿色独立树。第三号方位物，山脚公路靠河边一侧电线杆……"

王自委带领侦察班在雪山头上进行观察所训练。冼文弓只当过无线兵，不懂观察所一套指挥业务，所以也跟来学习。

山头、山腰和山谷没有哪儿不覆盖着厚厚的白雪。人站在雪山顶上无论向哪儿一望，仿佛都有一种什么东西在召唤自己。冼文弓就在这样奇妙的感觉中移动着眼前的望远镜。没等他找到第二个方位物，王自委已把第四号方位物指示完了。他正左一下右一下地找第二号方位物时，一个蓝色身影忽然出现在他望远镜的分划线上，是个穿蓝色衣服的女人，她在雪地里弓身拉着一爬犁树枝朝公路移动。冼文弓调了调焦距，人影清晰了，是李罗兰。她拉得十分艰难。冼文弓心里怦然一动：她身后不远，紧挨着狍子墓就是她丈夫的坟啊！丈夫不在了，啥活都是她自己干。

狍子和李罗兰的丈夫葬在一处是司机班长刘明天的主意。他把狍皮给冼文弓做了褥子，其余一丝儿没动，整个儿葬在李罗兰丈夫的坟旁了。善良的刘明天既是为了安慰心爱的人，也是为了安慰自己亲手击毙的无言战友在九泉之下有伴儿啦。被枪声震动了心灵的王自委，亲手把"英灵"碑立在狍子墓前。不久，复员的老兵走了，补入的新兵来了。走的留下了难舍难分的友情和怀念，来的带入了新的希望与烦恼。如果只有老战友离去留下的深切怀念而没新兵带来的希望和烦恼，留下者感情的天平得多久才能恢复平衡啊。如果说军人最可贵的是牺牲精神，那么遵守军营的特殊纪律，从各方面努力克制自己的感情，则是军人最难能可贵的牺牲了。刘明天交上去的复员申请没被批准，却转为志愿兵，当了司机班长。志愿兵，这意味他至少还要在部队干十年。按军规，志愿兵也不准在驻地找对象，这就等于他复员回家乡后再把户口转到索伦和李罗兰结婚的打算已经落空。这在局外人看来似乎没什么，甚至或许有人会感到刘明天走运了——志愿兵挣工资，转业按国家干部待遇，这对成千上万的农村兵来说都是百求千求而不得的。可是人心不一样啊，刘明天自己心里装了许多难言之苦。他不忍心看着自己的恩人带个孩子艰难地守寡。他觉得他俩是互相爱慕的，只要她在守寡，他就无论走到哪里也没法平静地生活。他认为对她欠下的感情债只有同她成婚才能偿还。偏偏他又被留下来了，党员嘛，哪能不服从组织决定？是不是得提个条件呢？如果同意和她结婚，在这儿干多少年都行，否则……否则……他还没来得及把否则该怎样想好，还没来得及把已有的那点想法说出来的时候，王自委却把新兵带到狍子墓前，讲起了刘明天的事迹，教育新兵向他学习。这么一来，反倒堵住他的嘴了。哪想到那些爱琢磨现代化感情世故的新兵们理会错了连长的意思——听说刘明天就是新入党、刚当司机班长、和寡妇教师相好的喂猪老兵，便以为他的入党和当司机班长都与给指导员送了一张狗皮有关。于是乎，王自委、冼文弓和刘明天的床上都悄悄出现了写着姓名的烟、糖、罐头以及一二十块钱的电子表等。一个傻呵呵的新兵小孙还趁没人时拿着一台小录音机溜进连部，悄声说："连长，我哥哥是海员，这东西我家有好几台！""喔，好几台就好几台呗。"这台给您。""您"字说得那么清晰，那么亲切。王自委听着很不是味儿，问："给'您'？为什么给'您'？""您不是……让我们向司机班长学习吗？"王自委气得掏出哨子马上要紧急集合："让你们给'您'！我要把给'您'送东西的一个个点名'照相'！老弄这个事儿还叫不叫我安生把这一年过完？"正好冼文弓进屋，劝下王自委的哨子："新兵刚来，伤面子不好！"他接过小录音机看了看说："这玩意儿我托人买好长时间了，买不到。小孙，连长不喜欢，我要了！"这都是最近的事。更有甚者，昨天还有给李罗兰送东西求她跟刘明天说明要当司机的……

"目标，第三号方位物偏左五指幅——河边公路运动汽车！"王自委继续下达口令。

冼文弓没找到第三号方位物，急忙改用肉眼观察，捕捉到公路上移动的汽车后才用望远镜瞄上。

汽车忽然停下来。驾驶楼里跳下一个人，冼文弓看清楚了，是刘明天。刘明天急忙下了公路，跑进雪地里，深深浅浅地朝捡柴的李罗兰奔去。那分秒必争的急慌劲，与其说像去迎接归来的亲人，不如说像去搭救落水的陌生人。李罗兰立即停下来，擦着汗亲切地望着刘明天。她身后那满满一爬犁超载的干树枝和两条深深的雪沟说明，此时他对于她，就是雨中伞、雪里的炭。到了跟前，刘明天塞给李罗兰点什么东西，俩人推让了一阵才合力将爬犁拉到公路上的汽车跟前。刘明天把爬犁拴在车尾，然后又让李罗兰和他一块坐进驾驶楼。汽车重又前进了。

这情景，连长王自委也通过望远镜真切地看见了，他放下望远镜看看冼文弓，冼文弓也正注视着他。同时，侦察班长张久光和炮队镜手也离开镜头看了看连长和指导员，但谁也没吱声。他们复杂的眼神说明，这对儿特殊的男女关系令人关注，令人担心；令人同情，令人头痛；令人赞佩，令人扫兴；令人思索，令人费解……

二

"指导员，你多咱有工夫？我想跟你说件事！"刘明天从汽车库里跑出来，迎住刚从野外回来的冼文弓。跟随冼文弓的一行人都好奇地看了看刘明天。

"急吗？"冼文弓解下栽绒鼻罩，手搓着皮帽耳和眉毛上的霜反问刘明天。

"有点急！"刘明天说有点急的事一定就是急了。

"那就现在到连部说吧。"

连部的炉子烧得正旺，冼文弓领刘明天到他住的那屋，脱了皮大衣、皮帽子，蹲在火墙边驱着寒气："什么事？"

"有人建议，新兵分班也应该像高中生考大学那样，先自己报志愿，然后考试，择优录取！"

冼文弓听刘明天试探地说完，突然从火墙边站起来了："好建议！谁提的？"这几天他和王自委都在为分班的事生气、发愁，考虑怎样在分班之前搞一次教育，因此他立刻因刘明天说出这建议而喜不自胜，他感到这建议既公平、科学，又可从一开始就调动新兵自学成才的积极性。

刘明天支吾了一阵才红着脸讷讷说："李老师跟我说，她收到一个新兵的礼物。那新兵对她说：'嫂子，求你跟刘哥说个情，让我上他们班吧，我就想学开车！'"

"她怎么说？"

"她说,说情可以,东西不能收!"

"她怎么跟你说的情呢?"

"她说……说……你们指导员不是很有办法吗?他为什么不把分班方法也改一下,倒叫新兵跑我这里嫂子长嫂子短的走后门!"

"于是她就提出了这个建议?"

"嗯。"

"好,她不但心好,脑子也好!"

冼文弓脱口说出这赞语时,刘明天一阵心跳:"指导员,我和她……新兵们瞎传……咋办?"

冼文弓看出刘明天是鼓了很大勇气才说出这话的,主要意思也不是指对新兵们的瞎传咋办。是呀,咋办呢?他是个好战士,她是个好女人,他们的心思……应当咋办呢?对一个指导员来说,这真比什么都难办。这可以说是部队政治工作禁区,要么睁只眼闭只眼不管,等出了事向上一报,叫怎么处理就怎么处理;要么放刘明天离开部队,他们愿怎么办就管不着了;要么教育他们自我克制,遵守铁的军规,默默地让他们心中正萌芽的种子慢慢死亡。作为一个指导员,冼文弓希望他们能有个完美的结局,可是,这件事很复杂,他暂时还倒不出精力,只好非常不安地安慰刘明天抓好工作,注意影响,等新兵分完班再好好谈谈。

当天夜里熄灯哨已经吹过了,团司令部值班参谋忽然给三连打电话。王自委接完电话,哭笑不得,穿上衣服去敲隔壁冼文弓房间的门。他开门见山地对冼文弓说:"我可不是怕辛苦,这事恐怕非得你去不行!"王自委自从知道冼文弓当过副营职干事以后,便不再对他使用吩咐的口气了。

冼文弓正准备采纳李罗兰的建议,用新方法分班呢,这时听王自委说又来了两位家长,这真叫他挠头。他琢磨,新兵小孙的父亲赶这时候来,无非是想要求给儿子一点关照,分个好兵种,小孙给连长送录音机就证明了这点。郭云河他父亲来干什么呢?莫非知道了儿子冒充高干子弟的事?或者来要求让儿子复员?郭云河这阵干得不错,威信刚树立起来，正准备让他代理炮班长。他父亲一来，冒充那档子事会使他们父子俩都难堪，连队也……

"干脆让他们住团招待所算了，问问有什么事，能解决悄悄解决；解决不了，给郭云河几天假回趟家也就拉倒了！"

冼文弓想了想说："大老远来的，怎么也得让人家到连队看看。我先去接来再说，你在家安排一下住的，查铺查哨也得你代我辛苦啦！"

王自委叫上通信员去招待间烧炕，冼文弓穿上皮大衣到司机班叫刘明天。

刘明天离开饲养室的热炕后冷丁睡床总感到有点凉，刚焐热被窝真不愿起来："出了什么事，指导员？"

冼文弓趴在刘明天耳朵边小声一说，刘明天就倏地爬起来了："哼，热闹了！"

汽车慢速在索伦河谷的夜路上行驶。车灯划破夜幕，路上露出压实的积雪，很滑。小火车站就在团部跟前，离三连有二十里路。冼文弓一再嘱咐刘明天小心慢开，刘明天开玩笑说："车开得不快，指导员是没想出办法吧？"

冼文弓确实在琢磨怎么办。

车灯远远照见了山谷平原上的小火车站，像是夜幕上映出的电影。近些，又照见了候车室门口站着的两个人。再近些，那两个人像电影特写镜头似的映在光束里：一个穿草绿军大衣、戴军帽，一个戴大狍皮帽子、穿牛皮靰鞡。穿军装的提着个黑旅行皮包，还戴着口罩；戴狍皮帽的背着个白布口袋，嘴含一管烟袋，不时吧嗒几下，好像里边有吸不完的营养。

车在他俩眼前停下，冼文弓上前说："是郭大爷和孙教导员吧？"

背布口袋的老农连连说是，提皮包的军官还礼点头。

"我是小郭和小孙他们连的指导员，来接你们！"冼文弓一手接过布口袋，一手接过皮包，"郭大爷您年纪大，坐驾驶楼里。我和孙教导员在上边站一会儿吧，用不了半小时就到了。"

郭大爷倒是没少坐汽车，可坐驾驶楼还是头一回。老人受宠若

93

惊，摸摸这儿摸摸那儿，问刘明天："你开了几年了？"

"三四年了。"

"你们班长开几年了？"

"也三四年。"

"你跟班长一块学的？"

"大爷，我就是班长！"

"呀，你就是开车班班长？你认识我家云河不？他干得怎么样？"郭大爷边问边从布口袋里抓糖，抓瓜子，往刘明天兜里揣。

"干得不错，要让他代理炮班长呢！"

"哎呀，你不能把他要到你们开车班吗？能开车可比当班长强。我们大队刚买了汽车，现从外边雇人开。我这趟来就是想求求你们，能不能让我家云河开车，开会了回队上就能用了，你说呢？"

"想当司机的很多呀，大爷！"

"他班长同志，我不是走后门，大队派我来的，我有公家介绍信，盘缠也是队上出。队上算了账，要是派个小伙到外边学两年，工分、盘缠、住宿开销加上求人送礼就得六七千。云河要是在这儿学成了，队上就省了。再说队上公积金也不多！"郭大爷又倒出捏烟锅的手，给刘明天点烟卷。

刘明天对郭大爷和他们生产队产生了同情："大爷，这事儿得连里定，我说了不算！"

"你帮大爷跟连里求求情呗！你是开车班长，说话总能算点数！"

刘明天理解农村的事儿，他受不了乡下老人低声求告，很同情曾被不孝之子丢过脸的郭大爷——这老人代表着全村人的面子啊！

孙教导员坐卡车也是常事，但总坐驾驶楼，见冼文弓陪他站在车厢上，不免犯了合计：这指导员肯定是个死心眼子，话怎么跟他说呢？

倒是冼文弓先开口了："教导员，小孙那台录音机不错，我要了，钱暂时不够，'五一'一定交齐！"

"他哥当海员，在外边买那玩意儿稀烂贱，我们家拿那都不当玩意儿，以后要买这类东西只管让他往家写信！"

"好，有事一定麻烦你，你也放心，小孙我们一定带好他。"

"我也在部队做十多年政治工作了，什么人是什么料也都看得准。我那孩子没大出息，干别的都没心思，就想当汽车司机，听说你们是炮兵连，汽车多?"

"一共八台车，今年只选两三个司机，想当的可就多了。"

"我那孩子特别想当，当不上恐怕要闹情绪!"

"我们研究一下看吧。"

王自委已和通信员把招待间烧暖了，冼文弓把孙教导员和郭大爷领进去的时候，洗脚水、洗脸水也都打好了。冼文弓又把自己铺的狍皮拿给郭大爷铺上，同时说："司机班长已把您老的要求说了，我们得商量商量，你们好好休息吧，啥时解过乏啥时起来!"

早晨还没吹起床哨，冼文弓先把郭云河叫到外面："小郭，你父亲来了!"

"什么？爹……"

"夜里到的。我把你要代理班长的事跟他说了，他挺高兴，但他又一再说你不是当班长的料，来就是想让你当司机。你先别管这些，好好陪他玩几天，冒充那件事就不要说了，千万不能说，他知道会伤心的。一会儿出操你留下收拾收拾，我向全连强调一下，让大家都替你保密!"

"这……"

"换套新军装，穿利利整整的。那件事无论如何不能说!"

郭云河又惭愧又窝火，心里暗暗叫苦："祖宗啊，这不是让爷儿俩一块现眼嘛!"

三

说不清从哪年开始的，新兵分班成了个复杂的工作。今年比往年更难办了，因此冼文弓决定采纳李罗兰的建议。他征求王自委的意见："连长，今年不好把分兵方法改一改吗？一年一年老这着，我们总是被动！"

冼文弓这几个月采取的一系列新招儿使三连起色很大，这使王自委很高兴：副营职指导员，能力强，有热情，团长政委都支持他，愿怎么干就怎么干吧，干好了于我的既定方针并没坏处。他说："改改也好，怎么个改法？"听冼文弓说完打算，他问："对找上门来的这两位，我们怎么答？"

"那位孙教导员对基层政治工作的难处，不会不理解。我同他谈谈吧。郭云河他父亲，倒是难办，应该研究一下！"

几天后新兵分班大会开始了。郭大爷也被请到会场。本来也请孙教导员参加的，他提前一天走了。李罗兰老师是这件事的建议者，特被请来做顾问，她和郭大爷都在前面主席台位置就座。她只在丈夫死后到连部为刘明天求过两次情，再就是看电影进过几回三连的院，参加军人大会是头一次。她在学校给学生讲课那样自然大方，在端坐的战士们面前却眼盯水杯，不轻易抬头。

冼文弓讲话："党支部研究决定，今年新兵分班采取新的办法。每人都可按表填上三个志愿，经过文化考试，然后由各班长根据大家的志愿和条件择优录取。"接着阐明了这一改革的意义。说话间，他发现有几个兵的眼光总是在李罗兰和刘明天身上溜来溜去，特意多说了几句："这个办法是李老师建议的，我们应该感谢她。她不但不计较连队给她造成的损失，反而帮连队做了不少工作，尤其对刘明天的帮助很叫人感动，我们都应该向她学习！"

郭大爷不知连里发生过什么事，看看女教师，又看看刘明天，闹得糊糊涂涂。李罗兰显得更不自然了，冼文弓忙转入正题："为了让大家了解各班业务特点，发志愿表前请各班长介绍一下本班情况。由司机班长刘明天先讲。"

刘明天胡子刮了，头发理了，脸色和精神气质与以往简直判若两人，连生人也可一眼看出他心中有朵活生生、水鲜鲜、含苞待放的花儿。至于这朵花具体什么样，大概只有冼文弓清楚——万山白雪中那株绿茵茵、开过白花、结出嫩荚的黄豆。有点诗人素质的冼文弓，竟在心里为这株黄豆吟了一首仿古诗：

> 黄豆生北国，
> 冬来发一枝，
> 原君莫采撷，
> 此物虽相思。

刘明天因李罗兰在场，有些紧张了，局促地请求说："指导员，我没想好，最后讲吧？"

"最后讲就是想好好讲，那你就好好想吧。请侦察班长张久光先讲！"

张久光除了"自荐公议"那次抽象地谈过一回当班长的见解，当了班长还没在全连面前发表施政演说，他想利用这机会好好讲讲，因此没推辞就讲开了：

"我们炮兵连的工作可以用四句话概括：吃得好，开得动，联得上，打得响。吃得好关键是炊事班，开得动关键是司机班，联得上关键是无线班和有线班，打得响关键是侦察班和炮班。可见在重要性的排列顺序上，炊事班第一，司机班第二，有、无线班第三。谦逊点说，我们侦察班算第四。别看顺序第四，实际我们班是出指挥员的班。指挥排长是我们班出去的，连长、副指导员都是我们班出去的。没有我们班，炮弹就没法打得准，打得快。

"我们班的任务是，侦察兵迅速捕捉住射击目标，计算兵迅速计算出目标距炮阵地距离，所以我们班的兵必须具备文化高、智力强的条件。我们班装备的器材有望远镜、炮队镜、计算盘、测绘器、指挥仪等。我们班训练和作战时的位置都和首长在观察所，可以居高临下纵观炮弹在敌阵开花的壮丽景象。欢迎有兴趣的新战友报考我们班！"

炊事班长没用点名就抢着发言了，他是怕没人报炊事班："侦察班长的观点我很赞成，炊事班确实是最重要的班。不管中国、外国，古代、现在、将来，城市、农村、男人、女人、老的、小的、军人、老百姓，不吃饭就不能活吧？在我们连，谁敢说他能离开炊事班呢？没人敢说。我们炊事班，煎、炒、烹、炸、溜、炖，都行。豆腐脑、油条、面包、饺子……都会做。

"我本人，在师部所在地乌兰浩特市宾馆学过三个半月，其他几个炊事员分别在师部机关食堂、团招待灶、白阿线铁路餐车学过手艺。从我们班复员的，有分配到县委食堂的、市宾馆的，还有自己挂幌开个体小饭店的，反正出息的人不少。今年连里只同意给我们班一名新兵，所以我们把条件定高点，必须初中以上文化水平，能自己学懂营养学和烹调书的，手巧、心细，没私心，有耐心，个人卫生好的。

"司机有驾驶证，炊事员达到一定水平的，我们也通过团后勤给办厨师证。好像有个作家说过，做饭是一种创造性的工作。一些不起眼的素材经过炊事员创造性的劳动就变成形形色色的佳肴。我有兴趣终生从事这项创造性的工作。只有一个名额，如果觉得不具备条件千万别报，报了我们也不要！"

各班长都唯恐自己招引不来好兵，都抢着搞竞争演说。无线班长大概背密语、传口令惯了，创造性的话不多："无线班就是电台班，和有线班工作性质一样，只不过他们是有线电话，我们是无线电台。依侦察班长的说法，我们是联得上的关键。指挥员从观察所下达的口令能不能准确及时传给炮阵地，以及行军途中和上级能不能保持联络，全看我们班了。无线兵的武器主要是电台，要求必须具备初中以上文化，口齿清楚，手巧，记忆力好的条件。另外还要能经得起批评，因为无线兵经常因沟通联络不及时受批评。只要两个新兵，请新战友斟酌好再报。"

因为炮班一共六人，发言由炮一班长代表了。刘明天最后发的言，他讲的跟别人都不一样。

"司机班重要是重要，当司机也有不少坏处和难处，坏在哪儿，难在哪儿，我归纳不成条条，干脆以我自己为例说说吧。

"我是初中毕业生，觉得掌握《汽车构造与原理》《汽车驾驶》《汽车修理》这些书还挺吃力。我当司机三年了，现在胃疼、腰疼的毛病都有，还因为车祸伤人蹲了一年监狱！"

王自委插话："车祸伤人应由我负主要责任，我却没有承担责任，我对不起刘明天，也对不起李老师！"

冼文弓也插话："新兵同志不了解李老师，我介绍一下她因我们连的车祸失去了爱人，本来是连队欠了她的账，她却再三为刘明天求情，不要判刑。判刑后她给刘明天买书、寄东西、写信，安慰他、鼓励他，帮我们连队做了不少工作，这次又来帮我们判考试卷子。她自己带个孩子，还要教学生，挑水、弄柴、侍弄自留地也都是她自己的事。不管新兵老兵，希望有空时帮她家和学校干点活。这方面刘明天以前做了一些，很好！"他讲这些话是想让新兵对他们俩的关系有个正确认识，不要在背后乱议论。

刘明天很感激连长、指导员，他说得动了感情："我感到，当司机没有吃苦精神、牺牲精神不行，不管刮风下雨、深更半夜，有情况就得出车。吃饭不及时，容易得胃病。出了故障，雪地、泥地一躺几小时地抢修，弄不好还要翻车、撞人、犯罪。

"根据这些情况，我们班考试项目有文化测验、体力测验、胆量测验、吃苦精神和牺牲精神测验，根据成绩要前二名。

"条件高，名额少，我劝想报名的同志慎重考虑，不要轻易报。不是不欢迎同志们到司机班来，有些同志给连首长和我送了东西，谢谢这些同志的心意，但我不能凭这个选司机。我们班任务很重，请同志们原谅，我必须考虑到任务。等考完试我再把东西还给新战友！"

冼文弓让李罗兰也讲几句话。李罗兰是特聘的监考人和判卷人之一，她表示愿意协助三连搞好这项工作。冼文弓又把小孙那台录音机拿出来说："我们这种做法还得到来部队家长的支持，小孙父亲因为忙而提前走了，请大家听听他的讲话！"孙教导员的讲话，是在冼文弓的要求下才录下来的。

"我是小孙的父亲，我这次来部队其实主要是想帮小孙活动活动,让他学司机。连里决定用新方法分班,不走后门,对我触动很大。我也是部队干部,知道新兵分班的难处,自己想法研究改进工作却来兄弟部队走后门,实在不应该。我打算把这办法带回我们部队也试一试。至于小孙能不能进司机班,看他自己够不够条件了……"

大家正觉得新奇地听着,录音机啪地停了。冼文弓又让郭大爷对新兵讲几句希望的话。郭大爷觉着这一套做法都是冲他来的,听到孙教导员的录音时就已气颤了胡子,冼文弓又指名让他说说,他当场火了:"不同意我儿子开车就明说,弄一大堆花招儿唬我们庄稼佬干啥?我是代表队上来求你们,不是讹你们。难怪人都说,庄稼佬送礼也没人高兴收哇!"

郭大爷这一骂,好好的会给骂乱了。郭云河又羞又恼站起来,冲他爹吼道:"你乱说什么呀?连里为我好,丢人事不叫跟你说,你又来丢人!"

郭大爷被儿子说愣了。冼文弓忙向郭大爷解释:"您消消气,消消气,怪我们疏忽了。您代表队上的请求连里已经研究了,作为特殊情况处理,已给小郭留了名额。小郭身体好,也聪明,其他方面自己再刻点苦,可以当个好司机。回头我们给大队党支部写封信,您放心好了!"

郭大爷一时愧得连连说:"哎呀,你看这事,你看这事……"
郭云河感动得索性当场把自己冒充高干子弟的事讲出来了,最后还说:"希望新同志别学我搞邪门歪道,给父母丢脸。在我们连,只有靠好好干才有出路!"

郭大爷骂自己也不是,骂儿子也不是,嘴巴哆嗦了一阵说:"新来的孩子们可别学我们云河呀,你们要好好干!"

郭云河父子这一对特殊人物的话,比冼文弓说的有说服力,新兵脑子里活生生打下一个烙印:只有自己好好干!

四

一个没有风但是下着雪的晚上，李罗兰帮三连判完新兵考试卷后向冼文弓提了个要求："我想请一位校外辅导员，你们连能支持一下吗？"

冼文弓抱歉说："我们早该主动派一个了，只是后来一直忙，也没顾得考虑这事。谁适合，你说吧！"他猜她要请刘明天，并且是对连里对她和刘明天关系持什么态度的一种试探。

李罗兰果然说："孩子们认识刘明天，说他和雷锋叔叔一样都是开车的！"

"我和连长商量一下，没特殊情况尽量派明天去。"他想趁机把李罗兰和刘明天的关系挑明谈一谈，又觉不方便，不成熟，便压下了。

冼文弓和王自委没商量出结果来，原因很明白，这不单是派辅导员的问题，实质在于能否同意刘明天和李罗兰发展成恋爱关系及以后能否批准他们结婚。这不是连队权力范围内的事。冼文弓主张向团里写份报告请示一下，王自委不同意："写报告就等于我们赞成了！"

"这不等于提倡战士就地恋爱。寡妇门前是非多，越这样拖下去，越会造成不良影响，不利于军民关系！"

"那就制止他们嘛，刘明天又不是找不着媳妇，干吗非得在一棵树上吊死？"

"不能那么简单化地处理这件事，得符合社会主义精神文明！"

"那么你看着办吧，这是政治工作范围内的事！"

王自委一不争辩，冼文弓反倒退让了。他觉得连长考虑条令和规定是对的，法律、纪律和道德感情毕竟不是一回事，于是改口说："那就让刘明天去当辅导员，只当辅导员，别的，跟他们挑明了，不许越雷池一步！"

"就应该这样，别的一定要卡死！"

冼文弓跟刘明天一谈，刘明天坚决摇头："如果组织不同意……我就要求复员！"他虽不像王自委要打狍子那次一样发怒，但眼神同那次一样不容商量。

冼文弓没料到刘明天态度会这样生硬，他认为他不该这样，口气严肃了："你是战士，应该理解部队的规定！"

"我已经超期服役了，提这个要求不算过分。想当志愿兵的很多，不可以让那些愿意干的当吗？"

"领导不是考虑你比较全面，出于对你的信任吗？"

"我有实际问题，我不是从个人利益出发，我有责任一辈子帮助她！"

"你的心情我理解，部队规定能变吗？"

"我不想违背规定，所以才要求复员。"

"你是志愿兵了，经营、团两级批准的，不好再改！"

"志愿兵嘛，报的时候就应该征求一下我的意见！"

"这是我的错，疏忽了，也太不尊重你了。既然这样了，辅导员你还是去当，其他慢慢研究。"

"班里工作我先干着，辅导员坚决不当！"

"刘明天，你是党员！"

"指导员，你也是党员！"

"你……"

"我……出车去了！"

刘明天甩下冼文弓走了。冼文弓本来就同情刘明天，现在嘴上虽然说得硬，心里却还是同情，并且觉得又亏欠了刘明天什么。他马上搭车到团政治处去找主任。

政治处主任是个正直、果断、不徇私情的人，四十多岁。一九六一年他由公社团委书记被保送进师范大学政治系进修。一九六二年蒋介石叫嚣反攻大陆，他在学校报名当了兵。一开始进步很快，后来不行了。但直到现在他那正直、果断、不徇私情的性格也没变。冼文弓在他办公室外喊报告时，他正在里面和书记发牢骚："现在政治工作净乱整!"听见喊报告立即不作声了。

冼文弓等书记离开后,如实向主任汇报来意。没等说完,主任截住他的话:"你到三连工作很有成绩,先跟你透个信,准备让你到营里,正教、副教还没定。你不要闲着没事支持这种事,影响不好!"

"主任,寡妇带个孩子,除了教书,吃、烧、扒炕、抹墙、侍弄自留地都得她自己干,太难了,能帮她找个丈夫,老乡还会感激我们,不会有什么坏影响。"

"不信人家自己就找不着。我们按法律服了刑,给了抚恤金,这就行了,为什么非要再把战士和带孩子的寡妇往一块捏合?"

"主任,他们有了爱情,是我们批不批准的问题,不是往一块捏合!"

"你一个指导员不要张口闭口爱情,不好听嘛!一个家穷怕说不上媳妇,一个有孩子怕找不到丈夫,往好了说也就是互相将就,什么爱情不爱情。"

"主任,年轻人的心理跟你们不一样!"

"我也年轻过,也没弄什么爱情,日子也过来了嘛!"

"现在……精神文明……应该要爱情!"

"你不是还没结婚吗?要是让你跟她谈——你肯定不干。"

"这……不是谁让的事。人家已经有那个意思了,我怎么能再……呢?"

"算了吧冼文弓,就是没有,你也不会要寡妇的!"

"主任,现在不是说我的事,你不了解她,我觉得我还不一定配得上……"

"你是副营职军官,怎么这样……"

冼文弓见主任要发火,忙收敛口气:"主任,我的错误以后您只管批评。他们……"

"军规如山,解决他们这种事我个小主任哪有权力?"

"我不是说违反规定,他本人要求复员,我看……"

"你看可以,是不是?当初你们为什么报他?刚批了又要改!"

"当初……我错了。"

这时，政委来找主任问个事，冼文弓便把政委给缠住了。政委听完他的汇报问主任："你们政治处看怎么办好？"

"这样的事没有先例，我们也不知怎么办好。"

政委想了想，问冼文弓："女方也找你们谈过吗？"

"没有，不过肯定是这个意思。"

"你们办事太欠周到，报刘明天志愿兵时就不周到，现在又这么毛躁。"政委又对主任说，"这样吧，规定决不能违反，先让冼文弓回去侧面向女方了解一下。如果女方也很坚决，让三连正式写个报告，我们再开会研究，看是否可以考虑让刘明天转成后勤军械修理所职工。后勤不是说差个职工，一直配不上合适的吗？"

主任同意政委的意见。政委又嘱咐冼文弓："这个情况暂时只你自己掌握就行了，等了解确实以后，再同支部其他人研究写报告的事。"

冼文弓真佩服政委处理问题的周到和果断。

五

冼文弓第一次来到李罗兰的家。

这哪像寡妇的家啊！烧火的木头用锯截得一般齐，斧劈得一般粗，摆得整整齐齐，活像一面用棒子糖垒成的工艺墙。柳条杖子围住的小院扫得全露土了，这在大雪茫茫的索伦河谷是少见的。屋檐下挂着一嘟噜一嘟噜红辣椒、黄苞米和金红的山菇。门上的对联也写得超凡脱俗：

索伦河水长
兴安山脉远

横批是：

　　山水相依

贴"福"字的位置被"军民一家"代替了。

屋里摆设简单、雅致，恰到好处。几件必不可少的家具中最漂亮最突出的是立柜般大小的书橱，里面满满都是书，四壁和顶棚都用报纸糊得很熨帖。墙上一张照片也没有，只挂了一幅草书"爱我河山"。从署名看，是她丈夫写的。可以想见，她和丈夫都是有较高志趣的知识青年。

李罗兰给冼文弓端来一杯糖水，往摆满小学生作业本的写字台上一放的时候，冼文弓的眼睛忽然被玻璃板下压的一张年历卡片重重撞了一下。呃？那不是四个月前，他在学校因一时找不到可玩的东西顺手送给她的小女孩玩的那张年历卡吗？卡片上印着雪后布达拉宫的风景照，藏民和外地游人在踏雪瞻仰富丽堂皇的殿堂。殿堂旁边空白的雪景处有冼文弓写的四行小字：

　　只有唯一的一种宗教——友谊
　　只有唯一的一种教堂——前线
　　这种教堂永远不会毁灭
　　至今温暖着战士的心房

已经过时了的卡片竟保存得完好无损！是孩子保存的还是她妈妈保存的？他随手拿起一本学生作业，忽然又被玻璃板下露出的另一张大照片吸引了。那是李罗兰在索伦河畔雪地里拍的半身风景照，空白处也写着同样的四行小字。这说明她也很喜欢这首诗，同时也说明年历卡是她保存起来的。他不禁油然生出一种敬意，也生出一种幸福感。为什么而幸福？为刘明天将要有这样的好爱人？为自己意外遇了知音？他喝下一口水，好甜。

小女孩扑上来缠着他讲故事,他抱起她说:"叫什么名?啊,兴安,好,小兴安给叔叔唱个歌,叔叔就给你讲故事。"

小兴安真坐在他腿上唱起来。纯真的童音唱了一首多么奇妙的歌儿呀,曲子是现成的——"十五的月亮升起在天空哟"那首歌的曲;歌词是改编的:

只有唯一的一种宗教"友谊"哟
只有唯一的一种教堂"前线"哟
这种教堂永远不会毁灭哟
至今温暖着战士的心房哟

冼文弓心颤了,眼湿了,他想起遥远的军部门诊所的那位护士。"如果她唱着这支歌儿送我一步,即使不能结婚,也够幸福一辈子了!"他想着,为了镇静自己而一连喝了好几口水。这水虽然仍是热的,却像加了一丝酸辣味。他偷偷擦了擦眼角,被李罗兰发现了,她忙叫过女儿说:"兴安过来妈抱,叔叔有工作!"

兴安乖乖地回到妈妈怀里。李罗兰边摆弄着女儿的小辫子,边跟冼文弓说:"管一个连队可真忙,比在机关累多了吧?"

"累是累点,不过累得踏实,累得高兴,更累的是你。"

"没你们帮助,说不定累成啥样呢?现在累点也踏实、高兴。"

小兴安忽然说:"妈妈你累就要个解放军叔叔呗,咱家有了解放军叔叔你就不累了,我也有人玩了!"

李罗兰忙岔开孩子的话:"兴安给叔叔拿糖去!"

兴安到柜子里翻糖去了,冼文弓终于鼓足勇气说:"李老师如果信任我,我跟你谈件事。"

李罗兰心慌意乱看一眼冼文弓:"我信任你!"

"信任"二字分量重啊,冼文弓心头撞起一束亮莹莹的火花,那火花分明是一棵结了硬荚的黄豆:"明天是好样的!"

她瞅瞅他,又点下头:"嗯!"

"你们的感情都很高尚。"

她没有点头也没有"嗯",期待而惶惑地盯着他。

"我很赞成你们,已快两年了……"

她眼中的期待和惶惑消逝了,眼睛瞪得大大的:"你是来给我做媒吗?"

"是明天叫我来跟你说的。"

她惊疑着咬了一阵嘴唇,心情十分复杂,好半天才说:"明天确是好样的,因为不幸的机缘我熟悉了他,因为他我才了解到战士的可爱。我对他,是像对弟弟那样爱的,我没有想过要和他定下什么!"

冼文弓非常意外,不相信这是真话。好不容易才得来政委那些话啊,他一定得帮明天办成这件事:"明天真心实意爱你,他大冬天种了一棵豆子,已经结果了!"他讲了刘明天种豆子的事。她十分惊讶,十分感动,又十分不安,眼里亮晶晶地闪动着泪光,泪光里仿佛有颗透明的心流动着鲜红的没有一丝杂质的血液,那血是无私的善良人的血。她想象着刘明天用这纯洁的血一滴滴浇灌那株希望之豆时,怎样祈盼着与她成婚的日子到来。她感激而又难过,好半天才自疚地说:"这都怨我,我没想到他会这样理解我们的关系。"她擦擦眼角,"我一直把他看成一个善良的孩子,他太善良太单纯了,一定是感到我生活很艰难,不容易找到丈夫了,出于同情才这样想的。他把我对他弟弟般的爱理解为爱情了。"

严格说起来,冼文弓对爱情的理解确实不如李罗兰深刻,不然他怎么会把那位护士小姐的一点关心当作爱情啊。现在他更不理解这俩人如此纯洁高尚的感情会不是爱情。

"不管你怎么想,明天是爱上你了。他虽然比你小几岁,但他也是大人啦!马克思就比燕妮小四岁!"

"那是因为燕妮对马克思有爱情,真有爱情大十岁也不算什么!"

"你真这么想?"

"我都做三年妈妈了,还会说谎吗?"

"你肯定是在替明天着想,这是不对的。你还是从前的你,过分自卑没有好处。"

"亏你还提到马克思！你这样武断，想必内心就以为我是个寡妇而应该自卑吧？要是这样，你错了，我也错了——把你看错了，以为你是个马列主义者呢，原来也是个庸俗的好人主义者！刘明天是心善手巧的好司机，他像帮助姐姐那样帮助我，我像爱护弟弟那样爱护他，这就行了。我是个教书的，从事精神工作，我理想的伴侣也是从事精神工作的人，那样我可以得到更多的共同语言、更多的理解和支持。你是不是以为我成了寡妇就没了这个权利和可能？这个权利每个人都应该有。可能呢，即使没有我也不会用同情、怜悯和爱护去同不真正理解我的人结婚！"她说得激动，把小兴安吓愣了。兴安推着她的肩说："妈妈别生气，妈妈吃糖！"

李罗兰忽然觉得自己过分了，看着尴尬而惶惑的冼文弓："你别见怪，我不想掩饰自己，所以说得尖刻了点。你是指导员——专业精神工作者，你会理解和原谅我！"

冼文弓仿佛经历了一个漫长的世纪，也仿佛刚刚遇见一个陌生人。这个陌生人，像一面镜子，第一次使他照见了自己的面目；像一根锥子，一锥见血地刺中了他的要害；像一把刀子，把他思想和灵魂的五脏六腑解剖开来。"庸俗的好人主义者"？！自己还自命不凡，以为已是个马列主义者了，可是还不如一个山村女教师有见解！他感到自己没资格做她的工作了，因此半天才说出话来："原谅我冒昧，亵渎了你的尊严。可是，我……怎么跟刘明天说呢，这对他打击太大了！"

"不早点跟他讲明，将来对他打击更大。我会让他理解的，我今后会照样关心他，帮助他。"她看看玻璃板下的年历卡片，"你送给兴安的卡片上这首诗多好哇，同处逆境的明天和我，就是靠友谊的力量克服了困难。你能理解和支持这种友谊，可以说比创造和享受这种友谊的人有更高的精神境界。爱情就应该是更高精神境界的产物，这是我的想法，很可能让你见笑！"她给他剥了一块糖，"明天向我讲过你的许多事情。那个女护士固然是不配被你爱的，但也用不着去骂她。这怪你自己对爱情理解得肤浅，以为关心、帮助和反过来的感激都是爱情。原谅我不知天高地厚，信口教训从大机关下来的指导员。但是说句心里话，我是出于……信任才这样说的，也算向你汇报思想。前任指导员……我以为他仅仅是个不合格的封建主义者！"

这些话，冼文弓除了惊奇几乎完全赞同，他简直像被强国的皇帝征服了思想的柔弱使者，只是出于怎样从本国利益和怎样回复使命而在寻找外交辞令："你的论述大概很对，但……是不是理想化色彩太浓了？生活在现实中，却空想拔着自己的头发脱离现实，结果未必比正视现实好。现实主义和理想主义各占一半就不错了！"

"你这话翻译过来，就是我不应该癞蛤蟆想吃天鹅肉！"她毫不掩饰，"按逻辑推理，这好像不是你的真话，要不就是你的思想变了。如果真是现实的奴隶，你会磕头作揖赖在机关不走的。如果真是现实的奴隶，你到三连后也不会冒险搞那些改革！"

"你怎么知道？"

"刘明天佩服你，我也受了影响。"

"我没有那么好！"

"看得出，你是勇于改变现实的政治工作者，你的到来使我的理想更有了希望。我也不是个个人主义的小学教师。"沉默了半晌，"我很喜欢字画，你能把年历卡片上这几句诗给我写写吗？这儿有毛笔！"

冼文弓忽然感觉到一种暗示，匆忙看一眼墙上那幅"爱我河山"的草书，心想：那是她丈夫的手笔啊！他声音发抖着说："我……不会写！"

"我的字那么难看还写对联呢。你是我们村驻军最高的'文官'，又是军民中最大的'学者'，并且是我佩服的同代人，如果不怕影响你什么，我希望你能动动笔，字因人贵！"她那既温柔又坚定的强者眼光使冼文弓不好意思拒绝："就写前两句吧？"

"也好。"

李罗兰从抽屉拿出毛笔和墨汁，翻了半天没找到白纸，便把一张报纸铺在写字台上。

冼文弓把笔蘸饱墨，颤抖地写了起来。当写到"友谊"两个字时，因手抖得厉害，掉下一滴墨把字溅得变了形。他要重写，李罗兰却不让："这更好！"

六

冼文弓真有点心慌意乱了：怎么才能跟刘明天说清楚？这善良的战士经过重重的挫折之后，自尊心还能经住再一次挫伤吗？如果李罗兰除了只同意和刘明天保持姐弟关系之外再没别的也好说，她却又给了我那么多暗示，发展下去……她固然值得爱，可是怎么能够……心太乱，需要平静一下。

他找张久光一块爬山去。

张久光扔下计算盘，就地做了几下俯卧撑，便跟冼文弓跑出了营房。

俩人顺着猎人进山的小路爬上山顶，放眼远眺。阳光下，银辉灿烂的雪山哟，哪里是边？哪里是际？哪里是头？哪里是尾？是法国著名作家齐奥诺认为的吧：文学作品中给人的位置太突出，太重要，也太不公平了。人也是大自然的儿子，在整个自然界，人和山、河、树、鸟、鱼等的位置是一样的，大自然母亲对它们同等厚爱。一座山也有气味，有动作，有魅力，有语言，有感情。一条河也是一个人，自有其喜怒哀乐，自有其爱情、力量、灵魂和病痛，溪涧山泉都是人，也会恋爱，会骗人，会撒谎，会背信弃义。森林会呼吸。田园、荒野、丘陵、海洋、山谷、峰峦……他们都是能够喜怒哀乐的人……大山噢，你什么时候喜？什么时候怒？河水哟，你什么时候哀？什么时候乐？你们不是也有爱情吗？你爱我们战士吗？你爱我们的罗兰吗？啊，"爱我河山"，这是罗兰她爱人说的。山、水、草、木、日、月、风、雪，我也对你们说，"爱我河山"！

冼文弓心猿意马，又顺着山脊发狂地向更高的山峦爬着，把张久光甩下好远。他捡到一根光滑的白桦树棍，竟孩子般放胯下一骑，顺一条无树的雪坡哧溜溜滑下去了,身后翻起一股浪花似的雪粉。

滑到山下,他仰天一躺,四肢放纵地伸展开来,闭目尽情享受这短暂而难得的轻松。

"指导员受伤了吗?"满身雪粉的张久光滑到了他的跟前。

"躺在雪里闭目养神真惬意!"冼文弓坐起来一看,不远就是狍子和李罗兰丈夫的坟。他重又落进矛盾的漩涡,脸上涌起愁苦的云。

眼尖的张久光发现了,联想今天反常的举动,问:"指导员,你心里是不是有什么难唱的曲?"

冼文弓犹豫着长叹一声:"明天……"他憋得实在难受,想说一说。

几辆汽车正赶这时从山脚拐过,顺公路开来。车上的人看见他俩,把车在公路旁停下了。刘明天打开驾驶楼门招呼道:"喂,回不回去?回去上车!"

冼文弓忽然又不想说了,和张久光一块上了汽车。刘明天非让指导员坐进他的驾驶楼不可,张久光坐后车驾驶楼。刘明天看冼文弓脸上阴沉、忧郁,以为还因前两天被他顶撞了生他的气,车一开起来便摸出个罐头:"指导员,我请你客!"他是想问问他的要求到底能否达到,但没直说。

"什么事请客?"

"没什么事,惹你生气了,赔个不是!"

"呃,你分了两个好兵,高兴了?"

"还有一个郭云河呢。"

"抓好了,郭云河也……他聪明,点子多,可以给你当参谋。"

"要求复员还要什么参谋不参谋的!"

冼文弓没吱声,嘴角抽动了几下。

"指导员脸色不好,是不是病了?"

"可能要感冒。"冼文弓说着故意咳嗽起来。

刘明天不忍心再问复员的事了。冼文弓忽然又停住咳嗽,安慰说:"这两天忙,我还没倒出空考虑你的事。"

"别不当回事就行！"

冼文弓真的病了，发烧四十度，不得不住进团卫生队。

星期天王自委特意去看冼文弓。他拿的也是罐头。山里什么水果也没有，看老人，看小孩，看病人都一律拿罐头。王自委想到自己给冼文弓出难题泡病号时，住的正是这个病房，不禁开玩笑说："这不是我泡病号的屋吗？你也进来啦！"

"我可不是泡病号，病得真不轻啊，这是第二回生大病。上回是被精简的时候，加上被那护士小姐蹬了一脚，就病了。这回比那次好像还重，吃吃你的罐头吧！"

王自委把罐头打开了："'情绪不好爱得病'，是你说的。我看你病前情绪不大好，是什么事影响了情绪？"

"专门做别人的思想工作，我自己还能闹情绪？我是先病后情绪不好的。"

"是不是我配合得不好，这一段你负担太重，累的？"

"连长，看你说哪儿去了。"冼文弓支吾了一会儿，拿过罐头一气吃了大半，然后把剩下的递给王自委，"你也吃点吧。"

王自委不客气地吃了。他又热心地说："论能力我不如你，可是岁数比你大几岁。你说心里话，是不是因为到团里受批评了？"他说得这么友好，冼文弓终于憋不住把心里话吐出来了："连长啊，批评几句倒不算什么，刘明天的事出了意外，还把我牵进去了！"

王自委听完来龙去脉，气得差点摔了罐头瓶子："她个寡妇太不知天高地厚，又想甩了志愿兵打干部的主意！刘明天欠她的人命，欠她的情分，你亏她什么欠她什么？"

"小点声，小点声。这么说不对！"

"不对？你把自己折腾这样了，是不是对她有了意思？"

"问题不这么简单。你可能认为我太看不起自己了，她比我强。我还没对哪个女同志这么好感过。可我是给明天处理这事的，两方面都没法说呀！我真他妈的是个熊包指导员！"

"你凭什么要这样？刘明天当了志愿兵，不像以前那样不好找对象了。你，到哪儿找不到个像样的？"

"连长，我的心情你不理解……"

"咱也不懂爱情到底有多玄乎。你要真想帮刘明天的忙，自己就往后退退。要是实在看上她了，就叫刘明天往后退退，正好他没这个条件。你是副营职，家属可以随军，就地一随很容易。"

"不，不，先不能这样，要绝对保密，对团里，对明天都不能说，说了我就认为你不怀好意。等我回连再慢慢说。"

第二天刘明天也来看冼文弓，他带来一串红红的山菇娘："指导员，李老师叫我捎来的，她说这东西败火！"

"她怎么知道我病了？"

"全索伦村就一个指导员，一天不在谁还不知道。"

"她跟你说什么了吗？"

"汽车路过她家门口时，我在车里问她有事没有，她就叫我捎了这串菇娘！山菇娘在我们家乡比人参都贵，留到冬天的菇娘能治好多病。"

冼文弓松了口气。

刘明天忽然现出一脸愁容。

冼文弓心又缩紧了："明天你怎么了？"

刘明天犹豫了半天不肯说，冼文弓再三催促，他才吞吞吐吐地问："我那事你们还没研究吧？"

"还没有。"

"又出了麻烦事，我不知咋办才好。"

"说说，我帮你拿主意。"

"昨天家里来信说，给我订婚了。女的上小学时跟我同桌，初中不在一班了，现在当小学老师。我对她印象一直挺好，但是没敢想过。我大哥在信里说，她一直没订婚，就是偷偷等着我，听说我当了志愿兵，怕我在外头找才急忙求亲的，家里答应了！"

冼文弓不相信会有这么巧的事儿，问："信带来了吗？我看看！"

"在这里。相片在！"

冼文弓一看照片暗暗吃惊。两张照片，一张全身，一张半身，从五官到身材，怎么端详都比李罗兰出众，甚至气质也不亚于李罗兰。
　　"多大岁数？"
　　"比我小一岁，四月十二日生的。她有个哥也在外边当兵，家里老人也挺好。"
　　"以前没和别人处过吗？"
　　"我了解她，心高。在我们家那儿，她不会看中谁！"
　　"那你的意思？"
　　"我不知怎么办才好。同意，觉得对不起李罗兰，不同意，家里又会骂我没出息，捡死人扔下的寡妇。"
　　刘明天如此发愁样，冼文弓缩着的心反倒松开了："要是这样，李老师这头先别提了，跟你同学通通信再定。婚姻这事儿，一定慎重，光同情不行！"
　　"指导员，我这样……算不算不道德？"
　　"有我做证，不算。"
　　"你得给我保密。"
　　"别人都不知道吗？"
　　"谁也不知道。"
　　"好，我绝对保密，直到你拿定主意再公开。"
　　"那，复员的事就算我没提！"
　　"哼，提也白提，不会批的！"
　　"那我该咋对待李老师呢？"
　　"军民关系，同志关系，姐弟关系，这都是正当关系。辅导员你一定去当，不去反而不好了！"
　　刘明天起身要走："我到老乡那儿写封信去，今天就往回邮，不陪你了！"
　　"回连前再到我这儿来一趟，捎点东西。"
　　傍晚刘明天来了，把写好的信给冼文弓看。冼文弓只看了看收信人地址和姓名就还给刘明天："这种信让我看不合适，我不看了。"

"你给看看，我一点经验也没有，别有不妥当的话。"

冼文弓只好看了一遍，三页纸，写得认认真真，没什么不得体的话。他把自己的一封封了口的信交给刘明天："捎给连长，你跟连长请假明天再来一趟，把你家来的那封信拿给我看看。跟连长说给我送书就行了。"

冼文弓的信是问连长是否跟刘明天说了什么。他只觉得事情太巧了，似乎刘明天知道了情况。

第二天刘明天把连长的回信和自己的家信都带来了。连长的信也是封口的，说他对刘明天只字未露。刘明天的家信也和他说的一样，并且信的地址、时间、邮戳都对，照片也对，冼文弓这才相信是真的，心情也真正轻松了一半。

七

冼文弓回连的当天晚上，刘明天就喜滋滋地约他出去散步。

在卫生队住了十几天，连队平平安安，一切正常，使冼文弓心情很好，他猜刘明天的对象一定回信了，并且很顺利，不然怎么会喜滋滋的。

正是山谷的风趁天黑出来撒欢的时候，它们恶作剧地往行人身上扬雪，使劲呼叫不让行人说话，这实在不是散步的时候。他们干脆走进车库。

俩人坐进汽车驾驶楼，刘明天拧亮手电泡做的电池灯："指导员，她回信了！"

"怎么样？"

"五张纸，一笔一画，一个字都没勾没抹。"

"有什么难题没有？"

"谈的都是她自己，说了不少缺点。难题也有一个，她提出要来看我！"

"叫她来，可就等于你同意这门亲事定妥了！"

"你看看信。"刘明天硬把信塞给冼文弓看。

  明天：你家把我的照片寄去后，因为盼你的信我都病了。收到信后，就像吃了灵丹妙药，病很快就好了。当天，家里为我摆了席，又杀鸡杀鸭，我哪有心思吃呀，把你的信看了一遍又一遍，最后又抄在日记本上。

  明天，从你的信就看出来了，当兵这几年进步真大，记得同桌时作文每次我都比你分多，现在可不如你了……

  寒假还有些日子，我准备到部队看看你。学校和家里都同意了，征求一下你的意见，你说可以去我就去，你认为好我就等着……

春芝

冼文弓被春芝工整的字和诚恳的心感动了："不错，外貌和思想都不错。"

"让她来可以吗？"

"这事你自己定，我可不包办。"

"那我就让她来，定妥了，省得大家风言风语。"

冼文弓没表示反对，也没表示赞同，心里有种说不出的滋味在涌。他有好多话想说说，又不好说，他为刘明天高兴的同时想到了自己……

"指导员，我请你吃一样东西，我敢说皇帝都没吃过！"刘明天掏出两个小白玻璃药瓶，一个里头装满了又嫩又胖的煮黄豆，像一颗颗金亮的珠子，另一个小瓶里装的是酒。他自己拿酒，豆子交给冼文弓："真难说有些事是不是迷信。我种那棵豆子，刚熟五六个荚，媳妇就有了。指导员是见证人，我请你吃喜豆，可别叫别人知道笑话我呀！"

"明天，你配得到幸福！"冼文弓倒出几颗豆子放进嘴里嚼着。香吗？甜吗？鲜吗？涩吗？用哪种单一的味比喻这战士用心灵之水浇灌的相思豆都不贴切。他又一口把半小瓶酒喝下："祝你和春芝白头到老！"

刘明天又从兜里掏出两颗生黄豆："我留了两颗豆子，你也种一种吧，你要没时间我给侍弄！"

冼文弓接下黄豆，放在手心上看着，他觉得这是两颗海枯石烂也不会改变的金子般的战友之心。

刘明天把剩下的一点酒喝下："祝你的豆子早日开花结果！"

看着，看着，冼文弓眼里也有两颗亮晶晶的豆子在转了。

第二天刘明天到小学校第一次和孩子们过完队日，顺便把春芝的照片让李罗兰看了，还告诉说春芝最近要来。李罗兰见刘明天情绪很好，可高兴死了，大姐姐似的说："明天，叫她来吧，多住些日子，我准备件礼物等着她！"

八

春芝给刘明天回信说，公社抽调她参加搞一个展览，领导答应春天给她补假来部队。她一再向他道歉，说春天（四月十二日她生日那天）一定来，到时请他去火车站接。冼文弓想跟连长商量一下给刘明天探亲假回家看看，刘明天说春芝正忙着搞展览，回去也没时间说话，还是等四月十二日她来。

刘明天和春芝又通了五次信，四月就到了，是跟春风一块到的。它的到来使索伦河谷以及小兴安岭的大部分积雪都化了。冼文弓亲手埋入土中，由刘明天侍弄着的那盆黄豆已长二寸高。向阳坡上的草在拱芽，树在含苞，大雁也赶这好时候又飞回来了。

四月十一日，刘明天正心神不安地想着第二天怎么去车站接春芝，连里突然接到通知，对炮兵特别感兴趣的副军长（就是去年说要来，团长让三连给他打狍子的那位副军长，后来因事没有来成）来检查工作，临时决定要看看一营火箭炮实弹射击。

三连上下立刻临战一般紧张起来，凡是跟"吃得饱""开得动""联得上""打得准"有关的人员都忙碌起来。当天全连就拉入阵地和观察所演练了一遍。比较顺利，只是新兵训练时间不长，各班都有点紧张。这样刘明天无论如何要亲自开指挥车去观察所。接春芝的事，冼文弓安排由饲养员去办。冼文弓嘱咐饲养员一定穿套干净衣服去，先把她接到团招待所休息，下午射击结束就叫刘明天开车去接。

九

十二日天气很好。吃过早饭全营顺利开进阵地。

上午九点多钟，起风了。副军长乘越野吉普车来到观察所山脚，迅速率随员登上山头。团长从指挥地图前站起来，高声下达口令："全体——起立——！"

整个山头的指战员迅速起立，枯黄的山头草地像突然间长出一片小松树。团长跑步迎上前："报告副军长，炮兵团火箭炮营全部进入阵地，观察所也已准备完毕，请指示！"

副军长还礼后，面向全体致意："同志们辛苦啦！"

"首——长——辛——苦——！"喊声随春风有节奏地荡向山谷，起伏在草浪间。

副军长不顾草棵绊扯裤脚，和山头指战员一一握手问好。轮到和冼文弓握手时，团长特意介绍了一下："这是军里放下来的，很能干。去年秋天您要来那次，他上山为您打了一只熊！"

冼文弓急忙回身指着刘明天补充道："我们俩一块打的，是团长的命令！"

副军长同刘明天握了握手，又转向冼文弓："军里哪个处的？"

"组织处。"

"怎么没见过你？"

"见过！有一次我跟处长在司令部会议室向您汇报过训练中的思

想政治工作情况。"

"没印象了。你敢打熊,这不错!下来半年了,学点军事没有?"

"学了点。"

副军长要过团长的望远镜,继续对冼文弓说:"政工干部是要学点军事,我考考你学得怎么样。"他举着望远镜看了看,山外边还是山,山风从重叠的山那边吹过来,仿佛带上了庄严的战争气息。他问:"进入阵地、占领观察所后连指挥员首先做什么?"

"和炮阵地沟通联络。"

"然后?"

"指示各班各就各位,展开作业。"

"已经就绪?"

"向指挥排指示地形地物,明确射击地域方位物。"

"完了?"

"指挥侦察班计算出两观距离,命令阵地报出气温、风向、风速。"

"全部完毕?"

"发布敌情通报,准确下达相应口令。"

"下面我发布敌情通报,请你根据通报向阵地下达指令——我西北方向发现敌侦察机一架。"

问得急促。

答得干脆。

副军长看看表:"当半年指导员掌握这么些,还算可以,继续努力。"

风大了,射击按时开始。

"一连注意,目标,敌步兵阵地,榴弹延期引信,标尺329,基准射向向左009,一次齐射装填,装填好报告!"指挥员的口令通过电台和电话同时传向炮阵地。很快,炮阵地指挥员的口令又通过电台和电话同时传回指挥所:"装填完毕!"

"放——!"

"放——!"

咔啦啦似一阵惊雷滚过山谷，炮弹有如尖厉的长风呼啸着冲出去。炮阵地突然像刮起一阵飓风，每门炮后面都有一堆灰土和杂草被抛上天空，大地和整座山都随之晃了一下，炮弹拖着火焰闪电般钻进云空，过一会儿才传来弹头落地的沉重爆炸声。

"放——！"

"放——！"

又一排火箭弹惊雷闪电般射出。

射击成绩相当不错。

二连开始射击时，弹着区起火了。先只是一小股白烟，像条白纱布飘着。很快就变几十丈宽，几百丈长了，把山谷盖住了一大片。春天的枯草像浇过了油，一着一大片，加上被风推拥着，纱布似的白烟像被人扯着顺山谷伸延。

以往出现这种情况，再往着火区射击几发炮弹即可把火炸灭。可是这次连续几发炮弹炸过之后，火着得更大了，白烟变成了黑烟，越来越浓。新装备的火箭弹和普通炮弹不同，越炸，火势反而越猛烈。

射击停止。团长命令三连立即扑火。

冼文弓和王自委指挥战士们把本连的指挥器材装上指挥车，让刘明天开走。然后，俩人折了一把树枝，带侦察班向火头侧面冲去。

接近火一看，浓烟伙同着一条条火蛇呼呼啦啦叫着，蹿着，树焦了，成片成片的草被一口吞下去变成了灰烬。人一沾边，火舌便吐出无数根长长的看不见的热针扎上来，脑袋、身子扎得立即像要炸裂，眼泪汩汩直流，跟钻进炉膛一样，喘不出一点气，打几下就得退出来咳嗽一阵，否则就会烤死、憋死。有人已被火扑倒。

团长在山上用扩音器喊："赶快往山上跑，一定要把火截在山南坡！"

山北坡往里就是大片大片的森林。有一年失山火，救火的人跟着火跑，一直跑了半个月，几百里的森林被烧毁了，死伤许多，漫山遍野披了黑纱。后来出动飞机连续轰炸才扑灭了。这次，如果火一蔓延到北坡，那一场悲剧又将重演。

从阵地赶来的人在山脚围成口袋形，想逐渐把火道压缩得越来越窄，然后一举扑灭。

冼文弓和王自委在最前边把着"口袋"两边，极力想办法使口袋嘴变小。他们的的确良军装已烧了许多洞，眉毛燎光了，泪水和着草灰模糊了面孔。

火道在变窄，"口袋"嘴在变小，火已变成一条龙了，但仍不服气地直往山头上蹿。

"上，决不能让火烧到北坡去。如果烧了森林，谁没受伤就判谁的刑！"不知谁在大喊。

冼文弓拼命冲上山头。火在山头上挣扎着，只要稍微一放松就可能蹿过山头。

有人扑倒在地，用滚动的身体朝火压过去。冼文弓受了启发，也把树枝一扔，两手捂脸躺倒在地，猛地朝蹿起的火头滚去。

冼文弓开始只觉得草扎手，火烧身，滚着滚着就不知方向了。蓦然间他开始不由自主地滚动，不用自己使劲就朝前骨碌，忽然又飞起来，并且在飞的时候听见一声巨响，后来便什么也不知道了。

十

不知什么原因，春芝没有来。代刘明天接她的饲养员又等了一班火车，她还是没有来。老实巴交的饲养员等了一夜，第二天又等到下午那班火车过了才回连。一进院，他觉着气氛异常。莫不是实弹射击打糟了，挨了首长批评？他先奔连部找冼文弓汇报情况，不在。好像刚哭过的通信员对他说："你到车库看看吧。"

饲养员到车库一看，郭云河和司机班另一个兵哭丧着脸守在一辆汽车前，忙上前问："指导员呢？"

郭云河红红的眼瞧了瞧车厢，饲养员赶快绕到车厢下跷脚一瞅，冼文弓和卫生员在为一个死者整容。听饲养员说没接来春芝，冼文弓用缠着绷带的手擦了擦露在绷带外面的眼睛，低低地说："给春芝……拍个电报吧，叫她快点来，别说明天牺……牺……"他哽着嗓子说不出下边的话来。

原来，冼文弓在昏迷状态中向悬崖下飞滚时听到的那声巨响，是刘明天在火头上拉响了一束手榴弹。当时火已没法挡住，眼看就要蔓到北坡。他呼喊了好几声，让周围的人都后退、卧倒，然后站在火中把四颗手榴弹同时拉响，火头当即被炸灭了……他用生命保住了大森林。

郭云河瞅一眼刘明天已经无法辨认的尸体，泪水又涌出来了，悲声说："拍电报叫明天他哥来就行了，'春芝'她……她不会来了……"说着竟哽咽起来。

世界上并不存在真实的春芝，那是无私而善良的刘明天在郭云河的配合下编造出来的——

郭云河那天也去卫生队看望指导员，在病房外面刚要喊报告，听连长在里边和指导员说李罗兰和刘明天的事，他全部听完，没有进屋，当即回连告诉了自己的班长。刘明天难过得一夜未眠，左思右想，从郭云河冒充干部子弟的事受到启发，同郭云河商量后，第二天便编出了个"春芝"。"春芝"的照片是刘明天姐姐的，信是求一个在团里当公务员的老乡写的，他们订了合同，定期通信。刘明天想让冼文弓相信他有了未婚妻，这样冼文弓就不必考虑他而踏实地和李罗兰恋爱了。多咱他们结了婚，他再停止和"春芝"来往。郭云河一直替刘明天保密至今。

冼文弓给刘明天写悼词的时候，把一封封"春芝"来信都找出来读了。泪水打湿了一张又一张纸，怎么也写不成悼词。

刘明天也葬在狍子和李罗兰丈夫的坟旁了。葬那天，冼文弓把刘明天替他侍弄的那盆黄豆放在坟前。豆子已经一尺高了，枝壮叶茂，绿茵茵的。等人们离去后，哭肿了眼的李罗兰又悄悄来到坟前埋了一颗豆子……

经团里批准，三连因失火中断的实弹射击挪在刘明天追悼会这天来了。正赶上下第一场春雨，三连全体人员臂佩黑纱，冒小雨开进阵地。

大火烧过的山谷山坡都在细雨中默哀。

冼文弓在炮阵地致完悼词，王自委站在刘明天牺牲的山头上下令："为我们三连的英灵——刘明天致哀，一次齐射装填——放——"

"放——！"

山谷阵地上，六门火箭炮发出震天的长啸，山在摇晃，地在颤动，阵地和观察所的人们五脏六腑和每根神经都剧烈地一抖。雨，落得更密了。

小兴安岭漫山遍野的种子都在萌动……

1983年5月北京—沈阳

7月27日改毕于沈阳

1984年1月号《解放军文艺》

1985年3月号《作品与争鸣》加评转载

获1984年《解放军文艺》优秀作品奖

风雪撩人

一

　　落第一场雪的时候，小上海来了。
　　那时才九月中旬，我还开玩笑说天在献殷勤，怕地冻着似的，早早就送冬衣。那雪飘飘悠悠婀婀娜娜像天女散下漫天仙花，落得满地厚厚实实绵绵软软带着温柔的暖意确实像防寒羽绒被。后来见小上海乐得在雪地打滚，我才感到这雪是专门为欢迎她下的。
　　小上海在雪地打过滚之后沾了浑身雪，活像只熊猫。她就熊猫样在绿叶挂着雪的树前拍彩照。拍照时，我们边防会谈会晤站里那几个未婚的翻译和两地生活住独身的参谋，还有当招待员、炊事员、公务员、司机的战士都比往常兴奋地围着捧场，我又感到干部部门真是开了个不大不小的玩笑，分个女翻译到我们这边来，有我这个站长好戏看啦。
　　拍完照片小上海又当着捧场的人们说拍这些彩照是为了馋馋她男朋友的。一圈人的殷勤劲不由自主减了些，只告诉她说印彩照比上海贵是贵了点，但边境小城当天能印出来就不错了。
　　小上海把彩照寄走了，还没收到回信第二场雪又来了。这场雪我认定是为吓唬吓唬小上海下的。也真把她吓坏了。雪前狂风大作，无数枯叶从不愿放开它们的树枝上急滚下来。先是急雨，而后大朵大朵的雪就往下投，像秋后棉田遭了大风，满天棉朵乱飞。夜里树枝上的雪都结了层硬壳。窗缝儿还没来得及糊，大风一群群野狼般嗷嗷叫着从窗缝儿伸进无数双长长的利爪满屋乱抓，她才懂了书上说的风雪呼啸是怎么回事儿了。全站只她一个女的，住朝北那间小屋，她吓得毫不隐讳跟我说夜里太瘆人了，不怕我笑话，真盼她的男朋友来做伴，从来没这样强烈地盼过。我很吃惊，想不到现在的女兵怎么这样坦率大胆，也猜不透她为什么跟我说这个。对自己男朋友的心情应该是保密的，怎能对别的男人讲呢，尽管我是她的站长。

二

待到第二场雪后她在苏联人面前的言行更叫我吃了一惊的时候，我又感到干部部门开的不仅仅是不大不小的玩笑，而是开了个地地道道的国际玩笑了。

第二场雪后的第二天早晨苏方忽然升旗要求紧急会晤。站里没别的翻译在，我只好带小上海去了。

上次会晤时外号"老5"的哈林中校听说我们站里来了个女翻译，分外兴奋，说这对他们苏联是个促进，还说他也想请求上级派个女翻译来，和中国对等工作起来方便。国际玩笑哇。开头我们和小上海本人也都是这样认为的，实际是个疏漏。干部科根据我们站里的申请报告跟上级干部处请求从军队外国语学院分配个翻译来，上级干部部门就从应届毕业生里拨来个叫李惠岩的。光听名字都以为是男的，待她提着一大嘟噜行装报到时发现是女的已经晚了。

她有名有姓有职务，在军队里我当领导的该称呼她李惠岩或李翻译或小李，可我内心总对她上海味儿的普通话和典型上海女孩的娇小身材印象新奇，就在心里和背地里叫她"小上海"，别人听见了也不怪我。我这人就好给人起外号，当然前提是给自己先起下自我嘲笑的外号。比如我给自己起外号，常叫的就有："男排一号"（我太瘦，洗澡时就自己叫"清蒸排骨"）；"金茨一郎"（我脸长、眼小，形象仅次于狼，损起人来又狠）；"国际玩笑（批评人时好把开"国际玩笑"这话挂在嘴头）；叫得最多的是"三把手站长"（全家三口人，老婆当家是一把手，儿子我也指挥不动，我只能排在三把手位置上）。因此我当哈林的面叫他"5中校"或"5大哥"他也不恼怒，他马上叫我"三把手"就平手了。要知道他的"5"不是阿拉伯数字的"5"，而是音乐简谱上的"5"，取其汉字的谐音。这老兄爱谈女人，说他"5大哥"他并不以为辱，反而得意地笑。我啰嗦这么多我和哈林的外号是让读者明白，我们边防外事工作人员也是常人，多年交往很熟悉有时也很随便，给新来的女翻译起个外号也很正常。

因小上海刚来又是女同志，所以带她去苏方会晤房途中我一直默默看雪没啥话说。

看着看着小上海忽然捅捅我胳膊问，站长你想什么呢。我长叹一声说，我他妈想到六九年去了，那时我刚当兵到这儿。

"有意思吗站长？有些什么有意思的故事没有？讲讲站长！"小上海甜甜的调皮的大眼睛盯着我，使我忽然产生了讲给她听的兴致。如果是男兵也许就没这兴致了，换句话说，男兵也没有敢用这样眼神和口吻跟我说话的。我却先冲司机笑笑说，讲一讲也是对你们新同志传、帮、带嘛。我就瞅着小上海讲起来。

那时候我们住地窨子帐篷。地窨子帐篷就是依靠山坡挖下去一米多深再架上的帐篷。帐篷里搭双层床，点红蜡，那时候蜡都是红的，红的年代嘛。地窨子不好挖，冻土三四尺厚，一镐一镐刨出来的。刨冻土不比打石头容易，住里边也不容易，不能生火不能做饭，就在冻土上铺件皮大衣，戴着羊皮帽子睡。吃饭用水桶从山底下送，送上去就一层冰了。喝的水是用雪化的。吃冰睡雪反而觉着比现在舒服有诗意。方才我就想到我们在一个雪夜把自己班长打死的事了。我们班长特别能吃苦，凡事吃苦在先、任劳任怨、警惕性极高，经常半夜带人到边境线潜伏。有天晚上雪出奇地大，他怕敌人趁雪夜突然袭击，悄悄带两个人下山去转。排长不知道，起来查哨时发现有人向帐篷走来，以为敌人来摸哨，问三声口令，因我们班长他们戴大棉帽捂耳朵听不见，三声都没回令，排长冲锋枪就开火了，一梭子弹扫过去，班长喊误会时已应声而死了。

"你们自己打死了班长，咋算哪？"

"算烈士！"

"真有意思！"

我以为她说有意思是极感兴趣，谈兴更浓了："林彪刚死那几天，我还不知道，那个5中校（当时他才是少尉）问我怎么死的，我当即举起拳头愤怒抗议：造谣没有好下场……说到愤慨处拳头朝他胸口打去，他挥拳一拦，把我一根手指挫伤了，至今这根手指还不灵活。5中校现在还拿这根手指当笑柄，说我三把手站长还有一根手指是伤的。"

"真是的，那时候你们干吗呀！"

我对小上海不理解那岁月我所付出的心血和真诚感到遗憾，再讲下去的兴趣自然就淡了，便又望着雪野沉默。她却兴致来了，问我："站长，你猜我想啥呢？你猜猜！"

"想苏方即将见面的人员什么样？还有能否顺利完成这次会晤任务？"

"你呀站长，猜错了，你连下级的心思都猜不准，站长！"

"你没这样想？不可能！一个新翻译，女同志，没有这想法纯粹不可能！"

"想我男朋友此刻干什么呢，是不是也像我一样跟他们领导去完成一项什么任务，他们领导也许是女的！"

这个小上海思维的跳跃性太大，不考虑你前一个问题想没想完说没说完她的话题突然就转了。

"离校前一天我们都还不知去哪儿，行李捆好了，就等公布分配名单填写行李邮单了。行李捆了也没法睡了，其实谁还想睡？都不睡了。女同学拿凉席坐操场上数星星、算卦，猜能分哪儿去，男同学聚在屋里打扑克。有男朋友的女同学就和男朋友散步去。我却和大帮女同学坐凉席数星星，因为他在屋里打扑克呢，吵吵嚷嚷的，好像不知道明天就各自启程这件事，或是好像他知道我们准能分到一块一样。后来我忍不住进屋把他叫出来。他也没什么亲热举动，全是用外国的名人名言安慰我，气死我了。我也生自己气。班上不少男同学偷偷往我书桌塞条子，他不塞，偏偏我就被他吸引住了。他家穷，连毕业彩照都是我给交的钱。分手了，他也不送我个纪念品，只是说不管分到哪儿，好好干一番，生当为人杰。人家都依依偎偎的，他连手也不握一下。第二天就分手了，我的行李邮签填的是哈尔滨，他是北京。他到总参报到，我到省军区，省军区把我分到边防会晤站来，我不觉得比总参差。我在这儿可以直接和外国人打交道，他还不能呢！我们这儿九月就看到雪了，他们能吗！你说我寄的雪照他该收到了吧站长。他收到后能不能也给我寄几张新照呢……"

她这些类似自言自语的话让我感到新奇，没法回答她。我指指前方国境线上已经看得见的两栋耀眼的小房子，提醒她，"收收思路吧，那就是会晤房了，绿的是我们的，红的是他们的！"

她把又黑又大的眼睛突出去，奇异地盯住雪野里相对而立的两座彩房，惊呼起来："啊，这么漂亮，像一对情人在雪地约会，太动人啦！"

司机讽刺她道："哪个是男哪个是女呀？"

"红男绿女呗！"她说。

"绿的怎么是女的？绿的是我们的！"

"我们就该是男的？不是天天说男女都一样吗？"

"绿是当兵的颜色，就该绿的是男人嘛！"

"我不是军人？但我是女的，怎么算？"

"怎么算也得我们算男的，我们怎么能不算男的哪？"

"算了算了，怎么算随你，我不过说那两座房子像对恋人雪地约会！"

"雪地约会，嘿嘿，苦恋嘛！"司机讽刺她。

她不在乎，说："您体会挺深啊，恋爱就是苦的嘛！"

我心忽然被小上海这话触了一下。两座会晤房站那儿二十多年了，凄风苦雨，寒霜冷雪，越站越丰满越站越漂亮。如今立在雪后边境线上既像两个青春焕发的少女又像两个英俊多情的士兵，这就是苦恋的结果吗？最初只他们那边有座油毡纸棚子，一根松树干支撑着石棉瓦顶，四根树桩托块木板当桌，板条当凳。当年就在那八面来风的小棚子里无休止地吵架、攻击、抗议，偶尔有节庆日也象征性搞点酒肉，把桌子凳子鸟粪鼠粪一抹，铺张报纸喝将起来。后来我们这边正式修建一座绿房子，我们叫它会晤房，水具餐具衣架整容镜两国国旗都有。因是夏天修的，只考虑防空防风防雨，而不能防严寒。所以苏联那边紧接着修时不仅防寒还有其他更完美的设施，并且是红颜色的。当时我们很后悔没用红色，把只考虑防空当作单纯军事观点自我批评了好一阵子呢。从那时起，寒来暑往，两座木屋便相对而立……我头上一根根白发大部分是在两座木屋里生出来的。

三

5中校踏着雪打着口哨迎过来了，近前时还抻了抻衣角，下颏和脸显然是今天刚刮过的，但是刮去了胡子却刮不掉长在嘴角的幽默。他几乎是一块块幽默组装而成，眼梢的皱纹和锐利的目光中都透露着幽默，他一笑时露出的那颗门牙像是用金色幽默镶成的。

见了面哈林没像往常先端端架子，先等我抬手后他才抬手敬礼（我俩都是中校，他依仗比我大五年军龄也长几年而如此），而是先我将手抬起来，而后握住我手眼看小上海幽默开了："上帝用一条白被将两个伟大国家盖在一起了。哈哈，雪后第一行脚印迎来的是你和你的翻译小姐，非常高兴！"说着去和小上海握手。

小上海故意将手抬起给他敬礼。哈林中校仍幽默解嘲；"我以为握手要比敬礼显得亲切,新来的中国翻译小姐手怎么了?"

小上海还真行,答得哈林笑起来。"在我们中国,军礼是军人最庄严的礼节,中校同志不喜欢的话,我就换成握手也可以!"她伸出手,"在我们中国,握手应该是女士先伸手的,我手已伸出来了!"

哈林哈哈笑着伸手握住不放了。小上海说:"我第一次和外国人握手,竟是您这样一位佩戴勋章的英武军人,我必须向您正式敬个军礼。"她借敬礼之机将手抽出。

小上海第一次接触外国人就如此机智,我暗暗惊喜,看你哈林还怎么5幽默吧。这想法刚一闪过就相当于话音未落吧,哈林突然低头吻了小上海的脸说,"这在我们看来是最庄重的礼节。我俩是社会主义的两代军人,我以长者的身份热烈欢迎你,愿我们友好合作,为我们会晤史写下新篇章!"他转向我,"你说对吧,三把手站长!"

我狠狠讽刺哈林:"我还没正式介绍姓名职务,你就热烈欢迎起来了——你以最庄重礼节接待的是中国边防会谈会晤站新到职的翻译李惠岩同志。凭咱们多年的交往,我知道哈林中校会对李翻译十五分热情的,我表示感谢之后建议您以十分的热情欢迎就行了,增加五分我们会心里不安的。"

"你不安还是李惠岩翻译不安?"

"我想,无端承受别人额外的热情,谁都会不安的。"

"不必客气,多年朋友了,完全不必客气!"哈林中校吩咐拉吉克中尉翻译摆上粗壮的苏制奶糖、华夫饼干和几样巧克力点心,还有热咖啡是特意为小上海加的,以咖啡代酒呢(他对酒有特殊兴趣),因此我故意逗他:"天这么冷也没弄杯酒,让向您敬过军礼的新翻译看着小气!"

"三把手站长怎么搞的,我们禁酒你不知道?莫非让我到中国偷酒不成?"

"朋友之间没看见拿瓶酒去,在中国那是关系亲密的表示,我们从没把这当回事。下次会谈时对我们桌上哪瓶酒感兴趣尽管拿好了!"我指的是去年邀请他们来参加国庆节宴会那回,向他们赠送礼物时他悄悄装了瓶白酒让我看见,我便又多给了他一瓶。

"哪能，我们禁酒……来，请喝咖啡！"哈林同时将两杯咖啡端到我和小上海面前，"这东西同样提神。"

我说："哈林中校，边提神边开始工作吧？"

哈林："好！好！开始工作之前我向初次见面的中国同志赠送件小礼物！"他从胸兜摘下一支钢笔，"送你这支笔，请用它记下我们从此开始的友谊！"

小上海看看我，意思是问可以收吗。我说："哈林中校的第十一分热情你不收下，工作会进行不顺利的，可惜他的礼物每人一份就好了！"

哈林又在身上摸了一会儿，将一个精美电话号码本（用过的两页当场撕去）送给我，扒我肩头耳语说："用它记下和你睡过觉的女人名字！"

我立刻扒他肩头耳语："看来我只能记下自己老婆的名字喽！"

哈林耸耸肩："就是你家一把手名字？遗憾，搞活的步子迈大些嘛！"

"这方面步子我永远不会比你大！"

我们共同大笑一阵后，哈林又笑眯眯转对小上海说："李惠岩同志，你能回赠我件礼物吗？比如你的手绢？我再转送我妻子她会非常高兴的。"

小上海又看看我："我们中国，赠用过的东西给人是不礼貌的。"意思是请示我可不可以。

5中校那眼神我看出他非要手绢不可了，便故意破坏他情绪，对小上海说："送用过的手绢给哈林中校他也不会要的。"

"没关系，没关系！"

小上海马上打断他说："下次给你买条新的，现在我送你一支歌吧，我还没给外国人唱过歌呢。"

"这么说我是第一个听你唱歌的外国人喽，不过我希望听支抒情的。"

小上海唱起苏联歌曲《喀秋莎》。

哈林手脚同时拍动伴奏，并同声唱起来。不得不服他，这老兄确实多才多艺，连小上海都被他伴唱得极为兴奋。

正当梨花开遍了天涯,
河上飘着柔曼的轻纱;
喀秋莎站在峻峭的岸上,
歌声好像明媚的春光。
……
去向远方边疆的战士,
把喀秋莎的问候传达。
……

四

地方志载:

1957年8月16日应苏联红十月区邀请,县委书记率19人,上午9时过境访问,双方互赠礼品。

中国共产主义之路社赠苏联基洛夫农庄:

水稻4000斤 黄豆籽2000斤

苏联基洛夫农庄赠中国共产主义之路社:

马一匹 胶轮车一辆 蜜蜂6箱 马套一副

中国太阳升社赠苏联共产主义之路农庄:

大豆籽4000斤 苞米籽2000斤 渔网2挂

香瓜籽10斤 西瓜籽10斤

苏联共产主义之路农庄赠中国太阳升社:

马两匹 蜂两箱

访问团八月二十四日回国。晚六时到达国境河,因涨水,乘苏方坦克船,水太急,船被打在沙滩上,代表团和苏方送行的区领导人在岸边一起过夜。二十五日晨由苏方士兵下水推船过河回国。

1961年5月27日，中苏双方防火联防站站长会晤。

苏方送我礼品：

大面包两个　花面包十个　圆面包五个　方面包五个　奶干二斤半　葡萄酒两瓶　香槟酒一瓶　俄斯克酒一瓶　饼干七盒　高级点心一套　糖三斤半　罐头十个　青鱼二斤

我方送苏礼品：

黄瓜六斤　猪舌头罐头三个　菠萝罐头三个　龙宾酒三瓶　竹叶青酒三瓶　点心六斤　糖六斤　茶六两　前门烟六盒

五

小上海参加那次会晤内容：苏方在界河五公里处发现一具男尸，据各方面情况判断是朝鲜族人，系酒后走错方向误入苏境，被突降大雪冻死。死者距中国朝鲜族屯不远，估计是中国人。请中方派人到商定地点认领。

会晤结束分手时，小上海见哈林中校走路腿有些瘸，问他："您……怎么走路还跳舞啊！"

哈林笑着（他什么时候都笑，有时不得不佩服他这一点，我无论如何做不到）搂住小上海肩膀："谢谢你注意到我的腿。骨头受了点伤，阴天下雪了有点疼。不过没什么，入伍前就有了。"

回返路上我攥弄着一雪团告诉小上海，哈林腿上的伤不可能入伍前就有了，那样的话怎么会让他入伍呢？据不少情况证明，那是一次酒后与人发生冲突留下来的纪念。

"怪不得他们要禁酒呢，酒喝多了就难免出事。"小上海感慨地说。

其实，我没有全告诉她，这里面或许还有女人的关系呢。

六

那场雪后我国朝鲜族屯确实失踪了一个酒鬼,男的,正巧就是酒后不知去向的。我便通知那个村连夜张罗了一口好棺材,用汽车拉到同哈林商定的地点去接尸体。那时外出的一个翻译还有一个参谋已经回来了,我就不再安排小上海参加,可她说这样的机会太难得了,恳请亲眼看看怎样交接死人。我架不住她软磨硬缠,只好在定了的三个人之外又增加了她。

当我们会晤站的北京吉普引导着拉棺材的汽车到达指定河口时,哈林中校带的苏式吉普车早已到达,却没见有什么尸体停放在那里。哈林隔着不到二十米宽的一条河严肃地向我道歉说弄错了,那尸体是他们自己一个朝鲜族人酒后冻死了,已被死者家属认领回去。他怎么严肃我也觉得心里在嘻嘻哈哈,便向他发叽歪说这不捉弄人吗。哈林就是不发火,说全怪他们疏忽,一定赔礼道歉。小上海劝我和接尸体那帮老乡,说人没死不是更好吗,兴许几天后回来了还得喜庆一下呢。

不叫喜庆两字把我火气泄去,我肯定还得和哈林理论一阵儿。哈林却叫我先把拉棺材那帮人打发走,说还有要紧事同我们会晤。

那场雪虽然很厚,但是初冬的暖雪,雪下面的河冰才极薄的一层,不能走人,哈林便指挥助手和几位翻译把一条木船弄过来。木船两头都拴有长尼龙绳,把一条向我们这岸一扔,我们接过绳子那船就爬犁似的被拉过来了。等我们上了船,他们拽动另一头绳子把我们拉过去。船在雪上喊喊嚓嚓滑着,小上海第一次坐雪船,新奇得探身把手插进雪里,船边走她边犁雪,船压过的雪迹旁边就有了一条波浪。我提醒她这不是旅游,别乱弄。她说这有什么呀又没开始工作呢。我不得不教导她:"没什么?过了主航道中心线就是人家领土了,瞎划拉,人家抗议怎么办?"

"这有什么好抗议的?雪上划条道道,春天就化了……"

没等我再说什么，哈林已亲亲热热将我们一行四人拉上苏岸。他从大越野吉普里拎出两条鲤鱼、四只野鸡来，把两只野鸡给了我和另一位家属随军的参谋："让两位夫人也尝尝我们第一场雪后野味。其余的，我们就地野餐。看看吧，罐头、面包、餐具都带来了！"

我马上疑心哈林是想和小上海多磨蹭一会儿才想出雪地野餐馊点子的，故意不成全他："冰天雪地野餐，烧的呢？"

"这烧什么，冬泳我都参加！你们哈尔滨佳木斯不是也冬泳？"

"又不是会唔冬泳的事，什么事快说吧。"

"别急别急，吃过道歉饭再说不迟。"

我装作转身要走的样子，他才不得不先告诉我，他们十月区大面积土豆被雪捂地里了，区苏维埃主席给我方尚县长捎信，请求派一千名男工破雪抢收。土豆是他们冬季主要副食，恳请务必帮忙，并声明属于有偿帮工，可否出工和工钱多少，最好两天之内在苏方会晤房洽谈。

执意离去太失礼貌，我同意吃了他的道歉饭再走，可也没忘挖苦他一下："没酒的饭有什么吃头，死冷寒天的野餐！"我自信这方面的挖苦哈林没什么反驳的，因为吃的艺术技巧他自认不如中国。

一个酒字提示了小上海，她拍拍挎包："这有一瓶好酒！"原来她为了实践上次的应诺，给哈林带了条新手绢，里边包着一瓶虎骨酒，说对哈林的伤腿有好处。

哈林无比高兴，亲手打开后车厢，搬出一箱矿泉水连说："有酒有酒，怎么能没酒呢！"

他从矿泉水箱中间取出一个与众多瓶不一样的瓶子："伏特加，矿泉伏特加！"

那是一瓶酒精。哈林用酒精兑矿泉水当即制造出十几瓶白酒来。小上海送的虎骨酒他自然当珍品收起来的。

我就开哈林的玩笑："我们不喝私造的酒。"

"客随主便是你们中国人的话，现在不是在你家。我是主人，听我的，何况我是代表十月区苏维埃主席感谢你们为他捎信！"

"土豆都让雪捂了，你还有心思喝酒？"

"这就不用三把手站长操心了,我自有安排。"

小上海担心我把野餐弄黄了,把我拉到一旁说这也是熟悉工作的好机会。她要求迫切,我不得不答应了。女孩子家,积极性低落下去或许多少天也调动不起来。后来我在心里暗暗感谢小上海,要不是她执意参加野餐,我就不会留下那次永远不会磨灭的记忆了。

哈林指挥他手下几个人连我们也一块指挥上了,用专门带的铁锹扫帚清出好大一块净土地,中苏两台吉普车拉开四五米距离,一大卷帆布绕车一圈,一大间无顶的屋子便出现在眼前。地下再铺块小帆布,自造酒、面包、各种罐头食品一大堆。木头样子也带来了,在圈外架起旺火烧鱼汤、炖野鸡。

干这些事我外行,便坐车里装大爷。小上海内行得很,热情也高,可想在学校常搞这类活动。哈林喝这种自制低度酒跟喝水一样,而且总想和小上海干杯。

小上海说这样喝酒很乏味,建议哈林边喝边做游戏。她撕了一大把纸条子,每人发三张,然后指挥大家在第一张纸条写上自己名字,第二张纸条上写在什么地点,第三张纸条写做什么事情。三张纸条组成完整一句话。三张纸条叠好后分放三堆,每人再一一抓阄式的重新组合。为了启发大家,小上海先做了这样的示范:李惠岩——在雪地——梦见妻子和非洲军官跳舞。

大家都说她大学毕业语言逻辑都不通,她却特意强调这游戏要求就是语法逻辑不通,这样才能达到捉弄人的奇妙效果。于是大家便抱着拿别人开心的目的胡写开了。

八个人的字条重新一组合,真荒诞透了:

1. 哈林在雪地穿裙子。
2. 拉吉克在厕所梦见妻子和非洲军官跳舞。
3. 李惠岩在耳朵里唱歌。
4. 我在冰河上吻一只虱子。

……

笑得哈林直拍肚皮，酒喷围布外面去了，拇指竖到小上海鼻尖上喊好极了。小上海就乘机给哈林他们满酒。念一个人的条子哈林乐得喝一杯酒。

念完条子小上海又教大伙转罐头：把七个罐头等距离摆成直径两米一个圆圈，八个人绕着圆圈跑，停止的口令一下，谁跟前没罐头就罚谁一大杯酒。口令由站在帆布圈外的司机掌握，里外看不见，想有倾向性也不可能。哈林被罚两次，我也被罚一次。我想赖账不喝，小上海倒不徇私情和哈林他们非监督我喝不可。我任他们说死说活就是不喝，后来小上海替我喝了。她能喝酒也是我没料到的。她喝得脸像个西红柿，单薄的身子一点儿不冷。我却有点抖了，才也想喝几口暖一下。但我已拒绝过他们，不好意思要喝，便极力说转罐头这游戏不错，既可暖身子又能看出谁机智。

哈林为了争机智，一遍一遍带头转。我为了喝酒故意等罚酒的口令落我头上。喝了几杯以后，忽然觉得这样玩玩很不错。二十年了，从没有这样随随便便玩过呢。

后来小上海又提议跳舞，一听跳舞哈林比喝酒还来神，他把吉普车安装的录音机一按，舞曲响了。哈林拽起小上海就跳。跳完一曲，小上海说请哈林等一会儿，要跟我跳。

我不敢跳。一是上级曾有话不准跳舞，二是我也不会。我告诉小上海，咱们有规定不准跳舞的，你新来权当不知道，就别把我拉上了。

哈林说我们还禁酒呢，现在又不是正式会谈会晤场合，是我替十月区苏维埃主席私人答谢你们的个人娱乐野餐，算不上跳舞。他端起两杯酒自己用双手碰过了递我一杯说，来，当一次一把手站长，干，跳一次。

哈林干了，又把递给我的杯推到我嘴边硬灌下去并将我一军说，不敢跳舞不是男人。小上海也添油加醋说，谁敢说我们站长不是男人！她拽起我就跳。酒把小上海和哈林将我的话无数倍地扩大了，也使我潜在的念头膨胀了，我跟她跳起来，而且跳得有点狂，把她拽得

137

趔趄趄的，连我自己都想不通我怎么忽然会跳起舞来。哈林直喊乌拉，一把手站长乌拉！他边喊边跳俄罗斯民族踢踏舞助兴。

小上海很会照顾大家情绪，又主动请拉吉克和布茨马科夫他们跳，他们不好意思影响哈林热情推说不会，小上海便也不跳了，又出新点子搞打雪团比赛。

她把大家招呼到圈篷外，在雪地插一根细细的绿松枝，让每人攥十个拳头大的雪团，二十米开外打，比命中率。大家被她热情调动起来，孩童般踊跃参加投打。我从心里承认，完全是小上海把本来是交接死人的会晤变成如此有趣联欢的，当然前提是哈林执意安排这次雪餐的。

我攥了十个光滑如冰蛋的雪团手还热乎乎的。那雪团攥得不能再完美了我还不放心地往好里攥着，像擦拭我的手枪和子弹一样精心，我暗下决心一定击败哈林，最好是遥遥领先。舞我跳不过他酒我喝不过他打雪团我不能打不过他，这我有把握，我是有二十多军军龄的中国军人。我以十二分的希望狠狠地热烈地自信而又紧张地甩出了攥得半透明了的雪团。

那雪团在有风的雪地上似一颗流弹朝细而绿的松枝飞去。

七

会晤记录载：

一九六×年×月×日。我方会晤房。苏方交还我方一只越境的狗。

苏方先到了两个士兵。

我方××问：狗在哪里？

苏方士兵答：不知道。

我方××问：不是你们升旗说交狗的吗？

苏方士兵答：一会儿有人来交。

我方××问：约定时间已过半小时，他们为什么还不过来。

苏方士兵：我怎么知道，我又不是当官的。

我方××：你是干什么吃的，你不知道滚回去！

苏方士兵走了。半小时后苏边防军会晤军官及士兵牵狗到。

苏方军官：雪太大陷车了，叫你们久等！

我方××：首先我对你们肆意破坏会晤时间的行径表示抗议。请快点把狗交还我们。

苏方军官：我国边检部门对该狗进行了卫生检查，发现身上带有十一只虱子和四只跳蚤，这将会对我国人畜健康带来危害，特此提出抗议，希望今后杜绝类似事件发生。

我方××：我国的狗从来不生虱子跳蚤，对你们肆意造谣诬蔑行为，我方郑重提出抗议，并且将对该狗进行免疫检查，以防将传染病带入我国。

苏方军官：再有类似事件发生，我国将登报抗议，绝不容忍。请打收条吧！

打好收条。

我方××：两天前你方哨兵曾以枪口对准我方天空飞鸟，这是侵犯行为……

苏方军官：你方巡逻士兵曾以目光怒视我方工作人员，如再发生类似行为，一切后果由你们承担……

八

我打得极准，比平时任何一次这种游戏发挥得都好。后来我思考了一下，每当能挑起我强烈竞争情绪时我都能充分发挥自己，二十多年的部队生活养成我争强好胜的习惯，尤其边防部队生活。

我第一个雪团就将细松枝打歪了，第二个第三个嗖嗖跟上去，冲锋枪点射一般，那松枝便抱头躺进雪里。我打得兴起，自己跑去重新插起松枝，不出五个雪团，松枝又躲进雪里了。还剩两个雪团，小上海为长我志气她再次踏雪把松枝立起。我又打中一次梢头，得意极了。我想在场任何人也不会打出这样好结果了，便喘匀了气轻松开哈林玩笑，"5大哥算了吧，留着力气喝鱼汤吧！"

哈林毕竟军龄长我几年，白发也差不多都在边防染白的，怎能在小上海面前败我呢。全世界好军人肯定都这样争强好胜无疑。他叫小上海折了根新松枝在没踏乱的雪地堂堂正正插直，不待我再说出什么讽刺挖苦话来，一颗比我的大一倍的雪团迅雷不及掩耳——直奔主题，吓得细嫩的松枝毫不犹豫躲到雪下面去了。

这一家伙打得比我漂亮无疑。我腹部肌肉迅速紧急集合，但还是强行做着疏散的努力想，哈林命中率不会比我高的，就抱着这心情亲自跑去为他扶起松枝。可哈林把余下九个雪团往空中一抛，说一弹定乾坤了，说他只一下就把松枝打倒而我不过挂歪了而已。怎么将他就是不肯再打，我也顺坡下驴说谅你也不敢再打了，剩下九发都打不中多丢面子。

哈林根本不受我左右说三把手站长太过奖了，本中校可不像你这么顾面子，想喝酒便喝，想跳舞便跳，工作照干得不错。就这么样，一弹定乾坤了。别光咱们老家伙出风头，看看中国女兵弹法怎么样吧！

哈林帮小上海弄好十个雪团，小的，正适合女人的小手。小上海毫不犹豫，十颗雪团一甩而光。当然一发也没中，甚至连大方向都不对，更有甚者还甩到身后边一颗，准确无误击中了野鸡汤锅，而对那根松枝却秋毫无犯。这都无妨，关键是她把中国女军人大胆气度显示出来了。她说我们三人都是神枪手，并列第一，因为她一下就击中了野鸡汤锅……

九

　　那次野餐使我对小上海好感增加许多,但当我发觉自己对小上海产生好感的同时,也发现她时常在一个战士面前显得不自然了。那是个烧锅炉的战士,外号雪里红——每年下雪了,室外满世界白雪,他管的锅炉里红红的烈火就开始欢呼。以前我并没觉得雪里红有多么重要,显眼的事都没有他。只是去年国庆节宴请苏联朋友,人手紧让他帮端了一次菜,哈林的上级向他敬酒时他很得体地用俄语说了句谢谢,我才稍稍对他有了点与别的战士不同的印象。有次团里派大解放送来满满一车煤。我们站里那栋楼一冬天的温暖就靠这车煤和雪里红了。小上海看雪里红一个人一趟趟扛那足能压断腰的大煤块,便招呼大家都来帮忙,边招呼边说你们这些人,怎么忍心看一个战士累这样无动于衷呢?那位司机逗她你不忍心你扛啊。她一猛劲搬起块大煤,没走几步摔了,手指砸破了。大家都围着直哎呀说砸坏了砸坏了却没人好意思拉她手看看砸咋样。雪里红捧起她手用嘴吹吹破口上的煤屑,吹不净又用嘴吮。小上海羞红了脸,我头一回看她这样害羞过。如果心里没什么绝不会这样羞的,我便特别注意观察她。

　　她砸坏的是右手,包扎后吃饭洗脸都不方便,雪里红就帮她盛饭打洗脸水,甚至打洗脚水倒洗脚水。晚上她还常常叫他陪到很晚。我觉得这里边似乎有事了。我认真找小上海谈了次话。她谈得十分坦率,也令我十二分吃惊。

　　"小徐——你们管他叫雪里红我现在不好意思叫他外号——我刚来时甚至不记得有这么个战士,后来回想起刚到那天是他主动告诉我厕所在哪儿的。来后第八天就是我的生日,我独自在院里散步碰见小徐(其实是他故意过来的),他问我想什么事呢这样沉默,我说今天过生日想在学校过生日的情景呢,小徐立刻往屋跑说李姐你等着。晚上吃饭时他竟发动在食堂就餐的六个人搞了十二样菜,点上二十四支生日蜡烛。他还用整个西瓜做了个漂亮的什锦水果罐头，西瓜皮上刻着祝你生日快乐。

"可真把我乐坏了。都下雪了小徐从哪儿弄的西瓜呀。十一国庆节宴请苏联同志时我和小徐都没能参加，他因为是战士从来都不参加，我因为刚毕业这种正式会议还不允许参加。他们宴会厅里笑声阵阵，我就在宿舍默默坐着，忽然小徐敲门进来，极不好意思说要认我做姐姐。我先一怔紧忙惊喜说行啊，他就站在那里没话了。我问还要举行什么仪式吗，他说他也不知道，待了一会又说不用了，咱们俩心里知道就行了，用不着告诉别人。如果谁再认你做姐姐你记住我是第一个认的就行。

"小徐从没参加会谈会晤，因而苏联朋友每次赠送礼物都没他的份，有次别人把苏联朋友赠的一个日记本转送他了，他就把那本子给了我。我见里面写着祝姐姐生日快乐，明白了他是把自己最珍贵的东西送我做认姐姐的纪念物了。

"这个没告诉任何人的小秘密使我感到非常甜蜜。我那位北京的男同学朋友从没对我这样呢，都是我主动送他什么。我寄他的雪照都半个月了，他连个音都不回。可小徐——我心里就天天有小徐了。小徐会弹吉他会唱《月亮之歌》，有时他不便到我宿舍来说话就坐院子台阶上弹唱这首歌——月亮我的月亮／请你夜夜陪伴着我／当我守卫祖国边防的时候／常常对这月亮静静地瞧／它像亲人的笑脸／不管有什么事心里多烦恼／只要有这月亮陪伴着我／心儿就像白云静静地飘呀飘……

"我一听就知道是为我弹的。有他的歌声缭绕心头，我干什么也不觉孤独也不觉疲劳了。有天来了两个南方卖布的人，他把人喊过来检查有没有边防证。人家有。他没话说了又问人家布多少价钱。人家骂他一句穷当兵的只配穿绿的确良，多少价钱你们也买不起。这时正赶我下来看热闹，他脸上挂不住了，二话没说跑回宿舍把所有积蓄拿出来，又借一些凑够五百元把两大卷子布都买下了。我清楚他买这布啥用没有就是为在我面前争口气。

"他花五百元买布的事使我感到认我做姐姐的小徐是个男子汉,与我那个男朋友比有些男子汉气概。逐渐,他在我心里不是弟弟而是哥哥了。有回一天没见他影儿,就想得坐卧不安,第二天见了面看他没什么反应,我委屈哭了。我可从没在男人面前哭过。我发觉我是爱上他了。我心里老提醒自己是不是在犯错误,但是白搭。别人谁也代替不了他。我想做什么事或遇到难办事时他都悄悄想到了替我办好了。我那男同学朋友却从不这样,我满怀热情给他去信他迟迟不回,回了也是淡淡漠漠那几句,你说我能不和小徐好吗,站长?"

尽管小上海坦诚得让我感动,我还是严肃地批评了她。一个干部和一个战士什么姐姐弟弟的,搞好正常官兵关系得了,怎么可以恋爱,你小上海大小徐四岁,你是干部,责任都在你。

小上海说什么责任啊站长,我都二十四岁了。

十

不久,外号雪里红那个小徐被调走了。不是因为我跟上级打了什么小报告说了他什么坏话。恰恰相反,是团里要调他去搞生产经营,来考查他时我格外说不少好话的结果。如果我说几句他能力如何不行或我们站里十分需要他之类的话,他也就走不了啦。我愿意他走。

他走时天阴得很重,风小得几乎没有的样子。稀稀拉拉几片雪像小鸡雏身上掉下的绒毛,慢腾腾慢腾腾往下落着,老长老长时间不愿沾地。为了不让小上海送到团里,我亲自带了站里的吉普车去送。车一开动,门口站着的小上海眼泪唰地流了一脸。我故意用身子挡住小徐没让他看见。小徐怕我说他什么,头都没敢侧一侧,眼盯着自己的衣角离开了会晤站。坐在小徐身边的我不安地安慰着自己:这也是为他们好哇,不然出事咋办?好在小上海没走。我不愿她走了。

十一

　　春风一天比一天大,快要把一冬的积雪吹化的时候,小上海也走了。

　　走之前她情绪低落好长时间。后来安排她参加中苏双方联合在界河上架桥工程的翻译工作,事情多而且新鲜,她才逐渐又活泼起来。

　　就在她刚刚活泼起来那几天,干部部门调动她的通知到了,她刚来时我要换个男干部的请求批准了。

　　哎!又是个笑话!当初不向干部部门提那个要求多好。

　　一个玩笑从头到尾就这么结束了。

　　她走时我外出开会没能赶回来送她,她给我留了张条,说以后出差路过哈尔滨一定去看看她。她给哈林也留了条,叫我会晤时带给他,什么事没有就是道声再见。哈林得知她走的消息专门升旗要会次晤,可是她已走了,他们也没能见着她。哈林直埋怨我这个站长不够意思。

　　小小边防会谈会晤站恢复了以往的平静。遗憾的同时我又安慰自己,她走就走吧,走了倒也静心。

　　可每年第一场雪又落时,我心总会被撩动一次,隐约又看见小上海在站门前那棵松树下拍彩照。

1990年5月至7月草于大连
小平岛沈阳军区第三疗养院、大连
傅家庄沈阳军区第二疗养院、沈阳
八一军人俱乐部执行所
1990年12月号《人民文学》刊发

因为无雪

一

野风刮得孙武营长天天焦躁不安。鲁戎玺团长也坐卧不宁。

〔本节注释：整个冬天都没认真下过一场雪。往年初春那壮丽的洁白博大的宁静和多情而沉着的寒冷都不见了。索伦河谷的大地和山岭因之变得像家属该来部队探亲而始终没来的血性军人一样，焦焦躁躁的，动不动就生起气来。那气变成风，日夜地刮。雪是天和地的爱情啊。〕

二

星期六晚点名时孙武营长就说了，如果，明天，风休息，我们，就不休息了。全营，拉出去，打靶。大家都记得营长的话是两字一顿或三字一顿说出的。那声音似乎带有形象，让你听后不能不留下印象，绝对不会忘记的。

可是大家也明白，对星期天风能不能休息，营长根本没多大信心

（虽然天气预报说明天风能小到一至二级），因为当地老百姓有这样一句话：一年四次风，一次三个月。风不停，火箭炮实弹射击谁敢下令进行？所以在索伦河谷服役十四五年的火箭炮营营长孙武，半月前就请示在这个地区干了二十多年的炮兵团团长鲁戎玺。住在索伦镇团部的鲁团长早就指示孙武说："只要咱们的混蛋风一停，不管哪天，多重要的活动都给我撂下，打靶！"

〔本节注释：讨厌的风像有娘养没娘教的野二流子，到哪儿祸害哪儿。在山上捋树叶子，大树小树捋得吱哇乱叫。进了村子，一路吹灰撒土，拽房草掀草垛，发现哪家姑娘烧火做饭就挖空心思往外勾引火星子。溜入营房，不是扯炮衣就是扔晾衣绳上的床单衣袜，再不就冷不防扬一把沙尘眯哨兵眼睛。到夜里则装神弄鬼，学熊哭装狼叫，搞出各种怪动静儿吓唬营房里的新兵和村子里的妇女小孩儿，把这个长长的索伦河谷搅得心烦意乱的，这个二流子流氓风啊，恨得部队和老百姓都牙根直痒痒，又撑不走它，当然了，这种讨厌啊恨啊，都与临时外来人的讨厌与恨不同。不管怎样讨厌和可恨，那是索伦河谷的风啊！就像讨厌和恨自家不听话的孩子一样，再怎么讨厌和可恨他也是自家的孩子。〕

三

孙武营长躺在床上等得疲倦不堪，眼皮胶粘地入睡时，风也刮乏了，竟渐渐平静下来。

这静倒把孙武从梦中唤醒。

"天气预报挺他妈准！"孙武自语着看看表，才拂晓。匆匆穿衣出门，在院中看到一丝红微微日晕从山谷尽头透露出来，又自语道：

"妈的这个疯（风）子，终于老实了！"

他回屋摇动电话："我是孙武。团长，风停了，我决定今天打，向您请示一下。"

"停稳了吗？"

"我看是稳了，究竟稳没稳要你看了。"

"问题是我还没看。"

"那……是不是马上……看看，不然时间太紧哪！"

"天气预报怎么报的？"

"西北风转东南风，一至二级。现在，我看一级也没有！"

"出了事气象台不会替你负责。还是……等到十点……看看再定。"

"我看问题不大。"

"你要说没有问题我才同意。"

"没有问题！"

"……？"

"保证没有问题！"

"保证的因素里有没有把董干事的意见打进去？他不是在你们营吗？"

"闷了拿他开开心还行，军事上的事，问他？有点……滑稽吧，团长？"

"你不说风停没停要我看吗？你问问董干事，他看停稳了就是我看停稳了。半小时后，你把他，也就是我对天气的肯定看法报来，再听命令！"

孙武放下电话在心里好笑，这个痴性阿董还成气候了，本想找个借口说没找到他算了，考虑团长认真命令的，还是去找了。

董干事住炊事班了。孙武找他时他已起床，正在做什么笔记。

"打扰你一下，老董！"孙武按了按董干事脖梗。

董海量干事回头见是孙营长，忙站起来："不打扰！一点不打扰！"

"天气预报说没风，你帮看看，能不能再疯起来，今天！"孙武把团长的话省略了。

147

董海量一听是来请教他，受宠若惊扔下笔记本，跑营房外后山坡认真看了一会儿，回孙武道："察地可以知天，观天可以知地，天地之间有联系，而联系的纽带是日、月、云。日月有环是风圈，云动风使成。现在旭日初升，边缘不甚明显，象征没有大风但也不是没风。云高而薄而且散，微微缓动，说明有高风，低处不易降临，所以我们觉察不明。但山地高低不等，此地有风可能别处无风，或此地无风别处有风。"

孙武有些焦躁："把你这些说法归纳成一句结论——今天，索伦河谷，风情如何？"

董海量思忖一阵，说："索伦地区今天没有大风但也不是没风。"

孙武对这结论不满意，但一想与天气预报说法基本一致，便告辞，回自己办公室摇通电话："团长，董干事说没问题！"

"打就打。一定要组织好。"

"你不来吗？"

"眼看你就当团参谋长了，营打靶还折腾我？我在被窝接的电话，昨晚三点钟才躺下！"

"我也是……好像三点还过一会儿……"

"谁叫你还是营长？要是全团打靶，后半夜四点睡我现在也得起来！"鲁戎玺刚想放电话，忽然又追问，"'麻协'搞活动了？三点多才睡？"

"团党委三令五申'扫麻'，我敢搞'麻协'活动？"

"'酒协'呢？"

"也没有，肯定没有。你们董干事在这儿，他可以做证。"

"这方面他做不了证，两耳不闻身边事，有空只知道和云彩谈情说爱。"

"……不能以团长之心度营长之腹哇，团长，是不是……团里'酒协'搞活动了？"

"团里的事等你当参谋长再过问吧，现在安心抓好营里。'麻协''酒协'有一点活动我就往师里打小报告把你参谋长命令捅黄！"

"嘿嘿，团长是不是参加'文协'活动了？其实'文协'和'麻协'性质一样，当心有人往军里打你参加'文协'小报告，把你师长命令捅黄！"

"不用担心。从今往后，'麻协''文协''酒协''武协'，我一概扫，一心抓'政协''作协'工作是了。"

孙武十分理解鲁团长心情，两人目前都属特殊时期，所以特别认真表了个态度："是，团长，保证打好！"

孙武刚放下电话，鲁戎玺又回电话找他："喂，我说孙武，不是说师里今天有人去你们营吗？"

"谁说的？"

"你们教导员。"

"我怎么没听说？"

"说明你跟师里感情还不太深啊！"

"师里哪个部门？"

"师医院！"鲁团长说的师医院就是指在师医院工作的孙武妻子习护士。

"操……团长，师里屁事等你师长令下了再管吧，现在安心抓好团里……打靶的事。"

孙武放下电话到里屋扯扯营部书记耳朵："马上起来。通知各连，打靶。注意事项：一、安全；二、安全；三、还是安全。干部、战士，一律不准带烟带火柴！"然后进到教导员那屋："我请示过团里了，今天打。你看……还有什么问题需要……"

教导员坐起来："不是已给师医院打电话，叫习护士来过星期天吗？你去打……"

"好的，天下完美的事没有。从单纯军事观点讲，今天叫老天爷开恩。从爱情角度讲，今天叫天不作美！"

"要不我代你指挥，打靶那点东西，我也差不多！"

"军事方面，你那两下子我不放心。帮我做做夫人思想工作，我承认你比我强许多。今天你留家，好好跟她透露透露，说我如何如何

149

想她，说我因为想她而如何认真在改正缺点。别说过头让她看出有假就行。不过你也做好思想准备，她这家伙，还不一定能来！"

孙武这口气显然有点超越身份了，营长怎好指示教导员这样那样呢，这是营党委副书记对书记。

教导员却欣然认了，他明白孙武实质已是团参谋长了，只差命令晚几天到是了。他说："那就按你安排办吧，可不是我偷懒躲打靶。"

"做她工作比打靶艰难，在我眼里。"

"那么，你回来之前先给她安排点'文协'活动还是'武（舞）协'活动？今天是星期天！"

"'文''武'活动都不行，这不是在她们师里，影响不好？"

〔本节注释：在基层，只有普通的星期天才是真正的节日。因为正经的节日他们是过不好的，战备了值勤了爱民劳动了，比平时还紧张劳累。而普通的星期天就能比较正常地休息休息。所谓比较正常地休息休息，也就是比平时有较充裕点的时间把信写得从容点（所谓从容也不过是可以除了把急事说明白之外还可以抒发抒发情绪，并且可以把抒发的文字推敲得准确一点，有色彩一点）。再就是可以按比例请假上趟索伦小镇，把积攒那点有限的津贴费在小镇买点零嘴，或下一次菜里有肉但不多的那种小酒馆什么的。还有，可以按比例请假会会老乡。其他的，如全师通用简约戏语所称的"麻协"（麻将爱好者小圈子）"舞协"（跳舞爱好者小圈子）、"文协"（打扑克爱好者——把扑克戏称为"54号文件"——小圈子）活动都在禁或扫之列。提倡的只有"政协"和"作协"（即只关心政治大事，不管星期天节假日，一心埋头工作那些人）活动。仅在师机关四协都有所活动，那也不过是因师部在盟所在地的市里，有那么点条件，一些机关干部私下里悄悄活动而已。〕

四

孙武所在的火箭炮营编制每连四门炮,每炮三排二十七管。全营十八门炮一共就是四百八十六管。营部和每连各一台指挥车,加炮车共二十二辆。二十二辆绿油油闪着亮光的军车载着四百八十六只炮管和全副武装的火箭炮营官兵开出营房,一条绿龙样向索伦河谷的深山奔腾而去。战士们头上高扬着成组成组的炮管在炮队碾起的烟尘衬托下,造成一种无坚不摧的力感。路边的百姓,尤其蒙古族老乡一看就兴奋得惊呼哎哟妈呀!惊呼声中,全营,包括瞧不起自己那身军装盼早点离开铁打营盘的城市新兵也感到自豪了,不觉分外振奋起来,使那无坚不摧的力感又增添了一层活力。惹得路边一些爱激动的小伙子禁不住跟着跑。营部指挥车上背电台那个无线兵朝骑马和炮车赛跑的一个蒙古族小伙挤眉弄眼唱起改词不改曲的歌儿来:"……我是边关的一把火,一把火箭炮的火,火焰熊熊烧死敌人,温暖了寒冷中的阿妹和阿哥……"

孙武从指挥车驾驶室伸出头,冲唱歌那无线兵一吼:"住嘴!要唱唱别的!"

无线兵一怔,朝马上的蒙古族小伙子做个鬼脸不唱了。他左右环顾几眼嘀咕道:"我是冲小伙子唱的,并没真有姑娘在场嘛,犯什么毛病呢,不让唱?"他推推身边正盯着天空一条云出神的董海量干事:"啊……啊,董干事,我也没真冲姑娘唱歌,营长冲我发啥火?"来火箭炮营搞文化教育试点的董海量脾气特别好,什么事也不大计较。他在火箭炮营搞试点这些天一直刮大风。风大不能打靶也不便训练,他的试点教育就有充分时间顺利进行。孙武看他搞教育那股兴奋劲儿时不时开他一句玩笑:"现在什么事都兴走后门,你成天跟天气呀云彩呀谈情说爱,天气就给你开后门,不信你教育一停风保准也停!"董海量就眨眨眼说:"啊,对不起营长,很快就完了,很快就完了!"那抱歉的表情似乎他真走了天气后门似的。就是这股可爱的憨痴劲儿逗引调皮兵叫他阿董的。方才无线兵还背着他说:"真照营长的话来了,阿董昨天教育一结束,今天风果然就停了!"

董海量最感激谁有想不明白的问题请教他了,他也像对请教他的孙武那样谦恭地点过头,才抬手指了指大路两旁:"你看,河谷之阴被风抽干的林莽,河谷之阳被风抽枯的蒿草,都告诉我们,现在已经开春了。春天火箭炮打靶,怎么可以唱火?如渔民出海忌说翻船一样,不吉祥!"

调皮无线兵恍然大悟伸伸舌头:"营长还迷信……那咱唱带水的。"他清清嗓,故意冲驾驶室唱,"一条大河,波浪宽,风吹稻花香两岸……"

董海量又提醒他:"风也忌讳,营长正烦风!"

无线兵:"这也忌讳那也忌讳,没啥可唱了呢?"

有人说:"唱在水一方!"

"对,这个不犯忌!"

调皮无线兵真唱起在水一方来:"所谓伊人,在水一方……"

炮车队开始往一条岔谷拐弯了,董海量忽然想起方才被调皮无线兵岔开的事情,冷丁一声喊:"停车!"

车咕地一纵,停了。

孙武站出车门质问董海量:"什么事,你?"

董海量来不及回答孙武,从挎包掏出傻瓜照相机,对方才盯了好半天的云啪啪连拍三五下,才边往挎包装相机边央求孙武派台车送他去索伦镇邮局给国家地震局发个电报,说发现了地震云。

"胡闹啊老董,我好歹把风盼停了,你又追踪干扰,耽误打靶你负责?"孙武比吼调皮无线兵那口气轻软不了多少。

董海量一下急出满脸细汗,自知理亏眨几下眼,又退一步央求:"那咋整呢营长,要不让电台帮我跟营部沟通一下,求通信员跑趟索伦,代我发一下营长,面子事儿营长,这东西时间性非常强!"

孙武对董海量早有所知了,无可奈何冲无线兵说:"开机吧,迅速点。"

董海量无比感激瞅瞅孙武，比比画画看了半晌空中那条云，拟出如下电文——

> 北京国家地震局转日本九州大学工学部直锅大觉教授：四月二十五日上午九时十五分，中国东北大兴安岭索伦地区上空出现北东东向干涉条纹状和辐射状地震云两条。预测对应发震方位，贵国中部地区及附近海域，约在北纬34°—36°，东经132°—140°区域。发震时间，五月十日（正、负三日）。震级，六级。董海量报。

孙武看了电文："这么长！发往国外，电报费谁出？"

董海量急忙声明："一定告诉通信员，多少钱也发，钱我出，营长！"

调皮无线兵将电台与营部沟通后，把电文传了过去。董海量诚谢孙武说："孙营长，回去我送你一颗古莲子，一千一百年唐代的，现在种植还可以成活！"

孙武无法理解性痴的董海量，取笑一句："你留着煮莲子粥喝吧。"关了车门。

绿油油的炮队复又奔腾前进。

〔本节注释：接兵人员路过长江边的南京。别人都去百货商场、中山陵什么的，董海量跑紫金山天文台去了。星期天天文台不上班，他在门口转悠足有一个小时，正巧不久前仪器被盗案还未破，门卫怀疑他与这案有联系，把他扣住了，往警备区打电话，孙武带证件把他接出来。走到长江大桥时，董海量陶醉了，先佩服一阵茅以升后又伏在桥栏看云。看着看着发现一只苍蝇落在身边桥栏上。那谁也看不见的渺小苍蝇在他眼里光芒四射，美丽异常，他说是只怪异苍蝇。他曾答应为苍蝇研究专家提供标本，并且提供过二十多只了。他蹑手蹑脚双手一捂没捂住，又用帽子扣。那苍蝇在星期天游人熙来攘往的长江大桥上左藏右躲，他就拎个军帽在人群中左冲右突东追西撵，最后还是喊上孙武帮忙才扣住。惹得满桥中外游人以为两个军官在争夺一只金戒指呢。董海量拿住苍蝇后连连对孙武说："谢谢谢谢，以后团里有啥事吱声，我保证尽力！"董海量从八团调炮团虽才两年多，却已是无人不晓的名人。他的出名在于对天气、对地震云、对集邮、对古董等各种稀奇古怪事物的兴趣。而他感兴趣这些事对部队建设几乎没什么直接作用，所以大多数人认为他是个无用的人，多余的人。但出了什么异常的事谁都来找他。政委在院子散步忽然发现几只老鼠反常地窜，忙打电话叫董海量来看看是怎么回事。团长看见哪个连队挖战壕挖出锈铜烂铁碎瓦片什么的，也顺便说一句先别扔，问问董干事有什么用没有。谁家炉子不好烧，烟囱犯风，婴儿吵夜，打井看水眼都找他。他家里不养鸡鸭鹅狗这些过日子的小动物，却养乌龟、蚯蚓、小蛇什么的，全是为了看天气。哪个连队南瓜长得奇特，哪个连队大头菜异常大，哪个连队菜地雨后生出个特大的蘑菇，都捎信让他去研究研究。他所有业余时间都用来弄这些在别人看来一点用没有的事上了，军衔、职务比同年兵都低，他也不在乎。每年政治处研究转业名单时差不多都要考虑到他，无奈自从部队提出培养"两用人才"以来，每次师往军报材料都拿董海量当主要例子，师里还搞过他的个人集邮展览、文物收藏展览、自学气象事迹展览等，他便成为一个没用的宝贝被留下来，团里已没了定他转业的权力。所以谁都敢拿他当笑料，谁又都怕他不定哪天跟哪级首长反映不光明正大的事儿。〕

五

炮阵地设在山谷平地，指挥所设在能观察到射击目标的山头，这是常规，此前早已勘定过了，因此孙武迅速指挥全营进入预定地域。孙武的指挥位置在观察所，用望远镜前可望弹着区，后可望射击阵地，炮弹要从他的上空飞向射击目标的。

他举镜向射击地域搜索。那是一片突然开阔起来的平地，非常非常的平，是当年侵华日军建筑的飞机场。沿平地四周山脚筑有几十座机窝，每座几乎都可改成容几百人的礼堂。那些机窝好坚固哟，遍体弹伤而无一坍塌，至今常有牧人率千羊百马在里边躲风避雨。夜间的篝火和白日的炊烟使那里比周围少见人迹的大山显出一点令人惆怅的生活气息。这里就是炮兵团战时要扼守的要地。当年苏联红军成群的坦克就是从这里突破日军第二道防线进入索伦腹地的，所以这是最接近实战的射击区域。

除一圈跑道外，可容千军万马演习的开阔地荒草一片。射击前必须再三巡查，不得人畜进入。

孙武把几十座机窝扫瞄一遍，见派出的两辆指挥车正摇旗搜进，才回身把镜头对准炮阵地。

三个连呈扁扁的品字形梯次排开，正紧张构筑交通壕和掩体。

"妈的，只是三个连。十三个连还过点瘾。日军扼守这块阵地的是什么鸟人？至少应该是个团长！"孙武这样想的时候自然要想到自己的参谋长命令。像团长那样——团长将一下跳到师长——就过瘾啦——营长一下跳到团长。他想。

他调了调焦距，看清炮阵地不时有人直腰擦汗，看样子很累。

他放下望远镜向身边有线兵、无线兵下达指示："营长命令，各连务于十一时五十分前将阵地构筑完毕。十二时开饭。一时整开始射击。炊事班注意防火，任何人不准抽烟。"

电台电话同时将命令传出后,孙武歇口气又举镜观察阵地上的反应。

各连干部迅速来回走动开了,直腰擦汗的明显少了。有一人跑得最为明显,而且各连都跑。虽然看不清面孔,他断定,那是董海量。"这小子,又到处找文物吧?军龄年龄都比我大,职务才是副营,还一天乐呵呵紧忙,也怪他妈不容易做到!"孙武拿董海量比着自己,隐约有点感动也隐约有点自豪。

忽然镜头里的人们都直腰向后张望什么,孙武把镜子顺张望方向移动,忽见一辆吉普车拖着长长的烟尾出现了。他心轻轻一动,哪个首长来了还是有什么情况?他跟踪好一阵看不清车牌子。那吉普车驶进阵地,在三连跟前停住仍没看清。直到车里人出来,阵地全体立正时,他看出来了,是鲁团长。

"他不说不来吗?还是欠大将风度哇,马上要当师长了,这点事也要亲临指挥,欠大将风度!"孙武一边心里议论鲁团长此举,一边观察到团长——看完每门炮位又钻进吉普向指挥所驶来,才放下镜子通知身边人:"团长来了!"

鲁戎玺团长只带作战训练股一个独身参谋,董海量也钻进吉普车跟过指挥所这边来了。因为是跟团长走,董海量格外注意军人举止,但一眼看得出有些拘谨,比作训参谋差了一等。

孙武和鲁团长私交很深当众却十分严肃。鲁戎玺还没登上山顶,孙武就扯嗓一声长喊:"立正——!"喊声十分嘹亮十分地道,很能振作下属精神引得首长好感,内行人一听便能觉出这是训练有素的军事干部喊的。

鲁戎玺刚刚站定,孙武嗒嗒仅三步跑上前,立正、敬礼,漂亮极了。那是一流军人内在气质的漂亮,与二三流军人外在的浮华绝对两回事儿。

"报告团长,火箭炮营射击指挥所已经展开作业,请指示!营长孙武。"报告词绝对标准,且无一点做作感。本来孙武可以不报姓名,熟悉嘛。但他从来都是这样,毫不含糊。他认为必须这样,要不怎能带出比其他两营出色的作风呢。必须严格而又严格地培养，才能形成一眼就可看出与众不同的整体作风。这方面他与鲁团长是一致的，不然两人不可能成为配合默契、私交很深的一对上下级来。

鲁戎玺也一丝不苟还了礼："没什么问题吧？"

"没问题。"

"好，继续作业。"

检查一遍大家继续作业情况后，鲁戎玺招呼孙武、作训参谋和董海量在身边一座水泥碉堡旁坐下。那碉堡残留着重炮轰炸过而没炸毁的伤痕。鲁戎玺兴致极高地摸摸被岁月抚光滑的伤痕："这是苏联红军124师坦克炮打的。边境那个伊尔施镇名字就来自124谐音。那一仗打得不轻，索伦红军烈士纪念塔上刻那些名字，都是在这儿战死的。"

这些话鲁戎玺明知已经说过多次，除董海量以外在座其他两人都听过，可他一触此景便油然生情，禁不住还想说。尤其觉着董海量从八团调过才两年对炮团知之不深，自己又即将是师长了，现在好像面对孙武团长、董海量政委和一个团参谋长在说，感觉和以往十分不一样。他想象着苏军124师师长指挥坦克纵队向日军进攻的雄姿，同时也把自己和苏军师长融为一体了。他兴奋地眺一眼连绵不断的远山，朝作训参谋扬扬下巴颏："把挎包那点东西拿出来。星期天的午饭，营团两级在指挥所搞一次小型'酒协'活动！"

"早晨你还说从此'麻协''酒协''武协'一概横扫，中午怎么又搞？"孙武嘴虽这样说，心却在佩服，"这还算点大将风度。"

鲁戎玺："我还说不来了呢，这不又来了？山上这么冷，饭加几口酒取暖，和'酒协'活动两回事。星期天我自己在家也得喝点，没人陪嘛！"

在坐几人谁也不是酒鬼，连"酒协"会员都不够格，尤其董海量喝酒比吃苦药都发怵，因为团长提议，他也就不好意思退出，赔笑脸应和着，心里在惦念刚报出去的地震云。方才他在炮阵地捡到一颗刚挖出的步枪弹壳，攥手里与地震云一块想，这子弹是日军的还是苏军的？日军的吧？地震云对应日本中部地区及附近海域……

"来一口，为将要上任的参谋长打靶顺利！"鲁戎玺由衷地把一小瓶科尔沁酒递给孙武。

"为即将上任的师长来两口！"孙武连喝两口，话也是由衷的。

作训参谋和董海量也陪着喝了两口，算不上由衷，但也挺痛快。

鲁戎玺："日本鬼子够狠的！苏军突破第一道防线后，他们看堵不住了，顺山谷放了一次大火，苏军被烧毁几十辆坦克，上百人。"

"不择手段，大将风度。"孙武说出这话时胸中忽然掠过自己偷拍妻子和一男人在街头漫步、又偷拆那男人来信的情景，妻子和他吵架，他打了妻子一耳光，结果他又补充道，"狠人者人必狠之。日本偷袭美国珍珠港，美国扔他广岛原子弹！"

董海量想，当年日本人在这儿侵占我们，我今天在这儿给他们预报地震……有意思。

"相互越狠，战绩越大。日苏两军一场恶战，双方都在我们这儿树碑立传了。妈了个×的！"孙武想到与妻子暗订那两个谁也不知道的倒霉协约，却骂出这方面的话。

鲁戎玺："再树碑立传一定是我们的！赶不上战争我也把骨灰盒埋这里，哪怕立个水泥桩，也算有中国军官在这儿立碑啦！"他喝下一口酒，"二十多年，我不配立碑，全团也该立传！光讲打靶的故事就够写本书的。"他瞅瞅董海量，"可惜没个著书立传的人。苏联出过一本《太阳照在大兴安岭》，描写苏军在这里消灭日军的事，就是一个参战军官写的。还有一本《在远东》，不过是另一条战线的！"

董海量对团长的激动心情远不如孙武理解。孙武能跟团长对答，他只能攥弄那块不知是苏军还是日军的子弹看着团长的脸，而且只是大概地看脸廓，顶多是嘴和鼻子那部位，眼睛不敢看。团长的眼睛是很厉害的，看他眼睛他就会发现你没专心致志听他的话，那就不好了。董海量从团长的鼻子又联想到手中子弹，思绪又到日本去了。十多天以后日本中部地区及其海域就要发生六级地震。他们信我的话有所防备就好了。不知直锅大觉教授历史知识怎样，他会不会想到我是在他们民族侵略我国时驻军的地方发现的地震云呢？他忽然插嘴问鲁团长："直锅大觉他父亲当过侵华日军，回国后搞科研了，研究气象！"

"什么直锅大觉？"

"地震预测专家直锅大觉，地震云观测创始人，今天我给他拍了电报。"

鲁戎玺笑笑："那你就紧步这个侵华日军后尘看地震云吧！"他摇摇头，"我现在盼能有一本描写我们炮兵团的书！"叹口气，"哪有这样的人哪？不叫培养军地两用人才，你董海量也早打发了。部队除了养一个萝卜顶一个坑的军人，养不起写书的。白瞎我一肚子炮兵故事！"

作训参谋像听家长说儿子不成器后想安慰一下家长说："团长，那你先讲几个呗，兴许我们以后谁能写呢！"

鲁戎玺看作训参谋一眼，没对他能写书抱有希望，只是出于想讲的欲望说："咱们团打靶史上第一个惊险故事发生在六九年。部队刚从沿海调防过来。这儿冬天冻土跟沿海不同，硬得像石头。二营一门一三〇加农炮打了一发跳弹。弹头没爆炸也没钻进土里，擦冻土皮滑过山头又飞了好远，钻进小学校教室去了，一屋子小学生正在上课。"

董海量这回听进去了："炸死人没有？"他心这才从手中子弹转到跳弹上去。

"没炸！"鲁戎玺深深一叹，"有些事真奇怪，按正常情况，那颗弹无论如何该炸的，它就没炸。过后加农炮营两个主官喝酒庆幸说，这要炸了，四五十条人命，我们怎么交代，蹲监狱吧！"

"不说还从老乡裤裆中间穿过一颗炮弹吗？"作训参谋以前听过这故事，一方面考虑气氛适合再说一遍，另一方面也可在团长面前显得比政治处干事知道得多。你董海量显摆什么日本直锅大觉教授地震云，团长没买你的账，"团长，炮弹怎么会从老乡裤裆间穿过去呢？"

鲁戎玺热情地瞅一眼作训参谋："那次的巧合，大概全世界不会再出现第二次了。那是七二年一三〇大炮刚装备，在黑水专业靶场打靶。打前事先有通告，而且国家早有规定，靶场为军事禁区，老百姓严禁入内。可是有个老乡不听话，仍偷进靶场打草，是用那种长杆儿大钐刀，站着抢。结果一颗炮弹在快要着地时从他胯下钻过去了。两条内腿的肉，连同小便的家什一点感觉没有就飞了，骨头露出来，差点丧命。不过那次我们一点责任没有！"

董海量最喜欢提怪异问题："咱们团的炮能不能打着云彩？"

孙武一拍董海量脚尖："真叫你问正了老董，大前年一三〇打靶，炮弹在空中碰上雨云，就炸了，在一大片黑云中间炸出个窟窿。"

董海量愈发感兴趣："有雨云怎么还打？"

"这你就真正军人的不是了，一三〇炮射程六十华里，这中间哪块来了雨云你能看到？"孙武说，"那次是团长指挥的吧？绝了！"

"严格说那次应算事故，是该测测云的。"鲁戎玺瞅瞅董海量，"那次你还没调炮团，你在就好了。"

董海量："六十华里内的云能看出来的！"

"那不都成'董半仙'了。"鲁戎玺说，"即使是整个仙儿，不走运也白搭。师长仙儿不仙儿？在咱们师，炮兵方面他就是个仙儿了。可谁指挥打靶都没伤着人，他当炮团团长就直接炸死过两个。一男一女，正好是对蒙古族新婚夫妇。两口子坐勒勒车回门，路上不偏不倚被三营迫击炮弹捎上了。十多公斤大弹头落在两人中间，四只胳膊四条大腿在空中飞了八个方向！"

作训参谋没听过这故事，问："射击目标有人能看见哪？"

孙武："滑膛了，炮弹出膛不远就一头栽到牛车上。"

董海量忽发奇想："是不是这对新婚夫妇有特异功能，产生特殊磁场了，所以对炮弹起了拦截作用？"

"别胡思乱想了董半仙儿，炮弹滑膛那是炮弹本身的事。少数民族不懂炮弹滑不滑膛，硬要团里偿命。原来驻军'三支两军'挖'内人党'扩大化伤许多人，民族情绪正大，就冲我们炮团来了。袁师长硬挨个处分，因为他是直接指挥员。"

"人要倒霉，喝凉水塞牙！"孙武想到和妻子的事对鲁团长的故事做了这么个结论。他还说不准今天妻子能不能来。

鲁戎玺最不愿听倒霉泄气话,纠正孙武道:"人要走运,喝凉水还长膘呢。你正是喝凉水长膘的时候,说什么喝凉水塞牙?"

〔本节注释:红土坑是敌我双方炮弹轰成的大地的伤口。坑里盛满雨水和山水。那水如大地伤口渗出的血清,不算干净。但它是附近十几个阵地的唯一水源。离了它,大家都会渴死,但谁去坑边背水也会死得更快——水坑和通往水坑的几处暴露地段,都在敌人正面控制之下,是重点标定射击区域,只要被发现,炮弹便呼啸而至。那水里溶有战士的血,那水便和血同样昂贵。背水路上已收留二十个干渴的灵魂了,孙武要去充当第二十一个。"五十个也轮不到你,你是炮校见习军官,死了我负不起责任!"领导他的指挥员批评说。

战士们喝不上水,一个个心力衰弱,眼睛无光,浑身像没了筋骨。孙武体验了这种感受。他偷偷拿了水袋,披上两颗手榴弹,趁黎明时雾浓出发了。他一点也不紧张。索性由他去吧,人要倒霉喝凉水塞牙,走运的话喝凉水也长膘。他几乎没有故意加什么小心,在坑边装满了水,还默默向二十位背水烈士致了一会儿哀才往回走。雾散得很快,他在路上摔了两个跟头。他胸腹朝天在水袋上往起挣扎时就想,我完了,子弹要射中我的胸膛了。射不着我,水袋也会被击中。可是这一切竟都没有发生。他四肢着地爬上阵地时,忘乎所以了,喊:"喂!快来喝水呀,五十多斤水呢!"这时敌炮才朝他们阵地吼叫起来。

这是最高最前沿一个阵地,百米之隔与敌军阵地对峙。隐蔽工事里配置三个重火器狙击哨位和十二个步枪射击哨位,开设着炮兵前沿观察所,担负着钳制敌人指示炮兵射击目标和封锁一条敌人强行补给线的任务。从这里发出去测定的坐标数据,六十秒钟后团属炮兵的炸弹即可对标定地区实行地毯覆盖式轰炸。

　　阵地挨过半小时炮轰后，孙武开始端起狙击步枪报复了。"今天挺走运，一定会打死他几个！"他这样想着。在射位上趴了不到二十分钟，敌军强行补给线上果然就出现了目标。

　　狙击步枪瞄准镜上，敌人的头被紧紧套住了。啪啪啪啪啪，五枪击倒了三个。"妈了个×的太走运了，再打死一个，老子就可以立一等功啦！"他兴奋地想着又用三角镜套住了一个敌人的头。

　　"啊？女的！"孙武惊异地看清了敌人的女兵黑发辫上扎着白蝴蝶结。他的手指在枪机上犹豫了一霎，松开了。白蝴蝶结变成自己妻子头上的护士帽。他看了好一会终于放过了。后边却再没有第四个敌人出现。于是孙武只立了二等功。

　　孙武给妻子写信讲……我没有向那女兵开枪，因为瞄准镜上出现了你的眼睛。今天我很走运，背水成功，又打死了三个敌人，还看见你……十分十分地想你。实习结束后，我会向学校要求，还回老部队去，我们就又可以在一起了。你不知道我有多么想你。有回我们学校露天演《索伦河谷的枪声》电影，演一半就下雨，把人浇散了。我说电影是演我们部队的事，放映员就顶雨给我放。雨那么大，我为什么非要看完？就觉着那女教师长得像你……]

六

　　乘各连野炊开午饭的时候，孙武借酒兴拉鲁团长到射击目标区查看一下，其实他想和鲁团长痛痛快快说点心里话，故意把董海量和作训参谋甩开了。他们并没到目标区而在山腰一块向阳的巨石前坐下来。这儿很暖和，用望远镜还能看清炮阵地和目标区情况。

　　"你说心里话团长，你盼不盼师长令早点下？"

"你说呢？"

"不好说。"

"有什么不好说的？我就盼早点下！指挥一个师当然比指挥一个团过瘾！"

"那袁师长就得早下呀，下和上心情不会一样。盼自己早点上不就等于盼他早点下，这不残酷吗师长？"

"历史无情，残酷啊不残酷啊都是感情用事。感情用事当文人得了，带兵打仗不需要。四十多岁了才是个团长，指挥五六百人，够没出息了。看看老一辈革命家，四十岁时他们在干什么？也不是我们搞阴谋诡计抢班夺权，党组织定的，早点上或早点下都是事业的发展进步！"

"说得棒团长，其实我也这样认为，三四十岁了指挥这几个人算什么呀?！"

"那他妈非先考我一番，小家子气！"

"不是先考你团长，我盼下令又怕下令，真的。"

"算了你孙武。怕下令？怕下不了令吧，你会怕下令？"

孙武想说说为什么怕下令，话在嘴边站了一会儿又被牙齿拦住了。算了吧，怕不怕说出有什么用啊，索性就先承认怕不下令吧。

"不用怕。有什么可怕的？反正我，不搞鬼，不贪污，不搞男女关系，就他妈的一心好好干，想当团长，有什么不好？"

鲁戎玺酒并没喝几口，话却收不住了，是不是马上要当师长了教导欲迅速增长他自己没有想，孙武却有感觉了，孙武想自己这几天是不是教导欲也增长了？

"咱们俩情况差不多孙武，要想继续进行，唯一可怕的是女人。千万不能沾男女关系这根鬼绳子边。跳舞哇什么的，狠狠心，去他娘的，一定去他娘的。我不是跟老婆在舞场门口犹犹豫豫绕了几圈没等下决心进就散场了，人家以为我们跳了一整场刚出来呢，这次师长人选考核，有人就以此为例说我属'舞协'的，岂有此理！"

"我有个战友，我们同年兵，从心里说，他能力、才华都比我强几倍，可他只当到政治处副主任就被打发了，那时我才是军务股副股长、连职。他就因为好色——把支农时一个女文艺宣传队员用木箱子装着,调防时一块带来了。发现后两人都被处理了。

"不过这小子在男女关系处理方面真有招儿,我敢说谁也比不上他。他都受了转业处分,却把老婆和那女的关系调合得亲姐妹一般,还常常光明正大上他家去串门,后来他把她介绍给手下一个转业干部了。关系处得也不错。这小子做思想工作不服不行,哪个干部战士两口子闹矛盾了,他一说准好,群众威信也不低,就是被男女关系给坑了。"

"他要没男女关系问题,我看团政委早当上了。"

"现在咱们政委能力远不如他。但政委也了不起,从来不跟家属女人嬉皮笑脸,老婆也是最老实最本分不过的农村人。这方面说心里话,咱们不如政委。咱们虽没和别的女人有什么不清白事儿,可老婆都有点浪漫型的。我们乔医生,你们习护士都有点。你算算吧,平时,以及咱俩师长、团参谋长人选考核时涉及的问题,大多和她们两个有关。我那个乔医生,文工团员出身,虽然一结婚就跟我在山沟安了家,苦没少吃,但与别的家属比谁背地不说她娇气,有时还好参几句政。你那个习护士,现在好点了,以前跳舞、健美、闹离婚,不叫我们好歹说和,影响更不好了。夫妻关系都弄不好还指望当参谋长,领导一个司令部?在营长板凳上坐着吧,也许坐到转业,甚至转业后也受影响……现在好了,放心吧!"

孙武被鲁戎玺说得实在憋不住了:"哎,窝火团长。自从上次我们向你保证不离婚后,一直没同过床!"

"胡说嘛,不是今天还要到你们营过星期天吗?"

"那是教导员一片好心,他哪知内情。"

"你也没跟我说有什么内情嘛。"

"有苦说不出哇!"

"堂堂一个男人……"

"她说……再坚持一段时间,为了不影响我进步,等参谋长令下了再离。到时候不打不闹,请两桌客庆贺庆贺,好合好散。"

"闹着玩吧？"

"签了合同。"

"扯淡！"

"真的，团长。两份合同，一份关于参谋长令一下就离婚的，一份关于离婚前这段生活怎么过的！"

"怎么过？"

"各过各的。即使回家也不同床，饭一块做一块吃。还写了一份保证书。"

"谁向谁保证？"

"我向她呗，谁让我不愿离呢。"

"保证什么？"

"一共十条。保证不跟她同床；保证不干涉她工作；保证不偷拆她的来信；保证不干预她的穿着；保证不打她骂她；保证不跟她说谎；保证不往家领她讨厌的人喝酒；保证不在孩子面前吵架；保证不随地吐痰；保证正式离婚时不找说和人。十条之外还有一个附加条件：保证不向任何人透露这十条保证。"

"窝囊啊孙武，堂堂一个营长，还是我团长认为不错的营长，写这种保证书，连不准随地吐痰都写上了。妈的，她们医务人员最会臭干净！"

"别说了团长，这方面我承认窝囊，就是当了元帅我也管不了她。她就不佩服我这样的，真是没招儿了。她说我就会武的，文的啥也不是，其实写呀，画呀，跳舞哇，包括作诗，我哪样不行哪，她就不说我行，说我当教导员的话，非把一个营带散不可，我怎么能服？可这不是服不服的事。我没有能力让她服我，我服她还不行吗？可她就不行。她说跟我在一起一点热情都没有啦，只有厌恶。我一提我对她的好处，比如我在老山前线作战时，师首长写信问我有什么要求，我唯一提个要求就是把她从野战医院调师医院来，她说感激我对她的帮助，但这和离婚是两码事。她不愿在野战医院当文职。我佩服她对军装的感情，她穿军装确实漂亮，可谁不说我穿军装也挺精神？她怎么就讨厌我哪！我立了战功后慕名追求的姑娘不是三个四个，有的听说她要和我离婚，写信来、寄照片来甚至直接找来，都挺漂亮，有的还是记者，可我就舍不得她。有时我也暗暗骂自己，还他妈想当参谋长呢，营长都不配，连自己老婆都凝聚不住！"

"这些情况千万别再跟别人说了，说了影响不好。你能忍辱负重委曲求全，并且向我保密这么长时间，一般人做不到，说明你还是很可以的。多想想喝凉水也长膘方面的事。习护士的工作，我和乔医生慢慢做。她习护士也太不像话……"

〔本节注释：漫天暖雪缓缓地静静地温柔地飘落。童话般的洁白中，两只分离着的红烛被无形的手所点燃。奇迹出现了：两条烛火相互吸引，逐渐靠拢，最终连成一条横伸的火线，宛如雨后彩虹。

这不是童话。人类科学最新实验：提数只四脚蛇，区别雌雄，断其尾，去其皮，烘干后磨成粉末，分别灌入空心蜡烛中，相距三十厘米放置桌上。引火燃之，即如此。〕

七

一时整射击准时开始。

军事行动一旦开始，方方面面显示出的都是紧张、力量、速度。拖拖拉拉、慢声细语、犹犹豫豫、迈方步子等简直就像一滴冷水落进烧干的锅里，滋一声就被蒸发了；还像一丝热气飘入冰窖，立即悄无声息被冷却掉；或者就像月球没有氧气根本不可能生出植物嫩苗一样。那些松缓柔曼的现象在火箭炮实射场上压根就不会出现。

放——！

放——！

放——！

随着指挥员雷厉般迅猛的口令下达,一排排炮管飞出比闪电神速的火焰。那火焰强烈得白天也刺目耀眼。火焰像一支支魔牙怪爪,在闪电般伸向天空时带起一股股飓风,飓风里挟裹着霹雳雳咔啦啦立体的、把天上人间一道震彻的骤响。那骤响酷似金属制作的天幕被急剧撕裂着,让你每根头发每根汗毛每根神经都振奋得发抖。接着才会从弹头爆炸的远处传来声声沉重的闷响。

这是军人的迪斯科霹雳舞曲啊!

炮兵指战员们只有在这支曲子的伴奏下才会用全身心狂跳。当然了,三个连十八门炮的四百八十六只炮管只是一支小乐队,只能将那些没到过师部的战士和只在本军范围内练"双杠一练习"(戏指少校军衔)或卖羊肉串(戏指上尉军衔)的参谋、干事、助理员们振奋到这种程度。而对孙武营长,这是小曲一支。孙武虽属双杠一练习,但他在战场实习时参加过上百门大炮的齐射。那次他对炮兵是战争之神有了亲身体会。群山中的炮群从黎明前的黑暗一直打到黑暗后的黎明,方圆数十里战区一天一夜都强烈地震似的抖动。每次齐射过后作战指挥部就电告炮阵地射击效果。每一发炮弹射出后炮阵地的人们都可以直接想象出敌碉堡被摧毁,敌尸在炮声中血肉横飞的景象。孙武曾在吼叫着的炮群中想象过,世界上只有军人最有资格称为男人,而军人中又数炮兵最有资格称为男人。他是这样想的,军人掌握的各种武器多像女人啊。手枪、步枪、冲锋枪、机枪,都有一根管,光滑尖亮的子弹被军人推进乌黑的弹槽,一扣扳机,弹头便在剧烈的震动中射出去,不就像男人和女人吗?而大炮最像女人啦,尤其射击前炮架张开等待装填炮弹时的姿势。大炮属于最健美的女人,而能征服和满足大炮的只有炮兵。所以炮兵最是男人。孙武置身南疆前沿炮群参与射击时确实就是这样自豪地想。他在日记中说,炮兵用大炮弹奏出的乐曲是世界上最雄伟最壮丽的交响乐。真是曾经沧海难为水了,以后一般小规模火炮射击对于他只能像短促的鼓号齐鸣,而刚和团长谈过心的孙武听此时这阵炮声怎么也没有战场那种感觉了。自己连妻子都征服不了,算什么最有资格的男人?放——!他斩钉截铁又喊出一声射击命令心里暗自发誓,我非要成为最有资格的男人不可。

鲁戎玺见一连打得不错,通过有线无线通信给予鼓励表扬之后,嘱咐孙武一番就回团了。索伦镇政府有个军民共建方面的会约他两点半去讲话。他必须直奔会场才来得及。

〔本节注释:小习,习久贞同志,如果再也见不到你了,作为丈夫我也要留几句话。与你结合是一次感情的掠夺……十五岁前我一言难尽,十六岁下乡独立生活,十九岁从军……这就使我先天缺乏你那样的教养。虽然是个连敌人都佩服的男人,但也造就难以让你忍受、难以改正的缺点。战场生死之苦是难以言说的,这都不在话下。对于我,最难的是以后怎么改正缺点。如果战死,也就不用改正了,祝福你找个不像我这样的好男人是了。遗憾的是,至今我不知道自己所要改正的缺点是什么……只知这信如以前一样无法寄出去。但,还是要写……〕

八

风又偷偷摸摸活跃起来,像是被轰轰烈烈的炮声撩拨的、勾引的。打炮的人们陷在命中率不错的亢奋中,一时竟没发觉风这流氓已教唆炮火向犯罪的道路走去。风这流氓是在远离炮阵地和观察所的弹着区开始干坏事的,所以没法被及时抓住。

放——!

二连最后一门炮吼起来了。

咔啦啦——轰——

一缕炮火贼溜溜窜入山脚一丛荒草。荒草舍身助火将自己枯老的身躯也化作火焰。而等好久的一股贼风就在枯草变成火焰时突然扑上去给火焰以鼓吹纵容,那火立即便成一只黑乎乎的大蟒乘风爬向山坡。等这大蟒被发现时,指挥员想修改射击口令已来不及,一连数弹又射出去了。那蟒瞬间又生一群小蟒,流氓风立即又帮这群罪恶的新生儿催生,小蟒很快便长成大蟒。蟒们你追我赶争先恐后流窜出来,像一群刚刚越狱死不改悔的纵火犯,一路烧将开去。

"停止射击!三连待命,一连二连立即扑火。每连派两台汽车上去,在离火五百米处下车跑步前进!"孙武向阵地下达完命令一分钟没停,自己带了指挥车和观察所大部分人先上去了。

火从一个机窝边上烧起的,顺山北坡斜着向东烧去,已烧出上百米宽一长溜黑地,像黑龙江、乌苏里江或者就像索伦河黑幽幽的斜着向北山坡上流去了。那些单独烧出去想另辟蹊径却因无能为力而被风吹灭了的小火所留下的烧迹则像小河汊子。河边缘和小河汊子上冒着的白烟像缕缕晨雾。

孙武看了看火势对营部的人说:"不要等了,上!"他率先向火头赶去,两脚不断踏起烫脚的草灰和火星,像跑在浅河里蹚起一片一片浪花。开始他还能体会到这感觉,似乎还有点诗意地想,问题不大,全营都在呢,这点火很快会扑灭的。他想着鲁团长临走的嘱咐,咔嚓折下一把火燎过的桦树条条,还有些烫手呢。

营部十多个人跟着他都折了树枝奋力抽打,想让火身一点点变瘦变短最后消灭。可是火爬到高处了,被越来越大的风支持着,就是打不瘦它。风放肆地将火蟒往上推着、捆着、拉着,一会儿就翻上了山头。孙武心被捏了似的一缩,坏了,一翻过山头钻进北坡就坏了。北坡全是树林子啊。他看了看丈把宽的火头,血呼地一涌。

"不能让人家骂我们一营完蛋货呀,排成一队紧跟我上!"孙武就地躺倒,两手抱头朝火头一滚。万千火针和草刺扎得他全身如同过电,却只压住不过米把长的火,火头抛下他又蹿到前面了。跟着滚过的人们也都一样,滚到火边时火已过,压着的大部分是灰烬。

即使这样,滚过的五六个人不是烧光了眉毛就是燎坏了耳朵,或烤糊了衣服,简直是飞蛾扑火。

火已经往北坡奔了。孙武心里喊着完了完了,回头看时,一二连

169

还没接近山脚。他们的车中途受阻，后半截路是跑过来的。赶到山脚时个个喘得嗓眼也有火头往外蹿。

孙武吼着一二连快上啊，想，才还向团长保证没问题呢，现在完了。他两眼一黑，大脑出现了一刹那的真空。这时董海量的喊声又把他从真空状态唤醒："同志们跟我冲，死也要保住山林！"

孙武猛睁开眼，见火已更宽广地钻入密林，断定就是营部这十多人都扑上去烧死也无济于事了，大喝一声截住董海量："站住！一切听我指挥，绝不能死人！"孙武脑中清醒地意识到，烧了森林再死人，罪上加罪。绝不能死人。董海量这个书呆子领人去死，胡来。

董海量竟倔强地冲动起来。他的冲动来自对大自然的酷爱。满山林木和其中的蘑菇、木耳、灵芝、人参、草药及各种动物，眼睁睁就被大火烧了？这都是人的密友哇，一烧生态就不平衡了，风啊沙呀气候就起了变化。他以压倒孙武的高声又喊："我代表团政治处！党员同志们跟我上！"

孙武相信犟阿董会说到做到的，心里骂着"靠边站，老婆孩子拨拉不明白的乱干事，尽帮倒忙！"一个腿绊扫过去，又乘势一推，董海量扑倒在地。

董海量爬起来就骂："……孙武你胆小鬼，你敢打……打政治……处……"

孙武不理他，将一二连集合于山头部署道："一连控制左侧，二连控制右侧，要顺风在侧后方追打，绝不许擅自迎着火头闯。下一道死命令，连长指导员都不得带头或指挥战士往火里钻，那样会烧死人。如果说烧死人能保住山林灭了火的话，死了倒还有意义。问题是，大家看看，死能灭得了火吗？我们的任务是，活着将火扑灭。受伤可以。死了也不算他烈士！"

董海量满脸黑灰，也站在队前，待孙武讲完又顽强地讲了几句："党团员要发挥先锋模范作用，不怕苦不怕累不怕伤，冲锋在前，保住人类的朋友大自然。表现好的记功，贪生怕死躲躲闪闪的，政治处给他处分！"

孙武忽然被董海量自觉的责任心感动了，补充道："我宣布，董干事临时代行教导员职责，带领一连打左侧，我带二连打右侧。但要明确，总指挥是我！"

"是，营长，坚决服从指挥！"董海量立正说。

孙武："董干事的话很重要。党团员要带头，既要沉着冷静又要勇敢顽强，轻伤不下火线。三连马上也调来。我再请示团长，派二营援助我们。不过我们力争自己结束战斗。同志们有信心吗？"

山头响起一片齐吼："有——！"

山谷荡开一阵回声："有——！"

〔本节注释：董海量跟那些瞎参谋乱干事根本不同。不仅战士们说他好，在家老婆孩子都很喜爱他。老婆虽然是一个字不识的农村妇女，但他走哪儿她跟哪儿，他咋说她咋办。他原来所在的八团那儿，小学汉文班只到三年级，再往上全是蒙文了。老婆宁可孩子在三年级念了两年，也跟他在八团那儿过苦日子。团里照顾他小孩上汉文班，才调他到炮团来的。于是炮团又多了一户最和睦的家庭。〕

九

孙武的妻子习久贞护士从师部乘火车到索伦后，先到炮团卫生队乔玉贞医生家站了站脚。听说一营进山打靶，她索性留在乔玉贞家过星期天了。本来就不想去，正好有了借口。

乔玉贞医生就是鲁戎玺团长的妻子，因为丈夫和孙武的关系加团卫生队和师医院业务关系，她和习久贞护士也建立了不亚于鲁戎玺和孙武的亲密关系。家属里面在本部队穿军装的极有限，没穿军装那些家属背地叫她俩"双杠二贞"：乔玉贞是中校，习久贞是少校。

为招待师里来的好友，乔玉贞决定做几样好吃的。她拉上习久贞

171

说:"走,小习,跟我到暖棚买韭菜去,顺便看看我们炮团塑料大棚,比你们师里阔气!"

索伦这儿春天还很冷,没什么鲜货待客,暖棚的韭菜就是最稀罕的新鲜菜了。用鲜韭菜、鲜白菜、鲜猪肉包三鲜馅饺子必是来了上客才如此。乔玉贞就是想为习久贞包三鲜馅饺子才买韭菜的。

在炮团,两位女军官而且是团长营长夫人亲临塑料暖棚买韭菜,这也像初春的韭菜一样新鲜。一进大棚,正蹲着嚼韭菜的一个男人慌忙吐了韭菜,起立向她俩敬军礼:"报告中校少校,团指挥连无线排长赵根红在看守暖棚,五个大水缸都挑满了,保证不会起火。团首长对我工作很放心。你们来检查卫生工作还是防火工作?请指示!"

习久贞看这人眼神异常,没有军衔的老式草绿军装、解放帽、解放胶鞋都脏得油光闪亮疯子一般,不禁发怵着直往后躲。乔玉贞却笑着上前和他说话:"赵排长辛苦。我们不检查卫生工作也不检查防火工作,来买韭菜。"

"让我检查一下衣兜,带火柴没有,带来赶快交给我。忘了我老婆让火烧死了?火最好烧女人,你们格外小心。我老婆烧了,我救她没救出来,王八蛋胡说我把她推火里的。团长给我平反了,看我耳朵烧的。我天天往地上浇水,火烧不着她了。我喂她韭菜吃,她说这韭菜真水灵。用韭菜灭火最好,多吃些韭菜掉火炉里也烧不死。买一百斤回去,天天吃……"

乔玉贞忙让习久贞和她一块认真翻一遍衣兜,妥了,买完韭菜匆匆离开暖棚。

乔玉贞告诉习久贞,这个赵根红已疯十多年了。疯前确是指挥连无线排长。

习久贞以前听说炮团有个疯子,但没细打听过,这次见了心里不是滋味。又是两口子的悲剧。女的不明不白死了,男的疯了,哪个该死的捏合的婚姻啊。

俩人到服务社买鲜肉,又碰见后勤处长家属在买饼干和罐头。乔玉贞热情打招呼:"星期天买肉包饺子多热闹哇。买什么饼干罐头,吃西餐哪？"

后勤处长家属是大集体职工，本来从丈夫职务和自己身份都觉低乔玉贞一大截，丈夫最近又突然被隔离在禁闭室反省问题，便误以为乔玉贞话里有讽刺意味，没好气地说："家里的关起来了，还有心思吃东餐西餐呢，饿不死行啦！"

乔玉贞这才想到后勤处长被停职隔离反省的事，自觉话没说好，抱歉说："你看我这脑子，忘了你家这事。反不反省，你还是做点好的送去，别病着！"

回到家乔玉贞跟习久贞说："给团长当老婆又有这身军装，单位有什么好处？怪我软弱不能自立，要不像你也在师里那多好，跟谁说话都得注意点，不定哪句话就惹人犯寻思。两人在一个火造不出好？"

习久贞理解她："所以我自己在那边挺好！"

两人边说边做菜弄饺子。自家腌的咸鸭蛋切上一盘，再将半棵白菜、一个青萝卜、两个大土豆都切得发丝一般精细。白菜丝拌酱油，萝卜丝拌白糖，土豆丝拌陈醋，四盘菜四种颜色，都是凉的，中间放一盆热气升腾的饺子，那饺子叫她俩捏得玲珑精巧如工艺品一般。

"小习你瞧瞧，我自个都不相信这是我的手艺了。部队刚调防时，什么也不会做，老鲁我俩顿顿上食堂吃小伙子做那手饭菜！"说着拧开一瓶三十八度科尔沁酒，"他们男的迎上送下，在外经常好吃好喝，肚子五六个月似的。不等他了，准又被镇政府留住喝酒了，不知喝到哪辈子呢。咱们也喝喝！"

习久贞隐隐心动，也不推辞，说："乔姐也会喝酒啦？"

"在这地方住二十年还能不会嘛，不过一给他们男人当家属就没权利喝了。他们越升官咱们越不自由。趁他们官还不大，咱们乐呵一次。来，先给年轻少校满上。"

"乔姐，还是我来给漂亮的中校先满吧。"习久贞抢过酒瓶先给乔玉贞满了。

"我才不稀罕什么中校呢，当上校更老太婆了。少校多年轻啊！"

"什么呀乔姐，你看着比我年轻。"

173

"别安慰我了小习，索伦河沟子住了二十年，还能年轻啊？你好歹住师部，大小是个市，同岁的话你也比我显年轻。"

"别说了乔姐，干杯吧！"

"得为个名堂干啊。"

"为上校团长晋大校师长吧？"

"别，为少校营长晋中校参谋长！"

"这不成了为他们男人吗？为你中校晋上校吧？"

"那不成为我变老吗？"

"总不能为你中校降少校哇？"

"哎！为了他们就为他们吧，跟了他们说为别的也是白说。人老了没法年轻啦！"

习久贞忽然心有所动，戏谑说："好，就为他们升官干杯！"她想到丈夫一升官自己也解脱了。

"干杯，为他们升官，为我们年轻！"乔玉贞喝干一小瓷盅低度酒，脸立时红如朝霞了。

习久贞也一口干了，丝毫不比男人拖泥带水，白皙文静的脸比乔玉贞还红，俨然少女了。看外表，谁也想不出她喝酒有这股爽劲。

"小习，你喝了酒更漂亮！"

"你也是，乔姐！"

"那再干一杯，这样机会也少有！"

"你行吗乔姐？行我再陪一杯，我没事儿！"

"什么行不行，越往后越不行了！"

她俩很痛快又干一杯，心情愈发激动。一大一小在一起，总是大的话先放开。乔玉贞说："孙武带兵不能每星期都回去，你就来这儿，谁说闲话有我挡着。结了婚你们就两地，我可不行。我宁愿不在市里也离不开老鲁。你咋这么自立呢小习，就能五六年离开他？今天咱们喝酒了，你说心里话小习，你不想他？"

习久贞心里一丝酸味涌起，苦笑说："别说这个了乔姐，吃饺子吧！"

174

"跟我还怕羞？家属里一共才几个穿军装的？我们到一起再不说说心里话，不憋得慌？"

习久贞对乔玉贞老大姐般的知心很感激，但一想到和孙武订的协约又把心里话咽下了："一个人住挺好的，有孩子做伴，既自由又不孤单。真挺好的。吃饺子呀乔姐。"

"吃口菜小习。你说男人不在身边，自由又有啥意思？"

"不打架不吵嘴，自己想干什么自己说了算，挺有意思的乔姐。"

"你有军衔，还能像地方小青年，说跳舞就跳去？"

"现在没那心思了，有的话业余时间不穿军装跳跳舞有什么不行？"

"小习你还敢跳舞？有空儿多往孙营长这儿跑跑算了，可别跳舞了。你没听说我们老鲁，陪我在舞场门口转了几圈，还没进去就让人告了……"

"乔姐你都中校了，你比我说话有分量。你说你，为了跟鲁团长扎根边疆，舞蹈演员不当了，跑山沟当家属，想跟丈夫跳次舞还挨告，你就能忍？要是我，见着司令员也造他一通舆论，应该跳。乔玉贞跳舞，革命需要！"

"哎呀好小习，你当司令员就好了，你不是当不了吗？"

"我可以当自己司令。我上班时间干好本职工作，下班时间不违法乱纪，其他爱好，我自己就是司令！"

"小习你年轻啊，当了军人，哪方面也不能自己当司令。"

"为什么不能啊，乔姐？就看你想不想、敢不敢了！"

"我年轻时候也这样，那是因为年轻。等你也成了中校，你丈夫成了团长并且要当师长的时候，就不说这话了。都是年轻的关系！"

"你不是盼自己年轻吗乔姐？"

"哎，盼，盼什么就能来什么吗？不会的，只能说明得不到那东西。得到的话还盼个啥劲。小习，再干一杯！"

习久贞干了满杯酒："你还行乔姐，你还盼，要是连盼都没了，可真老了，真成团长师长太太了！"

"行什么行，也就今天你来了，咱俩躲小屋里关了门说吧，仗着

175

酒胆。老鲁一回来，我马上又是团长太太啦！"

"乔姐你真是的，怕他干啥，他是你丈夫。"

"嘿呀小习，你不怕呀？去年你们大张旗鼓闹离婚，你来找他，叫他一顿批，不也消停了？过后不是按他指示摆了酒席，你们后勤部长，我家老鲁，同坐一桌看你和孙武喝交杯酒吗？"

"他们都是好心，不好辜负他们，我感谢他们。"习久贞眼有些红，自个主动喝了回酒，无可奈何说，"其实是好心办坏事！"这话一出口她激动了，"他们学雷锋，帮倒忙，助人为苦。睡不着觉的时候我就恨他们！"她眼泪出来了，又要喝酒。

乔玉贞拿过酒瓶，抚着习久贞手说："有些事想可以，盼可以，真要一做就完了。你想你，你有勇气敢提出离婚，结果有什么好处？不就是留下坏影响，让人家闲着没事指脊梁骨，说你不是个好家属，说孙营长无能连老婆都管不了。参谋长人选考核不也有人反映吗？不是老鲁再三解释，就把孙营长坑了。"

习久贞眼泪直往下掉，乔玉贞不敢再说喝酒，往她碗里夹着饺子说："当兵的嘛，粗粗拉拉乐乐呵呵活着，苦也能吃，屈也能忍，福也能享，啥事想那么细，求那么真，只能自讨苦吃。哪家没难唱曲呀，粗拉拉宽待点就过来了。要像你这么认真，我二十年在这儿过来，不定老成啥模样呢！"

习久贞把夹到嘴的饺子又撂碗里："鲁团长对你多好哇，小报告反映的都是恋老婆，孙武能比吗？"

"那些臭嘴都是瞎说，也就年轻时有那点意思。现在我还敢让他恋着?!"乔玉贞往习久贞碗里夹菜，"小习呀，孙武对你好谁不知道？结婚前怎么追你，结婚后怎么疼你，在战场生死关头写遗嘱就一个愿望，请求师党委把你从野战医院调师医院来，从文职又改成穿军装。多少女的追他他不理，就看你好，那些事写本书都够了，你还说他不好！"

"我讨厌他这样，出风头，干点事咋呼得全世界都知道。"习久贞又要端酒盅，"乔姐让我再喝一杯没事，自个在家我从来不喝！"她喝了，"乔姐，你还没体验吗，要是讨厌一个人，他越距你亲近你越讨厌他呀！"

"你们是自己恋爱的，连介绍人都没有，怎么说讨厌呢？"

习久贞抬手擦去眼泪："别说他了乔姐，星期天不该让你陪我流泪。吃饺子吧，乔姐手真巧，我可从没包过这么小巧的饺子！"

乔玉贞笑起来说："小习我知道你爱跳舞，师长政委成天喊禁舞，你嘴说自己当司令实际也是不敢跳哇。趁老鲁不在家，现在放支曲子我陪你跳跳！"

习久贞笑说："别像偷汉子似的，算了乔姐，让人听见又给你家添麻烦！"

乔玉贞说："放放曲子谁知干什么？"将录音机打开了。优美的抒情曲像初夏微风带着山花的香气扑满小屋，室内顿时大得如同南兴安岭连着的科尔沁大草原。她俩巡回医疗都去过那草原。一进草原心情就舒畅得想放声唱歌，想骑马快跑，想抱着一束鲜花随心所欲旋转。音乐浸入女少校女中校身心骨髓了。乔玉贞年轻了二十岁的身子变轻了，伸手拉习久贞："起来呀小习，我给你跳男步！"

习久贞的酒泪被乐曲和乔玉贞的友情稀释没了，飘飘欲仙站起在大草原上。乐曲像一匹轻松欲驰的骏马，习久贞左脚已伸进马镫，就要一跃上马了。

屋外响起脚步声，接着响起开门声。习久贞不由自主收住心猿意马，脚从马镫中抽出，松开了马缰。

科尔沁大草原上骏马依然轻松奔驰，不过已没人想骑它了。

鲁戎玺团长从镇政府回来了。会刚刚结束。真留他喝酒了，他掏出早预备好的医诊单死推硬辞，说除了医嘱团里还有要事才逃脱掉。他除了惧怕蒙古族干部喝烈性白酒的海量，还惦着妻子的话："告诉你今天可星期日，你把我自己扔家往死喝酒我不给你接电话，不给你开门！"鲁戎玺进屋一见习护士和家中欢悦气氛，马上想到该乘机帮孙武作作工作，忙说："站着干什么，快坐小习，乔医生这下可盼来知音了。今天借小习光我也喝一杯。找个医生老婆真要命，成天吵吵别喝酒哇别喝酒哇，耳朵快震聋啦！"

177

鲁戎玺刚要端杯,乔玉贞说:"放下,洗了手再喝,当团长从来不重视医疗卫生工作!"

鲁戎玺洗完手重新入座端起酒杯和习久贞一碰,屋外响起摩托声。摩托来他家一般是捎紧急信件的,他急忙说句祝习久贞愉快,喝了酒。

孙武派人来送火情报告,并请求急速增援。

鲁戎玺额头倏然沁出一层细汗,二话没说,扔下酒杯直奔电话:"我是团长,接作战值班室!"他快速向值班参谋下达了指示:"马上通知二营三营,立即作好出发扑火准备,通知作训股、通信股,军需股也作好准备,几时出发等候命令。"他又分秒必争接通师作战值班室。

乔玉贞和习久贞虽然都是校官了,真正见一个团长如临大敌般紧急部署部队还是第一次。鲁团长的紧张动作使她们感到了事情的严重性,神经也像鲁团长手中的电话线一样被拉紧了。

〔本节注释:那年春天赵排长妻子临时来部队没房住,在村头借了老乡家一间草房。那时他结婚不久正和老婆闹矛盾打架不止。忽然有一晚上部队紧急集合。集合回来,那间孤立的草房已快烧落架了。赵排长哭叫着冲进火里,只拽出一具尸体。有人怀疑是他故意放的火,尤其团长(现在的师长)听信了这种怀疑。他把团长骂个狗血淋头,团长在干部大会说他道德败坏烧死老婆,他便一股火疯了。多次住院治疗,又多次通过民政部门送他回老家,他总往部队跑,抓回去又跑回来,十多次了。团里只好把禁闭室旁边一间闲屋倒给他住,他不打不闹不偷不摸,整天以老排长身份管点闲事干点杂话。管最多的是防火方面的事。附近小孩知道有这么个疯子,都不敢玩火也不敢到营房来祸害东西了,他反而成了挺有用的人物。〕

十

军营里的星期天文化，属于师首长那部分便少得可怜了，他们三令五申"扫麻"，自己怎好再参加"麻协"活动？他们整天喊禁舞，自己当然不会去跳舞了。酒协类活动也不大可能。平时迎来送往的酒早已喝怕了，躲都躲不及，哪还能自动凑什么酒热闹。除非来了必喝不可的客。那么就剩下被戏称为研究54号文件的"文协"活动可参加了，既不犯自己定的禁律，又可以凑集四人以上散散心。当然下棋也可以，但那太严肃太累脑子，只有实在凑不够手的时候才敲敲那玩意儿。何况常能几个主官凑成一桌研究54号文件的，还说明班子团结呢。那些闹矛盾的班子搞不成文协活动的。

师长袁克方星期天值班，哪儿也去不得，便找政委、副师长和政治部主任到家玩扑克。袁师长在班子里年龄最大军龄最长，他即将离职休息，这在师团机关几乎无人不知。以前他约到家玩扑克的大多是军事干部，这次却是军、政各一半，政委本来从不沾各种玩协的边儿，这次考虑师长要离休了连把扑克都组织不起来未免伤他情绪，便动员政治部主任一块参加了，师首长们玩，当然什么也不能赢，而一般不赢点什么都玩得不认真不激烈因而没多大意思。为了调动积极性，袁师长拎出一瓶科尔沁白酒，规定每把输者罚一杯。虽然一杯只有三钱，空嘴喝下去也不大好受，所以玩得挺认真。

政委属"四协"都不沾边，只参加"作协""政协"那类，所以每次被罚酒就没法不是他了。他不善酒力又没玩兴，喝了三杯就要告退。袁师长说实在喝不下去他可以代喝。政委说堂堂一个师长请得了人来却拿不出茅台，也用普通科尔沁，连级水平。袁师长又拿出剑南春和董酒让政委选，政委说要继续玩除非拿茅台来。师长拿不出茅台，政委便说那就没办法了，干脆倡议结伴儿到市里乘公共汽车玩去。他这一倡议，副师长和主任一起劝师长快换便服一块去，说新生事物都还没享受一下呢。师长见大家玩心已散，不免心生一丝伤感，觉得要休息的人没凝聚力了，便强装笑颜开政委一句玩笑："明明是败阵却美其名曰享受新生事物，去吧都去吧，我以后闲工夫多的是！"

副师长觉得跟政委一走冷落了师长不好，便拉师长一起去，师长说，军里有事找不到值班首长谁负责？副师长说一个星期天哪那么巧，出去坐会儿公共汽车军里就有事。

电话就在这时响了。正好站电话旁的政委顺手抓起话筒。作战值班参谋听出是他，急忙报告："政委吗？正好找您报告情况！"

政委想，这些参谋人员脑子都机灵得要死，找师长就说找师长呗，何苦我接电话就说找我。便说："师长在，什么情况？"

其实作战参谋确实先往政委家打电话了，政委没在家才又打到师长家。他明知今天师长值班，却非要报告政委，动机是想让政委对自己有个好印象。政委管干部，普通参谋平时很少有接触政委机会的，此时正是个机会。因此他向政委报告完炮团火情和炮团的请示后补充说："把我也带上吧政委，我原先参加过几次抗洪，扑火还没参加过。这对我是个锻炼机会！"

政委听完电话冲师长和要走的副师长和主任说："都别走了，开个紧急碰头会吧！"

四个主管干部在牌桌前开紧急会议，同意炮团派二、三营也上去扑火，并决定去一名师首长亲临现场指挥。四位领导都说了要去的话。但师长说得最坚决，带有命令性的："谁也别争了。这次我不去，也许从此再没机会了！"

政委理解师长心情，便承担下替换师长值班的责任，同意师长带作训科长和主动请战的作训参谋立即亲赴火场。

〔本节注释：师部所在地红城市，有史以来刚通公共汽车。那几天全市大人小孩都去坐新鲜。全市公共汽车线路总共只有8字形两路，交叉在一起成形。每路坐完全程三角钱。有六角钱即可遍览全市风貌。那些弄不足六角钱的孩子们只好有一角钱便上一次车,说坐一毛钱的,或坐两毛钱的,直到将全程坐完才肯告一段落。几位师首长说要结伴乘公共汽车享受一下是诚心的,一是师级干部平时没机会坐公共汽车,二是想借此熟悉一下社会生活。〕

十一

　　风疯子借着夜色肆无忌惮迎头推阻着袁师长的吉普车。司机挂七八十迈车挡,车速只有五六十迈。风疯子还嫌不过瘾,抓起路上沙石噼噼啪啪往挡风玻璃和车篷狠狠摔打。充电很足很足的车灯只能照见十多米内的东西,再远点就看不见了。

　　袁克方师长凭风想象着火势,心中一团闷火也烧得烈了,再三催司机快点。娘的,眼看离职休息了,来一场火,烧老子后路嘛。沙粒急雨样带着声响向他射来,像要击穿玻璃射中心头。这个他娘鲁戎玺,不争气,关键时候弄起一把大火,烧我后路。

　　吉普车逆风行驶两个多小时,袁师长从车里望见浓烟烈火如原子弹爆炸烟云在急剧翻腾。他想鲁团长不会不在现场,就没到炮团站脚,直接驱车奔火光而去。

　　途中遇二营掉队一伙人在推车,一辆轮胎扎爆,一辆拐进沟里,不知鼓捣多久了。袁师长停车下来,见一个战士还在抽烟,刚想骂他作死。带车中尉见是师长,立即起身报告。不待中尉报出自己姓名,袁师长一挥手打断他的话:"不必啰嗦了,其他连队过去几时了?"

　　"约一个小时!"

　　"那你们还在这儿扯什么淡!跑步前进一个小时早到了!"袁师长指指那个抽烟的兵,"我宣布给他记过处分,回去补办手续。什么火候了还抽烟?我命令你们马上跑步前进!"

　　袁师长怒罢又驱车前进,走了一分多钟回头看看推车一伙人仍原地没动,不禁更怒,心里骂:"鲁戎玺带出一群什么混蛋,看我要离职了就不听招呼。老子还没离职呢,在职一分钟我就要指挥六十秒!"他命令司机停车,掉头,又开回两辆炮车前,冲向他报告过的排长命令道:"从现在开始,半分钟再不行动,我立即撤你职!"半句没多说又命令司机掉头。

不到半分钟两辆车的人都跑步前进了,袁师长才叫司机开车。超越跑步前进的一伙人时,他又心里暗骂鲁戎玺:"混蛋鲁戎玺,袁克方还没退位,你手下人就敢拿我的话当耳旁风!"

袁克方驱车直朝火光最亮处赶,他想鲁戎玺一定在那儿指挥。等他在轰轰烈烈的大火旁找到鲁戎玺时,见鲁戎玺坐电台旁用报话机指示各营要注意安全,心头闷火又升起来,大火把一座山一座山烧得直呻吟叫唤,你不组织人拼死往上冲,却吵吵什么注意安全。

"鲁团长!"袁师长用手电照照鲁戎玺。

鲁戎玺急忙冲师长点头,站起来,继续把注意安全的几点指示向各营指示完,才向师长敬礼报告。袁师长认为这又是对他的怠慢。

"身边这是几营?连团部一块集合起来,我讲几句话!"袁师长听完鲁团长报告,决定重新动员部队,把鲁戎玺的指挥思想纠正过来。他用手电光指指火头:"多烧一座山指挥员就多加一份罪。把党员、干部、骨干组成突击队。团卫生队来人没有?再通知团作战值班室转达我的命令,师医院也立即组织救护队上来!"

鲁戎玺心情何尝不比袁师长焦急?他嘴唇已在这个下午突然鼓起一串火泡,嗓子肿得说话咽唾沫都疼。孙武请示增派人时他也曾想过,哪怕重伤些人也要尽快把火扑灭。大片大片山林被焚烧的呻吟声不能不使他想到自己的责任,因而自然也就不能不想到即将下达的师长任命。但一到现场目睹火势后又改变主意了。恐怕全团都烧伤了一时也难减弱火势。死人是最大的事故他不会不知道。一个师作战演习给的伤亡指标只是一个,达到两个师长就要写检讨受批评他更不会不知道。烧了山林是惨重损失无疑,烧死人后果更惨重,两三辈子都有人在骂你。世间人是第一可宝贵的。听了袁师长一番话,他看着烈火燃烧的巨大烟浪乘夜风直冲云霄的情景和一阵紧似一阵的飓风般的火势，面有难色说："师长，组织突击队恐怕不行，几十米处人就烤得发昏，突击队硬冲会有生命危险！"

"那就用我们的安全眼看烧下去？以一小时一座山的速度烧下去？那我们的师长团长是干什么吃的？"袁师长再次命令鲁团长集合身边部队。

鲁戎玺还想申述一下他的想法，被袁师长堵回了："有什么话等我讲完再说，我也没几天讲话机会了。马上集合部队吧！"

鲁戎玺虽然马上集合部队，但心里十分不快。谁都有离职休息那一天嘛，现在是紧急关头商量工作，跟离不离职有什么关系？你也就这水平了师长，水平再高一点也早到军里去了，干部部门还是有眼力的。

一营连同团直人员全部集合到袁师长面前。三列横队将近二百人，在烤人的夜火和呛人的浓烟烘托下，像是刚从炮火中撤出，有的咳嗽，有的擤鼻涕，有的泪流满面，有的衣服挂开了口子，有的裤子烧出了洞，每人手里操一把树枝，还有个别操锹的。巨大的火蟒就在这支队伍一百多米处轰轰烈烈向前推进着。根本就无力抵抗的弱草被火蟒的大舌头一舔就卷进肚里，旋即被消化成灰烬排满山野。有骨气的树木只抵抗极短一阵，便被吞光了树叶，啃光了树皮，剩下一根根焦黑的树骨立在灰烬之中，这严峻的气氛丝毫不亚于真正的战场。平时立正稍息敬礼之类报告程序此时自然被淘汰了。袁克方没等鲁戎玺正式报告，径直站向队列前。风吹衣角，并时有火星落在他的大校肩章上、脖梗里，他毫不理会。风火面前，大校师长的身姿是比上校团长光彩照人的。紧急关头，指挥员肩章上多一颗星就等于战士心中多一颗定心丸。上校团长面前又出现大校师长了，凶狠的烈火在战士们眼里自然会减弱了气焰，同时指战员们的血流量和肺活量都会突然增加的。

"同志们，你们是炮兵团的干部战士。炮兵团，无论是老团长把指挥棒传给我，还是我把指挥棒交给鲁团长，上级首长就没听说这个团出过一个孬种。现在，面对大火，我们两个共同举着一根指挥棒的时候，大家能让外边舆论说这个团开始出熊包了吗？绝不能。我们要放下各种私人的小包袱，英勇无畏，忘我作战！"袁克方所说的私人小包袱当然包括鲁戎玺即将下达的师长任命，鲁戎玺当然也很不愉快地听出来了。

袁克方继续加重语气："现在我号召，不是命令，干部和党员站出来，单独列成一个敢死队。其他同志愿意加入这个队列，也可以！"

黑暗中首先站出一位矮个子。

"你叫什么名字？"袁师长用手电照照矮个子的脸和肩章。

"董海量！"

"好样的，董海量少校！"

董海量听着师长十分激动的夸奖，感动得几乎要在心里喊师长万岁啦。平时很少有哪级领导在如此庄重时刻认真表扬他好样的。那些"两用人才"成果展览和报道，他也明白那是因为需要拿他充例子，领导们并不真看重他，即使像鲁团长在看天气等方面的特殊信任中也多少带点嘲笑味道，因此他所有努力便总是被大家当作笑料。而由衷赞赏他，认为他是千里马，并为他迂痴的执着所感动的极有限的几个人，几乎也都是生活中被大多数人嘲笑的对象。所以他被师长的表扬激动得浑身是劲，如果师长喊一声冲啊，他会立即冲向火海，烧死也在所不辞。士为知己者死嘛，同时他也在心里嘀咕着孙武。你孙武混蛋胆小鬼，你竟然把老子推倒在地，骂老子老婆孩子拨拉不明白的乱干事。本来孙武打他耳光之后他经过反省已在心里承认自己"乱干事"了。现在师长想法和他惊人的一致，使他忽然又恢复原来思想了，他由此又激动地闪过一个想法；可见永不变卦之类的话是不可能的。袁师长也感激地望着他："以董海量为基准，继续站出来的接着他往下排！"

原先的队伍解体了。以董海量为基准重新站成三列横队，人数只比原来少一个，只不过重新排列组合一下，显然无法比原来的建制单位整齐。剩下那个人仍站在原地没动。

袁师长内心被没动这人震动了一下，他非常想知道这是谁因何不动，可他装作不屑一顾没予以理会，而是用手电从董海量开始把前排人一一照了一遍，显然这是师长在用光亮表扬站出来的人，大家心想这比军旗前照相的荣誉不低。照完了，袁师长把手电从右手换到左手，然后将右手握成拳举起来，叫大家跟他一同举拳宣誓。

"我宣誓！"

"我宣誓！"

袁师长的领誓声和大家的复誓声都发自内心地显露着庄严和神圣。

"党和国家需要我们的时候到了！"

"党和国家需要我们的时候到了！"

这样的话在心里想想和举着拳从嘴里庄严地集体誓说出来，效果是不大一样的。每个举拳的人全身都在誓声中如通了微电一般异样兴奋颤抖。

"我自愿发扬五种革命精神：不怕苦、不怕累、不怕难、不怕流血、不怕牺牲……"

"……"

宣誓完毕。袁克方下令向火头冲锋。董海量刚要带头行动，被鲁戎玺拦住。董海量摩拳擦掌仍在冲。队伍后边原地站着没动那人跑上前一把拽倒董海量，心里骂他："好了×的，这么一会儿又变卦了！"

袁师长大怒，手电光剑一样快速砍到那人身上："你是谁，胆敢违抗我的命令？"

"我是营长孙武！"

"你？！"袁克方没想到是自己一手提拔的孙武当众给他难堪，也把这与自己即将离休联系起来，十分恼怒："营长为什么不带头站出来？"

"这么冲等于送死啊师长！"

"叫你当营长是叫你带头怕死吗？战士们不怕死你营长怕死？"

听师长这样批评营长，董海量和不少人又喊着要冲。

鲁戎玺按捺不住怒火，忽然从一个人手中夺下铁锹，大喊道："我看谁敢硬冲，冲我砍断他腿！"

骚乱欲动的队伍突然震惊了一下，然后镇静下来。袁师长一时也被惊呆在那里。这场面不要说在炮兵团没发生过，就是全师、全集团军也前所未有。团长营长当众违抗师长命令，而且如此剑拔弩张。袁师长在惊呆之初一刹那还闪过这样想法：好！好！你鲁戎玺狐狸尾巴终于露了，迫不及待想夺权了。还有爪牙孙武。但他想继续发威却没发出来。和鲁戎玺对峙着的干部战士呆站着不嚷不动，而鲁戎玺和孙武的表情却极其凛然自信，并且这凛然自信的违抗是在大家都丝毫没料到时突然爆发的，这本身就对袁师长产生强烈的震撼和动摇。而且特定情况下直接指挥员的话比越级领导的命令更具权威性，那里边凝含着朝夕相处结下的感情力量。大家在团长、营长的怒喝声中一时没按师长的命令行动起来，本身就是这种力量的证明。袁师长下意识将眼光转向自己带来的作训科长和作训参谋，想从他们那里得到支持或找到台阶。

主动要求来的作训参谋，此时也难以找出两全的话来。他是师长的参谋，他有替师长说话的责任，可他内心认为师长做法确实过分了，不该轻率组织敢死突击队。但他也谅解师长，快要离职了，想在突发事件面前表现出大智大勇大气魄来，可以造成一片好舆论，即使离开师长职务，或许还能安排到哪个军分区当当司令员呢。这是有先例的，年龄到了，不适合在野战军带兵又提升不了，安慰到军分区再干几年，那名声也很安慰人。司令员！一般百姓眼里司令员要比师长显赫得多。作训参谋只好干他的科长。

作训科长所处地位此时最适合说话。他职务比鲁团长低一级但位置在师司令部，上级机关的，司令部作训科长和师长工作关系最密切，也最熟悉。他的话对眼前对峙局面就是最重要的砝码。他迎着师长眼光向全场讲话。

"同志们，师长的动员非常重要，对我们扑灭这场大火起到了极大的鼓舞作用。在国家财产遭受严重损失的时候，就是要发扬五种革命精神。但是，怎样落实师长指示，鲁团长需要组织部署一下。请大家听完鲁团长贯彻师长指示的实施意见之后再行动。师长，您还有指示要说吗？"

袁师长认为作训科长这番话说得不错，既支持了双方，又都为双方搭了下台的台阶。他本想说由鲁团长安排算了，可一开口又收不起架子了。

"危险关头最能考验一个人的革命精神。群众的积极性高于团长、营长，这说明炮兵团的战士们具有高度自觉的革命精神，是好样的。我向你们致敬！"袁师长如此一阵剧烈咳嗽，气管炎又犯了，心脏跳动又发生异常，不禁也生起自己气来。袁克方，你不中用了，你自己都指挥不了自己了，是该让位休息了。

他匆忙结束了讲话，向停在远处的吉普车走去。坐进车里连忙叫司机拿水壶来，将药吃下，仰在座位上闭目喘息。

鲁戎玺重新将一营部队按连排组织好后，再一次强调道："师长的指示很重要，危险关头最能考验一个人的品质，五不怕是扑灭这场大火的精神保障。但是，服从命令听指挥也是一个好军人的重要标志。怎么贯彻落实师长指示，大家要听我指挥，我命令你们，要在营长、连长的带领下，完成各自的任务，不得胡乱行动！"

把部队重新部署后，鲁戎玺心里十分不踏实。当众抵制了师长虽然出于公心，但毕竟使师长难堪了，何况不服从命令形式上怎么说也是错误的，必须及时向师长检讨去，同时把自己考虑好的一个新方案向师长汇报。

鲁戎玺走到师长吉普车旁。站在车外的作训科长朝他摆摆手，示意先别惊动师长："心脏又不好了，刚吃下药！"

鲁戎玺立正站在车门口守候着，心情很复杂，既有对师长下车伊始轻举妄动的不满，又有对自己没服从师长命令的无奈，还有对火箭炮营打靶起火的气愤与自责，但丝毫没有想向师长悔什么过的意思。他熟透了师长的脾气，师长肯定是好心，但师长许多次好心都帮了别人的倒忙，比如孙武和习久贞的婚姻。

袁克方睁开眼时见鲁戎玺立正静候在车外，以为是来检讨错误的，心情好了些，喊他："进来说吧，外边冷！"

187

鲁戎玺坐到师长身后，递上一个橘子："又吃药了师长？吃口橘子冲冲苦味！"

　　袁师长看看橘子没有伸手接："已经没事了，走，到前边看看去。"他叫司机发动车子。

　　鲁戎玺将橘子剥好皮又递给他，他只扒下一瓣放进嘴里，嚼几下说："鲁戎玺呀，你这场火可给我烧惨啦！"

　　"责任完全在我，我不该同意今天打靶，也不该中间离开打靶现场，我要向师党委写检讨，我这个团长是不称职的。"

　　"现在不是谈称不称职的时候，要积极带领部队尽快将火扑灭！"

　　"师长，你难道没想想烧惨的是我吗？火是我们团烧起来的，直接责任在我，如果烧大了，将意味着烧毁我的什么你是清楚的，你怎么会以为我不着急呢？"

　　鲁戎玺这几句话忽然使袁克方得到一个启示，被烧惨的不是我袁克方而是你鲁戎玺呀！烧了你的任命令，意味什么？难道不就等于烧了我的免职命令吗？他心里突然亮堂了，心情也好转多了，说："关键时刻，你敢冒违抗命令的危险抵制我的贸然指示，是难能可贵的。"

　　吉普车快接近火头了，车灯照见离火不远处趴着一片人，车灯光在他们背上扫射，他们仍死尸似的没动。车开到近前停下，袁师长和鲁团长从车里下来，看清趴地上这些人嘴贴扒出的湿土，喘得波浪似的起伏着。身上一尺多高处就是浓烟，头稍一抬就呛得直咳。

　　袁师长弯腰用手电照住他们看时，自己也剧烈咳嗽开了，不得不跪下，把腰猫得低低的，就这样眼也呛出泪来。他抹抹眼泪细一看，有的裤子从裆处挂开了，露出烧焦糊的棉花，有的头发被烧卷曲了，焦糊味直冲鼻子，有的脚脖被燎出一串水泡，裤脚烧坏了，裤腿撒开尺把长……他们都听见了车声也都感觉到有人来到身边，但都没抬抬头或爬起来。他们追打火头一个多小时了，刚刚被替换下来，过一会儿又得上去替换别人下来，必须抓紧分秒喘息一阵。

　　鲁戎玺大声冲这一片起伏的背说："师长看望大家来啦！"

　　一片脊背呼地立起一多半来。

袁师长激动地喊:"同志们辛苦啦,谢谢你们!"说完忙不迭就咳嗽。

"首长辛苦!"

"谢谢首长!"

站起来的低着头的一边咳嗽一边回喊。

师长连连用手电光往下按大家道:"卧倒!卧倒!不要站起来了!不要站起来了!"

鲁团长和袁师长一块招呼大家重新趴好,又上车往火前走了一截。他们立时感觉脸皮烤得火辣辣发紧,头也直胀。火像通红通红的铁水往前冲腾着,大树烧得嘎吧嘎吧响,小树烧得吱吱叫,蒿草连声都发不出来就没了。风忽前忽后忽左忽右但主要往前刮着,像推着一座活动的火化炉,遇到什么就尽情地焚化什么。

袁师长看见孙武了。他蹲在火前没法再向前靠近的位置,风往里一扑火往回一缩时他便把手一挥:"上!"

整个蹲伏着的一个连队便随着他的喊声嗷嗷跳起来往火里冲,一百多把树条子在打呀打呀打呀的喊叫声中呼呼地抡着,不一会儿就只有扑打声而没有喊声了,再一会儿就有人拖着火跑出来在地上打滚,滚灭了火就晕得动不得了。已经七八个小时没有吃饭,连续这么追呀滚哪,要不是火情逼的,早动弹不得了。

师长见有人脱了衣服拎着又往火里冲,不由自主地喊起注意安全来,喊后已觉得自己批评鲁团长错了。他想跟鲁团长说看来硬冲无济于事时,一股风拖着一条火突然朝他们扑过来,火舌已舔到吉普车的挡风玻璃。司机一时呆了,只顾踩刹车,方向盘却不知转动。

又一个火舌朝车舔来,袁师长心脏忽然又跳动异常,喊不出话来。鲁戎玺提醒司机快挂挡,司机却挂不上。

离车不远的孙武两三箭步跳上前,拉开车门,扯脖领一把将司机拽下车,像拽一麻袋粮食似的一扔,抓过方向盘一屁股坐司机位置上,脚猛一踩油门,方向盘滴溜一百八十度强转弯,车子呼隆一个趔趄蹿上山坡,紧接着又在山坡一个倒急转,甩掉了火舌。但一股热烘烘的糊味已弥漫了车内。

"再往后撤撤！"袁师长捂着心口一身冷汗说。

孙武猛挂一倒挡，车又呼隆一下顺山坡斜退下去，袁师长和鲁团长都吓白了脸，以为要翻车，连喊："慢！慢！安全……"

孙武毫不减慢，三两下把车开出危险区，在安全地方停住。袁师长惊喜得连拍孙武肩头："你他妈有两下子！"

孙武："得了师长，不是你亲眼看见，又得通报批评我私自开车！"

师长："前年那个案不能翻，现在算将功补过了！"

孙武："什么功不功过不过的，师长别以为我们怕死就行啦！"他乘机进言，"我们领人稍一瞎冲就可能烧死人，一死人说不定又批评我们瞎指挥！"

鲁戎玺："别发牢骚了，把你向我建议那个方案给师长汇报汇报！"

孙武："我那个方案团长认为可行，不知师长……"

袁克方："把作训科长和参谋叫来一块听听，行的话马上实施！"这口气已没有丝毫的批评了，明显有深深的感激之意在里边。

孙武的建议是：派一个营抢到火头前面大约十公里处，在山谷里找树稀草疏地段放火烧出一华里左右再将放的火打灭。那么在其他两个营左右控制下的火头烧到这一华里过后火自然就会熄灭。

师长认为此案可行，又强调了三点：一、放火这个营一定及时将火扑灭；二、其他两个营一定紧紧把火头控制在山谷里，不能蔓延到其他方向去；三、部队已经七八小时没吃饭，命令团后勤立即送两天的给养上来，包括御寒大衣和汽车用油；卫生队尽量多上来些人，现在轻伤和晕倒的已不少了，防备重伤。强调完后指示鲁戎玺立即组织实施。

鲁戎玺请示道："如果出现意外，希望师里再调一个团上来！"

袁克方："可以。不过力争别再调了！"

鲁戎玺当即把放火任务交给孙武，并再三叮嘱，一定要一小片一小片放，稍有控制不住的苗头立即扑灭。

孙武："火是我们一营打着的，现在我又建议放火，并亲自去放，我已做好思想准备了，挂上放火犯牌子蹲监狱去！"

〔本节注释：孙武对全营各种装备都通，唯独不会开车。私自跟营部驾驶员学开车受处分后，他借培养"两用人才"之机，自己营买了台手扶拖拉机。培养出一批拖拉机手的同时，他自己也精通了驾驶技术。当然他是背地跟师长走了后门的："师长，我都背一个处分了，培养两用人才就别让我再抱个处分了！"虽然师长说该处分还得处分，但他听出师长口气不硬，就知道没事了。他在师炮兵室当过参谋，师长当过炮团团长，偏爱炮兵，认为孙武是块好料，亲自建议让他当的火箭炮营营长，职务因之晋一级。不仅如此，孙武和习久贞的婚事，师长也算半个媒人。另半个媒人是孙武自己的病。当然中间也使了不少计谋。曲曲折折关系发展到后来习久贞认为孙武在几次重要事情上对她撒谎，便想脱离关系。孙武哪肯罢休，利用过生日机会把师长请到他的独身宿舍。那次正好是孙武跟师长下部队要出发而没出发，孙武往师长办公室打电话说，"师长啊，我过生日你不来喝口酒祝贺一下啊，我对象习护士可是也在呢。"孙武宿舍和师长办公室只是楼上楼下几步之遥，师长就去了。习护士见师长能来祝贺孙武生日，心里不由多了一份孙武的重量，及至师长不问前因后果是非曲直当面说："小习你挺有战斗力呀，能把孙参谋抓了俘虏真是不简单！多少人追他都不屑一顾，能把你请来过生日，那确实是动感情了。炮兵侦察参谋可不是什么人都能当的。有眼力。他要看上谁，谁就别想逃了。当然被他看上的人我相信不会想逃的，我要有女儿孙参谋就不会是你的啦小习，可惜我没有。我给你们做证婚人啦！不过我得警告你小习，可不许把我的参谋搞丢魂似的影响工作。"师长说完这些话把酒杯和两人一碰，以后就在不少场合当众说他是他俩的证婚人。〕

十二

  孙武把三个连队都带上也就一百五十多人。炮兵编制就不如步兵人多，加上每连留下一个班看炮，人就更少了。孙武原以为人少车辆少行军速度会快，一走起来却不是这么回事。汽车没法顺山谷把火头超过去，只好绕到另一条山谷前进。

  山路艰难加夜色障碍，走不多远有两辆车相继抛锚。当时已经半夜，孙武索性扔一个班看车，他亲自带队徒步急行军。

  队伍们的士气是没问题的。

  "大家别以为火是我们营打着的，我们就只有挨处分的份！挨处分的话也只是我一个人的事。如果干得好，你们照样可以立功受奖，我也能将功补过！"

  孙武只这几句话就把大家情绪鼓动得滚热。他把三连放在最前面，一连放在最后面。他是这样分析的：火是三连打着的，三连长灭火的心劲最急，他们连走在前面速度会最快。一连是先进连队，虽然着火没他们责任，但他们立功心最盛，把一连放在最后肯定会起到催促二连的作用。而且一连长办法最多，一旦一连因意外掉队或出现意外情况他会以最快速度妥当处理的。孙武曾想过，如果自己参谋长令一下，营长人选在本营出的话，一连长是最合适的对象。只是从连长一下蹦到营长越了一个台阶。但是现在编制上就没有副营长啊，不越台阶怎么办呢？况且团长不也要直接蹦到师长吗？师长行营长为什么就不行？不过司令部还有股长，干部部门会把那些股长安排来的，给他们解决职务问题，就像师长把我这个师里参谋安排来一样……哎，师长水平不怎么样，人还是不错的。一定要把火放漂亮点，就算帮他忙了，离婚问题到时还得求他出面呢，或者求他和鲁团长一块出面。新老师长两人的面子她习久贞总不会都驳吧？她从野战医院调师医院就是师长说的话嘛……

三连长把队伍带得的确很快，连跟在三连后面的孙武也觉得吃不消了。毛衣毛裤里面湿漉漉的，汗水把身上的泥垢泡透了，从脖领或裤腰伸手一搓就是一根泥绳。肚子空空的，走不上两步就咕噜噜叫一声，劲早都使完了，腿像长在别人身上似的，不是按着自己的意志在走。如果是单个人走，早趴下了。集体行军就有这好处，前边的觉得后边在追，那追就像一股推力。后边的总怕被前边拉下半步，一拉就越拉越远。这怕就像一股拉力。这样无形的你推我拉之中，每个人都在力量已经用完的情况下还能不由自主地前进着。但绝不能停下，一停腿就软下去再也站不起来了。因此孙武不敢叫三连长放慢脚步，而一再往后传口令说："二连加油。"

跟在孙武身后那个调皮无线兵，怎么也调皮不起来了，一部十五瓦电台压在他背上，不要说唱"我是边关一把火……照亮了阿妹和阿哥"，喊声报告都困难。他用手扯扯孙武后衣角："不、不跟团长联系一下？"声音不大而且上气不接下气的。

"想坐下歇会儿是吧？"孙武原速走着头也不回对调皮兵说，"那不行，要歇也只能快到目的地歇，歇好了好一鼓作气放火！"

调皮兵很失望，忽然又说："营长我解个小手还不行吗？"

孙武回身和他并了肩走："有尿留着到时候浇火。来，把电台给我！"

调皮兵不好意思让营长背电台，但的确已背不动了，只好支支吾吾说了声："营长真不好意思。"便放手让营长把电台拎过去了。他心想，大家不会忍心看着营长背的，一会儿准有人来抢。

果然孙武刚把电台背上，隔不远的董海量撵上来抢了："无线兵我当过，背这玩意儿我在行！"董海量硬把电台从孙武身上抢下来。他手脚都很有劲，大家说他书呆子是指他憨痴不灵活的性格。担水劈柴锄地备垄，东跑西颠采标本望云彩的，哪样不需要力气，他甚至比有些年纪轻轻就摆官架子不爱动弹的连长们有劲。

孙武故意大声说："怎能让团里给营里背电台，这不功都让团里得了，我们营里光落个放火犯罪名？！"孙武光说并没动手，他心里有数,用营长亲自抢的话还叫一营吗?一营绝对不用。

营部和二连前边几个班长和老兵马上围上董海量,七嘴八舌说:"董干事你是批评我们一营还是侮辱我们一营啊?营部就一部电台还用你团首长背?你批评我们营长胆小鬼怕死就够我们检讨几个月了,还……"

"哪呀哪呀,没那意思,一点没那意思,我真当过无线兵,就想背会儿过过瘾……"董海量认真分辩得脸红脖子粗的,他不懂大家一半儿是拿他开心。

开心归开心,电台还是从董海量身上抢下去了。这就是一营。如果真没一个人上前抢的话,孙武早火了,当时不批评过后也非狠批评一顿不可。先批评连干排干,再批评班长老兵,最后新兵也不会放过。"你们是几营的连长排长?难道是二营三营的连排长吗?看着自己营电台让团里背,什么作风?""你们是昨晚才到一营的新兵蛋子怎么着?班长、老兵了,看着自己营电台被别人背,对我营长有意见吗?有意见当面提,别埋汰全营作风!""吃一个月部队的二米饭就不是新兵了,在我们一营,待上两月后到别连办事,人家还一眼看不出是一营的兵,那就对不起一营了,一营有一营的作用!"

调皮无线兵卸去电台轻松了许多,立刻又对董海量调皮起来:"董教导员你说你给……"

董海量一本正经地更正:"别闹别闹,我是干事!"

"营长宣布你是教导员嘛!"

"不敢当不敢当,我是干事!"

"好,干事就干事。董干事你说你给直锅大觉拍那个电报,是不是看错了,不是地震云是火烧云吧?"

"肯定是地震云。标准的地震云!"

"那咱们这儿咋起火了!"

"三连炮打的呀!"

前后的人听了这段对话也没人笑。调皮无线兵故意说给营长听:"完了完了,一营作风完了,打几下火就累这熊样?说笑话都没人笑了!"

孙武想是该逗逗笑了,不然快精疲力尽了。他马上往前向三连传口令:"停止前进,营长讲话!"

三连长接到口令被惯性推着又走两三步才停住,后边一个撞了一个相跟停住,刚想摸黑坐地偷歇一会儿,孙武喊话了:"二连一连往前紧凑一下。"全营凑紧一列横队,"电台到后边去,马上和团长沟通,报告我们的位置!"

调皮无线兵跟班长走开后,孙武正式讲话:"现在,全营集体,撒尿!"

立即有人回话:"都顺汗毛孔流光了,哪还有尿啊!"黑暗中孙武看不清谁喊的,但他暗自感谢有人顺着他的预谋开口了。

"一营的同志们,现在有人说我们营没尿了。笑话!从来没听谁说一营没有尿的时候。同志们,我们一营没尿了吗?"

"有尿——!"

在北方,没尿这话是说一个人要熊了,没有能耐了,完蛋了。战士都听得懂。

孙武:"我就不信一营会没尿嘛!有尿就赶快解开裤带一齐尿,不想尿的也放放风,然后勒勒裤带,一气干到目的地。一营行不行?!"

"一营行——!"

等大家放好风都把裤带多勒了两扣,孙武从电台那边过来又向大家报告了一个编造的喜讯:"同志们,方才团长通过电台告诉说,他已指示后勤往我们放火的地点运东西,有饼干、水果罐头,还有科尔沁白酒!估计这些东西能在我们赶到之前送到。不过按我们一营的作风说,大家能在这些东西之前到达!"

大家一阵欢呼雀跃。孙武见自己望梅止渴的方法成功了,下令全营继续前进。

从着火那条山谷刮过来的风带着热乎乎的糊味和草灰。不过,糊味和草灰渐渐被一营抛远了,从映向天空的红光判断,离火头已差不多有十华里。孙武用手电照照表，后半夜三点多了，东方已有些放白。

行军速度减去火速，剩下的才是一营与火头拉开距离的速度。拉开十华里竟用了四个多小时。

孙武用手电照了照地形，传令全营再紧一次裤带，然后开始往并行那条山谷翻去。

夜色里看不清谁衣服挂破几条口子，也看不清谁手上脸上划出多少血道道。肠子没断，脚还长在自己腿上就算不错了。孙武折了节苦树条子塞嘴里嚼了嚼，让苦味引出些口水来润润嗓子，再一次鼓动道："翻过山就到目的地，趁现在风不大，快翻哪，后勤的车等咱们哪，有饼干、水果罐头，还有科尔沁白酒！"

大家已没有多余力气喊上啊冲啊的了，默默用比腿多少还有些力气的胳膊拽树枝往山上挪。孙武并不比别人多具备体力，完全是肩上重责迫使他爬上山梁的。

天已放亮，可以不很清楚地看见远方的地貌了。孙武用望远镜迅速选择着利于放火的地带。

首先他发现谷底有一条不很宽但绵延很长的白色冰带，显然是一条冻住的小河。顺冰河又往前看了一会儿，发现有个什么东西在移动。他往前跑了一段，又调了调望远镜焦距，辨认出是一辆军车。他兴奋得回身高喊："快上来看哪同志们，后勤的车就在前面等着哪！"

下到谷底，冒火的嗓子不允许孙武他们再跑一段路迎军车了，一个个倒在冰上爬不起来，就那么喘得起起伏伏趴在冰上。几十米长的冰面全是用舌头舔冰用牙啃冰的战士们。

〔本节注释：孙武亲自用"三大纪律八项注意"歌的曲子填过一首词，全营都会唱。

火箭炮营作风要过硬
作风不硬怎么叫一营
第一——切一定争第一

第二一切不能排第二
第三名次只能倒第三
要问为啥非要这样干
编制武器我营是火箭〕

十三

孙武把全营一分为二，从两侧山坡往谷底对烧，一连烧南坡，二连烧北坡，三连在谷底担负应急任务，一旦南北哪边控制不住火势好立即救援。每个放火连队站成三排。一排负责点火，另两排交替负责灭火。全营像一支火蟒快速养殖队似的，划几根火柴便催生几条火红的活蟒来。活蟒不等长太大又被杀死。孙武就指挥全营这样一群群迅速催生又迅速一群群扼杀着。两条二百多米宽的黑色截火带也在催生与扼杀中逐渐往扣接处延伸。

习久贞随乔玉贞跟炮团卫生队救护车赶到这里。孙武没想到妻子能来火场，一时喜出望外平添了许多力量。他以为是来看望他的，又油然生出强烈的幸福之情，他想迎上去和她说句话，却听乔玉贞朝全体喊开了："大家休息呀，包包伤口，吃点东西！"

没有谁不饿得眼冒金星饥肠欲断，一听团长夫人喊休息吃东西，都直起腰来，有的已往乔医生那边跑了。火头再有几百米就烧过来，乔玉贞却在这时招呼休息，孙武不禁变喜为气喊："都给我站住，没我命令谁也不准休息。卫生队先靠边休息一会儿！"

跑的几个人立刻像被枪弹射中一样，急停中摔倒了，其他人还站着发愣。孙武不禁发火："一营混蛋了吗？长眼回头看看，不迅速烧就前功尽弃啦！"他喊声嘶哑疲惫，听来焦急和无力都十分明显。习久贞偷偷看他几眼，憔悴脏污的脸相不由令她生出了阵怜悯。她用纸袋装着几个苹果和糖点心悄悄递给乔玉贞，"乔姐，帮我把这点吃的给他！"乔玉贞正为被孙武难堪而生气，没接习久贞的东西："我又不是他妻子，干吗我送吃的？在家刚说完讨厌他，现在又忙不迭送东西！"

习久贞被她这一刺激，反而自己跑到孙武面前，毫不遮掩把东西交给他："一点吃的！"

孙武脸上立时有了血色，接过东西竟说不出话来。

习久贞："先给你擦点药包一下吧！"

孙武这才说话："都没包咋能给我先包？火势太危险了，你和卫生队快到后边去，自己注意点！"

孙武等习久贞一转身顺手把纸袋扔给身边的人："随便分一分，边干边嚼，不得停手！"他一口没吃，匆忙又看一眼火势。

火头处的浓烟已如洪水之前的浓雾一般弥漫过来，如不在半小时之内把截火带烧扣头，火头就要洪峰一样从尚未烧过的那一条冲涌过去。二十多华里外就是一个国营林场，不在此处截住，那火的洪水不出半天就将汹涌漫过林场……情势危急到要命的程度了。嗓子肿痛得几乎喊不出声音的孙武用力再喊："各连长亲自点火，放开烧。"

又上来一辆后勤给养车。十多人从车上跳下来。孙武又喊："快退回去，火要上来了，快退回去！"

跳下的人又纷纷上车，却有两人没上。他俩不顾阻拦朝孙武奔来。等孙武认出是团里的疯排长和后勤处长时，跑在前面的疯排长已在他面前立定敬军礼了，"报告孙营长，团指挥连无线排长赵根红应团长之命前来灭火，请求最危险任务！"

孙武知道后勤处长刚被隔离审查，以为是团首长临时让他出来参加扑火的，便匆忙应付疯排长说："你就给谁当放火助手吧，他让你怎么放你就怎么放！"说完去迎后勤处长。

不想疯排长大叫一声站住，把孙武拽住："你命令我当放火助手？"

"对！"

疯排长突然抬手抡孙武一个耳光："团长命令我来灭火，你命令我放火？你反了你？"

情势危在燃眉疯排长却在捣乱，孙武真想给他一枪，喊左右人："抓住他！"

疯排长喊起来："反革命放火啦——抓放火犯啊！"他把抓他的人一一撞倒，不待孙武再喊抓住他，他却抢先把孙武按倒在地。饿得有气无力的孙武抵不住极度亢奋的疯子，一下被扼了脖子骑住，只有喘息之力说不出半句话来。

"鲁团长命令我们扑火，你鸡巴孙武指挥放火。反革命放火犯我掐死你！"

一帮人上前撕拽疯排长，他扼住就是不放。

乔玉贞急中生智，知道疯排长最怕注射弗奋乃静，注射一次半月难受得死去活来。她从红十字包里拿出针根本也没抽药，拨开众人说："按住赵排长！习护士上来给赵排长扎弗奋乃静，两支！"

疯排长一听真吓松开了手，冲乔医生和习护士脏骂开了："你是破鞋呀姓乔的？团长命令我们来救火，你团长老婆为什么配合孙鸡巴武搞破坏？你想搞破坏呀还是想搞破鞋呀？你领孙鸡巴武老婆上塑料大棚买韭菜我就觉着存心不良。你想放火烧死孙鸡巴武老婆和孙鸡巴武搞破鞋，现在证明了我要告团长枪毙你反革命破鞋破坏分子。孙鸡巴武老婆习少校你就脸皮那么厚甘受他们欺侮哇我看你敢参与反革命破鞋集团！"

习久贞和乔玉贞被这通脏极的疯骂羞得嚷："堵死疯子臭嘴，堵死他！"

孙武终于乘疯排长松手骂人之机喊出声来了："别管我们了，别管我们了，快烧，快烧哇！"

后勤处长半月来在禁闭室住着，一直是疯排长邻居，和疯排长处得不错，是在疯排长帮助下才跑出来救火的。他约莫他说句话疯排长会听，便上前骗疯子说："团长方才通过电台命令我们一切听孙营长指挥。"

疯排长相信了，说："是。但是我要用电台向团长报告情况！"

"正好团长要你报告呢！"在疯排长帮助下逃出的后勤处长把疯排长骗到调皮无线兵电台旁。

疯排长当过无线排长，电台的事骗不了他，他要亲手开机和团长通话。后勤处长正急得没招儿，忽然看见董海量。他知董海量平时没事好陪疯排长闲聊几句，常拿些东西给他吃，看疯排长在哪儿干活也顺手帮他一把，因此疯排长跟他关系最好，便悄悄求他帮忙。

一阵劲风突然吹起，火头呼啦一个撑杆跳远似的动作钻进还没扣头那段空隙。

孙武疯了似的呼："共产党员跟我上啊，用身体把火滚住！"

疯排长一听孙武喊扑火了，两手分别拉住董海量和后勤处长："孙营长改正错误了！跟他滚火去呀！"他最先跟孙武冲进火里。

人们潮涌样跟着扑过去，想用滚动的身躯将火压住，但是草深枝密，滚动不开。那股受阻的烈火发了脾气，呼呼隆隆从一片人体上烧过去，俨如洪流冲过一截河道，滚火的人们立时变成潜泳儿。

被大火惊心动魄淹没的一霎，孙武脑中痛苦地闪过一念：炮兵一离开大炮，竟这样无能。大炮啊大炮。

等孙武和一群人从昏迷中醒来，鲁戎玺团长已建议袁克方师长动用大炮了："最后一锤子买卖了，出事我负责！"

袁克方师长："好吧，离休前我再动用一次战争之神！"

三连重被拉回炮位。没来得及实射那些炮弹统统推上膛。袁师长和鲁团长亲自指挥射击。

孙武带一营指挥排在离火头几百米处观测射点，如此距离平时绝不允许，极端时刻无法按常规行事了。

咣——

初射一弹偏离火头几十米着地，土块、烟尘、碎草木腾空跃起，哗啦啦一声长响，不屈的火头被推倒了。

一轮充血的太阳不安地应着炮声跳出地面。被炮声推倒的火头又随太阳的升起倔强地直立起来。

孙武被初升的太阳感动得一阵颤抖。他觉得那充血的太阳是为他而着急，他从来都认为别人总在帮助他。他如同看见妻子来到火场时那样激动地匆匆看了一眼红日，指示电台向指挥所报告修正量。

疯排长被炮声和电台的条件反射唤醒，他躺在电台旁边的救护车里听懂了目前形势，神经突然又亢奋了。

修正过的第二炮仍没打中火头。

火在前进。观测的数据过去后实际又不准确了。照这样下去不知第多少炮才能击中火头。

林场的电视差转台只有四五华里之遥了，差转台下就是上万居民的林场场部，那里的木材、建筑……孙武冷汗淋漓，充血的眼睛鼓突得很大。他把侦察兵计算兵都甩在一旁，直向通信兵下达判断数据："提前量加×，连续单射装填！"

疯排长一个箭步蹿出救护车，又一个箭步蹿到电台前，迅雷不及掩耳从调皮兵手中抢过电台，双肩背上，飞样朝火头跑去。大家反应过来怎么回事时，他已跑出好远，速度之快非神力莫属，任谁也撵不上了。只见他跑到火前站住，手持报话机高喊："我是无线排长！我是无线排长！提前量加×，连续齐射装填！"

疯排长在火头处喊的提前量加×，就等于在喊向我开炮。

孙武也飞身向火头跑去，他怕疯子胡言乱语瞎传数据，想把电台抢回来。

没跑到火头，炮阵地传来发射声，孙武就地卧倒向疯排长大喊："赵排长卧倒——！"

疯排长没有卧倒。他仍在喊提前量加×连续齐射装填。口令不但正确而且比孙武远距离判断更少误差。他把单射装填改成齐射装填比原来更合理。

咣——一弹在他近前炸了。

孙武飞快跑回观察所，用有线电话向团长报告疯排长情况。

鲁团长惊思片刻，请求袁师长。

袁师长心一抖，眼前现出赵根红初疯时的情景，他的疯跟他有直接关系啊。沉吟良久，鼻尖沁出汗珠，心动又异常了，一边伸手兜中摸药一边对鲁团长说："你……决定吧……"

鲁戎玺稍一犹豫便下了决心，指令孙武："照常射击！"

孙武没再回半句话。此时多说一个字都是无用的，虚伪的。他向疯排长举起望远镜。

被放大了的疯排长在急剧翻滚的火焰中满身光彩。他仍站在火前呼叫："提前量加×，连续齐射装填……"

孙武眼中现出战场上的炮火，疯排长和战斗英雄叠合在一起。

修正过的炮弹齐声啸叫着朝火头飞去。

轰！

轰轰轰！

轰轰轰轰轰轰轰轰！

……

一颗炮弹如一颗巨大的雨点，急骤的弹雨把不屈的大火撕裂、撕破、撕碎，十多分钟便奄奄一息只剩几寸微弱无力的残火，很快也彻底死灭。

疯排长的喊声和躯体也一同被撕毁了。

孙武手中望远镜掉在地上。

〔本节注释：粮库一位年轻漂亮的女保管员贪污了六万斤粮票。案发后她检举说是与炮团后勤处长合伙搞的，并写了数千字的材料揭发后勤处长帮她把粮票倒卖到四川、河南等地，得钱两万元，各分一万。除此之外后勤处长还送她许多东西，两人多次通奸……后勤处长气得一脚踢断了一棵杨树，大骂："她个骚×，我根本不知道有这么个人！"〕

十四　尾声

1

扑火人员从方圆三十多里的火场以连为单位各自撤到营房。鲁戎玺昏死般大睡了半天，吃饭时才咬牙爬起来，匆匆吃了口饭亲自打电话询问各营伤员情况，二营五连还没回营房。详细查询后得知，五连接扑火命令时只指导员和三十人在营房。指导员带二十七人乘一辆炮车直奔火场去的。二营担负山谷北侧火势控制任务，中间曾有一股火突破控制烧进另一条山沟，五连追打过这股火，后来就失去了联系。

火肯定已全部扑灭，五连会出什么事？迷失方向了？全部饿昏了？或……

天黑了。丢二十八名指战员非同小可。鲁戎玺亲自带团机关一个小组和由三个营长亲自带领的近百名战士重返火场。

天黑如染，不要说寻人，找路都不容易。

近百人手牵手在过火地带拉了一夜大网，直到夜幕拉开没拉到一个人影。

天亮时有人用望远镜发现，远方过火的山头横着几节木头。

再往前走，鲁戎玺用望远镜看清那不是木头，是几具尸体分明地横在那里。

鲁戎玺心绝望地一颤，暗自说了声完了，瘫倒在山坡上。他眼前一片昏黑，坐好半天才被人拉起来，但断了脖筋似的不敢抬头正视那尸体，心里哀鸣着想，二十八人全完了。

爬上山头，一片辉煌的惨状无情地出现在他的眼前：大片的尸体横七竖八散布在山坡上。或抱着头勾成团，或脸贴地挺成棍，或头栽进坑里腿伸在外面，还有两个紧紧抱在一起。棉衣烧光了，耳朵、鼻子、眼睛、手指、脚趾都烧没了，每个人身边有一炸裂的水壶，有的一条完整钢丝腰带还挂在腰间。查查人数，正好二十八个。二十八人腕上表针都停在四点十分左右，顶多停在二十分上。这说明是昨天拂晓四点十分左右，仅十几分钟就完成二十八人的死亡过程。

曙色照耀下这面惨烈的山坡如刚刚发生过一场恶战。

怎么交代呀！鲁戎玺熬得干涩干涩布满血丝的眼睛流泪了，风把泪水吹散满脸。他迎风慢慢摘下军帽，向这片尸体长久地默哀，然后又一一向每具尸体敬礼。

调来担架抬这些尸体时，因坡陡，一具烧佝了的尸体总是顺担架生抬的战士背上滑,吓得那战士不敢抬了。

鲁戎玺扛起尸体说:"这是我们的战友!"尸体的肩搭着他肩,头朝下压着他胸,扛到山下,尸嘴里流出的黑血染透了他棉衣前胸。大家便都放下担架像鲁团长那样背。

二十八具尸体在山谷河冰上一字排好,鲁戎玺通知后勤处长带卫生队和二十八套军装前来整尸穿衣。

孙武让回去通知的人给习久贞捎了张条子,他叫她也来。

习久贞这次不想来,见了孙武的条子还是来了。她恨见死人,来时又把乔玉贞拉上做伴儿。

尸体弯腰的、驼背的、勾胳膊的、叉腿的,需用解剖刀把筋割断,伸直,才能穿上军装。习久贞不敢看解剖刀割筋,背了脸等割断伸直才回过身给穿军装。

两具紧紧抱在一起的尸体用刀割断筋也分不开,只好用锯子把胳膊骨拉断。分开后从裤带的钢卡夹和钢壳表分辨出这是指导员和通信员。不知他俩死时谁在救谁,但那刀锯难以割裂的尸体说明,这一对干部战士感情有多么深厚。孙武看了这情景分外感动,心想若自己遇到此种情况肯定也会如此的。他相信自己和士兵们的感情。但他又非常遗憾,自己和妻子的感情为什么就达不到如此呢?跟所有人说话时他都不叫她妻子或老婆,而称爱人,可她就不这样称他。孙武特意叫习久贞和他一块帮忙去分开那具合尸,她也照办了。有他和她一起伸手她确实不怎么害怕了,只是不忍目睹那惨状。孙武扶尸,习久贞穿衣。套上衣裤后,孙武系裤带,习久贞系衣扣,再一同给戴好军帽。

终于穿好军装的二十八具尸体安放到二十八块木板上,依次排成一列。

所有的活人也排成一列。鲁戎玺带头脱帽。集体默哀良久。

三天后,经集团军批准将尸体就地火化。鲁戎玺没光指派后勤处或政治处去办这件事。他的心太疼痛太沉重了,非亲自把他们送上九泉之路才能稍稍踏实点。他和袁师长都亲手提了桶,一一将尸体连同木板和周围的泥土浇足了汽油。

这一列尸体在袁师长眼里与举拳宣誓的敢死队不断重合着，他浇油的手抖得很厉害，多病的心脏又有痛感发生了。

鲁戎玺的泪眼里二十八人在烈火中光彩照人地向黄泉走着。

轰然一声闷响，二十八具尸体猎猎燃烧起来。惨白的火焰在烧过的焦土上再一次长久地闪耀着。

袁克方、鲁戎玺、孙武、习久贞、乔玉贞他们一直默默站在一排焦骨前。

2

二十八位死者都很不顺利地定为烈士了。为了后事能处理得顺利，鲁戎玺亲自通告邮局，凡有关死者的电话、电报、信件一律暂时扣压。团里卖掉一百五十匹牧马，用这笔钱做烈士抚恤金，其余买砖石水泥等建筑材料，突击修了一座纪念碑。

二十八位烈士的照片都用玻璃镶嵌在碑上了。建碑那地方是鲁团长私下交代董海量看了风水才定的。

董海量为二十八位烈士看好风水地后，心里空落落很有些惆怅。他又悄悄另看了个小地方，挖了座坟，把疯排长留下的一套油光雨衣般不透水的军装埋了。

在烈士纪念碑前开追悼会那天，董海量没有参加。他把一瓶科尔沁白酒洒在疯排长坟头后，就到邮局拍电报去了。邮电员不给他电报纸，说："你们鲁团长有令，暂时不准拍电报！"

董海量递上拟好的电文说："我不拍失火死人的事。是给国家地震局拍，问问报往日本九州的地震云应了没有。日子已经过了，怎么没见消息呢？"

邮电员看看电文，脸上露出了容了许多含义的笑来。

3

追悼会不久，孙武的团参谋长任命公布了。鲁戎玺的师长任命却没有。按常规师职的令要在下团职前边的。孙武电话问鲁戎玺："团长你的令咋没来呀?"

"没来就是来不了啦!死了二十八人还想当师长?"鲁戎玺叹气,"应了你那句话啦,人要倒霉喝凉水也塞牙。不过没什么了不起,咱俩可以在一个班子干了。好好干一场!"

"师长谁当啊?"

"原先谁当谁还当呗!"

孙武想不出有力量的话来安慰自己的好友和上级,心里盘算,该回趟家跟习久贞商量商量,安排一次家宴请请鲁团长和袁师长。

4

孙武回家那个晚上习久贞为他做了七八个不错的菜,还主动问:"喝酒吗?"

"你喝不喝?"

"喝吧!"

听习久贞说喝酒,没等喝孙武心就喝过似的生出醉意了。好久没有这情况了。共同经历一场大火之后又当了参谋长的缘故吧。提升对一个人总是光荣的啊。你习久贞一旦真的面对这个变化思想也不会不变化吧?尽管你性格冷硬,也架不住追求的。毕竟是女人!当初不是千方百计执着地追求,你怎么会把一个处女的初吻给了我呢?

疾病是军人的媒婆。那时习久贞才是个战士护理员。要不是孙武患了胃肠炎,怎么会认识习久贞呢?他对她第一印象就不错:这个女兵有股特殊劲儿,一天总是劲儿劲儿的,轻易不抬眼光顾我们一眼。他就被她这股劲儿劲儿的劲儿吸引住了。而习久贞对他的第一印象就不好,除了不讲卫生还有个说谎的印象打下了。她站在他的床前指着床上翻卷着的油光发亮、洒上水都湿不透的棉袄问:"谁把一卷油毡纸扔床上啦?"她明知是炮兵参谋孙武的,却脸冲别人问。孙武一瞬间就编出一串谎话来:"我棉袄让战友借走探家了,我和他换穿的,我正嫌脏想帮他刷一刷!"她没理他,不过她已听出是谎话了。她只觉得年轻的参谋挺聪明机智的。他又发现她写黑板报的字也很漂亮,愈加关注她。后来听说她参加过军体射击比赛并且得过冠军,说什么也按捺不住了,主动找到她问:"你真会打枪吗?""我从不弄假!""啊……准吗?""我想肯定不会比你差!""比试一下行吗?""看你能不能弄到枪和子弹吧!"孙武真弄了支手枪和两盒子弹,又用提包装了二三十只罐头瓶子,相约到郊外大雨裂沟里拉开了架势。她让他先打。他二十发子弹平均两枪碎一个瓶,而她却一枪碎一个,姿势也十分潇洒,并且几天后她提干当护士了,孙武便开始了紧紧的有明确目的的追求。本该出院了,他故意延迟几天。为了给她好感,他发动同病室几个兵说:"你们不就想泡病号多住几天院吗?那还不多帮习护士干活?"他们病房卫生于是出奇地好,连走廊厕所都擦出亮光了。一听说她来了,他赶忙就趴床头读哇写啊,很刻苦很有学问的样子。谢天谢地她感冒了,他买了好多高质量的水果去看她,说是全室病人委托他来的。他每天都去宿舍看望她一次,一直到她病愈上班。上班那天晚上她为了谢他买了两张票请他看电影。他说头有点不舒服,别去看电影到她宿舍说会儿话吧。她怕同宿舍人说闲话不愿去,他又提出到外边散散步。她说天很黑了,怪害怕的。他说把枪给你,如果我有什么不轨行为你就开枪。她真接了枪去同他散步。走到一所学校大操场,依在双杠边两人都开始紧张不敢说话。后来孙武说:"你站前面看我给你练双杠!"大冬天他脱下棉袄跃上双杠。月亮下一连十几个大回环,把她看呆了。看得她好激动,孙武往下一跳时,她正迎着他,他顺势扑向她。她不能躲,一躲会摔了他,她感动得也不想躲了……他就得到了她的初吻。

  习久贞拿出两只酒杯都斟满了。孙武端起酒想,病是军人媒嘛,现在身上有了几处烧伤,不正是和解之媒吗?他欢喜和习久贞碰了杯。习久贞干了杯却没说话。孙武引她话说:"鲁团长的师长命令黄了!"

  习久贞:"怪可惜的。其实鲁团长领导一个师很够格。"

  孙武:"这回袁师长不用发牢骚了!"

  习久贞:"袁师长是该休息了,不光水平一般,身体也不行,经常往医院跑。"

孙武："火是我们营打着的，反而我的令下了，团长的令不下！"

习久贞："你扑火表现得很不错，死人又不是你们营的，当然你能上他不能上。他的团死了二十八个现役，还有一个疯子！"

孙武："他扑火表现难道一般吗？袁师长也在现场指挥，我看死人跟袁师长动员成立敢死队有直接关系！疯排长怎么疯的？他的死实质也跟他有关。他就可以当师长？"

习久贞："这些情况上边不会知道，鲁团长准把责任都揽过去了。这些责任都揽到你身上，你也上不成。"

孙武盼习久贞能就此说下去，说到他的参谋长怎么干，说到离婚协约怎么办……可是她没往下说。

睡觉时孙武以为习久贞会改变以往的规矩，把两人的铺盖安排到一张床。她却仍然两床铺的。

和习久贞睡同床的七岁女儿看手上额上都缠着纱布的爸爸又黑又瘦，一人睡小床上，便直喊爸爸过来睡。

孙武盼习久贞能和女儿一块喊他过去，可习久贞没开口。

女儿见爸爸不动，哭了，声音很大。

孙武也哭了，没有声音，泪水却止不住。

女儿直摇妈妈胳膊说："爸爸伤口疼，都疼哭了，让他过来吧！"

习久贞终于说："过来吧！"

孙武止了泪过大床去了，挨女儿躺下。

一直到躺在他们中间的女儿睡熟，灯也没闭。

孙武无可奈何硬起心问："火场上你亲眼看见了，我有丝毫不勇敢吗？"

"你的确很勇敢！"

"那你为什么就不喜欢我呢？"

"这跟勇不勇敢没关系。以前我就承认你非常勇敢，不然怎么立二等战功？"

"战士们对我很有感情，你为什么……"

"这是两回事。我们性格和趣味不一致。"

"我可以克制自己改变自己呀!"

"克制和改变自己那很难受。我希望的不是克制和改变后的一致,而是本来的一致。"

"……"

"……"

"我们的协定?"

"按既定方针办吧!"

孙武沉思半晌,轻轻下了大床,独自躺回小床后说:"好吧,按既定方针办!"

〔尾声注释:1945年冬天某日,联邦德国正在下大雪。一位二十岁叫法兰西丝嘉的姑娘正在等她未婚夫来家。忽然全区停电,一片黑暗。她怕未婚夫找不到路,便点一支蜡烛放在窗口。未婚夫找来了,随后电灯也亮了。但她不愿把蜡烛熄掉。婚后天天加燃,一直到现在已三十多年。这三十年间,她丈夫去世,她再婚后又再丧夫。她说:"但我仍不愿蜡烛熄灭。"她的蜡烛开始时只有二寸长,现在熔蜡凝成的蜡堆已有七十五公斤重。她估计买蜡烛钱已超过三千五百美元。有人出六千美金买。她说:"什么价钱我都不会卖。我只担心有人不小心把火吹灭,那才是悲剧!"

近年夏天某日,美国华盛顿女跳伞运动员丽达巴拉尔德,与丈夫协商后共同登上飞机,又一同从三千米高空跳伞而下,中途在离婚证书上签字,而后安全落地,完成了离婚手续。〕

1990年1期《昆仑》丛刊

船的陆地

> 黑夜是爱情的白天,
> 大海是船儿的陆地。
>
> ——题记

一

毕竟才是初夏,灵芝岛上还不可避免地弥留着春天的气息。湿润、清凉、腥香而撩拨人心的海风绕着岛子温柔地吹着。不大,却很高傲的灵芝岛就是不为这撩人的海风所动,它严肃地站立在大海之上,像一个哨兵,一动不动地凝视着辽远的海面。

岛子的码头上确实有个战士伫立在炎热的阳光下朝西边海面凝望。他不是哨兵,是编在炊事班而又不做饭的老兵。看他被海风吹粗、被阳光晒紫的脸,还有被汗浸渍后又晒出一片片碱花的军衣就可看出,他确实是老兵了,而且是个与众不同的老兵。别的兵,谁的脸也没像他这样粗糙、这样紫红。这是渔民的脸啊。他的眼也和一般战士不同,既不雪亮也不笼罩着雾似的,但总是企盼地盯住一个地方,像在搜寻什么。这是不懈追求的渔人的眼啊。一说起话来可就是满口战士语言,稍有不慎给新兵带来不好的影响,连长半真半假地批评他

"周金麦，你知不知道你是干什么吃的"时，他准会半真半假地说："报告连长，我是给全连战士打鱼吃的！"他曾经当过炮班长、炊事班长，因为能吃苦，有牺牲精神，又有单独外出执行任务的品质和能力，所以三年前就干起给连队打鱼的工作，管着一条机船和两个战士，大家都管他和那两个战士叫"渔兵"或"陆军海战队"。他们"陆军海战队"要比一般战士辛苦，每天早出晚归，在海上下线钓鱼。今天他们的船收得要算是最早的。

周金麦叫两个战士把鱼和渔具抬回连去，自己卷根旱烟，索性站在海边等起交通船来。他知道交通船还得个把小时才能到，所以一根烟还没抽完便被海风撩得站不住了。这个很少有闲心爬到山顶看看风景、采采花草的渔兵，破天荒顶着下午三点多钟的烈日向山上爬去。山顶有棵芙蓉花是岛上最美的花，现在远未到芙蓉开花的时候。他要去摘几片芙蓉叶子，准备装进信里，明天好寄给今天即将给他来信的那个人。

周金麦随着海风爬上高高的山顶向辽阔的海面一望，再往下一瞅，五六年来第一次发觉灵芝岛确实像几株灵芝长在一起，而且像长在苍茫无际的大草原上。那不停地朝岛子奔来的波啊、浪啊，就跟秋风吹起的大草原上滚滚的草浪一样。他忘乎所以地想，作家和诗人们也没什么了不起的。不就是见了草原时把草原比成大海，见了大海时又把大海说成草原嘛。再不就把海岛比喻成牧包，把牧包形容成海岛。这我也看得出来，写得出来。下封信就把这比喻写上去，连孔雀毛似的芙蓉叶一块寄走。他也没想到，自己怎么突然来了作家和诗人的灵感，看到什么都要比喻和联想一番。没等来到芙蓉树下，周金麦先遇见了一棵高大的海棠。海棠可是开花子，开得好盛，像灵芝山上又移来了一座雪山。他站在山前仰望那层层飘香的厚雪，心如一只鹰儿朝山巅飞翔。跟来的海风像理解他的心情，把花香一阵阵吹进他的鼻孔，还觉不够孩子撒欢似的在树下打了个滚，险些滚下山去。他拽着一把青草站起来，身上竟没沾一星儿土，满身沾的都是花瓣。

他带着雪白的花瓣奔到前面那棵芙蓉树下，精选了两片叶子。在他眼里，这是两朵毛茸茸，粉嘟嘟，如两团焰火似的芙蓉花。因为芙蓉花开时就像节日那烟花，粉红地散开在天上的焰火一样。他心里的花儿在开放着，又诗人一样灵动飞扬地俯瞰起住了五六年的小小灵芝岛来。岛子几乎被几座手拉手联合起来的陡山占满了，山和山的拉手处才是极有限的平地。全岛的政治、经济、军事、文化和交通中心就挤在海边那块不到二百平方米的平地上。他浪漫地想着，再下一封信应该把这样的话也写上："别看这块平地只有巴掌大，可上面有我们岛上的'南京路''王府井''人大会堂'和'卫戍区'。由于这些重要机构太多，一些民房就被挤上山脚、山腰，甚至山顶，所以我们岛上的房屋就形成了这样的分布特点：上层建筑在下边，下层建筑在上面，只有站在高高的山顶往下瞅时，上层建筑和下层建筑才像在一个平面上，并且不管楼房和平房都一样高……"他还想措措词把岛上仅有的两栋楼形容一下，忽然看到交通船拖着一束黑烟朝岛子驶来，便把芙蓉叶往胸兜的小本里一夹，朝山下跑去了。

二

像拖拉机爬过草原上的一座座小丘，交通船越过起伏的海浪驶进灵芝岛码头。每天这时候，才是人们集会见面的机会。盼信的来迎信，等人的来接人，运东西的来卸东西。什么事没有的，也要出来凑凑热闹说几句话。如果不是上课、训练或集体活动，一到这时候肯定会有一大帮战士跑到码头来，他们一般是来迎信。老乡们大多是接人，那些属于"国营"的工作人员，基本是卸货物来了。男女老少，党政军民，趁这工夫打打招呼，说几句联络感情的笑话，也没什么目的，就因为这是海岛哇！

"今个咋回来这么早？"每天有事没事必定来迎交通船的一个小老头和周金麦搭讪了一句，马上到人前维持秩序去了。他本是在岛外国营工作的，退休后回岛上待着，什么闲事都管，尤其公共场合的事。全岛军民都叫他老警察，尊敬点的，则叫他"义务警察"。

周金麦随便和义务警察打了个招呼，拎着帽子就要挤上船去接军邮袋。义务警察真是名符其实的义务警察，他拦住周金麦说："你咋还带头挤？跳板刚放下，该你挤吗？"周金麦知道义务警察就这么个人，也不跟他计较。好事不怕晚，等一会儿就等一会儿。他退到后边去，把风纪扣和挨着的两个纽扣一解，撸起袖管坐在人群旁边用帽子扇风。这时候有七八个战士跑过来看热闹。连长也随后来了。一帮战士正正规规地站着议论，却不敢指手画脚。周金麦手下的大耳朵渔兵见周金麦坐在地上，也凑过去并肩坐下来。他和周金麦低头对火点烟时帽子碰歪了，也没正一正，就兴致勃勃看起来。连长是故意来查看军容风纪的，他在站着的那帮兵跟前转了一圈没吱声，又来到周金麦和他的渔兵跟前。周金麦原地坐着跟连长开玩笑："连长也盼信哪？"

连长拿锐利的眼光扫了扫两个席地而坐的渔兵，没回答，板脸命令说："晚饭后，周金麦，你要给炊事班挑一缸水，要亲自挑，不许叫新兵代挑。不是开玩笑，原因你自己知道。"连长锐利的眼光又扫了扫新兵，半句话没说走了。歪戴帽子抽烟的渔兵还坐着，周金麦给他正了正说："还不快把烟掐了，站起来。我已挨罚了，下次再让连长遇见类似情况，他也会罚你，兴许让你在全连面前'照相'呢。"

渔兵忙跳起来，把烟扔在地上一脚踩死，扣好风纪扣，回到规规矩矩站着看船那一堆人中。周金麦也站起来整整军风纪，但他不是害怕。老兵了，谁还不和连长有点私人感情。罚挑水那是吓唬新兵的。一缸水，跟炊事班长说一声，连长问时说挑了也就完事。但是，老兵了吗，还能不懂得支持连长的工作和维护连长的威信？他整理好衣帽也和那些战士站到一起，说："今天高兴，得意忘形了，让连长罚挑一缸水。你们可得注意点，听见没有，啊？"

"周班长，啥喜事让你高兴得竟忘形了？"一个新不新老不老的兵逗周金麦说。

"六年军龄老兵给你们新兵打鱼，能有啥喜事，就是打了几条好鱼呗。别闲扯了，快去，去拿信袋！"周金麦早不当班长了，大家还叫他班长，这是出于尊重。不管军队还是地方，称呼某个人时不总是叫他曾经任过的最高职务嘛。

那不新不老的兵又逗了一句:"嘴说因为多打了几条好鱼,八成有信了。给周班长取信去!"他也不管义务警察怎么说,不一会儿就挤上船先把信袋拿来了。

信袋像块吸引力相当大的磁铁,把一帮本来就站得很近的战士吸得更紧了。信袋被翻完之后,磁力也便消逝。拿到信的赶紧躲到一边去看,没信的又去看别的。周金麦当然是第一个拿到信的,他若无其事地把信往兜里一揣,说声"给炊事班挑一缸水去",走了。

连队住的是一栋二层楼。炊事班属于"下层建筑",所以住一楼,而且是最里边的拐角上。炊事班都在厨房做饭,班里一个人没有,周金麦没打算去厨房挑那缸水,直接溜进炊事班,也不管谁的床随便一躺,掏出信来。打开信前他投了三次硬币,也不是相信占卜灵验,他就有这个习惯,既是儿戏,又表示庄重。三次结果都是他自己认为吉利的那一面,于是就把信打开。

看了几句他的手就抖了,脸也变了,鼻上沁出汗珠儿,读完时汗珠已从额头滚下来。

信是这样写的——

周金麦同志:

　　来信收到。

　　不知怎么回事,我们这里,寒风袭击着每个角落,我的心也被吹得冰冷。恕我直言不讳,读了你的信,我感到我们之间根本不可能有共同的语言和理想,因为你是一个伟大的中国人民解放军战士,光荣的功臣班长,正确的共产党员。而我,是个名落孙山的失败者,微不足道的农业社员。现在我只想高唱《精神病患者之歌》,其他,实在没有什么好写,感望谅解。

　　致敬!

　　　　　　　　　　　　　　完全陌生的人　李秀玉

信纸背面还有一句话："信，这位洁白美丽的使者，给你带去的不是佳音，而是分道扬镳的哀鸣。"

这信实在太出乎周金麦的意料了。他原来的打算、信心全被击碎，甚至连自尊心都受了挫伤。

三

来信这个李秀玉，和周金麦不认识，只通过一次信。两人家都在四川，隔着百里多地，是周金麦一个同乡战友复员后给牵了根线。她虽然和周金麦同等学历（都是高中毕业生），但她正在刻苦攻读，决心明年再报考一次文科大学，不考中不罢休。不久前周金麦的战友才替他物色到这个目标，来信介绍说："这个人很有志气，也有点文才，一般人她都看不起。不过，凭你的文化水平和笔杆子，还有你的条件，我想对付她不在话下。你是老兵、党员，还立过功，当过班长，我看她也挑不出什么。但是也得慎重对待。我已把咱俩的合影通过我妹妹给她看了。她只说：'看照片有点老相，通通信看吧，人行的话，老相点也没什么。'"那个战友随信给周金麦寄了李秀玉的照片（是一张同他妹妹的合影）和通信地址。她坚持让周金麦先给她写信。周金麦想了好多。他对女方的条件和长相都是满意的，只是对她非让他先写信这做法不大感冒。不就是个心高命苦的大学漏子吗？自命不凡谁还不会？本人虽然也没上过大学，但不是大学漏子，要不是生活困难也许考中个好大学呢。就是现在，也不见得比有些个大学生差。六年军龄、三年党龄、当过班长、立过三等功，这些个资本，有的大学生一辈子都弄不到呢。别看她嘴硬，肯定有心思了，不然为什么说只要人行，老相点也没什么呢。人不行能入党吗？能当班长吗？能立三等功吗？和平年代军功是那么好立的吗？有的都当了团长还没立过功呢？本人立过了。不能依着她来，一开始就要熬住她的威风，然后再热情地谈。这么着,他就以极高傲的口气写了封极短的信:"李秀玉同志:经我战友介绍,知道了你的姓名、地址和简单概况。他说你很有志气,没考上大学还想再考,这种本来失败了却不甘心的精神令人起敬。我的情况呢,你大概也知道了。六年服役在海岛,很老相是肯定的,但自己觉得人还行。六年军龄,三年党龄,二年班长龄,还有一次三等功龄。现在是连队渔船上打鱼摸虾的战士。没照过彩色照片,你大概看不出我的脸是铁黑色,个头也不高。愿意谈没关系,回信告知一声即可。"信寄走后,他计算一下时间,从海岛到四川家乡,要走一个星期,来回得半个月,加上五六天考虑时间,二十天左右准能接到回信。今天正好第二十天,他果然接到回信。可为什么会是这样的信啊?他不明白。

不明白是不明白,想了一阵之后他又感到李秀玉不简单。短短几句话的回信,讽刺、反击得多么有力量。能找到这样有志气、有文化的姑娘做终身伴侣,实在值得自豪。可怎么办呢?向她服软?她会更骄纵。继续写信和她笔战也许会好点。但是他担心自己的笔杆子能否打得过她。他回味牵线战友的话:"这个人很有志气,也有点文才,一般人她看不起。"回信,一定要回信,而且必须回出水平来。他一赌气坐起来:"妈的,先把一缸水挑完再说!"

周金麦晚饭也不肯吃,一担一担挑开水了。炊事班的开玩笑说他定是吃饱撑着了,消化食儿呢。他也不理那个茬儿,边挑水边琢磨怎么写回信。

连长吃完饭到伙房来转,见周金麦真在挑水,很高兴,叫住周金麦扔给一支香烟:"对连里的指示落实不过夜,够老兵样儿。船上有啥困难没有,可以优先解决。"

周金麦放下水桶,拄着扁担说:"别的困难没有。我都二十五了,该不该解决个人问题?"

"这事组织不好包办。你自己有目标没有?连里可以帮忙!"

周金麦跟连长熟,索性把信掏给连长看。连长看完信,气得在手上摔了两摔,差点给撕了:"你还有闲心挑什么水?赶紧写信反击。

和你这样的解放军战士、共产党员、立功受奖者没有共同语言,难道和国民党反动派有共同语言？眼眶子也太高了！你回信时把这句话写上,抬高自己就等于贬低自己——就说这是名人李泰汉说的！"李泰汉就是连长自己的名字。说完他还觉不放心,补充道:"战略上藐视她,战术上要重视她。我看你那两把刷子不一定赶得上她,今晚开班务会时可以讨论讨论,大家出智慧,一定把这封自卫还击信写出水平来。就说我布置的。"

四

自从住上二层楼以后,守备连就开始频繁使用起"上层建筑"和"下层建筑"两个词。住楼上的,如正、副连长,正、副指导员,司务长、通信员、卫生员、放映员、文书等,他们的办公室加会议室和俱乐部整整占满了楼上,被说成上层建筑。其余的都在楼下,被说成下层建筑。

属于"下层建筑"的炊事班,开班务会从来没那么多啰嗦。班长把一天的好人好事讲讲,再把明天的工作说说就完了,其余时间愿意写信写信,愿意看书看书,会会同乡也行。炊事班长的哲学是:"炊事班属于下层建筑,把饭做得让大家满意就行,用不着啰啰嗦嗦,那都是他们上层建筑的事！"他在他们班工作绝不落后,哪次表扬都少不了。

"周班长还有事没？"炊事班长每次讲完事都要这样问问周金麦,而周金麦总是说:"没事,散会吧。"这次炊事班长刚想说"没事散会",周金麦却说:"我有个私事,想麻烦麻烦大伙。"他没说是连长布置的。这类事,以战友关系相求比说领导布置的更好。

"我念封信大家听听。"周金麦掐死了烟头,"来信收到。不知怎么回事,我们这里,寒风袭击着每个角落,我的心也被吹得冰冷。恕我直言不讳,读了你的信,我感到我们之间根本不可能有共同的语言和理想,因为你是一个伟大的中国人民解放军战士,光荣的功臣班长，正确的共产党员。而我，是个名落孙山的失败者……"

念到这儿被炊事班长打断了："男的还是女的？"

"废话！"周金麦说，"男的谁和咱们强调'共同的语言和理想'？"他刚要继续往下念，又被一个炊事员拦住了："周班长，什么叫名落孙山？"

"成语典故。古代忘了哪个朝代，科举考试发榜，孙山是榜上最末一名。名落孙山就是没考上。"

大耳朵渔兵又问："给你来信这女的考什么没考上？"

"废话。不是大学别的再考不上像话吗？"

"没考上不就和我们一样吗？怎么'根本不可能有共同的语言和理想'？"

"还准备考，非考上不可。"

"那也不一定能考上！"

炊事班长对新兵乱插言不满意："听着！听完了再说。"

周金麦继续念道："……微不足道的农业社员。现在我只想高唱《精神病患者之歌》，其他，实在没有什么好写，感望谅解。致敬！完全陌生的人李秀玉。"

读信声刚停，炊事班长就骂了一句："纯粹放屁掺沙子，连讽刺带打击。这个李秀玉跟你怎么回事？"

"别、别，说女同志别用粗鲁话！"周金麦不高兴别人不尊重李秀玉，"下边还有两句，念完我说说前因后果你们再发表意见不好吗？"他接着念信背面那句话："信，这位洁白美丽的使者，给你带去的不是佳音，而是分道扬镳的哀鸣。"

"张狂，这个女的！"大耳朵渔兵为自己直接领导的尊严受到损害而气愤。

"名落孙山、微不足道、感望谅解、分道扬镳一封短信用了这么多词，挺不简单！"喂猪的饲养员倒挺佩服信的作者。他刚入伍时不会写信，每次都求人写，求人念，后来被人开玩笑捉弄了一次，就决心自己学文化。现在能写信了，但还不怎么会用词，所以很羡慕这封用了好几个成语的短信作者。

"用词挖苦当兵的,你佩服什么?"一个炊事员批评饲养员的立场有问题。

"别瞎戗戗,听周班长说说来龙去脉。"炊事班长毕竟比战士善于掌握大方向。

周金麦实事求是说:"复员战友帮我牵了根线。我先给人家去信口气大了,闹得被动。已经到这步了,我想干脆硬到底,让大家帮忙提供些观点。"

"我看还不如道道歉,兴许人家还能继续和你通信。这女的我看不简单,跟她通信还能学点东西。"饲养员坚持自己的观点。

"这不行。"认为李秀玉张狂的大耳朵渔兵说。

"是不能耍熊。不过我看,咱们炊事班这几头蒜不行。周班长花钱买盒好烟好糖,到上层建筑找两个比你强的,多翻几本书,好好词巴词巴。"炊事班长再次掌握了大方向。

"写信不那么简单,谈这个事的信,光找上层建筑几个没谈过的笔杆儿不行。是不是问人家谈过的,像连长、指导员、排长谁的,人家都结婚了,知道女的啥心思。"饲养员喂三十头猪不怵,写信大概是他第一件难事了。

大耳朵渔兵争强好胜的性格有点像周金麦,他说:"连长、指导员有闲心管你乱弹琴的事?叫个女的损成茄皮色,还有脸跟连长说。好赖自己写吧,我看班长的笔杆子不比她赖!"

赶巧连长进来了,没坐下就说:"谁这么'先验论',说我没闲心管这事?这次我要通过周金麦抓出个典型来。军人谈对象就要个军人的谈法,低三下四那种'求'不行!"连长坐下来,掏出两封信,"看看指导员,和老婆谈了八年,人家的信怎么写法!"连长很佩服指导员的才能和骨气,包括谈恋爱方面表现出的骨气。指导员不在家,连长特意到家做指导员爱人工作,借出了这两封信,是指导员当年写给对象的头两封。连长扔给周金麦:"拿去参考参考。我又想了一下,你们炊事班这方面战斗力差些,我已经布置文书、卫生员和放映员了，你们四个一块，让指导员家属当顾问，一定把信写好。指导员到师里开会快回来了，由他把关定稿，周金麦自己抄一遍再邮。"又看着周金麦，"还有困难吗？"

"渔船每天早早就走，挺晚才回来。我离不开。是不是叫他们给打个稿，我自己修改，啥也不耽误。"

连长说："可以，你自己先说说想法，你认为应该怎么写？"

周金麦琢磨了一会儿："说实话连长，她这性格我挺看得上，好汉不打不成交，我想好好跟她打打，但怕打断了线。我想，是不是批判她观点的同时，也得说说她的优点。"

"那我就这样给他们布置：'打'是手段，'成交'是目的，采取的战术是以硬为主，软硬兼施，既要写出军威，又要写出文采。这几天你照样打你的鱼，抄时给你一天假，就这么着，你们该干啥就干啥吧！"

"连长，我有个看法！"大耳朵渔兵见连长要走，赶忙叫住。

连长看看这个不起眼的渔兵："你有什么看法？"心想，你还有看法。

"谈这事的信，领导……包……包办合适不？再说我看我们班长也不是不能写。"

"部队是战斗集体，一个军人有了困难，发挥点集体智慧，怎么是包办？最后还让他自己抄嘛，他不同意的可以改嘛！"

"要是我，如果知道谈对象的信求别人写，而且一帮人，我肯定不高兴。谈对象就是让对方了解真情况，不真就是骗人家。"

"无限上纲！你看看她这信，骄傲透顶，不把她震唬住，就断线了。真情况以后慢慢让她了解，这次就这么定了。"

五

守备连连史上真还没有过这样的事情，一个战士找对象的信由连长出面组织了个写作组。指导员的爱人在岛上当小学老师，她站在妇女的立场,不赞成这样做。除她而外,另外三个人都参加了,顾问换成一个文武双全又结了婚的排长担当。他们反复研究了李秀玉的信,然后查找一些资料。关于《精神病患者之歌》,查遍小岛的资料也没有。指导员爱人看他们浪费了不少时间,还是给提供了情况:这是"文化大革命"传唱的一支歌儿,以精神病人内心独白的形式唱的。

临动笔前,周金麦又向起草人提出了一次要求:"多用些比较新鲜的词儿,再加些古诗词,还要体现出军人的气魄。水平要高,但不能让她看出是抄的。"

经过几天几夜的努力,一封连长评价为守备连史无前例,起草人自觉文采十足,周金麦认为很不错的信写成了。读者可以想见,一个偏僻海岛的普通连队的几个所谓"才子"能有多高水平。如实抄录如下(包括错字、错句、错用的标点都未改)。

秀玉同志:惠函收悉。

信,这位白色的天使,来得这样草率,这样冰冷,真可谓高山流水,知音难觅呀。

寒风确实能催人泪下,但我只记得"疾风知劲草"。

《精神病患者之歌》,这是"文化大革命"那个病态年代的病人之歌。你,一个新时期为四化建设而努力高考的有志青年,不应该含泪高唱《精神病患者之歌》呀?严寒过去必将是阳光明媚,百花争艳的春天,你洁白的信使怎么应该给我带来分道扬镳的哀鸣呢?

秀玉同志,生活就是充满了曲折的。当一个问题出现在思维的海洋里,有心人总想把她弄个水落石出,不然坐卧不宁,忐忑不安,这也是人之常情吧!

我想,生活的表现不外乎就两方面:一个是幸福,一个是痛苦,我们这一代人也正好处在"幸福"与"痛苦"的十字路口上徘徊。谨慎小心的选择是通向幸福的捷径,草率处事是走向痛苦的悬岩!我总认为,人生的道路之所以坎坷不平，重要的一点是人们的认识不能有机的与现实生活结合起来。关于这点，人们的成败是举不胜举的。对于生活我无所研究，可一接触到生活中的事，不免有些内疚。我们这一代经过十年浩劫的年轻人，多少是华而不实，脆而不坚；多少离奇古怪的事情出现在我们这些青年人身上。真是"天下多少事，谈笑付东流"。的确，想找一个理想的意中人，实在很难办到。大概因为我们的生活本身就是"相对"的吧！当然，各为不同，求全责备是不应当的。

秀玉，来信中你这样写道："你是个光荣的中国人民解放军战士"等，这讽刺实在令我难堪，我虽然学术浅薄，但有些诗情话意还能略晓一、二。（指导员信语）我作为服役数载的军人，为人耿直，生活上严肃认真，这是我的本质。我的青春即将过去，我要奋斗，要生活！目前的形势，未来的生活都是难以探测的。

始终费解的是，您在信中谈到我们根本不可能有共同理想和情操。我虽是军人，但不久将脱下军装，也就是个务农兵了。至于我说我是党员，我是班长，我立过功，只不过想说明我品质不坏。如有损您的自尊心也属偶然。因为我是第一次给我不认识的女同志写这样的信。

名人李泰汉有这样一句名言："抬高自己的人就是贬低自己。"不知该怎么理解。如果仅事与愿违的话，我也只好用诗人多菲的诗句"生命诚可贵，爱情价更面，若为自由故，二者皆可抛"来安慰自己了。以上的话是直爽的，可能伤了您的自尊心。请原谅我的无知。

黑暗过去就是曙光，我想，寒风给我们带来的不应是辛酸的眼泪，而是心花怒放的腊梅。爱情是建立在志同道合的基础上。我想，分道扬镳对我来说并不是含泪高唱，可为何这样激烈地扣响着我的心弦啊？

秀玉同志，我始终不明白，为什么仅一信之交，你我就分道扬镳。是的，我只有经过部队熔炉锤炼的坚强身躯和勤劳的双手，靠她去开拓我幸福的乐园。人生就是悲欢离合！此时我只能面对苍天，自叹自问：这是为什么？

秀玉同志，笔墨难以表达我此时的心情，尤其婚姻恋爱，是一个人的终身大事。情不投、意不合，是很难生活到一起的。虽然我有悲伤，同样也是高兴的，因为这样对我们双方都有益。

致

军礼

尊敬您的周金麦

×年×月×日

周金麦没有要连长给他的一天半抄信假。他打了两个大大的夜班，把信稍加修改，又加些自己的话抄好了。当他拿着灵芝岛通信史上最长的信到邮递所投寄时，一丝不苟的代邮员姑娘称了称重量说："超重！"

"超重？"周金麦吃了一惊。他活二十五岁还没听说有超重的信呢，"那……咋办呢？"

"信里不许装钱、装粮票和其他东西。要装了，赶快拿出来另办手续！"

"啥也没装，就是信，真的！"

她看看收信人的名字，又看看有点紧张的老兵想，磨磨叽叽，给女同志写这么厚的信，没出息。她再看看周金麦黑黑的脸，又想，岁数不小了，怪可怜的。"真啥也没装？"她问。

"是没装，要不拆开看看。"周金麦说时脸红了。给姑娘写这么长的信比装别的东西更能叫他脸红。

"以后注意点算了。"女代邮员还是扬起手，啪的一声把小岛通信史上最长的这封信打了个邮戳。

周金麦如释重负，又出海了。

六

　　从那以后，海在周金麦的眼里变得复杂了。先是庄严，一呼一吸都那样庄严。她会依据她的庄严对不同态度投以不同的回答。温柔平静，那是对和蔼的太阳以回敬。轻轻扬起浪花，那是陪着为她轻歌曼舞的风儿在欢笑。巨浪滔天，那是对向她施以暴虐和侮辱的狂风以拳头和耳光。淹死人了，一定是那人在她痛苦和饥饿时还企图从她腹中网取食物，或是本来对她接触不多，了解甚少，一点爱情也没有，就要赤身裸体向她采取轻狂态度的结果。对于爱她，尊重她，执着地追求她的人，她才赠与平安、欢乐和她用以维持生命的食粮——丰厚的鱼虾。

　　开初，周金麦就以这种心情每天驾着机船到比以往都远的地方去打大鱼、打好鱼，用多打鱼来解除等回信的担心和焦躁。由于专心打鱼，并没觉得时间怎样难熬，鱼反而比以往打得格外多。分管伙房、猪圈的副连长一再表扬他模范作用特别好。可是该回信的日子已到，而且过了好几天也没接到回信，他的心情完全变了。海在他眼里开始变得奇怪而神秘。海为什么要这样深，深得叫人难以探测。浅点不好吗？浅点鱼也好打，就用不着那么大的渔网和那么长的鱼线了。海呀海，你真不是河，也不是江！你的胸怀那么大，能行得下各式各样的船只，难道和一时忘乎所以、撞了你一下的小船斤斤计较？那你可就不配被战士们深情地歌唱为"大海呀大海，宽广的大海"啦。你涨潮又落潮，就该有生气也有高兴的时候，想你不会生起气来总不消的。

　　当放完鱼线，停下船来等各种鱼来上钩时，周金麦又开始悄悄投硬币了，然后抽着旱烟，躺在船上仰望天空揣想。这次回信她会怎么说呢？她会说多少呢？也会超重吗？不管说什么，超重就好，超重说明她重视了，破口大骂也比断了线强。

　　该接到回信的日子过了半月，仍没见到信影，周金麦再也控制不住焦躁的情绪了。不仅没有"超重"，连只言片语也没回。面对空谷石壁，用尽全身力气放声大喊却没有一丝回音；拼命搬起一块巨石投向水中却听不到一声响动，那是怎样的失意呀？全连都知道了，我周金麦雇用了一个写作组给女的写信，人家连理都没理，这不是奇耻大辱吗？他以六年军龄练出的修养克制着，掩饰着自己的焦躁、烦恼、羞辱和无可奈何。不管谁怀着怎样的意思问他"回信了吧"，他都故作镇定说："回信了！"

"怎么样？"

"这个，暂时保密。"

"要不要雇个保密员帮你一下呀？"

"去，去，去！"

周金麦又悄没声给李秀玉写信。简单是简单，但语气不一样了："尊敬的秀玉，我用许多心血给你写的长信，你该收到了，非常想知道你有何想法，望来信指正。"回信的日子又过了，仍未接到回信，周金麦又写一封："敬爱的秀玉，我给你写了两封信，你一定都收到了。我日夜盼着能听到你的想法，可是没有。我每天出海都想这事，吃不好饭，睡不好觉，这样下去，叫我怎样继续出海打鱼呀？"

还是接不到回信。他又加深语气写道："亲爱的秀玉，我真不理解，你为什么这样对待一个战士。我们还没互相了解，怎么就中断联系呢？我给你写了好几封信，出于礼貌你也该回信谈谈看法呀？头两封信写得不谦逊，你应该回信批评！"

就是不回信。周金麦自尊心受了挫伤，发怒了，一气之下又写了封辱骂的信："不识抬举的李秀玉，你太没有修养，太不懂礼貌，就你这样，怕是永远名落孙山了。如你不回信，我就一直写下去，直到回信为止。"

照样不见回音。

周金麦失望了，再写下去的信心已经丧失，决计把这件事忘掉。

于是，海在他眼里变得吝啬和残酷了。海那么富有，许多许多的珍品自己食用不完，为什么轻易不让给人？动不动就发怒，为一点小事，就能吞噬妻子的丈夫，儿子的爸爸，姑娘的情人，父母的儿女，而且那样铁石心肠,任死者的亲人怎样在岸边向你跷着脚哭祷,你也毫不回心转意。你野心太大,太骄横,太自以为是,所以才那样喜怒无常,目空一切。大海呀大海,你一点也不可爱。

七

海哭了,低声地流着泪,那满脸的泪滴像滚动着一层密集而均匀的珍珠。天也哭了,长长的密密的泪雨落在海面上,好像大海烧开了,无数煮熟的珍珠都翻上水面。微风和着急雨,把天空和大海搅在一起,像天和海在抱头痛哭。大海昨天还风涛翻卷,怒吼示威,今天为啥如此伤心地低泣?因为痛悔伤过渔人的生命吗?因为看见遗孀在祭亡夫的身影吗?

一艘小机船静静地停在烟雨迷蒙的夜海面上。一盏风雨灯放在小船发动机汽缸上。灯光里,三把张开的黑伞下面坐着三个人,周金麦和两个渔兵。这几天,周金麦憋着一股劲在打鱼。如果以往,像这雨天就不出海了,他偏要去。他自己明白,这是跟那李秀玉置气呢。他也奇怪,本来已下决心不再想这事了,为什么干点啥都非想到跟她置气?这是在人生的海上头一次惨败。从小学到初中没败过,从初中到高中也没败过。要不是家里生活困难,考大学也不会败的。当兵到现在,哪年败过?跟一个女大学漏子通了一封短信就断了,实在是一次大惨败。他还奇怪,找对象的事,人家不同意就拉倒呗,干吗这样啊?他分析了这情绪里的因素:自己争强好胜的性格,也喜欢争强好胜的人。李秀玉好像比我还争强好胜。看来,我真是对她产生好感了。哑巴吃黄连,自己悄悄咽下苦汁算了,别叫大家看出来笑话。

虽然他拼命打鱼,表面很乐观,两个渔兵还是看出他的苦恼来。班长的烟抽得狠了,还好哼歌,一闲下来就哼"海风——海风……腥咸的……海……风",两个渔兵悄悄说:"男愁唱,女愁浪。班长害愁呢!"

雨点敲打着灯光照射的伞，发着神秘的、容易让人思念的响声。船在原地轻轻摇摆，发出的叹息声被雨落海面和伞布的响声掩住了。七八筐鱼线已放到海面，还要等个把小时才能起。三个人无事可做。周金麦吸口烟，望着那迷蒙的烟雨又哼起来："海风……啊海风……腥咸……的海风……"

挺佩服周金麦的大耳朵渔兵见班长的烟头火一会亮一下，哼歌的声音便停一下，就打开收音机让班长听听节目，好心情愉快些，可偏偏播出的是一部电影的录音剪辑。电影里死了个人，正开他的追悼会，致悼词。大耳朵渔兵急忙关了收音机，故意逗班长开心说："毛主席说'不管死了谁，都要开追悼会，寄托我们的哀思'，我们家那里，死了人从不开追悼会，这不是反毛泽东思想吧？"

"胡扯什么，打开，听听悼词。"周金麦不哼歌了。

收音机又开了，哀乐在轻轻摇摆的小船上，在张开的黑伞下面，在三个远离家乡而又失意的战士身旁，在浩瀚的海面上仅有的这块迷蒙烟雨的空间，低低地回旋。周金麦思想的鸟儿正穿越灰茫茫、雨沼沼的大海朝家乡的山地和平原艰难地飞翔。那个李秀玉在干什么？在阴凉的橘树下读书，还是在田间小路上散步？她会不会想到海，想到海上还有个打鱼战士？她现在高兴还是痛苦？为什么高兴或痛苦？

"……×××同志永远离开了我们，但是，他的表象，他的品质，他的精神将永远和我们在一起，让我们化悲痛为力量，在自己的工作岗位上作出更大贡献，以慰藉他的在天之灵……"

这悼词，周金麦听来就像是追悼李秀玉。李秀玉还没和他见面就永远离开了他，给他心上造成了创伤，不跟死了一样悲哀吗？人真是怪物，连面都没见过一次，也没说过含情脉脉的话，何以产生如此强烈的怀念和悲哀？大文豪泰戈尔的话真是从生活海洋里提炼出的真理之精。他说，我追求我得不到的，我得到的都是我不追求的。播种经历，收获习惯。播种习惯，收获性格。播种性格，收获命运。周金麦播下的经历、习惯，使他收获的争强好胜、执着不懈的性格，就是他此时产生悲哀的原因。他想得到而得不到的，就一定要追求。追求而不得，便悲伤。这种性格将会给他带来怎样的命运呢？他自己也不得而知。人真是最复杂的，往往心里想的是这样，表现在行动中又是那样。周金麦突然自己关了收音机说："你俩帮帮忙，我也开个追悼会！"

"班长咋啦？"

"为我的'对象'开追悼会！"

"她……她没了？"

"跟没了一个样。"

"你不说一直通信吗？"

"单方面的，没回。"

"臭美！开！开她的追悼会。"

两个渔兵为了安慰班长，真的愿意开这个追悼会。这未免太恶作剧。诅咒一个好端端的人死，不是太残忍吗？对于那个她来讲，是太残忍了。可这残忍她不知道，没实际意义。实际意义只在眼前。对眼前的周金麦来说，这就是友谊，就是帮助，就是温暖。

说是这么说，真要搞，他们谁也做不来了。"算了，听听广播算了！"周金麦深深吸口烟说。

电影插曲忧伤的旋律在雨里缓慢地飞行一阵之后，落到珍珠滚动的水面上，更加让周金麦觉得沉痛。这神秘的、莫名的沉痛，使他神经麻木，不觉凉，不觉饿，不觉累也不觉苦。"海……风……海风……腥咸……的海风……"他不由自主哼着。

轻微的海风渐渐刮得大了。大耳朵渔兵看看表，已到了起线时间。他怏怏地推醒周金麦："班长，到点了！"

"不忙，今天非钓几条大的。"周金麦仍瞧着神秘的海面哼，"海……风——腥咸的海——风——"

风更大了。小机船像婴儿的悠车在渐渐涌起的浪上面摇，摇得很有节奏，让他们感到舒服。慢慢地，胸中悲哀的迷雾摇得更稀薄了。两个渔兵又提醒周金麦，风头不对，该起线了。周金麦闭着眼任船儿把他摇摆了一阵。悲哀被摇得所剩无几，才坐起，收了伞，穿着雨衣开始起线。

八筐鱼线，每筐一百多米长，一百多把钩。周金麦拔线，大耳朵兵摘鱼并往筐里倒线，另一个渔兵掌舵、开机器。

船开始摇得像醉汉了，叫他们站不稳，起线比往常困难。拔了十多米，十多把钩上做鱼饵的虾怪肉都没了，却没有一条鱼。周金麦骂骂叽叽说："小气鬼！吝啬鬼！"

船把他们摇晕了头，风差不多已有五级。五级风就不允许出海了。像有个人躲在水下面故意用劲摇船，一会儿把船推上浪尖，一会儿又把船推下波谷。光站着都不稳，拔线已有危险。大耳朵渔兵急了："班长，反正不会有几条上钩的，走吧！"

"不能让这吝啬鬼白捉弄一回，放这么多线，不信没鱼！"周金麦抹了把脸上的雨水，继续拔线。

海面黑得可怕，加上瘆人的雨声中又多了涛声，海越发阴险狰狞。大耳朵渔兵不得不再次催促周金麦："班长，危险了。这大浪，不出事回去也要挨连长撸的！"另一个兵也劝："班长，走吧！"

"再收一会儿，我总觉得今天能有条五六斤的鱼。"周金麦加快了拔线的速度，他也感到这风还很大。要是以前，他早决定往回返了，今天却非要弄条大鱼不可。

起完六七条线，还没有超过二斤的鱼。小鱼总共也就一二十斤。周金麦很生气。越生气，那越来越大的浪就越气他。浪把他们连人带船像鸡毛一样颠弄着，举起来，摔下去，再不就哗地朝上边泼一阵水。风雨灯总是湿漉漉的。穿着雨衣，不透气，闷得流汗，所以里外都湿。一个接一个的浪已不光是气他们，而且明显地要加害他们了。

拔完了七条线，黑森森的海面发出世界末日即将来临的吼声。雨呼叫起来，鞭子似的挥舞着，抽打三个不屈的战士。周金麦不得不让掌舵那兵把船开动，朝连队方向行驶。但他仍没放弃还没起完的一条线。他牢牢地坐定，船边走他边拔线，这要付出比原地不动所用的双倍力气。他拔几米歇一气，剩几十米时已精疲力尽了。就在这时，一条六七斤重的鱼被拉出水面。鱼还活着。这大的活鱼在水里挣扎起来比人力气大。周金麦拉不动了，招呼两个渔兵一齐拉。三个人刚协调好动作，大浪迎头冲来，机船一下直立了，好险没有掀翻。周金麦死死抓着鱼线和船帮的手忽然像被钝刀割锯几下。浪过后才发觉，鱼线断了，他的左手被尼龙线割下一条血口子，鱼已带着线逃走。

"逃得了今天，逃不了明天，老子抓不着你，也要把你哥、把你爹抓到！"周金麦没力气骂出声来，只在心里狠狠地骂着，然后移到大耳朵渔兵跟前，和他一同掌舵，想快些赶回岸边。

终于闯过七八里惊涛骇浪，驶到岸边。连长带好几个人早在迎候他们。一连之长的心简直急得要碎裂了。三个战士和一条船万一回不来，他可怎么交代。

浪一撞到岸上更加骄横，一撞一暴跳，同时伸出上百只拳头乱砸一气。一个大浪突然又从背后扑来，抽冷子一推，机船被推上礁石，退不下来。周金麦跳下水，用肩去扛。轰隆一声，又一个黑乎乎的浪凶恶地一扑，咔嚓一声，船又从礁石掀下来。

岸上，连长的手电光颤抖了几下，哭似的呼喊起来："周金……麦……周金……麦！"

八

周金麦砸伤了一个脚趾，十多天没能出海。这天下午，天气少有地好，海又变得睡着似的安静。周金麦提着个大竹筐，到岛子东边不大有人去的海滩上捡海虹。不是吃，打鱼的人哪有愿意吃海虹的。他自己不能出海，为了出海的两个渔兵准备明天的鱼饵。

周金麦今天的心情，也有点像睡着了的海，很平静。他头一次发现岸边的山崖下还有这么好看的礁石。像狼牙，像卧熊，像刺猬，像野猪，像雄狮，像锈铁，而那些小石子则像这些大龟产在锈铁下的奇形怪状的卵。还有些像奇特的飞檐，飞檐下有满是小蜂窝眼的平石。坐在平石上打扑克，下雨都浇不着。那锈铁样的礁石里明显含有很大的金属成分，所以经风雨剥蚀后如刀，如镐，如斧，如锯，沟沟回回，凸凸凹凹，更有如溶岩奔突，疾风打旋。这种礁石的形状不能不使周金麦感慨岁月的无情，大自然的豪伟，人的年华短暂。大海和岩石都在衰老，人算什么呢。

周金麦很快捡满了一筐海虹，一瘸一拐地往回走。

义务警察迎面走来，一边和周金麦闲唠，一边用手扒拉筐里的海虹。他嘴里赞着海虹长得肥，眼睛却直劲往筐底盯。他想检查一下，周金麦是否抓了海参，抠了鲍鱼。这两样东西都是海珍品，在国家规定的禁捕之列。

"海里损失，海外补唯，脚还得几天才能好吧？"义务警察扒拉一阵没发现什么，就跟周金麦闲唠起来，"你是老兵，又打鱼，你说话有人听，头两天有两个新兵家里来人，他们偷着抠鲍鱼，叫我堵住罚了，现在一见我劲儿劲儿的。你跟他们说说，我是为公家好，我自己能图着什么？"

周金麦把卷好的烟扔给他："我知道你自己图不着什么，咱爷们都是党员，我得提醒提醒你，要相信大多数，就说对我吧，我知道你想检查我抠没抠，这你就直说得了，何必拐弯抹角。"

"你小子，他妈的，哪能呢，别这么想！"

"得了吧，不是吹，我老周把船开出去，想弄点什么弄不了，你检查得了吗？咱不弄就是了。"

"我不是说你，有些兵不自觉。一到这时候就想偷摸弄点海参鲍鱼什么的，海岛凉快，探亲的又快上来了。"

"爷们，老周当兵五六年，你看咱家来过人没有？一个没来！光打鱼就干了三年，一个海珍品没往家邮过！"

"要不我咋说你说话有人听呢，你帮我多说几句，也是为你的连队好。你们里边有人抠了鲍鱼，老乡议论起来，你不也跟着抹黑？"

交通船来人，义务警察辞了周金麦去码头维持秩序。

从男男女女的人群中走下一个梳两条小辫的乡下姑娘。这是个生人，手拎黑提包，模样挺俊气的，一身新衣服在人群中很显眼。她下

231

船就向维持秩序的义务警察打听周金麦。义务警察心里想:"周金麦这小子还说他家不来人,这不来了!"他回头瞅了瞅,指着坐在一旁抽烟的周金麦说:"那不就是!"

俊气的姑娘闯当地到周金麦跟前问:"同志,我找周金麦!"口音也是四川的。

周金麦吃惊地站起来。怎么这样巧,刚跟义务警察吹嘘说当兵五六年家里从没来过人,这就来了。他问:"你从哪里来?"

"家乡口音还听不出来吗?"

"我咋不认得你?"

"别人介绍我来的,我也不认得你。"

"你叫……李秀玉?咋不事先来个信问问?"

"你们家怕先来信你不同意,说直接来就行。"

"来……有什么事?"

"你们家同意了,叫我自己来谈一谈。"

"谈……谈……什么?"

"完婚的事呗!"

这女的,表情、动作以及直爽劲儿,还有模样,周金麦印象都挺好,虽然连个招呼都不打就来部队谈终身大事,多少有点不尊重他,他还是喜出望外。七八千里来了,毕竟是奔自己来求婚的。他把海虹筐交给一个看热闹的战士,自己接过姑娘手里的提包,很有礼貌地领她到连部去见连长、指导员。两位连首长很高兴,他们正为周金麦的事发愁,现在有主动上门的了,大好事嘛!连长亲自安排她住招待所,并嘱咐周金麦一定要热情接待,有什么困难连里帮助解决。指导员还嘱咐他要谦虚谨慎,吸取给李秀玉写信的教训,好好谈。领导的关怀使他很感激,决心谦虚谨慎谈好。

招待所也在上层建筑的二楼。不多会儿,下层建筑的一些老兵就到上层建筑来探望了。这几乎成了部队的一种礼节了。如果谁家里来了人,不快点来看看是说不过去的。来的人越多,来得越早,越说明人缘好,有威信。

老兵一下来了十多个，可是女的烟、糖、瓜子什么也没带，提包里光是她自己换洗的衣物。用战士们的话说，这叫"空手来的"。这是很丢主人面子的。一般来部队探亲都要带些家乡土特产，或是买些烟糖水果什么的。有的怕疏忽了，都事先写信特意嘱咐一番，一定不能空手来。

　　女的空手来，周金麦不怪她，因为不了解部队嘛，何况又没事先联系。他跟大家遮掩说："东西掉连部了，大家先坐，我去拿！"急忙跑供销点买了二斤糖块，又跑司务长那里借了一条好烟。

　　老兵们抽着烟，吃着糖，自然都把女的当周金麦的对象看。好几个不知内情的以为就是先前写信的那个李秀玉，说话时免不了张冠李戴："以后对老周好点。不好全连都不能让。老周要是不打鱼了，我们吃什么？""给我们剥糖、点烟哪，给老周留着是吧，我们跟老周一样辛苦！"

　　这姑娘说话很坦白："你们爱吃什么就自己拿，这东西不是我带的！"两句话说得大家都不做声了。周金麦怕事情搞坏，使了个眼色，示意大家走。不一会儿，十几个老兵都走了。周金麦认为女的话虽不热情，但出于维护姑娘的尊严，也可以理解，便没计较，反而剥块好糖递给她："岛上条件差，克服点吧，你吃糖！"

　　女的把糖放进嘴里，忽然想起提包中还有一袋路上当饭吃的五香花生米，忙给周金麦吃。周金麦问："早咋不拿出来？人都走了。""我是来看你的嘛，就这么点！"边说边往周金麦嘴里塞花生米。周金麦躲不及只好吃了。本来是五香的，他嚼起来却很不是滋味。他还是遵照指导员的嘱咐，谦虚谨慎地和她谈起来。

　　"地里活正忙，路上来回就得半个月，先写信，等闲时再来多好！"

　　"活包到家了，叫他们忙去吧！我攒了不少钱，不想再捡那份累。写信，嘿，金麦哥，我不会写，怕你笑话。"

　　"念几年书不会写信！"

　　"六年啦，都就饭吃了。"

　　"就饭吃了怎么行！"

"那怎么不行？社员，包工干活出苦力，文化有啥用？"

"要是能写信，不就可以用信谈了。"

"来了当面谈更好！"

周金麦沉默了半天："那么，要谈啥子就谈吧！"

女的又给周金麦扒块糖："你是党员，当班长，听说还立过功。都五六年兵了，留不下回去也能安排工作，我也愿意给你做饭。"

周金麦听了她的话不禁又想起李秀玉的话，"你是一个伟大的中国人民解放军战士，光荣的功臣班长，正确的共产党员，而我，只是名落孙山的失败者，微不足道的农业社员……"两个人都提出了同样的情况，结论却完全不同。此时他反感的是眼前这女人的话。他问："往后有什么打算？"

"跟着你，给你做饭呗，你到哪我到哪！"

周金麦不爱听这样的话，"家乡都有些啥子新鲜事，讲讲。"

"老高家三丫头考大学落榜了，家里给她找了个对象，公社饭店的，吃商品粮，她就是不同意。爹打她，逼她，她非要考大学，后来跟别村一个大学漏子偷着恋，叫人抓住了。"

"这是她爹不对，对象的事应该自己做主！"

"她爹妈给她找的那个比她自己恋的那个强，她非要和那个大学漏子好，出事了不是！"

"出了什么事？"

"她俩老偷着到一块。"

"到一块？"

"说是复习功课，哼，姑娘小伙到一块还能有别的事？让人看见好几回！"

周金麦心里越发不是滋味，一点谈的心思也没有了，早早离开招待所，扒海虹去了。

第二天在连长、指导员强说之下，周金麦才领着她在岛子能转的地方转了转。转到岛子东边没人那一片礁石旁，女的说："金麦哥，听说这儿海参鲍鱼很多，你打鱼，不好多搞点让我带着，好结婚时用。"

周金麦对这话厌烦得不行。互相还一点不了解,怎么一口一个金麦哥,还说结婚,怎么说得出口。"这两样东西国家禁捕,谁捕谁犯法!"

"看你说的,不会别让他们知道,现在那些倒腾东西发财的,哪个也不是正道!"

周金麦收住脚:"我脚疼,走不了,回去吧!"

"走不了就坐一会儿,这儿多消停。"

"不行,头晕,得回去躺着。"周金麦见她还想任性,就转头往回走,她只好回来。

周金麦本来脚没好还该休息些日子,但他非要出海打鱼不可。他借了八十元钱交给女的说:"我明天开始要出海了,没时间陪你,给你八十元钱做路费,没别的事你就走吧!"

"那我们的事就定下了?"

"现在工作太忙,以后慢慢说。"

周金麦没等她走,就和两个战士一块出海了。渔船要开时,女的跑上来,当着许多人的面招呼周金麦:"金麦哥,把你的毛衣脱下来,我路上穿穿!"

"我们得半夜回来,夜里海上很凉,脱不下来!"

"那你把纱巾拿着!"她把头上的纱巾摘下来,揉个团朝周金麦抛去。

周金麦连接的姿势也没做一下,纱巾刚刚搭在船边上,风一吹落到海里。周金麦将机器发动起来,渔船一阵突突急响,向海深处开去了,船后留下一条白花花的浪流子。

九

现在的部队越来越跟以前不一样了,连最偏远的灵芝守备连也成立了好几个"军地两用人才"小组。但不像住城镇和军、师、团机关附近的连队，可以成立"无线电小组""钟表修理小组"等。他们只能成立"理发小组""美术小组""木工小组""文学小组""书法小组"等。这些小组能不能坚持住还很难说。没条件啊。连里本想让周金麦再组成个"打鱼小组"，周金麦不同意："打鱼的算个什么人才？家乡没有海，学了回去有啥用！"他参加了"文学小组"。为什么参加这个组，一开始他自己还闹不清，指导员问后，他认真想了一阵才发觉，跟那个心高的李秀玉决心考上文科大学有关。所以再有空闲时间，不是摆龙门阵或到渔民家串门儿了，而是去看文学书，尤其是小说。小说写各种人怎样生活、工作和学习，既受启发又不枯燥，有时打鱼也带上一本。下完钩，等着起线那个把小时，就躺在轻轻摇摆的船上看。今天风大不让出海，他借了本《小说月报》准备好好看上一天。

《爱之上》！这个醒目而有磁力的标题一下吸住了周金麦。爱，这个他还没有得到，也不理解是怎么回事的东西就够神秘了，它之上又是什么？他新奇而羞涩，像突然又有陌生的姑娘来找他，心怦怦跳起来。

  初恋是两颗心第一次碰撞。
  就像两块带电的云，在天边静静而盲目地浮动着；忽然，它们碰到一起了，即刻发出夺目的闪电。就在这一瞬间，它们由原先那灰布似的，无生气的，凝滞的样子，变得一片灿烂辉煌；现出轮廓，现出层次，现出重岩叠嶂般雄美动人的奇观。整个天宇因之变得生机十足，无限旷阔和深远，整个大地也给这瞬间闪耀的强光映照出另一番景象。天地万物顿时变得美妙、神奇，不可思议了。
  心儿，你就这样，在这一撞之下，一切都变了。快乐的电光一下子把你照得通亮！
  然而这快乐是游离不定的。冥顽的心刚刚被唤醒，一点清醒，多半朦胧。一如这闪电，忽明忽灭，一切好似历历在目，转眼便渺茫无迹。它又逼真，又虚幻，糅合着苦恼，掺杂着企盼。世界上凡是没有达到的，都是美好的……

周金麦不由自主地止住目光，闭眼品味起这段话来。爱原来是这样神奇，美妙，迷人。显然，我这块带电的云算是"在天边静静而盲目地浮动着"，虽然已和别的云碰过两次，但都没有发生夺目的闪电，更没有原先"那灰布似的，无生气的，凝滞的样子，变得一片灿烂辉煌"，更不要说什么光艳如画一样美妙动人的奇观了。显见自己还没得到过爱。可是，作家说，"世界上凡是没有达到的，都是美好的……"这话好像很对。给李秀玉去了那几封信，却未接到回音，我为什么如此强烈地想得到她的回信？大概她是美好的。追求美好的东西不能算没出息。

周金麦抱着寻求答案的急切心情又往下看。男篮球队员靳大成和女篮球队员肖丽的爱情故事像把用尼龙绳拴系的大号鱼钩，紧紧地挂住他，怎么也不能摘掉，那抓人的力量远不是磁石吸铁所能比拟。

……他被苦恼逼得下了无数次决心之后，终于鼓足勇气偷偷给她写了一封信。即使一名真正的勇士，逢到此时也是怯弱的。他把信揣在衣兜里，晚饭后悄悄跑到体育馆西边挂在墙上的邮箱前，看好没有熟人，赶紧把信塞进邮箱的投入孔，在回来的路上他就后悔了；许多该写的话一句也没写，不该写的反倒都写上了。满纸废话连篇，既无文采，语言又不通畅，为什么恋爱的第一封信这样难写？……

周金麦又神差鬼使地停下来，闭目咀嚼着。人家的第一封信是这样写的。写得那么秘密，那么怯弱。而自己呢？那么简单，那么轻率，那么趾高气扬，挑战似的，怎能不遭到回击！第二封信又请了一帮人给写，全连都知道了，这哪叫谈对象的信。错误，错误。他懊悔地睁开眼。

……他等回信，没有回信，他接连写了几封信，依然没有得到片言只字的回复。信里的话一次比一次胆大，碰到她时反而一次比一次胆小。甚至都怕碰到她了！最最折磨他的，是他猜不透她对那些信究竟怎么想……

怎么他们也是这种情况，谈对象这东西可真是！

一天午后，他……怀着一决成败的冲动……走到她面前，问她：'你收到我的信，为什么不回信？'……谁料她是那么镇定。她抬起眼睛……'我没有收到你的信。'一时，他感到阳光失去了暖意，空气也凝滞了。他还说什么，想挽留什么，想争取什么……

读到这里，周金麦竟为小说里的小伙子难过得掉下了泪，好像那小伙子就是他自己。他在心里深深叹道："这么好一个人，她竟不理他，女同志呀！"

咣啷啷……一声饭盒落地的音响像谁抡起胳膊打了周金麦一巴掌，他的眼泪止住了，并且顺手抹了一把眼睛。他抬头朝楼棚瞪了一眼："上层建筑这帮人，就不知为下边的考虑考虑。当初盖这楼时，还不都是下层建筑这帮哥们出力？"又有几声拽凳子的响动朝他撞来，他起身抓过拖布，用木杆使劲往棚顶撞了几下，响动没了。他才又拿起杂志。下边这一段可大大启发了他。那个一直为女队员不回信折磨得不知所措的靳大成把心事跟队长华克强说了。聪明绝顶的华克强给他出了主意，叫他再写信时另抄一份留着，等她收到信后再拿这份另抄的信去试探她，看以前收到的信是否都留着。如果留着，就说明她喜欢他，不想拒绝他，或起码说明她在犹豫。如果都处理掉了，那就是不想理他了。他用的办法很巧妙。他忽然找到她说："我寄给你的信呢？""没见到。"她说着就走。"等一等。"他说，"你别骗我了。信收到也没关系，你怎么乱扔？多亏刚才我在院里拾到了，如果别人捡到看了怎么办？"他把自己手里誊抄的信给她看，说，"你看，不是那封信吗？"肖丽慌忙拿过信一看，不禁轻声叫起来："不对呀！你的信我都锁在箱子里了，不会有人动呀！"就这么着，靳大成把她的底试探出来了。

周金麦心里那股欲罢不能的情绪被这火星一样的巧计点燃了。我给李秀玉写那些信她是否也留着？要是留着……对，也想个办法试一试！他放下《爱之上》，当即想起办法来，要是头两年，他肯定会想到求家乡那个复员战友或妹妹去找李秀玉家给刺探的，现在很快就联想到他参加的文学小组。他参加文学小组以来，每当看完一篇小说，除了受其中人物感染外，都要想到作者。他不再认为"作家和诗人有什么了不起"了，总是想，他们咋就长了个有能耐的脑袋呢？我能不能也学会写小说？他忽然产生了灵感，而且还有点灵感飞扬，当即找出纸给李秀玉写信。

秀玉同志：

您好！又打扰您了，真对不起。

这回去信有件事麻烦一下。我最近又构思一篇小说，还没动笔写。我第二次写给您的长信不知您是否撕了或烧了。如果没有，我想求您寄给我，我新构思这篇小说急待着这封信做素材。我真诚地恳求能得到您的帮助，希望千万能抽点时间给我寄来。我知道时间对于您是多么宝贵，你要考大学。但我也相信您能理解，那封信对我是多么重要。您考的是文科大学，您一定理解的。写小说，我才刚刚学步，只发表过一篇，还是不久前的事。我不能让我的热情冷下来，求您快点给我寄来，只那一封就行，当然要是烧了，我也只好自认倒霉了。那就请您不必回信，既耽误你的时间，对我的小说又没有实际意义。您不必担心我有别的企图，我已有了对象，我们正在热烈地通信，不啰嗦了。

此致

敬礼

着急的周金麦

信没用打草稿一遍就写好了，而且没有勾抹几字，他当天就送到代邮所，这次是悄悄的，谁也不知道。在周金麦的通信史上，这是写得最顺利也最容易的信。他万万没想到，也是回信速度最快的一封。第七天他就收到了回信，厚厚的，连同他给她的那封长信装在一起。那天他刚从海上回来，通信员把信交给他时，电影快要开演了，是个第一次来演的好片，他没有去看，饭也没吃就看起信来。

金麦同志：

你好。信收到。首先我应该祝贺你的成功。

金麦同志，你给我的信我都留着，倘你还需其他的，我也可照常给你寄去。你的信是有一定水平的，分析力比较强，特别还有哲理性。

知你正热恋着，我为你高兴，并祝你们白头到老。我今年二十岁，如果你不嫌弃的话，我愿给你做个妹妹好吗？

金麦哥，我乃小说迷，对文学方面也比较注重，因此很想见识见识你的作品，但不知你意如何？我不知你的笔名，也不知你的作品发表在哪个刊物上，倘若你肯施舍的话，把底稿寄我一份看看好吗？

金麦哥，我学过的知识用不上，这是多难过的事。我不想掉进无底深渊，我要振作精神，为振兴中华而学习。现在我正自学文科。你知道，浩瀚的大海，要达到彼岸是不易的事，但我要乘风破浪奋力遨游。你的文科尚可，你能助我一臂之力吗？

金麦哥，收到你的信的时候，我正读唐宋词选。我对陆游倒有同情之心。

"红酥手，黄縢酒，满城春色宫墙柳。东风恶，欢情薄，一怀愁绪，几年离索。错，错，错！

春如旧，人空瘦，泪痕红浥鲛绡透。桃花落，闲池阁，山盟虽在，锦书难托。莫，莫，莫!"

唉，"人具有感情，动物具有本能"(《第二次握手》的话)。我也学会了闲扯。还是搁笔吧!

祝你继续努力，不断成功!

敬礼

李秀玉

附：对于你以前的几次信，不管说了什么，我都不生气。

敬祝健康愉快!

周金麦读得心儿怦怦地跳，看眼前的东西都好似变了模样。本来不很明亮的电灯像轮灿烂的太阳照耀着，小小的屋子蓬荜生辉，仿佛一座辉煌的殿堂。他还没吃饭，却一点也不渴不饿，口里生津，脚长翅膀，直想唱，直想跑，直想飞。这就是作家们比喻成两块带电的云相撞所产生的爱的奇观吗？金麦哥！金麦哥！跟她说我已有了对象，她还一口一个金麦哥地叫，这是怎么了？祝我成功，让我帮助她，她还是小说迷！唔，这一切都因为我"发表了一篇小说"，并且"最近又构思了一篇"。我还是我，我还在海岛上打鱼，她却表示了与前次截然不同的感情，这说明了什么？对六年军龄，三年党龄，二年班长龄，还有三等功并没有表示一点热情和兴趣，而对能够写小说这点本领竟如此倾慕。她倾慕的是才能！"两用人才"小组，"自学成才"，今天是崇尚知识和人才的时代了。有志青年追求和崇敬的不再是地位、资历和属于以往的荣誉，而是能否为今后创造价值和财富的知识及才能。她说我的文科尚可，她让我帮助她！她让我收她做妹妹！

周金麦忽然想到，她还抄了一首陆游的词，这首词没看过。错，错，错，莫，莫，莫，什么意思？他抄在一张纸上到生产队俱乐部去向正在看电影的文书请教。文书是文学小组的副组长，他也只知道这是陆游的一首词，具体也解释不清，等电影散了，他又到指导员家去问，指导员是文学小组顾问。指导员看完这首词，跟周金麦开玩笑说："是女朋友写给你的，还是你想写给女朋友的?"周金麦分辩说：

"我们文学小组有人提到的,我想学学。"指导员说:"这是陆游写给他前妻的。他们很相爱,可是各自都另有家庭,陆游就写了这首词表达他难言的爱情!"他从自己的书箱里翻出一本《宋词选》:"这上边有注解,你自己看吧!"

周金麦拿回去结合着李秀玉的信研究了好几遍,最后发觉李秀玉是对自己有了热恋的对象表示遗憾。这倒使周金麦越发高兴了。遗憾什么,我哪来的对象!

高兴一阵之后又发愁了。这一切都是建筑在"我发表了一篇小说"和"又构思了一篇新的"之上,是沙漠之上的蜃楼啊!她要看我作品的底稿,这可怎么办?我把真相告诉她后,沙漠蜃楼肯定顷刻就会化为乌有。怎么办?他想了一夜,决定把这出戏演下去。

十

除了《人民文学》《解放军文艺》等全国性的刊物外,周金麦把全连所有人订的杂志都给借来了。他首先筛选一遍。《青年作家》,四川的,不行,李秀玉可能看到。《青春》,南京的,离四川倒很远,但影响较大,也不行。《小说林》,哈尔滨的,也可以,但有人告诉他发行量相当大,怕也不行。他只选定了东北的三个省刊《鸭绿江》《作家》《北方文学》。可是从头到尾翻了一遍,没有一篇写部队生活的。他只好又改选市一级刊物。五班长订了一本《海燕》,是灵芝岛所在地区的文学杂志,周金麦借来先看目录,再翻插图,有一篇《别有一番滋味在心头》是写部队生活的,他读了一遍,正好写的是一个部队老兵和他的未婚妻的故事。

周金麦开始抄了。第一个晚上抄了十页信纸,就到了停电时间。一算才抄了五分之一左右。这么长!抓紧抄也得五六天才能抄完。临出海前他又叫文学小组的几个兵帮他找几篇既写部队生活又短一点的。晚上收船回来一问,没找到。小岛上的杂志少得实在可怜。他抽足了烟，又振作精神继续抄那篇长的。停电以后他又点上蜡，打一天鱼实在是累了，可是他竟能每天抄十页。十页啊，成天在海上摆弄渔船鱼线和各种鱼儿的粗手，工工整整抄十页信纸的字，可不像专门抄抄写写或作文章的人们那样轻松。鼻子被烟熏得像个黑洞，眼圈也镶了黑边。旱烟比往常多抽了一倍，身体比原来瘦了一圈。他终于用五个夜班抄完了那篇小说又写了一封信。写称呼时他想写"秀玉妹"，犹豫了半天，还是只写了个秀玉，但他把您字改成了你，他想，写秀玉已比"秀玉同志"进一层了，何况用的是"你"。

秀玉：

　　真谢谢你没把我那封信烧掉，可帮了我的大忙。

　　你要看我的小说底稿，我很激动，寄去请你指正吧，你只管大胆批评，我绝不会介意，因为我觉得你的文学水平比我高。

　　你让我帮你学好文科，这是你对我的信任，可是我真的不如你。寄一本《作文描写手册》，算是对你的帮助吧！我已经服役六年，在全营也是最老的兵了，提不了干，早晚也得回去，我想今年就回去算了。

　　另外有个事情得向你说明，我说我有了对象，这是假的，没有。我怕你有别的顾虑不愿把信还我，所以说了这个谎，实在对不起，可是我十分感谢你热情的祝愿，真的，你真善良！

　　时间很紧，不多写了。

　　祝你学习进步！

　　　　　　　　　　　　　　　　　　　　　　金麦

　　周金麦又一次寄出了灵芝岛通信史上最长的信（他自己打破了自己的纪录）。他怕代邮员误解他啰啰嗦嗦写得太多，就邮了个印刷品挂号。

挂号信慢，周金麦不懂得，因此回信比上次晚了几天，他又胡思乱想起来。莫非她发现寄去的小说是抄别人的？或者，她一听我并没对象而生气了？他捉摸不定，坐卧不安。这天，周金麦折磨得快要病了，忽然回信到了，也是挂号。厚厚的。这信像服药，周金麦拿到它，病就好了。

麦哥：

信、书和小说稿都已收到，我感谢你。

对于你谎说有对象的事，我不生气。你的心是好的，怕我有顾虑，这是友好的谎话。

你寄给我《作文描写手册》，我非常感谢。但我学文科包括政治、史地、中文、英语，并不是专门搞创作，懂得一般的描写知识就可以了，要求全面发展。我想你搞创作更需要此书，所以给你寄回去，你千万别误会，我说这都是真的。

麦哥，读了你的稿子，总的感觉很好，描写较成功，但要注意文学逻辑、推理、判断的准确性。具体的，我写了篇分析文章附后，说得不对请你原谅。我觉得你要读点哲学也许会更好，掌握物质与意识的关系，运动规律，事物的发展联系，矛盾的普遍性及规律，等等。我曾有个亲身体验，就是去年高考，因为哲学没学好，违反了矛盾规律，作文惨败。

麦哥，我们虽然只通过几次信，但我寄你两张照片，你不会不收，也不会见笑吧？你能送我一张近影吗？不知道你看过《啊，友情》这篇散文没有。文章说："友情，你是严冬的炭火，你是酷暑里的浓荫，你是湍流中的脚踏石，你是浓雾中的航标灯，你是看不见的空气，你是摸不到的阳光。"啊，友情你在哪里，愿你永留人间！

因头痛，说得词不达意，将就着看吧！

祝你获得进一步成功。

欲穷千里目，更上一层楼！

又及：麦哥，你看我这记性，竟连你打算复员的事都忘了。部队是个大熔炉，能锻炼人，一提到她，总有一种倔强劲儿和坚毅的信念。麦哥，我看你还是留在部队更好。部队更能激发你的创作热情，锻炼你的写作能力。都是青年人在一起，这是多么难得的机会。就像每个人都留恋自己的学生时代一样，你应该更留恋部队生活。望哥三思而行。其实你并没有征求我的意见，这大概是多此一举吧！

秀玉

接下去是篇读后感，《谈〈别有一番滋味在心头〉》——

读一篇好文章，常常是如啜香茗，余香满口，这固然来自思想的精粹，意境的隽永，同时也来自作品的语言美。这篇小说的语言像散文一样清淡、流畅，我读来朗朗上口，也比较自然、简洁、潇洒，这之中又透着情韵。我很喜欢。我理解为：通过军属"二吟"乘车前往沈阳途中的心情描写，热情地歌颂了军民情谊，以及解放军战士为了祖国安宁而坚韧不拔的品格，还反映了人民是热爱人民军队的，以及新时代的女性所特有的刚毅精神，激发人民群众都要理解我们的子弟兵。

这篇小说的缺点是主人公二吟的性格不鲜明。另外，这篇小说用的是巧遇，有很大的偶然性，应该合乎生活的常理才好。

期待新作有所改进。

……

周金麦又翻寄回的书，里边夹着李秀玉的两张照片，一张半身，一张全身，都朴素、端庄，充满自信心。

都看完了。周金麦啊，这个打鱼战士的心，像落进了大海，像掉进了盐湖，像滚进了黄河，像飞上了浩浩太空，激动，跳荡，飞腾，翱翔……

十一

不管怎样绚丽多彩，激动人心，这毕竟是在演戏。更上一层楼？沙漠蜃楼！上得再高，最后还得掉到平地。周金麦矛盾得很，欲罢不甘，欲行不能，暂时只有靠多打鱼度过犹豫的日子，这样，另外两个渔兵就跟他多受了许多累，有一个竟累病了，少个人周金麦也要出海。那天正好指导员准备给文学小组讲"描写"课，听说船上少个人（那条船只能载三个人），就要跟着去赶海。他想结合对海的观察讲"描写"。周金麦同意了。

他们选了那天下海的最好时辰，夜里三点，出海了。三点钟既不涨潮也不落潮，海水极平稳。天色微明，大海还在宁静的梦中，机船打了个哈欠，被主人摇醒了，一看海面这样平静，忽然突突突叫起来。开船的人脑子还在昏睡中没有彻底醒来，机船叫着一跑，清凉纯净得如同过滤后又用冰镇了一遍的空气，立即从鼻孔、嘴巴钻进肺腑，一直钻进脑子里面去了。昏沉的脑子立刻清爽灵活，处于一天中最良好的状态。这感觉对周金麦和那个渔兵已不新鲜，指导员却极感兴趣地观察着。

灰蒙蒙的海面飘浮着一团团湿漉漉的浓雾，这雾并不影响航行。远方的岛子和海岸都在朦胧中昏睡。有个岛子忽然传来了一声长长的号声似的驴啸。咕……嘎……咕……嘎。是守备连的驴叫了。雄厚的驴叫声在海面流传，成了小机船突叫声的伴奏。不一会儿，又有个岛子也响起了驴叫声，那是渔民的驴在呼应。接着，东边的岛子、北边的岛子都响起了驴叫声。一首清晨的海之歌就由遥相呼应的驴的合唱组成了。机船的突叫声是这合唱的前奏。

机船行至远离灵芝岛的小砣子附近,周金麦将机器熄了火。突突声消逝,不一会儿驴叫声也跟着消逝,海面又恢复了夜时的宁静。指导员帮两战士下完钩,东方的海面已出现一层层红色的光晕。那光晕很快变成彩霞升上天空。那儿的海水突然之间像烧起壮丽的大火,整个海面被映成一幅彩色的油画。

太阳跳出海面,光芒可以直接射到机船时,机锅里的水也烧得滚开了。周金麦吩咐渔兵拿出早餐,趁等鱼上钩这空隙吃早饭。除了馒头,还有白酒(海上凉,尤其夜间,他们每天都得带点酒),下酒菜就是做鱼饵的虾怪腿。虾怪腿有硬壳,鱼不能吃,拽下来人吃特别香,怎么吃也不腻。每次下完钩都可弄下一二斤虾怪肉。指导员看周金麦把虾怪腿投进滚开的机锅里,转眼间变成粉红色,口水都流出来了。

"指导员,你爱吃只管吃,我们总吃!"周金麦憋了一肚子心事就是不想说,只想喝酒。

"你们天天出海打鱼,够辛苦的,干一杯!"指导员端起装满酒的牙缸说。

"空肚子喝酒不好,先嚼点虾怪肉再喝。"周金麦用筷子给指导员夹起两个虾怪腿。

指导员已空肚子喝下了一口酒,然后才接过虾怪腿嚼着。啊,大海是这样有诗意。

周金麦和渔兵也先喝下酒再吃虾怪腿。

"你们两个都是文学小组成员,这次的景物描写课我就结合对海的描写讲了,你们俩给当当参谋。"指导员兴致勃勃。

"景物描写是基本功,固然重要。但我认为,最重要的是文学观念应该改变一下。"大耳朵渔兵这样参谋道。

"你的意思是?"指导员又吃了一个虾怪腿。

"我的意思是……不知指导员是怎么看《忏悔录》这部书的,我看我们这个时代缺几本《忏悔录》!"

"《忏悔录》我看过,看后思想像发生了地震,我马上想到'彻底的唯物主义者是无所畏惧的'这句话,卢梭是无所畏惧的!"

"那他是不是彻底的唯物主义者呢?"大耳朵渔兵问。

"我看……我看他是!"

"那才叫勇气,我们现在,自称唯物主义的作家不少,有几个敢彻底解剖自己的?"

"也有。作协主席巴金,听说他写的《随想录》,有几十卷了,解剖自己也很深刻,有人说这是中国当代的《忏悔录》,不过我没看过。"

"也许是这样,不过我相信肯定不会有卢梭那样彻底。"

"这样说我不赞成。你还没看,怎么就说肯定不如卢梭那样彻底呢?"

"我就敢肯定不如。要是谁像卢梭那样把自己做丑事的心理详细写出来,他肯定会被说成坏人。"

"那不见得,为什么谁自我批评做得好他就有威信呢?"

"那就是显示姿态去给人看的,跟卢梭的忏悔是两回事。"

周金麦没看过《忏悔录》,所以一直没插言,他只是听着,不停地给两人夹虾怪肉和倒酒。他不知道卢梭都怎样写了自己的丑事,可不知不觉有点赞成渔兵的说法,这种倾向性是他凭自己的感受产生的;如果我要向李秀玉说了自己的一堆丑事,她不会这样热情回信的。相反,说谎标榜自己她倒佩服。再有,没听谁专门说自己干的丑事,更没听说谁细讲干丑事心理活动的。指导员也不跟固执的渔兵争辩了,吃了一会儿虾怪腿,又喝几口酒,忽然说:"咱们做样游戏助助酒兴吧?"

周金麦也觉得心里郁闷需要痛快一下,就附和说:"同意,带罚酒的,你看怎么样?"他问大耳朵渔兵。

"划拳、行令我都不会,你俩弄吧!"渔兵对指导员的提议不感兴趣。

"不划拳也不行令,咱们'亮丑'吧?一人讲一件自己做过的丑事,谁讲得最丑,最彻底,谁就免罚。"指导员兴致特好。

"这?"

"这游戏!"

……

指导员说:"必须是'报告文学'——像卢梭说自己那样,虚构不行!"

渔兵很吃惊,也有点不好意思,知道是自己把指导员将的。让指导员和他一起亮丑,毕竟有点不好意思。周金麦这几天总被自己说谎的事折磨着,心想,是不是被指导员发现了,特意引导他往出亮?便表示赞成指导员的提议,但他没准备先讲,他还没想好下一步该怎么办。

"丑事是丑,亮丑却不一定丑。卢梭的伟大不在于他做过那些丑事,而在于他敢写成书发表,让全世界的人认识他,你说是吗?"指导员冲渔兵说,见渔兵点了头,又说,"我们都是凡人,说不上伟大。我做过一件事,每次想起来就羞愧。不知你忘没忘?"他对周金麦说,"你刚入伍那年,我也刚从外地调这海岛上来当排长,我们俩一块到市里去开会,下船出码头后,发现带的钱丢了,连买公共汽车票的钱都没有了。我俩得走十七八里找警备区机关报到,路上饿得走不动。你兜里一分钱没有,我把我仅剩的五分钱买了两个西红柿,一大一小,大的比小的大一倍。两个西红柿在秤盘里装着,我想先拿就得拿小的,拿大的显着多没姿态。拿小的,哎,当时实在是饿了,小的还不够塞牙缝。我就让你先拿,我想,要是你拿了大的,就记着你,你这小子是自私鬼。要是拿了小的,对我来说,我的钱买的,也合情理。我就假装谦虚说,'小周,快拿吃呀,饿坏了!'你不肯拿,我一边假装系鞋带一边催促你快拿:'客气什么,部队里干部战士不分你我!'你拿了小的,我还说:'拿大的,小的给我!'你已经把小柿子吃了。那次我丢了四十元钱,因出差借的是四十五元钱,支部给补助时我说四十五元都丢了!"说到这指导员脸红了,不好意思看眼前这两个兵。

"我早都忘了。指导员你吃块虾怪腿!"周金麦大大受了感动,拿只虾怪腿给指导员,"该我说了吧?"

"我先说!"大耳朵渔兵不甘示弱,他既然先提出卢梭伟大的高论,决不能在行动上落后,"今年春节副连长爱人来岛探亲,一看见她我就产生了好感,她长得太像我女朋友了,连说话声音都像。她是语文老师,听她给全连讲过一次课,我就产生一种强烈愿望,想单独和她散散步，谈谈话。有天副连长到团里去开会，我怎么也抑制不住想偷着去看她。见了她我就说了谎话：'副连长走了？我寻思他在呢！想跟他说说我们渔船上的事，今天鱼又多了。这两只对虾，还有这些虾怪腿儿，送给他，请你尝尝，不知你愿吃不愿吃？'她客气一阵收下了，让我坐下吃糖，还让我讲海和打鱼的事给她听，我就讲开了。我讲的时候故意用些文学语言，她很喜欢听，中午还让我领她到海边去钓虾怪。这正是我盼望的事，我就故意领她到最没人去的地方，和她并肩坐着钓虾怪。后来我还告诉她，我的女朋友和她长得一样，并求她别把这话告诉副连长。""她答应了？"周金麦很惊讶。"答应了。晚上做梦，我又梦见和她游泳……这……可要给我保密，别叫副连长和大家知道！"

指导员和渔兵亮的丑事在周金麦看来都很够"水平"，他就把自己说谎骗取爱情的经过说了。三个人面面相觑，都很吃惊，也都有点不好意思，又都在思考。他们都没有想到对方有过这样的动机和行为，好像忽然间对生活有了新的理解，相互之间隔膜少了，只觉得多的是亲近和信任。

还是指导员先开口了："我亮的水平最低，自认该罚，我喝了！"他端起酒缸要喝，被渔兵和周金麦拦住了。渔兵说："我的最差，该我喝！"周金麦执意不肯："该我喝，你们俩是先亮的！"渔兵不相让："你亮的事是最近的，我和指导员说的都是历史了，罚我和指导员合理！"

指导员赞成："有道理，我俩喝！"

周金麦说什么也不同意，指导员又出了新主意："干脆咱们都喝算了！"

三个人一同喝了酒，映着霞光，脸红红的，像化了妆。渔兵非常激动，建议接下去做第二轮游戏。周金麦说："不用罚了，这点酒本来就不够喝。帮我出出主意吧，我这个……错误，往下可怎么改正？"

"就跟人家如实说呗，要是人家还愿意保持关系，那就保持，不愿再另想办法，纸里包不住火！"渔兵说。

指导员说："如实说肯定要如实说，我看时间可以往后推推。有我们两个做证，出了其他情况我给解释。你有文学基础，现在也参加文学小组了，你要有志气的话，就下个决心，从现在开始，学习写小说，真就发表它一篇，到那时候再跟她承认错误，她肯定能原谅你的，就看你有没有这个志气啦！"

周金麦望着放进海里的鱼线思索了好一会儿，忽然斟上酒说："人没志气活个什么意思！从今天开始，写小说，干，不发表一篇，这辈子不找对象了！"

指导员和渔兵陪他把仅有的一点酒喝干了。已经过了起线时间，他们大口大口把虾怪肉吃完，开始起鱼线。

今儿的鱼特别多，一会儿一条，一会儿一条。周金麦拔着鱼线，心里也像无数条鱼儿在跳。那长长的鱼线尽头好似钩着篇小说一样，他信心十足地拔着，拔着，拔着……忽然，灵感来了，一篇小说就在他眼前清晰地摆着，题目是——"海上酒话"。

十二

周金麦给李秀玉写了回信并寄了一张照片之后，立即开始发奋写那篇《海上酒话》。他把全连能找到的短篇小说找来了，边读边写，半个多月真写出了初稿，八千多字。他先拿给指导员看，指导员给他提了些意见，修改一遍后又在文学小组讨论一回，就算定稿了。这是守备连文学小组创立以来第一个小说作品，也是守备连以及灵芝岛文学史上的处女作。指导员布置文学小组同志帮周金麦抄了五份。一份寄给李秀玉，一份寄本地区文学杂志《海燕》，一份寄《解放军文艺》，一份寄军区内部发行的《前进文艺》，最后一份作连队"文学史"资料存档。本来不该一稿多投，指导员说："大撒网碰碰，能有一个地方用就烧高香了，还担心登重？不过寄稿时要附信说明，已经同时寄给谁谁了。"周金麦说："要是能发表，稿费都交给伙房，全连加个好菜。"指导员还和连长商量，全连开会时候要专门讲一讲：周金麦这个作品不管能不能发表，也在会上给以鼓励，目的是对全连再次进行自学成才的教育。

会开得相当隆重，灵芝岛小学教师们也参加了，在生产队俱乐部开的。发给周金麦的奖品不多，却相当有趣。当指导员在众人瞩目的主席台上把个大红纸口袋交给周金麦，周金麦又当众打开让大家看时，全场发出差点把房盖顶起的大笑声。笑那奖品！一个奖杯，用漂亮的酒瓶子充当的，上贴锡纸做的奖章，写着"守备连首届'成才'文学奖"，是连长的亲笔字。还有十本旧文学杂志和十张中国青年报星期版（这是大家最爱看的），加上一个日记本。仅此而已。可是这是小岛至高无上的奖赏和荣誉啊，给了周金麦，他周金麦能不激动吗？比荣立三等功那次还激动。

从这以后，守备连看杂志、读小说的人明显多起来，文学小组比任何时候都活跃，不少人也开始试着写。不管写成写不成，起码全连写信、写日记、写黑板报稿的水平是明显提高了。

十三

周金麦寄出的五份稿子，最先接到回音的是李秀玉那份。她称赞说《海上酒话》比发表的那篇《别有一番滋味在心头》要好，语言、情节、人物、感情都比那篇真实、亲切。她还说肯定能发表。

可是，不久《解放军文艺》那份退回来了。虽然编辑同志说了好多鼓励的话，终究是没有发表。《海燕》没回信，《前进文艺》也没有。杂志的稿约上明明写着，两个月未得到采用通知可自行处理。都两个多月了，肯定是不能用了。周金麦并没有气馁，他还在写，这两月当中他就没断过写。写好一篇，除寄编辑部外，都同时寄李秀玉一份。李秀玉每次都写读后感寄他，并提出修改意见供他参考。

到了三个月，周金麦忽然先后收到两个编辑部"准备刊用"的通知，就是一直未回音的《海燕》和《前进文艺》。

"这是怎么了？说两个月未见通知可自行处理，亏得没处理，邮别的刊物还坏了呢，现在这事！"周金麦乐坏了，拿着信跟连长、指导员说。指导员看了两封信说："稿约上都声明不许一稿两投，咱们两投了，咋办？"

连长乐成了小孩子："好办，寄稿时候咱们说明了的，谁叫他们通知晚了！要真是个事儿，我跟编辑部检讨去，就说我邮的，我个军事干部，不懂投稿规矩。只要团政治处不给处分就行！"

指导员也乐坏了："还处分呢？表扬都应该是双份的，快给那位李秀玉写信吧！就说一内一外两个刊物都登。"

周金麦这时倒很沉着："先别忙，一旦登不出来呢，不是谎上加谎了？还是'不见鬼子不拉弦'吧？"

十四

周金麦一直盼着小说发表的日子到来。哪想到哇，老兵复员的日子却先到了。今年补入新兵多，服役四年以上的老兵不管什么理由，统统复员。周金麦已经六年了，无论如何不能再留他。为了部队的建设，他必须走。他就是为了部队建设的需要而一年一年地留下来的。

连长、指导员都很遗憾，想跟团里替他求求情，特殊情况，等小说发表再走。也就多待几个月呗，他为连队立过功啊。周金麦不同意，团里也不同意。连长、指导员又要联名写封信给李秀玉，证实周金麦的小说即将发表。周金麦辞谢了连首长的好意，自己给李秀玉写了封信："……你一直希望我在部队多干两年，因为需要，已决定我复员。离队之前我有个事必须告诉你。到目前为止，我并没发表过小说，《别有一番滋味在心头》是我抄人家的。我不能继续把我们的感情建立在谎言之上，我在脱下军装之前把真情告诉你，如果你还愿跟我通信的话，请寄家乡的地址。如果不能原谅我……我就等到真能发表小说时再给你写信……"

离开连队那天，早晨，小岛码头上站满了欢送的人。周金麦穿着摘了领章帽徽的军衣，站在交通船的甲板上，和那些同他穿着一样服装的复员兵都默默无语地注视着海面，注视着人群，注视着海岛，注视着那"两层建筑"的军营楼。

连长和指导员最后走下船时，周金麦嘱咐他们说："小说要是真能发表，告诉我一声就行，稿费就别邮了，交给伙房，全连加个菜吃。"

连长和指导员很受感动，心里内疚得有点疼痛，这么好的一个兵，为连队出了六年力，走了，终身大事还没有个着落。

船开了。掉转船头时周金麦又跑到船尾。指导员忽然想起两个编辑部给周金麦的信还在自己兜里，急忙掏出来，就地捡两块石片一夹，用力朝周金麦抛去："把这信拿着，好跟她做个解释！"

周金麦像对待自动上门那个女人投过的纱巾那样，也没去接，信掉在船上，被风一吹飘下海了。汽笛一声嘶叫，海水哗哗地翻起一条白浪。浪花争抢着向后奔去，像流逝的岁月，也像记忆的帷幕挤成碎片。周金麦努力克制着自己，朝岸上挥了挥手。

挥手之间，义务警察忽然从人群后面冲出。他刚从家里跑来，手里拿着一塑料袋虾仁。他有点难过："周老兵打了六年鱼，两手空空离开了海岛，这点虾仁让他带上吧！"这个老人扑扑腾腾跑进水里，追了几步，用尽全身老力一甩，虾仁飞出去了，但也落在海里。

一股压抑不住的情绪顿时从周金麦眼里流出来，不是难过，是一股新的创作冲动在泛滥："老人大概以为我一无所得离开部队。不，我已经得到一条船。有了船，生活的大海到处都是我的陆地！"

1984年8月—9月北京—沈阳
1985年1月《解放军文艺》
1985年3月《小说选刊》
1985年8月《作品与争鸣》

黑土地

一

荒茫长夜响起一种声音。不是风声。春风吼到四月中旬就开始歇气儿了。是另一种博大的声音,把野风调戏枯草、干树的嬉闹声和发情的母狼忧伤地呼唤异性的长嗥以及万物亲吻大地发出的甜言蜜语都盖住了。

嘎——啦——啦——啦——,沉重,深长,连绵不断,震得大地都颤了。

炮声。多好听啊。炮声一响,总攻马上就要开始了。杀!他呼喊着,醒了。眼前全是黑暗,如在盖着的枯井中,什么也看不见。许久他才明白是睡在荒野的帐篷里。那声音并不是炮响。

嘎——啦——啦——啦——,还在响,沉重,深长,连绵不断。

春雷?没有雨声,不会是雷。雷声来自天上怎么能使地颤呢?这是出自大地的声音。

天一亮,他顺着断断续续弱下去的响声跑到三四里远的大河边才看见,是沉默了五六个月的大河发出的裂冰声。冰被春天在夜里悄悄割断了绑绳,已迫不及待奔跑起来。轰轰隆隆,哗哗啦啦,呜嗷哄喊,受惊的白象群一样横冲直撞,击起的水柱比房子都高。

他看怔了。这不是百万雄师过长江的无数战船吗？这不是辽沈大战的辚辚兵车啸啸乘马吗？这是冰天雪地的北大荒的残冬在逃窜啊！他遍身血管都像刚开的冰河，冲撞得他站也站不住，竟跟着一坨小山样的冰疯跑起来，像战场上追歼敌人的坦克，像当长工时追捉东家逃活儿的烈马，像儿时追逐别村偷食的野狗。他想不及这一霎间是怎样的感觉，跳着蹦着追赶北大荒逃窜的残冬。

被肉乎乎的东西绊了一跤，重重扑在河滩上，胸又压着了一个肉乎乎的东西。呵，胸压的是条鱼，脚踩的还是条鱼，鲫鱼和鲤鱼，尺把长，水灵灵，金翅银鳞。

他忘了追逐冰排，趴在鱼上迎着朝霞往前一看，河滩上还有不少鱼鳞在闪亮。

不远的地方又一条鱼被撞到河滩上。原来，在冰下憋了一冬急着要见天日的鱼们带着浑身力气拥挤着跃出水面时被疯狂的冰排撞得老高老高，撞昏了，撞死了，抛到河滩上了。他看得见不少鱼在翻滚的浪尖上飞跃。

他欣喜若狂，两手抠住两条鱼的腮帮就往回跑，远远便朝帐篷喊开了："老天爷送鱼啦，快到河滩捡鱼呀！"

十人组成的垦荒小分队昨天干重活儿，累得都像牲畜样睡着。他是开大卡车的司机，力气比别人消耗的少点，加上一听枪炮或类似枪炮的声音累得多死也能醒来，所以只他一人起来了。他钻进帐篷，用鱼尾巴挨个贴每人的脸。八个人都被冰醒了，眼珠很快圆起来，亮起来，哪来的新鲜鱼啊！听他一说，三两下蹬上裤子，往外跑。

衰草下面是冻着的黑泥，连鞋带儿还没系好，就踩着衰草和黑泥跑向河滩。

偌大一片荒野，除了扎下才半月的一顶帐篷，只有一座泥墙草顶小屋。小屋丑陋已极，但它就是这片土地的庙宇、殿堂、皇宫、首府。主人老孙头每年秋天为了防御冬寒都要把屋墙加抹一层泥，那屋便厚实得像座碉堡。不知老孙头何年何月从何处把人间烟火带到这儿来，帐篷住的转业官兵问他也不得而知，他只是讲这儿的地理气候如何。从他嘴里他们知道了这儿是北大荒的荒中之荒。由两条大河和一面小湖包围起来，与整个大荒原割裂成方圆二百多平方公里的岛子。每到夏秋季节，岛就被水包围，只有一条水不水旱不旱的漂垡带可供人跋涉出入，稍不慎就会陷入灭顶之灾。但岛上是令人垂涎的宝地。土肥得流油。压块树枝能长叶，插根筷子都发芽。猴头木耳满树，雁蛋像铺路的石头一样多。上岛取宝的人只能春天化冻进去，冬天封冻时出来。谁熬得了那么漫长的苦日子？所以清朝政府移民未开出这个岛，日本开拓团也没进这个岛。只有这个神秘古怪的老孙头独自在这儿扎了根。他就是总督，他就是皇帝，他的想法就是法律，他的做法就是对法律的维护。他和草木鱼兽和睦相处，夏天种粮种菜，冬天河沼封冻才出去到老远老远的村镇用山珍野味换酒、换油盐、换衣物，再花大钱住些天暗窑子。不知他是否还有亲人，也不知他是逃荒、是避难、是躲法还是殉情来到这里来的，反正他孤身住着这座小屋，有年头了。垦荒小分队赶在化冻前开着汽车、拖拉机进来，撵走了他的寂寞、孤独，也打破了他的平衡。垦荒队唯一的女医生没处住，在他屋子的西间借宿，他喜、疑、忧，看着他们是否能站住脚。

司机又朝老孙头那屋喊："快捡鱼去呀，河滩上鱼啦！"他不是喊女医生，因为他对她印象不好，或者说她对他没什么好印象。他是喊老孙头。当然女医生听见了也好。

老孙头这时早捡够了鱼，到古营子祭鱼去了。

女医生跑出来。梳洗过了。旧军装裹着的身体和短发遮着的白脸都是很动人的。司机并不为之所动，是嫉恨的心理在作怪。她怎么和那个没男人气的白脸副场长偷偷好？

她见他拎着鱼，什么都忘了："哎呀，你从哪儿弄的鱼！？"

他用下颏指指大河那边，丢下鱼就追着前边的人跑向河滩。女医生也跟他跑去。女人的身姿在荒野上显得十分美好。

来北大荒一年了，他们这是第二回见到春天，第一回见到鱼。胃亏鱼，连油盐酱菜也奇缺，常吃白水煮麦粒或黄豆，见老天送鱼，谁还沉得住气？呼呼叫叫地朝河滩跑。

鱼越来越多。河滩像棉床，躺满了青春焕发但已死去的鱼小姐们。垦荒战士边捡边辨认着品种。有鲫瓜子，有鲤拐子，有嘎牙子，有白漂子，有黑胖头。最多的是鲫瓜子和黑胖头。

十个人捡银元宝样在河滩来来回回跑了整整半天，捡的鱼装了满满十麻袋。谁也背不动。司机把汽车开到河滩往帐篷拉。

鱼腥味是北大荒春天的第一道气息。这气息弥漫了帐篷内外。司机和炊事员特意抬了一麻袋鱼给老孙头送去，顺便请教一下怎么吃法好。

老孙头锅里炖鱼的香味已在飘散，挤出了屋门。他非常清楚，这块荒岛从此不会是他自己的一统天下了，垦荒官兵天地不怕，今后他们的想法将是这里的法律。但他总不放心，心情复杂地看看他们抬来的鱼："鱼这东西，是河神的小舅子。吃它们先要祭一祭才行。拣条最大的，到北边古营子埋了，埋时要放点粮食进去。我埋过了，要不敢下锅吗？"

他们听来好笑。吃鱼还祭。什么河神的小舅子。老孙头脸拉得好长："不用你们笑，一草一木都有灵性，不能乱杀乱砍，日后要找账的。这鱼你们抬回去，要不祭一祭就下锅，别怪我翻脸，我要把你们的大夫撵出去！"

老孙头执着得很，不按他的说法看样子真会把女医生撵走。撵走她就得到帐篷里和九个男人挤着睡。不是不愿意。不敢。怎么敢和男子挤着睡。虽然都是战友，应该信赖，可她是医生，懂得人在夜里会和白天不一样。在场部不是有先例吗，一条大通铺用油粘纸隔一隔就算男女分开了。夜里男的不知怎么就突破了那张纸，致使北大荒的处女地里还没播下一粒种子，人体里却先播下了。女医生忙代替大家答应马上去祭鱼。她拉上炊事员一块跟老孙头去祭。司机不去。

她用脸盆端了条最大的胖头鱼，有五六斤，还有一碗高粱米。老孙头拉长的脸这才变圆，领上医生和炊事员去古营子。

古营子离老孙头的小屋也就二里路，只有杂树下的草丛里可见几块风化了的断砖，看不出怎么会叫古营子。老孙头说这一带曾驻过清朝的兵，这儿就是营盘。那些兵胡乱祸害草木生灵，后来被大水淹死这里。他说这是因为有灵性的草木和有灵性的大地是一伙的缘故。女医生历史知识有限，不知清朝是否会有兵驻过这儿，不过这说法多少增加了神秘感。

她和炊事员认真按老孙头指定的地点挖坑。松软的黑土不用费劲就可挖下很深。埋一条鱼用不了很大的坑，老孙头却非让他们大点深点挖不可。

反正土也松软，挖吧。竟挖出一只尺把长的短剑来，锈蚀斑斑，有的地方已经残缺。老孙头更有话说了："这不是清兵的剑？谁不器重生灵，胡乱遭害它们，日后准有账算！"

女医生惊异地摆弄着剑，并没听进老孙头的话，她绝不认为草木鱼兽会有灵性，不过在神秘感里又多了层神圣感而已，觉得她所从事的垦荒事业确实伟大。古人和日本鬼子都没开出这个荒岛。看我们转业官兵的吧。她收起剑，准备回场部时送给偷偷对她好的白脸副场长，他喜欢弄些个文物什么的。

他们小心把鱼放进坑里，又倒了高粱米，再一锹一锹填成坟状。老孙头跪下磕头，他让女医生和炊事员也跟着磕。炊事员应付差事磕了，女医生却不肯跪下，老孙头一本正经催促，她才站着行个礼了事。

炊事员和女医生边给大家讲着祭鱼的笑话边在帐篷外的大锅烧水准备炖鱼。大伙围锅收拾着各种各样的鱼。

当鱼香味混着湿土味直往肚里钻，肚里装不下又溅出来时，炊事员忽然犯起愁来。这么多鱼怎么吃得完哪，吃不完剩下的顶多两天就会臭掉。一年来高粱米苞米面填肚子，鱼肉没沾牙，冷丁得这许多鲜鱼坏掉岂不是罪过？放开胃吃两天，再晒两麻袋鱼干，还剩七麻袋白扔。说什么也该给场部的战友们送去。前几天女医生曾提出回场部取些药品，司机不愿给她出车。这回他提出送鱼，女医生当然支持。其他人都赞成。场部离这儿很远。鱼在那儿比金子珍贵。送去鱼，战友会喊他们万岁的。

老孙头听说他们要开车回场部送鱼，跑到帐篷来阻挠："你们闹着玩是不是？几月几号了，你们还敢开车回去？鱼值钱命值钱？"

老孙头不理解垦荒官兵的感情，他们绝不会听他的话改变主意。老孙头也是犟种，他能孤身在荒岛生活多年，哪能轻易让自己的话白说，喝唬道："不听我话，非去不可就得把我拉上！"他是想给他们带路，他们以为他要借机出去买东西，便把他拉上了。

二

天像冬天的地。地像夏雨的天。苏联造大卡车孤独地在天地间跋涉。

车上就他们仨：黑土地、小洋伞、老孙头。

"黑土地"是司机外号，因为他的脸而得。他的脸粗糙、宽大、黑黑的，就像两垧北大荒的黑土地。说玄了，赶不上北大荒的黑土地，像他老家的土地红巴溜秋那种黑。一来北大荒他就不住嘴夸奖土地黑呀，好哇，落了黑土地的名。他脸上还有几颗浅麻子，像两垧地上几个浅浅的干涸了的水洼洼，头就像个荒山丘，长满了草……哼，黑土地，端架子吧，正好懒得跟你说话。女医生想。

女医生外号"小洋伞"，她把一柄小花伞从大城市带到北大荒，夏天无论走到哪儿都带着，生怕晒黑了。黑巴溜秋的男垦荒战士们就把小洋伞的名敬给她。总用伞遮阳是不一样，瞧她那脸，衬着黑色的土地，就像精粉刚蒸出的白馒头，就像雨后刚长出的白蘑菇，就像大雁刚生出的白皮蛋，就像头一茬抠出的白土豆，就像一团雪，就像一块刚开化的冰坨……这把好看的小洋伞，这个惹人看又讨人嫌的白蘑菇……黑土地想。

黑土地和小洋伞都默默望着前方。黑土地望着前方是看道，司机不能不看道。何况这样的道。而小洋伞望前方是看风景。驾驶室里就两个人，他又端着架子，不看风景干啥呀。

他俩都忘了还有个硬跟来又死活非要坐在车厢上的老孙头。

远方被荒火烧过的土地像泡了墨汁，又像墨汁是土泡制的。他们从没在别的地方看过这么黑的土地。

一片白桦林。小洋伞冷漠的眼珠忽然要脱离白脸,插翅朝桦林飞去。脸要贴在挡风玻璃上了,要不是挡着,两只插了翅膀的眼球早带她飞向桦林里。似乎她就是一株美丽的白桦。

黑土地谨慎地选择着道路。其实也没什么路可选,就是找干爽、硬实点的坡走就是了。只有他们的汽车、拖拉机半月前进来时走过一回,连马车也没来过,只是冬天冰雪覆盖时出入一些马爬犁、狗爬犁。他却开着全国都少见的苏联大卡车出来垦荒了,不免由衷地自豪。

他自豪得很,因为时刻都没忘记当兵前扛活那家地主。那地主不过十来垧地,却土地爷放屁一样神气,好像土地庙里供的土地爷就是他。可他哪点比黑土地强呢?黑土地有两颗浅麻子不假,并不难看。黝黑、健壮,像一头漂亮的牡牛,像一匹洒脱的骏马,浑身的力气总也使不完,除了把地侍弄得干干净净,把车马整治得利利索索外,还会唱歌儿、做木匠活儿。他给地主女儿二凤打的梳妆台、打的衣柜、打的袜托儿、打的相镜框,地主的婆娘都眼馋。干完地里的活儿收拾农具的时候,小声唱起歌儿来,二凤做活儿走神,晚上失眠,常常忍不住偷着往地里送吃喝给他。有回偷着送白面馒头给他吃,还让他脱下褂子来给他缝……被地主发现,像撵狗样把他撵走了:"除了脸上两个麻坑子一无所有,想我闺女?等你有两垧地再做这个梦吧……"他受侮辱,并没一气之下放火烧地主的房子,毒地主的牛马,而是逃离家乡参加解放军去了。他想只有参军或许能弄几垧地,自己也当个地主神气神气,那时再去找地主的女儿,娶她做老婆……当兵后走东闯西,一直到了海南岛。当过侦察兵,侦察班长,授衔时代理排长,只是个上士。国家号召解放军官兵转业开发北大荒,他没用动员,摘下上士领章就来了。还用动员?当长工时不就盼着能有几垧地嘛!北大荒的地成千上万垧没人种,虽然不是自己的,当家做主了,国家的就是自己的。一到北大荒,他对土地的旧情复发了。这么多的地。这么好的地。他当侦察兵时学过开汽车,到北大荒就让他当司机了，汽车、拖拉机都开。那汽车、拖拉机都是进口的，他能不自豪吗。也有不自豪的时候，就是哪位领导拍他肩膀的时候。他最讨厌领导拍他肩膀。居高临下，有什么了不起。老子也打过不少仗，立过不少功呢。少尉军衔干吗不让老子戴戴？代理！妈的。谁一拍他的肩膀他就恼火。恼火那些个戴将官、校官军衔的人们。

白桦林里飞起两只乌鸦，呀呀叫着从车前飞。

"讨厌，黑家伙！"小洋伞眼球上的翅膀没了，骂乌鸦冲了她欣赏白桦林的兴致。

黑土地非常讨厌她骂黑家伙，心里也暗骂她："看你离了黑能不能活。再过两年，不变成黑乌鸦算你美了。破洋伞也不顶事！"

小洋伞不知黑土地在骂她，又说一句黑家伙。黑土地突然按下喇叭，踩下油门，车冷丁一蹿又紧接着一停，突然又往前开，小洋伞的额头和脑勺先后各被撞了一下："哎呀，怎么了？"

"有条白蛇，压压它！"

"白蛇？会有白蛇？"

"古时候就有，'白蛇传'！"

"那是神话，连神话都不懂。"

黑土地见小洋伞没听出对她的戏谑和讽刺，忽觉她单纯得有点可爱。看着她，不觉又想起二凤来。二凤没她白，也不黑，在家乡那块儿就算挺白的了。二凤你出嫁了吗？我还没娶哪，一直没娶。现在我有了土地，看不到边的黑土地，你家的地可是没了。你还能想到我吗？我们的大首长已经说了，今年跟几个省联系，调一大批姑娘来北大荒，人数是按我们未婚转业官兵计算的，也包括我。

小洋伞确实单纯，她还在想白蛇："不可能是白蛇，大概一根白布条，风一吹像蛇爬。你眼花了。"

"嗯，兴许是白绸带。"

"就咱们来过。怎么会有白绸带。"

"兴许是你给谁缠过的白纱布让风吹这儿来了。"

"这些天没给谁缠过纱布！"

"那就是白蛇了。"

"肯定没有白蛇，再说冰还没化净，蛇也不会出来！"

黑土地内疚了："啥也没有，诓你！"

"诓我？干吗诓我？"

"兴你一口一个黑家伙不兴我说说白蛇？"

"哎呀，坏，再打针看我狠扎你不可！"她说着摸出卫生包里点酒精灯的火柴，嗤一声划着了："点支烟吧，堵住嘴省得骂人！"

黑土地登时变脸，扑地一吹，像突然抡起巴掌，一耳光把火扇灭了："汽车里点火，找死吗？"他真气了，气她连汽油沾火就着都不懂。这是台苏式新大卡车，着了火，得了吗？这股火是和别的气一块发出来的。妈的，就知偷偷跟白脸副场长好。不就看他脸白，看他戴过大尉军衔吗？看我是丘八，看我脸黑，拿着寻开心。老子黑点不假，不是供你寻开心的。地主女儿和我好过呢。

小洋伞真像被扇了一耳光，自尊心被蜂子蜇了似的，委屈得眼里有泪心里在骂。黑土地，不知好歹，谁稀罕坐你的破车，不是回场部取药，请我坐还不一定坐。

她心里委屈着，嘀咕着，被车颠簸得慢慢产生解小便的感觉。汽车不理解她，一起一伏照样颠。她愈来愈急。她想喊他停车，可看他冷冰冰的脸也不朝她转一转，赌气不开口求他。

不开口就得咬牙憋着。憋得慌了，竟将尿放出一些湿了裤子一小片。眼泪也乘机往外挤。她恨板着脸的黑土地，又恨那个只偷偷爱她又不敢娶她的白脸副场长。不是男子汉，喜欢我就名正言顺娶我，不敢娶又偷偷对我好。嫌我资本家出身！除了出身，哪方面比你们差。参军七八年了，好歹当过少尉军医。你个黑土地不过是上士。来北大荒我也是自愿的，没用动员，没用逼迫，也不是被哪个男的用爱情的绳牵来的。虽然也有点不能说出口的个人想法，谁知道你们有没有。我不过是想，不来北大荒就得去西藏参加平叛。北大荒就是冷呗，苦呗，西藏除了冷、苦还有叛匪的枪子！北大荒起码死不了……

车还在调皮。她无论怎样坚强也憋不住了，又无论怎样憋不住也不肯求黑土地停车说下去解手。

急中生智。她冷丁探出头去，把帽子甩掉，惊叫："帽子掉了！停车！停车！"

黑土地不停："停车要打陷！"

"药包也掉了！"她真的把药包也丢下去。

黑土地只好生气地停了车。

老孙头在车厢上大吼："作死！不能打站！"

小洋伞已跳下车，帽子、药包都没拾就往旁边的白桦林跑："等会儿，我办点事儿！"

"开，不能停！"老孙头瞪大了眼喊。

"净她妈啰嗦事！"黑土地下车在泥泞里拾起小洋伞的帽子、药包，跳回驾驶室，重新启动汽车。车轮像纺车似的转，原地不动了。

小洋伞一直跑到桦树林里才蹲下去办她的事。回来时，车轮原地转成了花，湿乎乎的黑泥随车轮哧哧向后喷射，车却只前进了几寸。

小洋伞见黑土地和老孙头脸都不是颜色了，才知自己坏了事，不知所措看着。

黑土地使出浑身解数，汽车像头死牛就是不走。他一肚子火憋着，跳出驾驶室，爬上车厢。

车厢上的老孙头看着几麻袋鱼心里在骂："瞎他妈踢蹬。不听老人言，吃亏在眼前！"

三

黑土地从老孙头坐的鱼袋子下往外拽出一把锹，老孙头问他啥用，他说挖轮沟。老孙头坐着不动："锹没用，有锯没有？"

黑土地不愿听老孙头训小孩那种口气，明明有锯却说："没锯。站一会儿我把锹拽出来。"

老孙头绝对认为自己是正确的，他想看看自以为是的倔后生笑话再说。他冷眼看着黑土地一举一动,自己点上烟锅。

黑土地左手搬麻袋右手拽锹,很容易就把锹拽出来了,放麻袋时嘎牙鱼翅骨划破了一个手指。破口像小嘴张着,一滴血吐在军裤上,染成小小一朵石竹花。

老孙头本想再说一遍拿锹没用,看黑土地那样自信,就咽下话等着。烟锅被他吸得幸灾乐祸地响。

黑土地跳下车,地上旋即打出两眼坑来。小洋伞自知都是她的过,胆儿颤颤地从药包里扯条纱布,怯怯地瞅着黑土地的脸色说:"包包手吧,看感染了。"

黑土地眼皮儿也没朝她瞭一瞭:"快干正经事吧。找找看有没有石头、木头什么的。"他开始在轮下掘沟。

小洋伞想解释一下道个歉,看黑土地一点不想理她,只好满怀委屈寻起石头木头来。

松松软软、稀稀泞泞的黑土里连粒沙子都找不到,哪有石头哇。这么肥的土地埋块石头怕也发芽、长叶、开花了。

转了好大时辰,两脚稀泥,只在桦树林里找了块轻飘的朽木,上面长着几只干巴木耳。小洋伞把朽木抱给黑土地。

这朽木几脚就能踹碎,哪能垫车。但黑土地看小洋伞两手土、两脚泥,不但没打什么洋伞,连帽子都没戴,旷野的阳光直晒着她脸,就不忍心再冲她发火了。他在四组车轮前掘了四条沟,约莫差不多能开走了,还是把小洋伞抱那截木头垫入一条后轮沟。

收拾停当,两人一同进了驾驶室。

黑土地手脚并动想一举冲将出去。只冲了两冲又原地打转了。四条轮沟如四根石油井管,呜呜向外喷着,黑黑的泥水射出好远,而且随着发动机的震颤车身逐渐下沉。黑土地又猛将车挡倒挂几下,车一晃差点把老孙头摔倒。

"操你祖宗,别动了!"老孙头大骂,从麻袋拽出一条鱼朝驾驶室砸去,"再开我操你祖宗!"

老孙头蹦下车用烟锅指着黑土地大骂"这叫大酱缸你知道不知

265

道？上边一层冻土，下边全是大酱样的稀泥你知不知道？就这么着，一会车就得囫囵个陷进去。操你祖宗的，下来！"

黑土地没料到老孙头这样一顿臭骂，骂得理直气壮，竟把他骂住了，服帖地跳下车一看，泥里不时往出冒水泡。老孙头说得对，这种地方，越动陷得越厉害。

黑土地淌汗了。汗水流进脸上几颗浅浅的麻坑，水汪汪的。他不吭声，绕着汽车转圈子。

小洋伞眼睛随着黑土地转。她只有看黑土地眼色行事了。

黑土地转了一会儿，问："孙大爷，你问锯干啥？"这等于向老孙头认错了。

老孙头把烟锅往鞋帮上磕着："干啥？救车！有没有哇？"

"有一把刀锯。"

"找出来。"

黑土地乖乖从驾驶室的工具箱里拿出刀锯，像徒弟听从师傅的吩咐。

"拿上，跟我放两棵树去。不用大木头垫上，非囫囵个陷了不可。"

黑土地顺从地跟老孙头朝桦树林走，转身时忽然扭头看了看小洋伞。小洋伞也正在看他。他说："你在这儿等着，我们放树去。"

"我也跟你们去吧？"

"不用你去。"

"包包手再走吧？"

"不用。"

"那怎么拉锯？"

"不用脚就是了。"

老孙头气哼哼说："快走，晌午了！"

黑土地紧走几步跟上老孙头。

晌午的阳光温暖、透明，柔柔和和地从不同角度撩着人。黑土地解开黄棉袄的扣子，让微风和阳光一同扑进怀里。

脚下的枯草根上有了隐隐约约的绿色。

越暖，大酱缸的土皮越软，车越容易陷，鱼越容易臭。他想。

头上有几只雁飞过去了。

大雁都来了，海南岛那边肯定热得不行了，这里才开江。他想。二凤该穿红夹袄了吧。她绣花呢还是种花呢。老家那儿该播种了。二凤狠心的爹咋样了。嘴损透了，土改时非被斗个好歹不可。骂我除了脸上几颗浅麻子一无所有，等混上两垧地再打他女儿的主意。他想，老孙头这个绝户种，心好嘴黑，倔得像头老毛驴子。他为啥要一个人待在没人烟的荒野。

老孙头的毡帽耳朵掖进里边，像半个掏空的西瓜扣在头上。带大襟棉袄在后腰上绾了个大大的褶子被一根看似皮条实则布条的腰带扎着，隆起的褶皱像崚嶒的山岩。棉裤腰肥得两个人穿都不瘦，在前面绾了个大褶。前裆吊着一堆裤褶，任狼叼狗咬都伤不着肉的。棉袄棉裤都油光发亮仿佛皮做的。扎着的裤角下边是一双黑胶皮靴，踩着草下面的厚泥走得结结实实，有条不紊。腰间别着一杆烟锅，上边的烟口袋悠悠荡荡的像是腰间挂了盒子炮。他在前头倒背着手走，黑土地提着刀锯跟着，活像电影里演的解放军押着一个土匪俘虏。

两人走进桦树林子。

有黑桦，不多。有黄桦，稍多。大多是白桦。黑桦像老人，黄桦像中年人，白桦宛如风华正茂、亭亭玉立的少女。桦林和谐如大家庭，不多的黑桦老人和稍多的黄桦父辈带着无数白桦儿女朝气蓬勃地生活着。不管黑桦黄桦白桦，枝条都泛着红色，显示它们活得好红火。红枝条的芽苞苞开始咧嘴了，露出嫩嫩的鹅黄。

老孙头狗一样善良猫一样机灵的小眼睛瞅瞅这棵树又瞅瞅那棵树，觉得哪棵树都不该拉倒。转了几遭，在两棵挨着的黑桦跟前站住，对黑土地说："树也有灵性，不能说拉就拉。跟人一样，拉死一棵，全族都恨你。"他在两棵黑桦前跪下，冲它们磕了三个头说："你俩跟我一样，快到寿了，拉倒垫道也是为你儿孙积德，别怪罪我们！"磕毕站起，叫黑土地也如此这般。

黑土地摘下棉帽，用锯尖点着挂过帽徽那块黄印，睁圆了眼：

"我是入了党的，人都杀死过七八个了，还给树磕头？"

老孙头虔诚地眨眨眼："不管什么党都是人不？人就得入乡随俗。在这里就听我的。我和草木禽兽相依为命，不能不顾它们。"

黑土地戴了帽子："我不怕。好几万转业军人，什么这个那个，我们要把土地翻个过，都种上粮食。将来树林子也要推平，盖高楼大厦，过电灯电话的日子！"

"这我不管。磕了头好拉树。"

"别的咋说都行，不能给树磕头。"

"不磕拉倒，你自个拉吧，我抽烟去。"老孙头掏枪样从腰里拔出烟锅，甩甩搭搭又回汽车那儿去了。他一举一动都是谜。他为啥非要跟车送鱼？他为啥非让别人也跟他给鱼给树磕头？倔毛驴子真是个死谜。

黑土地自觉有的是力气，拉两棵树算什么屁事。他用手敛拔一些茅草往树根一放，坐上去锯开了。一尺半长的小刀锯拉树很不好使，全身劲都得通过手传到锯上，手指被嘎牙鱼翅划破那张小嘴一鼓一鼓地胀，三两下又吐出血珠来。他们不是祭过鱼了吗，为啥还咬我手？他想。给鱼磕头，给树磕头，蠢毛驴子。

他拉风匣样前仰后合抽送锯子。黑桦一抖一抖地从锯口处吐出粉红的末子，像是流血。火红含鹅黄的树梢随之微微痉挛。他想，老孙头看了一定会这样想的。没亲没故没儿没女的孤老头子看什么都有灵性，和什么都相依为命。

他手指那张小嘴又含满了血，鲜血欲滴，恐再落到棉裤上便往桦皮上按了一下。挂一层灰白树粉的桦皮上旋即留下一个圆圆的血印，像苍苍茫茫的雪野上有了一轮红日，随树身轻轻抖动，既如旭日出山，又像夕阳临海。他越锯越快，树愈抖愈烈，那红日晃动如有光芒了。他想到解放海南岛时在船上看见那回日出，如在昨天。出海前向导老头也让他们祭海。为了图人人心情舒畅，士气振作，他们那条船真祭了海。把一些酒肉、干粮扔下海去，老头代大家朝海拜了拜。当然还是免不了你死我活。

黑土地摆弄方向盘的大手有劲如钳，二十来分钟就把一棵黑桦锯倒了。黑桦嘎嘎躺倒时惊起几只乌鸦，还挂掉杨树梢头一大团冬青，又分别压倒几棵柳茅、榛柴、小柞树。

杨树上挂掉那团冬青十多斤重，像一团纵横交错、熊熊窜动的绿火。绿焰毛茸茸，赤条条，水灵灵，似可食可饮。它就是在严冬里滋润着白雪生长起来的吗？动煞人也。黑土地听小洋伞讲过，冬青是一味中药，可降血压，可去心火，是飘来的种子寄生于杨树枝杈间而长成。小洋伞寻过几次都没看见。

黑土地小心从黑桦火红的枝条中捧起那团沉重的绿来。还是交给她吧。他想。不管交给谁，在满眼枯草干枝还没萌绿的荒野，这团浓缩的绿精都是值得收起来的。他把黄棉袄脱下铺在放倒的桦树粗杈上，小心翼翼把冬青放在上面。他穿着夹袄开始锯第二棵黑桦。

太阳说是暖和和的，一脱了棉袄还是凉飕飕的。怎么说才阳历四月呀，北大荒的四月。

黑土地往手心吐了两口吐沫，搓了搓，运足力气又前仰后合拉风匣样锯起来。有了锯前一棵的经验，又脱了棉衣，第二棵锯得更快。粉红的锯末一股一股流出来，洒在草上、鞋上，透明的汗珠一颗一颗从额上往外滚，流过浅浅的麻坑，落在鞋上、土上。对于在土地上劳动的人来说，看见自己的汗珠忘情地幻想着能有自己的土地，自己的新房，和自己的二凤……可除了失去无数的汗珠得到二凤她爹的侮骂，一无所有。眼前这地，能造就多少地主。这树，能盖多少新房。他想。老孙头住了这么多年，该是最大最大的地主了，可他啥也不是。孤身一人，倔毛驴子。我呢，上士，司机，国家的主人？首长们已派人去四川、山东招未婚女青年了，按男光棍人数招的。我能遇上啥样的？

锯夹住了。快锯透的时候必定要夹锯的。这时就该用肩推。黑土地用肩推树。推动了。树却朝第一棵黑桦倒去。

第一棵黑桦上放着给小洋伞的冬青！黑土地慌张俯身去抢。

老孙头还在汽车旁边抽烟，发倔。已经一个小时了，还不见黑土地来求他抬木头,就暗暗使着性子。瞎鼓捣吧,看你到时候求不求我。

小洋伞无事可做,坐一墩突出的塔头草上用药布擦那把锈蚀的剑。一个大家闺秀本该在大城市哪个有名的单位干文雅的工作,她偏偏受了同学影响,辞别剥削家庭参了军。戎装在身,青春年少,当然别有一番荣耀在心头。无奈岁月不时往她心上刻着伤痕。出身不好,进步难,找爱人更难。有人爱她却没人敢娶她,这是一道最令她痛苦的伤口。白脸副场长偷偷对她好,但不敢说娶她。她也想嫁他,但又非常矛盾地恨他不是男子汉。对黑土地这样的人,她既没发生过强烈的好感,又没敢想人家会爱她。她的出身对谁都是沉重的包袱。她擦着剑就像擦着心上的伤痕。对于她,最有疗效的治伤良药就是艰苦的劳动,所以她养成了不怕苦的习惯。这剑,副场长能要吗?听人传,上级曾问过副场长"要党票还是要老婆",还有人传,他家乡有个老婆。

她冷丁发现草里有嫩绿蒿芽钻出土皮。蒿芽可做菜又能当中药吃。她用剑细心拔草挖着。

汽车底下咕噜噜冒水泡,渗水更多了。老孙头终于沉不住气,磕了烟锅对小洋伞说:"我去抬木头,你当心点,看不好麻溜喊我们!"嘱咐完,愤着劲儿找黑土地去抬木头。

黑土地抢冬青时太慌,摔了,头搭在树干上,胳膊压在冬青上,不及翻身桦树已压下来。脖子和右胳膊正好被两棵树干夹在中间。桦树压住脖子那一瞬间他吓昏了,以为必死无疑。他像做了个噩梦很快又醒来,发觉自己还在呼吸,除左胳膊和小腿能动一动,身子一点儿动不得。幸亏是侧身倒下去的,又有铁柱似的右胳膊抵挡着,脖子才没被夹死,不过呼吸也困难。他像只被夹子夹住的老鼠,没死却呼喊不出来。试图挣扎了几下,越动越呼吸不便,只好老老实实等待了。没穿棉衣躺在地上才觉出春天的土地竟铁板样扎骨凉。紧张又冷,便痉挛地抖。一抖呼吸就更不舒畅。这时他才哀伤起来。车陷了,鱼送不到要臭掉,自己还老鼠样被夹在这里。就像刚当侦察兵那年,头一回执行任务被敌人抓去绑在马棚里，也冻得够呛。没完成任务，好歹逃出来了。第二次立了功。这回……因为没给树磕头？他右手心抚在冬青上，冰凉，心也有些凉。小洋伞怎么不过来，不是为你抢冬青，咋会这样狼狈。死倔的老孙头，过来吧，再叫给树磕头就依你的。

老孙头远远见两棵黑桦已倒了，人呢。车越陷越深，兔崽子还不着急。他气鼓鼓往前走，眼四处寻着黑土地在哪儿。他看见黑土地了，躺着睡觉！操他祖宗的，他敢睡觉。踢他个兔崽子。

黑土地听见了脚步声，左胳膊和小腿都立起来朝人摆动。

好个兔崽子，还要戏人玩。老孙头三两步蹿上前见是向他求救，一霎间消了气，俯身查看是否受伤。看看没重大危险才边数落着边要动手把树抬开。"知道了吧？草木鱼兽都有灵性，得罪不得的。你寻思自个儿了不起，被树治罪了不是？"

黑土地用眼神默许着，心里急得骂，倔毛驴子啊，快点吧。

老孙头看看竟无法下手。黑土地被两棵树干的上端夹着，下头又粗又长他抬不动。上头是树头，蓬蓬松松也抬不起来，动不好反会夹得更紧。他抬了抬，果然黑土地疼得直叫。这样的汉子不会轻易叫的。老孙头细细看，一个尖短的树枝茬儿正好卡住喉咙侧面的脖颈处，好像刺进皮肉了。

只有把树干锯断是最妥当的办法，这需要有人帮忙。

"大……夫！……大……夫……"

老孙头把双手举成喇叭朝汽车喊。

黑土地没想老孙头竟会喊出这么洪亮好听的声音，像牤牛在田野里叫。一个老人用全身力气为他的生命呼叫，使他大为感动。他觉得这动人的声音一辈子也不会从他心里消逝，会和他的生命镌刻在一起。

小洋伞听老孙头喊声异常，拿着剑跑过来，见状脸吓得更白了，慌慌乱乱跪下身子摸了摸黑土地被卡住的脖子。铁样冰凉的寒气从手一直传到全身。她又摸摸他单衣裹着的肩头和脊背，同样凉气侵人。清晰可感的颤抖也传导给她。她看见他胳膊下压的冬青时几乎惊讶了一声。

黑土地眼珠朝冬青转了转又瞅小洋伞，再转向冬青。

小洋伞的思路在冬青、黑土地的眼睛和自己身上转了几圈，想判断出什么。

"大夫，你使劲把住，千万把住。"老孙头半蹲半跪双手把刀锯搭在树身上，嘴里又叨念了些什么，才拉动锯子。

凉冰冰的树身被刀锯割得轻轻颤抖。颤动传给小洋伞，她觉得黑土地也在抖，而且抖得厉害。她认为他抖是穿单衣太冷了。她不声不响把自己的黄棉袄脱下来，悄悄盖在黑土地身上。黑土地眼睛感激地盯着她的白线衣直努嘴，示意她把棉袄穿上，喉咙里送出勉强听清的话："你不比我壮，会感冒！"

"你老实儿等着吧，我不冷！"她热情地用眼睛抚慰他，的确忘了冷。能在别人需要的时候牺牲点什么而且就在需要者真诚、感激、不含杂念的友好目光普照下实施着那牺牲，她有一种愉悦的幸福感，尤其为黑土地这样出身好、人品好、没大才没高位但也没污点的同志做牺牲更感愉悦和幸福。她甚至感到不是自己牺牲什么而是在向人索取。她承认，是索取，索取信任和理解。

老孙头看看他们，眼光是异样的，但没说什么。不知他怎么想，他太神秘了，过一会儿他才冲小洋伞嘱咐了一句："把住，使劲把住！"

小洋伞使着所有的劲，并且通过眼光把这所有的劲传递给黑土地。黑土地领会了她的眼神，却不好意思像她看他那样看她，手紧紧捏着冬青闭了眼。

二凤在为他补袜子。

二凤她爹难听的辱骂声。

满河滩的鱼。

场部的战友们捧着鱼在欢呼，把他和小洋伞都抬了起来。

白脸副场长。

老孙头是个谜。

小洋伞和二凤说着什么？

咕咕嘎！咕嘎！几声捉摸不透的鸣叫从空中落下来。

黑土地睁眼斜望天空。小洋伞抬头望那叫声。老孙头只用耳朵听着那叫声，锯没停，他知道那是什么在叫。

十几只大雁排成极简单的人字形姗姗飞过，慈悲善良的叫声落进他们心里。大雁用它们的语言说了些什么。

大雁来了，南边热得不行了。今年在荒岛要开的地能种上吗？黑土地认为大雁在告诉他播种的事。

雁从哪儿来，路过家乡吗？父亲。母亲。去西藏平叛的同志们也能看见大雁吧。小洋伞思绪茫然。

今年大雁不会落鬼岛了。草烧光了，地眼瞅就要被拖拉机开出来，没大雁待的地方了。谜似的老孙头有些感伤。

锯口流着黑桦的血液，黑桦轻轻痉挛。

黑土地凉得在抖。

小洋伞累得在抖。

老孙头小伙子一样有劲地拉动着刀锯。黑桦终于断了。

老孙头抬起半截树，让小洋伞把黑土地搀扶起来。小洋伞关切地问着："脖子卡出血印了！衣服浸湿了！头疼吗？"

黑土地说不出话来，先将小洋伞的棉袄披给她，马上把那堆冬青也捧给她："你不找这东西做药吗？"

小洋伞披着黄棉袄接过冬青。翠绿的冬青抱在她白色的怀里，把她辉映得脸有些红。黑土地第一次觉得她是动人的。他穿着棉袄分外感激地对老孙头说："大爷，快抽袋烟歇会儿吧！"

"快穿衣裳，把拉开这根木头先抬过去！"老孙头仿佛只对草木有情，人间的客套和虚言浮语都不需要。

三人按着老孙头的旨意将一根黑桦抬走了。老孙头抬小头在前，黑土地和小洋伞抬大头在后，步调不一，摇摇晃晃走向沼泽。

晚了。他们的劳动除了在各自心头留下点情感，物质成果已经无用。好惨！汽车大半个身子陷下去，四周渗出一汪浑浊还在冒泡的水，像饥饿的沼泽张开大嘴要吞吃汽车上的鱼。水已接触车厢。水泡说明汽车还将下沉。

三人坐在那根无用的黑桦上看水中的汽车和汽车旁的水泡，谁也没冲谁发火。

太阳看够了笑话，往西走了。变凉的小风开始跑来讽刺他们。

三个人都看出来了，他们已经无能为力。需要决定的是守在这里等待还是步行去场部叫拖车。

场部离这儿一百多里，中间没有村落，也几乎没有人烟因而就没有路。离天黑不远了。能在荒野里夜行找到场部的，只有老孙头。老孙头是来当向导或是搭车的，怎么也不能让他一人去。黑土地想。或者老孙头带小洋伞去，或者他和小洋伞去，或三人一齐去，或者三人都在这儿等，啥时碰见人啥时算。而这几种办法都不太妥当。

后来老孙头说："听我的，我闭眼也能找到你们场部，明天头晌就能回来。你们晚上千万预备点火！"他的话是不能变的，说完就走，连一点商量的余地也不留。

黑土地和小洋伞只好感动地把带的窝头给老孙头带上两个，还有两条烤小鱼。

老孙头往东走，身影隐没在远处的芦苇丛里时，太阳也就接近西边的地平线了。血红血红的彩霞涂染着辽远的天边和整个空阔的荒野。陷下去的汽车和漫上来的水都成了暗红色。在这寂寞凄凉看不见人烟的天涯荒野，要是一个人看夕阳该有多么伤感，会产生世界末日来临那样悲哀感觉的。老孙头是多坚强的一个人啊，他竟能孤独地在荒野里看许多年所有的落日。

四

说不清怎么回事，黑土地和小洋伞面对苍凉的落日竟没有悲凉感，仿佛他们是在黎明时分看冉冉升起的朝阳。

老孙头走后好长时间他们都没说话，默默用行动来迎接即将降临的黑夜。小洋伞用古剑剥桦皮。黑土地拎着刀锯在林子里找干树枝。

干柴寻够了，他又去林子把放倒的黑桦枝锯了拿回来。

黑土地锯树的时候好像听见一声汽车喇叭叫。那叫声极微小，是小风从挺远的地方送来的。也许是幻觉。他便拖着树枝回到车旁。小洋伞已剥了一堆桦皮，并在桦皮堆旁铺好一块雨布。剩下的三个玉米面窝头已摆上了，还有炊事员让她带上的几条清水煮熟再用火烤干的小鱼。她用剑挖的一把蒿芽也摆上了，没有净水洗，是用纱布擦过的。她帮他放下桦枝说："吃饭吧！"

黑土地却脱了鞋子，挽挽裤脚，蹚水跳进驾驶室，把一支步枪连同子弹拿下来，装进三发，举枪朝天打了三个点射，间隔较长。

枪声把春天傍晚的寂寞射伤了，惊叫着跑得老远老远。

"我好像听见汽车喇叭响。兴许是错觉。如果有人的话，听见枪声会来的。"黑土地说着在雨布的一头坐下来。

小洋伞扔给他一团纱布："擦擦手吃饭吧，肯定你听错了，我什么都没听见。"

黑土地用纱布擦手，手指的伤口又吐出一粒血珠。小洋伞扯条纱布要给他包一包。

"不用，吃吧。"黑土地抓起窝头。

"手破了为什么不包？"

"吃吧。不用。"

"怪人！"小洋伞把一条烤鱼放黑土地手上，自己只拿了个窝头吃。她这些动作很能使一个男人尤其黑土地这种将近三十岁的未婚男人感到温暖的。黑土地除了当年被二凤偷偷这么热情伺候过几回，还没遇过这情形，心里格外地暖，疼啊累呀都暖化了。他只在心里默默感受着，嘴上一句不露。"你也吃鱼。"他只这么木讷地说。

"你不包手我就不吃。"

"不用包。"

她就不吃鱼，光啃硬窝头。她认为应该这样，因为一切重担都得他来承担。她嚼着。她不懂，他为什么这样不领人情呢。我哪点不值得男人看上一眼。没文化的男人是木头疙瘩？我虽然出身不好，单独接触时哪个男的没向我表示过好感！要么是一个眼神，要么是几句话，要么是点什么东西。来北大荒，女同志奇少，男同志更容易对我暗示好感，偏黑土地不。

砰——！砰——！砰——！

三声枪响又把远处的寂静射伤了，惊叫着跑到黑土地和小洋伞这边来。夕阳的光芒好像突然之间被震掉，地平线上的太阳就在这时沉下去半边。

这枪声和黑土地的枪声间隔也就五六分钟。那时他们都没有表，凭经验判断的。黑土地断定自己确实听见了汽车喇叭声，这枪响是回答。两人喜出望外，站起来，嚼着，翘首瞩望苍茫的枪声响处。

接着又响了三枪。比方才的脆弱，是手枪声。这是在向他们求援了。

黑土地失望地招呼小洋伞坐下："大概也陷车了，瘸子求拄拐的帮忙，有那个心没那个腿了！"

"要不去看看？打手枪肯定是首长！"

"首长，皇上也蹲那儿等吧，荒野地里人人平等！"

开始默默地嚼。风冷了。夕阳整个溜得无踪，连彩霞也都带走了。天立刻变得初冬似的冷。

堆起树枝，下面塞上一卷桦皮。桦皮油纸样易燃，一根火柴就呼呼啦啦烧起来。火焰在夜风里唱歌，招来苏醒不久的蚊虫围着火焰跳舞。

好长时间，有三四个人朝火堆走来，从枪声那边过来的。人多过夜毕竟安全。两人欢喜地站起来迎他们。

来人在火堆前站住。为首的拄着树棍，披着大衣，腰挂一支小手枪，瘦高个，戴军衔，火光映出他的威风和潇洒。黑土地他俩一看便知是上边来的大首长，军衔标明是个将军。在垦区工作的首长没有戴军衔的，肯定是上边的大首长。黑土地本想表示欢迎，见是大首长反而冷漠了，一言没发站着。

将军看清是一男一女并身着军装，突然上前揪住黑土地的衣领骂道:"你娘那个臭×,听见枪声为什么不过去?我打你右……"

右派的"派"字还没骂出口,黑土地猛然一甩,挣脱将军的手,厉声一句反骂:"你娘那个臭×!"

将军被甩了个趔趄,被骂得一愣,以为听错了,强压怒火指问道:"你说什么?再说一遍我听听!"

"你娘那个臭×!"黑土地比方才骂得还清楚,还愤怒。

将军被骂呆了,实实在在呆了,嘴像浓胶粘住,一会儿才使劲张开,低声问:"你在哪个分队?任什么职务?"声音低却极威严。从当红军起到现在,他走遍中国,战功赫赫,打杀过不知多少敌人,也这样骂过从战士直到师长中的许多手下官兵,从未遇过敢说不字的,今天却被一个上士重复骂了两句,骂得他热血奔腾,脸肌抽动,雄心狂跳。跟从的人屏声静气只听得桦树枝在火中哔哔剥剥地叫。

"二分场汽车队司机!"

"什么名字?"

"谢守松。感谢的谢,松树的松!"

"好个谢守松!从现在开始,你就是二分场汽车队队长!"将军回身命令一个随员,"回去后通知你们二分场党委书记、场长,说这是我的命令!"

这随员就是暗中对小洋伞好的白脸副场长。他陪将军来视察垦荒点,途中吉普车陷住不能自拔。他摸不清将军真意如何,不知所措地说:"我们场党委一定开会……严肃处理……"

"我命令你们任命他为汽车队长!"将军不再解释,转而问黑土地,"谢守松,你们听到枪声为什么不去支援?"

"是我们先求援的,没法过去支援你们!"

"你们怎么了?"

"往场部送鱼,车陷了。"

"哪来的鱼?"

"开河冰排撞死的,很多。"

将军高兴,脱掉大衣扔给警卫员:"在这儿休息,弄鱼吃!"

277

黑土地："鱼有的是，没家什做！"

白脸副场长："想办法。首长还没吃饭，想什么办法也得做！"他像不认识小洋伞似的，连个招呼也没跟她打，忙着给将军和随行人员找地方坐。等他们都坐下了，他才对她和黑土地说："挑些好鱼，收拾收拾。"

"没家什做。"黑土地很不积极，也不动。

副场长正猜不准将军对黑土地的真实想法，没太敢用命令的口气，转而指使小洋伞："先拿些来，收拾着，完了再想办法。"

小洋伞本来回场也有看看他的意思，古剑也准备带给他的，短暂一见，她忽然发觉他虚伪卑琐、唯唯诺诺，像当年她父亲的仆人，而黑土地是怎样的男子汉英雄气概呀！她心里很难过，没吭声也没动。她想此时黑土地不动她就不能动。

将军兴致很好了，坐在火堆旁的桦木上招呼："过来坐坐，待会儿一起动手。这么多人还能没办法！"

黑土地和小洋伞都坐过去，副场长却脱了鞋亲自蹚水去拿鱼。

将军对黑土地极感兴趣："你好胆量。这样骂过别人吗？"

"没有。"

"别人这样骂过你吗？"

"扛活时东家骂过一回。"

"你为什么没骂他？"

"他比你少骂了个'臭'字，我就光把他家的牛弄瞎一只眼算了。"

黑土地心头有一块伤疤，他的母亲是被日本兵奸污后上吊死的。所以他忍得住老孙头"我操你祖宗"的骂法而无论如何不能容忍对他惨死母亲的在天之灵使用侮辱语言，何况人民军队的将军对他母亲最神圣的东西使用了臭字。

将军参军前就养成了这个口头语。他非常喜爱黑土地的刚烈脾气，扔给黑土地一支烟说："该给你小子记一功。今后再用这句话骂人我自动申请处分！"他自己在火堆上点着烟，又跟小洋伞说话，"用这话骂你们女同志娘，会跳河自杀吧？"

小洋伞紧张地笑笑："我母亲是资本家太太！"

"呃，巧了。不管什么出身，女同志能来北大荒就是好样的！"又问黑土地，"北大荒很苦，男同志也不容易。有什么困难？"

"什么困难都不算困难，就是缺老婆，这么下去，一辈子也不会有！"黑土地在小洋伞面前拘拘束束，在将军面前竟放肆起来。

将军："确实是实际困难。已经想了办法，山东、河北有两千姑娘快来了！"随口又问小洋伞："你丈夫在哪儿工作？"

"还没有！"

"男同志找老婆这么困难，你女同志怎么没有丈夫？"

"呃……我……成分不好。"

将军一挥手把烟头扔进火堆："来北大荒坚持住不跑的，不管什么出身，都是好样的。你们俩的困难我给解决一下，愿意的话，我当媒人，你们马上可以结婚！"

黑土地、小洋伞都大吃一惊，每人怀里像闯进只野鹿，冲撞着，逮不住。

白脸副场长用树枝穿了十多条鱼过来了。将军对他说："我给他们俩做媒了，回去就上任队长，同时结婚！"

副场长像突然遇见只狼，鱼吓掉好几条，都砸在自己的赤脚上，结巴了："首长关……关心群众……生活，可……不知他们自己同不同意？"他心惊胆战地期待小洋伞这时能说话。

小洋伞却什么也不说。黑土地见白脸副场长窝囊相，不禁心头火蹿，声明说："要是她真还没有，也不嫌我，我听将军的！"他也是想刺激白脸副场长说句有骨气的话。

将军："她自己说没有！"

紧张、尴尬的副场长慌忙插嘴："也许女同志害臊不好意思说！"

如果白脸副场长稍有点黑土地那样的气概，说一句"她有了，不好意思说"，小洋伞也会顺着这意思默认的。白脸副场长那副仆人相已叫她忍无可忍了，她倏然生气自己看错了人，脱口说："恋爱结婚光明正大，害什么羞？从来没人说要娶我！"

279

白脸副场长手里的鱼全掉在脚上了，不知受了打击还是累的，顺势坐到地上。

将军很激动："那就是同意了。今天大喜，改了骂人的错误，提拔一名汽车队长，做成了个媒。来吧，大家动手弄鱼，没家什用火烤！"

"有家什啦！"黑土地早就想过这家什，只因对将军有了好感才说出来。"加水桶可以代替锅使！"他飞快又脱一遍鞋子蹚水爬上车，找到加水桶，又装了些鱼。

小洋伞那把古剑成了刮鱼鳞、剖鱼膛的主要工具，她不想给白脸副场长了。

小洋伞和将军的警卫员在汽车的水边弄鱼，黑土地和将军的另一个随员造锅。白脸副场长心里生着惨烈的火，可谁也不知道。天黑了，虽然有月光，别人也看不清他脸色有多么难看。他凑到水边和小洋伞一块弄鱼，他想和她说话，警卫员在，他就不敢说了。小洋伞知道他想说什么，见他就是不敢说，愈发生气了，把剑交给警卫员便去帮黑土地打下手。她开始讨厌这个卑琐懦弱的男人。

黑土地今晚格外生出许多智慧，很容易就想出一个办法。他用刀锯割了四根胳膊粗的树棍，立着砸进火堆的四边上，成正方形。再把两根树棍横着成对角线搭在四根立棍上，每根立棍上端都锯出一个凹角，横棍便固定住了。铁桶挂在木棍上，可烧水，可煮鱼。

附近没有净水。从汽车凹陷处冒出的水是浑浊浑浊的。黑土地将浑水提了一桶挂在火堆上烧。烧开一沉淀就干净了。

将军长征过，也打过游击，对野炊这种事很有兴趣也很在行。他把第一桶烧好的水用棍子挑下来，提到东边给小洋伞他们洗鱼。桶是热的，烫得将军两手小孩子似的甩了一气。警卫员不让他动手，推他一边去待着。他在兴头上，张口又要骂警卫员"躲开你娘了个蛋的"，刚说出"你娘了个……"被警卫员机智地打断了："首长又骂人，该受处分！"

将军开心地笑着："你娘的好小子，制止我犯错误有功，奖你休息，罚我来干！"他把警卫员拨拉一边，动手和小洋伞洗鱼。白脸副场长也不让将军动手。将军说他:"你也动动手,难得又过过游击队生活!"

鱼洗得挺干净。白脸副场长提着两串鱼等着将军刷好桶再放进去。鱼的内脏堆在地上散着腥味。别人不觉怎样,白脸副场长窝心得很,他心里五味翻涌。

将军兴致勃勃:"把你们送到北大荒,真是受苦了。没有法子,国家缺粮食,让我们今年就拿出×亿斤小麦。为了这个数,别的都顾不上了。"他特别瞅瞅白脸副场长,"能拿出粮食就是好家伙。什么家庭成分,男女关系,少抓这些鸡毛蒜皮。眼皮底下的女同志没丈夫,你们还到处喊缺老婆。北大荒,不能和内地一样。长征比这苦不?女同志哪个没结婚?"

白脸副场长诺诺连声,心里照样五味翻涌。你个莽李逵,跑这儿乱说一气拍拍屁股走了,抓起右派来还不得找我们?

满桶水,半桶鱼,呈对角线的两根木棍被吊弯了,半截桶身埋在火焰里,像吊着一个遭烤刑的战士,任凭火烧,一声不吭。

黑土地拿着小洋伞的剑挨将军坐着,小洋伞坐将军另一边。白脸副场长坐对面。

"长征比这苦到哪儿呀?"黑土地问将军。

"过草地,走着走着人就掉下去了,再也出不来。还想吃鱼?草根也吃,皮带也吃,也没几个有老婆的。"他笑了,很响亮,"也有好的时候。出了草地以后,有一带西瓜稀烂贱,我们连分享了许多,全连没一个吃过西瓜的,结果把西瓜瓤都掏扔了,煮西瓜皮吃!"

大家笑了一阵儿,小洋伞问:"女同志怎么办呢?"

"跟着走呗,除了个别大首长的老婆能骑骑马、坐坐担架,都得走,不走咋办。"

"睡觉咋办?"

"咋办的都有。实在没招儿和男同志挤着也睡了。"

警卫员:"睡得着吗?"

"走路都睡着了,挨个女的就睡不着?你娘个……个好小子!"

除了白脸副场长，别人都笑。火也笑。被火烤问的铁桶也笑了，咕嘟咕嘟的水沸声就是它的笑。桶口翻花，溢出鱼香味了。

油盐酱醋一样佐料没有。煮出的鱼肯定一股土腥味。让将军吃这鱼，黑土地于心不忍。他想到小洋伞药包里的消毒盐精。

盐精没有了。黑土地却发现有一小瓶酒精和一瓶蒸馏水。两样东西一兑不就是酒吗？"

小洋伞说酒精不好喝，黑土地不听，问将军："首长，喝点吧，喝酒吃鱼香！"

"喝！在北大荒野餐，毒药也得喝几口！"将军要过瓶子亲自做酒。

小洋伞用剑挑出条鱼来，尝尝，熟了。

将军把兑好的酒瓶举起："北大荒光给几条鱼不行，我们还要粮食。为了粮食，喝酒！"

呼隆一声，火焰四窜，潮乎乎的浓烟裹着木炭滚滚升腾，仿佛突然发射了一颗原子弹。横棍上吊着的铁桶经不住酷烤，昏倒在火堆里了。水淌，火灭，无辜的鱼落得一身脏灰。几个人争相跳起，抖落着身上的木炭、火星，兴致大扫。鱼不能吃，酒也没喝成。将军他们饥肠辘辘，非吃不可。幸好小洋伞剑上挑着那条鱼还在。递给将军。黑土地把火堆里的水桶挑出，看看还剩几条鱼在里边。小洋伞又用小棍把桶里的鱼挑了——送给白脸副场长、警卫员等。黑土地拿着酒精瓶还让将军喝。将军吃着鱼："天不让喝算了，留着你们用！"

吃完，将军决定徒步赶回场部，他说走百十里路比野外露宿舒服。

白脸副场长要小洋伞黑土地一块回去。黑土地说他留下看车，让她先跟他们走。

将军："既然看车，俩人就一块留下吧！"他把大衣扔过来，嘱咐注意安全，带人走了。

深夜。月高风清，广漠荒野诗情画意。

将军一行的身影隐入朦胧的芦苇丛中后，黑土地小洋伞又把一堆将熄的火燃起来。

五

火焰像支彩色毛笔在荒原的夜幕上描出一小片粉红色。桦树枝呼啦啦燃烧着春天荒野的小夜曲。黑土地和小洋伞坐在清扫干净的火堆旁等待着明天。他们坐在同一块雨布上,雨布下面铺了干草。他让她披着大衣。

"首长总说他们长征苦,我看不一定比咱们苦多少。"黑土地望着火堆。

"他是个好首长。"小洋伞拉了拉披着的首长大衣。

"嗯。这样的首长升得都慢,我觉得。"

"长征红军,还管开荒!"

"咱们还亲手开荒呢,粮食重要。"

"……"

远方一声细微的兽叫,近处有夜风掠过桦林的哨声。

"你是自愿来北大荒吗?"黑土地问。

"自愿的,不然得去西藏参加平叛。"

"怕死呀?"

"也不光怕死,看敌人死我也受不了。"

"我啥都不怕。"

"为啥不去西藏呢?"

"我们部队没任务。再说我也愿意摆弄土地。在这么大片的地上种粮食,过瘾!"

"那你还说苦?"

"说是说,不是怕。"

"苦我也不怕,就是怕孤单,怕看死人。"

"好几万人你还孤单?"

"不孤单你咋跟首长要老婆呢?"

"这不是孤单,谁都得有。"

"……"

她又往火里加了几根树枝。

"开荒又不是打仗,哪有死人可看?"

"去年来的时候,一个女军官在火车生的孩子,男孩。下火车往这边来坐爬犁,走两天没到,路上孩子就冻死了,埋在雪里又走。真惨!"

"女同志真苦,咋不生了再来!"

"那就落后了。要是我,也不能甘于落后。后来还看见三个死孩子,装一个木箱里埋了。"

"也是来的路上吗?"

"住下以后,孩子都不大。一个是母亲出去劳动把孩子拴在床上,孩子爬掉床下,悬着勒死了。一个是肺炎没药治,眼睁睁死了。还一个也是把孩子放家没人看,掉火盆烧死了,烧得像个糊巴小狗。没有棺材,三个小尸体装一个破木箱埋的。一个坟包上三个年轻的母亲哭,真惨!"

"女同志真苦!"

"去年秋天,还有一个刚满月的婴儿被小咬咬死了!五官肿变了形,浑身血疙瘩,像只小金钱豹。"

"女同志真苦。"

半晌,小洋伞感叹道:"男同志也够呛,黑白拼命干,个个又黑又瘦。"

他想说也有白的,咽回去了:"所以我就想长征比咱们苦不到哪儿去。秋天在外边一会儿,讲话得大声喊,要不就被噼噼啪啪打小咬的巴掌声盖住了,都是打嘴巴的声音。咬得实在受不了啦,我们司机就用黄油糊脸,蚊子沾得满脸都是。眼睛没抹,也被咬肿睁不开了。厕所也得笼上一堆火熏小咬,要不没法解手。小咬比敌人围追堵截都厉害,枪炮又治不了它。夏天那场水也够呛,路上走船,麦地捞虾,床下淌水,帐篷搭在树上。划船捞麦穗,五千亩麦子就收两麻袋。盐也没有，清水煮囫囵麦子，煮囫囵黄豆。鱼肉是啥味都忘了。说实在的，比给地主扛活都苦！"

"你别瞎说地主好，让人听着。"

"地主不好，可狠了。他女儿对我挺好。"

"你对她呢？"

"她对我好，我就对她也好。为这她爹把我撵出去了，我就当了兵。"

"家里还有人吗？"

"娘让日本鬼子祸害死了，爹气死了，剩个哥。你呢？"

"父母都有，可他们是资本家，我也不能和他们亲近。"

风凉得透骨。她发现黑土地冷得打抖，把大衣拉出一块："咱们俩披吧，你受不了！"

两人往一起靠了靠，共同披好一件棉大衣。黑土地还是抖。他说："咱们喝酒吧？能暖些。"

她没出声，也抖起来。

"喝吧？"

"嗯！"

小洋伞拿来那瓶兑好的酒精重又坐下，把瓶交给黑土地时候差点抖掉地上。

黑土地喝了一口，又一口。小洋伞也喝了一口。她像喝了火，从喉管一直烧到胸膛。他又喝。她制止他："喝多烧坏胃！"

"没事。"他又给她喝。

她也喝了。就那么小点儿一瓶，喝没了。两人体内都有火烧起来。

"你也够苦的！"黑土地深重地说。

"嘴让小咬咬歪了，眼肿成一条缝，脸上头上全是包，给小孩看病吓得小孩哇哇哭，我自己也偷着哭过。没人说我苦，还说我怕苦！"她哽咽几声呜呜哭了，火光照出滚滚的泪珠。

黑土地慌了，给她擦泪。她情不自禁搂住他的胳膊。他用另一只手抚摸她的头。她哆嗦地抖着抱住他的肩头，头靠在他的脖子上，不哭了。他没想到她有那么大劲,搂得绳勒一样紧,使他透不过气来,于是他也不由自主搂紧她,像两盘搅绳往一块勒着。两人一起勒躺了,越勒越紧。

小洋伞剧烈地一抖,失声呼叫着黑土地的名字哭喊起来。咔哒,黑土地体内束缚着灵魂的绳索也断了,雪崩一样轰然震颤作响,雨布下的干草也有了生命,哆嗦地动。刹那,他觉得灵魂和肉体都溶化了,也失声叫着小洋伞的名字来。两人的灵魂都被对方呼唤了去。所有共同发出的细脆呼唤刺破了朦胧的夜幕,上帝都能听见。怕上帝听见似的,他们又用对方的嘴将自己的呼唤堵住。

把两人勒在一起的那根绳索一丝丝绷断了,松弛了,黑土地的灵魂仿佛已不在体内,一会儿便吃了安眠药样睡了,睡得很死。她把他从自己身上移下去安顿好他都不知道。

大衣的一多半盖在黑土地身上,小洋伞趴在他身边看着他安详地熟睡,大衣的少半搭在她身上。

黑土地的脸这么英俊,荒野的夜这样迷人,连寒冷的夜风,火堆底下的灰烬,鱼的五脏六腑都美丽异常。最美的是吞进汽车的大酱缸。没有鱼,没有大酱缸,没有粗鲁的将军,哪有我的黑土地。她久久地端详着黑土地。

黑土地吃了过量的安眠药一样在酣睡。

风。大雪。风雪交加。雪片轻薄而冰冷,刀片似的飞旋。雪又变得绵软沉重,一朵一朵落在身上,似热似凉,又说不准是热是凉。雪变成几尺长一片,云似的往下落。树林、帐篷、泥屋、沼泽、野地全铺平了,盖严了,整个荒野成为一个雪原。帐篷整个被大雪捂住,变成冰的,变成水晶宫。水晶宫浑然一体,没有门窗。水晶宫是透明的。二凤在水晶宫外向他招手。他用刺刀穿透封隔着他和二凤的紧冰。冰孔窜进一缕火,扑向他的嘴唇。水晶宫慢慢在溶化。

小洋伞吻了吻黑土地坚强厚实的嘴唇,把大衣全都盖给他,然后起身往暗淡下去的火堆又投了些桦皮和粗枝,一会儿火又旺了。她用新燃着的树枝在黑土地身体另一侧又架起一堆火,使黑土地蜷缩着的身子舒展开来。她掀开大衣从头到脚尽情细看他全身每一部位，看够了又用手轻轻抚摸。她第一次感到世界是这样可爱。她再一次怀着幸福的激情深深地感谢北大荒，感谢将军给了她黑土地。

她给他盖好大衣又在他脚下架了一堆火。

三堆火暖着他，她坐到没有火的头边。

黑土地划着了火柴。枯干的春草一经点燃便拢也拢不住，追也追不上，像猛虎，像野马，像红色的疯牛群在大荒原上肆无忌惮地狂跑。它一过，留下一地灰烬和大片的黑土。它前面，兔子、野鸡、鹿、狼、豹子……成群结队落荒而逃。大火像千军万马踏得烟尘滚滚，遮天蔽日，从白天一直烧到夜晚，又从第一天燃到第二天，烧了几天也没熄灭。夜火像扯起无数面红旗向天宣战，要把天烧出个洞，烧塌下来，又像要把黑土烧红、烧焦，还要把树林也烧毁。可是它怎么疯狂也烧不到树林去，烧到大河边便被拦住了，呜呜叫着却无法跳过去，最后奄奄一息，自己把自己烧死在大河岸上……

小洋伞又往三堆火里加了木柴。

要不要给父母写封信呢？说已有了丈夫，或者让父母给邮点糖果来，给大家吃。别给父母写了，让领导知道不好。给妹妹写，妹妹是共青团员了。儿子应该有个名。叫荒地？叫北国？叫黑……

绿火！两豆绿火！那个荧荧的绿呀！是什么点燃了，在移动，向眼前移动。又有两点，噢？旁边还有，还有，七八对哟，慢慢移动的绿火。她忽觉绿火幽幽瘆人，后面都有一个轮廓。是七八只绿眼睛的动物向他们移动。是狼。她的心缩紧了，紧紧的，提起来，冰凉，浑身发抖。

她下意识想推醒黑土地，手一接触他的头时那沉沉的酣睡使她停住了。多日的疲劳和今天的忙碌他早该这样睡一场了，明天他还要拖车。她缩回手，去拿火堆中的柴。

等那些绿火又向前移了一会儿，她拎起火猛然朝它们抛去。火一落下就熄了，那些绿火只退了退，又停住，见没有第二支火投过来，慢慢又往前移。

一伙春天的饿狼被别处烧荒的大火赶到这儿来，深夜嗅到人味和熟鱼味摸上来。如果不是饿急眼的狼，见了这几堆火是不敢来的。狼最怕火。

小洋伞还是沉住气了。有黑土地在呢！有枪在呢！她把黑土地身边的枪放在方便处，又抄起两根烧着的柴接连向狼投去。狼又只退了几步，察看动静。这真是被垦荒官兵到处弄火培养出经验和胆量的狡猾的狼。

两支火烧着两小片草就灭了。沼泽地太湿。狼群退了一截复又一步一步往前凑，简直是一伙勇于探索又不莽撞的思想家。

小洋伞摸准狼遇火便退，索性再拿一支火，不投了，提着一处一处点。火连成一条阵线。被风一吹，势头大了，可以蹿过塔头中间的湿地继续往前烧。她又把火线拉长，火阵便把七八只狼全部拦住。火进狼退。小洋伞悬着的心落下去，丢掉火把，歇息着看狼群在火的威逼下节节后退。

她庆贺自己一个女医生也能在荒野击退夜狼群时，奇迹发生了。只见一只大狼退后几步箭样朝火线一冲，一跃，越过了火线。其他狼也跟着腾越过火线。刚烧过的地上灰火烫得狼群乱跳了一气才停住，慢慢又拉成阵势逼来。

火线还在往前推进，对这群狼却已失去了威胁。简直是一群足智多谋的家伙。

小洋伞想不出别的办法了。抄枪卧倒，朝头狼瘆人的绿眼大致瞄了瞄，慌张射出一颗子弹，枪就落在地上，心呼呼地撞动着大地。她不知是否射中，只见狼群风样四散奔逃。

黑土地梦中惊醒，一跃而起，战争生活给他养成这习惯。他睡死时任雨浇火烤可以不醒，一听枪炮哪怕是远方的枪炮声也会一跃而起。

小洋伞激动得攀着黑土地的肩蹦高："我自己把狼打跑了，我自己。吓死人啦！"

听她说完经过，黑土地唏嘘着直责怪："咋不叫醒我，好悬没出事！"

"睡死了一样，没叫！"

黑土地一阵暖流从心里荡漾开来，一手攥住小洋伞的手，一手抚摸小洋伞的头，幸福而怜爱地说："多悬！多悬！"

小洋伞激动已极，疲劳和惊吓全无踪影，一闭眼又紧搂住黑土地摇着、晃着，死死抱着他却叫他放下她。黑土地弯腰往雨布上放她，她却不放开他，顺势把他拉倒在一起。

两人相互热烈地拥抱，愉快地爱抚，直到荒原和他们一起旋转、失声地呼叫，又渐渐平息为停止呼吸了一样安宁。

这一次是小洋伞沉沉地睡去了。黑土地给她盖好大衣，坐在她身边，任意地看啊，看啊。他的手像是铁的，被磁石吸着慢慢伸进她身上最暖人的地方。

他把眼光移向大地，迷离地望着。望见了苇丛，望见了桦林，望见了小丘，望见了大酱缸吞下汽车的嘴，望见了温暖着他手的那个地方……

饿狼群逃了一阵发现伙伴一个也没死，并且再没听见枪声，又开始往回转。幽幽绿眼放着更瘆人的凶光。顽强的狼啊！为了生存，一切动物都在和人竞争。

黑土地发现了那些卷土重来的恶绿，一点不害怕，好像身后是一支埋伏着的大部队。他沉着端起枪，瞄准了头狼。

狼群还不知好歹往前移。它们哪里知道，男人和女人是不一样的。这次它们面前的是男人，是个面对全副武装的敌群都不害怕的侦察兵。与人斗，他是英雄。与手无寸铁的大地、野兽斗，他带着几分蔑视。

绿火近了，更近了。

绿火明灭了一下。又明灭了一下。砰——！永远地灭了。

所有的绿火都随之一跳。

并没有四散开去。

依然向前逼近。

黑土地不紧张。他坐在三堆火中间，狼接近不得这样的火，接近会烧焦它们的毛。

枪响，又一对绿火永远地灭了。

要灭了。

灭了。

灭了。

……

枪声不能再继续响了。

剩下的一只狼或许是一点力气没有了或许是判断出对手已没了枪弹，稳稳地蹲在那里不动了，幽幽绿眼五彩缤纷，和火，和黑土地对视着。

黑土地也不动，他认为不用动。

他攥着火把。

一支熄了再接一支。

到那双绿火自己慢慢熄灭，他才放下火把，安然依着小洋伞重又睡去。

六

辉煌的太阳斜照着他们的睡姿，三堆火都已熄灭，死灰也冷却了，俩人才醒来。

那只自动闭了眼的死狼静静长眠在他们五六米远的地方。

荒野在阳光普照下恢复了生机。春风在枯草树枝上一遍一遍地跑着，呼唤青草和绿叶快点出来。喜鹊、蓝大胆和啄木鸟以各自独特的歌声帮春风忙碌。

小洋伞先睁开眼。她梦中生了儿子，是为儿子的名愁醒的。她看看太阳推醒了黑土地："孩子起什么名好？"

黑土地丝毫没想过这事，很惊讶："现在忙什么，有了孩子还愁没名？"

"我做梦了，落户口急着填名。"

"那我帮你琢磨琢磨吧。"他揉揉眼,"叫开荒?叫地生?"

"叫天生吧,天生好!"

"地生天生随你。弄点吃的吧,饿了。"

没什么可吃的了,只有生鱼。昨晚的鱼腥还在胃里翻,实在不想再吃没盐的鱼了。肚子叫得很欢。烤鱼吧,烤鱼没有腥味。

黑土地叫小洋伞点火,他去车上拿鱼。

天哪!汽车夜里悄悄又陷了一尺多,车厢板只剩一点点留在水面,鱼袋子都淹在水里。比昨夜变宽了的水面结了薄薄的冰碴。水边不多几朵金黄色星星似的冰凌花却比昨天开得精神了。

黑土地心思开始沉重。老孙头会带辆什么车来拖?一般的车或链轨拖拉机都不中用,必须得绞盘车。就算绞盘车来了,也不是轻而易举能拖出来的。

他从车上摸下几条鱼时,棉裤完完全全湿透了,僵硬的鱼在他手里和他一起打抖。他站在火前烤,小洋伞蹲着为他拧裤腿的水。他开始琢磨车来后怎么往外拖的事。新式苏联造大卡车刚使用半年,全队只有两台,等着今年出粮食呢,运输任务相当重。拖不出来,泡几天发动机和有些部件就要报废。粮食没拿出来,先报废一台苏式车……

他用小洋伞给他的剑刮鱼鳞,鱼僵硬了,鳞很好刮,手却不好使,被嘎牙鱼划破的口子已化脓,一攥刀痛得直跳。这次小洋伞没同他商量,拉过手就包扎。他也不说不用了,任她擦洗、揉搓。最后她还用嘴吮吸了几下:"昨天你咋非不让包?"

"昨天是昨天。"

"太阳不还从东边出吗?"

"和昨天不一样了。"

"怎么不一样?"

"比昨天暖。"

"你今天好像会作诗了!"

"别说这些废话了,快烤鱼填肚子吧。"

太阳那边传来了马达声,渐渐清晰。他们跷脚往那边看。阳光刺

291

眼，但他们还是看见有车向这边开来。黑土地把手里刮了鳞的鱼扔了："车来肯定有吃的了，等着吧！"

小洋伞放开他的手指，冷丁又抱住他，鸡啄米似的吻了一阵他的脸。

老孙头不但领来了绞盘车，还带来了白馒头、煎鱼和酒。他说从他好爷们家要的。

黑土地小洋伞饿狼样吃起来。

老孙头看看旁边的死狼问黑土地是怎么弄住的。开绞盘车的两个转业兵摸弄着狼毛遗憾自己没遇着那场面，收俘虏尸体似的拖死狼去了。

等两人吃完饭，老孙头看着五六条死狼又叨叨开了："这东西也不好惹，狼亲狼故要报复的。这汽车就是受了土地的报复。要是尊敬点它们，不在这时候出来压它们，咋会把车吞了呢？大酱缸是土地的魂水窝！"

黑土地和小洋伞也不反驳，也不说赞成的话，只是感激地表示谢意。

六条狼的眼睛已没了幽幽绿火，嘴有的闭着，有的张着。张着的露出黄牙，闭着的似咬牙切齿。

太阳升高了，冰碴化净了，绞盘车也在适当的位置停好了，就差绞索挂在汽车拖钩上了。

阳光已经暖人，水却依然扎骨。黑土地和跟车的一个同志脱了棉裤下水试了试，水没了腰，脚还踢不到汽车保险杠，全身就麻木了。他们用树枝探了探，泥水有一人深。

老孙头把钢丝绞绳拴在树棍上让他俩换着在水里搅弄好半天，钢丝绳也挂不到车钩上，后来棍子也弄断了。老孙头亲自把手伸到水里试了试："别的招儿不行，扎猛子又太凉！"

黑土地想了一会儿："用两只加水桶同时烧两桶开水倒进去，快点扎猛子！"

老孙头寻思一会儿："非搅不可的话，只能这么着了。"

"谁会扎猛子呀？"小洋伞看着浑厚的泥水问。

别人没吱声，黑土地说："我会！"

"下边是泥，不是水！"

"我扎稀泥摸过蛤蜊。"

小洋伞知道说啥也是黑土地的差事了，别人没这个责任。她急忙去烧水。水烧得越热，她的心情越能轻松点。她管绞盘车司机要了些汽油烧在柴上，两堆火呼呼隆隆着了。

黑土地只穿裤衩，披着大衣伸胳膊踢腿。老孙头让他嘬了两口酒。他像跳水队员作好准备只待枪声一响便要起跳样拉着钢丝绳。

老孙头朝两个司机喊道："来吧！"

两人戴着皮手套从火堆上提下两桶开水，小跑着拎到水边，同时倒在车头处。黑土地朝小洋伞扔了大衣。嗵地跳进水里，一个翻身，头朝下扎去。脚尖在水面搅动一会，身子全进入水中。水面不时冒出几个气泡。

这时候，天空出现老大老大的雁群，只有在远处才能看出排着的人字形，嘎嘎叫得惊天动地。飞过头顶时，遮天蔽日看不出一点儿人字样。

绞盘车司机欢呼着拿来了枪。

黑土地钻出水面，活像露出一个乌黑的水怪，钢绳还在手中。小洋伞要下水拉他，他摆摆手叫她躲开，招呼老孙头拿酒来。满脸泥使他睁不开眼，凭听觉接过酒瓶下两口，连稀泥一起喝了，又潜下水。

司机举枪向天空，瞄也没瞄打了几枪，就有两只雁落下来，一只掉在地上，一只正好落在黑土地潜下去的水面，噗地击起一个泥浪。小洋伞既生气又欢喜地用棍将雁捞起，她想为黑土地做雁肉吃。

钢丝绳动了，黑土地在告诉岸上索套已经挂好。

司机跑进驾驶室，只等黑土地上岸便挂挡开车。

等了好一会儿，索也不动了，气泡也不冒了，黑土地还没上来。

小洋伞跳下水去拽他。

他先于汽车被拽上岸，一条黑泥鳅样僵躺在那里，身旁是六条死狼和两只死雁。

老孙头哀哀地说:"大酱缸是土地的魂水窝啊!"

七

二三十年后,黑土地上建起了许多机械化大农场,每个场部都是不小的城镇了,不但生产粮食,而且办了许多工厂、学校,黑土地也愈来愈黑。可是,鱼,大雁,狼,獐,狍,熊,鹿,都没有了。人们歌颂创业者的同时也很想念它们。

1986年10月于北京北太平庄
1987年1期《昆仑》大型丛刊

三角形太阳

一

只觉得,火车像大力士刚射出的响箭,在灰茫茫的雪野上飞。离火车很遥远的太阳,酒后睡了似的,脸通红,却没有光芒。我久久盯着那太阳,一直在想着夏日这个人。

北京到莫斯科的特快,只在东北三省的省会停,特别快,特别干净,也特别舒服,使我一路浮想联翩而没感到疲倦。

……
白桦树上,
蔚蓝天空吹来南方的风。
北国山岗上,
白雪在融化。
啊,北国的春天已来临。
……

日本的流行歌曲,像从春天的花园和秋天的瓜地里穿过来,恍如带着淡淡的花香和瓜根的苦味,还有看瓜护花老人对远方骨肉的浓浓思念。乘的是国际列车,又放着外国歌曲,想事情就不由自主地越出了国界。要是在国外,不,别想得无边无际,就说要是在这次列车所能到达的终点站吧,那儿的人们会怎样看待夏日这样的人呢?

职业的需要吧,每个作家的心窝里都喂养着一只想象的鸟儿。那鸟儿活泼、好动,像个自由的精灵,不知疲倦地寻找着树林、山野、天空以及一切可供飞翔和栖息的地方。我随身带的一包文字材料又像一棵大树,逗引我那只想象的鸟儿飞进去,不停地跳跃。我从材料袋里找出一份《江城日报》来,又重读那篇题为《当代红嫂》的通讯。

……江城市公共汽车上坐着一个年轻战士,老老实实,像个泥塑。忽然拥上几个小伙子,拍拍他的肩头:"有病号,'雷锋同志'给让个座!"战士憋得脸通红,站起来让了座,同时汗珠儿噼里啪啦从额上往下滚,差点儿摔倒,却被身后伸过的一只手扶住了。是一位娟秀的年轻妇女的手。年轻妇女对战士说:"坐我这儿吧,你好像有病!"她轻轻一按,他就坐下了,因为他确实病着,患下肢深度静脉炎,腿肿成上下一般粗的柱子了,几个小伙子看不出这些,竟在戏笑他们:"一个'男雷锋',一个'女雷锋'!"

后来,女雷锋就经常照护男雷锋治病,四年如一日,写信七十几封,看望一百多次,买药二百多剂,来往奔波两万余里,快跟红军长征的路程差不多了,可许多人却说,"这不是个好女人,让小兵迷的,连自己当工程师的男人都离了。""要是让她照顾一个女兵,别说四年,四天就够了!"

……

男雷锋万分忧虑地给报社写信说:"我的病已基本治愈,但这并没使我欢乐,夏日一天不解除舆论压迫的痛苦,我就一天也无法欢乐。记者同志,你们是无冕之王,请求你们把真相告诉人们，用笔的刀剑砍杀那蝙蝠一样在黑暗中飞窜的流言，救救这位不幸的红嫂吧！"

……

这个"不幸的红嫂"，就是我要去找的夏日。通讯是我的一个记者朋友写的，他是全国有名的大报记者，费许多心血采写的大通讯，只在小小的《江城日报》发表了。他们自己报纸没发的原因是，社长认为夏日太复杂，和保卫部门关押过的名声极坏的女人韩雪是朋友，加上照顾病战士期间还离了婚，周围一些人对她的生活作风有怀疑。记者朋友无奈才找到我："夏日为你们军人做了那么多好事，一个部队作家难道不该以她为模特儿写篇小说吗？何况作家比记者自由！"他把战士写给报社的长信和他们写的调查报告给我看，我是看了这些材料后决定去写夏日的。按新闻报道要求，这些材料足够了，可写小说不行，只能算一片小树林，可供我想象的鸟儿在里面飞一飞。我必须得亲自了解当事人的生活经历、性格、气质、爱好、特长、习惯、语言、内心世界以及家庭、朋友等。不过，这些材料倒是解救了夏日。她的事迹在《江城日报》一登，起码可以使那些瞎猜乱传的人有个认识。听说那个战士所在军区开拥军爱民积极分子代表大会，夏日被特邀为代表，还坐在主席台上了。所以我不必对她的处境担心了，考虑的只是如何能把她了解得透彻。

"特快"因路过小站不停而发出的吼声，再一次惊飞了我心窝里那想象的鸟儿。它跃出小树林，钻进长天，绕着雪野上空睡了似的太阳，飞个不够，像是要看透那睡太阳在做什么梦。又似乎那太阳就是一个人，她，夏日。鸟儿窥见那太阳在梦中一会儿高照青天，一会儿坠落黄海，一会儿又如大圆的金灯，挑在黎明的地平线，转眼又像一只五彩宝珠，抛在暮沉沉的山谷。忽而又变成一群仙女：敦煌壁画里的飞天，大足石刻上受罚的养鸡女，奔月的嫦娥，补天的女娲，千手观音，维纳斯，白毛女……

二

"特快"迎着铁粉似的碎雪驶进夜江城。车门一开,一股新鲜的寒气扑上来,好冷,好冷。

我没有和大家一同往旅店介绍处跑。不是盼会有车来接,出发前给夏日她们厂政工组拍了电报,叫通知夏日别外出。考虑夏日是热心人,一旦跑来接我扑空不好,我就在出站口等了一会儿。

夜风和碎雪冻得打着旋儿,直往人衣服里钻。我被钻得阵阵打寒战。看看表,十一点半了。出站的和接站的都已走光。站外,除广场上威严地立着这座城市的解放纪念碑,只剩一个招揽生意的私人旅店服务员和我了。

夏日没有来,本来也没指望她能来。可由于天冷,加上她真的没来,我忽然又想,夏日大概不像战士信写的那样,什么也不图就满腔热情地帮助人。她还是图着什么吧?碎雪钻进衣领,我又打了几个冷战。个体户旅店的服务员大婶见机行事,已动手拎我的提包了。论年纪,正该我帮她提东西,她却唯恐我不同意,直劲儿央求,说她们个体店从没住过解放军,我要去住是她们的光荣。她一再保证安全卫生,并且不比国营的贵。"要是打仗那些年,哪能开店挣解放军的钱。现在你们住哪儿都是国家报销,老百姓开的小店寒碜点倒是!"

战争年代解放军哪里有心思嫌老百姓的土炕寒碜哪,现在不行了。大婶子说得如此恳切实在,我便跟她去了。

小店倒真有点寒碜。充分利用每一点空间,因而走廊、房间、厕所、洗漱室都显得十分小气,像蝈蝈笼子让人伸不开手脚。但是,还没等你有机会感觉狭窄的时候,一杯热茶已经端上来了。刚喝几口,又送上洗脸的热水。洗完脸搭毛巾的工夫,洗脸水端走倒了。紧接着又送来烫脚水,还带有非常干净的擦脚巾。完了才让你舒服愉快地去登记。如此周到的服务足以把格局的小气抵消了。

服务员大婶看完我的工作证更高兴了："个体小店能招来军官作家，是个光荣！明儿个我跟丫头说，解放军作家都住咱们店了，一个待业青年跟娘当当服务员有什么见不得人！"

大婶给我办完手续，没事了，便伏在只有桌子大小的柜台兼服务台上看报纸。我一看是《江城日报》，忽然又想到夏日。"大婶儿，您经常看《江城日报》？"

"专门订了一份，客人天天打听事，不看一问三不知！"

"一张报全看？"

"国内的事看，国外的看不过来了。"

"那您听说过夏日这个人吗？"

"夏日？干哪行的？"

"一个妇女，两月前《江城日报》登过她的事迹，为照顾一个病战士跑过两万多里，战士说她是'红嫂'！"

"啊，那个红嫂哇，看过。做了那么些好事，有人还说她的闲话！"

"对那些闲话您怎么想？"

"店里要是住个病战士，我都不一准能照顾人家那样，还有工夫说闲话？！"

"别人也这样想吗？"

"来这儿住店的人都说这人好，出门在外知道难嘛。不出门的人就好编派这个啦，那个啦。我的店小就是了，要是大点，招人都要她这样的。那些个见人家身上碰掉块肉也不心疼，见谁的油瓶子倒了也不扶一下，见牛上树也不笑笑的，我一个不要！"

话不多倒给我很大启发，心里暖和和的了。小屋里的土暖气热得也很适度，一夜睡得好香，梦见太阳就在我屋里挂着，微微地笑。

早晨起来用电话不慌不忙和夏日她们厂政工组联系，不料夏日已经调走了。问调哪儿去了，只说调到南方。南方什么地方，都说不知道。我好纳闷。问为什么调走了，也都说不清楚。一块工作，怎么会既不知道调哪儿去了，也不知什么原因呢？我极客气地说了来意，他们仍说不知道。我请他们帮忙安排几个了解夏日的同志谈谈，回答说上次已向记者谈过了，现在很忙，不能再安排了。忙肯定是忙，现在哪有不忙的工厂？我觉得有些蹊跷，又电话找到厂长。听说厂长对夏日反映不错，可电话里他也连连推托。我感慨人们变得这样实用主义。新闻报道对厂里有用，就安排人详细谈。写小说跟他们没直接关系，便一点时间也不肯给。我不客气了："才一二百人的小厂，夏日调哪儿去了您总该知道吧?!"

厂长吞吞吐吐好像有难言之苦，说给我问问看。过一会儿才告诉我夏日调南方的单位名称，并申明是从劳资组同志那儿问到的。夏日那位朋友韩雪不是这个厂的，找她谈谈总不会浪费他们时间吧？一问，厂长吞吞吐吐都没有了，干脆说不知道在哪儿，怕牵连着似的。

好在打听到了夏日的去向，但是千里迢迢总不能白跑一趟东北，哪怕找一个人谈谈也好。记者朋友来采访时，江城日报社有人陪同过。不妨去趟报社，报社总会热情些的。

我带上介绍信直接找到报社。编发夏日报道的责任编辑是个老同志，头发白得很气派。安排我坐下，一边处理案头稿件一边向我介绍，夏日事迹登出后，收到一些读者来信，向夏日表示敬意，多是部队战士。老编辑忽然停下工作，在资料柜里找出一封信递给我："也有写信骂的！"

我一看那信，不禁惊出一头细汗，错字不少，但意思明白，夏日是个坏蛋：

编辑同志：

　　夏日我们是多年同志，对她非常知底。谁做好事应该表扬，她这个人，对男子好，每天工作就是到处找男人。她这个人，为了自己生活愉快，千方百计巴战（霸占）人家男子。

　　她离婚原因，就是乱造（找）男人，丈夫不要她了。不久单位就要处理夏日。

头稿（投稿）人
于杰

"你们找这个于杰调查过吗？"我擦着头上的细汗问。

"查遍职工花名册，夏日她们厂没这个人。"

"……"

"就拉倒了。"

"夏日因这个调走的吗？"

"她调走了？还不知道这回事，调哪儿去了？"

"南方。她有个女朋友韩雪，怎么找？"

"韩雪？这人找不得。夏日事迹一登，她找到我们门上来了，指问为什么没写她，说是她先照顾那个病战士的。"

"是这样吗？"

"是倒是，可怎么能提她呢，名声很臭，被保卫部门关押过！"

"报上不是说夏日在公共汽车上偶然遇见单铁锁，学雷锋才认识的吗？"

"就为这，韩雪来这儿大闹一场。哎，新闻方面的事儿，想你也能理解，我们想从学雷锋角度宣传这个典型，就在不违背原则的情况下，做了那么一点点技术处理，竟惹了这大麻烦。"

"结果怎样？"

"我们口头向她道了歉，她非要登报声明一下。我们说党报都向你道了歉，还不行？你的情况我们也了解，我们不能不考虑党报的影响。一说她的情况，她没敢再上门，但声称要找夏日算账。"

"这封化名信会不会是她写的？"

"不像。夏日做那些好事她都承认，只是骂夏日贪天功归己有，不够朋友。她认定是夏日跟记者这样讲的，非要找夏日出一口气不可。"

"她找了吗？"

"听说找了，还有个疯女人配合，闹得满城风雨，之后就不了了之了。"

我忽然醒悟，大概是韩雪算账的原因，才使得夏日单位从领导到同事都那种态度。也许因为韩雪算账的结果，夏日才调离了北方？但是，中国的办事效率，一个普通工人跨省调不到两月就妥了，几乎不可能。我那只想象的鸟儿又活跃起来，在小树林里飞来飞去。

夏日为什么会跟名声很坏的韩雪是朋友呢？韩雪敢去闹，是不是因为夏日有把柄抓在她手里？化名信虽未列举事实，毕竟……不然为什么不说别的……她又离婚，莫非……

采访连遭意外，没别的办法，只好进一步求报社帮忙。

白发编辑也没啥办法。他抓掉几根白发，忽然说："我们不好插手了。这样吧，上次采访的证言材料还在，你可以看看。"

我原计划也打算找些熟悉夏日的人谈谈，既然有现成材料，不妨看看。

（证言材料一）
我对夏日的了解

有天下班了，办公室只我和她，她突然哭起来。我惊讶，问她，她把袖子撸起来让我看，胳膊上一块紫青的印儿。她说她男人因为她下班回家晚，不接孩子，打了她。

以后我俩一同出过差。住旅店时，一个在火车上认识的男人在我们房间和她谈到十点，男的走了我们才睡。睡觉时她跟我讲，第二天要我和她同那男的一块去中山陵。我不想去，她批评我不懂礼貌。不管怎么说，我没跟她去。我反过来约她去商店买东西，她也没跟我去。

在火车上她也爱和男同志讲话，有时也讲她男人不好。我们一般女同志是不能讲这些的。所以我讨厌她。

另外，有年冬天她让我给韩雪转送过一个条子，不知什么内容。韩雪是外单位一个女的，名声很坏。

还听医院大夫说她给巴金写过信，就是作家巴金，内容不详。

夏日工作比较热情，完成任务也较好，但我讨厌她，因为出差时她总愿跟男同志说话。

庄严　×月×日

（证言材料二）

我对夏日的印象

听邻居说她生活简单，不会安排，比如被子破了，拿块手绢补上，不管红的还是绿的。

我同她交谈比较多，但她很少讲自己的情况，总是回避，想知道一点都很难。比如她多大年龄，老家在哪儿，都不讲。也许有难言之苦。

有一个时期她信多、电话多，有的信不写发出地址，只说内详。她曾对我说，她有事多求部队帮办。对她的信和电话，同志们有看法。

说她作风不好吧，她从来不打扮自己，衣服里外不像样。说她不是那种人吧，她又不像正经过日子的样。按她的经济条件，不应落到如此寒酸地步。有人说她是不是跟人家男的得"倒贴"。

她从不参与同志间小事小非议论。

郑景云　×月×日

（证言材料三）

我知道夏日的一件事

有天早上刚到厂，打更的说，有个妇女抱来一个小孩，说天太冷，把小孩先放这儿去买点东西，我们等了半天不见人回来。小孩哭，我把包打开，里面有一封信，指名这小孩一定要给夏日。信里还有钱和奶粉。当时有几个同志想要这小孩，夏日不给，把小孩抱回独身宿舍。后来她向领导提出给送奶时间，请求上户口，都没解决。她有点想不通，但又没有亲人帮忙。后来听说在市里找个老太太给看着。夏日当时已经离婚，总说经济紧张，为什么还要小孩呢？

刘佳华　×月×日

（证言材料四）

我和夏桂莲（即夏日）离婚原因

夏向法院提出离婚时未提到照顾一个病战士是原因，更未说这是主要原因。

夏帮助一位解放军战士我是知道的，因那战士到我家来过。但他们是什么时候认识的，怎么帮助的，我都不清楚，因她从未向我讲过。

杨成栋　×月×日

（证言材料五）

我和夏日为什么照顾单铁锁

有年夏天，我去空军招待所看望两个部队干部，单铁锁就和这两个干部住同一房间，并且是一个部队的。小单的腿引起我的同情，因我自己也有个弟弟患小儿麻痹症双腿瘫痪。

后来我偶然又路过招待所，看小单还没回部队，就跟他交谈，得知他家在山西农村，入伍不久就得了这种病，连五十米都走不了。我最见不得谁有不幸和苦恼，决心帮帮他。我联系让部队派医生送小单去北京治过，我还去部队看望过他，并发动一切力量帮助他。我是这样想的，对于做好事的回忆可以为自己的往事补过。尤其我，不管怎么说，毕竟在生活道路上跌过跤，有过过失。所以我真心实意想为这个战士，也为其他我力所能及的人尽一点力。再说，一个人有了过错，难道就一辈子永远是错的，永远没有高尚和正确了吗？

以后，我又接到小单一封信，说部队让他复员，我就和夏日共同去部队一趟，使小单得以又到江城市治疗。

后来由于我又结了婚，就将照顾小单的事委托给我的好友夏日姐姐。我说:"你抽时间替我多跑几趟,我是心有余而力不足了。"

小单部队来人,都是我和夏日共同接待,以后因结婚搬到市内男人家住,就把这事全交给夏日了。为什么要委托给她呢?这要从我和她的友谊讲起。

1974年,我常去夏日办公室打电话,我们就认识了。她当时在少年宫工作,有时写个稿,写个表扬信也求我帮忙。时间长了,我知道了她也是苦命人。我爱人因小脑切除,身体残废了,夏日婚姻也不幸,因此我俩同病相怜,有共同语言。另外,夏日好学,肯钻研,我看她有时为了写一个字的书法,一站就是半天,像个傻子似的。她还聪明,愿意跟我讨论问题。那时我俩都是独身,几乎形影不离。有时天很晚了,还坐在操场上、山坡上、公园里不倦地谈着。

1975年10月,我从北京将回江城,厂保卫科突然将我的日记、笔记、书信等全部抄走,罪名是反革命流氓集团一员、资本主义复辟的社会基础,我被看押审查了,被大会小会批判。批我吹拉弹唱黄色歌曲,看黄色小说,写反动诗词,甚至我的《东周列国》也被批为反革命黑书拿走。我1969年技校毕业回厂,一直干得不错,没有过前科坏事。车间开会我主持会场,是车间文宣队长。但我不否认,有些人知道我和北京的丈夫分居两地,我自己意志薄弱,与别的男人发生过不正当的关系。但我并没有破坏别人的家庭,没有图过金钱,怎能突然一下子那样整我呢?我痛苦而不得其解,几次悲痛欲绝,想到自己由清高自傲沦落成被人唾弃的阶下囚!真是一失足成千古恨。

在失去自由的日子里,夏日并没有抛弃我们的友情。怕我想家,她代替我给北京写信。北京寄来的糖果都由她偷偷转交给我。她不信我是反革命流氓分子。当时她也受到舆论压力,有人就问她为什么和我好。她说:"我是搞教育的,我不能在这时候落井下石!"多么难得的一颗心哪。平时尽管有成百的朋友,但患难中的知己则没有几个了。她没相信我是本质恶劣的反革命流氓,人也如树一样,也有枝杈的地方,她不是采取唾弃而是冒被他人误解而热诚相助,这是多少金钱也买不到的人品。

还在我不自由的时候,我就发誓,要报她这个恩。后来所谓反革命流氓集团一案予以平反,单位领导和同志也都承认对我处理过重,向我赔礼道歉了。但人怕出名猪怕壮,我的坏名声彻底造出去了,挽回实在是难。我为了报答夏日,带她到北京,上医院看病,游名胜,逛商店……我所以后来把照顾小单的事托付给她,也正因我了解她是善良、热心的人,能够照顾好。我跟她说过:"都说我们在一起不干好事,我们偏偏要和这些卑劣之见做斗争,用事实回击偏见。"

对夏日的看法也是有的,友情不都是甜言蜜语。我这个人天生一副直肠,我母亲叫我傻大炮,不管对谁,有不满就火冒三丈。对夏日的不满处,是我不赞成她离婚,她离婚后才告诉我。我认为她丈夫人还不错,尤其别人本来就说我俩好,我离了婚她也离,不正给人做文章的机会吗,说跟我学不了好。

另外,我觉得夏日有虚伪的地方。如我和现在的爱人,她本来不同意我们结婚,后来当他面又说他好,还和我一块去给他父亲拜寿。

还有,她有时虚荣心强,如学画画,开始她水平并不高,求老师给打了素描然后她自己着色、加工。当然,她一个女同志竭尽全力模仿也不容易。

再就是,她胆子小,无主见,什么事没主意都来找我,甚至处个对象也得让我出主意,不知如何回信。她出差被骗了,上法院也不知怎么办好,吓得病了一场。

夏日还不注意生活小节，用老百姓的话说就是邋遢。

韩雪　×月×日

看完证言材料，使我更加疑惑而且心情不好了。看窗外，北方城市取暖的煤烟浓重地笼罩了天空，太阳几乎变成了黑色的，而且快被高楼遮住了。地上的积雪，被落下的煤屑弄得黑不黑白不白。报社大门口的常青树也变成煤黑色。我无心再找其他人采访了，决定乘飞机直接到南方去找夏日。

三

飞机在云层上面，是神速地飞着，我却感觉只是发动机在响，并没有前进，起码错觉比火车慢多了。从机窗朝上看太阳，仍是一动不动。怎么啥时候看，太阳都一动不动呢？直看白晃晃的光芒，眼睛被刺得生疼，觉得太阳像个怒火冲天的暴君，一点不宽容。避开光芒平着往远看时，又感到太阳很伟大。她照耀着多么辽远的空间啊。目光极限处的地平线也脱离不了她的光辉。由于她的恩泽，地平线就好像一条不鲜艳、不耀眼、也不清晰的光带，由好几种颜色混合而成，缥缈、朦胧、柔和，令人神往。大概离太阳越远的地方才能感到阳光的好处。

云层之上不时又有了云，飞机在淡白的云海里，变成一只潜水艇，整个天空就像奇妙的大海。透过浮云看见的蓝天就像透过海水看见的海面，太阳也变得温情、美好、动人。

穿过淡云，顺着阳光往下看厚厚的云层，那样白呀，白得能使小偷和野心家都会忘掉心中的杂念。凝固的白云堆积成一座座奇特的冰山，有的像原子弹爆炸后凝固了的气浪，有的像高山顶的泉正冒水时一点点冻凝了。山连着山，一幅恢宏的"山舞银蛇，原驰蜡象"画。

307

没等产生一点厌腻感,飞机已降下云层,落到地面。只弹指间,我已站在满眼冬绿的南国了。当飞机穿越云层下降,我看着峥嵘岁月一样翻滚逝去的飞烟流云,突然又重逢的人间烟火,心灵忽然产生一种飞跃感。人的肉眼多么局限!以前一说冬天眼中就现出一片雪白,一说太阳呢,就想到万里晴空一个温暖的圆盘。现在忽然穿过云天,从北方雪地来到南方绿树下,并且看见了云层上面的太阳!

北方部队的冬棉衣,使我明显感到热了。我在一棵形如巨伞的阔叶树下扇着风,欣赏了一会儿南国冬绿后,才到民航售票处找到公用电话。南方的口音实在难懂,费了许多周折才问到夏日工作单位的电话。

"喂!喂!"我唯恐对方听不懂我的话撂了。

"找夏师傅?你哪儿呀?"女人的声音。

"我从外地来!"

"你说什么?"

"我是外地来的!"

"外地哪儿来的?"

"北方来的。"

"你是她什么人?"

"我不认识她。"

"不认识怎么找她呀?"

"几句话说不清楚,麻烦您找她本人好吗?"

接话人也没说好还是不好,扔下话筒就喊:"夏师傅在不在,有个不认识的外地人找她,男的!"

好一会儿,有人拿起听筒:"你找夏日吗?你叫什么名?你是记者吗?不是记者为什么找她采访?啊……那你咋知道她在这儿?厂子什么人告诉你的?"

我生气了:"怎么?你们厂是保密局开的呀,打电话还要搞政审!"

"啊……不、不、不!"

"那请您找夏日本人好吗?"

"我就是。"

"啊……哪……我刚下飞机,还没住下,您看……"

"我不愿意接受采访了。"

"我千里迢迢绕了一大圈,又是火车又是飞机,专奔你来的,连个住处还没找……"

"就你自己?我们厂在郊区,离民航很远,要是实在没地方住,我可以找书记问问,厂招待所是不是可以。你带介绍信了吗?那你等等。"过了一会儿她又拿起话筒,"那你就来吧,只是安排食宿,采访的事我已说了,不能改变!"

天气炎热,夏日态度又如此冷,一时搞得我身体和心情都不舒服。换了好几次车才找到夏日她们厂,她正在大门口等我。

见她第一印象,心里更不是滋味了,也说不清这更字因何而生。她穿条黑裤子,上衣却是淡粉色,松长的黄头发在脖后扎成一缕笋把形,戴一副白边眼镜。体形、脸色、穿着不怎么和谐,不知底细很难猜准她多大年龄。看那副眼镜像大学生,看穿着像农村人,看头发像城市少妇,走路又像四五十岁的家庭妇女,说话有点知识分子味,神态、动作又像老大嫂。从头到脚给人感觉不大洁净,具体又看不出哪一块脏来,像个总在忙忙碌碌搞卫生的招待所服务员。神情说不上愁苦还是高兴,也看不出厌烦还是热情。她没容分说,接过我的提包,也没同我商量一下,就把我带到党支部书记办公室:"这是解放军报的记者!"尽管我已认真说不是记者了,她还是向书记这样介绍,而且具体到我是解放军报的。我多次遇到老百姓把写东西的人都叫记者,所以也不怪罪她。之后,她就像个非常合格的招待人员,给我安排住处,连饭票都给买好了。完了跟我和书记打个招呼:"你们谈吧,我得干活了。"走了。

书记向我解释,她正在给厂子俱乐部画画。我来之前,部队报社刚来过一个记者采访她。当地驻军开现场会,求她帮忙给画两幅大画,她突击半月,按时完成了。部队给她五百元报酬,她死活不要。记者联系她以前做的好事写了篇报道,她坚决不签字,拒绝登报,并

309

照会厂领导也不得签字。记者那篇报道就白写了。

我再三讲明我不是记者，了解夏日是想搜集素材写小说，了解的情况也和记者不一样，保证不会给她带来什么麻烦。书记是来厂不久的转业军人，懂一点文学创作，很支持我的工作，说话口气还有点佩服作家的味道："你是想以夏日为模特儿，搞创作，假的，那你就试试看吧，我可以给她几天假，不过，肯不肯谈就看你作家的本事了！"

我先没让书记给她讲。凭经验，她不肯谈你就是给多少时间也白搭。我便先住下来，慢慢想办法，我不信她会这样不通情达理到底。

我每天到俱乐部去，站在她旁边看画画，不时帮她干点力所能及的小事情。每干一点，她都只说声谢谢，既不阻止，也不当回事的样子。有回吃午饭了，她正画一只梅花鹿的头，入了神，我便给她买好饭端来，她只是礼貌地说："谢谢，麻烦您浪费时间！"并不当真感谢。

她端起碗时，我故意找话说："南方大米不如北方好吃，是吧？"

"吃惯就好吃了。"

"刚来吃不惯。"

"……"

"你工作调转得好快！"

"是很快。"

"一般不可能这样快呀？"

"那就是特殊呗。"

"有什么过硬的门路？"

"谁信我能有特殊门路。"

"那就怪了！"

"……"

"你到南方来还有别的任务没有？没有的话，白陪着我多浪费时间。"

"我们这项工作，看什么都有用！"

"记者，没别的事你还是早点回去吧，我不愿意别人采访，这是真心话。"

"我知道《江城日报》的文章给你帮了倒忙，实在对不起你！"

"你知道了？……又不是你写的。我也不怪记者，他也是好意。"

"记者用不着虚构那么个引子，韩雪也没必要去闹，何苦哇！"

"你见着过韩雪？"

"没有。只看过《江城日报》的文章和单铁锁的信，我就想来看看你。部队的同志都很感谢你，尤其小单这样的战士！"

"我也得感谢他……啊……不……没什么。"她像失了言，不说什么了，又开始画画。我也不走，仍不时帮她做点什么。

"老杨，休息去吧，你这样我心里不安，也画不好画。你早点回家吧，省得亲人们盼。"

她不称我记者了，却叫我老杨。我看她起码比我大十岁，叫得我好不敢当。我说："别叫我老杨，叫小杨吧！"

"你今年……哪年生？"她有些吃惊，大概我显得相当老气，她以为我比她大吧。

我说了我的实际年龄后，她忽然怜惜地叹口气："你家里……父母……做什么？"

"母亲早不在了。父亲'文化大革命'中疯的，现在还疯着。这种病，按说好治，可他就治不好。"

"哎……怪不得，操心。看你白头发，我以为四十大多呢。你一出差，父亲谁照顾呢？"她问得极其认真了，而且停了画笔。

"亏得爱人贤惠，要不就苦了弟弟妹妹了。"

"弟妹们好几个吗？"

"本来好几个，'文化大革命'中病死一个弟弟、一个妹妹，现在还剩一个弟弟和一个妹妹了！"

"怪惨的！"她放下画笔，像大嫂子似的给我倒了杯热水，"我告诉你个办法，兴许你父亲的病能治好。你们那儿不也有外文书店吗？医疗卫生柜台有个精神病栏。为了父亲你豁出点时间在那儿等几天，遇着谁在那儿买书，你就向他请教，研究外文精神病书的，肯定对国

311

内各种疑难病例都研究过。我就是用这办法认识了一个老教授，单铁锁的腿就是老教授出方治好的。回去你一定试试，别怕耽误时间，治好了省得多操心。"

她说话的时候，不知怎么混进来个要饭的妇女，年纪也不大，穿得也不破，挺有礼貌地先对我说："我不是专门讨饭的，出远门把盘缠钱全丢了，没有招了才厚了脸到背静处这么着，求你们行行好，帮助点钱啊粮啊都行！"

我一句也没盘问，就掏出两块钱、五斤粮票给了她，可能她看这个数目不小了，没再向夏日伸手就连声谢着走了。夏日重新打量我几眼，忽然问："杨记者，你真不是写报道吗？"大概被我的小小义举所感动，对我这个类似向她乞讨的采访者也产生了恻隐之心，"你写小说保证不写真地真名吗？那好，看你也是苦命人，我也不忍心再难为你了！"她竟激动得眼里似含了泪水，"书记早就说给我假跟你谈谈，你看需要谈什么，我尽量好好谈。我也读过不少小说，多少知道点你们的工作是怎么回事。我早点谈完，你好早点回家治治你父亲的病！"

这番话大大出乎我的意料。我喜出望外，连连说："谢谢你，太谢谢你了！那就谈吧，越详细越好，就像小说那样详细更好！"

夏日又问我带录音机没有。我正好带着。她说："为了节省时间，你用录音机吧，可得保证，用完马上洗掉！"

我郑重向她做了保证。

四

我为啥和韩雪一块照顾过小单呢？一言难尽，得让我先说说我俩是怎么成为朋友的。

我在少年宫工作的时候，韩雪住我们办公室楼下。有次我正在办公室写一幅大美术字，她去像用电话看见了，一拍巴掌说："遇见个女秀才呀，这把刷子不赖！"没容我吭气又问我名字。

我一说出夏日两个字，她像遇见寻了多年的亲人，上前就把我的手拉住了："这不是上帝安排咱俩见面的吗？我叫韩雪，寒雪必得遇见夏日才能融化呀！夏姐，你家几口人？"

我只说了家住哪儿，几口人却说不出口。结婚那么多年还两口人，问什么原因，我怎么好说男人不行呢。

韩雪眼神像X光似的，扫了我一下就说："夏姐，我敢肯定你心里有创伤！"我被她一语说中，很吃惊。

她又说："我从你的神态一眼看出你是个不幸的人！"

我简直遇见神仙一样佩服她，她怎么就能看出我不幸呢？

她坐下跟我说起来了："夏姐，别看我是高干的儿媳，我也很不幸。男人在北京，两地生活，他小脑手术摘除了，是个痴呆人，我是不得已才嫁给他的。我们有个孩子，不过，哎那孩子怎么说呢，以后再告诉你吧。你看我一脸死气吧？原来我可活泼得不行。'文化大革命'串联到北京，在天安门上指挥红卫兵唱歌儿，现在成痴呆人的老婆了！"

我很奇怪她为什么不调北京而过两地生活，她苦笑着摇摇头，说以后慢慢给我讲。

我自己命苦，就愿意找苦命人做朋友。我们俩都是苦命人，连名字都有连带性，就很愿意在一块说话。她懂点心理学，说话也有哲理性，举止潇洒大方，形象也好，更增加一层我对她的好感。下了班，我们俩一块去公园，像未婚姑娘那样散步。我听她讲她崇拜的名人，讲人生哲学。她最佩服的是武则天和甘地夫人。我们俩挽着胳膊，抢着出钱买东西吃，看电影也抢着买票。她需要我，我也需要她。我多年孤独的心有了依托，她说话流利、好听，词汇丰富，喜爱文学，记日记，这都使我受影响。

她常到家找我，我也去独身宿舍找她。有天她又到家找我，我不在，被我丈夫骂走了。我知道后责问丈夫，丈夫说她是流氓，叫我别和她来往。虽然丈夫和韩雪一个厂，我也不信。我买了东西去找她道歉。

313

她却被抓走了。我吓坏了,一打听,人家真说她是反革命流氓集团成员。联想丈夫说的,我将信将疑,她不像反革命流氓啊?

她在监房里托人给我捎来个纸条:"夏姐,你是我黑夜的明灯,你比我亲姐姐还亲,现在谁也不来看我了,你要来看我呀,你会理解我现在多么需要友情!"

我很犹豫是否去看她,后来我想到自己孤独时的滋味,就问自己:"夏日呀夏日,你忘了自己为什么改名吗?不管怎样,韩雪是你的朋友。人怎么能在危难中不管朋友呢?"

我背着丈夫买了好多吃的东西去看她,还写好几次信安慰她别寻短见。

那个反革命流氓集团平反后,她跟我说了许多不能跟别人说的话。我才知道,她是先跟别的男人怀了孕才嫁给残废丈夫的。她一点都不爱那个痴呆男人,是因为有了身孕迫不得已了。

从那我开始发现她交的朋友很多,但很少有交长的,她妈妈说我是她最长久的朋友。现在我明白了,我和她朋友时间最长的原因,是我不占她便宜,吃了亏也能忍让。

原以为跟她能学不少知识,使生活变得美好,却越来越发现她一点真才实学也没有。她还向我灌输,女人要想生活得好,就得发挥女人的优势,控制男性,利用男性。她说她将来要控制一位男记者,替她写几篇报道恢复名誉。

渐渐我就想摆脱她了。但因心软,一时又拉不下脸直说。这也是我的弱点。就在这个时候,她介绍我认识了单铁锁。

说来认识小单的过程也是一场滑稽戏。我有个外甥女求我帮忙调工作,我没有一点门路。外甥女央求得怪可怜,我没法儿就去找韩雪,她认识人可多了。

她满口答应,说正好她要去一个县城看一个叫单铁锁的战士,那个县的劳动局长是她的熟人。

临出发她郑重声明:"你要明确,我是帮你办事,看小兵是顺便的!"意思就是路费得由我负责。她说两人来回才八块钱,可一买票呢，一个人单程就是九块，来回两人得三十六块。那我也得掏了。

火车上人满满的，一个空座也找不到。那天我有点感冒，不重，她又把我利用上了。她扶着我冲眼前长椅的三个人说："请你们让让座，这是个重病号，我护送她去住院！"

人家看看我俩，不大相信，她就大声批评起来："怎么连点起码的社会公德也不懂，救死扶伤，我们健康人应当发扬人道主义嘛！"她理直气壮，咄咄逼人，三个乘客只好都起来了。她让我躺下，我不好意思，也不敢。感冒根本不重，而且三个人站在那儿不情愿地看着我们。韩雪连说带推，硬把我按在人家的座位上，继续批评大家："同志们别光站着看热闹哇，帮帮忙，问问谁有药，拿出来救救重病号！"

她小题大做，为了弄个座，把全车厢都折腾起来了。我躺着非常不安，要起来，她一直按着。那情况躺着比坐着难受多了。

她到底从乘客中找到了药，又招呼服务员给倒水。我吃了药，躺一会儿不敢再躺，悄悄坐起来。让座的三个人已躲到别的车厢，我们俩坐了人家三个座。我第一次竟是这样去见小单的。

韩雪连蒙带唬，在县劳动局长那儿借了辆吉普车和两件军大衣，带上一包橘子，兴师动众到了一个连队，像个首长，叫连长、指导员往那儿一站："首长叫我们来看看病号小单，单铁锁。他的病你们要好好关心，不能马马虎虎！"她冒充首长派来的，一点都不心虚："你们大队长呢，我要跟他谈谈！"

听说大队长刚被车撞伤，在医院抢救，她立刻改变主意，把带给小单那包橘子拿去看大队长了。大队长昏迷着，护士不让进，韩雪把人家护士一扒拉就闯进去了，把橘子往床头一放："大队长！大队长！我来看你，我是韩雪！"

大队长根本不认识她，睁开眼，只微微点头，不能说话，我们就走了。出来她就和部队说大队长是她好朋友，小单他们连长都信以为真了。

那次我们就这样看了看单铁锁，我外甥女调工作的事她也没提，我白搭了五十多元钱。后来韩雪才透露，她看望小单，是想通过这个举动认识部队一些人,尤其领导。那时她已和北京残废男人离婚,想再找个高干子弟的军人。

不长时间,小单他们部队真又派人送小单到江城市治疗,有事就找韩雪。韩雪交往太多,又忙着找对象,没心思搭理小单,就找我说:"夏姐,我太忙了,心有余力不足,你帮我照看照看那个小兵吧,帮他说句好话就行了呗,他当真找上来了!"

从那以后,她就把小单的事全推给我了。其实以前她也没做什么,只是像方才说的那样,顺嘴替小单说过一些好话。

我就自己去看小单。他正一个人撸着裤腿发呆,愁苦的样子真叫人可怜。我给他带了不多一点吃用的东西,他就感激得眼泪直转转,什么也说不出来。一看他就是农村小伙子,家里肯定也穷,说真的,小单对我感激的表情对我是个极大的安慰。感情生活极其贫乏的我,能够获得一个人真诚的感激也是幸福的享受哇!我还能为别人做点事!我还能得到别人真诚的感激!所以我后来照料小单从未感到是一种负担。

五

提到感情生活了,我也顺便说说吧,我的确是在照顾小单过程中离婚的。但离婚原因却很复杂。要是不说说我是怎样结婚的,就没法说清我为什么离婚。

二十岁那年,哥哥要结婚。四口人一间房,怎么结呀?哥哥对我说,"桂莲(那时我叫夏桂莲),我都三十了,再不结婚人家要黄了。哥哥的情况,好不容易处成一个,可……房子……"

我明白哥哥的意思,只有我先结婚出去,他才能结婚。我不恨哥哥,他成了右派,找个对象可难透了。我这才现上轿现扎耳朵眼,决定马上找个人结婚。

我从小在南方,十八岁时哥哥把我带到东北的,在百货商店当合同工售货员。那时候长得也不丑，心可高了，又要强又爱美。一件红毛衣，没钱买新的换，我就三天两头拆巴一次，再织个花样，也能像别的姑娘那样常换新的。惹得不少小伙子故意到我柜台买东西，常有往钱里夹纸条、夹电影票的，向我求爱。我一点都不动心，想非找个好样的不可。谁知道我心比天高，命比黄连苦呢！以前往钱里夹纸条的小伙子我不理人家，等我着急找了，这些人都躲了。谁不知我哥哥已成右派分子啦。我跟哥哥住一起，裁减合同工第一个就把我裁了。

我一个二十岁的丫头，自己怎么会找男人呢，那个年头！和我一柜台卖货那大嫂挺善良，帮我问了几个，人家一听右派的妹妹，又没工作，都晃脑袋。有天倒问到个不晃脑袋的，她就跑去告诉我，说岁数大了点，三十二岁，但是大学毕业生、工厂技术员。当时那处境，别说三十二岁，五十二岁我也没条件嫌了。我说三十二就三十二吧，好赖人家还是大学生、技术员呢！她这才告诉我，他家庭成分不好。我也没太考虑成分，反正我也是右派妹妹，成分不好就不好吧。我就叫人领着和他见了面。我一看，那个老相啊，大十多岁能不老吗？我偷看他一眼就不敢再看了，也不知说什么。他好像连一眼也没看我，也不知说什么。待老半天他才说："走哇！"我也不知他让上哪儿走。他说："介绍人不是告诉要上公园玩吗？"

到了公园，他离我二尺远一坐，二十多分钟才说了一句话："不说你受了很多苦吗？说呀！"

这一句话我就有点感动，心想，大十多岁就大十多岁吧，知道疼人。

谁知道他是个书呆子，并不知道疼人。他不知道我兜里一分钱也没有，也没问我有没有钱买公共汽车票就自己走了。我寻思跟他一块走好能给我买张车票哇，他说啥："你先走吧，咱们方向不对，我上新华书店！"

我饿着肚子走一二十里回到家。一个月后我们就结婚了。

我没有工作，在家待着。他把挣的钱往家一扔，就什么也不知道管，不知道问了。一结婚我才知道，他有病，就是那方面的病，不行，这你就明白我们为啥一直没有孩子了。不行就不行吧，反正那时我也没那个心思，我就不满意他为什么书呆子到那个份儿。我想啥他不知道，他想啥也不跟我说。

　　我们住那房子，是四家合用一个厨房。别家做饭的时候，两口子来来往往灶前一站，女的问男的："盐多不多？醋少不少？"我们呢，从来就我自己。有时候难过，眼泪掉油锅里，被油炸得扑扑响，也只有自己看。有回他偶然到厨房找火柴，赶巧见我流眼泪，竟很奇怪："没有风怎么还眯了眼呢？"就这么傻！还有比这叫你哭笑不得的事儿呢。我病了，住院好几天了，他也没去看看，邻居说你得去看看哪，他才知道去看了一次。啥东西没拿，也没进病房，扒在门口问我："缺不缺啥东西呀？"我气得啥话也说不出来，真想说："啥也不缺，就缺男人没心！"我又不能那样，赌气说："不缺！"他竟听不出我那是气话，屋都没进就回去了。同病房的人问这是谁呀，我都不好意思说是丈夫。哪有这样的丈夫哇，就说是邻居。人家就问，邻居怎么也不进来就走了，我就编瞎话，说可能面子矮，怕妇科病房男人进来不方便吧。

　　他对我倒是一点坏心思没有，可我怎么就没有人的感情呢？他有病，没有那方面的能力，这我不怪他，又不是他愿意那样的。可我有啥心思，我有啥想法，他应该说一说，问一问哪！他像软刀子那样在杀我，却一点都不知道。

　　我待在家里，没人说话，憋屈得快成哑巴了，常常趴在窗台往外望，一趴就是一两个钟头。我家那间房儿是朝北的阴面屋，夏天还什么都看得见，一到冬天不行了，一指厚的霜把屋里和外面隔得严严实实。我想看外面的景物，看人，还想看阳光，就得每天把烙铁烧热了烫窗玻璃的霜。把整块玻璃的霜全烫光，要烧好几次烙铁。舍不得浪费煤，我只烫那么一小块。开初烫的时候，我总是烫成三角形。不是因为三角形面积最小，视野最大，那时候我还不懂这个数学原理。小时候我家的窗户是纸糊的，整个窗上只有一块小玻璃，那小玻璃就是三角形的，是我爸爸有回出远门捡来的。纸窗上装了块小玻璃，屋里就可以射进阳光了，虽然只一束，心里真亮堂。那一束阳光照在炕席上，也是个三角形，所以童年的记忆里便留下一个不可磨灭的三角形。我心中，三角形和阳光、和温暖一直连在一起。三角形烫得多了，我又想，太阳毕竟是圆的啊，为什么不烫个圆面呢？圆的面积最大，可以多进光，如果做梦运气好，整个太阳都能从圆里钻进屋。我常常惋惜童年家里没有大玻璃，也感慨青年时有大玻璃了屋子又是阴面的。住在阴面屋子里，多么向往阳光、温暖和屋外的人们啊！

屋外窗前有棵柳树，冬天我对着没叶的柳树久久端详，开春哪天发的芽，秋季哪天开始掉叶，我都知道。

一看柳树发芽儿了，掉叶了，我就掉喜泪、掉愁泪。时间长了，我就对这棵柳树发生了感情。我把它绣在枕头上，晚上看不见窗外的树了，枕头上的树还能和我做伴儿。忘了是哪年春天了，树又发芽了，我在窗台前流泪，无意中发现泪落在一个栽葱的盆里。葱已经吃光，盆里还长着一棵草。草很水灵，我就对草说话："草啊草，你在背阴的窗台上，没有阳光照你，没人管你，还长这么好，难道我连你一棵小小的草儿都不如吗？"草也好像会说话，安慰我。我就老长老长时间看那棵草。又多一个伴儿啦！我又把草儿也绣在枕头上，就在柳树旁边，树像我想象中的丈夫，草儿像我心中的孩子，晚上它们在枕边和我一块做梦。

有回我梦里看见一只长白山的虎和人参，白天我就又老是想那虎和人参。我想，长白山大森林多可怕呀，冬天大雪封山，秋天凄风苦雨，夏天蚊子小咬，老虎和人参却在那里顽强生长，我真佩服它们。我又把老虎和人参绣在门帘上。我还在门帘上绣了太阳，是圆的。我想，还是给老虎和人参绣上太阳的好。

有了这些东西，丈夫不在家或在家不问我什么，我也有寄托了，我要自己学画画，学写字。我来了志气，别人会的，我就要会，别人不会的，我也要会。我用刀子削木板条，做成个圆桌子，桌面用紫木条和白木条拼成字，"从来就没有救世主"，桌子放在那里，不管吃饭还是平时，都能看见，看见我就念一遍。可是丈夫还是一点不知道。时间长了，就像他没我这么个妻子，我也没他那个丈夫。

因为我在家刻苦自学，后来街道民办小学招老师，我考上了。结婚十多年第一次参加工作，填履历表时，我就把名儿改了。我不愿叫那个夏桂莲了，夏日就是从那一天开始叫的，意思是以前受的凄凉太多了，要像夏天的太阳那样多为我创造些温暖，给自己，给人间。可是丈夫一直到离婚也没叫过一声夏日，他只承认我是夏桂莲。我不用他承认，外边有人叫就行。

因为我工作热情高，成绩好，又被抽到区少年宫当辅导员。那时我的心情好了，生活也变得有意思多了。但人不能光工作呀，还得有感情生活，要不怎么是人呢？看人家夫妇生活得那么好，我再次产生改变一下丈夫性格的想法，想帮他培养点生活兴趣，但总是惹一肚子气。有回我说："我们也一块上趟街吧，买点布，好好做件衣裳！"他真同意了，我乐得没法儿。可我们走路总像李二嫂回娘家，一前一后。公共汽车来了，我用眼神叫他快走，他也不明白，打手势也不理会，我就先跳上车，占了两个座。他也不往上挤，总是往后稍，让人家先上。乘务员以为他是送人的，没等他上来就关了门。把我气的，第二站就下车，回家蒙头生气去了。他回到家却冲我发脾气："在终点站等你半天，为什么自己回来？"我也冲他发脾气："你像个纸人，为什么不上车？""不是学雷锋吗？没等上车就开了呀！"

我哭不是，笑不是，过几天又商量他一块上次街。我参加工作也能挣钱了，到饭店请他吃顿好饭吧，也算夫妻一回。到饭店他就老老实实站队去了。队排得像条龙，拐了好几个弯。看那形势，让他站一天也吃不上饭，还得去商店给他买件衣服呢。我叫他坐那儿歇着，我张罗。我让他点了菜，就跟服务员说了个谎，说我们要赶火车来不及了。服务员一看他是个标准的书呆子，一点没怀疑就先给我们端菜去了。这空儿我就悄声开导丈夫说："生活知识你也应该学点，不能光是看书、看书、看书，那样不是完人。毛主席、周总理也不是你这样过日子！"他冷不丁把筷子一摔："跟你出来学不着好！"吼了一声就扬长而去，全饭店的人都看我们，问怎么了。我把眼泪咽到肚里编造说："他赶火车来不及了，先走了！"买那些饭菜一口也没吃，我又舍不得扔了，那是我第一次用自己挣的工资为他买的饭。我强撑着到外面买个塑料袋装回去了。我伤心透了，自认没好了，啥事自己想，自己做吧，就当真没男人了。

渐渐我就有了离婚的想法。可是"文化大革命"中他处境挺不好，批他资产阶级知识分子，批他地主阶级孝子贤孙，反动技术权威什么的，怎么侮辱他怎么说。我恨他不懂生活，没有男人的感情，但从没认为他坏。他被人批判得那样，我挺可怜的，没忍心提。后来落实知识分子政策，他处境好了，加上照顾小单的事他伤了我的心，我才决心正式提的。

那是韩雪刚把小单推给我那年的事。年三十儿白天，韩雪打电话告诉小单，晚上她带小车接他到未婚夫家去过年，叫他穿上新衣服等着。可是打完电话又找我，说本来诚心想接小单的，中央军委忽然有通知，首长家节日要加强保卫工作，外人一律不让进了。她叫我到招待所向小单做个解释，我一听就来气了，中央军委不可能有这样的通知，这不是唬小孩子的话吗？不让去就别说得了，想买好，又不做事。

我急急忙忙往招待所跑。年三十儿晚上下大雪，有的地方车都堵了。我跑到招待所已经快半夜零点。屋里就小单自己，早就穿好新军装，一双舍不得穿的袜子、新鞋也穿上了，趴在窗台往外望，等韩雪来接他。全城的爆仗声突然响了，像千军万马攻城打仗一样。那是家家都该煮饺子、接神的时候到了。

我看小单趴窗盼人来接那又虔诚又可怜的样子，站在雪地就哭了。他也有亲人在远方盼着哇，现在他趴窗盼的应该是他的亲人，可偏偏是个欺骗了他的人。我呢，连个盼的人都没有，也没人盼我。我在家饺子已包好了，丈夫在厂里值班，就我一个人。

我顶雪流了一会儿泪，才擦干眼泪进屋，哄小单说："你韩姐家临时来了许多客人，不能接你来了，我来接你。没有车，我扶你点

321

儿，咱们走吧！"

小单深深感激地看看我，擦擦眼说："夏大姐，这大的雪，连累你跑这远！"他那感激的眼光啊，给了我多大安慰！我搀着他在大雪里慢慢走。爆仗声还不断地响，彩灯照着雪花，照着我们两个雪中跋涉的非亲非故的人。

我边走边暗暗流泪，可那泪并不苦，觉着是酸楚的甜蜜和相依为命的温暖。春节晚上有通宵公共汽车，我们上的那辆，只有我们两个人。下了车，我们走走歇歇，歇歇走走，到家已下夜一点多了，也不累。

别家早都吃了饺子，我们才煮，又做了菜，喝葡萄酒。小单不会说感激话，但他会诚实地笑，会在有事时由衷地喊我一声夏大姐。那一声姐，胜似千言万语的感激。

那一晚上，我陪他听收音机，讲故事，直到天亮我丈夫值宿回来吃早饭。丈夫没表示出一点儿的不高兴，我们仨一块吃完初一的早饭，我见丈夫没话跟小单说，就送小单回招待所了，回来后丈夫却变了脸："往后愿意照顾小伙滚出去照顾！"这就是他在我下定离婚决心前不久说的那句话。我伤心，我顶撞了他："这是我家，我凭什么滚出去！"

他也没打我，没骂我，连一句啥话也没说，但是，午饭他把我刚端上的精粉馒头抬手倒了一地，然后一脚一个，踩得扁扁的。踩得那个狠啊，踩完了上工厂值班去了。我看雪白的馒头上那鞋印，觉得他踩扁的是我的心，不，已经把我的心最后一脚踩碎了。等那馒头一个个又鼓起来，我同他离婚的勇气也鼓起来了。

这个书呆子，我的决心都已经铁铁的了，他还一点没觉察。我先找他们厂党委书记谈了离婚理由。那是个女书记，也离过婚，很理解我，但是她劝我："离婚我同意，但希望你再缓一个月。一个月后考核评定工程师职称，他正准备考试。这么多年才考一次，对他很关键，你这时候提离婚，也就很难考好了。做出点牺牲吧，毕竟夫妻多年了！"

女书记的话很在理，我也不是不通情达理的刁女人，就答应了。那一个月我尽量克制自己，照顾好他，他还比以前知好歹地说了一句感激话，可气他还是那样不知人心。他怎么就看不出来呢，那明明是我们夫妻生活临结束前的回光返照哇！

他考上工程师了，我一开始就相信他能考上，因为他工作上不是瞎胡混的人。没想到同时下令他当了技术科长，工资也调了一级。这对我是个震动，产生了一点犹豫。那些天我成宿成宿睡不着觉，把结婚后的事想了好几遍，觉得他的变化都是形式上的，促使我下决心离婚的那些实质一点儿没变，还是离！

那阵儿他正高兴，我一提出离婚，他还以为闹着玩儿，见我把写好的起诉书都拿出来了，才大吃一惊，一点儿也不理解。他越不理解，我越不犹豫了。他不是没骨气的男人，说，那就离吧。我们就离了。

六

离婚后，负担少了，照顾小单就成了我生活必不可少的内容。

夏天公园到处是花，我就用小车把他推到花丛边闻花香。有一回我们在一棵大扶桑下乘凉，那扶桑刚刚开花，只开了一朵，红得像从一根血管里喷出来似的。小单看那花儿出了神，我怕他想家，就给他讲关于扶桑的传说，背诵写扶桑的诗。他看，我念，都很忘情。忽然他说："夏大姐，你看，这朵扶桑花儿打卷儿了！"

我细细看了一会儿，真的，那一大朵好看的扶桑花儿正慢慢在萎缩、凋谢。小单正摸弄着军帽上的五角星，情绪很不好。我看看他，又看看另一朵正蓬松欲开的扶桑花儿，也很感慨。花开花落，人生不也如此吗？花儿尚且开过之后才凋谢，我却好像没经过青春时期就快度完了中年，已经开始凋缩了。林黛玉葬花的情景出现在我眼前，我刚要叹息，忽然被小单的叹息声提醒了，他又在难过他的腿了。我便忘记了自己的叹息，赶紧安慰小单："你看这朵，正在开！人生也像这花儿，有的在谢，有的在开。你才二十二岁，不正像这朵要开的扶桑吗，这点腿病会好的！"

他叹息声还是不断。我又讲："小单，有阳光、有水分、有养料，是花都能盛开的。你的腿病只不过像一个花枝有了毛病，但阳光、水分、养料这么充足，很快就会病好花开。部队的关心，大家的照料，还有免费医疗，药方药品那么多，这不都是阳光、水分、养料吗？我小时候哪有这好的阳光？！"我又给他讲童年纸窗上那块三角形玻璃的故事。

我越说这些，他越深情地叹息起来，说他童年的时候家里也是纸窗，上面也装了块小玻璃，不知从哪儿弄来的，是不规则形，让他妈妈遮糊成圆的了。他说得很动感情："我妈说圆的好，圆满、如意。可是，哎，有几个圆满如意的呢？"

我发现他好像另有心事了，一再追问他才说："夏大姐，你离婚了，自己住独身，连个半圆也不是呀！你啥时候再成家，我啥时候给她……啊……不……我啥时候找对象，一定的，夏大姐！"

又追问了好一会儿我才知道，原来他家乡有个青梅竹马的对象，一直对他很好，总主动给他来信。他病了以后，没有告诉她，给她回信也渐渐少了，尤其我离婚后，他索性不回信了，已有十多封信只字未回。她以为他嫌弃她了，最近又写信要来，所以他才愁得不知如何是好。

我听了真感动，一股温暖弥漫了全身。虽然小单说我半个圆也不是，可有他这样想着我，我感觉自己像那朵蓬松欲开的扶桑花儿，又有了青春。感觉是幸福的，但我没有忘记理智，我怎么会让小单这样呢！我就拐弯抹角跟他唠，知道了他家住的地方，知道了他未婚妻的名字。

我悄悄给他未婚妻写信，把小单的情况都讲了，告诉她放心，小单一直爱着她。考虑路途那么远又那么偏僻，来一趟要花许多钱，我就诚恳地对她说："照顾小单的事由我这个大姐姐包了，别看素不相识,我会全心全意的,千里迢迢你不用来了,主要考虑要花许多路费,你们家乡的经济情况我听小单说过,来一趟要给家里带来许多经济负担的。不过你要多给小单来信,他马上就会给你回信。我愿意和你这个远方的小妹妹做个朋友,我的情况,小单会慢慢写信跟你说的。寄上一张我的照片给你,将来总有一天我会参加你们的婚礼——"

很快我和小单同时接到她的信。她给小单和我每人寄了一张近照。

那姑娘挺俊,信也写得好,我就祝福小单,硬逼着小单给她写信。

一年后,小单做完手术腿就基本好了,部队照顾他,决定让他复员。走的时候,部队领导和战友,还有招待所的同志都嘱咐小单夫妇,以后一定要把我当亲姐姐对待。

我也一直把小单当亲弟弟对待。他结婚后那年春节,我借出差机会拐到他家乡。以前光听他说家乡穷,穷到啥样也想象不出来。我把攒了两月的工资买了些东西,有一服药,几个罐头,还给小单媳妇买了件衣服,给小单母亲买两棵人参。到那儿一看我才知道是怎么个穷法儿。他母亲见了我高兴得没法儿,从锁着的柜子里拿出几斤白面,都放三年了,一股卫生球味儿。一顿擀一碗面条,给我自己吃。卫生球味直叫人恶心,我吃不下,剩半碗。他妈也舍不得叫别人吃,留到下顿,热热又给我端上来,我还是吃不完。她还以为城里人饭量小呢!第二天逢上集日,他妈叫人赶十多里路到集上买回二斤羊肉。我一看羊肉挺高兴,没想她只是每顿切点肉丝放在面条里还是给我一个人吃。我心里好难过,怎么吃得下,就谎说吃羊肉受不了膻味,分给孩子们吃了。

他们一家人穷是穷,心眼都好。他妈看我穿的衣服和鞋都那么旧,就在过年那几天让小单媳妇和她一块忙活,用家织布给我做了身衣服和一双鞋。我肚子受了亏待,可心里真充实,就像在亲娘亲弟弟家里。小单媳妇给我做那双鞋,底子纳得密密实实,穿着多暖和啊。我走的时候,差不多全村的人都出来送我。村党支书亲自开拖拉机,一直把我送到汽车站,四十多里。

我一辈子都忘不了他们的。现在我和谁都不通信了,却还给小单他们写信。

七

问我为什么调回老家来？而且调得这么快吗？我实在不想再讲这段伤心事了。我想，这是最后一次，以后我要忘记它。

报纸把我的事迹登出来了，我一看，不对呀，和小单认识哪是在汽车上学雷锋开始的？我都给记者说了，是韩雪先认识的，后来才介绍给我。我心里正很不安，一天早晨刚上班，我在我们厂大门口遇见了韩雪，没等我向她解释，她就先说："夏姐，你可真行啊，你自己学雷锋照顾小单的事上报纸了，祝贺你呀！"

她说得很挖苦，我一再解释她也不信。我理解韩雪的心情，她失足过，名声不好，特别需要挽回名声的机会，尤其像登报这事儿。我既暗暗埋怨记者又后悔当初不该同意记者采访。那天不知是巧合还是怎么搞的，我们厂长的老婆也赶在那工夫到厂大门口骂我。厂长老婆是精神病，骂得没头没脑可难听了："……是男的你都勾引，当婊子还要立牌坊，小兵病得那样你不放过，我老头虐待我，你卖什么骚……"

里三层外三层的人们围着我，哪单位的都有，我有口难辩，坏名声也出去了。晚上我失魂落魄地往独身宿舍走，宽宽的大马路，不知从哪儿飞来一块石头，偏偏就砸在我头上，当时昏倒，流了不少血。等我醒过来，半夜了，我就想，这是谁干的呢？能是韩雪吗？

我绝望了，一个人没法再在北方生活下去了。以前老家这儿给我介绍过一个人，就是现在结婚的这个。原先我嫌他岁数大，农村社员没共同语言，又有三个二十岁以上的孩子，没同意。出事后，我忽然改变主意，又拍电报同意了人家。男的是郊区生产队党支部书记，五十多岁，他原来的妻子半年前死的，我顶她的位置进这个厂的，要不哪能调这么快。办手续时我真不知迎接我的会是啥样的生活。二十岁草草成婚，过了那些年毫无感情的生活，没生过一个孩子，却突然又要草草成婚，给三个二十岁以上的青年人当母亲，而且是顶他们死去的母亲的户口去上班，我心里能好受吗？我像偷着逃走的，夜里一个人离开了江城。上路那天我真不知自己是否能有毅力坚持不改变主意。我甚至想到了死。

中途转车我拐到黄山去了。我觉得似乎自己生活的末日已经来临，听说黄山很美，让自己凄苦半辈子的生命在黄山结束算了，兴许再生后能美好些。

到黄山那天下雨。在汽车站避雨，我看见两张用毛笔写的寻人启事。一张写："淑清，你千万别有什么不好的想法啊，我向你保证，今后一定改正，我和小峰一直在找你，我不再做不好的事了，你快回来吧。"另一张写："妹妹，我来到黄山找你，妈妈很想你，心脏病都犯了，你一定回去看看妈妈吧！你要寻短见，妈妈也活不成了。"我站在两张纸条前徘徊着。大雨哗哗啦啦，迷迷蒙蒙，就像我当时的心情。人间怎么这多不幸！我觉得两纸条旁还有一张，是寻找我的："夏大姐，你不能寻短见啊，不是你给我讲保尔的故事，鼓励我树立生活信心吗？你把我救过来了，怎么自己却对生活失望了呢，你要不活，会给我带来多大的不幸啊？"一想到小单和他全家见到我时由衷的笑容和感激，我就动摇了。满山雨声里像有小单在喊我。我失去了控制，精神失常似的，冒着大雨独自往黄山上爬。因为急雨，到处都是溪流飞瀑，有的像生龙下山，有的像天女散花，有的像织好的白织布往下抖动。不管像什么，都像有生命，而且都在青春期，刚吃饱了饭，喝足了水，朝一个远大的目标奔跑。山石一跳而过，深潭纵身而入，冲出来向下再跑。这景观给了我一种生的力量，我像身长翅膀脚生祥云，不害怕，也不费力气就能向上攀登。忽然眼前又出现一条更壮观的瀑布，像从山林突然冲出埋伏着的千军万马，嘶吼着，跳跃着，奔腾着，争先恐后向前冲锋。有的宽宽一面，有的窄窄一条，也有的既不成条也不成线，这是由多么伟大的生活统帅指挥的千军万马啊！我没当过兵，但看过电影，在小单他们部队看过一次演习。那瀑布的确像千军万马在冲锋。宽的像集团军，窄的像团队，也有像班、排的。各有各的位置。有一条细细的，我看着就像穿军装戴五星的小单。他虽然弱小，也跟着大队伍向前跑着。我忽然问自己，那呼喊着跳跃着奔腾向前的大队伍里，哪一个是我呢？

我被一股强大的生的冲动激发着，顶雨往上走啊，走啊，又看见了迎客松。在画中已看过多次的迎客松，那天却像站在生活的船上专门向我招手，迎接我这个北方南归的客人。站在迎客松前我神差鬼使似的打好了一张腹稿，到南方新家后的第一件事就是画一张迎客松挂在墙上。那个家里不会有我的爱情了，就当一个客人吧，给主人们增添一点温暖就行。人既活着，身上的精力和热就不能无处使用和放置。

成了新家的一员后，我第一件事真就画了一张迎客松挂在饭堂里，又给小单写了封信，写得很乐观。我这样写，一是给自己加固生活的精神支柱，再也为小单从我这里得到的不是精神负担。

我已经开始了新的生活。内心深处的痛苦虽未消除，但我充实多了。工作之余，我除为"儿女"和丈夫做些力所能及的事外，还为乡亲们画画。我那张迎客松在家一挂，全村引起反响，不少家求我来画。我就尽我能力给他们画。我不是图希什么东西，那也是一种安慰。附近一个部队开现场会急需一幅大画，听说我会，就来求我。我连续熬夜，准时画出来了。部队送我五百元钱，我不要。这多年来，我一个人生活，缺的不是钱，是感情和精神安慰。部队一再强调三大纪律八项注意，非要给我点什么。没办法，我就说："我丈夫最喜爱花，你们有花就给他几盆吧！"结果部队派人在我家院中给修了个花坛，栽上松树、榆叶梅、月季、芍药、西番莲……我丈夫高兴得摆酒招待战士们。

提到我丈夫，我不妨也说几句吧。他没文化，但手很巧，原来是汽车司机，现在当生产队党支部书记。说实在的，他感情也不丰富。如果我把自己的经历和好多烦恼讲给他听，他不会理解。但他知道疼我。工作一天回来知道问个冷不冷、累不累。还有，他身体好，使我真正过上了夫妻生活。我说过了，我原来那丈夫不行，没有夫妻生活的能力，又那个样。你是专门研究人的，不会笑话我。我不明白，有的人为什么心那样狠。我跟男同志多说几句话，有点来往，就说我生活作风不好，还有更难听的话我学不出口了。他们怎么不想想，我活了大半辈子，还不知真正的夫妻生活是怎么回事。我离了婚，住集体宿舍，我也是个人哪！人应该得到的，别人得到了，我没得到过，我能不想得到吗？我想过，梦中想得更厉害。一个守寡的女人，不少人对我的性生活有怀疑，所以看我跟哪个男的多说几句就认为可能有不正当关系了。我不信神，但我要对天发誓，我没跟任何男的有过不正当行为，如果说我有卑鄙的地方，就是我在梦中有过，在梦中……哎，在梦中做的事情也是罪过的话，我就是有罪的。

我识字，又愿读书，《红楼梦》《忏悔录》《安娜·卡列尼娜》——不少文学名著我都读过，甚至连弗洛伊德的精神分析学我都读过，我能逃脱人的正常感情驱使吗？尤其有人竟怀疑我和小单。一个病战士，我要那样对待他，我就不是人啦！也许我照顾这个战士是为了自己找一种寄托，但我考虑过，我这不是寻找低级的事情做寄托，我这种寄托就不是丑的。

前几天小单听说我回南方又成家了，非要来看我。我不让他来，他不听。他年轻，单纯，不懂人的复杂关系，不知道会给我的新家带来怎样的矛盾。他就以为看自己的姐姐是理所应该的。他不听我劝告，到底来了。来的时候，带了点礼物。我说过他们家那儿的生活状况了，过年才吃白面馒头和麻花。他把过年省下的麻花带给我，五根碗口粗的大麻花，还有自己家做的挂面。

我一看就知道这是他家最珍贵的礼品了，心里热得不行，直说拿这么多东西干啥。小单穿得土气，又木头疙瘩样，我的"女儿"就很看不起他。她在饭店当服务员，回家在两层楼里有个单间，什么好吃的都吃过。她竟偷着把小单带来的东西扔了。我心里很不好受。挂面都扔散了，没法再捡回来，我就把麻花又捡回来，与丈夫商量陪我当小单的面一块吃。丈夫竟然同意，这使我对他一下产生了许多好感。

小单不知麻花被扔过，见我俩津津有味地吃特别高兴。我又与丈夫商量开车带小单到市里好好玩玩，他不是会开车嘛！丈夫也答应了，还给小单买了一套衣服，就拿当我的亲弟弟对待。

虽然"女儿"不太懂事，不给我面子，可我相信，我会在哪一天把家里的迎客松换成合欢树的，我要用最大的努力，不但让小单把我当亲姐姐，而且让"女儿"和两个"儿子"把我也当亲妈妈。所以我真怕记者们再往报纸上写我了。我也求求你，还是别写我的好。

我说这么多你也该理解了。你是专门写作的，实在愿意写的话，就给我"二儿子"写封信算了。他二十五岁了，在监狱里服刑呢，嘱咐嘱咐他，你们说话比我好使。

杨记者，真的求求你还是别写了，你看我的处境有多难哪！我的过去和那些舆论，一旦让三个孩子知道，怎么也解释不清。

你不说要到我家看看吗？我得先回家里商量商量，丈夫同意的话，"女儿"不定会不会给我面子见你呢，到时请你谅解就行了。

八

等待夏日回话的时候，我独自喝了过量的酒，醉了。也不知醒着还是梦中，太阳变成不规则的三角形，和很圆的月亮一块挂在多云的天上。

怎么会看见这怪现象啊？百般琢磨，忽然想起前些天听一位画家讲，他想收几个儿童培养画画，就让应考的孩子们画太阳。十几个孩子画的太阳五六个样儿，其中圆的最多。结果画家选中把太阳画成三角形的孩子。孩子为什么把太阳画成三角形呢？画家为什么会选中画三角形太阳的孩子呢？

1986年1期《青春》大型文学丛刊

向北，向北

大漠一样雄浑的雪原拖着圆沉沉的落日朝南奔跑，像要把落日放风筝那样重拽起来，雪原的电杆上那无尽的铁丝就是长长的风筝线。

熔锡似的积雪急速而汹涌地流着，银白、金红、灿烂，但不刺眼。可我深藏在高额下的双眼因刚从昏睡中醒来，冷不丁还是受了刺激，立即睁得大大的。那红色的雪流仿佛横飞的瀑布，一个劲朝我眼里涌。我两眼应接不暇地眨动着，有点受不了。只好转转身，侧过脸，使眼光和横流的雪瀑成垂直的角度，好像流雪不是像往我眼里灌，而变成在眼前被我检阅着向旁侧流逝。这样，我获得了既昂奋向上又奔腾向前的快感。

这些都是因为我在列车上，紧靠车窗的位置，面朝前进的北方所产生的感觉。连日乘车，加上边远地方的蒸汽火车没有卧铺，太疲劳，我伏在茶几上着着实实睡了一觉，还没起身，侧着头第一眼就看见车窗下边的"方洞"。窗玻璃严严实实蒙了一层白霜，不知什么时候被谁在上面刮出一个齐整整的方洞，白色的车窗上才得以出现了汹涌的、金红灿烂的流雪。

我揉揉眼，贴近那个透明的方框。眼界脱了框框的束缚，那方方的雪流立时变成辽阔苍茫的雪海了。夕阳涂染下的雪海比真的大海要壮观，以至我把茶几上自己睡前看的那本《战争》碰掉也没去捡。

哦哟呵，座座平缓的山丘像波，排排陡立的山崖像浪，时而出现的房屋像一艘艘小船，屋顶一缕缕炊烟就是一片片独特的帆。火车在披雪的山腰上轰轰行驶，不就像穿越大波大浪的战舰吗？雪海确实比大海迷人。那次去北海舰队看演习，大海也就那个样呗。看眼前飞跑的马爬犁，多像海上叫"海兔子"的那种巡逻快艇。快艇能搅扬起巨鲸一样大的水花，马爬犁能腾起蛟龙似的雪雾呢。跳跃着追逐小马驹的黄狗，完全可以和跃出海面的鲢鱼和黑鱼比美。看那长风雪雾里被骑手用长鞭驱赶着的马群，肯定比海上龙兵过有气派。龙兵过算什么，一会儿就消逝了，我的雪海上的马群飞跑一天也能。

我总爱把雪原说成我的雪海。这由于不管文学作品还是人们随便谈起来总是把大海说成最迷人的；我便顽固地树立了一个观念，我的雪海是最迷人的。我之所以把"雪海是最迷人的"前边加上"我的"，是因为我在祖国最北部的边防线上生活了五六年。不仅如此，我的诞生地就是一年有四个月都是满眼冰雪的北方。童年，我和冰雪结下了友谊。少年，我对冰雪产生了爱情。成为青年，我参军了，冰雪又帮我建立着功勋和业绩。有时人家挖苦我说："你的雪海到春就化了！"我总会固执地反驳道："那时候我的山海、林海就最迷人了，山海林海是绿的，秋天还能变红变黄，大海能吗？"

"别把窗孔挡死好吗？"我听到一个女人柔和的说话声。由于聚精会神看雪海，我没有想这话是说谁的和谁说的。那声音又换了个口气："你的《战争》踩了！"

《战争》是我的，我这才下意识回过头。噢！是个女兵，好秀气的女兵哟。她那双眼睛，怎么像吸收了黑龙江水的全部颜色，幽黑莫测。没戴帽子，发型、脸型、五官、身材和谐得让人一看就产生美感，连声音都有一种与五官和谐得体天衣无缝的美感，好像没有哪一处能让人生出恶感来。我是羞于研究女人也从不主动和女人搭话的，虽然澎湃的青春之潮常常提醒我该注意主动和女人搭搭话了。现在，这是怎么搞的，为什么一看她那双眼睛就紧张起来。堂堂步兵学校新毕业的军官，怎么会在一个女兵面前紧张呢？呃，她不是女兵，四个兜，是干部。什么干部？我接过她给捡起的《战争》，说谢谢时，竟很不自然。我暗暗骂自己"没出息",但是也不行。蠢蛋,找找她的缺点嘛,找到缺点就不至于这样了。她一定会有缺点的,谁都有缺点。

她的额头有点高。人们都管这叫"锛儿头"。她是"锛儿头"!怪事儿,锛儿头长在她额上怎么反倒突出了女军人独具的英秀气。终于找到了,她双肩上搭了条长长的拉毛白围脖。这有损军容风纪,是大缺点。我稍平静些了,但又不由自主扯了扯自己的领章,把风纪扣扣好。不一会儿,被我好容易找到的缺点又不成立了。稍微换个角度看,披拉毛白围脖就又是美了。纯洁素雅的白色和绿军衣上的红领章一搭配,交相辉映,只要不从军容风纪角度看,无论如何还是美。这是在乱糟糟的车厢里,车厢该算室内的。在室内,军容风纪可以不那么严格。她就是美嘛。我的雪海是最美的,我的山海、林海是最美的,我的……也应该是最美的。无耻,我意识到思路越轨了,忽然严正警告自己。

她在我接过书说完谢谢时,只随便瞅了我一眼,淡淡回了声不客气,就把眼睛贴近车窗的方孔看起雪来。那自若的神态表明方孔是她刮出来的,她有权占据这儿看。看得那样神秘,好像雪原在她眼里是个天国。这位女神呀。

我刚翻开《战争》,想通过看书端正一下思路,赶巧她看够了雪,也从挎包里拿出书来看。

她一眼就看进去了,专注的目光在书面上一行一行移动,好像旁边并不存在其他人,这反而使我越发看不进去了。她干什么具体工作?她怎么像仙女似的,端庄、神圣、安详得好像不食人间烟火,什么也不缺少,什么也不追求,什么也不竞争,甚至连凡人的欲念也不会产生,而唯一的需要就是读书、读书、读书。读书真就像她生命似的?

她读的是本什么书哇?爱情小说?不像,哪有年轻姑娘读爱情小说那么平静的。考医疗职称的课本?"业大"或"函大"的教科书?我用心瞧了瞧用牛皮纸包着的书皮。书名用钢笔字写的,不清楚,我用力看了几眼,不禁大为惊叹,是《马恩列斯论共产主义社会》。她在读马列著作!我着实被感动了。在这样拥挤、杂乱、空气污浊得令人憋闷头痛的车厢里，竟有一位潜心苦读马列的战士。女战士。说实在的，我对马列主义是崇拜的，这由我的经历所决定，绝不像有些人为了捞好处而光在口头上假信。她的行为不仅使我激动而且让我自豪了，好像共产主义的原理是我发明的，我意外遇见了忠诚的战友或信徒。我兴奋不已地看看周围。多热闹的小天地，打扑克的，哼小调的，逗孩子别哭的，嬉笑着看手相的，以及仰歪着头睡觉的等等，当然也有看书的，都是些小人书、画报、大众电影、破案小说，顶好的就是像我出于工作需要看军事小说罢了，她竟毫不受影响读马列著作。

我注意她好一会儿，她却始终没抬眼看一看我。这使我大受刺激，索性也认真看起《战争》来，但总是若即若离不能扎扎实实进入情节。

她好像为了休息眼睛，看一会儿又放下书凑近那块方孔往外看。方孔已蒙上薄薄的霜。她从书里抽出一片当书笺用的钢尺在方孔上一刮，分毫不差，方孔又变成透明的。看来这方孔确实是她刮的，她也很爱看雪。她也是经过风雪陶冶长大的吗？不像，她长得太白净了。

太阳嫌雪漠太冷，拽也拽不住，趁列车转弯时一下子溜走了，窗外只剩沉沉的灰雪急匆匆向后流，像去追赶溜走的太阳。火车驶进了山谷，过了叫太阳沟的小村子。太阳沟，真是一首诗的标题。当年铁道兵修完这段路浩浩荡荡离去时，太阳刚好出山，因而喜欢诗的部队首长就给命名太阳沟了。女兵望着日落的太阳沟出神。她也知道太阳沟的来历吗？她怎么看什么都如此专注呢？她的书放在座位旁，我发现是本外文书。我学过几天俄语，还能判断是不是日语和朝语，都不是。她看的是哪国文字的马列著作？不管是哪国文字的，这又使我增加一分由衷地敬慕，使我决心非主动和她说说话不可了。我琢磨着怎样开口。

咳，咳，咳，咳……像台手扶拖拉机突然发动了，身边一位患哮喘病的老太太受了烟的刺激剧烈咳嗽起来，浓重的哮鸣音揪得我心一颤一颤地疼。方才我就是被她咳醒的。我暂时丢下同女兵搭话的念头,起身掏自己带的药。女兵也放下书,眼光顺着飘到老太太嘴边的一缕烟迹寻到斜对面抽烟的小伙子,自言自语说:"没有烟就不会咳这么重了。"小伙子长相有点凶,不知是没听见还是听见了她的话没搭理,继续闷声抽,她也就没再吱声。我没带止咳药,只好拿出几片索密痛,连自己的水杯一块递给老太太:"大娘您吃点药吧!"

老太太感谢地喘着,刚要往嘴里送药时,女兵温和地拦住说:"索密痛不止咳,我有'新诺明'和甘草片!"她从包里找出两个小药瓶,各倒出几片叫老太太服下,然后又倒出些,用纸包好,放回提包,剩下的都送给老太太了:"大娘,您带着,甘草片一天吃三遍四遍都行,'新诺明'一天只能吃一次,别忘了喝水,吃'新诺明'特别口渴。"她看杯子里的水两口就被老太太喝没了,就掏出自己的水杯想再去打些来。可是人太挤,走不了几步,过道里站着的一个小伙子不耐烦说:"为了自己喝口水,不顾别人死活,学过雷锋没有?"她谦和地解释:"不是我自己喝,有位大娘吃药。""真学雷锋啊,那咱们成全你,过吧!"

女兵反倒像受了委屈,一声不响退回座位上。她大概受不了那话里的讽刺味儿。她从自己包里拿出两个橘子让老太太下药。我很抱不平,端起杯友好地对她说:"你看书,我去。"

我费了足足二十分钟工夫,好歹打来一缸子水,坐回位置上时已经出汗了。她递给我一条毛巾,这使我有了和她说话的媒介。

"你是护士吧?"我接过毛巾,擦着汗问。

她礼貌地点点头,并且温和地一笑,但没说什么。

我为自己的判断准确松了口气,又说:"学外语的不少,看外文马列著作的可不多。"

她脸突然红了,谦逊地笑笑,好像想分辩一下,终于还是没出声。

"护士……学……外文马列著作?"

她脸又一红,终于说了一句:"学着玩的。"

"学马列著作玩,谦逊得不实在了。"

她看看我手边的《战争》:"你学《战争》有用,我……真是玩

335

的。"好像怕我再问下去，她才主动问起我来："你刚从军校回来吧？"问的时候随手把自己的书放进小提兜里。

"你怎么知道？"我为她准确的判断力吃惊。

"我有个表哥在军校，他说军校学生都很崇拜《战争》，尽管是小说，都当教科书读，我就猜你大概也是。"

"猜对了。这是本符合马列主义战争观的军事小说，从最高统帅到最基层士兵，都有描述，既有军事价值又有文学价值，还可以使人感到共产主义不可战胜的力量。你表哥也寄你读了吧？"我起了谈兴。

"他说过，我没让寄。"她说得很平淡。

"部队的护士，外文马列著作都看，为什么不愿看《战争》呢，还是小说？"

"喔，我不爱看小说，也不愿和他通信。"这含蓄地说明她和我没共同语言，但看样子她还是愿意和我谈谈的，好像只是话题不对。我重新寻了个话题："听口音你也是东北人，你去过我们驻防那儿吗？"我说了那地名。

"你在哪儿？上……呃……天哪，听说那儿上厕……喔……能冻死人！"

"冷是冷，没那么邪乎。我待了五六年，这不也活得很好。倒是容易冻伤。冻伤很讨厌，年年犯，你们没研究冻伤的新办法？"

"真是的，我们医院竟没人研究冻伤。"

"哼，大医院都成了少爷小姐的就业所了，研究什么冻伤。"

她没表示什么。我忽然想到是不是跟她说这话不妥，说不定她就是个这样的小姐呢。那也没什么，是就是呗，干吗要顺着她的心思说话。我刺激地问："你爸爸是个什么首长吧？"

"呃，我从小就没爸爸。"

"真对不起，那您……母……"

"我母亲，她是个长——五官科的护士长。"她故意看我一眼，"还是模范党员。"

"怪不得你爱读马列著作，原来母亲是模范党员！你们医院……党风……不错吧?"

"我……不清楚。"

"党风,你不清楚?"

"我不是党员。"

"火车上学马列,会不是党员?"

"我已说我是学着玩的。"

"不管怎么谦虚,你学得很自觉,很刻苦,并且你母亲还是模范党员。"

"她是她,我是我。"

"说是这么说,实际不可能没影响。"我自以为是继续说,"像你这样的真不多了。有些年轻人,真是的,一提学马列就嘲笑,有的还赶时髦信上帝什么的,见不见鬼!"

她不软不硬打断我的话:"呃,不能这么说。信仰自由嘛,信信上帝也没什么。"

"信上帝还没什么?"我对她的话有点吃惊,也有点不满。

"宪法上写着信仰自由嘛!"

"那是对思想落后的人采取的政策,当代青年、革命军人不能这样想。"

她看我还要往下说,盯住我:"我就这么想的。"

"你真能开玩笑。"

"我母亲就当过基督徒!"

"什么?"

"后来参了军,才退教入党的。全院党员为什么都不如她?跟她当过基督徒很有关系。"

我反复问了几次,她回答得很肯定,我没法怀疑是假的了。老天爷,她怎么会有这种可怕的想法。她的形象在我眼里忽然模糊了,那实实在在怎样变换角度也否定不了的美也模糊了,忽而还变得奇形怪状。我满腹惋惜和疑虑:"你顶多二十三四岁,怎么会……"

"我本来应该是二十四岁,上帝偏偏让我二十五,我怎么能不信上帝！"此时她语气和脸上的温和都没了，变得理直气壮，一气讲了经过。原来她母亲怀孕八个月的时候，外国基督教会一个教徒要到她家访问。她家住一间又小又旧的平房。考虑影响，院领导连夜给她家调了套楼房。这一调，访问是应付过去了，她却早产一个月。当时正是年底，她便比本来应该同龄的人大了一岁。比她小一月的同班同学有两个根本不如她，却进了名牌大学的名牌系，进了外交部的礼宾司。如果母亲仍是个基督徒而不变成模范党员，就不会有外国人的访问，也就不会调房子使她早出生一岁而成了现在这个样子。尤其她爱过的一个参谋为了入党、提升而抛弃她，去做了一个首长的女婿，她痛苦至极的时候偶然认识了神学院一个女学生，并跟着去了几次教堂，于是就捡起母亲抛掉的信仰。母亲劝她、骂她，她反而说母亲不应该背叛自己的初衷。

这段不寻常的经历使我大为震惊，可还是无法理解。我语重心长地说："你学过地理，学过物理，还学过化学和历史，这些你信不信呢？"

"这些我信，上帝我也信。牛顿为什么还信上帝呢？八十年代应该是一手科学、一手上帝的时代！"

她一口一个上帝，还把上帝和科学联系在一起，真叫我痛心而且气愤。"牛顿是什么年代的人？八十年代中国青年，崇拜上帝。上帝要能帮我们建设四化、保卫祖国的话，我就回去把我们连队建成一个基督教堂，所有的军人都去祈祷！"

"真要这样还好了，那些不正之风就不会存在了。"

"那党中央就改成基督教神学会好了，把《圣经》作为整党文件。"

"那我管不着，反正上帝不叫人做坏事，相反，他劝人善良无私。"

"上帝还号召学雷锋是不是？"

"反正学雷锋和信上帝都是让人做好事。"

"你……革命军人……还读马列的书！"

"所以……我也不读。"

"你……不读？"

她笑笑："看见一点现象就以为是实质，唯心的可以呀，马列主义者同志！"她把那书掏出来，赌气掀开封皮递到我跟前："《赞美诗》，懂吗？"

我仿佛突然挨了重重的一击，又同时受到了一个大大的嘲弄，尴尬至极，恼火至极。恼火不是对她的，是对我自己。蠢蛋啊，自作多情，凭一点小小假象就唯心地以为遇了知音，教训，教训。我浑身的血都在涌，脸大概涨紫了，真想大骂她，不，大骂我自己一顿。

她脸也涨得血红，像要继续同我争辩，憋了一会儿，泄了气："算了，算了，我们本来就不认识，何苦哪！"

是呀，我本来就不认识她，无权干预她的思想。我像个刚刚打满气的足球准备用于比赛却突然被放了气，蔫塌了。老太太以为我俩是新婚夫妇，因为什么家事吵起了嘴，好意劝道："过日子哪有一句错话不说的，都让着点，看叫人笑话你两个当兵的。"

我俩都哭笑不得，可谁也没向老太太解释什么。我只后悔自己不该自作多情讨了个没趣，同时非常非常痛惜这个端庄的姑娘信了异端邪说。我没恋爱过，大概这难过的滋味一定不亚于失恋。她也像后悔自己不该太认真，伤了我的面子，叫我如此难堪，和解地拿给我一个橘子说："这是川橘，你尝尝，挺解渴！"

老太太看我俩不争了，笑了："这就对了，这就对了，啥事都让着点就对了。"还特别表示亲近地叨咕着："你们两个都是善面，咋也看不出会争嘴。"老太太的话像和风，不紧不慢地把笼罩在我俩之间的硝烟吹散了，加上她主动给橘子表示友好，我心情稍缓和了些。我并不认识她，更没什么特定关系，作为普通人，她还是善良的，真诚的，起码她的信仰是真诚的，比那些千方百计入党却根本不相信共产主义的人要可爱得多。抛开信仰的正确与否不论，在信仰的真诚性方面，我还不如她呢！

车厢的灯也随着我的心情豁然亮了，好像旅途生活开始了新阶段，乘客们都停下各自的活动和思想，抬头望了望灯光。她也抬头一望，灯光给她脸上涂的是神秘色彩，那朦胧的神秘里透着一股自信。

自信就能说明正确吗？不过，自信也是一种力量。我有一万倍理由应该比她自信。我像皇帝接受臣民贡品似的扒开橘子，掰一半分给老太太，又掰一瓣放进自己嘴里，故意让她懂得这是一种宽宏、大度、居高临下的强者的自信。

"旅客同志们，现在餐车开始营业，为您准备了米饭、白酒、果酒和各种炒菜。有用餐的旅客请抓紧时间到餐车用餐。餐车在2号车厢，由于乘客超员拥挤，无法往各节车厢送饭，请大家原谅。"

广播员好听的声音勾起我的食欲，忽然饿得慌。瞅一眼过道，人挤得像装了一车货物，从末节车厢到餐车，要挤过九节车厢，挤到那儿怕是不饿昏也得累昏。吃两个苹果算了。我掏出六个苹果，打算平均分配。这时老太太从布包里捧出七八个黄亮亮的粘豆包，叫我和女兵跟她一块吃。她诚心诚意。怕冷了老人的心，我俩一人接过一个。豆包是我喜欢的食品，可冻得像石头蛋子，一口只啃下一点点，而且冰牙。老太太咽下几口凉豆包又剧烈地咳嗽起来。我和女兵也吃不下。看老太太那样难受，我产生了无论如何要去餐车给她买碗热菜热饭的想法。这想法如此坚决，说不清我原本就有特别善良的心地，还是因为眼前有位和我信仰水火不容的美丽姑娘。如果她不在，我也会这样想的，以往乘车我就多次这样做过，但这回不能说和她一点无关，我要让她看看，谁最配自信。我暗自计算着挤过八节车厢需要的时间，列车减速了，广播员好听的声音又传出来："前方到站朝阳川车站。朝阳川车站马上就要到了，下车的旅客请注意，朝阳川是个小站，停车一分钟，务必提前做好下车准备！"

我忽然受了提醒，慌忙嘱咐老太太给照看一下东西，就朝车门挤去。我在后车门跳下车厢，干冷干冷的寒气像早就等着逮捕我似的，立刻扑上来。不过对于我正如鱼儿跃进大海，已有两年没跳入这夜雪海"游泳"了。我踢踢站台上的雪，跳了几个高，又大吸几口凉气便跑起来。只停一分钟，必须快跑。

跑过一节车厢，前边也有个人在跑，跑得不利索，忽然滑倒在雪地上。时间不允许我再做什么扶老携幼、助人为乐的事了。片刻未停，我提前几秒钟冲到餐车门口。天哪，餐车的门是关死的，门缝严严实实的厚霜说明根本就没开过。在我看到这情况的一瞬间，后面滑倒那人也跑上来了。是有缘哪还是冤家路窄，就是那个女兵。她显然也是来吃饭，我们不约而同选择了同一条捷径，可是，死路一条。我正准备喊她快退回去，列车开动了。后边各节车门肯定都已关了。行李还有属于秘密的一些东西都在车上，人丢在车站肯定不行。惊心动魄的一声长鸣使我战栗了一下。我俩不约而同地对望了一眼。一瞬间里，车上发生的事全忘了，她那吸收了黑龙江水全部颜色的眼睛，不似那般神秘莫测了，反射到我眼里的是求援地发问："怎么办？"

"扒车！"我经过军校训练的果断立即显出优越性，不由分说拽住她一只胳膊，跑着去抓餐车的扶手，必须抓住这个车门了，等后边的车厢过来，车速加快，肯定更不好扒。跑了两步，我的左手就抓住了前边那根扶手，左脚也踏上车梯。右手拉着她的左手，她右手伸了两伸没抓着门扶手，有点失望了。想脱手作罢，我用力一拎，并助以一声大喊："跳！"她的端庄和文静一忽儿影踪皆无，好像上帝暗中托了她一把，竟顺势一纵踏上车梯，右手抓住车扶手，左手却还死死攥着我的右手不肯放开。我们又不由自主地对视了，沉默而激动，倒是我先冒出一句话来："上帝，这是怎么搞的！"

车轮由哐当哐当的节奏渐渐变成哐哐哐的节奏，越来越快，越来越快，平静里刮起了风。

一级，清新凉爽。

二级，拂去了额上的汗粒。

三级，卷走了五脏六腑的污浊气。

四级，有些淘气上脸了，不时用一根根针不知好歹地乱扎。

我是不怕风的。北国军人，抗风寒大概要算十亿人中最独具的本事啦。开始，我还有心思欣赏我的夜雪海呢。我把远处小村的灯火和什么地方的亮光想象成夜海上的航标灯，列车就是一艘巡洋舰在起风的大海上航行，我手扶舰舷立在甲板上，听隆隆、轰隆隆的涛声，检阅无边的、汹涌的海浪。列车驶上了一座大铁桥，我们的胳膊几乎挂

341

着桥梁了。车轮声轰轰隆隆惊天动地。这我并不害怕，只担心吓晕了她。我沉着地指挥她闭上眼睛，别往外探身子。驶过桥头，看见持枪而立的哨兵，我还大声向他问好，使得哨兵也向我们举枪致意。我喊她睁开眼："过去了，快看，哨兵为你的勇敢致敬呢！"我这玩笑没能使她紧张得比原来更惨白的脸产生笑容。

拐过山口，风变得肆虐了。

五级。

六级。

肆虐的风无端地把棉衣给撕扯起来，还死命推我的头，堵我的鼻和嘴，逼我不得不低下头，让它刮过去。下风头的她也被按低下头。

啊，怕有七级了。这风开始冷得彻骨，手指、脸颊、耳朵都疼痛起来。我欣赏夜雪原的热情全被冻僵了。零下30℃的北方冬夜，我们置身于七级寒风中，用不了多久就会毫不含糊冻僵的，到达下一站要两小时，必须想想办法。

耳朵突然像被针刺了一下，又突然像被猫咬了一下，疼痛感急速扩散，又马上消失。她咬着嘴唇，眼里有泪光在闪。"你手怎么样？耳朵呢？"我大喊，传给她的声音却极小。她张了张嘴，没传过声音来。下风头，话一出口就被风吹跑了。她使劲攥攥我的手，溢出了眼泪。是风吹的还是哭了？她把耳朵向我眼前伸了伸，又努嘴指指抓着扶手的手，摇了摇头。她肯定是冻哭了。耳朵最不经冻，很快就要冻成冰块断掉的。维纳斯断一只胳膊不影响她的美，漂亮的女兵要是少了耳朵，不堪设想，她脖子上的白围脖被风吹得呼啦啦响，这是唯一可以利用的东西。可我们的手一只也倒不出来。

风还嫌自己戏弄我们不开心，又邀来雪凑热闹。雪沫飞扬，灌进脖里、袖里、嘴里。往外吐时，我想，用嘴不是可以含住她一只耳朵吗，含一只就可以保住一只。这是唯一可行的办法。但这有点类似接吻，使不得的。她大概未被人吻过，我也没吻过人，这万万使不得。可又没别的办法，要么让她先含我的，然后我再含她？就这样。我跟她说，她听见了，没表示可否。不是谈情说爱，还考虑那许多干什么。我把头歪过去，右耳贴近她嘴边。她慢慢张开嘴，要含到我耳朵时自言自语了一句："上帝惩罚我了！"

她还念念不忘她的上帝，我真想讽刺她几句。

她默默侧歪过头，用嘴含住我右耳。风太大，天太冷，轮声太响，我既没听见急促的喘息声，也没感到暖烘烘的热气，只觉得耳朵像装进一只绵软的盒子里，好半天才感到有热流通过了，也感到有热气从她鼻和口中吹到我脸上。是精神作用呢还是实际作用，我感到浑身都暖了。真是的，二十三四岁了，第一次接触女人，竟是这般荒唐的环境，这样奇怪的女兵。我想到了一件事，是看《第三帝国的兴亡》时记住的。法西斯匪徒们做了一次试验，把许多活人放进冷冻室里关一天，所有人都冻死了，却剩一对互相拥抱着的男女还活着。真有这威力，还考虑什么羞涩。军校学的知识还一点没用，冻残了或冻死了那将是怎样的遗憾啊。她也许是去看未婚夫的，更应该保护她安全到达目的地。目的就是这个。手段，在这种情况下可以不择了，何况此时连两种可供选择的手段都没有。我理直气壮了，没经她同意就转过脸，含住她的耳朵，像含一块冰，又像含一块炭，说不准是凉是热。她没扭头，也没说什么，白围脖被风掀动着，不时摩擦几下我们的脸颊和胸襟，好像帮我们驱打寒风。

忘却了冷。左耳朵怕是冻僵了吧，一点疼痛的感觉也没有，只有刚从她嘴里抽出的右耳火辣辣的，我们互相攥着的手也一点不凉。抓扶手的左手却猫咬似的疼。

背对着夜的雪原，无法回身也没心思回身看景色了。我从未感到雪这样冷酷无情，也从未感到热如此珍贵。想起儿时住雪洞的游戏了。冬天，大雪把桥下的深沟填得溜平，抵住了桥身，天长日久就结结实实能掏洞了。一到夜晚，我们便钻进宽宽的雪洞，点着从家里偷的蜡烛，摆上从家偷的葵花子、苞米花还有冻梨什么的，过家家，玩扑克或演戏。现在真不理解，为什么寒冷的雪洞就比暖烘烘的家里有吸引力。真的，每每都玩得那样痛快，不是大人提着烧火棍来打屁股，谁也不会先回家的。有回戏班子来演《杨宗保与穆桂英》，看完，我们自己也到雪洞里演这出戏。记不清自己扮演什么了，只记得有个姐姐端着一盏烛灯看我，看着看着冷不丁在我脸上亲了一口，我扭脸躲时嘴唇还碰了她的嘴唇。本来当时有些冷了。她一亲却使我浑身热起来，掉到脸上的雪星儿立刻就化，真神。

女兵的手痉挛地紧攥了一下，大概什么地方又被冻魔狠咬了一口。我说："转过脸来，我问你。"她转过脸来等着我问。我什么也没问，却用嘴去吻她的脸。她稍微抖了一下，但没躲闪。她的脸冰凉。我又吻她的额头、她的眼睛、她的鼻子。我想，她愉快也好，生气也好，只要使她血液循环加快就能抵御寒冷，她忽然说："随你便吧，这是上帝的安排！"

我不管谁的安排了。她一动不动，像座冰雕，冷冷地任我吻着。我确实像在吻冰。其实我的嘴唇和脸上也挂了冰似的，半天才觉得热了，不知是我的热传给了她还是她的热传给了我，她冰雕似的脸出了水珠，喔，是从她眼里滴出来的。她哭了，是难过的还是高兴的？不管怎么说，流泪就好，流不出泪可就是冻僵了。

这毕竟坚持不了多久。我抬头望望车门上的玻璃，霜很厚，只模模糊糊看得见一过一过的人影，这是进餐车吃饭的人在走着。我跟她商量，我站到最上面一阶就踢得着了。她同意，但风吹得太厉害，迈不好要掉下去。我让她松开我的手，身子向里倾斜跪在台阶上。我倒出的右手抓住右边的扶手，我便成一道栅栏，把她挡在里面，用腿抵住她，她可以抱住我的一条腿，双手抄进自己袖里。我又叫她用围脖包住她的头，这样，她的手、耳、鼻都没事了。她不同意这样，却把围脖的两端分别包在两根扶手上，让我的手移到围脖上，热就散得慢了。我低下头，叫她把棉帽摘下戴到她头上，她反倒把帽耳放下，系住了帽扣。她的耳朵怎么办呢？如果她弯下腰，把头伸在我两腿中间，也冻不着耳朵。这实在不好意思，只好叫她敲门让里边的人快些知道。

她的手太纤细，像根绵软的蒲棒敲打岩石，里边根本不会听见。我让她蹲到最上一阶坐稳。我也蹲上去，可以踢着门了。我踢了两腿，里边有人影停下来。我要踢第三脚时，汽笛忽然长长地一吼，列车转弯了。

我冷丁想起转弯处是一段隧道。上帝，隧道。我忘了踢第三脚，大声喊她："前面是山洞，抱紧我！"

她竟吓得松开手，哭一样说："请你把车上——的东——西——转给我妈妈！"紧接着："我想给老大娘买饭，不成了，请把我剩的橘子给她，还有新——诺明片！"说完她往旁边推我，像要跳车。我死劲抵住她，宽慰说："山洞——很宽——比外面还——暖——和——没事！"其实山洞并不宽，也不知暖不暖和，只知道列车通过时车窗的每一条缝都挤进许多怕人的煤烟。

火车轰隆一声钻进山洞，像一条疯龙怒吼着冲入深潭，它搅起的浓烟、水雾和寒气肆无忌惮地冲击、推打、揉搓着我们。我们闭上眼，不由自主偎得很紧很紧。我没体验过地震的滋味，也没体验过置身于硝烟弹雨的感觉。大概地震和硝烟弹雨都没有我们此时的感觉丰富吧。浑身没有哪个细胞不受震动，不受推压，不受虐待，整个躯体像在进行核裂变，震颤、憋闷、窒息、挤压得要爆炸，什么记忆都在此消逝了，我俩只是下意识地依抱得很紧很紧。

有清凉的风吹来了。睁开眼，混沌的世界已留在身后，天空有星星，不远处还有一堆篝火。她还闭着眼睛，我用腿摇着她说："过来了，睁开眼，过来了！"她疲惫地睁开眼，望望满天星斗，忽然叫道："前面有火亮，快到了吧？"

那是雪原上的一堆篝火。啊，什么人在拨动着跳跃的篝火。近了，近了。篝火旁停着一辆马车，隐约听得见低沉粗犷的歌的旋律在篝火上飘荡。好像是《三套车》，也可能不是，反正塞北夜雪原的篝火和马车使我不由得想到了这首歌儿。这是列宁喜爱的歌儿呀。列宁在西伯利亚的流放地，常常深情地哼唱这支歌儿，度过了艰难的时日。

"……小…伙……子……你为什……忧……愁，为什……低下你的头……"我在心里唱起了伟人喜爱的歌儿，可怎么也哼不出歌儿本来的旋律。我乘的不是马车而是列车，在我眼前忧愁的也不是个小

345

伙子而是一个奇怪的姑娘啊。

她好像听见我哼的歌儿,身子动了动,抬起头。她肯定也会唱这首《三套车》,不然怎么会忽然用双手为我焐起手来呢?我高兴极了,说:"你的……遗……嘱……还要补……充吧?"她没听明白,我又大声重复,"你——的——遗嘱——!"她不好意思摇摇头,过了好大一会儿,忽然问我:"你是……哪年……生的?"

奇怪,她问我这个!我比她小一岁,我告诉她。她又说:"我回医院,向领导——建议——要组织人——研究冻伤。"她又给我另一只手。"你的手像冰——样,不会是——冻坏了吧?"

我的手的确已没有知觉,脚也木了。大约还得四五十分钟才能到站,我又想起踢门的事。我让她往旁边挪了挪,然后抡起右脚。尽管我用力踢,脚一点也不觉疼。我明白,脚也冻僵了。

车厢里面听见踢门声,也呼应着踢起来。咣——咚,咣——咚,咣咣——咚咚,门缝的冰踢裂了,车门被里边的人拉得嘎嘎响,但是拉不开。门玻璃忽然被砸碎了。原来门把手上插了根结实的木板条,别着门怎么也拉不开。

有人要把我们从打碎的窗口拉进去,不成。

有人要拉紧急制动闸,被我俩一齐喊着制止了。

我一边继续用脚踢,一边招呼里边用力拉。门把手只能容一双手伸进去,力量不足,拉一条小缝马上就弹回去了。一拉一弹,趁又一拉时,有人把自己的双手迅速插进缝里,十根手指全被夹住,疼得他叫了一声。当又拉出缝时,他没把手抽回去,反而有人跟着也将自己的十指插进门缝。四五个人合力拉着、扳着。嘎嘎嘎,咔吧,车门终于拉开了。

"乌——拉——!"我用俄语在心底狂呼了一声,她嘴唇抖动着也好像在心里狂呼,可我俩都站在原地没动。

人们先把她拉进去,还没站住脚,她又挤出来拉我。

硬拽或硬掰,十指就会统统断掉。我摇着头,制止她。我的两手都已彻底冻僵了,伸张不开,她红着眼圈抚摸了一会儿我的手,忽然又用嘴吻起来，深深地，深深地吻着。

我的手已感觉不到温暖，一丝也感觉不到了。她见我木呆呆无所表示，忽然停住吻，说："别难过，你的手会保住的。回去我要……研究冻伤，还想借……你的《战争》好好读……"

我心里倏然一热，快要冻僵的眼窝慢慢溢出一滴泪水。

列车依然在夜雪原上飞奔着，向北，向北……

一九八四年七月于北京
中国作家协会文讲所
刊于1984年4月号《鸭绿江》文学月刊

我的大学
——献给我的同学

一

我在跟风说话。风啊，风啊，大草原的风啊，快点把秋天接来吧，要不它还得七昼夜才能到来。

七天后立秋，那天，我们发毕业证。大学，虽说是函授的被许多人称为"寒大"——寒酸的大学——毕竟是大学。现在谁不知道，要是没有大学文凭，简直就像当年家庭出身不好一样，往那儿一站先就矮了半截。文凭和年龄，成了最值钱的两样东西，没见上上下下、各行各业都有人在弄文凭、找年龄？念过几个月的，算成几年；相当于大专的，想法弄成本科；肄业的要改成毕业；有的好像并没念过什么大学，不知怎么也找回了文凭。找年龄的就更有趣，为缩小一岁，把五十年不见的父老乡亲就请出来做证了，说当年参加革命岁数太小，怕不要才瞒了两岁。确实有人瞒了，可也着实有可笑的事，把岁数找回之后怎么比他弟弟还小一岁了呢？其实说这些与我何干，反正四年已经熬完，再有七天，文凭就要到手。为我高兴吧，大草原的风，立秋是我的节日。

我太偏爱秋天了。因为生命和事业的夏天是在狂热和愚盲中度过的吧，觉得只有秋天才真正属于我。因为偏爱秋天，我才先于秋天来到草原——草原的秋天来得早，比我们军区机关所在的城市要早二十多天，来草原我就可以比别人多和秋天生活些日子。可是，来去匆匆才几天。转乘一次火车，又转乘汽车，然后才乘走马奔进草原。潮水般的创作激情刚刚涌起，战友却从机关打来长途电话叫我回去领毕业证，还有，司令员和政委要接见机关参加函大学习的全体学员，并合影留念。这可不是小问题，这说明领导已承认"函大"毕业也算大学生啦。赶回去是绝对应该的，但我还是决定不回去了。学习占去了许多写作的大好时光，还是抓紧写吧。我刚埋下头，又来了封电报："发毕业证第二天我即举行婚礼，恳请证婚人务必参加"，是柳鹏拍的。柳鹏可不是部队战友，是地方一个奇特的小伙子。四年当中，多少友情和甘苦哇，无论如何不能冷了这位学友的心。我这才停笔上马，急急往回赶。

二

我在跟火车说话。乘客们差不多都睡着了，若跟没睡的人说话，会把大家惊醒的。

来时也是乘坐的这次列车。坐这样的车怎么就不困呢？睡不着，就抽起了烟。

列车长忽然在我的卧铺边站住了，我以为是来制止抽烟的。他打量着我问："你叫什么名？"我说了名字，他又盘问："工作单位？"我说了单位，他还问："到这么偏僻的地方干什么？"好像我是越境特务。

原来我掏烟时不小心把函大学生证从衣兜里抖掉了。多有意思，列车长也是我们同一个学校的函大学生，这么遥远的火车上也有同学！我们很快兴致勃勃谈到"寒大"的甘苦。

我们"寒大"寒酸是寒酸，但什么人没有？省委的、市委的、电台的、报社的、演员、医生、教师、工人、战士、警察、商店职员、作家、部长也有，还有"个体户"。可称上世界之最的是，有人已当了五年大学助教还参加了我们的学习，不然到死他的档案里也只能填中学文化程度。

每月一次面授。一到那天，你瞧吧，同学们从各个角落赶来，乘公共汽车的，骑自行车的，个别还有步行或坐小轿车的，有的大单位如省市党政军机关学员多派大客车送的，像千条小溪汇在"省大"校门口，涌入可容纳两千人的礼堂——我们的课堂——世界最大的课堂，这是我们唯一可和正规大学比大的地方。

我们机关在整个省城不算最大的话也不出前两名，念函大的人又多，所以每次面授不可能没有大客车送。可有些事就是怪，往往交通工具越方便的倒常常迟到，而那些连自行车也没有的步行者却每每提前二十分钟甚至半小时。

那次，我们的大客车又迟到了，三十多个军官"寒大"生悄悄溜进礼堂，打了败仗样弯腰四顾，寻找空位子。我愿意坐后边，我就在后边发现了两个空位。我坐过去，刚想回身给还没找到位子的战友打手势，忽然发现不是两个空位。另一位置坐着个小孩，头和椅背平齐。前几次我见过一位坐手摇车来听课的，却没见还有小孩，不免有些吃惊。当然我也不是没听说过有五岁或十来岁就上大学的神童，可我们中文函大绝不是吸引神童的地方。

浩大的课堂，竟像电影演到轻易不让普通观众尤其是小孩们看的那类镜头时一样静，只听周围一片笔尖沙沙划纸声和极少几次抑制过的咳声。

"关关雎鸠，在河之洲，窈窕淑女，君子好逑……"

老副教授在讲《诗经》。上次面授时听说，他已讲了近三十年课，刚评的副教授，所以兴致很好，额头和眼镜片同时在日光灯下闪亮。

"美貌、文静、贤淑的女子，有地位有身份的男人都愿意追求。这个'逑'是通假字，同'求'，追求的求……"他用毛笔在现代化的幻灯玻璃上写下一个很帅的"逑"字，又写下一个不怎么帅的"求"字，一按电钮，这两个字立刻双双映在副教授背后的大字幕上，产生了一个君子正在追求一个窈窕淑女的效果。不知他是否把这当成了得意之笔,反正兴致更高了。

"'窈窕淑女,君子好逑',在座的窈窕淑女和君子们也不少。你们想想看,是'窈窕淑女,君子好逑'吧?古今一想,不过八十年代的淑女不怎么文静,喜欢蝙蝠衫,牛仔裤,爱跳迪斯科。这也没什么,当代君子们照样'好逑'而且敢在大庭广众之下'逑'!"

一阵上千个声音交响的大笑哄堂而起,课堂效果佳极了。

"求个球!"这个只有我听见的声音来自身边。我侧头一看,身边坐的哪是小孩呀,是个前鸡胸后罗锅的小伙子,头和胸大小差不多,矮瘦得实在令人可怜。他正往课本上画杠杠,顺嘴溜出这么一句。看来他极严肃,不喜欢笑话。

我的心思被搅乱,不住拿眼溜他。他笔记记得极认真,字写得不算好看也不算难看,书皮包得很整洁,笔记本像账簿子式的。这样的人怎么也来念大学呀。这个让人心疼让人怜悯的形象使我更加感到别人管我们函大叫"寒大"是多么贴切。

趁课堂再次响起笑声的空隙,我实在忍不住提前问了他:"您在什么单位工作?"

他拿怀疑的眼光瞟瞟我,我马上反省自己是否流露了怜悯的居高临下的口气。没有。倒是充满了好奇。对一个残疾人使用好奇的眼光和语气也是不尊重。我忙用平等的口气首先自我介绍了单位和姓名。他的态度改了些,但仍带着尊严反问:"你想买什么还是想卖什么?"

问得实在突兀,我以为他对军人有什么固有的敌意,又连忙解释:"什么也不买也不卖,想跟你认识认识。我是搞文学创作的,喜欢了解人,职业病。"我将自己的姓名、单位和电话电码写给他。

情况立刻变了,轮到他向我解释:"对不起,我不是在讽刺你。我是我们厂推销员兼采购员,总得想推销和采购的事,每天都有人和我谈这方面的事。"

"国营还是集体的?"

"大集体。"

"大集体推销员用念中文系?"

"推销和采购我都烦透了。"

"那……为什么?"

"你可别以为我吹牛。不是吹牛,离了我,厂子就得亏损。所以他们拼命给我好处,哄我干!"

"你为什么不愿干?"

"别谈为什么不愿干了,越谈越不愿干!"

"都给什么好处使你勉强干着呢?"

"钱呗,奖金呗。别看我一把麻雀骨头,工资比厂长多两倍。可你想想,我三十了,弟弟都当了爸爸,我还一个人吃饱全家不饿,要那么多钱有尿用?推销跟买主讲价钱,采购跟卖主讲价钱,领导叫我干这工作还讲价钱。钱在我脑子形成条件反射了,一听就烦!"

"你想离开工厂才念函授的?"

"就我这身体,哪愿要?也就大集体有自主权,我可以在那儿混呗。"

"那是厂里让你念?"

"厂里让我念中文系那不越念越不挣钱了吗?想来想去,我最值钱的东西就是自己的经历了。"

"你的经历?"

"听课吧,现在谈话影响别人。"他边听边在注解处画起道道。

说话是停了,但我无法集中思听课。这个令人怜悯又很自傲的"寒大"生有什么让我想象不到的经历?职业习惯,我被他吸引住了。课间休息时我要跟他聊聊,他却拿上厕所作借口走了。我也跟他上厕所。我这才发现他太矮,太瘦弱了,我怀疑他会不会有六十斤。他推厕所的弹簧门都很吃力。我帮他开门。他看是我,不卑不亢点点头很得体地致了谢意。厕所里外的人都看着他,也有看我的。这倒使我不自在,我不愿让人们误解一个解放军在做好事。我不动声色观察着,往出走时我及时为他开门,然后并肩穿过走廊。

走廊满是吸烟和交谈的人,我俩一过,便将他们的目光都拽住了。我承受不了那么多带感情色彩的光波,努力用说话调节面部紧张:"屋里空气太差,到外边散散步好吗?"

他却很从容,像检阅一样,大概经常被众人这样注目已习惯了:"谢谢,到外面一块站站可以,散步不行,超过百步我就得使用交通工具——我的小自行车。"

我像陪同总理检阅的新任武官,拘谨地迁就着他的步子慢慢走出礼堂。

函大生们此时个个都不显得寒酸。三五成堆,有谈《诗经》的,有谈新闻的,有说笑话的,也有一见倾心互告工作单位的。阳光明媚而不炎热。丁香花紫莹莹地开着,一股股扑鼻的幽香传递着愉快。认识不认识的都面带微笑,只要有一方点点头张口就能谈起来。

"你到底为什么要读函大呢?"我站在丁香树下,摸弄着一片叶子问他。

"你写过什么作品?"他显然在考虑我是不是或够不够作家。

我自谦地说了一篇影响最大的小说,他并不惊奇。"这一篇还算可以,你们军人作者写这样不容易了!"他说的是作者,显然那篇作品还不足以使他称我作家。"你何苦也要念函大?名和利都不缺!"那口气,好像我是个名利之徒。我反问他:"那么你是为名和利来念'寒大'的了?"

"为名和利并不耻辱,只要手段不卑鄙。我是说你已经算个小有名气的作者了,继续写就是了,何苦来浪费时间混文凭。"

"不是混文凭,工作需要。你倒是何苦浪费时间混文凭?"

"我想学文学,我的经历需要文学!"

我非常想知道他的经历,但我没问。只要我成了他的朋友,他会主动和我讲的。我讲起了自己的经历。

"没当兵前我就想上大学,父母也是这个想法。运气不好,有什么办法。'文化大革命'了,什么大学都不招生了,就剩一个毛泽东思想大学校——部队还招生,我就当兵了。兵也不是那么好当的,连哀带求,眼泪不知抹了有几碗又表示了同父亲划清界限。倒是光荣了一阵,可实在是没少吃苦。当的是炮兵,谁听着谁都觉得神气,实际当了几种兵啊？'水稻兵''地道兵''营建兵''站岗兵'……而且哪样兵都是在山沟里当的。当一回兵要是不流一吨汗水，喝两吨苦水，那就不叫当兵。筋骨受苦还算不了什么，生犴子呀，力气壮，好好睡一觉也就过来了，要再吃顿饺子，什么苦累也就忘了。可和亲人划清界限的滋味儿是太苦了，睡梦中都在苦你，而且有苦说不出。排遣这种苦的办法就是往死里干活，累得连梦都不做。以苦攻苦，也不觉得苦了。这都是现在回味出来的。那时候手有劲得很，一把肯定能捏断你的胳膊。你大概以为我穿这身军装干干净净，肩不能担，手不能提，只会耍笔杆子宣传什么学雷锋，不食人间烟火。你要这样想，我就敢肯定你的经历也坎坷不到哪儿去。当兵前我还当过红卫兵，幼稚可笑倒是不假，可是真诚，绝不像小说电影写的那样坏。背着行李徒步串联，走哪儿给人理发、挑水、吃饭交钱分文不少，借了粮票打欠条回校后一两不缺都还了。脚走出泡，棉衣也汗透了。有时半夜走到黎明。等到当兵野营拉练，脚板早走出来了。但串联光走，拉练除了走还得练。内蒙古的冬天那么好练的吗？十多年没人住的破土房铺上行李就睡，一条薄褥子隔不住凉，像睡在冰上一样，睡得腰腿都疼。我曾幻想当军事家，但那时当什么家都是错误的，何况发现自己又不是那块料。没参军的同学不少陆续上了工农兵大学。说是工农兵大学，很难轮到我们当普通战士的。自学创作办得到，可没敢想当作家，当作家就是成名成家。自学条件是极有限的。林彪用打仗的观点检查一切，把部队本来就不多的几本书也都扔掉了，只剩'毛选'和林彪语录。学写作，没有书也没有老师，只凭中学的一点基础和当时有限的几张报纸。后来调到机关，有机会报考大学了，却已结了婚，所有大学只招未婚青年。就这么着，非念函大不可了……"

他被我的坦诚感染，很想聊聊的样子，又开始上课了，我们只好并肩回到座位。他并没跟我说什么，但我感觉到他对我有了好感，只是感觉，他的眼光使我感觉的。

分手时，我给他留了我家的住址，约他有空去玩，并相约下次听课还到这个座儿来。那次，我知道了他的名字：柳鹏。

三

我在跟自己说话，我也只能跟自己说话，"寒大"车长又忙去了。

大概在生活的舞台上每个人都有固定的位置和固定的角色，一旦寻到了、扮演了就不由自主进行下去。就连"寒大"生们的课堂位置，也按每个人的性格、爱好、身份逐渐自行固定了。

柳鹏还在上次的位置坐着，身边那个位置空着。我丝毫没怀疑不是他给我占的，打个招呼就坐那儿了。不料旁边一个女生却以主人的口吻轻声且不容商量地请我起来，说那座儿是她占的。

我问柳鹏，柳鹏却说是他为我占的。原来他俩互相都以为对方只一个人，就谁也没放件东西或声明一下，结果中间这个位置成了争议地带。那女生很穷窕但不是淑女，说话时那种轻轻的命令口吻叫我恼火。我不想站起来，但她眼里两只小拳头似的目光使我感到不让开她要吵架。我已领教过几次了，只要在大庭广众之下或公共场所，军人和老百姓发生口角，不管谁有理，倒霉的都是军人，越吵越倒霉。何况跟女人吵，凡是敢吵架的女人，都不是甘当败将的主儿。我只好忍住火，充当能屈能伸的大丈夫，要柳鹏和我一块到别处找位置。

柳鹏没吱声，却跟我换了一下位置，若无其事坐在中间，连看都没看那女的一眼。那女生大概是百战百胜所向无敌的干将，不然怎么连我们两个为什么要换位置都不想一想就冲柳鹏发号施令了："同志，放尊重点！"

同志这个词本意为志同道合、理想一致、有共同语言，甚至可为知音的意思，不知哪年哪月开始变成不客气的代名词了。柳鹏略微斜视了一眼女"寒大"生："同学妹，我来提醒您一下，这是课堂，不是露天电影院，也不是公园谈情说爱的椅子，先来先坐，没有占位这一说。"同时掏出一支微型手枪来，咔地勾出一股火，同时点上一支烟。

等她明白是打火机刚要还嘴时，他又从挎包里掏出一把三寸长不锈钢刀来，啪地弹开，再掏出个苹果送给我。"这家伙皮有点厚，拿刀削削它再吃，我抽烟！"柳鹏把重音放在"皮"和"它"字上，显然是说她不要脸。这种情形，我不能不接过刀和苹果，但是没有动手削皮。怎么好意思吃他的苹果。另外，我真担心他是哪个打架团伙里的军师。

谢天谢地，对手肯定被柳鹏虚晃的一刀一枪威慑住了，她只撇撇嘴，略表自己并没有服气便侧过脸去读自己的书了。

这次面授讲《史记》。老师因故晚到半小时。大家并不着急，难得半小时互相谈论一番。我吃着他的苹果说："我一直等你到家玩，怎么不去？"

"我不是健全人，一顿顶多吃二两饭，跑完工作哪还有力气再往你家跑？你是健康人，怎么不问问我家在哪儿，到我家去看看？"

这话不是一般的分量。我内心深处那种隐秘的居高临下的同情、怜悯与职业习惯所形成的好奇意识被他这句话和看去轻松实则敏锐的目光一下给清晰地放大了。我忽然觉得自己在他面前变得矮小而虚伪，脸色肯定极不自然。我一向以为自己处世交友不计功利地位，对这位残疾学友怎么就慢待了呢？我当即记了他的住址并明确约定在哪一天的晚上去他家拜访。旁边那女生不时看看我俩，她大概觉得我俩有点莫名其妙。我俩拿她不存在似的谈着。

"学习时间……单位给你吗？"

"我这工作，单位给不给时间都一样。给时间我也得完成定额，完不成定额扣奖金，超额完成定额加奖金，学习时间都得自己给。"

"我也一样，专业创作，领导给不给时间都一样。不过我读了书，对写作有直接好处，而你，学得再好，也无助于推销和采购。"

"我相信我的价值绝不仅仅在推销和采购。我还有从事第二职业的能力。"

"你的身体……还？"

"还能当业余作者，我觉得我能写小说。"

"读过不少。还没写。但我觉得能写。我有东西可写。"

"那你为什么还不写？"

"我看，一个作家，一生中只能写一部真正属于他的书。早写早完，越晚写会写得越好。"

老师来了，不是上回那个。大学的老师分工真细，每人只负责教授一个部分。讲《史记》这老师是女的，她先用幻灯在幕布上打出两行字：史家之绝唱，无韵之《离骚》。接着讲道："我们已学过屈原的《离骚》了，大家都懂得《离骚》在中国文学史上的地位。今天我讲的是无韵《离骚》——《史记》。这个评价是鲁迅先生说的。他认为《史记》是历史学家最优秀的篇章。讲《史记》之前我要介绍一下作者司马迁。

"司马迁四十二岁的时候才酝酿成熟这部巨著，可只写了五年，便因为替李陵败降匈奴的事说了几句直话，触怒皇帝，被处以宫刑。他受了这样的酷刑，在狱中还继续写作。数年后被放出狱，忍辱又写作了五六年，直到五十多岁才将《史记》写完。所以他在写给友人任安的《报任安书》中有这样一段名言：'文王拘而演《周易》；仲尼厄而作《春秋》；屈原放逐，乃赋《离骚》；左丘失明，厥有《国语》；孙子膑脚，《兵法》修列；不韦迁蜀，世传《吕览》；韩非囚秦，《说难》《孤愤》；《诗》三百篇，大底圣贤发愤之所为作也。'"

老师放下书，往黑板上写重点句子。柳鹏问我："方才这段话你能听明白吗？"

我批林批孔时读过这段话，刚想给他解释，老师讲解了："司马迁的意思是，人往往因遭难不幸才发愤有所作为。左丘明瞎了双眼，孙武子断了双足，做不了别的事了，便论述己见，著书抒发自己的愤闷之情表现自己……"

为了讲明《史记》的写作背景和作者品格，老师详细讲解了《报任安书》。我被这篇文章的真情、辞彩和灼见所折服，还有老师讲解得充满激情，使我大受感动。我把书翻到《报任安书》那页，在空白处写道："反复阅读，以达背诵"。

柳鹏也在书的空白处写了什么，最后几个字作力过猛，书掉了，落在那女生脚上。他鸡胸，弯不下身去拾书，那女生便帮他捡起来，

357

还顺势看了一眼他写的字。这很出乎我俩的意料，柳鹏只好被动地向她道了谢。

我也看清了柳鹏写的字："虽身残仍有双腿双手双眼，岂甘名磨灭？残石补天！"

我看看他的书皮，名字写的就是残石。他把自己比作一块残缺的石头了。

放学告别时他对我说："到时我在家等你，一定去！"

我看着他残疾的身体十分肯定地答应了他。

四

我在跟柳鹏说话，我不能不跟柳鹏说话，若跟对面那位乘客说话她也不会理解的，瞧她自满自足、无知自信的样子。

如约将去柳鹏家那天，我心情少有地好，像要去看一部名著电影那样自愿而充实。我真心想跟他做朋友，为此我特意研究了《培根论说文集》中"论残疾"一节。其中这样的话使我在理想上加深了对柳鹏的好印象："……凡是在身体上有招致轻蔑缺点的人总在心里有一种不断的刺激，要把自己从轻蔑中解救出来，因此，所有残疾之人都是非常勇敢的。在起初，他们勇敢是为了受人轻蔑时保护自己；但经过相当时间以后这种勇气就变成一种习惯了。残疾在人心中常引起勤勉——因此，残疾人有时竟是非常优越的人才……"我觉得柳鹏就是这样，他是我事业需要开掘的富矿，他将会给我许多我缺少的东西。

为了缩小我们之间的距离感，我特意找了套便衣穿，我把要同他谈的话想了许多，连他对将来生活如何安排都想到了，当然最迫切想知道的是他的经历，他不是说他的经历很曲折吗？

就在我兴冲冲要登车去他家的时候，收到一封电报，母亲从老家到我这儿看病，叫我接站。火车就要到站，我不能不去接母亲。世界上什么事情都可以不重要，唯独母亲不能不重要。拿着电报，我急得直转圈。我也不能不去柳鹏那儿。等接来母亲再去，就太晚了，何况接来母亲还要安顿老人家住下，肯定就去不成柳鹏家了。妻子带孩子看电影去了，那天我就没能如约。过后找他一次，又扑了空，只留了张解释原因的条子。留条那天下午，我拿上古典文学课本"先秦部分"，正准备去医院看母亲，竟到屋门口碰上了柳鹏。我家在四楼，他正在四楼楼梯口喘息，可见爬一层楼对他是多么艰难。我想起他家住的是平房。

"累坏你啦，快进屋！"

"你要到哪儿去复习吧？"

"到医院去看母亲，路太远，公共汽车上能溜几眼！"

"那……我跟你一块去吧？我带了点水果，特意给你母亲买的，看见你留的条子了！"

"看——折腾你，进屋坐会儿，不去也行，妻子在那儿照顾呢！"

"那哪行，看母亲比什么都要紧，我改日来吧！"他执意不肯耽误我，好像他也认为母亲的事就是世界上最重要的事。

我固执地把他拉进屋里，给他找糖吃。他没有吃糖，却像读一本新书那样贪婪地读着我的屋子。两间屋我独占了一间，除了属于家具的桌、椅、床外，其他什么家具也没有，却有五个书柜，贴一面墙立着，装满了书和杂志。破旧的书桌上摆满了书、笔记本和稿纸。他摸着钉了两根板条才不晃的书桌说："总写字的人却没个写字台。你看新结婚那些小青年，连信都不会写，个个有大写字台！"

"主要是没时间。有时间打个写字台写不写字也美观。"

"我以为军人光有几本马列著作呢，原来都是别的书！"他的眼光在书柜上掠来掠去。

"右边那柜有马列著作，还有哲学、心理学、美学……"

柳鹏在装心理学那柜翻了一会儿，拿了《犯罪心理学》《青年心理学》和《社会心理学》不住掂着，问哪儿能买到。他把我和这些书联系起来，眼光里明显多了许多敬佩之意。

不到一小时他就要走，看得出他是怕耽误了我去看母亲。我也怕母亲着急，同意他走了。我习惯性地问他还有没有别的事。他欲言又止，我鼓励他有事只管说。他不好意思地说："本来还想告诉你考试题，一看你这些书，肯定用不着了！"

他简直被我这几架书唬住了。好多书并没认真看，何况即使看了跟古典文学"先秦两汉部分"考试也没关系，知道题对我应付考试当然有好处。他掏出一个单子，上面只有五道大题：

一、翻译司马迁的《李将军列传》或贾谊的《过秦论》。

二、默写庄子《逍遥游》。

三、点读孟子《齐桓晋文之事》。

四、概述先秦散文特点。

五、填空……

这要比全面复习四十道题节省多少时间啊。我奇怪他怎么会知道题而且很有把握。

"你听了可能会看不起我。"他不好意思说，"我有个女朋友在监狱服刑。管教有个女儿也念函大。她同屋另一个女犯的舅舅是省大中文系副教授。女犯为了减刑，便讨好管教，回家偷到这些题。她又把这些题告诉了我的女朋友，顺便要了我女朋友三十元钱。"

听他一说，我同时产生两种惊奇：一是监狱竟会发生这等事情，二是柳鹏竟有女朋友在监狱。

我索性决定不去看母亲了，反正妻子在那儿。

我们重新坐下，谈起来。

柳鹏的女朋友是柳鹏的邻居，也是低他几年级的同学，没考上高中就在家待业了。柳鹏虽是残疾人，决心不靠父母养活自己，才到街道服装厂当的推销兼采买员。他因爱读书，为人诚恳，竟交了不少朋友，有的还是相当漂亮的女朋友。不知那些漂亮的女朋友出于什么目的，常常和他一起在街上并肩而行，还常常带他参加舞会。那些女友有的已成了家，有的当了妈妈，有的还正恋爱着，可她们竟愿带着他，还帮他推销产品，但没有跟他恋爱的。他分析这件事时说了三种可能：一是他身体上是个弱者，没有能力坑人，又当推销兼采买员，跟他交朋友，既不用防范被坏，又可以让他帮办不少事；二是他精神上又是个强者，他买了好多文学书，也看过好多文学书，她们向他借书，听他讲书可以填补精神上的空虚；三是呢，说到第三点时他有点悲哀，他看过左拉的短篇小说《陪衬人》，写的是当时法国有些丑人专门为一些贵妇人当陪衬人，带着陪衬人，走到哪里都可引人注目、并且显得漂亮。柳鹏怀疑那些女朋友会不会是这种心情。第三种原因他不敢去深想也不愿得到证实。三十岁了，恐怕难找到妻子了，不管这些女朋友什么心情，他需要她们。邻居这个女朋友情况有所不同。他们是同学，互相了解，她知道他在班上是出色的学生，只是因为身体没能上大学。她已经有了男朋友，是个挺帅挺有能耐的小伙子，但她总觉得他身上缺一些东西，这些东西恰恰柳鹏身上都具备。可是柳鹏除了头脑以外，身体简直不能看。尽管这样她还是不时到他家或是约他到家说说话。在一起的时候，她尽量只用耳朵听，即使看也光看他的头，或者只是紧紧盯着他的眼睛。他的眼睛是很好看的，这样他们可以谈很长很长时间。因为她盯他眼睛盯得专注，有时又流露出激动的神色，他觉得她爱上他了。可一旦在穿衣镜前看见自己的形象时，他又醒悟到这是不可能的。她也确实被他的眼睛，被他的声音，被他谈话的精神力量激起过感情的波澜，有一次她甚至想同他拥抱接吻了，可两人往一起一站时所显示出的身体差距，使她的激情又熄灭了。她怀着极其难过的心情离开他，再看见自己那个又能耐又漂亮的男朋友时，短时间她又忘了他。可跟男朋友谈上一会儿话，她便又想到柳鹏。他要会说柳鹏那些话多好。可是他没看过几本书，脑子里没有那些话。他吻她、亲近她，她也愉快得不行，可过后她就想到柳鹏。她把这感觉跟柳鹏谈过，要柳鹏答应做她的哥哥。柳鹏答应了，既感到幸福又很痛苦。若不是自己残疾成这样，她怎么会让他做哥哥呀！痛苦不能当饭吃，同情和怜悯也成不了生活的支柱，他发愤工作，同时参加省大中文系函授学习，他给自己起个别名残石，他要把自己这块残石琢成一个器材。他劝她也报名参加函大学习。她的男朋友勉强同意她学了，但是很不以为然，话里话外还带点讽刺意味，说是不是为了和柳鹏能有共同语言。他只是讽刺，绝没担心柳鹏会有什么竞争力可以把她夺去。后来因为她替一个亲戚窝藏走私货物，没报告并且接受了几百块钱，被牵连判三年刑。入狱后她的男朋友只去看过两次便声明和她脱离了关系。

柳鹏呢？也曾因不了解情况与流氓团伙几个小伙子有过几次来往而被派出所拘留过半月。他尝过被监禁的苦涩滋味，他理解她的心情，对她男朋友气愤的同时更替她难过。因此他常去看望她。看望的时间有限，他就给她写信。每封信都很长，成了每天她最盼望的东西，慢慢柳鹏就成了她的精神支柱。她写信时不叫他哥哥了，说爱他，白天想他，晚上梦见他，有时夜里醒来打开手电在被窝里看他的信。她发誓要嫁给他，让千万千万等着，别娶了别人。他既激动，又很难过，这种情况下接受她委以终身的许诺，别人会不会认为一个犯人嫁给一个残疾人，两将就呢？实质上不是这么回事吗？自己除了经济上和精神上有能力做她的丈夫外，身体上能像别的男人那样给予她应该给予的一切吗？他十分明白，肯定不能。他也十分明白，不管能不能给予，他需要她。他就这样十分矛盾地答应了她。他认为起码服刑期间她需要他的许诺做精神支柱。他下决心要拿到函大毕业文凭，要成个人才。具体点，他想成个作家，这样娶了她似乎就少亏了她。她鼓励他，一定要坚持学到底，毕业的时候正好她也刑满出狱了。有次监狱领导给半天假让她回家办件事，她还紧紧抱着他吻了许久，完了亲昵而撒娇地说："鹏哥，你要拿不到毕业证，我就不嫁你了！"监狱里也有文化学习班，分小学、中学和大学。她因入狱无法参加函授大学学习和考试，便中断函大报考了监狱的电大中文班，也是按阶段考试，据说全部及格者同样发给毕业证。

世界真是复杂，只柳鹏这个小小的窗口，我一下看到多少事情！柳鹏推销采买，又要上学又要抚慰狱中女友，生活加给他的担子够重了，我不能不尽我的可能给他些帮助。我留他吃饭。我们还喝了两杯葡萄酒。我感慨地说:"你和女朋友的关系叫人感动。不管将来怎样,眼前的事情都是真实的!"我又给他斟了点酒:"不过,考试题的事,不能这样做。本来她在服刑,再弄违法的事,泄露要加刑的,何况偷题的还是诈骗犯,准不准还难说。"

我建议他去监狱跟工作人员谈了这件事,把钱要回来,否则越陷越深。他说我脑子太简单,对地方的事一点不懂。如果说出这件事,牵连了管教,反而麻烦。我俩互相保证,还按原计划复习,对违法搞到的试题不予理睬。

五

我又在和列车长说话。早饭已经开过,列车长拿着课本到我这儿休息一会儿。辛苦的"寒大"生们啊!

那次考试是星期天。每次面授课也都是星期天。一年五十多个星期天,记不得是否休息过一次。多好啊!学习使人开始沿着人生的来路往回走,变得年轻了。那次考试的前一天,我还帮小学二年级的儿子收拾书包、削铅笔,嘱咐他考试别马虎。转天妻子又一边帮我将两只钢笔抽足水,一边将清凉油、巧克力装进手包里,一边说给我其实是让儿子听:"告诉你,好好考,你们俩谁考得好就给谁奖励。"好像我也是个小学生。

试题完全和柳鹏女朋友得知的一样,虽然我们没予理睬,考得也不错。当然,所谓不错不能跟儿子比。他的标准是双百,我能八十多分就不错了。这分数我不会让儿子知道,他还不懂大学是怎么回事。在二年级小学生眼里,八十多分就是下等生了。

交了卷子谁也不往家走,站在门口与随便一个认识或不认识的男的或女的同学议论答得怎么样。我并不想打很多分,也没想马上就计算出错掉了几分。我在等柳鹏,想问问他答得怎么样,同时也体味一下许多同学的热烈情绪。大家并不怎么认识,谈得却那样有兴趣。这就是有共同语言的作用吧！有乡下来的农民父子俩，根本不认得我，遇上我就说起来了。爷俩要都能考及格，高兴地要去看场电影再坐火车赶回乡下去。他们昨晚背些鲜菜在火车站睡了一宿，天一亮就上早市卖了菜才赶到考场的。我开玩笑说他们："发财不要命啊！"他们说卖菜当盘缠钱。他们考场有个小媳妇生孩子才四天，男人用自行车送她来考试的。老师批评她包着头巾娇气。知道生孩子才三天后，五十多岁的老师连连向她赔礼道歉，并立即请示校领导用车把她送回家去考。各式各样的事感人极了。

我忽然看见听课时因为占座儿差点儿和我们打起来的那个女生，红着眼睛，一脸的沮丧。特定的环境，她好像很熟且久别重逢似的跟我说："你说我多倒霉。有个人告诉我考试题，说绝对准，我就把别的题全扔了。结果一道没有。肯定不及格了！"说着眼泪出来了，怪可怜的。我和身边几个人安慰她。柳鹏出来了，他答得也不错，说要是按知道的五道题复习，答得就更好了。机关有个战友也出来了，他答得更不错。心情好就格外愿意帮助人。我们一块安慰掉眼泪的女生。那个战友知我刚收到一篇小说转载的稿费，撺掇让我请客。天气好，心情更好，我高兴地答应请他和柳鹏还有两位刚出来的战友到皇陵公园野餐一顿。柳鹏提议让我把掉泪那女生也叫上，好像她和我们根本未曾发生过不愉快。她是我们的同学呀！当时那气氛，同学二字足以把什么都能融洽。而且她没有考好，需要安慰。我们都同意了，她自己也同意了。我们骑上各自的自行车，除那女生外，大概都会觉得年轻了十岁。

在挂着大学牌子的神圣而庄严的校门口，我们又一起下了车。车铃按得哗哗响，好像要让人们看看，我们是从挂着大学牌子的门口走出来的。校门口的广告橱窗前有两人在贴海报。我们又一起停车看。贴海报的是一男一女。女的黑发过肩许多，如长鬃飘曳的骏马；男的卷发齐肩，像女人又一脸野气。俩人胸上都戴着令人羡慕的白底红字长条校徽，一看就清楚他们是名正言顺的正规大学生。我们管他们叫"正大生"。我们"寒大生"只有学生证，没有校徽，那校徽多刺眼，发给我我也不会戴的。可没有它，心理又有一种缺憾。

两个"正大生"比我们小十多岁，可气宇比我们轩昂多了。胸脯挺得高高的，穿戴也比我们时髦，牛仔裤配小西服，有一种故作高深、故作不凡的神气，尤其又站在引人注目的海报前。海报这东西"文化大革命"那几年比比皆是，现在太鲜见了。我们好奇地看那内容，是学生会晚上在阶梯大教室举行文学报告会，欢迎在校生文学爱好者踊跃参加。注明凭学生证入场。巧了，真是巧了！报告的作品正是我最近被转载的中篇小说。我怎么能不想听听他们是怎么报告的哪！柳鹏和几个战友按着铃几乎欢呼起来。我上前问贴海报的"正大生"："我们凭函授学生证可以入场不？"

"函授证不行！"小"正大"也没看看我们就回答完了。

"我们非常想听听，就几个人！"我问得非常客气。

"函大几千人，阶梯教室有限，我们自己都容纳不下呢！"

"要不照顾一下，就我自己咋样！"我说。

"你们现代文学后年才考，现在忙什么？"口气里既有函大生只是为文凭的意味，又有"正大生"比函大生高几个层次的意味儿。

柳鹏不高兴了，按几下车铃说："同志弟，他就是你们要报告小说的作者，正要拿稿费请我们喝酒去！"

两个"正大生"终于回头看看，见柳鹏不足七十斤的畸形身体，又看看我们，男的马上就把头回过去了。女的说："既然是作者还用听吗？你们听他讲讲不就得了！"她以为我们在跟她胡搅，提着糨糊桶走了。

"准是一年级生，什么也不懂！"

"去年还是个中学生，刚换牛仔裤两三天就看不起韩（函）大爷！"

"狗眼看人低！"

"有眼不识泰山！"

他们几个冲离去的背影说挖苦话。掉泪的女生也不知柳鹏说的是真是假，疑疑惑惑瞅着我们。我一按铃，骑上车："走，喝啤酒去，不跟小孩子一般见识！"六个人都跨上车，一阵悦耳的铃声伴我们出了校门。我们还故意回头看了看那不亚于国徽样庄严的牌子，好像我们才是"正大生"，而他们堂堂正正戴着校徽的只不过是毛孩子。

哎，按年龄，可不就是这样嘛！

　　海报前小小一出插曲，倒更激起我们野餐的兴致。我们在皇陵公园门口比原计划多买了十瓶啤酒，加上各种罐头水果，除柳鹏外，每个人的书包都装满了。我们越过拍照的、闲逛的和谈情说爱的无数人们，占领了陵墓后边古松做伞的一块草地。说是占领，其实这儿没谁停坐。谁到这儿停坐呀！骄傲、阴森、一点热情没有的古松对游人哪有一点欢迎的意思？几百年啦，从不愿和现代人接触，把青春都献给了一具尸体。愚忠、麻木，可叹可怜哟。

　　柳鹏他们已把罐头、啤酒、水果摆好。毛茸茸的小草铺就的地面，比绿台布的餐桌还逗人食欲和兴致。哭过的女生暂时忘了难过，她把一堆食品摆成花样，几串黄皮香蕉合围起来托着一捧红皮川橘，既像花蕊又像一朵花，围着小花摆了一圈罐头，再外圈就是碧绿色瓶子的雪花牌啤酒。

　　六个人临时凑起来的，不知该以谁为首。我请客，便由我当主持人。我让大家举起瓶子，说："我们六位函大生偶然聚此，皇帝作陪，为我们的学业，为我们的前途……"我兴奋得抑制不住了，"为我们的现在，为我们的将来……"他们的情绪也都燃烧起来，早已按捺不住，"将来"二字刚一出口，瓶子便同时向我撞来。撞击声和干杯声一同响起，我的啤酒瓶嘴被撞破了，我也不在乎，和大家一起仰脖吹了阵"喇叭"，半瓶酒下去了，我才发觉嘴唇被玻璃的锋刃划出一道小口。我以主持人的身份提出两项活动内容。第一项每人自我介绍姓名、工作单位和简历；第二项每人讲一个简短的故事，故事内容以能否表达此时的心情为限。

　　第一项先由我开始。其实只有哭了那女生不了解我，等于专门向她作介绍。我说："张、王、李、赵遍地刘，吾乃五大姓之尾姓也！"刚考完古典文学最难的部分，说话不免信口诌上几句文言，特定的语言环境可以产生极幽默的效果。"性别，男，已婚，并已身为父亲。当过红卫兵，一腔热血，后投笔从戎，但从戎没扔掉笔，文采不足，不得已而念'寒大'，乃韩大爷也！"

"妙！为我们六位'韩大爷'万寿无疆干杯！"有人接着我的话提议又喝了一杯。大家笑过之后，我点哭过的那女生说："她不能称'韩大爷'！聊了她想在学习的道路上走捷径而上当受骗哭过之外，我们对她学什么都不了解，等于是个X。下面请X同志作自我介绍！"我没想到竟临时生出这么多幽默的话来。幽默是欢乐的孪生姊妹哟。幽默和欢乐把陌生感抛到皇帝的坟里去了。

X也不推辞，笑得不时捂捂嘴说起来，一句文言不用。

"我叫王月，学外语不头痛，学古文头痛得要命。上当受骗的事以后请你们别再嘲笑了。我五八年生的，大跃进牌，干啥都着急。我是青年公园卫生所见习医生，为一张文凭才念中文的。没大学文凭我这辈子也去不掉见习两个字。高中毕业后下乡一年，父亲也是军人，调外地了，我就自己在单位住独身。"

"为什么住独身呢？"我的战友问。

她苦笑了："主持人没安排这项议程，往后再说吧！"

我另一个战友宋军说："还是独身好，可以独往独来。今晚还得听老婆跟我算账，简直比考试都难答对！"

我提醒："按议程进行。王月还没有点谁继续说呢？"

"还谁独身谁就接着说！"

柳鹏和我的战友看看大家。王月以为他俩都是独身，便点着我的战友先说。

"我只是住独身宿舍，爱人已经有了，两地生活。"

王月浑身的血一下子都奔上脸，慌忙改口说："那……就这位X说。"她看着柳鹏。

柳鹏："我的确是个X，将来能成什么才还不一定。姓柳，不成材的柳，现在是大集体服装厂推销员兼采购员，三十岁，也许会独身一辈子。不是我觉得独身好，这么个身体想不独身没办法。经历再简单不过了，高中毕业就干这个工作，中间曾被派出所拘留半月，现在有个女朋友在监狱服刑，同时也在监狱上学。"

柳鹏说得近乎坦白交代，我便向大家解释他被拘留和女友被判刑的原因。几个人都用惊疑的眼光看他。还是女人心地善良，怕柳鹏被大家一时看窘了，忙解围说："我提议，为最有毅力的柳鹏同学和他的女朋友干杯！"

"不，还是为我们大家，为大家能把学习坚持到底干杯！"柳鹏不愿意大家怜悯他。

我说："王月和柳鹏的提议不矛盾。柳鹏的女朋友在监狱读电大，也算我们的同学，为把学习坚持到底也包括她！"

于是，大家又撞着瓶子干了一次。

柳鹏又点宋军："这位同学羡慕我单身汉，我就点他啦！"

宋军老实，内秀，函授学习也最认真，可机关都知道他老婆正和他闹离婚。他愁坏了。他说了姓名和简历，感慨道："大家的祝愿很重要，我真担心能不能坚持到底。工作、家务谁都有，没啥可说的，我还有家庭纠纷！"

"不怕，有事时我们都去帮你！"王月说。

"你可别去，越去越坏事，正盼我能认识个女的好有口实呢！"

第二项议程没等我点名都抢着要先讲，恐怕讲在后边重复。我考虑王月心情最不好，便让她先讲了。

"有一天，大海，忽然涨潮了。潮很大，很大，漫过沙滩，连山脚也淹了。各种鱼鳖虾蟹都跟着涨上来。忽然大潮落了，落得很迅速，很迅速，很远，很远，并且再也没有涨上来。

"有两只蛤蜊，被甩在山脚下了，怎么等潮，潮也不来，眼看快要饿死了。它俩决定自己往回爬。爬呀爬，爬呀爬，又渴又饿，爬着爬着就爬不动了。

"两个蛤蜊互相搀扶着，这个嘴里有了唾沫就喂那个一半，那个有了唾沫也喂这个一半，就这么着，那两个蛤蜊终于爬回大海里！"

简简单单一个"相濡以沫"的成语，此情此景让王月一讲，我们都受了感动。的确，我们这些函大生，不正是被"文化大革命"的狂潮甩在岸边的蛤蜊吗？大潮落回去了，我们还在沙滩上往海里爬呢。多艰难。让我们相濡以沫地走向大海吧。

柳鹏把王月的故事稍稍改编一下，两只蛤蜊变成六只，其中有只长得又弱又小，而且受了伤。除两人另外讲了别的故事外，我和柳鹏、宋军三个都把王月的故事稍加改编，把自己比喻成其中的一只蛤蜊。

柳鹏提议成立学习小组。除两个讲了另外故事的同学说不习惯集体学习外，都同意。我们四人相濡以沫小组就成立了，推我为组长，说无论年龄、文化水平和在几个人心目中的位置都当之无愧。我常常出差，便提议柳鹏为组长，因为他一般不会离开这个城市。

六

列车长忙去了。我又开始想柳鹏。柳鹏啊柳鹏，婚事准备好了吗？

我忽然接到礼拜六到校参加面授的通知。学校面授一般是礼拜天，我从明信片上的字和落款后面那个"1"字知道，这是我们相濡以沫小组1号柳鹏发出的。皇陵公园聚餐那次讨论活动规划，柳鹏想出一个好主意。我们以小组名义向学校买一大捆函授部的明信片，每人分一叠，谁有疑难问题需要讨论，谁就向其他三人以学校名义发面授通知，单位就能给假。这样我们可多得点学习时间。谁发的通知就到谁家去。四个人都编了号，一看号就知道去谁家。

我按时出发到柳鹏家去。

天下着迷迷蒙蒙叫人捉摸不透的细雨。我骑自行车终于到了一栋高楼下面。那楼如一只巨鹤，傲然立于鸡群。我在鸡群里找到一只不大的"白鸡"——用白灰粉刷过的小院。这就是柳鹏的家。小院被他装扮得很有一股不肯衰败的气息。院门安有他自装的电铃，院中有小花坛。院和屋的门窗都是极能显示生命力的绿色。

一按绿门上黑盒的红钮，很快就走出手里拿着书的柳鹏来。一看封面的白底蓝字，我就认出那是《古典文学（唐·五代部分）》。课本使我感到亲切。

在柳鹏那张上下左右都堆满书的床上坐了一会儿，我才知道他只给我发了通知。他在自己睡屋的火炉上为我烧着茶说:"实在忍不住想跟你说说话,就只给你发了通知,不生气吧?"

"你一定有事!"我要过他手中的课本,看他读的是著名唐诗《无题》。李商隐这首诗我中学时读过,读后非常惆怅地想念一个女同学,在大学课本又读到它时,我一下就想到柳鹏,他的现实境遇就好像这首诗。何况课本所选李商隐诗,首首都哀婉忧伤。"贾生年少虚垂泪,玉粲春来更远游","君问归期未有期,巴山夜雨涨秋池"……学李商隐作品,柳鹏的伤感一定胜我当年十倍。我说:"柳鹏,你想说什么尽情说吧,我理解你!"

柳鹏一杯浓茶递给我,眼湿了,不掩饰,也不控制伤感说:"她在监狱,我残废,每次去看她实在就是'相见时难别亦难'。分手时明明风吹着,花开着,我却觉'东风无力百花残'。我虽然觉得我俩最终不能成婚,但'春蚕到死丝方尽,蜡炬成灰泪始干'就是我此刻内心的写照。每天,早起梳头的时候,晚上打着手电在被窝里看信的时候,她不定多么愁苦。监狱离我并不遥远,见一次比上趟北京都难。我多幻想西王母的神鸟能飞来为我传递信息!"

我被他可怜的身体蕴含的深情所感动,我知道他还有很多情绪要宣泄。我说:"柳鹏,你都有什么想法,我可以帮你,心甘情愿的!"

"据说西方国家专门有一种工作,听不幸的人倾诉苦闷,通过安慰和启发将不幸者的苦闷导泄出去。你就帮我做做这项工作吧!我知道你不会笑话我,因为你是作家,研究人的。你也经历过我的年龄。三十岁,最苦、最难忍受的就是没有性生活。以前我只能凭自己塑造的一个人在梦中或在黑暗里帮助我。现在有了一个真实的形象可供我去爱了,但一想到两年后我就害怕,真会像她现在说的,拿到函大毕业证我们就结婚吗?有时我心里特别矛盾,一会儿盼她早点出狱盼得要命,一会儿又希望她永远也别出狱。只要她不出狱,她就总会说想我,我就会有一个真实的形象去爱。我知道这种想法太残酷太自私了,但我没什么别的办法。现在我无论做什么事都不能不想到她,连上学的动力也全都是她了。你说我是不是应该摆脱她呢?又收到她的信，要我再去探望她。探望一次可难了，旁边还有人看着。一屋子人往那一坐什么也没法说，相互看半小时就得走。她怕我不去就让我给讲讲记叙文写作，她们电大要考写作了。"

我设身处地替他想了一番，说："你不应该摆脱她。不管将来怎样，现在是一根支柱支撑着你们俩人。我没有见过她，不敢预言后果会怎样。人的思想都会随时间和环境变化，到时候环境必定要发生变化，你要考虑到她的思想会发生怎样的变化。不过一切都是过程，关键在于自己怎样看待自己，自己怎样对待生活。我想，在爱情生活方面，你充当悲剧角色的可能性肯定大。正视这一点，把感情寄托在事业上，多读豪放派的作品，对你有好处。比如现在学的唐·五代部分，李白的诗就奔放，'君不见黄河之水天上来，奔流到海不复回……天生我材必有用，千金散尽还复来……'一读就让人豁达豪放。还有往后要学的宋词。苏东坡、辛弃疾、陆游、岳飞的作品，读一次你就豪迈一次。再就是多听听气魄宏大的交响乐……这就是我的体会，咱俩的情况毕竟不一样。我主要担心你把一切都寄托在她身上。"

柳鹏把叠了的信全部展开给我看："每封信都是这样，叫我没法不陷在她身上。"

信写得一点不华丽，可是像根带粘胶的绳子，一沾手就无法摆脱地被它束住。

"鹏哥，这信是我求狱友带出去邮的，交给管教邮就没法写这些话了，她们要检查。鹏哥，你在外面可以随便接触男的女的，你绝对想象不出我有多么想你。我们这里连女人和女人单独接触都很困难。我干活时想着你和我一块干，吃饭时想着你和我一块吃，就连走路、上厕所也想着你，晚上睡觉……"

我不忍再往下读。命运就这样已将他俩残酷地连在一起，我只有帮助柳鹏了。我决定陪他一块去监狱。我带了张采访介绍信，说明身份和采访意图。还带了照相机，这样可以为他们创造条件在一起多待些时候，我也可以顺便对监狱生活做些了解。更主要的是能帮柳鹏做些巩固关系的工作。

去监狱的路和别的路没什么两样。天仍然迷迷蒙蒙充溢着浓雾样的细雨。路上行人不多。我俩骑自行车沿人工河畔带状公园走着。风不时将我们披的塑料雨衣吹起，像为我们插上一只不能飞翔却影响速度的沉重翅膀。我和柳鹏边走边背诵杜牧的《阿房宫赋》来，这是教学大纲上要求背的。我俩互相提醒，轮着背诵。

我们把十几里的带状公园当成覆压三百余里的阿房宫了，好像小小人工河就是历史长河，我们在历史长河岸上飞翔，不仅可以像海燕，而且就是庄子《逍遥游》里的大鹏鸟。一路这样走着，谁会想到是去监狱！

监狱挂着三块牌子：监狱、工读学校、工厂。我向宣传科交了介绍信。接待我的宣传干事竟读过我的几篇作品，他正在写函授作业。我和柳鹏又把函大学生证拿出来，这下更好了。我们是同学。他帮我们把柳鹏女友从电大教室领出来，单独找间房子让我采访。函大真有威力！那一刻我和柳鹏的感受是，"函大"比"正大"荣耀多了。

"这就是我在信中说的刘哥，来采访你！"柳鹏向他的女朋友介绍。我第一次听他叫我刘哥，而且当他女朋友的面，使我感到突然而不习惯。

"不是采访，陪柳鹏来看你！"

"刘哥你坐，真谢谢你！"她把柳鹏放在一边，眼光都集中给我了，喜悦、惊奇、亲热掺杂在一起，一口一个刘哥，使我很不适应。

"柳鹏在信上好几次说过你，刘哥！"她像从温泉里透出的眼光全落在我脸上，"刘哥是作家，这么忙，还来看我一个犯人！"眼光变得火热，好像从温泉里带出的湿润已经灼干，那是长期不见男性的女人特有的饥渴目光。那目光让我不忍正视，一正视就不能不交流，而那交流是让人难过的。柳鹏那样专注地看着她，她却没跟柳鹏说句话。我说："柳鹏总惦念你，工作、上学，一点闲空都没有，他非叫我陪着来看你，为的是你们能多谈些时间！"

"外边好人有的是，又忙，他有工夫惦念我吗？"她说得并不沉重。

柳鹏急得话都结巴了："外边好人有的是，我不是'坏人'吗?!"

"你不是说我吗？我就判了几年刑呗，出去照样是人。你能拿函大毕业证，我照样能拿电大毕业证。"

"也不知你为我还是为毕业证！"

"反正拿不到毕业证不行！"

"毕业证对残废人不那么容易！"

"反正毕业证就是结婚证。"

"毕业证我不敢保证。"

"我就知道你不会把我的话当回事，谁能拿一个犯人的话当回事！"

他们肯定有许多话要说，我是个妨碍，借口说想起个急事需要打电话，就出去了。

我转了半个多小时，回来时发现他们在拥抱、亲吻，准确说是女的抱着柳鹏死死地吻。柳鹏直说："行了，让刘哥看见不好！"她仍在吻，只要她不放手柳鹏就挣不脱，她比柳鹏力量强大得多。我谅解他们，并为他们难过，希望他们这样多待些时候，又悄悄退出去转了一会儿。等有人朝那屋去时，我才故意哼出歌声进去。他们不自然地装出无事的样子，我心里十分不安，也故意一无所知的样子。

她羡慕我们，尤其总说柳鹏运气好，认识了我这么个贵人。

我鼓励她好好学，不要投机取巧，念大学对人的品质也是个检验。我还讲了中外名人在狱中读书、写作的例子。

她还是后悔进了监狱，不然也可以和我一块学了。她总跟我说话，我就转说柳鹏。我说柳鹏肯定能常来看她，并且有疑难问题还可以通过写信讨论。她马上又说非常想读我写的小说。

这时院子里有人喊卖冰糕，她忽然叫柳鹏出去买冰糕："叫刘哥干坐这半天，水都没有。"

我叫他们抓紧时间多说会儿话，她非叫柳鹏去买。

柳鹏出去后，她说："刘哥，往后你多帮我啊。你会理解人，听你说话跟谁都不一样！"眼光又像从温泉里射出来那样，热情而湿润。

我尽量摆脱她的目光："我帮助柳鹏就是对你最好的帮助，你千万不能辜负了他！"

"他是个残废人,能给我多大帮助?!刘哥,我给你写信能回吗?"

我觉得她的眼光、语气和要求都过分了,不愿回答她。她又用更让人难以拒绝的眼光和语气说:"刘哥,你答应我吗?"

我没有回答。

"你是人的灵魂工程师,你答应我吧!"

我说:"柳鹏完全可以帮助你。我尽最大努力帮助他,就是对你最好的帮助了!"我不知她内心正在想什么,但觉得她实在过分了,心中掠过一片不快的阴影。她近乎央求,而且更热情地叫了一声:"刘哥!"这过分亲昵的叫声使我为难,为柳鹏难过。

柳鹏回来了,买来冰糕让我们吃。她只字不提给我写信的事了,叫我讲记叙文怎么写。

我让柳鹏多讲,为的是维护柳鹏的尊严和增大柳鹏在她眼中的位置。我说:"柳鹏,下次咱们'相濡以沫小组'由你组长辅导,谁让你考试成绩最好呢!"

柳鹏觉出我是在替他做工作,既感动又有被怜悯的不愉快:"不不,不是我最好,你比我多0.1分!"

她问柳鹏:"你是什么组长?"我向她解释怎么回事,又一一介绍了每个人。

听我介绍完王月,她说:"我也参加你们小组吧,我比她更需要帮助。"

"这事你得问柳鹏,他是组长!"

柳鹏:"你跟我们课程不一样,又在这儿,怎么参加?"

"你们不是函授吗?我用信函参加呗。那个女的,不认识都参加了,还请她喝酒。我怎么不行呢?"

"我已是个添麻烦的角色,再把你拉进来……"

"嫌弃我!"

完全是为了柳鹏,我说:"好吧,吸收你,回去跟他们解释一下,肯定会同意!"

"刘哥真好!"

我说："让我们都真好吧，每个人都是真好的话，生活就真好啦！"不知出于担心还是出于高兴，我拿出相机给他们拍照片。他俩非要和我一起拍。

离开监狱，天上依旧是迷迷蒙蒙叫人捉摸不透的牛毛细雨。我们还顺着人工河畔带状公园往回骑。柳鹏心情比天气好多了，他亮出了高超骑术，竟放开两手在自行车上朗诵起王勃的《滕王阁序》。他是记着我的话在读豪放派作品吗？

我却隐隐有些不快，想到李商隐的"相见时难别亦难，东风无力百花残"来。一股琢磨不透的情绪笼罩着我，就像天上琢磨不透的毛毛细雨。我沉重地问柳鹏："你说实话，你真爱她吗？"

柳鹏收了书，双手重又把住自行车："你说她真值得爱吗？"

我鼓起勇气说出真实感觉："我隐约感到她不真爱你！"

"我也有这种感觉。"

"那你……"

"有什么办法呢？残废使我只能充当半个男子汉了，我毕竟还需要女人！"

"……她好像感情容易转移！"

"还是那句话，我只能充当半个男子汉了。这反而好，这使我非把大学文凭拿到不可，非成为作家不可！"他抹了把脸上细雨积成的水珠，"刘哥，我没有一个完好的身体，你别要求我有完美的思想感情了。我只求你理解我。别因为她不好就不帮我这件事！"

我看看不足七十斤的畸形柳鹏，不得不把心情纠正一番，回到现实中来。我不得不承认他既是叫我佩服的人，又是需要我同情的人。我答应无论如何要帮助他。

柳鹏的女朋友还是给我写信了，说的都是多么希望得到我的帮助和对我印象如何如何好的过头话。我心里很不是滋味，把信给了柳鹏："你写信告诉她，相濡以沫小组都会真诚帮助她的，包括她家里的困难。再告诉她，我还要给报纸写文章歌颂你们的情谊！"

柳鹏非常信任我，坚持让我自己回信，这样她会感到被尊重。我还是以小组四个人的名义给她回的信。

七

列车路过大城市了，到处在叫卖雪糕，我买了一根，吃着。雪糕啊，好凉爽。

下雪了。春天的雪，软乎乎要不了多会儿就会融化的雪，飘着，就像我们用过的一份份考卷和无数张作业纸。

桌上忽然飞来一张明信片，是学校发的通知，全体函授生要重新接受入学考试，由高教局出题，淘汰一半。原因呢，是不是文凭越来越重要了！两年后光省大一所学校就要发两千多张大专文凭，这数字，在高教部门看来，无论如何太惊人了，因而无论如何也说不过去。

拿着明信片，我气得把地上的雪踢了一脚又一脚，直想骂。苦巴苦业念一年半了，却要搞入学考试。拿我们本来就倒霉的命运当儿戏吗？马上将有一千多人在这场儿戏中扮演半途而废的悲剧角色！

马上接到标号"3"的面授通知卡片。"3"是王月的代号。我们都及时赶到了她工作的青年公园。我们没有待在王月的医务室，却坐到湖边的小亭子里踢蹬着雪讨论。

背后的小山被雪捂住了，眼前的湖和湖畔的土地都被捂得严严实实。除了白色还是白色，黏乎乎没有一点寒气的白色。

柳鹏穿套蓝羽绒服，声音和他身体很不吻合，像个大将："吃饱撑难受了还是传染了红眼病？文凭一值钱好像就不该我们得？老子非得不可，指望文凭娶老婆呢！"

我说："不就刷掉一半吗？怎么还不考他个前一千名，用点功！"

王月一听我的话急了，"考试他们有权定，凭什么事先就规定刷一半？及格就该允许继续学。得上告！"

"上告！多串联些人纷纷上告！"柳鹏比王月还激愤。

讨论完了，我们决定分头去串联，每人发动十人，那十人再发动十人,滚雪球样动起来,纷纷打电话、写信,让信和电话像大雪、像急雨向学校、向高教局飞去落去。

我们真的分头去做了,很快信息反馈回来,说高教局的电话时刻不停,办公室四面漏了一样,雪片和雨点落得满屋都是,整个高教局无法正常办公了。但是他们仍不予理睬。

考试前一周那次面授课,全省会各学区同学大概都到了,一千五百人的礼堂容纳不下,又挤满走廊、窗台。不知哪个能人串联的,课后离校时,全体列队在街上走一小时再解散,不举旗、不喊口号,也不撒传单。我们这样做只是集体回家,算不上游行。

我怕柳鹏行动不便,不让他参加。他却说正因为畸形才必须参加——一个人比上百个人还引人注目。

一出礼堂,柳鹏就赶到最前头去了,我和宋军都穿军装,不便跟他到最前排,只好让王月跟在身后照顾他。王月那天特意穿了件大红羽绒服,红彤彤像一面旗帜飘在柳鹏身后。在柳鹏和王月的鼓舞下,又有两个空军军官挤到最前列,高高的个子,等于又多了面军旗。这真是一支奇异的"混成旅"。

千多人同时按动上千只车铃,自行车队像一股带响的潮水汇入下班的人海,在落着暖雪的长江大街上缓缓流动。

雪路抹了润滑油似的,每到路口都可见滑倒的骑者,前边一倒,后边就是一片。

我们人多势众,汽车、别的自行车都得停下来让路,连高贵的轿车也不得不停下来等。人们不知这是什么队伍,围观、议论、猜测,把最繁华的交通要道堵塞了。警察莫名其妙,也不敢拦挡。等到有位要人的轿车与队伍抢路时滑倒了柳鹏,警察才开始干预。

柳鹏被摔出了鼻血。轿车被围住了。车上的人不得不下来,问柳鹏:"你们是哪个系统的?"

"请问您是哪单位的?"柳鹏手捂着鼻子,毫无惧色。

"省委的。"

"我们就是贵省的!"

"我问哪个系统！"

"您没回答我哪个单位！"

省委的吩咐司机："给办公厅打电话，通知公安局！"司机去了。他又对柳鹏说："省委办公厅的！"

"办公厅首长您好，我们是全省各个系统的！"

省委的以为他胡缠躲进车里去了，柳鹏又到车门前跟他打招呼："我们是各系统省大函授学生，我们有要求想向省委领导反映……"

"想游行闹事吗？"

"绝对不是。我们放学一块走，碰见您了，您能听听我们汇报吗？"

"谁代表汇报？"

"谁都可以。"

"无政府主义。"省委的关了车门。

公安局交通宣传车来了，红灯闪闪，警笛声声，畅通无阻，停在轿车旁。

省委的下了车，问柳鹏："谁跟我去汇报？"

"哦……我，我可以！"

"你自己行吗？"

柳鹏回头看看周围的人。

"我去！"王月站出来。

"我也去！"一个警察学员挤上前大声喊着。警察学员可是有影响的，再有个军人学员就更有影响了。我受了警察同学的感动也想去，还没挤上前，那个高个儿空军军官站出来：

"还有我！"

又有几个人站出来，我便没再往前挤。

省委的命令警察："女的算了，把那几个自愿的带上！"

王月扶着柳鹏："我是医生，我得看护他！"

省委的未置可否，上了车。王月扶着柳鹏进了警车。

警车开路，省委的轿车随后挤出人群。警车随即放开大喇叭呼叫队伍解散。我们的目的就是能被扣起几个人来，好代表大家请愿，所以队伍马上解散了。

后来柳鹏和王月详细讲了他们被扣的经过。

管文教卫生的副省长接见了他们，女的，干练温和，既有领导气派又有母性的慈爱。

"你有工作吗？"副省长问柳鹏。他最引她注目了。

"在大集体上班，想不干了！"

"为什么？"

"开不出支，我想自己办一个橡胶制品厂，残废人不交税！"

"你为什么也参加游行？"

"社会向所有人要文凭，残疾人没有更不行！"

"成家了吗？"

"残废人谁跟？等着靠文凭娶呢，没想到对我们这么狠！"

王月插嘴："我们上学有多难，不鼓励反而千方百计难为我们！"

女副省长瞧瞧这个勇敢的姑娘，很高兴：

"你干什么工作？"

"医生！"

"医生学中文？"

"想学医没地方学，就省大中文系要我们！"

"成家没有？"

"打算毕业后成家，想在念书期间找个合适的。"

女省长挨个一问，几个请愿的都没成家，除了残废就是大男大女，不仅没有颓唐，反而一心念书。奋斗精神使女省长大大受了感动，问："你们要请什么愿？"

柳鹏把大家的要求和一些具体情况一一说了。副省长当即表态："我支持你们的要求，凡是及格的都可以继续念。培养的人越多越好！"她又特意关照柳鹏说："他的精神很可贵，教育部门、青年部门、宣传部门都应鼓励。婚姻问题也应给予关心。"

接见一结束，省青年报立刻有记者采访柳鹏。一时柳鹏竟成了新闻人物。还有的传，王月是柳鹏的女朋友，一个奇丑的英雄，一个才貌双全的美女，双双被省长接见了，省长说要对他们的婚事给予关心。王月倒不在乎："我们本来就是朋友嘛！相濡以沫的朋友，省长也确实接见了，也确实说婚姻问题要给予关心啦！"柳鹏却很不好意思，倒不是不舒服，他担心影响了王月的名誉。不管怎样，同学们都为胜利高兴。我们小组特为柳鹏的荣耀和请愿成功在王月宿舍庆祝了一回，还集体签名给柳鹏女朋友报了喜。

喜归喜，考试逃脱不了。一旦考不及格，可怜的"寒大"寒酸的大学也念不成了。我们比往常加倍用功，电影、电视、小说都停看了。柳鹏、王月索性脱产复习，工资甘心扣了。我也暂时停止一切创作，宋军没别的办法，只能开夜车。我们都把复习成果做成卡片，提供给宋军，算是"相濡以沫"。

那是多么紧张的日子啊。白天，公园里有我们的背书声，夜里，办公室映着我们互相问答的身影。就连公共汽车上，医院候诊室里……到处可见准备考试的函大生。函大啊，"寒大"！

八

考试前那天下午，柳鹏的女朋友又从监狱捎来了试题。这回我们没像上次那样对待，因为据说省高教局出题相当难。我们认为这次考试属于例外，不用正当手段对待也不算可耻。我把王月、宋军找到柳鹏家连夜突击做题。柳鹏有一间属于他自己的屋子，我们不必考虑老人厌恶不厌恶，可以打夜班到深夜。

九点多钟，我们到院子里做体操，准备再突击两三小时。稀稀拉拉的雪星清洁剂样落着，春夜的空气爽人。涨乎乎的脑子又轻松了。

"'谈谈社会主义文艺的基本原则'，"柳鹏提议说，"光这个题就二十分，先讨论讨论这样的大题吧！"

我想了想，真还没遇过这样的问答题。只记得以前总说"样板戏"是革命现实主义和革命浪漫主义相结合这一原则的产物，现在是新时期了，提法应该不一样了。我说："这道题记住这几句话就差不多——以革命现实主义和革命浪漫主义相结合的创作方法为主，强调为社会主义服务，为人民服务的原则。"

王月搓搓手，又搓搓额："再说一遍，几句话？"

"你就记住'两结合''二为'。"

"'两结合''二为'就是革命现实主义和革命的浪……浪什么？"

哗啦一声电铃响，冷丁让我们一惊。

"鹏哥在吗？"女孩的声音，焦急而失常。

柳鹏小跑着去开门，残疾的步子很可笑，差点没滑倒："出什么事了？"柳鹏以为女朋友在监狱出了意外，或许就是合谋偷考题的事泄露了。来人是柳鹏女朋友的妹妹。

她急得话也不连贯了："我妈昏……了……没……没气了……"

柳鹏的女朋友没父亲，只母亲和两个小妹。邻居加另一种关系，这情况只有来喊柳鹏。关键的关键时刻，出这等事，真等于要柳鹏的命。我一时竟在心里怨柳鹏不该把自己和一个女犯拴在一起。不就因为她是女人吗？搞不好他的前途要葬于她手！柳鹏像掉进热水里的蜘蛛急转几下，叫我们继续复习，他慌忙去了。

柳鹏一走，我们三个心里都像电视图像受了电波干扰，清晰的画面整个乱了。去帮忙吧，一半题还没有讨论，不去又像做了亏心事很不安。一想到明天将走进考场，我就气恨柳鹏不该被一个女犯拴住。王月焦急地看着我，那眼光是女性的，美好而动人："我去看看，柳鹏不懂医护！"

王月说完，扔下书就去撵柳鹏，身姿和感情都是女性的，温柔而富于牺牲精神。

我和宋军也跟过去。

柳鹏称他女友的母亲为婶子。他婶子站椅子上安灯泡，不慎触电摔了，脑震荡加腿骨折，死去般躺在地上，嘴不出气，脸也青了。柳鹏跪在身边手足无措。

王月伏在另一边，摸脉、听胸、翻眼皮，她说鼻孔有微弱呼吸声，嘴不出气是喉咙被浓痰堵了。她做一阵人工呼吸，还是不行；决定人工吸痰，她用毛巾给病人擦净嘴，要亲自用嘴吸。

柳鹏拨开王月，自己抢先用嘴吸起来。他不忍心让一个姑娘替自己做这种脏事。

柳鹏心有余而力不足，使出全身劲吸无济于事。我想推开柳鹏试试，心却隐隐作呕，身子就是不肯蹲下去。我没有勇气和毅力做这件事，心里又折磨得慌，便来回走动着，作关心状："别慌，屏住气才吸得有力！"见柳鹏还是吸不动，又提议："让她闺女试试，她比我们有劲儿！"

闺女好像没听见，垂着双手照旧傻着。屋里人不多却是"三国四方"，指挥的角色此时只有我充当了。我又叫老太太的闺女接着吸。柳鹏不让，自己又要蹲下。王月推开他。柳鹏脸上已有汗粒了，喘息不止，自觉无能为力，便叫老太太的女儿："大妹，接着吸，快点！"王月看了一下手表，再不快点老太太会憋死，忽然不由分说俯下身。我脸上、心上都有火蛇在爬。

王月突然将一口痰吸出来，捂嘴刚跑出屋就在门口哇哇吐开了。她吐的时候，老太太的呼吸已经畅通，但因骨折开始大声呻吟。十点了，我又想到明天的考试。如果折腾到很晚，疲劳过度，明天考试注定要玩完的。不管病人，柳鹏的女朋友会怪罪他，甚至关系到他们的关系如何发展。我暗自权衡半晌，觉得只有我来处理病人了。我文学基础比他们好，即使休息不好也比他们有把握及格。柳鹏、王月无论如何要考好。宋军不如我与柳鹏交情深。我责无旁贷了。我说："你们马上回家休息，准备应付明天考试。我这就骑车去机关，要车把病人送医院。就这么定了。谁也别再啰嗦！"

宋军本想和我一块儿，可家庭矛盾不允许，我只让他帮我告诉家里一声，也算尽义务了。

深夜找车真难。等我脑袋昏昏地把车带到柳鹏女友家，王月还没走，柳鹏也没有回去睡。

我生气骂了他们："你们是蠢猪还是傻蛋？都待在这儿有什么实际意义？"

他们也不听我的，还要跟我一块上医院。我急了："滚！干什么吃的不知道吗？"

"你怎么不滚？我是医生！"王月话很硬却用女性眼光软化我。

柳鹏："这是我的事，连累你们就够呛了，怎么能让我滚！"

"现在不是表现谁积极的时候，都滚！"我火了。

柳鹏也火了："不就是一张文凭吗？不要了，谁要谁滚吧！"

王月转向柳鹏："你和我们不一样，你回去吧！"

"我不就是个残废吗？残废就什么都低人一等？"他认真怒起来。

我看他真生气了心里反而不是滋味，索性由他去了。确实，不就一张文凭吗？得不着又能怎样。

我们一起把老太太护送到医院。离开医院时已经后半夜两点多了。

惊心动魄的一夜。后半夜剩那点时间也没睡好。早晨我们吃些巧克力、咖啡、薄荷糖，每人又抹了清凉油才走进考场。

那半天难受的滋味真是没法用语言叙述，就觉得整个头像散了黄的鸡蛋。我用手绢把头勒住，脑力才好像集中点儿。考题在我看来不难，何况昨晚我们提前研究了几题，只是脑力十分不济，明明白白的意思组织句子却非常迟钝。时间到了才匆忙将最后一题答完，一眼都没来得及检查就被抢了卷。走出考场，我只觉得考题都会，可就记不起都怎么答的了。柳鹏、王月连连说："完了！完了！及不了格了！"连我也不敢肯定自己是否及格，脑袋一片真空似的。做好辍学的准备吧！我们甚至商量了以后怎么买书，怎样自学完全部课程。

九

车窗落了几颗大大的雨点，不一会儿落得密了。雨点把路面击起一股股烟尘。

省大校园笼罩在雨中，校门宣传橱窗前好壮丽一片雨伞。大大小小，形形色色，高高低低，活像中国又出一个高明的养蘑菇专业户，一夜之间培育出这许多好看的蘑菇。蘑菇样的伞密集得搭在一起了。雨点急骤地打在上面轰轰隆隆像无数鼓槌敲在一面战鼓上。这把伞接的雨水流到那把伞上,那把伞的水再流到另一把伞上,最后又差不多都流到伞下人的肩上、背上。而被雨水淋着的人,没知觉一样,只管跷着脚伸长了脖子向前看。

前面是榜。发榜了。考没考上,还能不能继续上大学——寒酸的大学——就看榜上。

我穿雨衣,可以比打伞更自由地往前挤。

柳鹏挤不上去,即使挤上去也看不见。我们跟收发室老大爷说了情,让他在收发室休息,我们代他看。看榜的人太多,老头谁也不让进,唯独同意了柳鹏。对柳鹏都没有同情心的人就不是好人了。窗里白底黑字的大榜密密麻麻写满了人名和分数,本来是清晰好看的,雨一遮便有些模糊,非得在近前才能看清。

我挤到前面,看得清,但要承受住后面不断向前的拥力。我一边用背往后拥,一边用心看。这种时候,自己和好友的名字准像带着光芒一样,只要有,不论淹在怎样的名山名海中也会闯入你的眼里。看了十多分钟也没发现我们小组任何人的名字。心里开始有惊悸的小兔在跑了。又看了十多分钟,中间的橱窗有三个带光芒的字突然刺激了我的眼睛。那是我的名字。70分。70?70分!也只能是70分!太多了。简直成了富翁。我站在那儿,同样是原来的位置,同样淋在雨中,同样承受着后面的拥力,可忽觉有了百倍的力量。因为我又踏实地以大学生——虽然是"寒大生"——的身份在雨中立足了。

忽然一道细瘦而巨大的人参状闪电在头上倏地一亮,迅雷不及掩耳的巨响把天地都震动了。我先是整个身子和心情同时为之兴奋地一震,觉得那雷声是老天爷为我发出的欢呼。

有人惊呼:"看哪,树顶被雷击断了!"

好险的霹雷!伸长脖看分的人却只是把头向被击的树转了转,又继续到榜上寻找。不安像一条小蛇倏倏在我心头窜过。我还不知柳鹏、宋军、王月是否及格,怎么就高兴得忘了寻找呢?如果柳鹏不及格，他该怎样走向家中……

我不敢想柳鹏不及格，心中那条小蛇无情地窜着。

雨打伞声，雨落地声和不时被闪电抛出的雷声气势磅礴地交响着，不安的小蛇愈加窜得欢了。

又有两个闪光的字在眼前一跳，宋军。71分！此时，71是多么伟大的数字，它使人增加身高和体重！柳鹏呢，矮矮的，轻轻的，残废了的，最需要这数字的柳鹏呢？

快看到最后那块橱窗了。还不见柳鹏。我心里赶不走的小蛇疯狂地跳起舞来。眼光就要掠过榜纸的尽头了，我听见身边有叹息声，唏嘘声，也有劝慰声："也许看漏了，再从头看看！"有人往左边移动，从头去看。

最后一块橱窗中间的一个名字突然放光，不仅放光，是跳舞，彩色的光舞。清清楚楚，端端正正，跳舞那两个字分明就是柳鹏。是柳鹏！柳树的柳，大鹏的鹏。啊，60分！万岁，万万岁，60分！我喊出声来，一挥胳膊，撞了身边的人，那人只是看看我，一丁点责怨的眼色和话也没有，他哪有心思责怨，他还在寻找呢！我狂喜地推开他，又撞着别的人往外跑，嘴里叨咕着："及格了，柳鹏及格了！"有人冲我议论："范进，又一个范进！"我并不认为这是讽刺，那欢喜的心情不亚于范进中举的，尤其是柳鹏，我想。

我跑进收发室就喊：你及格了，柳鹏！及格了！"

柳鹏从椅子上弹起来，焦灼的眼里两束很亮很亮的光奔向我："真的？"

"真的！"

"看准了？"

"看我淋的，能没看准吗？"

"领我看看去！"

柳鹏撑起伞，走进雨中，立即有鼓点一样的雨击伞声为他响起。我陪他蹚着水，绕到最后那块橱窗前。我指着他的名字，他仰起头，看了好几眼，雨水淋到他的脸上，还有眼里，像淌了泪一样。他吐吐

385

雨水问我："你呢？"

"也及格了！"

"多少分？"

"及格就行！"

他把溅到脸上的雨水抹了抹："他们呢？王月他们？"

是呀，王月呢？我还没发现王月的名字呀！我说："宋军也及格了。王月……还没看见，再看看！"

柳鹏跷起脚仰着头，一字不漏将眼前两张纸看了两遍，不见王月。"前边你没看仔细吧？"他多么希望我没看仔细，我也是，但我确实看仔细了。

"看仔细啦！"我无可奈何地说。

"那怎么没有？"

"没有。"

柳鹏仰头看着我，我低头看着他，目光中间是泪一样的雨。"我们再从头看一遍吧？"他说。

"我去看，你回屋等吧！"我说。

"咱俩一起看！"柳鹏不容我再说，撑伞往前走，我只好和他一起再看一遍。

又有几阵雷响，又有几伙高兴的或懊丧的人们离去，我和柳鹏从头到尾看了一遍，不见王月。我俩站到人群外面。他仰脸望着我，我低头看着他，目光中间是泪一样的雨，两只落汤鸡不知说什么好。好一会儿，柳鹏问："王月哪儿去啦？"

我俩里外喊了一阵，仍不见王月。回到收发室只见宋军在门口等我们，他也不知王月哪儿去了。我们都替她难过。

肯定躲到哪儿伤心去了，兴许正在校园哪个角落哭呢。柳鹏连说是他害了王月，非要去找她。我们怕他经不住雨淋，他不听，他只说是他连累了王月。我们三人一块去寻王月。

偌大校园，花间、树丛、亭亭、院院，角角落落，王月能在哪儿？路上的水漫过脚了，雨点像无数颗石子，在水面击起无数朵喇叭筒样的水花。走着,望着,忽觉头上真的挨了石子。落雹子了,地面的水花突然密了许多,水下的冰雹石子大小直硌脚。王月呢?

我们想起每次面授时礼堂后边那个遮阴挡雨的雨达。课间休息时我们常在那儿闲聊。

王月真在雨达下,满脸是水,虽然看不出有没有泪水,但红红的眼睛说明她是哭了。一见我们,竟忍不住抽咽了,那是只有在亲人面前才不由自主发出的哭声啊。

我们找不出适当的话安慰她。柳鹏把伞举高为她遮雨。

她反而抽咽得孩子似的全身抖动。我说:"让她哭一会儿吧,哭透就好了!"

哭了一会儿。柳鹏递给她手绢:"王月,是我连累了你!"

王月不哭了:"不怨你。是我自己不行。你们同样忙一夜,不都及格了?"不时抽咽一下。

"别说这些了,在这儿哭死也没用,回去想想办法。"我说。

柳鹏:"我跟学校说去,让王月念,我的让给她。我一个残废人念完也没用!"

我说:"这都不现实。走吧,总会想出好办法的!"

我把他们一块领到我家,包饺子。我说:"无论如何我们让你拿到毕业证,忘了相濡以沫的故事?"

柳鹏:"学校不同意换,我就找那女省长去!"

我妻子和孩子也安慰她。她终于笑了:"我成小孩儿啦,这么多人哄我。好了,别哄了,你们这些话比文凭值钱!"

那一天,雨下了老长老长时间。

十

我在跟司令员说话。合影的人都按位置坐好了,司令员主动跟我说话,我还能跟别人说话吗?

"念了几年?"司令员问我。

"四年。"我就坐在司令员身边,是大家硬把我推到这儿的,让我当代表坐前排。

"发什么文凭?"

"大专。"

"四年该是本科啊!"

"我们光开专科课程,外语等课没学。"

"毕业证发了?"

"明天发!"

"发了毕业证就是大学生了,我这辈子只能是中学生啦!"

"……"

"四年不容易,考了多少试?"

"记不清了!"

"觉得对工作有帮助吗?"

"有。"

"在哪个部工作?"

"文化部。"

"文化部学中文,对口嘛!学了以后工作有点起色没有?"

"觉得比以前顺手了!"

这时身后有几个同学替我补充:"他写的作品获全国奖了,当代文学考试填空题有他的作品!"

"好,好,这也是军人的光荣嘛!"司令员侧过身直拍我的肩膀。

坐在司令员另一边的省大校长也探过身来跟我说话:"发表多少作品了?"

"收了两本集子。"我说。

"多大岁数了?"校长银发盖着的高额下那双眼睛很兴奋,听我说了岁数,很有风度地回身指了指文科楼前的鲁迅塑像,"鲁迅先生这个年纪还没出两本小说集。这也是我们学校的光荣!"

同学们为我,其实也是为自己自豪,我们的学习受司令员和校长表扬了。明天发毕业证。

摄影师把出了点故障的相机修理好了。"大家请注意，笑点，笑点，大学毕业了，应该笑点。笑……一……二……三……笑！"

函大生们带着收敛不住的笑容，从各自站的凳子上跳下来，兴高采烈离开了鲁迅先生的塑像。趁大家还没走散，秘书通知："明天下午在机关会议室开会！发毕业证书！还发纪念品！"

我穿好军装正准备去参加会，秘书送来昨天的彩色合影。照得也不错，我看自己比身边的司令员照得还好，高兴得想说点什么，秘书说我的毕业证没领来。高教局规定，毕业考试在外地参加的一律不算数，必须由高教局出题重考。秘书安慰我："会你还是去参加，先把纪念品领来，等重考及格了，我再往学校跑一趟给你拿毕业证！"

一股火气冲得我脸胀手抖，心跳如鼓，不常骂人的我竟失去应有的文明礼貌，脱口骂道："去他妈的吧，不拿毕业证扼死几个人他们活着就没趣了。不老说时间就是生命吗？重考，不拿出一个月时间应付他们显示折腾人有方的偏题、怪题、难题、学了也无用的题是不可能及格的。一个月时间不是拿不出来。可是拿出来扔掉了有猪毛用处？有些陈旧的、无用的、本来已该忘掉的知识还拿来一遍遍考人，考得人焦头烂额！何况我又不是没考，只差考试地点不同，只差考题不是他们出的就不算数？真他妈的岂有此理！"

秘书是很有涵养的人。开会时间快到了，他劝慰我："你在这儿骂也没有用，先参加会把纪念品领来再说吧。不过，不重考是不会给毕业证的，说得很死。即使学校同意给，高教局也不会盖章。高教局不盖章就不会生效。不生效不就白念了吗？"

我又发泄开了："纪念品也不要了，没得到毕业证就是最好的纪念。毕业证于我有用？我既不进领导班子，又不涨工资，拿一百个毕业证写不出作品……"气泄得差不多了，再生又生不出来。闷闷地待了半下午，忽然想起该去看看柳鹏，我不是主要为他婚礼回来的吗？准备得怎样了？得买份礼物送去。不是俗气，这是他的终身大事，会给他增添喜气的。

389

到了柳鹏家。她的女朋友，不是，未婚妻了，正好在。她穿得朴朴素素，没有一般时髦而俗气的姑娘出嫁时那种花俏打扮。我心里挺高兴的，想，监狱挺教育人。

俩人慌忙站起来，有点无所适从，好像他们干坐好长时间没说话了。大概是为一些小事，比如办不办酒席，或者是酒席在哪儿办，办得规模大小而发生了分歧，便不以为然将手中那点薄礼放下说："书也念完了，毕业证也有了——"我停下来问了问她，"毕业证也有了吧？"她点头默认。我继续说，"东西多少不算啥，酒席场面大小也都不算啥。你们已经立了业，安个家就是喜事。古人说安家立业，你们是立业安家——"

"刘哥，别说了！"柳鹏的未婚妻止住我。

我看看她没有一点喜色的脸，很奇怪。

"啥也不用办了。"柳鹏说。

我看看他俩："什么东西没买齐吗？"

俩人谁也不吱声。

我又催问，柳鹏才吐露一句："她妈不同意。"

"她妈不同意？"我惊异而又带点谴责口吻问柳鹏女友，"你呢？！"

"我妈有病，我不好违背她。"她很难过，看样子是由衷的话。

"那……柳鹏怎么办？"

"不结婚我也可以给他生个孩子，将来让那孩子养他老！"她说得一点也不羞耻。

柳鹏无力再说什么，这样的折磨他大概承受过几次了，心里已经麻木，看看她："该做饭了，回去看看你妈吧！"

她跟我打招呼："刘哥，我来半天了，得回去给我妈做饭，你坐吧！"她要走时，王月来了，也带着贺礼，是一束火焰样的杜鹃花。

柳鹏的女友只向她点点头就走了，逃走似的。

王月已从我们的脸上看出事情不妙，悄悄把绢花插在窗上的瓶子里。

柳鹏说："花和东西都拿回去吧！"

王月只以为是发生了点不愉快的事,却是彻底黄了:"等了四年,怎么就黄了?"

"黄了。"柳鹏漠然说,"本来就不能成的事,是我异想天开!"

"蹲监狱时说的比唱的都好听。出来了,毕业证也有了,上嘴唇下嘴唇一碰,说声她妈不同意就拉倒啦?她妈不同意她是干啥的?"王月忍不得这口气,"我替你找她说理去,这女人怎么能这样!"

"不,不,本来就不能成的事。"

我原来就有了这样的担心,事已至此,只好安慰柳鹏:"她品质有致命弱点,你们真结了婚也不会幸福。"

王月也转而安慰柳鹏:"一个女犯,压根就不该理她。别看在监狱混张大学文凭,刑满释放犯,看谁要她!"她从挎包里掏出一个紫色大绒面硬皮夹子,"咱们都有文凭了,不比谁矮一毫米,用不着难过!"她把漂亮的毕业证摸了摸:"柳鹏,不用难过,我不是也独身着吗,我就不信我们找不到。遇不着好的我们就独身一辈子!"

我要过她的毕业证端详了一会儿:"祝贺你们的大学文凭吧!"这话是由衷而感慨的。尤其对王月,她那次没及格本来没资格继续学了,是我们把她的事写了篇报道,刊登后,我拿着报纸找高教局为她争得了补考机会。为了减轻柳鹏的痛苦,我把我没拿到毕业证的事说了。这回柳鹏忽然气哆嗦了。"混账,绝对混账!最该有的却没有!"他从抽屉拿出他的毕业证,突然撕成两截:"我要去控告!控告!"

王月刚息的怒气也起来了,像一个母亲摔打自己无用的孩子那样摔着毕业证:"告去,我也跟柳鹏去告!"

"告什么!就是告来了,也就一张硬纸呗!"我把柳鹏拉住,"路长着哪,靠一张文凭走不出名堂来!"

1987年6月号《鸭绿江》文学月刊

妻子请来的客人

我有必要自我标榜一下再说正题。为了某种个人利益直奔主题去拉关系走后门，目的达到关系立即终了，连十秒钟都不肯延续的那类请客吃饭我是极鄙视的，可以大言不惭地说，我从来没有过。当然了，人嘛，谁能孤立存在？任何人都不可能！每个人都像一个小圆球，亲戚是这圆球的经线，朋友是纬线，或朋友是经线，亲戚是纬线。情人哪，同事呀，领导哇，下属啊，就是经纬之中或粗些或细些或鲜艳些或暗淡些的混合线。不信就捋一捋吧，谁能逃脱各种关系的网络？逃得脱，他就不是成神也变妖了。其实，中国的神或妖也是逃不脱的。石头里蹦出来的孙悟空还有师父师兄以及花果山那一群小猴孙哪，牛魔王妖亲怪友也不少。

所以，虽然我们属于不好交际的人家，但也免不了有些客人。我是指到家聚一聚，吃顿饭叙叙情谊那样的客人。我常出差，全国各地都去，在外面交了些意气相投的朋友。人家出于情谊热诚地帮助了我招待了我，反过来他们到了东北，我能不尽一下地主之谊吗？在人家那里时我说下了话的："到东北去呀，去了找我。"真找来了却躲躲闪闪没话了，那叫男人吗？这就有了麻烦，不是我把朋友当负担那种心理麻烦。麻烦在于妻子。我们家的客人都是我的，没一个是妻子的。她是教师，从来不出差。每天都匆匆忙忙在家和学校这两点一线上往复着。学校风气的严肃、正规大概在全社会仅次于部队，她不理解我何以要在外结交朋友，何以非要到朋友家吃饭，何以又非要反请朋友到自己家来吃饭，但现在中国的一般家庭，表面上男人说了算的成分总是大些的。男人既已把客人请来了，尽管妻子不理解，还能说不好听的吗？还是尽量表示下热情下厨房了，客人走时她还少不得违心跟人说句下次再来呀。可门一关便虎起脸跟我下通牒令："告诉你，下次再来人我可往出撵了。"再来人虽然也没真撵过，我们自家非得别扭好长时间不可。

长了，我也不得不认真想一下：有客人的酒饭总要花许多劳动和时间，我们吃喝热闹一气拍拍屁股走了，妻子在学校站一天回家又要忙活收拾，又只能吃些残汤剩饭，也确实够辛苦的。我就逐渐改革一下做法，再请客人吃饭，我就自己动手，从购买，到制作，到陪客，甚至到收拾残局都自己承包了。但这也还是不能使我们各自心理平衡：和不认识的人应酬对于她比劳作还累人；况且，无论我怎么减少她的负担，客人总归都是我的朋友，这样我们就无法平等，而不平等就不可能和谐一致。不和谐一致就永远不能令她满意。特别是有一点，无论如何也不能通融：女同志或者说女朋友吧，无论如何是不能请家来做客的。为了工作结交些男朋友她还勉强认可，结交女的就无论如何不行了。

她这个思想我也绝不能接受。满世界到处都有男有女，怎么为了工作就光能结交男的，不许结交女的哪？不是男女平等，男女都一样吗？大道理她也不否认，一落实到我家就行不通。行不通我又不能强行。我还既不能不工作，又不能不生活，而要工作和生活都好，就不可能全依了妻子。

我苦心琢磨，如果她也结交朋友，尤其是男朋友，并且也请家来做几次客，她就不会苛求我，我也没有负疚感了。但是她的工作使她很少有交朋友的机会，越没有交朋友的机会越不理解交朋友的意义。但是我相信，对任何人来说，机会都是有点的，关键是欲望。有了欲望就会主动寻找或者创造机会。

我就慢慢向妻子渗透这意思。我跟她说："咱家客人总是我的，让你受苦了。哪天或者赶个什么节日，比如三八妇女节或教师节什么的，你也请些朋友来家做做客，男朋友也行，我做饭，包括买菜和收拾残局都由我来，好不好？"

妻子两句话就堵住了我的嘴："你可真会想美事啊，让我请，你好请着方便啊！你不害臊竟说让我请男朋友。让自己老婆交男朋友，缺不缺德呀？"

我反击地说："你不交拉倒，我交，我专交女朋友，不干犯法事看谁能怎么着？"

她又要哭似的反击我："你交吧，交我就上你们单位告你搞破鞋，告完就离婚！"

看她绝不是闹儿戏地亮出"搞破鞋"和"离婚"两件核武器，我那软骨支撑着的欲望一下便收缩回去了。只好在那绕梁三日不绝于耳的离婚警告声中苦苦压抑着自己，屈从着和平共处地过日子。按说怕离婚的应该是妻子而不是我，可事实却真是我怕她吵闹离婚什么的。我从心底不主张离婚，我觉得离婚是最简单最幼稚的解决婚姻矛盾的办法。我希望有巩固的婚姻，而婚姻的巩固在于给双方一定程度的自由，一点自由没有的婚姻最存危机，但自由又是极难得的，不是她不给你，就是你不给她。我们家是她不给我，深究一下不给的根源，其实倒是她怕我真的有一天被哪个女人勾引去而提出离婚。对我来说，那一定程度的自由就成奢侈品不敢奢望啦，工作出不出色啊，生活有没有激情啊，就都那么回事吧。

我发现，只要我少接触人，尤其是不接触女人，在家就极受优待，不干活，不买菜，不做饭，睡懒觉甚至油瓶子倒了不扶都不受指责。反之，你就是每天早早起来，把全家的袜子、裤头都洗了，也得不断遭斥责，好像这些都是对我犯错误的惩罚。

一连几年了，我违反职业的需要，压抑着自己，冷漠别人。同事们好生奇怪，莫不是我要升官了，不然怎么会改了常态不大理人呢。观望了两年并没见我有升官的动静，朋友们才相信我确实因为家里的苦衷而少了交往。现在，我差不多已经适应了平静而木然的生活。但是，三十岁左右的人是禁不往欢乐诱惑的，一有机会那被压抑住的欲望又会抬起头来。有一年妻子放寒假带孩子回老家了，我独自在家就非常想快乐一番，但一想到那几天快乐了，往后怎么办？妻子回来后那闪闪烁烁的疑问眼光和拐弯抹角的盘查口气，我怎么应付？最后，还是把快乐的想法压抑下去了。

压抑出的平静是难熬的。为了熬过那段孤独寂寞的日子，下班后我就长夜看书，看了书生出浪漫之情时就苦苦压抑下去，压抑不住便完全是为了宣泄就把那些情绪写下来，有时写到天亮还不知不觉。

后来终于写出事儿了，得了眼病住进医院。在医院里又生出一个令我激动不已，也令我十分为难的故事。妻子回来后，我实在压抑不住自己，提出请那故事的主人公来家做客的愿望，遭到了妻子拒绝，那故事就不了了之了。

再后来，妻子破天荒也出了次差。真是破天荒了。那天她从学校回来说要出差时我竟以为她在开玩笑，直到过两天收拾行装带了车票登上火车，我还有点不相信，以为她是在考验我会不会趁她走时请人来家。其实真是出差。学校有一桩事情需要出远差外调，班主任老师抽不得，别人又老老小小丢不下，便央求她跑一次。她是党员，孩子又撂得下，就什么价钱没讲答应下来了。还是十多年前出远门那套办法，煮一兜子鸡蛋，买几块榨菜两根香肠，还有一些方便面，足可以吃五六天的。我说她带这些东西哪儿都有，带够了钱就行。她这样带法付出许多劳动等于提高了物价，不合算的。她不听，说出门不像在家，宁可累点到时候方便。我心里话，都什么年月了，还这样想问题。不过也暗自舒了口气，她毕竟说了句出门不像在家的话，对出差的艰难无意间给了肯定。真该感谢他们学校党支部给她这个出差机会。

在妻子出差的二十多天里，我又萌生出把住院期间不了了之的故事再捡起来的念头，但害怕妻子回来一旦听孩子多嘴多舌说漏了，闹出不愉快来，还是把几次抓起的电话都放下了。我怕那个电话号码一旦拨通便控制不住来往。可妻子哪里知道，压抑自己不由自主的欲望有多么痛苦。要不是带着孩子有个伴儿，我大概又会住进医院了。

那天，妻子没拍电报也没打电话叫接站，忽然自己背个包就进了家门。看见她我心不禁怦然一跳，怎么她瘦了许多，仿佛大病了一场。

她深叹一声说别提了，便躺倒在床上。

吃了饭，洗过澡，要晚睡时她忽然很害羞的样子，想说什么又不好意思说。我诧异，怎么出了趟差竟变得大姑娘似的羞涩起来？直到熄了灯，她才在黑暗中说出一个让我吃惊的打算："过几天我想请个人来家吃饭！"

我忽然拉亮床头灯，坐起来仔细端详她的神色，看她是否在说梦话。

"太阳明天会从西边出来吗？你要请人！"我说。

她说："这次出差认识的，得好好谢谢人家！"

我本想拿先前她挖苦我的话讽刺她一下，又恐怕把她破天荒得来的一点进步夭折掉，便赶忙先表态说："那好，哪天都行，我买菜，我做，你只管请来是啦！"不等说完我就发觉自己压抑住的期冀只不过勉强处于冬眠状态，一到了春暖花开的季节立刻就蓬蓬勃勃地醒来了。我警告着自己，别过分热心让妻子发现贼心未死，而把她的打算收回去。"不过，我只负责买和做，不负责陪客。"我故意拿她一把。

"刚认识的客人，头回来家，掌柜的不陪？告诉你，你是掌柜的！"她平时根本不用"掌柜的"这种叫法。她用家长的时候居多，因为儿子的班主任三天两头开一次家长会，谁当家长谁就得去开会。现在她叫我"掌柜的"，显然是在故作幽默，同时也说明她心情不错。她是真怕我不陪的，看来这客人在她心中位置很重要。

我又故意激她："如果是男的我陪，女的我就不陪了！"我谅她也不会请男客人来家，若能那样，人的改变就太容易了。

"怎么忽然封建起来了？你不总想请女的吗？"她又同我开了句玩笑。出趟差各方面竟都有了进步，也会开玩笑了。到家才几个小时，已经幽默三四次了，虽然水平不高，但现象着实可喜。

"在你眼里，封建不是进步吗？"我讽刺她。

她说:"在你眼里,封建不就是封闭吗?我这不开始开放了吗?"

"你请个女客人来,允许我陪一陪,就是开放?哈哈哈!"

"笑啥笑,再笑我还不请了呢!"

"不请就不请,我省事了,反正以后我是啥人也不请了!"说着我就关掉床头灯,装出转身要睡的样子,实际是等她进一步求我,好借此出出以前的冤气。

待了好一会儿,她终于沉不住气又将床头灯拉亮:"你这人真是鸡肠子,以前总叨叨让我请人,真请了你又不支持!"

"你不想想你是否猪肠子,以前说那么多损话都粗粗拉拉忘了咋的?你从没声明作废!"

"现在声明,作废了。以后你朋友来家,我一律作陪!"

我继续反击,目的是巩固和扩大战果,我说:"我都说不再请朋友了,你还作什么陪。人要朋友啥用?猪没朋友活得最省心,心宽体胖!"

"别放屁掺沙子了。我给你讲讲要请的这个人,你就没话了。"

"我不想听,你请个朋友,干吗还要我先把人里里外外审查一遍,像审查叛徒特务似的。夫妻间这样,有意思吗?"

"不是让你审查通过,我连这人的性别、年龄、职业啥都不告诉你,光说事儿你听听。"

我打断她:"不是女的吗?"

"你自己认为是女的,我并没说是。"

原来并不一定是女的!这倒诱使我想听听,妻子要请的客人到底有什么事会感动轻易不动情的人。另外,从这些事中总能判断出男女吧。我说:"男女都一样,毛主席的思想。孔夫子才说男女有别,授受不亲。我信毛主席的,说吧,不用交代性别。"

"我说到哪儿你最好都别打岔。同意的话我就说了?"

她拉熄了灯,细说起来。

"我最不愿和年轻漂亮的人说话,这你知道,男的女的都不愿意

397

说。我认为那些年轻漂亮的家伙说话都不可靠，心眼不好。他（她）们自我感觉良好，以为什么事别人都巴结他（她），就因为他（她）年轻漂亮。他（她）一旦对你无缘无故热情了，就得提防点，肯定要求你办事，要拿你大头了。我就这么认为的，事实也差不多这样。

"一上火车，我对面坐一男一女正好都是年轻漂亮的。两人挺亲热也挺随便，但又说不准是不是一家人，刚一坐下就微笑着点头跟我打招呼。我疑心他们想打我座位的主意。我是边座儿，如果跟我换一下，他们就可以面对面而且是边座了，那样说话做事都是最佳位置。我就冷漠地点点头，点得几乎看不出点了没点，话也只支吾一两句拉倒了。但不得不承认，俩人年轻漂亮又不艳俗，衣着发式一眼就看出与众不同，是高雅简朴的与众不同，让有欣赏水平的人看了不能不自感不如。这就弄得我举止莫名其妙地拘谨。他们越坦然大方，我就越拘谨，越变得不自在，觉得他们有点旁若无人，有点骄傲自大。我就赌气不看他们，趴茶几装睡。睡不着也趴着。后来累了，还得坐起来看书。

"我旁边坐个患感冒的老太太，不时咳嗽。让人难受的咳嗽声和一对漂亮男女的眼光，我书也看不进。一点什么事没有干坐着，表情就更不自然。我只好借机上厕所轻松一下。

"也不能在厕所长待呀，大热天车厢里都让人发闷，厕所里更闷得受不了。磨蹭一阵儿回到车厢，老太太坐到了我的位置上，伏在茶几上咳嗽。她见我直用眼睛看她就挪开了，又接着趴在膝盖上喘气。这时，对座那个漂亮女人主动站起来把老太太让到她的边座，并拿出橘子给老太太压咳，同时让我和他们一块吃橘子。这下弄得我好渺小。自己没让座不说，先头我吃苹果时就是自己吃的，谁也没让一让，就那么自己吃的。我以为不认不识的，让人家也不会吃，就不必虚伪了。可人家，既让了座又让吃了水果，我只好说有胃病只能吃苹果，别的什么水果也受不了。遮过羞后我又安慰自己，认为他们跟老太太换座是为了面对面说话方便，他们事先想打我的主意没得逞，才又以照顾老太太为名乘机换了座的。

"中午时他们招呼我一块到餐车吃饭。我说胃不好，也不饿，没去。他们一去餐车，我赶紧拿出煮鸡蛋和榨菜，吃得很快，怕他们回来看见笑话，又不好意思不让老太太一块吃，我就给老太太扒了两个鸡蛋，推让的时候把茶几上一杯刚倒的开水碰倒了，结果我的右手烫起一层泡。我很窝火，还没到地方手就伤了，大夏天的怎么洗手怎么洗脸不说，一个大包一个小包怎么拿？下车还不知找哪儿去住。头一回出差就不顺利。

"那俩人从餐车回来，看我正要用手绢包扎，拦住我说，手绢擦手擦鼻子的细菌很多，包伤口最容易感染。他们从座位上面拿下提箱，从提箱里拿出个精巧的药箱，用消毒水给我擦拭一遍，又上了些药粉，然后用药棉纱布包好。他们做这些的时候，一点虚情假意也没有，就好像一个单位的门诊医生对待本单位来就诊的患者，看完病也不用领情也不用报酬。我对他们投来的眼神不再报以冷漠了，还偶尔参与一两句他们的谈话。原来他们跟我去一个地方。我说我第一次去那儿，不知旅馆该住哪家好。他们听我说是去外调，没有熟人接应后便说，'你手烫了，拎东西东找西找肯定不行，如果不介意的话，下车跟我们一块走。我们住一个机关招待所，还有车接站，你就住那儿吧，条件很不错！'

"我很感谢说行是行但太不好意思了。他们说，一个城市的人，到了外地就是老乡了，有什么不好意思的。一来我手烫了确实没法提着两个包找旅馆了，二来我对他们已经有了信任感，下车时也只好让他们帮着拎包，跟他们走了。他们有车接站，我一点奔走之苦没受着就住进了招待所，价钱也便宜。在招待所服务台分手时，我说了好几遍谢谢，回东北见，并没告诉他们单位和家里的住址，也没问问人家的。

"住下后我一连几天早出晚归，也不上食堂吃饭，我嫌食堂饭菜太贵。带的那些煮鸡蛋每顿吃两个，加一包方便面，每天饭钱用不了一块钱。钱倒是省了，可省了钱惹来了麻烦。大概天热鸡蛋坏了的原因，吃到第三天晚上我就又拉又吐，一夜上了四五次厕所，折腾感冒了。第四天就发高烧，烧得糊里糊涂躺了一天，什么也没吃，嘴唇都干裂了。傍晚时看着要落的太阳心里难过得哭了，后悔不该出这次差。

"我这人确实太小家子气了，万事不求人，总想求人欠了情怎么还。病那样我也没跟同屋人说帮个忙，就那么装没事似的躺着，掉眼泪就蒙了头不让人看见。我头埋在被窝里又热又昏地想家了。在家还用等病成这样吗？打针吃药不花钱，黄瓜柿子西瓜罐头什么的早买来了。不该出这个差，带的几个钱花完家都回不去了。虽然走时你写了几个人名叫我有事去找他们，我拿着电话号码，到最后也没打电话。一个女同志，在外病了，找男的帮忙，多不方便，叫人家女的知道误会怎办？找女的吧，说实在的，我对你在外交的女同志不放心，说不上怎么交的哪，也不知啥样女的，找了她们就等于支持你们的交往了，我才不当傻瓜哪。当时想了这些之外，也想到你了。这么多年你时常出差在外，都怎么过来的呢？那阵儿我特别想家，在家多好……会不会病死在这儿呢？我浑身冷得发抖，烧得肯定不轻。

"后来有人敲门。我想肯定是找别人的，也没应声。直到听见喊我的名字，才掀了被勉强答应一声。进来的是火车上坐我对面的那个男的。他对我说，刚吃完饭，怎么就躺下，走哇跳舞去呀，缺女伴！我没好意思说病了，而是用反问来推托，'她呢？''她也去，正打扮呢，我同屋那个男的一块去，没女伴！'我就是没病的话，也不会跟他们跳舞去的，何况病得要死。我这才说病了，躺着都天旋地转的还跳舞呢。他这才认真看我的脸色，大吃一惊说下火车还好好的，三天就病成这样。说着伸手摸了摸我的额头。当时吓得我差点把头一歪躲开。一个男的，我连他姓名都不知道呢，怎么能动手动脚的？内心极紧张地戒备着，怕他再做出其他动作。

"他缩回手大惊失色说，烧这样你咋不去看看？嘴都裂了，怕有四十度！他慌忙倒了杯水叫我喝。我说不要紧，你快跳舞去吧！我怕同屋人回来看见误会是什么人。这一说他真走了。

"他和那个女的一块来了。女的换好了漂亮裙装，却捧着一大瓶荔枝饮料,男的提一塑料袋水果。他们把方才倒的热水倒掉,让我喝了两杯饮料,说要送我去医院。我说你们去跳舞吧,我不去医院。他们说烧这么厉害不去医院要出危险,我只好起了床。

"出了招待所他们又要叫出租汽车,我连忙制止,说出差没带多少钱不能坐出租车,就挣扎着要找公共汽车站。他们说坐公共汽车得换好几次,非昏倒不可,不能惜钱不顾命啊,钱的事我们帮你解决!他们没经我同意叫了出租车。坐进车里时我急坏了,我怎么能坐出租车呀,来回二三块还不得我拿?那女的像看出我心思,对男的说,回去拿你单位报销算了,大单位容易些。他们根本没让我交车钱。

"医生检查后让我住院。我说出差不能住。医生说不住有危险。我说住我没有钱。医生说没有钱不能住。他俩说住吧,钱他们帮忙。医生说办手续时就得先交。那女的就叫男的回去取钱,安排我住了院。

"住院押金和出租车费都是人家给交的,这回我不能不问人家单位、家里住址、电话号码了,得还钱,得感谢人家呢!"

听到这儿我实在忍不住了,问她是哪单位的。

"不是让你别打岔吗?"妻子说,"当时人家俩人回答说,你病这样先忙治病,病好了会告诉你的。我一共住了五天院。人家也出差大忙的,还去看了我两次,中间去一次,出院时接的我。"

"谁去的呀?"

"那个男的。"妻子不好意思忙补充说,"是那女的叫他去的,女的忙不开,正好男的有空儿!"

我借机开妻子玩笑:"是不是他看上你啦?"

"胡扯什么呀,挺大个人!"

"这是你的逻辑呀,男女相帮一定是谁看上了谁!"

"我这跟你不一样,你是没事找事,借机联系!"

"你是有魅力呀,你不理人家人家主动联系你?"

"有魅力能吸引不住你吗,惹得你老想联系外人!"

"我是按你逻辑推断出来的。一个男的也没什么可求你的,主动

401

帮你不就是看上咋的?"

妻子有点急了:"我不跟你说清了吗,是那女的叫他去的,女的没空儿,他有空!"

"那么是请他们俩啦?"

"一个。他们俩不在一个单位。"

"是不是一家呀?"

"不是,后来我问了,他俩不是一家的!"

我又借机报复:"不是一个单位也不是一家的,出差在外还要出去跳舞,这不是作风有问题吗?"

妻子真急了:"我是感谢人家帮我忙,又不是感谢他们作风有问题!再说他作风肯定没问题。"

"你要谢的到底是男是女呀?"

"你不是说男女都一样嘛!"

我立即抓住话柄,就像下级抓住一个有利时机促使领导在一张难报销的单据上签字一样说:"可说好喽,你同意这话啦,男女都一样?"

直到客人就要进家门了,我还弄不清妻子请的到底是男是女。我是肯定男女都要热情招待的,不过说心里话,来个男的或来个女的是不一样的。来女的,我陪时既要热情又得严肃,少开玩笑不能说轻浮话,冷淡和热情过度妻子都会不高兴。来个男的哪,我怎么热情都没说道,不过我心里也会毛毛躁躁地琢磨,他们到底是怎样一种关系?深想下去酒就会喝出酸味来。酸到什么程度我也没体验,因为妻子从没有过男朋友。

不管来谁,我得认真准备,这是我家外交关系史上最有重大意义的事件了。妻子给我三十元钱,嘱咐我就照三十元掂对,并让我多利用家里现成的东西。我想,她头回请客,一定弄好点,多花钱也值得。不过最好别让她知道多花了,会过型女人最心疼钱。我决定从自己小金库再拿出四十元。现在物价不像从前,三十元能买到什么呀。

这个季节，买个西瓜就得十五元，一条好鱼又得十五元，一斤好虾还得十五、十六元。没有这几样东西不是请人来看笑话吗，人家张口就说坐出租车的主。这不能怪妻子，学校和家庭之外的活动她很少参加，没见识过这些，怎么知道一瓶好酒一条好烟就得百八十元呢。没有小金库是什么事儿也办不好的。妻子曾对我的小金库有所怀疑，明里暗里查过好多次，连办公室都查过，至今也没被她发现，所以我对她自我吹嘘的有特异功能也不信了。以前我为了避免矛盾，曾暗自在外请过一个朋友吃饭，被她诈出来过，她就吓唬我说凡事老实点，她有特异功能。有几次我背她做的事，都被她诈了出来，一度真以为她有特异功能。小金库侦察失灵后我才踏实，她的所谓特异功能全是靠心理作用猜的。我的小金库就在书柜最显眼最顺手的那一格里。如果她真像报上说的有些党员那样，有空就把马列和毛泽东著作读一段的话，她早就发现我的小金库了，就在双人床她的那一侧，她躺着便伸手可取的一套马恩著作里。三卷《资本论》每卷第二百页夹二百元，一共六百。急用时取，平时往里填。

我乘没人时打开《资本论》第三卷二百页，拿出一张五十元钱。妻子把时间定在星期天，我星期六下午就把东西全筹备好了。收拾得精精细细，凉的往上一端就行，热的只剩点火下锅了。星期天早饭后我又主动把屋子精心搞一遍卫生，然后把待客的一套杯盘碗盏洗擦好，摆妥，又在客人到来之前将所有凉菜弄妥。饭厅的一张桌子简直被我装点成一幅美术作品。这幅作品的中央，是用半个西瓜做成的什锦水果（西瓜皮上还刻了欢迎二字）。以西瓜瓤的红色为主，橘子瓣的黄色为辅，还有紫色的葡萄。外圈凉盘有白的银耳，黑的木耳，绿的黄瓜，粉的火腿肠，还有金红色的螃蟹。妻子疑惑地看着桌子问我："三十元钱买这么多？"

我边进一步精心修改餐桌上的美术图案，边回答说："早市东西便宜，盛夏菜一天一个价！"

妻子于是说："弄这样行了，招待外国客人也用不着你这样费心！"可以看得出来，她嘴上说心里还是挺高兴的。

中午十一点半的时候，妻子看看墙上的钟，说："应该到了，约定这个时间到的，我到平台望望去！"待了一会儿进屋说："这个人，出差时可遵守时间啦，说哪天几点来找我，一分钟都不差，今个咋啦？"妻子刚说到这儿忽然侧起耳朵听了听楼道里的脚步声。"来了，这脚步声就是！"连忙出屋往下面去迎。

我一听那脚步声确实有点异样，节奏分明而且有点快，上面这几层邻居没人这样走路。可我听着似乎是女人的脚步。我顺手按响录放机，一位我不知名的现代女歌星轻柔舒缓地替我家唱起欢迎客人的歌儿。我故意躲进厨房，等客人进家坐定后再正式出面接见。

我在厨房未见其面先闻其声。客人一进门便是一句赞叹："哟，你家这么干净！"紧接着又是一句赞叹："呀，这是招待外宾啊？"

妻子终于还是请的女的。这女人声音有些耳熟。妻子喊我："喂，客人来啦！"

我洗洗手，整整衣发，走到会客室，一下怔在门口。妻子请来的客人也仿佛被哪里的大气功师在远处作用了一下，突然从沙发上弹立起来，妻子刚递给她的一颗鲜荔枝从手上掉下来。她静止在那里足有十几秒钟，惊愕的表情定格了一般。我觉得好像置身在虚幻的梦境之中。妻子怎么会把她请来呢？是妻子故意导演的一出恶作剧，还是上帝暗中安排的一场喜剧？

妻子请来的客人——钟秋娅——像秋夜一颗温暖的火星，一直在我心空中暗放着无法替代的光和热。她的形象正如妻子向我概括的那样，年轻漂亮但不艳俗，衣着发式一眼便可看出与众不同，是高雅简朴的与众不同。她是医生，业余喜爱文学。医学和文学都研究人，前者研究人的肉体，后者研究精神。所以同她接触既可感到医务人员的热情，又能感受到文学爱好者精神世界的丰富。她喜欢穿白色或黑色衣服，这在医院是极不显眼的颜色，而且属单纯冷落的色调，但放在她身上便有了奇异的效果。她的眼睛、脸和体型具有天然的吸引力，与冷落单纯色调的衣着相结合，无论形神都冷热相宜恰到好处，用

"天使"两个字来形容一点都不过分。当然这是我的眼睛看出的,情人眼里出西施嘛。请不要以为我说走嘴用词不当,我对她确实有种超出一般男女关系的眷恋之情。我曾警告过自己,可又原谅了自己,觉得这种爱慕并不伤害同妻子的感情,并且我产生爱慕之情后就想把她介绍给妻子,让她们能成为好友,让妻子能把她的美德学过来。

我是在妻子回老家休病假那年认识钟秋娅的。妻子是慢性病,要休息较长时间,我得上班,不能回老家陪她。温暖宜人的初夏只有我自己在家,下班后无事可做又寂寞难熬,我便靠拼命读小说打发时光,一读就是后半夜,读得头疼仍难以入睡。一个人独处的夜晚总是思绪绵绵灵感飞扬,就连做梦也如小说一样生动曲折。我忽然产生出写小说的念头。当时最强烈的情绪就是对妻子的想念,梦中生动曲折的情节大多与妻子有关,但又大多是曲折了一番之后仍可望而不可即,偶有可即之时却不是妻子。我就以妻子为模特写起小说来了,边读边写。读出文思就写一段,写不出来就再读,不管合不合情理,想到哪儿写到哪儿,有时还把梦中的荒诞情节写进去,反正不想发表,只为日后拿给妻子看的。那阵子读的几乎全是青春小说。读得最认真的是日本作家村上春树的《挪威的森林》和奥地利作家茨威格的《一个陌生女人的来信》。至少读过两遍,有的章节甚至读过三四遍。

谁知写着写着忽然有一天发觉稿纸上有只黑色蝴蝶在飞,左眼盯到哪格子那蝴蝶便飞进哪个格子。眼光一移,黑蝴蝶便也飞走。当它再落到纸上时,用手一摸又什么也没有。我又看书,左眼看到哪个字时哪个字就没了,代之而出的还是那只黑蝴蝶。这时我才感到眼底隐隐的在疼痛。到医院一检查,医生说因营养不良和疲劳过度患了中心性视网膜炎,并责怪我为什么才来看,再晚几天就有失明的危险了。当天我被接收住院治疗,主治医生就是钟秋娅。

所以我第一次见到钟秋娅时,她身上就有一只黑蝴蝶在飞。黑蝴蝶在她白净的脸和工作服上飞时很好看。起初我觉得好玩,看她眼睛她眼睛变成一只跃动的蝴蝶。看她嘴时她的嘴也轻轻跃动。一时看得十分有趣。

在暗室里，她戴了一只特制的单眼镜给我检查眼底。"黑蝴蝶就是发炎那块眼底透射出来的，炎症面积很大，需要眼底注射。"她的鼻子几乎碰着了我的鼻子，说话的气流温柔地直扑我的嘴唇。她注射时左胳膊把我的头抱紧抵在腹部，右手往眼底进针。我的头被她抵得好紧，右耳贴在胸腹间能听见她内脏的蠕动。医生真了不起，把病人抱在怀里竟能若无其事。妻子离男人两米都直往后退哪。她跟妻子年龄差不多吧？

左眼注射过后便戴上了白纱眼罩，黑蝴蝶再也飞不到她身上了。

挡住了一只眼睛，其他什么也没挡住，闲着又没什么可干的，继续看小说，写小说。

有一回我正躺在床上看三岛由纪夫的《爱的饥渴》，钟秋娅把书要了过去，翻翻之后说："一只眼坏了，另一只眼就更要格外注意休息，不然会起连锁反应，两只都生蝴蝶！书暂时没收！"

我想，你没收书我就写，反正我不能干寂寞着。

那天，她看见我趴在病床上写东西，走过来问我："写信哪？怎么你写信还有标题？这么长的信，半本子！"

我只好承认不是信。"啊，写着玩的！"

"我说不注意休息会起连锁反应你没记住吗？写成两只眼都生蝴蝶谁负责？"说着她拿过我正写的小说。

我说没事呀医生，不让看书也不让写，待着难受哇。她说待着难受帮着干干活，擦擦玻璃，拖拖地板，扫扫走廊，再不够干扫院子去。她面带微笑，显然是说的玩笑。我也便故意说："就这点业余爱好，都不让干，想说说话也找不到有共同语言的。你说的那些活都有专人干，我主动帮忙，那些姑娘们以为我别有用心就不好了。"

她无恶意地撇撇嘴说："你想谈什么啊找不到有共同语言的？"我说起码谈谈三岛由纪夫，谈谈茨威格呗，我这样说是想将她一下，我想她不会知道这两人是谁。

不想她呃了一声说："不谈谈村上春树？不谈谈米兰·昆德拉？"

我被她顺嘴说出的两个人名怔住了，瞧了她一会儿才惊奇着问，

"你是说写《挪威的森林》的村上春树？《为了告别的聚会》的米兰·昆德拉吗？"

她说："难道还有别的两个人叫这名？我没听说过。"她拿着我写的有头无尾的小说，对我说："这也暂时没收了，什么时候眼睛治好了再还你。这是医生的责任。"

第二天我真的按照她说的，擦完病房又拖起走廊来。拖到医生办公室窗外时，我看见她正在读我那本厚厚的"有标题的信"，不禁生出又紧张又喜悦的感觉，停在那儿观察起她阅读时的表情来。

忽然她咳了一声，并起身朝门口走来并同时发现了我。我慌忙弯下腰又继续往前拖。她推门朝我说了句表现不错嘛，又回到屋里。我忽然觉得我的劳动有了非常重要的意义和非常强大的动力。三十多米的走廊一气拖将下去也没觉得累。快拖到尽头时她过来跟我谈话："歇歇吧，拖地太过分了对眼也不利的。"

我笑笑说："不是你让我拖地吗？"

"我是说别太过分，什么事过了都不好。"她停了停说，"你小说中那个女人的心理描写就过分，女人的心理你不懂，你是在摹仿三岛由纪夫，但分寸感没把握好。三岛对女人心理把握得极准，你还不准。你在摹仿他，你还没形成风格。三岛的风格是他那可称之为建筑学的性格，文章的骨骼很鲜明，形容词用得很少，但比喻极多，生涩词汇很少，却既明白易懂又深奥。而你这一段像三岛，那一段像米兰·昆德拉，再一段又像茨威格。给我的感觉是你看了这个的就摹仿这个一段，看了那个的就摹仿那个一段。"

我被她说得脸发起热来，申辩说："我不熟悉女人，所以写不好，除了妻子，我几乎不了解别的女人。"

"你写的就是你和你妻子，应该熟悉她的心理呀？"

"她好像没更多的心理活动，她平时跟我说的，并不比我写出来的多。"

"咦，怎么会是这样？"

"真的，就是这样。"

"有意思。"

忽然我问:"那么说你很熟悉男人心理?"这似乎有点挑衅意味。她却没介意说:"起码我对丈夫心理非常熟悉,还有几位男朋友!"

"怪不得,你还有好几位男朋友!""你有妻子嘛,你对妻子心理都摸不透,怎么能写好小说?"

我连连称是,承认自己只从文学作品中熟悉人写不出好小说来。

以后,钟秋娅一有闲空就到病房来和我聊上一阵,有时时间很长,内容都和文学有关。不到一个月,我们竟像多年的熟人了,哪天没聊就像缺了一项重要内容。有一天,她让我帮她把一大堆病历送到院务处后,似乎不回报我点什么便过意不去似的,对我说:"我也帮你做点贡献吧?"

"你想帮我做?哪方面的?"我异常高兴地问。

"写小说方面的。你不是说不懂女人心理吗?我从中学就写日记,一直到现在,都是给自己看的那种日记,借你几本看看。写的都是我每天的心理活动。"

我喜出望外,木讷讷谢了她,真拿了她的日记看起来。我看一本还一本,再借一本,竟整整看了十本。她确实把自己的心理活动写得很细腻,我觉得文字功夫比我要好,感情比我丰富,她把自己丰富的感情表达得令人佩服。无论是对丈夫和对朋友的感觉,她都写,都写得如实。不像我。我也一直记日记,可多记些流水账,虽然也记些心理活动,但许多更真实怕别人知道的心理从来不记,对妻子对女同志的想法尤其不敢记。相比之下我又觉得她挺勇敢,敢于面对自己内心深处的现实,既感情丰富又有思想,是我在遇到的女人中包括妻子产生好感最深的一个。加上我眼睛里这只黑蝴蝶做媒介,我们顺理成章地建立起默契的友谊。她每天对我眼底的检查,对我病情的问询,和紧紧把我头抵在她胸前进行的眼底注射虽然都属工作责任,我却觉得比别人温暖幸福,而且自信这感觉是准确的,因为哪个患者也没像我俩这样有共同语言,在这所医院里我是唯一看过她日记的人。这么深的信任是谁都能得到的吗?五四青年节那天下午,三十岁以下的同志本来都放假，她又到医院特意送我一盒"明目茶"，说常用这茶对眼睛有好处。我不知这茶是她家早就有的还是特意买的，也不知道放假她为什么不回家，就说："过节怎么还来？这茶……青年节，该我给你买礼物才对……"

"自己在家没啥事。一盒茶，什么礼物哇。眼睛今天感觉咋样？"

"蝴蝶已经没了！"几个字一出口，我忽然生出一丝遗憾，眼中的蝴蝶一消逝不就意味着快出院了吗？"要出院啦……好得真快！"

"就是……要出院啦。"

我俩的口气都流露着相处恨短的味道。

我忽然一闪念，问她："你爱人呢，没给你过节？"

"出差一个多月了，还得一个多月回来。"

"那你今天的节日就这么过了？"

"不这么过又能怎么过？"

我想了一会儿。"我……我请你吃顿饭吧，快出院了，算给你过节，也算谢你。"

"吃饭？"

"我忽然产生这么个想法，不知道好不好。"

"吃饭……有什么不好的，只是，你妻子也不在，我丈夫也不在，不大方便吧？"

"可也是。要不，等我妻子回来再请。今天我陪你出去玩玩吧，你过节，我在医院憋屈一个多月了，也想出去玩玩。"我怕她叫我失望，便先留下退路说，"你不想去就算了，我只是有这么个愿望而已。但是，你若去了我会非常高兴。"

"那就去吧，我也很高兴。"她把手伸进裤兜摸了摸补充说，"今天不算谁请谁，我们俩把各自身上的钱掏出来，有多少算多少，不许再外添，加起来作为这次出去玩的经费，怎么样？"

我知道自己身上不会有几块钱，便补充条件说："我必须得外添些，身上恐怕一分没有呢！"

"外添就不去了，必须得同意这条件。"她说得虽温柔但很坚决，

409

我不能不同意。

结果我衣兜里总共只有三元八角钱，而她却是十七元二角。她把她的钱往我手里一塞说，"正好二十一元。别管三七二十一了，过节去！"似乎她成了这次活动的领导。

然后我俩不约而同看了对方一眼，"去哪儿呢？"

我想了想说："去江边怎么样？我想去江边。不过是你过节，以你为主！"

"我也想去江边，好久没去江边了。"她果断地说，"就去江边啦！"

出屋时我想趁她不注意从床头柜再拿出些钱，却被她发现了。"男子汉说话不算数，不去了！"我只好罢手，乖乖跟着她出了屋。

走时天还阴着，到了江边，太阳仍蒙在云中。天虽然不算好，人却不少，但大多都在堤岸上热闹。浩浩江流坦荡地涌向无尽的远方。江水宽阔平静，吹过来徐徐清风，水边几十米宽的沙滩弥漫着诱人的诗意。我们忘情地眺望了一会儿，又不约而同看了看堤岸上的人群，我说："到沙滩去吧？"

她说："是该到沙滩去！"

走到江边时，西斜的太阳忽然从云的缝隙射出很宽一条光带，照得江水泛起一溜霞彩。爽心的清风把微凉的江水推向我们的脚面，我们欢快地往后一跳，心头漫过无限的快慰之潮。

"你会唱歌儿吗？"她问。

"会唱！"我毫不犹豫地说。若在平时我会犹豫再三推说不会的。

"唱一个吧！"她说。

"好，唱一个。"那首《航标兵之歌》没有思索就涌出我嗓子。"歌——声——迎——来——了——金——色太——阳，双桨划——破——了——千——层波——浪，我们——在——海——上——架桥铺——路——让航行的朋友——们——一路——顺——畅——"

我唱得很动情，她也随着我一同唱。"——年——轻——的航标兵——用——生命的火花，点燃了——永不——熄——灭——的灯——光——"

我们一边唱一边慢慢走着，脚上的鞋已经被江水打湿了。忽然，眼前出现一节被江水推过来的枝条。她从水中捞起它说："用这在沙滩上写字才好看呢！"

　　"你写写看，你的字写得不错！"我鼓励她说。

　　她挥动枝条，飞快写出三个字，是我的名字。写得十分潇洒。她把枝条塞给我："你也试试。"

　　我也写了三个字，是她的名字。

　　江水很快漫上来，一点一点将我们的名字淹没了。

　　回到岸边，遇到一个老太太摆地摊做有奖套圈的生意。一个圈一角钱，套住什么就奖给什么。她掏出钱说："咱们的经费还没花掉几个呢，套圈吧！"

　　我们买了四块钱的圈，一人二十个。她说："你先套。你套住的给我，我套住的给你！"

　　我说："你指吧，你想要什么我就套什么！"

　　她指指最远处半尺高的小天使，我一只接一只地把套圈向小天使投去，风太大，二十个圈用完了也没套上。我不甘心，又要过她手中那二十个，只剩下五个圈的时候，才把那个小天使给她套住。我又买了三十五个圈给她，就正好每人一样多了。指着和"小天使"差不多远的"骑士"说："我要这个。"

　　她的竹圈儿一个个向骑士飞去，她不仅套住了骑士，还有一架飞机和一条船。

　　我把飞机分给她。她收下说："好吧，以后要坐飞机你找我，坐船我找你！"

　　上了堤岸，她说："还有十五块钱呢，得花光它！"我们四处看看，只有一份卖冰糕的生意。我说："就吃冰糕吧！"

　　"好，咱们比赛，看谁能吃。"

　　我们俩一连气吃到五碟时，她说不行了，我咬牙又吃下一碟，终于胜了她。胃里冰天雪地，心里却极温暖。付过账后，我们的活动经费还剩下五块了。

我说要不再吃几碟算了。她说实在不行了。我指画了一圈江岸说再没什么可花钱的了。

她想了想说，买一枝鲜花吧。我很赞成。可走了好远，问了好多地方，也没打听到哪儿卖鲜花。

最后，我们把剩下的钱在书摊上一人买了一本书。她那本是《敲开伊甸园之门》，我的是《为了告别的聚会》。我们带着各自的收获坐上了回返的公共汽车，她的手里还有一枝我偷偷折下的迎春花，鹅黄色的花瓣辉映在通红通红的晚霞里，十分醒目。

妻子被我和她请来的客人意外的表情弄得莫名其妙，她已发觉我们先前认识无疑了。我镇静了一下，强硬着头皮向妻子介绍说："我跟你说过，她就是我要请的那位医生，给我治眼睛的医生……"这样说时，我心里快速想到大思想家卢梭的那段话："美满的生活离不开自我约束，但是与其约束那丰富而广博的爱情，倒不如约束那狭窄而充满敌意的妒忌之心。传统道德的错误并不在于它要求自我约束，而在于它没有要求到点上。"妻子请钟秋娅来家做客是把她当成好人，如果她知道了我们那段经历后还会那样认为吗？

妻子的表情乱了，惊异、尴尬、慌乱同时拥挤着，一时竟没有话。

我终于还是在外面请了钟秋娅，那是一个星期天的下午，这事当然没跟妻子说。

我们选择了一家不很大但是僻静幽雅的西餐厅。那个下午天一直阴着，餐厅里只有我们两个顾客。

我们喝啤酒。第一杯我向她致以谢意。第二杯她祝贺我眼中黑蝴蝶的消亡。第三杯我祝她身体健康。第四杯她祝贺我妻子病愈。第五杯我祝她幸福。第六杯她祝我幸福。我们的祝酒词都是一句话，一点啰嗦没有，酒也喝得干净利索，一次一杯。

祝来祝去不觉中喝光了六瓶啤酒，我从未喝过这么多啤酒，也从没喝得这么爽快过。她说她也是。

这时，已是晚上八点钟了，外边早在我们互相碰杯相祝时下起了雨。雨势越来越大而且起了风。服务员一边看钟一边看雨一边问我们是否还要加酒。看她的表情是在提醒我们要闭店了，别喝醉了的意思。

我们这才想到该回家了，可是雨很大，我们又没有伞。算过账后只剩下几块钱，根本不够叫出租车。但又必须得走，否则回家跟妻子就解释不清了。我用工作证做抵押商量着向店里借了把伞。

我们同举着一把伞走进雨里。

风不稳定，把雨吹得前后左右乱窜，一把伞没法两人遮雨。一会儿我往她那边推，一会儿她又往我这边推，我俩都浇了一边肩。

四周没有一个行人，只有用力推挤我们的风雨。我们就顺应着风雨的推挤紧凑地拥依着，谁也不感到羞怯，谁也没往后躲闪，谁也不觉得冷。

我们兴奋着往前走。鞋里进了水，心里的暖流在往外涌。

她用里边的手摸了摸我的外肩问："还能浇着吗？"

我听着像是她把我的头紧紧抵在她胸前做眼底注射时问的那声还痛吗。

"浇不着啦！"我望着她问，"你呢？"

她眼睛里闪着美丽无比收拢不住的热烈光彩，看着我说："也浇不着了……只是……有点热有点渴……"她把热烈的眼睛和干渴的嘴唇微微仰向我，同时停下了脚步。我分明感到她的身体在颤抖，也不由自主地停下了。

这时，眼前的路灯忽然灭了。朦胧的夜色中不是风把我们俩面对面地拥在一起。

"祝你妻子幸福！你一定要让她幸福！"她又一次用眼睛看着我时，第一句就是这样说的，"答应我！"

我说："我会的。也祝你丈夫幸福！"

说完我就离开伞跑向雨中。

1991年8月号《鸭绿江》文学月刊

荡　客

二十五岁时的吴敬梓,正避开全椒探花府的无尽烦恼,像沧海扁舟,孤苦无依地在扬州、淮安及南京一线游浪。那该是大清王朝雍正三年,正好其妻辞世两年,其父过世也三年。一个正以诗词曲赋消磨时光的年轻才子,他那时还丝毫没想到十多年后会拒考不宦,非要写一部长篇小说《儒林外史》不可。

一次,在淮安金湖客栈的夜宴上,吴敬梓与一位相貌动人的苏州歌女不期而遇。那歌女未经邀请主动站到吴敬梓身边,彬彬有礼地自弹琵琶唱了一支苏州曲,惹得满座人一片赞叹,齐招呼她入座同饮,她顺势就坐在了吴敬梓身边。吴敬梓正不解,一圈十多人,这歌女为何单坐在了他身边。挨他另侧而坐的一位相识歌女说,这是迎宾楼的头牌,名叫苕苕,她早仰慕吴公子大名,得知被我看好的唱词是公子手笔,非要我来求公子,也为她写上一曲。

不待吴敬梓说句谦词,见苕苕脸已泛红,正羞惭地望着他。他另侧那歌女忙煽风点火说,苕苕姐好大架子,自己就在公子身边坐着,还非得支使我丫鬟似的为你传话!

苕苕这才端杯起身道,吴公子的歌词实在高雅,小的无缘得唱,才不好意思求人传话的。不管行与不行,能得敬公子薄酒一杯,也属三生有幸。我愿自饮三杯,以表虔敬!

吴敬梓听这话时忽然发觉,这苕苕与老家忘年棋友叶郎中的女儿叶惠儿有几分相像。而那叶惠儿曾是他少年时最有好感的女孩，所以便欣然与苕苕同饮了三杯酒，满口应允了她的请求。苕苕因此当场特为吴敬梓跳了好一会儿她最为拿手的柘枝舞。那舞是从中亚传入我国西域新疆等地的，活泼奔放，节奏起伏，充满热烈动人的生命活力，加苕苕与吴敬梓同饮过三杯酒后，又吟了几句诗，分别是白居易的"红蜡烛移桃叶起，紫罗衫动柘枝来"，和刘禹锡的"曲尽回身处，层波犹注人"，便使得吴敬梓陡生相见恨晚之情。那晚，才子佳人加美酒轻歌，欢声笑语不断。直至深夜回到住处，吴敬梓仍灵感飞扬，不能入睡，遂连夜写了一首无题诗：

柳烟花雨记春初，梦断江南半载余。
直到东篱黄菊放，故人才寄数行书。

香散荃无梦觉迟，灯花影缀玉虫移。
分明携手秦淮岸，共唱方回肠断词。

诗末的"方回肠断词"，是指北宋词人方回词作《青玉案》，该词有"碧云冉冉蘅皋暮，彩笔新题断肠句"。而大诗人黄庭坚《寄贺方回》诗中又有句"解作江南断肠句，只今唯有贺方回"，表述的都是深深的衷肠雅意。吴敬梓本是刚刚接到一位至交密友章裕宗来信，而酝酿于心打算成稿后寄给朋友作回信的，没待落笔便遇了苕苕的请求，写时便分外多出别一层情感，因而显出许多缠绵之意，便觉正好可以拿给苕苕去唱（该诗以《寄怀章裕宗二首》收录吴敬梓《文木山房集》）。第二天，吴敬梓便带上无题诗去迎宾楼见苕苕，去时还带了些银两并一只玉镯。

吴敬梓找见苕苕时，苕苕正和一个男子在下围棋，见了吴敬梓慌忙起身说，听人传，公子不仅诗词写得极妙，还是围棋高手，何不同我师父下一盘？我和师父学了两年，还不曾得着他一两招诀窍！

吴敬梓说，初次见面，一无所知，怎好就请教？

苕苕说，围棋最是高雅之物，何需那许多俗套。说完把棋枰上棋子重新分放好，请他两人坐下对弈，自己则站立一旁看。

吴敬梓连胜两局，苕苕师父拱手甘拜下风，并吩咐下人摆上酒菜。苕苕斟了酒，头一杯郑重敬了吴敬梓，第二杯敬了师父。苕苕自己也认真喝下满满一杯说，吴公子是探花府里吃过好酒好肴的，到我们这迎宾楼来，哪里吃得惯！

吴敬梓谦让说，我家酒菜哪里有你这儿好吃！

只吃了几杯酒的苕苕师父便有了醉意说，吴公子府上那些女子，怎及苕苕才艺双全，苕苕唱歌比酒醉人，公子若肯为苕苕写唱词，肯定更拔头筹异彩。

苕苕说，人生在世，只求心性好，哪在乎贵贱！我看重有才情好心性的人。遇着那些有大钱不懂尊重人的主儿，我还不稀罕！

吴敬梓和苕苕吃了几大杯，苕苕师父便叫下人收了残羹，让吴敬梓和苕苕慢慢说话，自己先行离去。苕苕也便带吴敬梓下楼进了自己房间。一般这等去处，多是大红大粉色彩，即所谓桃色肉色，而苕苕不大的一间屋子，充满了清香和雅气，花是兰草，画是梅竹，壁桌上供着一尊小小玉观音，中间床上挂的帐子，也只透着极淡的粉色，仍不伤整体的雅韵。床前的铜火盆中，炭火正旺。苕苕用炭火烧水泡了杯绿茶递给吴敬梓，又拿汗巾一边给吴敬梓擦脸，一边问道，不知苕苕盼赐的唱词几时才得上口？

吴敬梓说，苕苕所嘱雅事，怎能忘了。今日头回上门拜访，还没送上见面礼呢！说罢放下茶杯，取出银两和玉镯递给苕苕。苕苕连忙认真推辞说，苕苕哪敢毫功未有就受公子如此重禄？我只是念着吴公子那胜似千金万银的唱词呢！好歌女最盼好唱词的！

从来不看重金银的吴敬梓，一下愧觉低了苕苕一截，说，请苕苕恕谅，我这只是一点点见面礼物，本没当第一要事看待的，只为初次见面不好轻待小姐！

苕苕还是坚辞不收说，我最看重公子的才情，在我眼中，公子的唱词比什么都贵重！

吴敬梓只好把银两和玉镯放下，又从衣袋掏出诗稿说，倒是写了一首，只是匆促粗糙了些，请指正，以后再写好的！

苕苕惊喜万分，忙用刚给吴敬梓擦过脸的汗巾擦了自己的手，方接过诗稿看了一遍，然后轻声念道：

无题

柳烟花雨记春初，梦断江南半载余。
直到东篱黄菊放，故人才寄数行书。

香散荃无梦觉迟，灯花影缀玉虫移。
分明携手秦淮岸，共唱方回肠断词。

念到最后，苕苕语调已变得重了，深舒一口气望住吴敬梓说，以无题命题绝好，只是苕苕浅薄，其中典故尚悟不出深意，还望赐教！

吴敬梓将几则典故细心做了些解释。苕苕说，这诗我真的好喜欢，但似觉并不是为我而写。若是专为我而写，我便依了你。

吴敬梓本想含糊其词默认是专为苕苕而写，反正对一个风尘歌女也用不着当真，可面对了苕苕的格外真诚，便说不出一字谎言了，如实道，原本是为一知己男友回信而酝酿的，不及动笔便遇了你，味道就大变了。你只管拿去唱好了！

苕苕说，公子如此诚实，也算为我而写了！

吴敬梓深为感动，望着苕苕没答一言，只把有点儿颤颤的双手慢慢伸出来，停在那里。苕苕放下诗稿，也把双手慢慢停放在吴敬梓手边。吴敬梓这才拉住苕苕，两人不由自主相互投靠在一起。

苕苕仰脸看着吴敬梓说，我不贪图你银两玉镯，只盼你能留心于我！

于是两人犹如鱼水，灵与肉融为一体。

一些时日的接触，吴敬梓眼中的苕苕已不是卖唱的歌女。这个沦落风尘的血肉之躯，渐渐帮助他从灵与肉的双层痛苦中挣脱出来，渐渐有点割舍不下了。苕苕是苏州人，她在淮安和吴敬梓一样也是无亲无故，便更加惺惺相惜。以前苕苕所唱的多是平淡无奇的词曲，不很着雅客喜欢。有了吴敬梓写的唱词，再经他指点，苕苕的演唱变得既生动又有文采，可以雅俗共赏了，一时唱响淮安，很是吸引贵客。

淮安府是苏北地区的米市，米商云集，还有许多来往自洪泽湖、大运河的船夫及航运漕官等，使得小城并不比苏、扬二州甚至江宁冷落。因而，淮安城歌楼酒楼比肩携手，歌女们可以日日不闲为过往客商卖艺。所以吴敬梓分外为苕苕的成功而喜悦，苕苕也对真诚善良风流倜傥的吴敬梓愈加爱慕。苕苕打扮素雅，自弹自唱，才貌双全又不过分重视钱财，听了她的歌给钱便收，不给也不深要，给多给少也不计较，这与仗义疏财的吴敬梓很是相投。淮安府一些吴敬梓的好友，知道苕苕演唱的新歌和新唱法得自吴敬梓，便在众人中口口相传，使得一些歌儿在周遭成了名曲，不仅歌女，民间也有流传。

苕苕的歌在哪里响起，哪里便响起一片喝彩。有了喝彩声，苕苕吐出的唱词便更加字字珠玑。听众觉得苕苕动听的歌声是唱给大家的，而吴敬梓却从苕苕的眼神里看出她专注的目光，都是流露给他的。

有天，苕苕的演唱让座上一个醉汉放荡得有些疯狂了，他得知为苕苕写唱词的人就是在座的吴敬梓，便端了一大碗酒撒酒疯说，你能为一个歌女献殷勤，就不能陪我男子汉大丈夫喝碗酒？是男人就别一派太监样儿！

原本极爱酒的吴敬梓，看着满大碗酒不仅苦起脸来，一时答不出话。这一满大碗酒如何咽得下！从一年前开始，他就总有莫名的又饥又渴的感觉，却喝不下酒，一旦喝了，消渴症（糖尿病）就愈强烈难忍。醉汉正要进一步动粗，台上的苕苕走下来，款款来到醉汉面前，劈手夺过吴敬梓眼前酒碗，一笑说，这酒让我来沾沾吴公子才气好了，权当我谢他，兄台要不怪罪，我愿和你同饮！

醉汉一下被苕苕的大气镇住，既手足无措，又有点受宠若惊，只好和苕苕对饮而尽。大堂里人们齐声为苕苕喝彩，那醉汉不敢再造次一下，老老实实坐下听歌。吴敬梓感激地看着台上的苕苕，苕苕一脸灿烂的笑容将满目秋波送给吴敬梓。他们的交往，便从此扭结着，扯不断了。吴敬梓曾对苕苕说，我陪你离开淮安，换个新天地去唱吧！

可是苕苕在淮安已是缺离不得的角色，因他俩的关系，连吴敬梓也让歌堂舞馆老板厚意挽留。有的馆主同吴敬梓谈，请他为苕苕多编些唱词，让她红透淮安府，可以分更多些银两给他。

吴敬梓对银两并不在意，却跟苕苕私下说，你唱得很好，就是在扬州和江宁也不多见，如你喜欢我再多给你写些唱词便是，一旦唱红大江南北，你便不会再过凄苦日子。

苕苕深情以对吴敬梓，也不明确可否，只诚恳地谢他肯为她多写唱词。

据有关研究资料判断，吴敬梓为苕苕共写下三十首歌词，但目前尚未查找得到。由此可见他们的感情绝非一般歌伎与狎客逢场作戏所能有。吴敬梓曾带苕苕游历了不少地方，不但江宁、扬州、淮安一线，他们也曾到过苏州、杭州、绍兴、嘉兴等地，沿长江又去过铜陵、芜湖和安庆。苕苕伴随着他，妇唱夫随似的，真的使苕苕的名声红遍了长江南北。

　　昔年游冶。淮水钟山朝复夜。金尽床头。壮士逢人面带羞。王家昙首。伎识歌声春载酒。白板桥西。赢得才名曲部知。

　　闺中人逝。取冷中庭伤往事。买得厨娘。消尽衣边荀令香。愁来览镜。憔悴二毛生两鬓。欲觅良缘。谁唤江郎一觉眠？

　　奴逃仆散。孤影尚存渴睡汉。明日明年。踪迹浮萍剧可怜。秦淮十里。欲买数椽常寄此。风雪喧阗。何日笙歌画舫开？

这是吴敬梓后来追想那段时光时写下的词。可以看出苔苔依恋吴敬梓，不仅仅是他的才气，还有他的人品和家世状况。这时期的吴敬梓已丧父丧母丧妻，并患病在身且时常发作，发病时的痛苦情状也让苔苔无法割舍得下。同时，游历中苔苔追随敬慕的吴敬梓，也大开了自己的眼界。

江宁的十里秦淮河，烟花柳巷很是兴旺，文人骚客公子哥儿，都喜欢到这里寻找乐趣。每到白日，那些风骚的姑娘就会香气袭人地站在门前花柳下邀伴戏耍。各种名目的节呀会啊，都可作由头，置备了酒席，比赛着寻欢作乐。窈窕歌女们的调笑声，不时从河面的船篷传出。彩色楼船中更有笙歌曼舞，唱的舞的皆有几分姿色，却不胡乱拉人拽客。苔苔成了秦淮河上卖艺不卖身的雅歌女。她在这里更加悉心地体贴着吴敬梓，不仅以身相许给他以灵与肉的慰藉，还常在酒兴之余和吴敬梓对弈，陪他消磨了很多身心交瘁的时光。

吴敬梓与苔苔形影不离，前后长达几年。其间吴敬梓把爱子吴烺也带上与苔苔一同游走过。因此苔苔有意把自己托付给吴敬梓，想与他厮守一生。基于一些烟花柳巷方面的情况，曾极力赞颂"安徽真正的大文豪是吴敬梓"的胡适先生，却还说过"吴敬梓的家是被他嫖败的"。这话未免太过残酷，有伤众多文人对《儒林外史》伟大作者的敬仰之情，所以我觉得有必要用现代眼光为鲁迅先生极推崇的这位伟大小说家说几句公道话。吴敬梓与苔苔，哪里是歌伎与嫖客关系，其实他们的感情是很纯洁高尚也很感人的。读读吴敬梓后来写的《儒林外史》，便会更加坚信，他绝不会是个嫖败家财的浪荡嫖客。一个嫖客怎么可能将终生只一部的小说写得那般清雅干净，没有丝毫嫖情淫意，没有半点不严肃的人生态度。

虽然和苔苔已如胶似漆，吴敬梓因诸多家事牵扯，还是不得不带着幼小的儿子吴烺返回老家全椒。出于宗族及诸多亲友的压力，吴敬梓却不能把苔苔带回家中，他只好先把苔苔送到安庆，托付给家在安庆的一位好友照料。

而回到老家全椒的吴敬梓,书房在梅雨中显得格外凄凉寂寥,已无情地生分了他,许多亲友也都拿另种眼光看待他。尽管如此,全椒探花府的情形,却令他一住下来就无法脱离了。一是他若再带着烺儿与苕苕这般歌伎人物游走,会更被"乡里传为子弟戒"的,还有诸多找上门来的家业田产方面的事,把他手脚紧紧缠住。先是堂叔吴霄瑞找上门来张嘴便说,贤侄啊,你的西隔壁墙已经倒塌,按说咱吴家已各管各的,我操这心已是多余,可是你是我侄儿,我管得着啊!

吴敬梓十分冷淡说,不就是隔壁墙吗,修也可,不修也可,反正都在一圈围墙之内。

吴霄瑞道,你可我却不可,我家的东西那么多,院子里都装不下,我不担心人,万一你家的鼠虫隔着墙越过来,还不是随便地咬坏我的东西吗?

吴敬梓懒得回答,要修你便自己修,反正怕这怕那的不是我。

吴霄瑞沉了脸说,你翅膀硬了是吧?在外面莫不是有了靠山,连自家长辈也不放在眼里啦!

堂叔吴霄瑞前脚走,五叔吴雷焕便后脚进来,张嘴便嚷,敏轩(吴敬梓,字敏轩)呀,这道儿你是咋走的,听说你在外面把个歌伎纳了私妾,说不定是哪个青楼的风尘女子,这话儿早就传过来了,你走上这条道儿,心思就全不在家业上,随手挥霍,人财两空不说,贤孙不也拐带坏了,书香门第还咋个延续?这些我都管不了啦,我只问你一件事,你家这房子,房檐水是从我家院子流出去的。原先都是一家宅产,那檐水咋个流淌法都一样,如今我们都分了家,还能和从前一样吗?你若争气我也没话可说,如今你不走正道,我就顾不得叔侄之情了,你痛快想法把房檐水收回自家院里,别的都无须说了!

小儿吴烺惊恐地听着大人的争辩,眼里满是无奈。吴敬梓摸着爱子的头,回答堂叔道,这个法子我想不来,能想你自己想去。

吴雷焕立刻奚落道,看看,原来的长房长孙何等模样,现在却破罐子破摔了，邻里不拿你戒子弟就怪了！

回到全椒的书房，吴敬梓的心思又被举业搅了一番，甚至想念苕苕的心情也被搅碎了。吴敬梓这种烦躁痛苦的心情，在妻子陶媛儿过世之后一直就有。待到去媛儿老家看望过岳父岳母大人之后，吴敬梓的心情就更加破碎，任酸甜苦辣都无法将破碎的心情整合到一处。

这烦躁和苦痛令他度日如年。他想离开全椒，再去江宁等地。但全椒的千丝万缕却纠缠住他，尤其是可怜的烺儿，小小年纪就跟他在外边乱走，的确会带坏他的。这就使他左右为难，去不成他最想去的地方，留给苕苕那句"还会回到她身边"的话也不能实现了。

好在有长他五岁从小一直与他做伴读书的族兄吴擎，还能和他谈心解闷。吴擎过生日，还特请他和另几位好友单独聚会庆贺一番，使他心情能好些，又生出重归举业之路的想法。为了转换情绪，他曾独自一人步行到离县城很远的西墅草堂去，那是他的高祖吴沛修建的，是先祖发奋读书的居所。草堂门上的楹联是：

　　函盖要撑持，须向澹宁求魄力。
　　生平憎诡故，聊将粗懒适形神。

草堂书斋也刻有一副楹联：

　　君子蒙养作圣功，须向此中求建白。
　　秀才天下为己任，还须不朽著勋名。

吴敬梓置身先祖隐身苦读处，不能不深受先辈的诱导与刺激而产生共鸣。当吴敬梓瞻仰他的先人遗迹时，自然也会想到他的祖先为人行事来。当宛陵太守关骥召请吴沛前往时，吴沛曾愤然而起，说道："大丈夫不能取进贤，自树功业，有负知己。何面目复尔曳裾哉！"这种不折腰求人的精神，对吴敬梓也有所激励。吴敬梓在从他的先人事迹中寻求积极精神支持的同时，也颇以他的先人曾得到帝王赞扬的历史而感自豪。他在《西墅草堂歌》中写过："祇今摇落又西风，一带枫林绕屋红。明月空传天子诏，岁时瞻仰付村翁。"便是指明朝崇祯皇帝朱由检表彰他的高祖吴沛隐居课子的行为而言。但是，孤寂的苦读生涯，长期压抑的心境，家庭夺产之争的缠绕，毫无把握的功名追求，终于使吴敬梓从小失去母亲调护而病弱的身体更趋虚弱，病情和坏心情都日渐加重，而一时走向浪荡的。吴敬梓重又唤起成就举业的想法，同时也产生必须离开全椒这个伤心地的决心，但又不能再身背"乡里引为子弟戒"的骂名去找苕苕了。

而安庆府那边，歌女苕苕一心痴等着吴公子。没有吴敬梓在的日子里，苕苕忧心如焚，就连熟记在心的唱词也常常唱不完整，歌声和容颜都少了许多动人的魅力。她在安庆糊口谋生是没问题的，但她心里记得十分清楚，吴敏轩答应过的，不久就会回来和她在一起的。可是苕苕没能等到吴敬梓归来。

吴敬梓与全椒士绅和吴氏族人的关系，已发展到彼此僵持、横眉冷对的恶劣地步，就他那性格，无论怎样努力调整，心态也难以改善了。他不禁发出"似以冰而致蝇，若以狸而致鼠"的无可奈何之叹，认为自己的努力，如同用冰块来招引苍蝇、用猫来诱捕老鼠一样，是徒劳无益的，因而再次产生了远离全椒族人之念。他就是在决心彻底离开全椒那一年，正式迎娶了与苕苕长相有几分相像的叶惠儿。但歌女苕苕成了吴敬梓终生难以消解的疼痛。

吴敬梓带着这疼痛，只身来到曾为六朝古都的江宁。

在刚刚步入而立之年的落举秀才吴敬梓眼里，江宁早已不陌生了。他曾从嗣父任职的赣榆几次到南京探望生父，嗣父也特意带他来这里拜会过亲友。他也曾借全椒赣榆两地往复奔走之机，独自来南京会聚自己结识的文友。不管探病还是办事，也不管会友还是游玩，喜怒哀乐酸甜苦辣的心情，都无法破坏吴敬梓对江宁的留恋。尤其那桨声不绝、诗意无穷、吴侬软歌日夜飘荡的秦淮河，最是吸引才子佳人们的去处。为了排遣挥之不去的落榜、丧妻、族人纠讨及与苕苕分手的混合伤痛，吴敬梓又一次只身来到南京。秦淮河的桨声灯影和歌女与酒,最能麻醉缓和他心头累累之痛。

光是秦淮河那条太过柔媚、飘着香脂气的温吞水,麻醉吴敬梓伤痛的药力是不够的。秦淮河是流淌在六朝古都文化厚土上的诗河与史河。帝王将相、才子佳人和五行八作的佼佼者,都常在秦淮河上出没。吴敬梓后来据考不宜,写《儒林外史》所依托的明朝,京城就是南京。大明开国皇帝朱元璋曾调集了二十多万工匠,用二十多年的工期,修建了这座当时已居有四五十万人口、世界闻名的都城。吴敬梓在后来著就的《儒林外史》里曾炫耀地描写南京"大小酒楼有六七百座,茶社有一千余处",每日运进城来的"何止一千个牛,一万个猪,粮食更无计其数"。他尤为迷恋的是,南京文学艺术事业的繁荣。那些有名家坐堂的书院书铺等,都是他多次流连忘返的去处。南京还有一些吴敬梓见过面的著名文人学者,如程廷祚等人,也是吸引吴敬梓的一股魅力。恰巧程廷祚就是和吴敬梓同年名落孙山的。

吴敬梓对祖辈父辈对他寄予厚望的举业,虽还不甘,但已三心二意,信心不坚了。他独自在秦淮河的夜色里,把酒听歌女的靡靡之音,听到动情处,不禁想到亡妻,眼泪便借着酒劲融入河水。可是这些为金钱而弹唱出的靡靡之声里,没有他的知音。他的知音苕苕现在哪里呢?他时常想起为她写的那首《无题》诗。每一听到类似的曲调儿,他都会觉得是苕苕在唱,甚至会醉眼迷离地依河边一棵柳树遐想谛听一阵,但都不是苕苕唱的,也不是《无题》诗。有一天,他又一次听到似是而非的歌吟后,愈加伤感得不行,索性转而向西,出城来到冶山。

冶山谷那一带建筑叫冶城,在石头城东南,原是吴王夫差所设铸剑之城,因而文绉绉地被命名冶城。吴王铸剑,又卧薪尝胆的典故最能激励有志而落魄之士。但是,年届三十而一无所立的落榜秀才,哪有心思和吴王比志啊!吴王铸剑想用武力征服敌国,而自己一介书生,考不取并不由衷拼考的举业,倒该和山中修炼的僧道比心性才是。于是他又恍恍惚惚爬上建于东晋太元十五年的冶城寺。这冶城寺随六朝古都至明洪武年间改修为朝天宫。

半醉半醒的吴敬梓所以向冶山的朝天宫而来,是因他生父吴雯延曾长住冶山丛霄道院苦修举业。生父病重期间,吴敬梓曾来丛霄道院探望并陪伴过几日。丛霄道院离冶城寺不远,吴敬梓陪伴病重生父时结识了冶城寺的一位周道士,当时两人谈诗论道,处得十分相投。吴敬梓还清晰记得以前写过的《过丛霄道院》一诗:

> 铃铎风微静不闻,客来芳径正斜曛。
> 烟昏树杪鸦千点,水长陂塘鹭一群。
> 幽草绿遥寻古刹,疏窗碧暗哭遗文。
> 白头道士重相访,极目满山飞乱云。

其实人活着,对哪个地方有感情,有怀念之意,全是因为人。吴敬梓向已罩进昏暗的寺庙攀去,就是因为想念这个周道士。到得庙门时举目一望,青山依旧,夕阳却不见了,冷冷清清一座古寺,无一丝人声。吴敬梓推了推寺门,推不动。又扬手敲了几下,厚厚的古木敲不出声响。诗人贾岛那首"鸟宿池边树,僧敲月下门"诗句不由在他心头闪过,他实在不可能有心思想"推"和"敲"到底哪个有效了,一丝不祥之感涌上心头,情不自禁呼叫起周道士来。喊了数声,才出来一位风烛残年的老道士开门。问明吴敬梓来意,老道士一声叹息说,周道士已羽化升天啦!吴敬梓心中不禁轰然一响,心里也叹道,生父为功名所累病于斯,不图名利也不食人间烟火的周道士也死于斯!我个书生活着为何啊?悲痛将麻醉他的酒力击退,险些连他一同击倒在山门。老道士踽踽着将他引进寺里歇息。

得知周道士就葬在冶山园亭附近,吴敬梓向老道士借了盏灯笼提了,不容相劝直奔而去。一盏孤灯陪他在周道士墓前默坐良久,直到烛泪将尽,方又提上灯笼返回山门。肃杀风声和乌鸦的凄鸣,使他合不得眼,复又点灯写下一首诗:

晴光冉冉过楼台，仄径扪萝破藓苔。
仙客已归蓬岛去，名园仍向冶城开。
独怜残雪埋芳草，又见春风绽野梅。
十载知交存此地，祇今寥落不胜哀。

写罢此诗意犹未尽，躺下后复又爬起，再写一首：

岂是黄金不铸颜，刚风浩劫又吹还。
月明笙鹤缑山顶，归向蓬莱第几班。

这两首诗后来被吴敬梓分别命名为《早春过冶山园亭追悼周羽士》《伤周羽士》收在《文木山房集》中。

次日清晨，伤感使他无力再在寺中多待一时，不待吃点东西便告辞老道下山，路经周道士墓时又默坐了一会儿才凄然离去。

从一个远离俗尘不谙风情的道士之墓离去，吴敬梓还有哪里可去？他游来荡去不觉又走到秦淮河边。此时日已中天，辘辘饥肠用力把他推进河边一家小酒馆。不待饭菜入口，几杯白酒已在肚中作祟，一时把隐隐的伤痛麻醉住了，同时也把壮年男人的欲望挑唆起来。一蓬游船载着琵琶弹奏的丝竹调儿，和歌女勾魂摄魄的软曲儿，轻轻从窗前荡过。吴敬梓不敢朝船上看，却闭了眼，随那曲声在心底抒发怀想苕苕的情绪。苕苕曾随吴敬梓一同到过秦淮河，曾在白板桥附近住过一段时间，他触景生情，哼着哼着便哼成了诗："……吴儿生小字苕苕，家住西邻白板桥。履额青丝藏白皙，瞳仁翦水含春潮……共爱苕苕柘枝舞，缠头十万等闲看。盛年一去如朝露，丹砂难遣朱颜驻。……春风小院飞花柳，秋雨横塘坠粉莲。雪肤花貌都何益，老大徒伤人弃掷，只有清溪江令祠，墙边流水年年碧。"据传，此诗成稿时有二百余行，被他命名《苕苕曲》，写于乾隆元年（1736年）。那时，苕苕在这里只卖唱不卖身，清高洁雅。吴敬梓时置妻子病故未续期间，得以尽情与她饮酒、赋诗、歌唱，常常通宵达旦而全然不觉倦怠。此时的吴敬梓虽已身无多银，扼制不住的诗情还是让他又去白板桥一带转悠。他已不指望能碰见苕苕，因他们并是在南京分手的，不过是不由自主的怀念驱使。

也许是冥冥中的相互召唤，霏霏细雨中，吴敬梓真的在白板桥附近一家苕苕唱过歌的茶楼听见了苕苕唱过的《无题》。他有点不相信自己的耳朵，但仔细听过，认定不仅是他写的《无题》，而且是苕苕在唱。

他不顾一切奔进茶楼，真的是苕苕抱了琵琶在弹唱，而且独自一人。

苕苕真个是柔肠侠骨的少有歌女，见记忆中对她最为真诚的知音落魄的样子，立时眼有泪花闪烁，也不起身多问什么，只将眼睛充满了深情望着吴敬梓，加重了琴音和歌声，继续弹唱。

对人从不计较身份，也从不思谋贫富，而只重感情的吴敬梓，魂儿立时又被苕苕的歌声勾出窍来，他也闭了眼，将灵魂全部投入曲中。渐渐，闭着的双眼有两条溪流涌出。吴敬梓的青衫湿了好大一片。苦命的苕苕也唱湿了脸上一大片粉黛。琵琶忽然断了弦似的，苕苕的弹唱变成了呜咽。她扔下怀中琵琶，全无一丝造作，情不自禁投入吴敬梓怀中。两个身世不同却都苦命无依的秦淮流浪者，相互拥住了彼此出窍的灵魂。分别时，吴敬梓将身上仅剩的几两银子，又全塞给苕苕。苕苕默默将银子又全塞回吴敬梓说，你身上无银，身边又无亲无故，拿什么糊口？若还先前那般宽裕也罢，那时男男女女围着你转，图的是你手里有钱。现在，你身上没钱，身边也没人了！我虽烟花柳巷歌女，总还每日进得几个钱，我不能帮你已够难过，怎还能搜刮你的糊口钱?！只请记住一句话：好男人不能泡在秦淮河！

吴敬梓再说不出硬话来，只好不再推托，说，你虽歌女，却胜似许多冠冕堂皇的达官贵人。那些人总是说唯女子与小人难养也，他们只知溜须皇上叩拜大官，图的是自己的荣华富贵，哪有一个看得起你这样善良女人的？仿佛自己不是女人养的一般！我已三十，落魄到如此地步，也帮不上你什么，也不敢太有妄念了，却会牢记你的嘱咐，

427

从此不做秦淮浪荡客!

不久,石榴花又如火般热烈烧起时,吴敬梓三十岁生日也随之而来。他本想单独见一回苕苕同过这个生日,但一怕苕苕看不起自己,二是手中没有闲钱请酒了,三也真的想念全椒几个一同读书长大的挚友,所以特意提前写信把感情最深的堂兄吴擎、表兄兼连襟金榘、金榘之弟金两铭请到南京,专门为生日聚会一次。他想,自己已步入而立之年,还一事无成,妻子也没了,等于家也没了,也就没脸面也无丝毫心情在家乡过生日了,所以吴擎三人接信就赶来南京。吴敬梓告诉堂兄和表兄,他想把歌女苕苕也请来。对此堂兄和表兄都不赞成,尤其一直和他同读共考多年的堂兄吴擎劝他说,全椒老家已把你传为子弟戒了,再叫人传说连大你五岁的堂兄也纵你花天酒地,往后咱探花府吴家还怎么做人?!

吴敬梓说,歌女也是人啊,她卖艺不卖身,用歌赋叹唱人生,也是用才艺糊口,何况我已死了妻子,落魄到只有一个歌女苕苕还算待见我。倒是她嘱我说,好男人不能做秦淮河泡客。为此,我也要请上她,和你们三位一同鞭策我三十而立。何况堂兄也知道,古时不少官名与文名都颇大者,如李白、苏东坡等,不也与歌女们有交情吗?这个苕苕,诗才、人品、相貌都与众不同,不是等闲俗辈,比起一些龌龊读书人,磊落得很呢!她大我几岁,待我如弟,绝不是龌龊之辈!比那些只知逼男人读书做官,丈夫做了官又甘心做官奴的女人更磊落!

三位听他如此说,只好依了。吴敬梓为别太违了堂兄吴擎心情,也为苕苕那句"好男人别做秦淮河泡客",特将生日酒宴改到莫愁湖上。那天,吴擎等三位堂、表兄弟每人都在莫愁湖上,以《为敏轩三十初度而作》为题,真挚地为吴敬梓作了赠诗。

吴擎诗中说:

> 香词唱满吴儿口,旗亭法曲传江潭。
> 以兹重困弟不悔,闭门嘆喈长醺酣。
> ……

去年卖田今卖宅，长老苦口讥喃喃。
弟也叉手谢长老，两眉如戟声如魈。
……

金榘诗中说：

几载人事不得意，相逢往往判沈酣。
栗里已无锥可卓，吾子脱屣尤狂憨。
……

金两铭诗中说：

昨年夏五客滁水，酒后耳热语喃喃。
文章大好人大怪，匍匐乞收遭媿魈。
……

三人的诗均动情地叙说吴敬梓的不幸，同时也严厉批评了这不幸与他过错的关系，尤其当着苕苕的面，这等犀利言辞，有点像批判会了，让吴敬梓既难堪又感动，也煞是惭愧，只好连连干杯。

苕苕眼含热泪，自弹自唱的还是吴敬梓最初写给她的那首《无题》：

柳烟花雨记春初，梦断江南半载余。
直到东篱黄菊放，故人才寄数行书。

香散荃无梦觉迟，灯花影缀玉虫移。
分明携手秦淮岸，共唱方回肠断词。

唱得吴敬梓热泪长流，竟呜咽起来，酒都咽不下了。呜咽良久，他才平静下来道，活了三十年，我竟活成颗丧门星了！祖父、生父、嗣父、祖母、生母、嗣母，连岳父、岳母甚至妻子，都带着对我难以瞑目的失望而辞世，今后，我不能再让儿子眼睁睁在失望中长大！让莫愁湖和擎、槼、两铭兄弟，尤其苕苕做证，我发誓，定要三十而立，生前没让父母瞑目，死后定给祖上争光！说罢连干数杯，还要继续干下去，但舌头已僵，眼也睁不开，一头醉倒莫愁湖船上，连苕苕也唤不醒他。

三十岁生日这一醉，吴敬梓胸中如经一场疾风骤雨，忽然于深重的隐痛中平静下来。他仍不肯与吴擎他们回全椒老家，在他心中，老家的探花府已彻底坍塌，因而依然住在南京，避开熟人医治创伤。以后更加凄苦的二十四年时光，他几乎都献给被后世伟人鲁迅先生推崇的伟大讽刺之书《儒林外史》了。

                                2013年12月于沈阳听雪书屋
                                原载2014年8月号《上海文学》

图书在版编目（CIP）数据

啊，索伦河谷的枪声／刘兆林著. -- 北京：作家出版社，2023.11

ISBN 978-7-5212-2525-9

Ⅰ.①啊… Ⅱ.①刘… Ⅲ.①中篇小说 - 小说集 - 中国 - 当代 Ⅳ.①I247.5

中国国家版本馆CIP数据核字（2023）第184596号

啊，索伦河谷的枪声

作　　者：刘兆林
责任编辑：桑良勇
装帧设计：孙惟静
出版发行：作家出版社有限公司
社　　址：北京农展馆南里10号　　邮　编：100125
电话传真：86-10-65067186（发行中心及邮购部）
　　　　　86-10-65004079（总编室）
E-mail:zuojia@zuojia.net.cn
http://www.zuojiachubanshe.com
印　　刷：三河市北燕印装有限公司
成品尺寸：152×230
字　　数：395千
印　　张：27.75
版　　次：2023年11月第1版
印　　次：2023年11月第1次印刷
ISBN 978-7-5212-2525-9
定　　价：55.00元

作家版图书，版权所有，侵权必究。
作家版图书，印装错误可随时退换。